福建師範大學文學院百年學術論叢 第三輯

臺灣及海外華文文學散論

朱立立 著

第三輯
總序

　　三載以來，通過兩岸學者及出版界同仁的協力合作，《福建師範大學文學院百年學術論叢》在臺北已出版兩輯凡二十種，目前第三輯十種又將推出，我為之由衷高興。

　　朱子詩曰：「千里煙波一葉舟，三年已是兩經由。今宵又過豐城縣，依舊長江直北流。」（〈次韻擇之發臨江〉）他吟嘆的是人生履跡，我卻想藉以擬喻兩岸學術傳播交流的景況：煙海茫茫之間，矢志於弘揚中華文化的學人，駕一葉之扁舟，舉學術以相屬，僶俛努力，增進溝通，諸多同道，樂曷如之？今宵，我又提筆為第三輯作序，腦海中浮現的盡是福建師範大學文學院百年學術精品入臺後相繼產生的美好影響，以及兩岸學術交流更加輝煌的明天。

　　本輯所收論著，依舊如前兩輯的格調：辯章學術，融貫古今。

　　述古代文化者凡有四種：一是張善文《象數與義理》，考論歷代易學發展的主要流派；二是郗文倩《古代禮俗中的文體與文學》，溝通禮與文在特定意義上的關聯；三是歐明俊《唐宋詞史論》，從史的角度評騭唐宋詞作的蘊蓄；四是涂秀虹《明代建陽書坊之小說刊刻》，就版本範疇追考明代建本小說刊行的情貌。

　　論現代文學者亦有四種：一是鄭家建《透亮的紙窗（修訂本）》，為多層面的現代文學理論與個案研究；二是朱立立《臺灣及海外華文文學散論》，考察漢語文學在臺灣及海外的發展創新；三是余岱宗《現代小說的文本解讀》，參合審美風格對現代小說名著作出新的解

讀；四是拙作《現代散文學論稿》，探討現代散文多樣發展的情形，乃亦忝列此間。

另有語言與修辭學專著兩種：陳澤平《十九世紀以來的福州方言——傳教士福州土白文獻之語言學研究》，考論福州方言在近代的歷史演變和話語特點；朱玲《意象・主題・文體——原型的修辭詩學考察》，從修辭詩學角度闡發文學原型的意蘊。

以上十種，合為論叢第三輯，與前兩輯相輔相成，共同呈示我校中文學科近年較有代表性的研究成果，並奉獻給臺灣文教學術界的同道，以相切磋研磨，以期攜手發展。

唐劉知幾云：「尺有所短，寸有所長。切磋酬對，互聞得失。」（節《史通》〈惑經〉語）無論是斗室間的師友講習，還是大規模的學術研討，劉氏之語仍然是今天頗可遵循的正確理念。當此全球化浪潮洶湧澎湃的關頭，如何不丟失我們五千年的學術文化，發揚傳統精華，滋培濟濟多士，實屬兩岸學者應相與擔當的歷史使命，也是本論叢陸續刊行的首要宗旨。

臺北萬卷樓圖書公司為論叢的編校出版付出辛勤工作，我們始終感荷於心，謹再次敦致謝忱。

汪文頂

西元二〇一六年仲冬序於福州

目次

第一輯　精神私史

附錄

第一輯
精神私史

庶民認同、民族敘事與知識分子形象

——楊逵日據時期的文學書寫

一　引言：庶民身分的自我認同

　　在臺灣文學史敘事中，楊逵作為一位具有鮮明階級意識和民族抗爭精神的現實主義作家，和具有反抗意識的殖民地臺灣知識分子，長期以來一直被定位於臺灣左翼文學譜系中加以敘述。耐人尋味的是，楊逵本人並不完全認同於自己的作家身分乃至知識分子身分。晚年的楊逵在一次訪談中曾說：「我蒔花已近四十五年；在東京，我送過報，做過土木零工；臺灣的運動瓦解後，我又幹過各種活，最後進入園丁生活。我寫文章，但不把自己說成是作家，而自稱為『園丁』。我寫文章的量很少，因此，打開頭起就沒有過靠筆桿子生活的念頭。」[1]這次訪談中他甚至拒絕自己的知識分子身分，說：「我不曾把自己介入在知識分子的地位中，也沒有那種自我意識和自負感。⋯⋯我同知識分子交往，但我不能溺於知識分子的名分。」這種有意排拒知識分子名分的自我認知傾向，是研究者探討楊逵身分認同問題時不能忽略的。楊逵拒絕的是作家和知識分子的所謂「名分」。這一拒絕，讓我們更深刻地看到楊逵在思想認知、情感結構和精神皈依上樸實的庶民色彩——對庶民身分堅定的自我認同。

1　戴國煇、若林正丈：〈臺灣老社會運動家的回憶與展望——楊逵關於日本、臺灣、中國大陸的談話記錄〉，《文季》第2卷第5期（總第11期）（1985年6月），頁26-42。

　　一九〇五年楊逵出生於臺南一個手工業工人家庭。一九二四年他留學東京，在日本大學專門部文學藝能科夜間部工讀，接受日本左翼思潮的影響，參加由臺灣青年會設立的左翼政治團體「社會科學研究部」，介入東京工人運動和學生運動，使他逐漸成為左翼知識分子的一員。一九二七年，楊逵受到臺灣文化協會的召喚，放棄學業回到臺灣，投身農民組合運動，擔任中央委員，負責政治、組織和教育三部門，在組織特別行動隊、發動農民抗爭活動中，先後十次被捕入獄，成為一名活躍的社會運動家。三〇年代以後，當農民運動退潮，歸隱農園以「首陽」明志的楊逵，轉而以文學創作繼續表達自己的理想與抗爭，寫出了像〈送報伕〉、〈模範村〉、〈泥娃娃〉、〈鵝媽媽出嫁〉等一系列經典作品，奠定了他在臺灣文學史上的崇高地位。楊逵在日本殖民統治下生活了四十年，終其一生，工人、農民的庶民生活，是楊逵持久的日常生活樣態。建立在農工生活體驗基礎上的知識實踐和社會實踐，不僅為楊逵投身社會運動帶來崇高的使命感，更賦予他的創作以來自底層人生的真實力量，成為日據時期最具抗爭力的文學典範。

　　底層庶民的生存經驗和本色情感，知識分子的社會批判意識和理想主義色彩，二者構成了楊逵作為社會運動家的精神支柱，昇華為一種推動歷史前進的自覺力量。文學只是楊逵參與社會運動的別一種方式。這正是楊逵迥異於其他一些作家的根本所在。在「作家」和「社會運動家」這兩種身分中，歷史學者尹章義甚至主張：「作家」不過是楊逵的兼職，文學不過是楊逵的影子，文學是為其生命理想打先鋒、為其實踐生活做記錄的工具。[2]這樣的觀點提示了「社會運動家」在楊逵多重身分中不容忽略的重要性。事實表明，文學書寫不僅是楊逵底層庶民人生和社會運動的記錄工具，更是楊逵左翼社會實踐

2　尹章義：〈楊逵與臺灣農民運動〉，尹章義：《臺灣近代史論》（臺北市：自立晚報社，1986年），頁76。

遭遇挫折後的一種戰略轉移，他最終也是在文學世界裡復活和延伸了自己遭受挫折的社會理想和信仰。在這個意義上，楊逵的「作家」和「社會運動家」的身分是合而為一的，不了解社會活動家楊逵的農民運動經驗，就很難理解作家楊逵整個文學創作的思想根基。

庶民、左翼知識分子以及社會運動家的多重身分，使得楊逵的文學必然是有立場的文學，是主體性強烈投射於其中的文學。楊逵日據時期的文學創作，是其庶民經驗與社會實踐的美學表徵，見證了一個忠誠於中華民族身分和庶民立場的殖民地知識分子的心路歷程，呈現出一個在挫折中持恆、堅毅與樂觀的社會運動家的強健自我。楊逵立足於弱勢族群的底層立場，發出殖民地臺灣不屈的抗爭之聲，成為日據時期臺灣庶民階層的代言人和反抗文學的一面旗幟。

可以說，知識分子身分與庶民認同的結合，民族意識和階級意識的統一，左翼社會批判精神與理想主義情懷的交融，堅韌頑強不妥協的反抗品格，這就是我們所感受到的楊逵精神，這也是殖民地臺灣現實主義文學的基石；自此出發，才能深刻理解楊逵文學世界的獨特情感結構和精神價值。

二　記憶政治：楊逵日據時期的文學書寫

（一）以文學書寫解構殖民敘事：楊逵創作動機溯源

楊逵早年有感於殖民者編造、歪曲歷史敘事，由此萌發了寫作衝動。通過文學敘事來書寫和保存被殖民者的庶民記憶，並解構日本殖民者的歷史話語，成為楊逵文學創作的最初動機。楊逵曾多次回憶他生命中一段有意義的體驗，即一九一五年臺灣最後一次武裝抗日起義被日軍血腥鎮壓的歷史性事件，史稱「西來庵事件」（又稱「噍吧哖事件」、「余清芳事件」）。余清芳等人以宗教信仰為號召，廣募黨徒籌

集經費，以各地「食菜堂」（齋教）為活動地點，鼓吹抗日，並發喻告文，提出「光復臺灣」的口號。被殖民當局發覺後，即樹起旗幟，率領大部分農民起義者，攻打甲仙埔、噍吧哖，後被血腥鎮壓，被視為「匪賊」加以剿滅。這是臺灣人民抗日鬥爭史上值得紀念的篇章。[3]史載：「日人血洗甲仙埔、噍吧哖等地，臺胞被害者數千，被捕二千、被判死刑的多達八百六十六人」。[4]屠殺造成臺南縣玉井鄉男丁喪盡的慘劇。楊逵以自己個人的記憶印證了臺灣人民的這段慘痛記憶，他寫道：

> 我親眼從我家的門縫裡窺看了日軍從臺南開往噍吧哖的炮車轟隆而過，其後，又親耳聽到我大哥（當年十七歲）被日軍抓去當軍伕，替他們搬運軍需時的所見所聞。其後，又從父老們聽到過日軍在噍吧哖、南化、南莊一帶所施的慘殺。每談到「搜索」兩個字都叫我生起了雞皮疙瘩。所謂「搜索」就是戒嚴吧，站崗的日軍每看到人影就開槍，一小隊一小隊地到每家每戶，到山上樹林裡的草寮、岩窟去搜查，每看到人不是現場殺死，便是用鐵絲捆起來；承認參加的則送到牢獄，不承認的便送到大坑邊一個個斬首踢下去。到我稍大，在古書店買到一本《臺灣匪志》，它所記載十多次的所謂「匪亂」，當然噍吧哖事件也記載在裡頭，這才明白了統治者所寫的「歷史」是如何地把歷史扭曲，也看出了暴政與義民的對照。我決心走上文學道路，就是想以小說的形式來糾正被編造的「歷史」。[5]

3　參閱陳孔立主編：《臺灣歷史綱要》（臺北市：九州圖書出版社，1996年），頁353。

4　尹章義：〈中國民族奮起運動與臺灣的光復〉，尹章義：《臺灣近代史論》，頁33。

5　楊逵：〈臺灣文學對抗日運動的影響——十一年前一項文藝座談會上的書面意見〉，該文寫於一九七四年十月，收入彭小妍主編：《楊逵全集》（臺南市：臺南文化資產保存研究中心籌備處，2001年），卷10（詩文卷・下），頁388。

一九八二年楊逵在接受訪談時再次回溯了這段個人經歷，指出：
一九二三年日本人秋澤烏川著《臺灣匪志》一書中，西來庵事件的起
義者「明明是對日本壓迫政治的反抗，但在書中卻被當做『匪賊』來
處理，我深感這是對歷史的歪曲。我決心研讀自己所喜歡的小說，並
想藉小說創作，來矯正這被歪曲的歷史。」[6]楊逵將個人歷史記憶與
在場體驗不斷銘刻與再現，正是對殖民者歷史霸權敘事的不懈解構。
而日據時期楊逵的創作，如他自己所說：「描寫臺灣人民的辛酸血淚
生活，而對殖民殘酷統治抗議，自然就成為我所最關心的主題。」[7]

(二) 殖民地兒女的悲哀、憤怒與抗爭：日據時期楊逵的小說題旨

日本治臺半個世紀，全面實行嚴酷的殖民統治。在政治上，殖民
當局實行行政、軍事、立法三權一身的專制獨裁制軍人統治，即使一
九一九年後改為文官總督，也並未改其專制獨裁的「武治」性質；在
經濟上，殖民者奠定產業振興為殖民政策之中心，抑制本地民間資本
的活動空間，使臺灣稻米和蔗糖生產的絕大份額掌握在日本財團手
中。一戰之後臺灣存在的「米糖相剋」矛盾，實際反映的也是臺灣農
民利益與日本糖業資本利益之間的衝突。[8]日據時期臺灣社會的本質
矛盾是日本殖民統治與臺灣民眾抗爭之間的矛盾，在經濟矛盾和階級
對立的背後，主導衝突仍是殖民與非／反殖民的民族矛盾。在這種社
會現實中，臺灣的民族運動與階級反抗運動常常呈現出二而為一的形

---

6 戴國煇、若林正丈：〈臺灣老社會運動家的回憶與展望──楊逵關於日本、臺灣、中
　國大陸的談話記錄〉，《文季》第2卷第5期（總第11期）（1985年6月），頁26-42。

7 楊逵：〈臺灣文學對抗日運動的影響──十一年前一項文藝座談會上的書面意見〉，
　該文寫於一九七四年十月，收入彭小妍主編：《楊逵全集》（臺南市：臺南文化資產
　保存研究中心籌備處，2001年），卷10（詩文卷・下），頁388。

8 參看劉登翰先生《中華文化與閩臺社會──閩臺文化關係論綱》一書中的相關分析。
　劉登翰：《中華文化與閩臺社會──閩臺文化關係論綱》（福州市：福建人民出版社，
　2002年），頁250-263。

態。身為民族運動的積極參加者和左翼作家，楊逵對臺灣社會的矛盾實質有著敏銳認知，他作品中的反殖民意識與社會階級分析視閾緊密相關。五十年的日本統治，是假借一視同仁、日臺同化的精神馴化，將經濟社會的差別狀態掩飾，並削弱民眾抵抗的意志，或以利誘欺騙，而把它們塑造為順從的「皇民」的歷史。[9] 對於殖民者的歷史敘事而言，楊逵的創作提供了一種「另類記憶」：殖民地的庶民記憶。頗具反諷意味的是，作者當時發表作品只能用殖民宗主國的語言：日語，也因其作品對帝國主義的批判而遭到過禁刊，可以想像這種反抗性的「另類記憶」的書寫之艱難，但可貴的是，楊逵在可能的限度裡以殖民地兒女的悲哀、憤怒與抗爭作為自己的文學題旨，堅持不懈地為臺灣歷史留下一份充滿苦難和抗爭意識的珍貴記錄。

　　楊逵日據時期的創作，大多含有以庶民記憶解構與顛覆日本殖民敘事的意味。〈送報伕〉、〈鵝媽媽出嫁〉、〈模範村〉、〈蕃仔雞〉、〈死〉、〈難產〉、〈泥娃娃〉等作品，從不同角度記錄底層被殖民者的苦難經驗和深沉悲哀：〈送報伕〉裡，臺灣青年楊君的父親因不願賤賣土地給日本製糖會社而被活活打死，弟弟妹妹餓死，母親自殺；小說〈死〉，寫貧苦農民阿達叔不堪日本殖民者與地主的合力壓迫而臥軌自殺；〈無醫村〉裡，窮人得了瘟病無錢醫治只能等死；〈蕃仔雞〉裡，臺灣女孩素珠給日本老闆當下女卻被老闆強姦，不敢將真相告訴親人而上吊身亡；〈難產〉中，可憐的孩子因為營養不良而導致眼球腐爛……楊逵小說從底層的生活經驗出發，真實描繪出日本帝國主義統治下臺灣庶民階層的苦難圖景。

　　〈送報伕〉是楊逵的成名之作，以日文寫於一九三二年，在《臺灣新民報》連載，但後半部分被官憲查禁。一九三四年方全文刊發於東京的《文學評論》並獲獎，一九三五年，大陸左翼作家胡風將〈送

9　王小波：《臺灣的殖民地傷痕》（臺北市：帕米爾書店，1985年），頁211。

報伕〉譯成中文，刊於上海的《世界知識》，後又收入《弱小民族小說選》和《朝鮮臺灣短篇集》，這是二十世紀三〇年代兩岸左翼文學值得一提的一次交流。三〇年代中期胡風提出「民族革命戰爭的大眾文學」的口號，既強調民族抗爭也倡導大眾文學，與楊逵的文學觀念可謂不謀而合；而胡風文藝思想中的「主觀戰鬥精神」也與楊逵文學的「統一的意志」頗有些近似。[10]〈送報伕〉在臺灣被查禁，可見作品尖銳的現實批判精神觸怒了殖民者。作者筆下，殖民統治下臺灣鄉土社會現實黯淡而冷酷，殖民地農民在地主和殖民主雙重的壓榨下，正在地獄般的處境中掙扎、死亡。楊君的父親在頑強抗爭後被折磨而死，母親斷絕了與替殖民政權當巡查的楊君大哥的關係，弟妹們不幸餓死，最後寧為玉碎不為瓦全的母親也上吊而亡，昔日裡平靜的村莊到處是同胞不幸的冤魂和死亡的陰影。這殖民地現實慘狀的描摹是對殖民統治有力的批判。小說還展現了殖民者和地主資本家以野蠻強權合力實施殖民統治與經濟壓迫的事實，作品敘述了製糖公司強制低價收購農民土地製造出慘不忍睹的人間悲劇。

> ……木村底警察分所主任，他一站到桌子上，就用了凜然的眼光望了一圈，於是大聲地吼：
> 「……聽說一部分人有『陰謀』，對於這種『非國民』我是決不寬恕的。……」他的翻譯是林巡查，和陳訓導一樣，把「陰謀」「非國民」「決不寬恕」說得特別重。大家又面面相覷了。因為，對於懷過陰謀的余清風林少貓等的征伐，那血腥的情形還鮮明地留在大家的記憶裡面。

---

10 這裡的「統一的意志」一說源自林載爵的〈臺灣文學的兩種精神：楊逵與鍾理和之比較〉一文，林文指出：「他（楊逵）就認為文學即是通過作者感情的傳達，把讀者的感情發展為意志，統一的意志。」參見余光中總編、李瑞騰主編：《1970-1989：中華現代文學大系・評論卷（一）》（臺北市：九歌出版社，1989年），頁279。

「非國民」、「決不寬恕」這類字眼提示讀者，殖民者與被殖民者之間等級分明的位階關係和強弱懸殊的對立關係；而所謂「陰謀」也就是余清風、林少貓臺灣武裝抗日領袖被殖民者殘忍殺害的血腥歷史。老實的庶民被震懾得無奈順從，但選擇了反抗的父親被定「陰謀首領」的罪名。

> 「拖出去，這個支那豬！」父親被打得奄奄一息，「均勻整齊的父親底臉歪起來了，一邊臉頰腫得高高的，眼睛突了出來，額上滿是皰子。……身上全是鹿一樣的斑點。那以後，父親全變了，一句都不開口。」

不久，父親含恨死去。土地還是被製糖公司用遠低於市場價的低價強行收購。父親之名被置換成為「陰謀首領」的莫須有之罪名以及「支那豬」這樣的低賤物，而被殘酷折磨乃至消滅。其實，「被殖民者」這個身分就是殖民地人唯一的罪名。在這個情節裡，現實中的父親之死與歷史記憶中的余清風、林少貓之死，鄉民們的隱忍和武裝抗日被鎮壓後臺灣民眾的沉默，形成了發人深省的同構關係。三〇年代，楊逵的敘述顯然固化了殖民地的悲慘現實和歷史記憶，「父親」身體上慘不忍睹的創傷，也正是銘刻在殖民地人民心靈的傷痕，在壓抑和沉默中，人們可以感受到敘述者內心燃燒的憤怒烈火！

一九三五年小說〈死〉發表於《臺灣新民報》，在楊逵的作品中，這篇運用了不少閩南方言的小說細緻而矛盾的人物心理分析非常突出。主人公寬意是一個替地主催租逼債卻又常受良心譴責的小人物，他目睹窮困潦倒的阿達叔因被逼無奈而臥軌自殺，內心充滿同情和愧疚。鄉親們也兔死狐悲。與這些庶民的反應完全相反，作品描摹了井上公醫和員警室主任左藤面對中國農民屍身時有意味的「凝視」——兩個日本人細細賞鑒死者慘烈的形狀，毫無人性地發出嘲弄

的大笑：「嘻！排疊得真湊巧！頭殼走來在××的下面」，還以戲謔的語氣評論道：「腳手這樣的細小、真是貧弱的人呀！看起來怕一日食無一頓飯、營養這樣不良。這樣的人還是死了乾淨。既不能做工、活著空穢地面。」在判斷阿達叔是否自殺的問題上，井上輕鬆地得出了結論：「哈哈！佐藤君，看來明明是失注意的。么蟲都也愛命，雖然他與么蟲是無大差異的人，想是沒有自殺的道理。因為自殺也要一點勇氣，這個人一定是失注意的。」[11]

　　歷史上的殖民者往往將被殖民者當做一種被凝視的「他者」，將被殖民者低賤化和降格化，二戰時期的日本法西斯更是如此。楊逵以樸拙卻犀利的寫實筆墨揭示了日本殖民者的無恥獸性，人們不禁要問：這兩個醜陋的日本人為何能夠如此輕鬆地賞鑒他人的痛苦，毫無顧忌地枉顧和踐踏他人生命的尊嚴？因為他們是自視為高等國民的征服者和殖民者！他們眼裡的臺灣庶民只是一隻低賤的「么蟲」，就連死亡也不過是供他們開心的笑料。這與日本殖民者侮辱、屠殺大陸人民時的心態完全相同。

　　楊逵文學敘事的力量不僅表現了臺灣殖民地時期的苦難，他還通過微妙的敘述激發人們的鬥志，召喚人們覺醒。讓人們「悲哀之餘，竟成激憤」（〈無醫村〉）。強烈的情感驅使作者常常將自己的觀點直接抒發出來。

　　小說〈送報伕〉著名的結句如下：

> 我滿懷著確信，從巨船蓬萊丸底甲板上凝視著臺灣的春天，那兒表面上雖然美麗肥滿，但只要插進一針，就會看到惡臭逼人的血濃底迸出。[12]

---

11 彭小妍主編：《楊逵全集》（臺南市：臺南文化資產保存中心籌備處，1998年），卷4（小說卷1），頁279-280。

12 楊逵撰，胡風譯：〈送報伕〉，參見彭小妍主編：《楊逵全集》（臺南市：臺南文化資產保存中心籌備處，1998年），卷4（小說卷1），頁100。

　　在失去父母、流浪於異國他鄉的楊君眼中,「臺灣的春天」已然
是一個喪失免疫力的肌體意象,病毒侵蝕了軀體內部,表面看仍有著
虛假的美麗,骨子裡卻已經病入膏肓;這樣的表述,與所謂的殖民地
臺灣在日治下發展了現代性的片面說法之間存在著深刻的諷喻關係。
「臺灣的春天」這個肉感的意象還帶有被玷污了的女性的意味:殖民
地常被隱喻成易受傷害踩躪的弱勢性別,這個殖民統治下頹敗陰性的
臺灣形象,顯然是楊逵極力否定和批判的,它的病態直接指涉殖民統
治的病態。而在這猛烈批判的同時,我們還感受到主人公楊君/楊逵
本人從左翼鬥爭中獲取的改革社會造福祖國的力量和信念。

　　楊逵的民族意識,不但表現在他著力展現殖民地臺灣庶民階層的
苦難與悲哀,還在於他的作品自覺凝聚了優秀的中華民族精神。原刊
於一九四二年的短篇小說〈泥娃娃〉敘事線索很單純,沒有多少情
節,筆墨近乎散文化,卻寓意深邃。主幹內容是敘述者「我」的家庭
生活,從中可以看到楊逵本人生活經歷的投影,如「我」在花園裡吟
誦東方朔的〈嗟伯夷〉:「窮隱處兮窟穴自藏;與其隨佞而得志兮。不
若從孤竹於首陽。」現實生活中,楊逵的農場便借伯夷的典故命名為
「首陽」農場,東方朔的詩句顯然也是楊逵本人心境的自況。花圃裡
的勞作是辛苦的,日子也淡泊清貧,但自有一份擺脫塵世污濁的明淨
與充實:「滿園白的、紅的和黃的大理花,和其他各色的花卉爭相映
照者。」首陽孤竹的高潔自愛在殖民情境下其意涵不言而喻。然而,
遺世獨立的園丁生涯其實也並不能真正避開日本軍國主義的喧囂塵
世。作品開頭就展開了一幕孩子與我爭奪空間的鬧劇。我是一名作
家,但是「我」的書桌上滿是孩子的泥塑坦克、飛機、軍艦和日本戰
鬥機,孩子們正興致勃勃地玩著日軍進攻東南亞的戰鬥遊戲。這個看
似有趣的生活化場景,卻含著孩子不能明白的殘酷性。作品第五部分
繼續了父與子的對話和矛盾,父親心中的隱痛也得到了明示。大兒子
整天閱讀宣傳軍國主義思想的漫畫,立志練好身體去當日本的志願

兵，這情境深深刺痛了父親的心：「我默然不語。頓時間，殖民地的兒女的悲哀，沟湧地填塞了我的心膺。」「再也沒有比亡國的孩子去亡人之國更殘忍的事了……」與這條父子衝突的線索相交叉的另一條線索是，一個甘為日本順民改姓為「富岡」的臺灣人，憧憬著到日本帝國主義鐵蹄下的中國大陸去趁火打劫發大財，整日來「我」家中無賴地糾纏著「借錢」，「我」不得不與他周旋應對。

　　兩條線索交織一體，讓在內心熱愛著祖國的有良知的「我」倍感壓抑。孩子的無知讓他揪心痛楚，無恥的「富岡」更令他憎惡不已。作為敘述主體的「我」，充分意識到殖民統治對人的可怕異化，富岡之類的小人已經成為殖民強權的鷹犬，而更可悲的是：孩子幼小的心靈也在殖民教育下漸漸喪失了人的基本良知，迷失在狂熱醜陋的軍國主義「英雄」夢中。作者饒有深意地敘寫父親的親子教育，在大環境異化的境遇裡，家庭成了去蔽的唯一場所。孩子疑惑：「對於壞傢伙，要懲罰他。可是，什麼人才是壞人，你知道嗎？」父親的回答是：「欺負弱小的，一定是壞傢伙了。偷竊人家的東西的，也是壞傢伙。」父親的良苦用心終未白費，孩子不再捏那些象徵著殖民軍事侵略的泥娃娃，而開始為比自己弱小的妹妹設計真正的滑翔機了。不難體會到這飽含著民族認同感的正義價值教育，實際上暗藏對日本殖民行徑的有力譴責：利用強權侵犯他國領土、殺害他國人民、掠奪他國資源的軍國主義，難道不是最可痛恨的「壞傢伙」嗎！故事中的「富岡」作為殖民教化下喪失自我和良知的「皇民」，其巧取豪奪的無恥秉性，也正是殖民主義的一種投影。在作品結尾，故事的寓意得到了最為情緒飽滿的揭示和提升：「一場雷雨交加的傾盆大雨，把孩子的泥娃娃們打成一堆爛泥……」沖散「泥娃娃」的雷雨，喻示著民族正義的必勝信念，也是殖民壓迫的低氣壓裡迸發出的反抗意志的強音。

　　作為二十世紀四〇年代初殖民地臺灣人的作品，也是一篇蘊育於所謂「大東亞」戰爭最瘋狂時期的作品，〈泥娃娃〉堪稱不屈的中華

民族精神的勇毅表達。「我」作為敘述主體，絲毫沒有被頹喪、消沉的情緒壓倒，相反，他不僅盡一己之力與周圍的醜惡力量抗爭，也從伯夷、東方朔等中國古代具有高潔人格魅力的高士那裡吸取精神動力。同時，借伯夷的典故深刻表徵了自己矢志不渝的民族意識和民族精神。

　　與〈泥娃娃〉相互映襯的是一九四二年發表的小說〈萌芽〉，一篇楊逵作品中少有的女性視角的作品，作品以書信的敘事形式塑造了一對堅強的夫妻形象：投身民族運動的丈夫和在家種花養育兒女的妻子。有趣的是小說中的男性主人公在妻子的夢中變成了「大力士」，有著「船大的肩頭」，這與現實中楊逵本人的瘦弱形象截然相反。這個體格強壯的男性形象，與「臺灣的春天」那種頹敗病態的陰性形象，以及〈死〉中遭日本人恥笑的貧弱瘦小的庶民形象，有著完全不同的體魄和氣質：他自信、強大、勇敢、剛毅，他可以保護妻子兒女不受欺侮，是兼具陽剛氣息和慈愛之心的中國父親形象。顯然，這個夢中的男人形象是理想化的，但又是殖民地人民的一種強烈願望的真實顯露。夢的最後，田園裡的種子全都發芽了：「真的，像大群的螞蟻搬食般，滿畦都是粒粒的白色，十幾種的花和蔬菜的芽已經萌出了！我自己建立起來的新的園地，竟這樣的發芽了！而又慢慢地生長著。我的孩子也因勞動而一天一天的得到了新的快樂，並得到無限的希望和鼓勵」[13]

　　在日本殖民者大力推行「皇民化」運動時期，楊逵曾寫過一篇微言大義的散文：〈一隻螞蟻的工作〉，刊發在一九四三年八月三日的《臺灣新民報》上，「文章寄寓著這樣一層意思：雖說是一隻螞蟻微不足道的工作，卻能成為民主主義，或者說是民族解放的基礎。」[14]

---

13 楊逵：〈萌芽〉，《楊逵作品集》（北京市：人民出版社，1985年），頁53。
14 戴國煇、若林正丈：〈臺灣老社會運動家的回憶與展望——楊逵關於日本、臺灣、中國大陸的談話記錄〉，《文季》第2卷第5期（1985年6月）。

楊君這樣的覺醒者、〈萌芽〉裡的夫妻和兒女，以及楊逵自己，都好比這隻螞蟻——大地上的小小生物，平凡，沉默，勤勞，不懈，一旦團結起來，就是「大群的螞蟻」，就是殖民地臺灣民族解放「無限的希望」所在。

（三）階級意識與民族意識的統一

必須指出的是，楊逵小說中，階級意識常常與民族意識相互交叉甚至重疊。〈送報伕〉以第一人稱敘述，小說有兩條線索，一則敘述臺灣青年楊君即「我」的異國生活和心智的覺醒。一則回憶「我」的故鄉地獄般的庶民生存境況。「我」企圖為苦難的臺灣鄉村和親人尋找解救之道而來到東京，卻在報館老闆的盤剝下生計也難以維繫，所幸與同甘共苦的日本工友建立了友誼，並漸漸受到左翼思潮影響，參加報館罷工並贏得與報館老闆鬥爭的勝利。個人也在成長過程中覺醒。這條線索突出了左翼思想中的世界性階級視野，這確實構成楊逵日據時期創作的一大特色。庶民患難與共的底層體驗和情感認同使作者較易接受天下窮人一家、富人烏鴉一般黑的樸素二分法，這也是其階級意識的最初萌芽。關於這一點，〈送報伕〉中有明確的表述：

在臺灣的時候，總以為日本人都是壞人，但田中君是非常親切的！

不錯，日本底勞力的人大都是和田中君一樣的好人呢。日本的勞力的人不會壓迫臺灣人，反對軍閥糟塌臺灣人。使臺灣人吃苦的是那些像把你的保證金搶去了以後再把你趕出來的那個老闆一樣的畜生。到臺灣去的大多是這種根性的人和這種畜生們底走狗！但是，這種畜生們，不僅是對於臺灣人，對於我們本國的人也是一樣的，日本不少的人也一樣吃他們的苦頭呢。

這個發現是楊逵小說階級意識的基本原型，它為殖民地青年打開了一個廣大而平等的人際世界，雖身分卑微卻精神強健的底層勞動者共同體。這種國際主義色彩濃厚的階級認同使得〈送報伕〉並未陷入沉悶與悲觀，也延伸在楊逵一生不變的朝向未來的堅定意志中。前文講到，作品結尾處那句隱喻意味濃厚的抒情既是一種批判與否定，也蘊藏著堅定的信念，而這信念即來源於明快而激動人心的左翼想像，雖然這種想像將階級的鬥爭理解得有些簡單化。而在楊逵後來的一些觸及階級分析主題的作品裡，問題就不再被處理得如此簡單。

以〈模範村〉為例。這是楊逵一篇能夠理性分析日據時期臺灣社會狀況的重要作品：有著重大的歷史時代背景，也有著足以顯示和襯托故事情節的風景與環境，還有鄉村可能出現的各色人物，以及他們之間產生的大大小小的關聯與衝突，此外，還有悲劇、鬧劇、滑稽諧劇的輪番上演……總之，一部現實主義小說所要求的元素它都擁有了。最好的是小說中那些意趣飽滿的場景和細節，很能體現楊逵的觀察力和喜劇天賦，以及把握情節和塑造人物能力的提高。像涼亭裡窮人小聚時吃冰、相互口角的情態，窮書生陳文治欠錢被勢利老闆娘追罵而狼狽逃竄的窘態，媒婆為地主兒子阮新民做媒時天花亂墜的遊說功夫和滑稽可笑的妖媚之態……等片段，都是可以與趙樹理小說相媲美的鄉村生活風情畫。

當然，作者的用意並不在於描繪這幅趣味橫生的風情畫卷。

　　　一九三七年「七七」事變的前夕，在臺灣靜靜的鄉村角落裡，
　　　也看到了一些暴風雨前夕的徵兆，但許多人把它忽視了。[15]

這是小說開篇的引語，直接、簡明而大氣。一句話就構築了一個時空

---

15 楊逵：〈模範村〉，《楊逵作品集》（北京市：人民出版社，1985年），頁100。

背景：發生在中國大陸的「盧溝橋事變」，與平靜的臺灣鄉村有著怎樣的一種聯繫呢？「許多人把它忽略了」，可是楊逵沒有。這就點明了這個作品的一種內在用意。一個民族意識鮮明的左翼作家的主觀投入。

小說的主要情節是：阮新民從日本回鄉後，發現他父親阮老頭與日本人勾結剝削農民，農民生活很苦，阮新民企圖改變現實，勸父親棄惡從善，反被父親打出家門。官員們為了評模範村，讓村民維修門戶和道路，還要他們交出一大筆錢，可憐的憨金福交不起錢自殺了。阮新民留下一箱書，村中教書先生陳文治把書報裡的思想和消息傳遞給村裡的年輕人。

作品讓阮新民充當了一個觀察員，受過左翼思潮影響的他敏銳發現，日本糖業資本和地主的勾結，是農民悲苦命運的原因。他發現，地主向佃戶收回墾熟的土地轉租給糖業公司，「糖業公司便要交結地主，共同來壓迫農民。至於地主，自然是站在糖業公司一邊比較有利。因為和擁有大資本的糖業公司聯絡，不論在土地灌溉上，金融上，或者其他和官府有關的事情上，總可以多占些便宜，當然是樂意的。因此，倒楣的便是這些貧苦的農民了。」[16]小說裡的佃戶憨金福就向阮新民哭訴地主阮老頭敲詐他的財物，卻仍收走他的土地轉租給糖業公司的惡行。這個作品也表明，「模範村」實乃諷刺，日治下的所謂現代化也遮蓋不了臺灣農民的血淚。為評模範村，「媽祖」、觀音菩薩必須換成寫著〈君之代〉（日本國歌）的掛幅，農民只能將媽祖像或觀世音塑像藏在角落偷偷禮拜。現代化的道路和設施自然好，可是窮苦農民只有嘖嘖稱奇的呆看的份，地主資本家們在電燈光下喝酒作樂，農民們卻連點燈油也點不起。所以，小說形象地告訴人們：真正健康的現代化只有建立在民族國家的和平統一之基礎上。

---

16 楊逵：〈模範村〉，《楊逵作品集》（北京市：人民出版社，1985年），頁117。

在作品的結尾部分，楊逵把引語中的問題引發出來，農民們在陳文治的小屋裡討論盧溝橋事變與他們之間的關係，同時也從日本農民組合報紙《土地與自由》上了解到千葉的農民對收回土地的鬥爭，雖然他們仍然有些茫然，但是他們已經開始了解外面的世界。和楊逵的多數小說一樣，結尾部分，總是有著新的氣象，哪怕僅僅是一種可能性，也給人希望。

（四）知識分子烏托邦的批判與「新村」理想的建構

知識分子是楊逵小說中非常重要的一類人物。臺灣學者林載爵在〈臺灣文學的兩種精神——楊逵與鍾理和比較〉中就指出：「在臺灣文學史上我們很少能看到像楊逵這樣，將知識分子置於如此重要的地位，我們能夠推測，在楊逵看來，知識分子的覺醒就是社會光明的希望，知識分子的力量就是社會改革的動力。知識分子堅定的信念，威武不屈的抗議精神，正是使社會合理化、公平化的精神支柱，……楊逵替那個時代的知識分子做了很好的見證。」[17]這樣的斷言也許有些過分，但論者卻敏銳意識到了知識分子形象在楊逵作品中所佔有的重要地位。

或許可以先問一個問題：知識分子究竟指涉什麼樣的人？據劉易斯·科塞在《理念人：一項社會學的考察》中的分析，知識分子應當涉及兩個重要方面：一是知識分子必須有社會理想、關切社會核心價值，並守護正義；二是知識分子應當勇於批判與質疑。真正的知識分子應當「在其活動中表現出對社會核心價值的強烈關切，他們是希望提供道德標準和維護有意義的通用符號的人……知識分子是從不滿足陳規陋習的人。他們以更高層次的普遍真理，對當前的真理提出質

---

17 林載爵：〈臺灣文學的兩種精神——楊逵與鍾理和比較〉，余光中總編、李瑞騰主編：《1970-1989：中華現代文學大系·評論卷（一）》（臺北市：九歌出版社，1989年），頁275-276。

問……他們自命為理性、正義和真理這些抽象觀念的專門衛士，是往往不被生意場和權力廟堂放在眼裡的道德標準的忠實捍衛者。」[18]從這個定義看，楊逵雖然拒絕認同自己的知識分子身分，認為自己和知識分子不「一統」，而是和他們「統一友好地共同生存工作」，但他卻稱得上一個合格且優秀的現代知識分子。對於知識分子他有著清醒的認識和分析，即肯認知識分子的價值和作用，也指出他們的弱點和不足，他說過：「有相當數量的知識分子具有機會主義的傾向，然而，每當掀起運動時，如果沒有知識分子的參與，這運動便很難展開。」[19]因此，進入他小說中的知識分子形象，便具有這樣的兩重性。在小說結構框架上也就體現出雙重敘述結構：知識分子往往作為觀察和分析臺灣社會的「眼睛」和理性良知出現，成為小說結構的一條主線；同時庶民人生的切實體驗又構成了另一條線索，對知識分子的精神弱點予以痛切的批評。

〈模範村〉是一篇對殖民地臺灣鄉村社會有著清醒認識的作品，而這種知識視野的闡述，與留學過日本的地主兒子阮新民息息相關。這篇小說雖然是全知敘述觀點，但是其中的不少段落裡，阮新民的所見才是作品的視角。他的觀察和思考讓這個看似平靜的村莊產生了一波波漣漪。楊逵還特意設置了新舊兩個知識分子人物，如果用現代知識分子的標準衡量，村裡另一個文化人陳文治其實算不得知識分子，而只是個善良儒弱倒楣的舊文人。但是作者通過一箱書報完成了兩人之間的火炬傳遞關係，陳文治終於成為一個有著自主意識的知識分子。

最有意味的知識分子形象，出現在〈鵝媽媽出嫁〉中。小說書寫了兩個臺灣知識青年令人深思的故事。他們在日本留學期間成為好

---

18 〔美〕劉易斯・科塞撰，郭方等譯：《理念人：一項社會學的考察》（北京市：中央編譯出版社，2001年），頁3。

19 戴國煇、若林正丈：〈臺灣老社會運動家的回憶與展望——楊逵關於日本、臺灣、中國大陸的談話記錄〉，《文季》第2卷第5期（1985年6月）。

友，回國後各有不同的經歷。知識青年林文欽為實現「共榮經濟理念」而致家道中落乃至殞命；而經營花園的「我」則經歷了一樁費時良久的尷尬交易，在聰明人的指點下，將日本醫院院長看中的肥鵝奉送出去，終於如數得到一直被拖欠不給的花錢。一個農民告訴「我」，這就是「共生共榮」，也就是日本人在「大東亞戰爭」中美其名曰的「共生共榮」。這個故事顯然含有對日本軍國主義炮火下的所謂「共生共榮」的嘲諷。

與上述世俗化交易的「共榮」迥異，林文欽君的「共榮」觀念也很值得推究。林文欽君是個執著於理想的知識分子，屬於典型的「理念人」。留學時代，當同學們都沉迷於馬克思的經濟學說，宣揚階級鬥爭和實踐運動，他卻一直探索一種不通過暴力鬥爭而訴諸和平協調手段以達到社會公正的目標。他的理想方案就是「以全體利益為目標，考察出一個共榮經濟的理想。」林文欽一直對此癡心不改念茲在茲，並嚴於律己。究竟如何實現這一理想呢？他以為必須賴於「資本家都取回了良心，回到原始人一般的『樸實純真』，共榮經濟計畫的切實實施一定可以避免血腥的階級鬥爭。」[20]他和父親一如晚年的托爾斯泰視金錢財物為身外之物，極盡一己之力資助落難朋友，散盡家財救濟窮人，只可惜父子倆的慷慨無私，換回的卻是一貧如洗，遭人冷落和侮辱。父親悲憤而死，林君也在貧病交加中離開人世，留下一部二十萬字的《共榮經濟理念》的手稿。

這個故事解構和反省了知識分子的烏托邦情結，儘管林文欽和他父親都是有理想的高尚的人，但他們付出生命代價的理想即出自良好願望的共榮經濟理念，卻只是一種烏托邦的空想。這種理想的毀滅是

20 楊逵：〈鵝媽媽出嫁〉，《楊逵作品集》（北京市：人民出版社，1985年），頁8。

現實嚴峻的教訓，也可以視為是楊逵小說「現實主義的勝利」。[21]顯然，無論作品中的「我」還是作品外的楊逵本人，對於知識分子的烏托邦主義傾向持有深切的認同和同情。

作品結尾，看到林君未完成的手稿的最後一句時：「不求任何人的犧牲而互相幫助，大家繁榮，這才真正是……」，「我」不禁流淚，覺得這句話「正像一隻巨手在搖撼我的心。」立志要繼續林文欽未竟的事業：把這部書稿寫完，以彌補自己與日本院長的那筆交易的罪過。儘管作者並未明確說明「我」將如何繼續完成林君的未竟事業，但從現實力量對於林君空想的否定以及「我」對那筆世俗化的「共榮」交易的反省看——那筆交易，讓他聯想到林君「曾指責英國商人收買清朝的官員，而在中國大陸做鴉片生意……這在生意人眼裡也正是『共存共榮』，可憎的共存共榮呀！如今我也當了這樣一個串角，不禁心驚膽寒。」「我」將自己與日本人的交易，比附為滿清官員與外國列強的賣國勾當，這樣的認識清楚地表明了「我」作為一名知識分子自我批判的道德勇氣，以及明晰強烈的民族國家意識。

在這裡，楊逵似乎猶疑於現實與理想這兩難的權衡之中。一方面，楊逵以現實的否定力量無情解構了林文欽君「共榮經濟理念」的烏托邦空想；另一方面，敘述者「我」乃至作者楊逵雖無力卻有心重新接續林君的夢想。這反映出作者自身的矛盾和困惑。楊逵在解構批判知識分子烏托邦情結的同時，又或多或少對這一烏托邦理想懷抱同情、期許和憧憬。他在運動失敗之後轉向農園經營，雖有無奈的一面，但他對農園生活那種超脫塵世、高潔自愛精神的心儀，戰後初期

---

21 恩格斯在《致瑪・哈克奈斯》的信中以巴爾扎克的創作為例，指出「現實主義甚至可以違背作者的見解而表露出來」，他將這一現象稱之為「現實主義的最偉大勝利」。在此挪用此觀點，意在說明楊逵主觀上對林文欽君充滿認同、同情和敬意，但是現實主義藝術則要求他誠實地面對現實，小說安排林君人生和理想的慘澹結局，是現實主義的勝利。

楊逵在獄中所做的那些農場建設規劃，乃至他終其一生執著的「人道
的社會主義」或社會民主主義信仰，都帶有新村式烏托邦色彩。新村
主義的基本思路是先在一個小的地方建立一個「新村」，人們在此過
著平等的生活，後推廣到全世界。一九一八年由日本著名作家、思想
家武者小路實篤在九州日向建立起「新村」，這是一個空想社會主義
的實驗基地。新村主義努力營造無政府、無剝削、無強權、無壓迫，
沒有腦力和體力勞動對立的新生活，和互助理論所追求的社會模式極
其相似，新村運動帶有和平主義與世界主義的理想意味。不能說楊逵
就是個絕對的新村主義者，但二十世紀二〇年代留學日本的楊逵受到
當時風行的新村主義思潮的影響則大有可能。但這個僅限於家庭農莊
意義上的小規模「新村」試驗在現實生活裡最終也難以實現。與小說
〈鵝媽媽出嫁〉裡林文欽堅持共榮理念不同，楊逵從未放棄理想的維
度，但又以現實的力量質詢理想是否可行。這顯示出立足庶民立場和
底層現實人生的左翼知識分子風範，也與林文欽君那種從理念出發的
理想主義有了明顯區別。[22]

三　結語：跨世紀老兵的精神能源

一九八三年，楊逵為我們留下了他回溯生命的一段人生金言：

> 一個自主的人，心中有能源；這一生我的努力，就是追求民

---

22 據楊翠的〈不離島的離島文學——試論楊逵〈綠島家書〉〉一文，楊逵戰後被捕關
　押在綠島期間，一直不忘他的農場新樂園的夢想規劃。然而，現實無情粉碎了這個
　不屈者的夢想，貧窮、困窘以及被社會排擠，成為一個理想追尋者不得不接受的代
　價。唯一陪他構築新樂園之夢的妻子葉陶在常年艱辛後也撒手人寰。參見臺灣東海
　大學中文系等編：《戰後初期臺灣文學與思潮國際學術研討會（中華文化與文學學
　術研討系列第九次會議）論文集》（臺中市：東海大學，2003年），頁210-245。

主、自由與和平。我沒有絕望過，也不曾被擊倒過，主要由於
我心中有股能源，它使我在糾紛的人世中學會沉思，在挫折來
時更加振作，在苦難面前展露微笑，即使到處碰壁，也不致被
凍僵。[23]

　　那麼，什麼是楊逵這裡所說的心中的「能源」，也即楊逵一生從
不屈服的生命意志、社會實踐和文學書寫的精神原動力呢？

　　楊逵的一生極為坎坷，其思想資源也十分豐富。其中之一是自覺
的社會主義的思想信仰。楊逵吸取民主、自由的思想資源，可以追溯
至中學時代他廣泛閱讀的十九世紀俄羅斯作家托爾斯泰、屠格涅夫、
果戈理、杜斯妥也夫斯基以及法國大革命前後的小說所接受的薰陶。
但十九歲以後留學東京過著清苦的工讀生活的楊逵，則在日本左翼思
潮影響下研讀《資本論》，確立了社會主義的政治理念，這一信仰指
引他後來返臺參與臺灣社會運動，並直接促動他自覺的左翼創作立
場。青年楊逵生活於殖民時代，內心更突出的是社會民主主義理念和
立足臺灣民族解放與階級抗爭的鬥爭實踐。到了晚年楊逵仍表示：
「我這一生的努力，就是追求民主、自由與和平。」這是他經歷了日
本殖民統治與國民黨專制統治兩個世代，對自己生命歷程的總結。臺
灣學者許素蘭在〈普羅文學作家──楊逵〉中曾經指出：「文學活動
與政治運動、社會運動的結合，在臺灣近代史上，似乎成了矢志於社
會改革的臺灣知識分子的『宿命』。尤其是日據時代，較具社會意識、
民族精神的臺灣作家，更是無可避免地投入了社會改革、民族解放、
文化重建的運動漩渦裡，如賴和、張深切、楊逵、王詩琅等。」[24]關

---

23 這段話是楊逵接受作家方梓訪問時所說，原刊於《自立晚報》副刊，後收入方梓：
　　《人生金言》（臺北市：自立晚報，1983年）。
24 許素蘭：〈普羅文學作家──楊逵（一）〉，原刊於《臺灣週刊》2003年第4期。轉自
　　「中國網」（http://www.china.com.cn/chinese/archive/269453.htm）。

於楊逵的政治信仰，尹章義認為，「楊逵是理想主義的社會改革運動家，在二〇年代後期的臺灣農民組合運動中，他的思想和實踐傾向於左翼社會民主主義。」[25]另有論者不僅確認楊逵的社會民主主義思想，還認為楊逵是一九二八年成立的臺共東京特別支部的主要成員。[26]雖然人們也曾不無疑慮地聲稱楊逵與臺共的關係至死是一個未解之謎，但仍多以共產主義信仰來界定楊逵的政治理想。所以陳芳明評析楊逵繼承了賴和文學精神中明朗的一面時，他還認為：「楊逵的格局之所以比賴和還大，主要在於他在社會主義之外，又注入了國際主義的色彩。」[27]楊逵是否共產黨員並非本文關注的問題，重要的是，楊逵自青年時代即確立了社會民主主義的信念並持守終生，則是確信無疑的。直到晚年，楊逵在一次訪談中被問及自己的思想和信仰時，仍堅定地回答自己是個「人道的社會主義者。」[28]楊逵從社會民主主義的思想和信仰中，吸取了巨大的精神力量，使他成為一個務實而樂觀的理想主義者，並為之奮鬥終身，即使面對再大的壓力，也未曾消沉、屈服。這應是楊逵精神能源主要的原動力。

之二，與底層民眾共同的存在體驗和情感脈動，形成了楊逵悲憫人生的階級意識；而庶民文化性格中的剛毅堅韌精神，也為楊逵所吸取。庶民家庭出身的楊逵，雖然後來留學東京成為一個左翼知識分子和社會運動家，並以此獲譽文壇，但他從未放棄自己庶民的身分認

25 尹章義：〈楊逵與臺灣農民運動〉，尹章義：《臺灣近代史論》（臺北市：自立晚報社，1986年），頁76-84。
26 高雪卿的〈從楊逵看臺灣現代史〉一文認為：「上海台共成立之後，在同年九月二十三日東京特別支部成立，楊逵與許乃昌、蘇新是支部的主要成員。」高雪卿：〈從楊逵看臺灣現代史〉，《國立中央圖書館臺灣分館館刊》第5卷第2期（1998年），頁102-108。
27 陳芳明：〈賴和與臺灣左翼文學圖譜──殖民地作家的抵抗與挫折〉，《聯合文學》第11卷第6期（1995年），頁138。
28 林進坤：〈楊逵訪問記〉，《進步雜誌》創刊號（1981年4月）。

同，在牢獄不斷的曲折人生中，過著躬耕田畝的「園丁」生活。臺灣
在歷史上是個移民社會，來自中國大陸的閩粵移民，篳路藍縷，艱辛
拓墾，把荒蕪的臺灣發展成美麗的寶島。移民的拓殖精神成為臺灣庶
民性格中最重要的文化積澱。而這種拓殖性格，最突出的正是面對惡
劣環境（自然的和社會的）所表現出來的刻苦耐勞、堅忍不拔的剛毅
精神。楊逵思想意識上的庶民認同，也是對這一庶民性格的認同。無
論早年的〈首陽園雜記〉（1938）還是後來的〈冰山底下過活七十
年〉，楊逵在許多文章中都不無隱喻地描寫了蟲害、惡劣天氣等對他
艱辛拓殖的農園的傷害，同樣他也語帶雙關地宣稱：「菜、花若遭了
蟲害，我們就一隻一隻將蟲挖死；若長了野草，我們就一根一根將它
除掉，我想這就是我的本分。」正是這種來自社會底層的庶民的生活
實踐，培育了楊逵奮鬥不息、抗爭不止的堅韌精神和風雨過後仍對未
來充滿期待的樂天態度。

之三，中華人文傳統中自強不息的文化底蘊。列文森曾經借用
「博物館」的比喻，說明儒家思想傳統在中國僅僅具有博物館中歷史
收藏物的保存價值，而失去了在現實文化中的生存發展價值。[29]但這
個結論並不能否定儒家精神在近現代中國現代性建構過程中的思想資
源作用。童年的楊逵正處在臺灣從抗日武裝鬥爭向文化鬥爭的轉型時
期，以「希延漢學於一線」、「維繫詩文於不墜」為宗旨的臺灣漢學運
動所形成的社會文化風氣，不能不對成長中的楊逵產生潛在影響，使
中華文化傳統成為楊逵思想和性格構成的文化底蘊。這從楊逵在困境
中經營首陽農園並引述東方朔〈嗟伯夷〉詩句作為自己的人生勵志銘
言，即可看出一斑。儒家關懷社會人生的憂患意識和道家曠達樂天的
人生態度，都在楊逵的生命中留下了難以磨滅的印痕。歸耕農園的楊

---

29 〔美〕列文森著，鄭大華、任菁譯：《儒教中國及其現代命運》（北京市：中國社會
　科學出版社，2000年），頁337-338。

達在關切社會的文學世界中，大量地運用了自然意象來隱喻現實，寄寓了中國傳統文化中「天人合一」的哲學意識。其最著名的如〈關不住的春天〉，以石板下面頑強生長起來的「壓不扁的玫瑰花」為隱喻，禮讚了一種反抗外侮與強權的主體精神，這一意象也成為楊逵自我形象的象徵。「天行健，君子自強不息」的儒家思想，鑄就了楊逵的剛健風骨，而自孔子的「禮運大同」到孫中山的「三民主義」，都成為楊逵有意繼承的思想文化傳統。優秀的中華民族人文精神體現在楊逵本人以及帶有作家人格色彩的作品人物形象身上，首先是剛健有為、自強不息，具體體現為不畏強暴、反抗外敵，爭取和捍衛民族獨立解放的鬥爭精神；再者即「富貴不能淫，貧賤不能移，威武不能屈」的浩然之氣與「不為五斗米折腰」的人格風骨；三則為「仁者愛人」、「民吾同胞」的人道主義情懷；四乃是「情繫田園」、「天人合一」的境界。晚年的楊逵在〈冰山底下七十年〉中仍堅信：「能源在我身，能源在我心。在冰山底下過活七十年，雖然到處碰壁，卻未曾凍僵！」[30]可以說，中華人文傳統的文化底蘊，已經內化於楊逵生命之中，成為他最可寶貴的精神能源，也鑄造了他的民族氣質和文化人格。

殖民地人民的精神創傷和反抗意志，以及光復後對國民黨威權統治的鬥爭精神，貫穿了楊逵整個生命歷程的持恆踐履。楊逵生命中始終保持著強旺的精神能源，源自民主的社會主義思想信仰、與底層民眾共同的存在體驗和情感脈動，也源自中華人文傳統的豐厚文化底蘊。

---

30 楊逵：〈冰山下過活七十年〉，《臺灣文藝》1974年1月號。

臺灣知識人的精神私史：《背海的人》中的「爺」

　　王文興是最具代表性的臺灣現代派小說作家，他在世紀之交完整出版的長篇小說《背海的人》被認為是漢語文學中「現代派總成果的重心」之一，但其創作成就在中國大陸學界尚未受到應有的重視。小說塑造了一個邊際人形象：「爺」，這個正史上的無名者和卑賤者，兼滑稽可笑的丑角與憂憤深廣的知識分子角色於一身，以犬自況，發出富於嘲諷和解構意義的「吠聲」。小說以悲喜雜糅的戲謔風格和極富實驗性的含混文體，寓言當代臺灣人的精神狀況，隱喻臺灣病態的社會現實，凸現臺灣現代主義質疑與反諷的文化政治。

一　《背海的人》：中國現代主義文學的高峰和終結？

　　與對白先勇的熱情關注相比，大陸評論界對王文興的認識和論析顯得相當貧乏，有關他的評論迄今仍不多見，相關論述也大多僅涉及早期短篇和《家變》，而他耗時數十年苦心經營的長篇小說《背海的人》並未引起必要的重視。

　　但在臺灣和海外的學院評論界那裡，白先勇與王文興向來被並列視為臺灣現代派小說的代表性作家。臺灣現代派小說研究專家張誦聖女士認為：「白先勇的《孽子》、王文興的《背海的人》、王禎和的《玫瑰玫瑰我愛你》，以及李永平的《吉陵春秋》等，應該是我們討

論現代派總成果的重心所在。」[1]在文學活動方面,據李歐梵回憶,
「王文興恐怕是比白先勇在選擇哪一位作家作為《現代文學》討論專
號策劃扮演更具影響力的靈魂人物。」[2]一九九九年,《亞洲週刊》評
選出「二十世紀中文小說一〇〇強」,[3]王文興的《家變》位列其間。
二〇〇一年,臺灣著名學術期刊《中外文學》連續推出白先勇和王文
興二人的研究專號,而在「王文興專號」中,《背海的人》成為論者
關注的主要對象。《背海的人》的上冊出版於八〇年代初,歷經近二
十年的嚴謹創作,下卷方完成並於一九九九年出版。有論者感歎:
「半部《論語》可以治天下,這半冊的《背海的人》一出,中國及臺
灣文學史中的現代主義已然至此,再難望其項背。」[4]筆者認為,想
要認識臺灣現代派小說在中國文學脈絡中的獨異價值,想要了解臺灣
現代派文學的敘事策略及文化政治意義,王文興都是不容忽視的重要
作家,而他的長篇《背海的人》不僅在語言文體上表現出獨異的創新
實驗性,其豐富的思想元素和詭異的諷喻性,也提供了相當重要的文
學和思想資訊,值得關注。

　　筆者試圖從小說主角「爺」——一個漢語世界的現代「奇人」形
象身上探索其複雜的構成元素,辨析其中耐人尋味的臺灣現代主義文
化政治。

1　張誦聖:《文學場域的變遷——當代臺灣小說論》(臺北市:聯合文學出版社,2001
　　年),頁16。

2　林秀玲:〈王文興專號‧序〉,《中外文學》第30卷第6期(2001年11月),頁24。

3　「二十世紀中文小說一〇〇強」是一九九九年《亞洲週刊》仿西方的「二十世紀百
　　大英文小說」而提出的二十世紀中文小說書單。不同之處在於,「二十世紀百大英
　　文小說」只評選長篇小說,而這份中文書單則將短篇小說集納入一起評等。評選方
　　式是:先由《亞洲週刊》編輯部列出五〇〇多本參考名單,然後邀請海內外十四名
　　評委投票選出一〇〇強。

4　林秀玲:〈王文興專號‧序〉,《中外文學》第30卷第6期(2001年11月),頁19。

二　嘲弄與反諷：從魯迅的阿Q到王文興的「爺」

　　《背海的人》以詰屈聱牙、憤世嫉俗、粗俗不堪的破口大罵開篇，渾沌粗放、痛快淋漓的渲洩性節奏，奠定了敘述者兼主人公的「爺」命運的基調：見棄於世，同時與世界為敵。頗具刺激性的開篇將流氓無賴氣的粗話和文人語彙組串在一起，形成了多種方言國罵及變體國罵的進行曲。王德威認為小說的這個開頭「令有教養的讀者難以招架」，強烈的反智氣氛貫穿全書；有趣的是，此書又是一個知識分子帶有強烈反諷性的自嘲，「整體而言，它提供了一嘲弄式百科全書（mockencyclopedia）視景。」[5]

　　二十世紀中國文學史上曾經出現過一個著名的無名者形象：魯迅筆下的阿Q，在我看來，王文興筆下的「爺」不妨可看作阿Q的一個當代傳人，他同樣無名、無姓、無產、無業、無家可歸，身陷困境，在無法自主的命運擺佈下盲目掙扎，最終被無邊的黑暗徹底吞噬。只是這個臺灣版的阿Q身分顯得更加曖昧，他不僅是個典型的流氓無產者，居無定所，滿口污言穢語／胡言亂語（其中卻也不乏真率智慧之語），還曾當過詩人，鋒頭健時同時在幾份刊物上發表過詩作，目不識丁的阿Q就從未有過如此的榮耀了。「爺」還曾當過兵，並且在臺北混跡過相當長的時光，比阿Q見多識廣得多；阿Q一直處於天真無知的渾樸狀態，雖也會鸚鵡學舌地說些不孝有三無後為大之類的腐儒之語，然更多時卻只會像對吳媽示愛一樣粗口直陳，本能地吃、本能地睡、本能地自我保護，維持著生存最底線的可憐需求，本能地愛、本能地恨、本能地懼怕、本能地渴望革命，因一切言行皆只出乎本能，故無思無想如地洞中求生的鼠類。魯迅不無悲憫地讓我們看土谷祠裡阿Q的昏睡之態，以示其未覺醒的昏聵；而王文興小說裡的

5　王德威：《想像中國的方法》（北京市：生活・讀書・新知三聯書店，1998年），頁187-213。

「爺」雖也為命運所撥弄，卻有著強烈的探知欲，他天性好奇，對於宿命和神一直處於信與疑、敬與諷的矛盾狀態，不甘屈服於強權惡勢，也不願拜倒在神壇之下，與阿Ｑ的缺乏自我意識不同，「爺」堪稱具有知識分子的反省力和批判意識，但他又是個道地的邊緣人，在臺北失去了立足之地，被逐至「深坑澳」──一個虛假的自由之地，也是他最終的葬身之地。阿Ｑ臨死才似有所悟，悟出自己置身的世界是非人的，周圍遍佈吃人的餓狼，魯迅讓知識分子的狂人在瘋狂的邊際吶喊出理性啟蒙的話語，又讓蒙昧庸眾的典型阿Ｑ以死亡為代價換來臨終一瞬的覺悟；王文興的「爺」兼狂人與阿Ｑ於一身，在蒙昧與先覺之間做困難而滑稽的掙扎。一方面「爺」如一葉浮萍活得盲目而沒有希望，另一面這個獨眼人又狂妄得自以為窺破天機，偶然一次看相的成功讓他生意興隆，彷彿閉塞的深坑澳來了個先知，而「爺」恍惚間也對自己的通靈異秉驚奇復自得起來。不幸的是，這位「先知」終究未能預知自己的厄運：面對死神的偷襲，他的反應完全是常人的措手不及。

　　《背海的人》記錄的不過是「爺」兩個夜晚的內心獨白，「爺」的敘述卻涵括了哲學、神學、文學、政治、數學、風水、相命、情色、性等話題，尤其在上冊，「爺」尚未墮入絕境，他精力充沛，對一切形上形下的話題都充滿辯駁興趣，實際處境的困窘並不妨礙他知識論式的耍寶。「爺」生活的卑微不堪、身分的混亂曖昧、情緒的駁雜叛逆以及思想的似是而非，組成了一個騷動喧嘩的內在世界。小說立足於「爺」的有限視角，展示心靈幽暗、錯亂而脆弱的多維層面，「爺」的敘述既是孤注一擲的抗辯，又是弱者無能無力，因而無所顧忌破罐子破摔的撒潑耍賴，因他所抗辯撒潑的對象絲毫不會在意他的存在，他的敘述實際上只能是寂寞的自語反芻，發洩、胡鬧、表演，全是自我意識分裂的想像中的虛幻快感。很難想像如果不是遭到暗

殺，「爺」那滔滔不絕、「比狗屁不通還要不通」[6]的夾敘夾議會如何收場。阿Q示眾時無師自通地嚷出一句：「二十年後又是……」，「爺」正沉溺於他的幾次情色冒險史的回憶試圖淡忘日趨迫人的生存焦慮，幾個歹徒粗暴地闖進來不聲不響地殺了他，在黑暗中他喊出了當初阿Q沒來得及喊出的「救命！」王文興自認為：「《背海的人》是comedy，或者頂多是 tragicomedy，不會缺少喜劇的成分，」[7]然而死亡的結局畢竟讓人感到這終究是個人生的悲劇。

　　「爺」作為一個兼含悲喜劇因素的形象存在，他的身分足夠曖昧。通過他的私室自白，我們得以了解他混亂的個人歷史，他曾經是軍人，當過「名詩人」，是六個詩社的創辦人，詩作曾收入五本詩集（卻嫌詩人這行當太窮），做過不三不四的雜貨店生意（因違法經營而遭員警追捕），曾冷酷地拋棄了一個老實本分地愛著他的貧寒女人（後來在深坑澳被醜陋的紅頭妓女嘲弄、被貌似觀音的妓女惡整似乎都是報應），在出版社工作過（卻鬼使神差地偷了保險櫃裡的兩千塊錢而被逐），曾懷著僥倖心理去賭博卻輸個精光反欠了一大筆賭債（因而被黑社會勢力威脅），原因不詳地瞎了一隻眼睛，遂自號「單星子」，並以「隻眼居士」為筆名……在設計和敘述「爺」的個人歷史時，作者顯然違逆了一般自傳體小說的自我辯護立場，「爺」這樣的人物應屬於低於讀者一般水準的諷刺喜劇，但如此解讀「爺」又未免輕率，當人們產生優於人物的感覺時，另一種力量又會動搖這種高高在上的自信。人們或許有足夠的理由鄙視「爺」，但同時也有更多理由從「爺」那裡得到關於人類自身存在的啟示。人們或可從對他的鄙視裡獲得快感與平衡，但他的言行和遭遇也許會反過來讓我們為人性中的低賤卑微而悲哀。「爺」所激發的感觸是複雜難言的，他的自

6　呂正惠：〈王文興的悲劇——生錯了地方，還是受錯了教育〉，呂正惠：《小說與社會》（臺北市：聯經出版事業公司，1988年），頁33。

7　單德興：〈偶開天眼覷紅塵〉，《中外文學》第28卷第12期（2000年）。

私冷酷無賴品行讓人厭惡，但讓他為自己的處境負全部責任卻又不夠公平；「爺」的窮途末路如果不足以引發同情，至少也能讓我們明瞭命運的嘲諷與惡意，因此對「爺」的背德無義喪失責難的勇氣；人們不會喜歡與這樣一個人為伍，既害怕跌入他那樣走投無路的慘境，更害怕從這面污穢殘破的鏡子裡照見人性的一種真相。「爺」是一個隨波逐流的脆弱個體，只有此刻，沒有明天；「爺」是怪異的丑角，在地獄的邊緣發出毛骨悚然的狂吠；「爺」又是一個純然的笑料，他的荒唐舉止和滑稽言行將他自貶為鬧劇主角；「爺」還是一種關於人性的試煉：卑賤是否存在底線？道德的限度何在？善惡的分界有何意義？王文興借「爺」這一形象傳達了自己關於人的存在複雜性的曖昧認識，對人性邪惡低賤本性的揭露尤為冷峻觸目。

與白先勇的佛性慈悲氣息全然不同，王文興的文學世界似乎缺乏柔情與憐憫，早期他筆下的少年尚因純潔而孤絕的氣質令人同情，《家變》裡的范曄就冒天下之大不韙以虐父之舉而拒絕了讀者可能的認同，到了「爺」這裡，范曄式的自譽自解也毫無蹤影，人物將自身降級為低於人類的存在物：狗。小說開頭便通過「爺」的自敘，宣告了隨後的全部敘述都形同犬「吠」。「我叫出來的話就像汪汪的狗的嘯號之聲，是底，毫無意義的犬吠，立刻消散飄遁在浩浩黑夜之中，存不下一痕一線的蹤跡。」用犬吠之喻來剷除尊嚴自我貶抑，將憤世與自嘲推到極限；小說的結局部分，與之相呼應，精心設計了一個屠狗場景，在圍追堵截過程中，狗的兇悍勇猛與人的膽怯猥瑣構成諷刺性對比，狗在將死關頭像人一樣直立起來，屠狗事件實際上成了殺人的隱喻，有意味的是，最後操刀殺死狗的恰恰是自喻為狗的「爺」。彷彿一次讖語般的預演，當晚「爺」便在吃完狗肉不久後被殺死。儼然魯迅先生有關吃人與被人吃的寓言的新版本。不同的是，狂人得以「善終」，痊癒後「赴某地候補」，重被納入其當初奮力反抗的體制；而「爺」並不曾踢過陳年流水簿子一腳，倒是在「近整處」大鬧天宮

了一場，終未能被深坑澳唯一的官方機構接納，原因不明地被殺。

在人物形象上，小說除了表現敘述者「爺」境遇的尷尬怪誕、言行的乖張荒謬、心理的錯雜混亂以及處境的困窘可悲外，還以陰森詭異的筆法繪描了王德威稱之為「現代中國小說中最富想像力的官僚生活群像」：「近整處」（一個名為「近百年方言區域民俗資料整理研究考察彙編列案分類管理局深坑澳分處」的官僚機構）裡的一群奇形怪狀如同鬼魅的異化人，這些人全是被排擠出臺北的老弱病殘，一群失魂落魄的官僚職員，在昏暗恐怖的氛圍裡無休止地上演著一幕幕鬧劇。這裡既瀰漫著沉淪與死亡的氣息，又散發著貧民窟自然主義式的病態活力，時而令人窒息，時而激起莫名的笑——黑色幽默的笑，苦澀至極，不笑不足以感應其苦趣。「近整處」裡形形色色的小丑傻瓜履行著雜語喧嘩的喜劇化功能，然而就連這個集合了各色邊緣人的機構也不肯接納「爺」，襯托出「爺」的極端孤獨落寞，也不禁讓人聯想起卡夫卡筆下的城堡和 K。

三　活著就是個矛盾：詩人、知識分子的邊緣處境

在這部充滿諧謔滑稽敘述的作品中，作者力圖展示道德的相對性及存在的悖論等嚴肅主旨，體現了現代懷疑論基調上對存在複雜性的經驗意識。

作為一個混跡江湖的浪子，「爺」雖稱不上罪大惡極，也算得上劣跡斑斑。從某種角度看，他的死不過是罪有應得。但這部作品決不僅寫了一個罪與罰的故事。從敘述特徵看，「爺」長篇大論的私室自白是一個被排擠到世界邊緣的絕望者憤世的宣言，也是一個生活底層漂泊失根人混世的囈語。必須指出的是「爺」的潑皮無賴作為並不能掩蓋他的知識分子真相。粗鄙的語言、自成體系的彆扭文體和「梅尼

譜體」式的鬧劇狂歡場景[8]皆不能遮蔽「爺」這一形象的批判反省功能，雖然「爺」的批判性在王文興刻意經營的反美感、反感傷、反崇高、反英雄的文體語境中被扭曲變形了，但依然可以感受到小丑面具背後深藏著知識分子的精神私史。

劉易斯・科塞認為：「知識分子是理念的守護者和意識形態的源頭……他們還傾向於培養一種批判態度，對於他們的時代和環境所公認的觀念和假設，他們經常詳加審查，他們是『另有想法的人』，是精神太平生活中的搞亂分子。」[9]「爺」的自白裡明顯的反智色彩每每造成誤讀，讓人忽略他的知識分子身分，他與普通人心目中的知識分子溫文儒雅形象實在是相距甚遠，而他本人對這一身分也懷著極為矛盾的看法，時而滑稽地自傲自矜，甚至在擇偶標準上自以為是地擺臭架子：「我們知識分子！我們知識分子，焉能夠，標準過低來也？」時而恨之入骨，對之嘲諷有加，比如「爺」對詩人身分就極盡冷嘲熱諷之能事。

雖然書中交代「爺」學歷並不高，諷刺他以知識分子自詡的可笑，但按科塞的觀點看，「爺」骨子裡卻是個對一切理念和假設持質疑諷刺態度的知識分子，他清醒意識到自己的存在處境，當他被迫落腳於深坑澳住在一間昏暗逼仄的無水的浴室，「爺」戲謔地自我安慰，這樣的封閉獨居正可滿足他酷愛孤獨的癖好，「是的，孤獨，禁閉，牢房，放逐，其實一模一樣的一篇子事情，——而爺就極其喜歡被放逐！放逐是反而得使爺感到自由無牽，一身暢快不絭。放逐在過去的時候是迫害的代名詞，在現代二十世紀則殊屬可能變成自由的代名詞的了。」中外文學都存在放逐母題，「爺」所議論的放逐理念基本立足於西方精神史，自《聖經》中人類祖先第一次遭放逐，至中世

8　參看巴赫金的相關論述。

9　〔美〕劉易斯・科塞撰，郭方等譯：《理念人》（北京市：中央編譯出版社，2001年），頁4。

紀的異教徒被逐殺迫害，放逐一直是被動無奈的肉身和心靈的苦役。
相對而言，自覺放逐正是現代知識分子普遍自我意識的表徵，尤其在
現代主義意義上的放逐則更是失落了上帝後的自我拋離，人從自然、
從上帝、復從他人那裡相繼拋離出來，獲得前所未有的自由，但同時
也開始體驗前所未有的孤獨。這種存在主義式的自由很快變成生命中
難以承受之輕。「爺」對自己的放逐狀態所許諾的自由明白無誤，而
他對這種自由的代價的佯裝不懂使得敘述語境充滿反諷性，自由的表
象與人生絕境的實質構成反諷。焦慮被虛假的輕鬆暫時取代，可是焦
慮並未真正消除，而是轉化成憤世嫉俗的天問離騷，一個卜里巴人對
屈原的戲仿，中國最早遭受放逐的偉大詩人被敷演成現代末路英雄或
反英雄。「爺」的知識分子身分不僅可從他的謀生方式上窺出：靠看
相混日子，在「近整處」廁所題字被人賞識而謀職；更能從他閒情逸
趣的好奇心得以辨識：「爺」既對直接的食色需求和慾望興趣濃厚，
又對終極性理念充滿非工具性的認識激情。「爺」的知識範圍堪稱廣
博，但他耍寶式的炫耀不是為了證明真理在握，而只是以丑角的形式
戲弄真理的虛妄。科塞說：「現代知識分子類似於弄臣，不只是因為
他為自己要求不受限制的批評自由，還因為他表現出一種態度，⋯⋯
我們姑且稱之為『戲謔』（playfulness）。」[10]「爺」對詩人的諷刺、
對命運之謎的迷惑與追究、對世風的抨擊以及對自由意志的崇尚，處
處流露出對正義與真理的由衷關切；而他關於佛禪的高談闊論、向天
主教神父裝腔做勢的求教、對紅頭毛妓女的諧仿浪漫派的求愛方式，
又在在傳達著一種戲諷趣味。王文興沒有也不可能把「爺」寫成現實
主義的鬥士，在現代主義視野裡，「爺」盡可能扮好一個破碎世界中
的空心人角色，他不可能在乾涸的荒原（小說以無魚季節躁動的漁村

---

10 〔美〕劉易斯・科塞撰，郭方等譯：《理念人》（北京市：中央編譯出版社，2001
　　年），頁5。

為隱喻）找到人間天堂，現實時刻嘲弄他轉眼即失的烏托邦幻想。世界對於他似乎只是個熱鬧而空洞的惡作劇，而他面對這世界卻無能成為挑戰者，頂多只能發出憤激而無用的犬吠。

　　若想解讀「爺」的知識分子層面，翻翻他簡陋的行囊也許並不多餘。我們發現，「爺」的「百寶箱」頗為可觀，既有他稱之為「物質食糧」的相書，也有他戲稱為精神食糧的春宮圖片，還有一本抄錄了「爺」十幾年來創作的白話新詩集，以及「爺」東摸西借來的破爛不堪的幾本書：紀德的《地糧》、尼采的《查拉圖斯特拉如是說》、杜斯妥也夫斯基的《地下室手記》和托翁的《復活》。這似不經意的交代絕非閒筆，相書、春宮照片與人物有關食色的情節真實反映了「爺」形而下的生活內容：生存的危機和混亂無序；而詩集和四本名著則隱晦曲折地燭照了人物由於價值的衝突和意義的缺席造成的痛苦矛盾壓抑的精神世界。

　　「爺」的詩人身分耐人尋味，他棄詩從商的個人行為也不難追究社會轉型及價值轉換因素，他自嘲寫詩容易出名是因為不會招人眼紅，「有名，但是沒有錢，有什麼鳥用它來的個的的的的的？」表面上他已視詩和詩人如敝屣，刻薄地批評臺灣白話詩「要不是害的是不舉，就是舉後不堅。」但內心又對自己的停筆難以釋懷，當他津津樂道以內行自居大侃寫詩的不可思議的痛苦時，既為自己脫離苦海而慶幸，又不覺流露了一絲失落的惆悵。僅從他落入山窮水盡之境還依然隨身帶著自己的手抄本詩集就足以看出他內心的矛盾。詩已成為一種不可能存活的高貴，將人撕成兩半，一半沉淪於苦難卑微的生存之淵，一半昇華至純粹高華的精神境界。意識的分裂也許是現代詩人註定的命運。「爺」對偽劣詩及媚俗詩人的痛擊猛嘲或含有納西索斯式的自戀意味，而他多年的私密珍藏無意間暴露的心靈真相倒是令人在黯然神傷之際感到震驚，那是主人公滿卷聒噪喧嘩的「犬吠」突然停息的瞬間靜寂帶來的錯愕怔忡，那是卑瑣墮落的生存表象與精神深處

殘存的高貴陡然相逢的眩暈不適。小說中的這本詩集暗示了人物精神層面不容忽視的向度。它是一個尺規：標刻著「爺」沉淪的底線，在失去道德自律的「自由」落體過程中，尚存一線自我救贖的心念。

　　「爺」攜帶的幾本現代名著自然也並非可有可無的裝飾，它們與《背海的人》之間有著深度的互文關係，引導我們走進人物精神世界的迷宮。尼采讓查拉圖斯特拉從隱遁的山林來到人間，這個強健而激情的傳信者猛烈抨擊基督教傳統，呼喚人們「告別奴隸的幸福」，他用兩個寓言向世人宣告上帝之死的消息：上帝死於憐憫心太重或是死於嫉妒心太強，可見尼采是從道德價值的名下行使否定上帝之職。他以超人的勇猛在宗教與道德的禁地摧枯拉朽，向一切頹廢的、弱者的文化價值挑戰，高揚獅子的道德。與此比照，「爺」的詛咒承襲了尼采藐視世俗與傳統的狂人氣概，但「爺」的底氣終有些不足；「爺」不願做上帝的羔羊反倒從神父那裡騙了一回錢，可他也決不是獅子，至多是條狂吠的落水狗；「爺」從尼采那兒獲得了嘲笑世俗的勇氣，但也只停留在行動匱乏的觀念和獨白性話語層次。尼采「解放了存在於一切道德之中的任意性：由此破壞了人們賦予道德的神聖權威。……然而，當他想把自己的意志強加於人時，一方面，卻把一切道德推向虛幻之中。」[11]和尼采一樣，紀德起初是虔誠的新教徒，後來又篤信非道德主義，但不同於尼采的道德家立場，紀德從未把自己看成超人道德的捍衛者，他的「背德」完全出於生命的需要：一種尊重感官、沉迷於藝術的內在原則，他從福音書中引出審美的真理，在美的祈禱和藝術的信仰裡憧憬著極樂至福。《地糧》是這位在五十歲之前一直默默無聞的藝術家的代表作之一，它表明了紀德精細而飽滿的感覺力量，「每種當下的感覺，他都讓它保持不變，就像優質的鏡子反射圖像那樣。……每一視覺都保持著當初的純真狀態，它以嶄新

11　張若名：《紀德的態度》（北京市：生活‧讀書‧新知三聯書店，1997年），頁25。

的面貌出現在忘掉過去與不知未來這兩種虛無間。」[12]

　　然而《地糧》的感官沉醉也被非難為赤裸裸的情慾和虛無主義（盧卡契語），甚至紀德本人被指責為是「魔鬼附身的人」（亨利・馬西斯）。紀德從宗教信仰走向生命藝術的朝拜，「爺」卻從詩的殿堂逃離，彷徨於歧路，與信仰擦身而過；紀德感官沉醉的純美與神秘也許是「爺」曾經夢想過的，但註定與他無緣，「爺」的墮落裡缺乏解放的快感和放縱的狂熱，常常演出的是剝落尊嚴的滑稽戲；紀德喜歡耶穌的一句話：「要想救他自己的人，反而失掉了他自己；但是，要想棄掉了自己的人，反而得救。」他像《聖經》裡的浪子棄絕了世俗的幸福安逸來到曠野找尋自己，遍嘗苦果換來心靈的自由空曠和詩意，在荒野中他發現自己從未忘懷上帝；王文興的「爺」也是自我放逐的背德浪子，但作者沒有模仿紀德模式讓「爺」吃盡苦頭後獲得救贖。「爺」的放逐是徹底的沉淪，「爺」敏感意識到深坑澳這個名字的象徵性：深淵。與「爺」的精神聯繫最為密切的大約要算杜氏的《地下室手記》了，深坑澳裡陰暗的蝸居就是爺的地下室。爺和地下人一樣無名無姓，疾病纏身，自棄自虐，自我放逐，地下室人用來表達自己對別人態度的基礎可概括為一個公式：「我就是一個人，他們就是所有的人。」[13]爺性喜孤獨，亦自外於他人，他們的敘述立場驚人的一致，鄙棄歷史上粉飾做作的自傳回憶錄傳統，地下室人宣稱：「我就是要試驗一下：人們哪怕只是對於自己，能夠開誠佈公和不怕說出全部實情嗎？」「爺」在長篇回憶之初也嘲弄了一番回憶錄文體的虛假荒唐：「回憶錄，確實是一種奇怪的寫作方式，全不靠的『以後』的努力，而倒是靠的以前的努力——很有點像是整拿一筆人壽保險額一樣的。」兩人在思想上都持懷疑論傾向，在內省和辯駁過程中體驗痛

12　張若名：《紀德的態度》（北京市：生活・讀書・新知三聯書店，1997年），頁29-30。

13　〔德〕賴因哈德・勞特，沈真等譯：《陀斯妥耶夫斯基哲學》（上海市：東方出版社，1996年），頁8。

苦與狂喜，地下室人雖自知不能以頭撞牆，但卻堅持抗拒二二得四的
自明真理和必然性對人類意志的壓迫，「爺」對何為真正的自由如何
實現自由等問題的思考也可謂殫精竭慮；這二人都呈現出典型的雙重
人格，二者的關聯可見張新穎的有關論述，[14]此不贅言。托翁的《復
活》觸及社會批判、道德反思和宗教信仰等主題，對於「爺」而言，
托翁的命題同樣是他安身立命的動力，「爺」雖無聶赫留朵夫的貴族
身分，但他卻私下保持了詩人的精神貴族意識，最有意味的是，王文
興又讓「爺」以世俗化的金錢渴望作踐昔日的詩歌夢想，「爺」的後
悔對於《復活》的懺悔意識毋寧構成了深刻的反諷。托翁筆下的人物
在經歷了苦難罪孽的煉獄後終於獲得救贖，「爺」卻無可救藥地沉陷
於地獄（深坑澳）。

　　《背海的人》裡提及的四本書是我們理解「爺」的四條線索，四
本書都深入探討了現代人精神和行為的複雜性以及存在的困境。每個
作者都從各自的角度企圖對這種充滿矛盾的複雜性進行統合，尼采以
激進的方式重估一切價值，紀德以燃燒感性生命的形式抵達信仰，杜
氏則讓相互衝突的不同思想處於激烈的交鋒狀態以展示精神的分裂，
而可敬的托翁把難於解決的所有問題最後交托給了道德的自我完善。
王文興從他們那裡吸取思想和藝術資源，但並未亦步亦趨機械模仿，
而是用小說這種虛構文類和現代主義途徑，探索現代漢語文學文本的
藝術新質；小說立足於臺灣的本土生存現實，通過「爺」這個境遇艱
尬思想駁雜的臺灣地區外省人形象的塑造，表達了作者憂憤深廣的批
判和反思，也表現出作者廣闊的人文視野和終極關懷。「爺」在書中
自剖：「矛盾！──矛盾！──爺這一個人就是一個大大大大而又大
的矛盾！──爺就是『矛盾』。」[15]這應當是王文興在這本書裡最想說
的一句話。

---

14 張新穎：《棲居與遊牧之地》（上海市：學林出版社，1994年），頁190-193。
15 王文興：《背海的人》（臺北市：洪範書店，1981年），上冊，頁31。

時間之傷與個體存在的焦慮

──試論白先勇小說的時間哲學

　　薩特認為，批評家的任務是在評價小說家的技巧之前，首先找出他的哲學觀點。在評論福克納時，他找出了福克納的哲學：「福克納的哲學是一種時間哲學。」[1]閱讀白先勇的小說時，我想起了這句話。同時，歐陽子的一些經典性論斷常會浮現目前，她從《臺北人》裡解讀出三個相互關聯的主題命意：「今昔之比」、「靈肉之爭」和「生死之謎」，她發現，「《臺北人》一書有兩個主角，一個是『過去』，一個是『現在』。」[2]這個發現十分準確地道出了白先勇小說的哲學，與福克納相似，白先勇的哲學也可以說是一種時間的哲學。時間構成了白先勇小說敘述最本原的動力，從《寂寞的十七歲》到《臺北人》、《紐約客》乃至《孽子》，這種時間哲學都一直蘊含其間。

　　顏元叔或許是最早發現白先勇小說具有很強時空意識的臺灣批評家，不過他強調的是一種嚴謹的時空敘事規範。他覺得白先勇小說總是有著「新聞報導」式的企圖，「把時間空間固定的盡可能明確，使故事的背景以及故事的本身充滿真實感。」[3]確實，在故事的敘述和人物角色的安排上，白先勇總是盡量落實到具體、明確的時空情境中，使小說保持著敘事邏輯的基本清晰。然而在我看來，白先勇小說似乎並不致力於追求時間空間的固定、明確和真實感，反倒是故意讓

1　薩特：〈關於《喧嘩與騷動》：福克納小說中的時間〉，薩特著，施康強譯：《薩特文論選》（北京市：人民文學出版社，1991年），頁45。

2　歐陽子：〈白先勇的小說世界〉，見歐陽子：《王謝堂前的燕子：臺北人的研析與索隱》（臺北市：爾雅出版社，1976年），頁8-9。

3　顏元叔：〈白先勇的語言〉，《現代文學》第37期（1969年）。

時間與空間維度佈滿主觀色彩和心理流程，人物常常陷入恍惚迷離狀態，因而顯得不那麼真實、穩定。這表明，白先勇所感興趣的並非所謂新聞報導式的真實。直至最近，他還特別強調：「小說第一要件是『假的』，絕對不是現實，真的就是 true story，就不是小說，而是新聞報導、歷史……。小說一定是透過作家的眼光、作家的看法而表現出來，所謂『寫實主義』很有問題。文學不寫實，寫實就不是文學了。……文學的確能了解一個社會，但反映的是比較深層的部分，而不是表面的現象，它可能是整個社會心靈的反射。」[4]《臺北人》等作品裡的時間空間元素，固然可以按圖索驥找出歷史和現實的對應關聯，但從白先勇本人的創作理念看，他並非有意記錄現實主義意義上的歷史真實，而著意於表現個體的人，表現他們在歷史時空劇烈轉換中痛苦失落的主觀心靈世界。他的小說固然涉及近現代史上許多重要的歷史事件，卻都不是正面地、直接地描述歷史宏觀圖景，而總是通過個人今昔比照的敘述形式，在閃爍的記憶螢幕上，呈現破碎而偏執的個人精神私史。白先勇的早期小說，主觀化傾向更加明顯，時間的創傷意識，則具有存在主義的時間觀念意味。

　　存在主義特別重視時間之於人的存在的意義，克爾凱郭爾就強調時間對個人生成的絕對意義，他認為個人所有真正的發展「都是返回到我們的起源」，應該「倒退著前進」，也就是說，「存在者，將通過返回到他的起源而試圖去認識他自己；在同時，他將反過來展望它的未來而尋求自我認識。這樣，他將把他的過去和他的未來聯接在現在裡。」[5]因此，存在應當重新獲得他不朽的原始性，也就是宗教意義的信仰存在。在海德格爾那裡，煩的本己性基礎就是時間性，「時間

4　白先勇：〈故事新說：我與台大的文學因緣及創作歷程〉，《中外文學》第30卷第2期（2001年），頁186。

5　〔法〕讓‧華爾撰，翁紹軍譯：《存在哲學》（北京市：生活‧讀書‧新知三聯書店，1987年），頁77。

性顯示為本真的煩的意義」,「時間性使得生存性、事實性和沉淪的統一成為可能並從根本上構成煩的整體結構。」[6]他區分了「過去」與「曾在」,「此在」的本真需要「曾在」,生存者在時間性過程中沒有拋棄他的曾在,而是始終在他的曾在裡。而薩特的時間意識貫穿著行動,失去了行動的時間就沒有意義。在保羅・蒂利希的描述裡,時間是存在無法擺脫的焦慮:「焦慮就是有限,它被體驗為人自己的有限。這是人之為人的自然焦慮,在某種意義上,也是所有有生命的存在物的自然焦慮。這種對於非存在的焦慮,是對作為有限的人的有限的認識。」[7]因此,存在主義的時間觀認為,時間永遠提示著死亡的在場,標示著生命的有限與偶然;但時間同時也是人所需要的一種延續性,是行動的一種依據。白先勇的小說世界裡,返歸起源尋求歸屬的意識,以及對生命有限性的難解的焦慮,是重要的兩個相關面。

　　在白先勇早期作品中,其時間哲學已初露端倪。有趣的是,當時尚十分年輕的作者,卻偏偏愛擬想中年甚至老年的心境。白先勇最近還談到這個問題,他說「一開始寫〈月夢〉、〈青春〉、〈滿天裡亮晶晶的星星〉這些有關同性戀的小說,滿特殊的是老年與少年、青春,描寫青少年和老年同性戀者。我想從同性戀拓展到整個人生,我對人生時間過程特別敏感,很年輕時,就感到青春和美的短暫。……youth and age 這個主題,……少年人寫老年人的心境,是我小說中滿特殊的現象。」[8]youth and age,青年和老年,以及之後將進一步拓展空間的同性戀主題,自一開始就指向生命存在的時間焦慮。一九八八年,他在接受《PLAYBOY》訪談時就曾說過:「〈月夢〉和〈青春〉所寫

6　〔德〕比梅爾撰,劉鑫、劉英譯:《海德格爾》(北京市:商務印書館,1996年),頁58-59。

7　〔美〕保羅・蒂利希撰,成窮、王作虹譯:《存在的勇氣》(貴州市:貴州人民出版社,1998年),頁36。

8　曾秀萍訪問整理:〈白先勇談創作與生活〉,《中外文學》第30卷第2期(2001年),頁190。

的都是老年與青少年的對比以及同性之間的愛戀關係。可是，從更高
的層次看，對時間。對時間的變動而造成的毀滅的懼畏——一切都要
隨著時間的洪流而消逝。」[9]在感傷、唯美並且有些原欲主義的想像
裡，正是出於一種「從存在的角度對非存在的認識」帶來的巨大焦
慮，年輕白先勇筆下的人物總是仇視時間，與時間為敵。他的小說
裡，時間扎眼地呈現出非常直觀的腐蝕性力量：它讓一張年輕的臉佈
滿皺紋，讓健壯的軀體喪失活力，最終不費吹灰之力地取消人的生
命。時間的永恆輕易地傷害人的愛慾和尊嚴，肉身在它面前只是鏡花
水月的虛幻瞬間。也許正因此，在這個孤單脆弱的個人生命世界裡，
情感有時渴望著出軌，肉體在頹靡瘋狂中激情澎湃，而慾望有時變得
劇烈、危險而無法阻擋。這樣的時間意識與存在主義的時間觀有著內
在的一致性，薩特就說過，「人畢生與時間鬥爭，時間像酸一樣腐蝕
人，把他與自己割裂開，使他不能實現他作為人的屬性。一切都是荒
唐，『人生如癡人說夢，充滿著喧嘩與騷動，卻沒有任何意義。』」[10]

　　因此，在早期白先勇的時間性悲劇裡，時間對於個人的存在具有
絕對的意義。人物努力想像著返回起源（青春），同時粗暴地拒絕著
未來（死亡）。〈青春〉裡的老畫家，拼命想挽救的，正是必然會被時
間腐蝕了的東西；徒勞的掙扎，將人物送向瘋狂及死亡：

> 他跳起來，氣喘喘地奔到鏡前，將頭上變白了的頭髮撮住，一
> 根根連肉帶皮拔掉，把雪花膏厚厚地糊到臉上，一層又一層，
> 直到臉上的皺紋全部遮住為止，然後將一件學生時代紅黑花格
> 的綢襯衫及一條白短褲，緊繃繃地箍到身上去。鏡中現出了一

9　蔡克鍵：〈訪問白先勇〉，參見《第六隻手指》，收入《白先勇文集·第四卷》（廣州
　　市：花城出版社，1999年），頁339。
10　〔法〕薩特撰，施康強選譯：《薩特文論選》（北京市：人民文學出版社，1991年），
　　頁51。

> 個面色慘白，小腹箍得分開上下兩段的怪人。可是他不管自己
> 醜怪的模樣。他要變得年輕，至少在這一天；……他一定要在
> 這天完成他最後的傑作，那將是他生命的延長，他的白髮及皺
> 紋的補償。[11]

　　白先勇的敘述毫不容情，文字粗暴，形容酷陋而慘烈；喪失美感
的赤裸與醜陋裡，卻又飽含著無能為力的悲憫。這種病態的偏執，令
人想起王爾德的《道林格雷的畫像》。在與時間的垂死扭打中，原欲
迸發出的暴力常會產生毀滅性力量，以終止個體的生命哀愁。因此，
激情愛慾與死亡，成為白先勇早期小說時間焦慮症的兩種形態。

　　對白先勇而言，觸動他的始終不是深奧玄思的存在主義理論；存
在主義的意義更在於，它為作家提供了體察自我境遇肯定個體自我意
義的精神憑藉。在二十世紀六〇年代初期尚基本處於封閉農業倫理社
會的臺灣，青年白先勇對自己與眾不同的性向特徵的自我肯認，對另
類情慾的自然表現，都需要極大的反叛勇氣，而他反覆提到那時西方
現代派文學及存在主義對他的巨大衝擊作用，顯示了存在主義和精神
分析學等在他人格成長期強烈的精神支持。正是在一種以表現自我、
探索內在奧秘為己任的精神背景下，時間與情慾力量相對抗的主題，
得到了最初的激烈表現。

　　夏志清曾經把阿宕尼斯[12]視為白先勇早期小說的一個「最重要的
『原型』（archetype）」[13]確實，六〇年代前期的〈青春〉、〈月夢〉以
及〈玉卿嫂〉、〈滿天裡亮晶晶的星星〉等作品，都表現出對美少年難
以自制的迷戀，以及與自憐性情慾相伴的毀滅性力量。白先勇自己稱

11　白先勇：《寂寞的十七歲》（上海市：上海文藝出版社，2000年），頁147。

12　Adonis，希臘神話傳說中的美少年。

13　夏志清：〈白先勇早期的短篇小說〉，白先勇：《寂寞的十七歲》（上海市：上海文藝
　　出版社，2000年），頁15。

之為「浮士德」式的出賣靈魂的故事。〈月夢〉裡人到中年的吳醫生對秀美少年的癡戀，和《死於威尼斯》裡的老作家阿申巴赫是一樣的情懷，兩個作品都傳達了一種性愛、自戀與死亡共謀的高峰體驗。湯瑪斯・曼筆下的波蘭美少年和吳醫生記憶中的靜思一樣，是永遠的誘惑、卻又像星星一樣遙不可及。老作家清醒地知道，他與少年之間除了性別的忌諱，還隔著歲月的絕望，美到極致的大海也因此顯得格外殘酷。衰老的教授只能慾望著、嚮往著、癡迷著，在釋放出最後的激情之後難逃一死，也許，正死得其所。在這個世界裡，只有絢爛、寧靜同時也蓊鬱著死亡氣息的現在／此刻，過去被徹底斷送，時間的流逝也因此失去了意義。可是白先勇的小說焦點總是在過去，「驀然回首」是他最典型的敘述姿勢。吳醫生與少年靜思之間隔著死亡，曾經有過的「湖邊的依偎」，也就成了他生命中唯一珍視的過去，而現在則被虛化得失去了依託。時間是這兩位主人公生命激情的共同敵人。

　　這個不算隱蔽的主旨得到了反覆再現，比如小說〈青春〉。只是，〈青春〉裡的慾望更加激烈，時間令人物絕望得喪失了理性，在對年輕生命的佔有欲裡釋放惡魔般病態的焦慮。〈月夢〉裡靜夜之思的纖美月光（隱喻剔除慾望後淨化了的回憶）被大海上空白得耀眼的熾熱陽光（不可抵擋的青春熱力和強烈慾望）所取代。雖然主人公同樣迷戀少年青春，也同樣模擬了《死於威尼斯》的故事模式，但其中激越的暴力美學與後者的雋永境界卻有天壤之別。如果說《死於威尼斯》裡隱藏著滄桑的美感和憂傷的詩意，那麼〈青春〉則呈現另一種激情的爆裂景觀，原欲如靡菲斯特，一發不可收拾地操控著人失去理性。（美麗清秀的玉卿嫂就是這種因愛慾走向極端而轉化成暴力，由愛生恨的另一種典型。）在此，愛情在陽光催發下瞬間爆發出致命的瘋狂，正像加繆說的那樣，「佔有欲是要求持續的另外一種形式，正是它造成愛情的無比狂熱。……嚴格說來，每個被瘋狂的追求欲所持

續和佔有欲所折磨的人都希望他愛的人枯萎或死亡。這就是真正的反
叛。」[14]

　　作者對情境的營造、對動詞的運用都值得讚賞，但其修辭的隱喻
性尤其值得關注。人物生命激情蘊含著被時間吞噬的極度焦慮：「日
光像燒得白熱的熔漿，一塊塊甩下來，粘在海面及沙灘上。……陽光
劈頭蓋臉地刷下來，四處反射著強烈的光芒，」這場景令人不禁想起
《異鄉人》（《局外人》）裡莫爾索面對的陽光和海：

> 到處依然是一片火爆的陽光。大海憋得急速地喘氣，……整個
> 沙灘在陽光中顫動……大海呼出一口沉悶而熾熱的氣息。[15]

彷彿當年梵谷頭頂上明晃晃的阿爾勒陽光，直射在〈青春〉裡的老畫
家身上，令他無處躲藏。陽光把人物內心深處壓抑已久的慾望勾攝出
來，老畫家「感到了一陣白色的昏旋」，

> 心裡有一陣罕有的慾望在激盪著，像陽光一般，熱烘烘地往外
> 湧著。他想畫，想抓，想去捕捉一些已經失去幾十年了的東西。

　　這魔鬼般的慾望在加繆那裡同樣銳不可擋，「我熱得受不了，又
往前走了一步。我知道這是愚蠢的，我走一步並逃不過太陽。」[16]非
理性的陽光／激情慾望主宰了主人公，異鄉人莫爾索終於對著阿拉伯
人開了四槍，他明白，那是他「在苦難之門上短促地叩了四下。」在

---

14 〔法〕加繆撰，杜小真譯，：《置身於苦難和陽光之間——加繆散文集》（上海市：
　　上海三聯書店，1989年），頁161。

15 〔法〕加繆撰，郭宏安譯：《加繆中短篇小說集》（北京市：外國文學出版社，1985
　　年），頁42-43。

16 〔法〕加繆撰，郭宏安譯：《加繆中短篇小說集》（北京市：外國文學出版社，1985
　　年），頁43。

陽光的誘惑下，白先勇小說中的無名老畫家也舉起雙手，向著十六歲
赤裸少年的頸端「一把掐去」，只是少年輕鬆靈巧地擺脫了他的捕
捉。畫家企圖抓住的是一去不再的青春以及青春所代表的美，卻付出
了自己衰朽蒼老的生命。這個試圖反抗的荒謬的英雄，被心中荒謬的
激情所燒毀，屍體手中枯死的螃蟹，正象徵這種企圖抗拒時間的極端
生命激情的徒勞，也帶著一絲辛辣苦澀的反諷。這種現代主義的反諷
體現在：人物死於被時間幻化了的自我的象徵——那個因逸出了理性
的自戀性愛慾，而被玷污侵犯的冥思或慾望的對象——少年，正是老
畫家自我的化身。

　　對〈青春〉與《局外人》的細節局部進行比較，從人物因非理性
力量引發暴力甚至死亡的同構性關係，不難一窺二者異中有同的荒
誕。如薩特所說，莫爾索永遠持守著他的「雄健的沉默」，是個荒誕
的英雄；而〈青春〉裡的老畫家則是被慾望和時間無望地擊中的獵
物，但他同時不甘心被時間腐蝕，作出了極端激情化的暴力反叛，根
本上，他是個荒謬的反英雄：死於時間之傷，人類最恆常的恐懼殺死
了他。時間的創傷意識對於白先勇也許是根本性的，就象普魯斯特
「難以返回青春」的憂鬱一樣：

> 這種憂鬱在他身上十分強大，足以作為對整個存在的否定噴射
> 出來。但是，對面貌和光線的愛好同時把它與這個世界連結起
> 來。他不曾同意幸福的假日永遠逝去。他承擔其再現它們的責
> 任，並且與死亡對抗，指出過去在永不枯竭的現在之中、在時
> 間的盡頭重現。而且還比初始時更加真實，更加豐富。[17]

　　這其實也正是白先勇難以擺脫的憂鬱。所以直到《孽子》，仍然
可以看到這一主題的復現。《孽子》中的一位老藝術家，與〈青春〉中

---

17 〔法〕加繆撰，杜小真譯，：《置身於苦難和陽光之間——加繆散文集》（上海市：
　　上海三聯書店，1989年），頁170。

的老畫家如出一轍，他的藝術目的就是反抗時間的腐蝕力量，反抗偶然性生命的存在焦慮，用藝術創造永恆：「肉體，肉體哪裡靠得住？只有藝術，只有藝術才能常存！」[18]顯然，這種以藝術來征服時間的人類夢想，也糾纏在白先勇的內心。這是不少藝術家的通症，黑塞筆下哥爾德蒙的塑像，里爾克的詩，都言說同樣的理想。〈驀然回首〉一文中，白先勇講述了他創作〈青春〉的緣起，可作為另一個注腳。

> 有一次我看見一位畫家畫的裸體少年油畫，背景是半抽象的，上面是白得熔化了的太陽，下面是亮得燃燒的沙灘，少年躍躍欲試，充滿了生命力，那幅畫簡直是「青春」的象徵，於是我想人的青春不能永保，大概只有化成藝術才能長存。[19]

與時間的焦慮意識相伴，「為逝去的美造像」，也就成了他的小說最重要的一種構成因素。到了《遊園驚夢》，這種藝術理想的勾畫達到了頂峰。

在時間的處理方式上，白先勇與普魯斯特既有相似處也有所不同。他們都為時間所困，普魯斯特的主人公們「拼命抓住他們害怕消逝但又知道必將消逝的熱情，」[20]普魯斯特從一小塊蘸有茶水的瑪德萊娜點心帶給他的強烈感受重回過去，找到了一種通過無意的記憶（即某種特殊的感覺）來回憶過去的方法。「它創造了立體時間的幻覺，使人得以重新找到、『感覺到』時間。」[21]時間因此失而復得，過去重新進入人的體驗，人從中得到快樂。普魯斯特的人物與現在的關

---

18 白先勇：《孽子》（上海市：上海文藝出版社，1999年），頁19。

19 白先勇：《白先勇自選集》（廣州市：花城出版社，1996年），頁306。

20 〔法〕薩特撰，施康強選譯：《薩特文論選》（北京市：人民文學出版社，1991年），頁49。

21 〔法〕莫洛亞撰，袁樹仁譯：《從普魯斯特到薩特》（桂林市：漓江出版社，1987年），頁17。

係因而能夠和睦相處。而早期白先勇筆下的人物常常背離現在，也被現在遺忘，他們的情感和想像完全沉溺在過去，過去成為唯一值得想往、但卻無法重回的故地，於是成了難以抵達的彼岸世界，成了一則痛苦的神話。這就使作者將一種人類傷春悲秋的普遍性哀愁推向了一個極端情境，過去否定現在，人與時間勢不兩立。

可以看到，早期白先勇流露出強烈的唯美頹廢趣味的時間意識，常常觸目驚心地通過老年與少年的並置來表達；在這樣的意趣主宰下，時間扮演著重要角色，有時，時間之傷成了小說構型最敏感而關鍵的指標。在此，過去／現在，少年／老年，青春／衰朽，美／醜，這些由時間組串起來的對立範疇強烈而直觀地拉開了帷幕，這些範疇將在《臺北人》中繼續出現，並進一步拓展其歷史和文化空間。與成熟期的作品相比，白先勇的早期小說因過於激烈地直抵命意的敘述而顯得有失從容，而且帶有明顯的青春期夢幻寓言的氣質，但蘊含著存在焦慮的時間創傷意識卻將延續在他後來的作品裡。

在白先勇最膾炙人口的《臺北人》中，作者精心經營的時空多重性建構方式，對陷入時空迷失的人物的特別興趣，也表現出一種社會學和本體論意義上的存在焦慮。《臺北人》的時間型構非常突出，最讓人感懷的是它的「今昔之比」，經過歐陽子新批評的經典閱讀和解析，一層層畫面、場景、情境、人物、心態的比照觸目驚心，滿是創痛，歷史的敘述充滿家國失落與個體生命的悲情。「過去」得以象徵化，凝定在小說塑造的歷史想像空間，這片凝定的歷史裡無法生長出新枝綠葉。現在失去了它的過渡與開放的特徵，變得閉塞、虛空、沉重。未來則是茫然的空白。歐陽子以「舊時王謝堂前燕」來隱喻《臺北人》的總命意，為後來的詮釋者帶來了豐富的啟示。那些「過了氣的人」顯然是白先勇有意選擇的對象，當讀者疑惑「為何他的作品總是選定被時代淘汰的人物為主題」，在〈為逝去的美造像〉一文中，白先勇這樣解釋：

　　　　沒有一個人能在時代、時間中間，時間是最殘酷的。……我寫
　　　　的那些人裡頭，雖然時代已經過去了，可是他們在他們的時代
　　　　曾經活過，有些活得轟轟烈烈，有些很悲痛，有些失敗。在他
　　　　們的時代裡，他們度過很有意義的一生，這種題材對我個人來
　　　　講是很感興趣的。[22]

　　在特定歷史背景裡看，發生在人物身上的時間斷裂和空間錯位，
正好書寫了一段被遺忘被虛化被篡改的痛史，一個個過去與現在脫節
的可悲故事連成系列，不乏個體的微觀性歷史建構功能。白先勇對過
去時代人物和題材的固執，與五〇年代臺灣文學的懷舊風有著相似的
一面，不過他有著更大的企圖。邊緣人的微觀歷史的破碎敘述，客觀
上是對自欺欺人的官方正史的有意解構，僭越正史而自成一格的莊
嚴，具有反諷性和正視現實的意義。其中的憐憫、自悼、悲憤之深
切，從個人情懷延展到群體性歷史命運的探詢，遠遠超出一般懷舊文
學的格局。

　　這種歷史敘事意趣，與喬伊絲的《都柏林人》有著異曲同工之
處，《都柏林人》裡，「匯聚了愛爾蘭癱瘓的一切表現」[23]而《臺北
人》裡雖然並沒有描寫很多本省臺北人，但卻也匯聚了那些懷有寄居
心態的外省籍「臺北人」「癱瘓的一切表現」，精神的癱瘓症瀰漫在他
許多小說裡，令人窒息。《都柏林人》中有一句「完美而重要的」
話：「在愛爾蘭只有死人才是完美的，活著的人都是失敗者。」[24]而在
《臺北人》系列作品裡，似乎只有詭異冷豔的尹雪豔是完美的。故事

---

22 白先勇：《驀然回首》（上海市：文匯出版社，1999年），頁232。
23 布隆達・馬多克思：〈《都柏林人》序〉，參見：〔愛〕詹姆斯・喬伊絲撰，王逢振譯：
　　《喬伊絲文集 I：都柏林人》（成都市：四川文藝出版社，1995年），頁10。
24 布隆達・馬多克思：〈《都柏林人》序〉，參見：〔愛〕詹姆斯・喬伊絲撰，王逢振譯：
　　《喬伊絲文集 I：都柏林人》（成都市：四川文藝出版社，1995年），頁22。

中的其他人幾乎都是必然被時間和歷史擊倒的失落者和失敗者，唯有她永不會在時間流逝和災難侵襲過程中發生任何變化：我自歸然不動。尹雪豔這個角色，表面看來是個富有誘惑力的紅塵翹楚，然而她在作品中的象徵性顯然已遠遠超出一般的小說人物形象功能。無論說她是倒楣的「災星」、無情的「天」還是令人生畏的「死神」，或是神秘的「祭祀」、「幽靈」抑或永恆的「命運」，都是強調：她雖有都市上流交際花女性形象的一般特徵，但更是作者精心雕琢的超越具象人物的豐富象徵。

　　對於白先勇的大多數悲劇性人物，過去不僅具有安慰自己的懷舊價值，過去是人物「活過」、人生「有意義」的證明，但是曾經「活過」、「有意義」的生命突然被終止，彷彿時間的腦袋被無情地砍斷，讓身心的「曾在」永墜深淵。現在，就只能是渾噩如行屍沉痛如失心的人物不得不寄身的「異己的時空」。這是些無法歸鄉的異鄉人，成了生活在別處的傷心幽靈。他們的悲哀，抽象地看，幾乎都可以歸為喪失過去、欲返不達的悲哀。他們中，一些人喪失了愛情，一些人喪失了地位，許多人喪失了青春、理想和家園，以及生活的位置和生命的勇氣。因此，這些小說中，總種植著根深蒂固的時間的焦慮，作者把它昇華為命運的悲劇：對於單個的個人，政治、戰爭的災難帶給他們的挫傷，遠遠超出了他們所能承受和理解的範疇，他們唯一的解釋只能是命運。時間的標竿上佈滿命運的傷痕，這決定了白先勇小說少有普魯斯特重回過去的美妙快樂，幻覺的耽溺與自欺給他的人物帶來的，是更大的空虛；生存意義的終結使生命提前化為腐朽，盼望的終端，是無法承受絕望的毀滅。因而，白先勇的一些小說，精緻哀感的敘述裡總是瀰漫著一股老靈魂鬱結幽怨的氣息，死亡觸目可及（他的筆下老人形象特別多，不是偶然）。〈永遠的尹雪豔〉裡的遺老遺少們，〈冬夜〉裡空歎人生荒謬的教授，〈國葬〉、〈梁父吟〉裡的老將軍老侍從，〈思舊賦〉裡話玄宗的「白頭宮女」（老女僕）……以至於有

人不客氣地稱他為「殯儀館裡的化裝師」，²⁵。只有當白先勇不那麼固著於這種令人頹喪的命定感，只有當他從時間之傷和歷史之創痛裡稍稍脫身，被世俗的愛恨情仇尤其是人性中的溫暖所吸引，他的筆觸才開始變得自由而輕靈，甚至帶有喜劇的淡渺氣氛，如〈金大班的最後一夜〉裡的不少片段就顯出清新靈動的喜劇性。

　　如果抽去其具體的歷史政治隱喻性，這種時間乃至死亡的焦慮確實近似於存在主義的焦慮，即「非存在對精神上的自我所構成的絕對威脅，……是對喪失最終牽掛之物的焦慮，是對喪失那個意義之源的焦慮。」²⁶這裡的「非存在」與海德格爾的「非本真」，薩特的虛無等概念頗為相似，也就是指存在意義匱乏而喪失未來向度的空虛狀態。這也是躑躅在白先勇小說裡的巨大焦慮：生命偶然性與有限性帶來的萬古哀愁。不過，從根本上說，白先勇並未有意將存在哲學的深奧理論生硬地嫁接到小說裡去，無論是書寫青春易逝的焦慮、美人遲暮的哀愁，還是敘述人世無常的痛苦，因果孽緣的悲劇，都能感受到白先勇受傳統佛道哲理浸染之深重。他小說裡的時間焦慮，更多言說的是中國化人生哲學中的古老命題，就像他在談到《遊園驚夢》時說的，小說中的三姐妹困在時間中，她們未能超越時間，因此它的主題是「中國一向的人生哲學：人生無常。」²⁷可以判斷，佛道情懷與存在主義對他小說中的時間哲學都產生了重要影響。存在主義的時間焦慮與民間佛教的人生無常感悟互相融攝，這也可以理解為白先勇所謂「自己的存在主義小說」的某種具體體現。

　　《臺北人》裡，時間主題得到了歷史感和文化鄉愁的蘊藉，不再

---

25 引自白先勇：〈不信青春追不回——寫在《現文因緣》出版之前〉一文，參見白先勇：《第六隻手指》（上海市：文匯出版社，2004年），頁165。

26 〔美〕保羅・蒂利希撰，成窮、王作虹譯：《存在的勇氣》（貴州市：貴州人民出版社，1998年），頁48。

27 白先勇：《驀然回首》（上海市：文匯出版社，1999年），頁277。

囿於表現個體肉體生命這一維的悲劇性角鬥。可以看到，在時間這一維上，今昔之比有了新的人生內涵。與這層命意相關，空間命題也顯露出二重性。「臺北」代表著人物寄身卻離魂的空洞現在，與此相對，「桂林」、「南京」、「上海」是人物魂牽夢縈卻無法回返的過去；就連風月場也不可同日而語，在昔日上海「百樂門」的光芒照射下，臺北的「夜巴黎」顯得黯然失色。有了這重今昔之比，於是，時間空間與人物之間產生了難言的神秘交感：一張發黃的舊相片、一句勾起回憶的話、一段夢中的神遊，以及酒後眩暈的意識流……都是這種穿越時空的契機。因此，《遊園驚夢》裡的藍田玉，借著花雕的酒力，神思恍惚之際遊回了過去；〈花橋榮記〉裡，盧先生與羅家姑娘那張多年前的老照片，一瞬間把敘述者帶進如夢的往昔，帶回夢裡的故鄉。所有時空轉換的方式都為了明示一個主旨：個體的生命被活活切成了兩截，生命的價值全部留在了截去的那一部分；人的生命世界需要的連續性發生了遽然斷裂，意義突然隱去，過去從眼前消失，剩下的唯有震驚、痛楚和恆久的悵惘。於是，白先勇小說裡的時間與空間有了雙重的錯置交纏，變得鬼魅且曖昧，令人物眩暈。眩暈的人，也許像藍田玉（錢夫人）那樣，悵然「驚夢」，感歎著現實的時空對於自己內心的陌生異己：「變得我都快不認識了──起了好多新的高樓大廈。」現實時空的強大如同新起的高樓，而個體內在的苦痛脆弱如斯；也許像盧先生和王雄這樣的小人物，堅持著背離現實到底，墮入夢幻，一逕編織著想像中的生活，夢破了，心也就徹底死了。

　　他的小說裡，幾種有代表性的日期常常出現：一是民國紀元時期的重要紀念日：〈梁父吟〉裡，垂垂老矣的樸公仍清楚地記得，當初正是二十歲的他們發動了震驚中外的「辛亥革命」，其情其景如在目前；而樸公錄有國父遺囑「革命尚未成功同志仍需努力」的對聯上，書明了日期：「民國十五年北伐誓師前夕」；〈冬夜〉裡，「五四」，是兩個老教授絮絮叨叨的回憶中最有光彩的日子，充滿激情與理想的昔

日豪邁，反襯出之後漫漫人生的慘澹失意；〈歲除〉中，炊事老兵賴鳴升「展覽」胸前巨大傷疤，回憶「臺兒莊戰役」的慘烈場景，令人不勝為之唏噓；在〈國葬〉、〈一把青〉等不少作品中，「抗戰勝利還都南京」那年，都是最令人物興奮的日子。這些特殊的時間，活在人物抹不去的回憶裡；人物今非昔比的感傷，淹沒在一部硝煙瀰漫的民國史中。歷史的頻頻回眸，總抒發著不盡的滄桑。白先勇小說中常出現的另一種時間，是中國民間的傳統節日：比如〈歲除〉裡的「除夕」，〈孤戀花〉裡的「七月十五中元節」，《孽子》中的「中秋節」等。還有一種時間的標記，是關於人的出生與死亡的日子，如生日、忌日等。

如果考察他小說的時間多重性，會發現其中時間形式的不同意味。《臺北人》中，沒有幾個真正土生土長的臺北人，大部分人物是隨四〇年代末移民浪潮而漂流至陌生孤島的大陸人，也正因此，他的作品獨具一份與舊民國歷史相糾纏錯綜的悲劇情結。白先勇通過對個人身世命運的悲憫觀照，達臻對國族歷史的緬懷，藝術的想像化為真實的寓言。他曾經把一代自大陸遷移臺灣後又輾轉海外的華人，稱做「流浪的中國人」，這放逐流浪的身世命運，讓他的小說有了一個共同的模子，主人公常是一群失去了生存依據的邊緣人，彷彿一群被試煉卻沒有任何補償的絕望的約伯，是失去了樂園的傷心老靈魂。民國時間，處處提示著歷史和個人共同的失落與失敗，記錄著慘痛的榮耀和易逝的年華。〈梁父吟〉裡還出現了武昌起義後「黃帝紀元四千六百零九年」的中華年號；而那些傳統的中國節日，則徒然製造出一種古中國幽渺微茫的氣息。〈歲除〉中，人物似乎聽不見除夕的爆竹聲聲，耳邊猶聞昔日的炮聲隆隆，撫慰被遺恨所淹沒；〈孤戀花〉裡，農曆七月十五中元節，俗稱鬼節的這一天，備受折磨的娟娟終於舉起了復仇的熨斗，死亡、血腥與瘋狂聚集在這個幽靈出沒的日子。而小說裡的生日和忌日，也總是依據傳統的農曆來計算。考察一下《臺北

人》裡的多重時間，我們發現，那裡少有西元紀年時間形式，也少見遷臺後的民國時間，只有農曆時間和舊民國時間，在無言地散發著歷史的幽幽感慨，不可避免地，也生發可怕的生死之變。那是正在沉落的老去的時間。《紐約客》與《孽子》裡，出現了新的時間標記，「耶誕節」，代表著西方化和熱鬧張致的現代性潮流的到來。正經八百的西元紀年，曾經出現在他的一篇最具意識流特色的小說篇名裡：〈香港──一九六〇〉，小說描述了一個荒原般乾涸的世界，沒有歷史，沒有水，只有恐懼與慾望。顯然，白先勇更多地活在不肯隱退的傳統老中國和舊民國裡，那裡有他心目中的好時光。

荒謬境遇中的自我抉擇和倫理考辨
—— 七等生小說的精神現象分析

> 如果我們的創作衝動出自我們內心最深處，那麼在我們自己的
> 作品中所能找到的永遠只是我們自己。——薩特《什麼是文學》

一

　　七等生的寫作是一種心靈自傳或精神私史式的內視寫作，他總是執著於回顧和辨析自己的身世與履歷。苦難屈辱的底層生活經驗，成為他揮之不去的人生夢魘。「童年的貧窮和年輕時的懦弱失意是不可分地相繼纏絆著他，那樣的東西像他的朋友。可是這一些東西在過往之後有時能回味一點摻雜其中的歡樂，因為智慧在維繫著他的生命，而真實和坦白的心使他活著而有一點點生氣。」[1]惟有自言自語地呢喃訴說，以化解和安慰無法安寧的鬱結心靈。對於他而言，個體的自由敘事無異於一樁嚴肅的倫理實踐，人生經驗的困境被文字和敘述幻化在一個個帶有存在主義意味的荒誕境遇裡。

　　七等生不喜好鏡像式的模仿現實，也迴避抒情感傷的浪漫書寫形式，他偏愛那種寄寓心靈幻象的寓言體敘事方式。幻象和獨語共同編織出作者的典型風格：一種帶有怪誕風格的寓言體。《我愛黑眼珠》、《僵局》、〈跳遠選手退休了〉、《白馬》、〈AB夫婦〉、《巨蟹集》、《林洛甫》、《灰色鳥》等，都屬於這類寓言小說。在〈致愛書簡〉中他坦

1　七等生：《初見曙光》，見七等生：《來到小鎮的亞茲別》（臺北市：遠景出版公司，1986年），頁133。

言：「作為一個現代文學的寫作者的我啊，早就卑視那浮表的事件的
記述的不能共鳴的事實，這使得我必須把心靈演化為形式，用幻想作
內容直接來感應你，當你接住我的傳播的感應時，能使你從我的幻想
再恢復到現實，那麼你看到的將不是發生在我身上的單獨的特殊遭
遇，而是生命的你也同樣會遇到的普遍事實。」因此，他的創作常逕
直切入人物或敘述者的自我意識與潛意識：夢幻與現實交織的自由而
怪異的世界，把人物安放在於現實和幻想交接的情境裡，讓他們在尷
尬、困窘、焦慮中痛苦選擇。孤獨乖離的人物、怪誕異常的事件和朦
朧離奇的情節，真幻莫辨的場景、陰鬱灰暗的氛圍，以及反日常的抽
象對話，演繹出七等生寓言怪誕小說的基本情境和敘述模式。

二

　　德國學者沃爾夫岡・凱澤爾（Kayser Wolfgang）的《繪畫和文學
中的怪誕風格》一書提出了現代主義的怪誕風格理論，他認為，在一
個怪誕世界裡，「某種敵對的陌生的非人的東西」佔據著主要的位
置。什麼是怪誕？怪誕就是變得陌生的世界，現代主義的怪誕就是
「『伊底』的表現形式，」怪誕中的傀儡母題、瘋癲母題都是「伊
底」的異己非人力量的感覺，怪誕表現的不是對死的恐懼，而是對生
的恐懼；同時，怪誕風格是為了擺脫虛假的「現世的真理」而採用的
一種自由眼光，混合著痛苦的詼諧一經轉化為荒誕，就具有了嘲諷、
無恥以及撒旦式獰笑的特徵。巴赫金這樣概括凱澤爾的怪誕觀，在怪
誕世界中，「原來屬於我們自己的、親密的、親近的東西，忽然變為
陌生的和敵對的東西。正是我們的世界忽然變為異己的世界。」[2]凱
澤爾肯定了現代主義的怪誕意識，他把怪誕視為「意圖祛除和驅逐世

2　〔蘇〕巴赫金，錢中文譯：《巴赫金全集》（石家莊市：河北教育出版社，1998年），
　　卷6，頁56。

界上一切邪惡勢力的一種嘗試」，在他眼裡，怪誕是同荒誕玩弄的一種智術，是藝術家以半是玩笑半是恐懼的態度同人生那種極度的荒誕現象作的一種嘲弄。[3]

　　從存在主義的觀物方式看，怪誕其實是一種有普遍意義的存在真相。小說《局外人》裡，加繆讓默索爾用短暫的一生來詮釋何為荒謬。在《西西弗的神話》中，荒謬／荒誕這個命題，得到了哲學化的闡釋：「一個哪怕可以用極不像樣的理由解釋的世界也是人們感到熟悉的世界。然而，一旦世界失去幻想和光明，人就會覺得自己是陌路人。他就成為無所依託的流放者，因為他被剝奪了對失去的家鄉的記憶，而且喪失了對未來世界的希望。這種人與他的生活之間的分離，演員與舞臺之間的分離，真正構成荒謬感。」[4]在加繆那裡，荒謬指世界與人二者之間的聯繫，荒謬就是理性面對心靈吶喊的一籌莫展，它意指人的存在困境，包括人對這種困境的認識和反抗的激情：西西弗式的激情，一種在所有激情中最令人心碎的激情。在加繆看來，這種荒謬的激情，就是以知覺的現象學方法揭示一個「充滿矛盾、對立、焦慮或軟弱無能的難以言狀的世界」。[5]

　　七等生寓言體小說的荒謬意識，與加繆所言的現代人的荒謬感遙遙相通。他的小說裡，荒誕依附在作者自由渙漫的想像裡，彷彿潮濕山間無邊蔓延靜靜生長的蕨類植物。這種荒誕感反覆出現，成為七等生小說精神世界最令人疑惑也饒有意味的部分。

　　《來到小鎮的亞茲別》裡的亞茲別，冷漠、憂鬱，沉默、固執，被小鎮曖昧不清的象徵牢牢吸引，莫名其妙地成為竊賊，憂傷地告別

3　〔法〕菲力浦・湯姆森撰，孫乃修譯：《論怪誕》（北京市：崑崙出版社，1992年），頁25-26。

4　〔法〕加繆撰，杜小真譯：《西西弗的神話》（北京市：生活・讀書・新知三聯書店，1987年），頁6。

5　〔法〕加繆撰，杜小真譯：《西西弗的神話》（北京市：生活・讀書・新知三聯書店，1987年），頁29。

所愛的人，最後跳進河中，河水把他的屍體帶到小鎮，帶向大海。實際上，亞茲別之死，正是加繆所說的以荒謬為起點的哲學性邏輯自殺，他死於現代人的荒誕虛無病症，為存在所苦，無力承擔西西弗式的荒誕激情。〈跳遠選手退休了〉裡，高大俊美的男主人公被一扇不尋常的視窗所吸引，「窺見了美」，為了越過與那扇視窗間的鴻溝，他每夜勤練跳遠，無意間成為這座城市最優異的跳遠選手。然而，他拒絕為市民表演絕技，只願意為自己的內心目標不屈不撓，他宣稱：「我個人所要的是絕對的自由意志，……告訴所有的人，要他們不要干預私人的事。」[6]他的緘默和拒絕換來的是眾人的憤怒，他遭到所有市民的唾棄並被強迫成為跳遠運動員。人們不能容忍一個不為集體爭取光榮的「他者」孤獨地存在，當跳遠選手無奈地逃往另一個城市時，仍被英勇的群眾擒獲並義正辭嚴地質詢。這個怪人只能又一次失蹤。而他孜孜以求的美也成為永難抵達的非人間高度。荒誕的要義在於：「人與周圍的關係有了深刻的隔閡，並由於理智和信仰均無法滿足對秩序和協調的渴望而產生痛苦的感覺。」[7]無論是亞茲別，還是跳遠選手，七等生的主人公與加繆的莫爾索來自同一精神家族，同樣是群體性勢力收編、排斥或打擊的對象。從群體的視角看，他們是乖僻、不合群的另類——怪人，他們受到監督、排斥和處罰完全咎由自取；因此，這些人的荒誕遭遇反照出現實力量的強大和暴虐。普遍道德倫理規範成為殊異個人不可規避的制約，集體的無名的權力機制左右著個人微茫的自由，甚至規訓著個人的肉體，「製造出馴服的、訓練有素的肉體，『馴順』的肉體。」[8]七等生有意展現個人與群體的衝

6　七等生：〈跳遠選手退休了〉，見七等生：《僵局》（臺北市：遠景出版公司，1986年），頁259。

7　〔美〕大衛‧蓋洛維：《荒誕的藝術，荒誕的人，荒誕的主人公》，袁可嘉編選：《現代主義文學研究》（北京市：中國社會科學出版社，1989年），卷下，頁64。

8　〔法〕米歇爾‧福柯撰，劉北成、楊遠嬰譯：《規訓與刑罰》（北京市：生活‧讀書‧新知三聯書店，1999年），頁156。

突，凸顯個體置身於無物之陣的孤獨與弱小，這並不僅僅是對普遍人類遭遇的抽象沉思，也有具體的指涉性與批判性，在戒嚴時期的臺灣社會，如楊牧所說：七等生的寓言其實「對人生社會的批判十分尖銳。」[9]。

《局外人》這本書在臺灣被譯為《異鄉人》。在故鄉的土地上感覺像個異鄉人，荒誕境遇裡的局外人，這正是七等生小說中多數「怪異」人物共有的面向。「跳遠選手」選擇了一種純粹個人化的生活方式，堅決拒絕遵守集體化的規則，拒絕被納入社會化生活規範，他無意得罪他人也無意做叛逆英雄，只想保全自我與他人無干的幽閉空間，活在內心幻象裡。然而這種與眾不同的存在方式已經構成多數人平庸生活的障礙，他的藐視規範就是一種大逆不道，這異類理所當然地被群眾「修理」，被強迫納入公共體制的軌道。於是，「當他愈甫近於他的理想，他的生活與生命愈近於受難。而這樣的一天終於到達了：他被迫遷出那間五樓的房間，他的工作被解除，他的朋友不再眷顧他；他間接地被下逐離開這座城市。」而他所能做的也只是嘆惜：「文明的象徵就是總體制啊！」[10]

亞茲別的命運同樣險惡乖謬，他像薩特筆下的洛根丁一樣，自外於「所有人」，承受孤獨與畏懼。洛根丁「孤零零地在這一片快樂和正常的人聲中。所有這些人把他們的時間花在互相解釋和慶幸他們的意見相同上。」[11]亞茲別無能融入這片人群，「感覺自己孤立地存在，沒有一個朋友，沒有一個同情者，他的情感沒有傾訴的地方，他的心靈沒有居安之處。」[12]孤獨、冷漠、無動於衷的外表，內心卻充滿恐

9　楊牧：〈七等生小說的真與幻〉，七等生：《銀波翅膀》（臺北市：遠景出版公司，1986年），頁189。

10　七等生：《僵局》（臺北市：遠景出版公司，1986年），頁255。

11　柳鳴九編選：《薩特研究》（北京市：中國社會科學出版社，1989年），頁140。

12　七等生：《來到小鎮的亞茲別》（臺北市：遠景出版公司，1986年），頁198。

懼，被眾人排斥也自外於群體，與社會疏離甚至對立，最終走向毀滅。從亞茲別這個人物能看到七等生筆下荒謬形象的共有特質。作者對這樣的孤絕者抱有深深同情，讓這些人物採取非理性形式進行反抗，亞茲別成了竊賊，他偷竊富人的珠寶財物不是為了改善生活，而是為了反抗他因貧窮而遭受過的侮辱；在善良的葉子面前，這個個人主義的末路鬼卻有著天使般的溫柔多情，「成為一個誠樸可信的男人，像個教養良好，本性善良的孩子。」[13]人性的創傷和分裂將亞茲別一次次推向罪惡和死亡。死亡——這人生本質的虛無，在小說中是以「小鎮」這個破敗卻含著某種誘惑的地理場域暗示出來的，灰撲撲的小鎮孕育過他的童年，小鎮也可能存在著他渴望的友誼，小鎮引誘他產生「回到生命的出發」的幻覺，但是，它更確定的意義是死亡：

> 小鎮在冬天是荒涼和冰冷。一個人回到小鎮就等於走向冬季的冷酷，走近死亡。（頁212）

死亡是存在主義哲學的思考前提，面死而生，向死而在，是存在哲學的基本生存態度。雅斯貝爾斯認為「死亡是一種一直滲透到當前現在裡來的勢力」，他所列出的四種「邊緣處境」是：死亡、苦難、鬥爭和罪過；海德格爾說「死亡是此在的最本己的可能性」，在他看來，死亡是此在的終結，但它卻是使此在成為此在的終結；而薩特認為死亡是「雙面的雅努斯」，它既是外在的非人性的，否定著生命；它也可以是對生命的內在化。[14]這些觀念不一定直接影響七等生，但從他的作品所處理的死亡命題看，死亡顯然構成了他的生命哲學的一個重要部分。亞茲別的一生無比卑微，似乎一直處於「死亡、苦難、

---

13 七等生：《來到小鎮的亞茲別》（臺北市：遠景出版公司，1986年），頁204。
14 參看段德智：《死亡哲學》（武漢市：湖北人民出版社，1991年），頁257-280。

鬥爭和罪過」的「邊緣處境」裡；但是，亞茲別死亡的景象是詩化的，甚至如同孩子在遊戲，

> 一會兒，亞茲別不想攪動那池靜水，竟站在橋欄上走起來，小心那隻受傷的腿。他在險境中還能自娛水中倒立的影像，在搖晃幾步之後突然墮落橋下……[15]

> 他仰躺在河水中像一塊浮木般僵硬呆板，睜著善良呆滯的眼睛。亞茲別不再轉動他的眼球，以淡漠懷恨的表情凝視那遙遠無際的奇異的冷天。……被流水拖曳滑行而去。這樣，亞茲別終於能夠來到小鎮，再流到河的終點，流進浩瀚的海洋中。[16]

這個情景有些似曾相識，白先勇筆下的「中國」李彤自投於威尼斯水中，王雄死於大海，王文興《背海的人》裡「爺」的屍體也被扔進了水裡……漂泊與毀滅似乎成了臺灣現代派小說中人物精神失根的必然歸宿。七等生的文字充溢著同情、憐憫、感傷和決絕相交織的複雜情緒，如此安排人物結局，似乎說明：無所皈依的個人主義者亞茲別唯有通過死亡，才能洗清自己的罪過和屈辱。死亡，帶著特殊的神聖意味，投水如一次祭獻，表明人物的自我完成。

　　七等生寓言體小說裡的人物總是處於驚恐不安之中，恐懼無孔不入，惶惶不可終日，讓人聯想起克爾凱郭爾和卡夫卡的精神世界。《余索式怪誕》的主人公余索，「是個讀書人，以他受點教育所知悉的準則戰戰抖抖地說話，」在「那些人」面前「孤立無援」，只有在夢遊時他才能擺脫恐懼和憂鬱。當余索落入陷阱被捕獲時，余索畏懼死亡而流淚，被部落首領嘲笑為「你像一條在地面上爬的糊塗蟲。」

15　七等生：《來到小鎮的亞茲別》（臺北市：遠景出版公司，1986年），頁235。
16　七等生：《來到小鎮的亞茲別》（臺北市：遠景出版公司，1986年），頁236。

〈木塊〉裡的人物如同驚弓之鳥：「暫時躲在那張高背的沙發中，……他看起來膽怯而萎縮。……彷彿一隻被追捕的蟹物，收了他的腳躲藏在石塊的隙間。」[17]這個人物與卡夫卡的地洞小獸屬於同一譜系，總是為自己的無處藏身，為可能降臨的災難而痛苦不堪。他甚至因不能變成蟲蟻以避免受到注意而遺憾不已：「個人是異常大而明顯的目標，不能像蟲蟻一樣小得看不出影蹤。是的，隨時隨地都有人盯視他而把秘密洩漏。」[18]恐懼是如此不可理喻，將人物貶抑為非人的存在物。恐懼的頂點就是精神崩潰後的死亡。七等生不給人物一點脫身獲救的機會，而是冷酷地讓他扣響扳機，與亞茲別一樣，〈木塊〉裡極度驚慌恐懼的人物最終選擇了自殺。七等生年輕時最喜愛的作家海明威，也是以相同方式終結其豐富多彩卻迷惘的生命。和《來到小鎮的亞茲別》相似的是，〈木塊〉同樣將人物的死亡賦予了純潔甚至神聖意味，「他唯一在最後一刻可做的便是毀滅；要是動亂起來的星星月亮不能拆散天空，人的醜惡也不能染汙死亡。」小說灰暗抑鬱的底色滲透出一線決絕的悲壯，如題記所述：「一切都準備好了，想贏得自由，在這座城市是斷不能實現的。」

　　七等生筆下人物的多疑、敏感、極度恐懼近乎被迫害狂，讓人聯想起魯迅《狂人日記》裡的主人公。當然，七等生作品並不致力於國民性反思和社會改造之使命，而相通的是，他筆下那些個人主義者的恐懼同樣有其現實依據和指涉。那些無所皈依的孤魂野鬼，如《余索式荒誕》裡的余索這個自稱「自由魂」的山間遊魂，死後依然改不了其恨世者的面目，以及強烈的自我意識，遊魂依然常在水邊釣魚，宣稱：「釣的是自己」。七等生筆下的一些人物有著憂鬱、蒼白、俊美的外觀，一臉的痛苦孤獨和無辜，但作者毫不避諱他們道德上的缺陷，甚至犯罪的事實，比如偷竊，嫖妓，甚至殺人。盲目和罪惡構成了七

---

17 七等生：〈木塊〉，參見七等生：《白馬》（臺北市：遠景出版公司，1986年），頁137。
18 七等生：〈木塊〉，參見七等生：《白馬》（臺北市：遠景出版公司，1986年），頁138。

等生荒誕世界的必要組成部分。〈憧憬船〉裡，兩個年輕人盲無目標地四處漂流，在一個小鎮，年輕男子突兀地開槍打死了金飾店老闆，與女友倉皇逃到海邊，絕望中遙望著遠處海面的一艘大船，被那很大很美的船所吸引，於是，在漫長的等待中企盼、痛苦、矛盾，直至大船被夜色吞沒。人物的行蹤和對話混亂而瘋狂，大船意象也真幻難分。似乎只是個荒誕不稽的故事，卻表現出內戰陰影下困囿孤島的臺灣人恐懼迷失和渴望自由的心象。憧憬中的大船與白馬一樣，只是絕望中的盼望，但這船並不一定意味著救贖的可能，反倒可能只是個冷酷的嘲諷。可怕的是，主人公完全被非理性所擺佈，連殺人也沒有明確動機，人的行為在這裡是極其偶然和不確定的，倫理與信仰的迷途使得生命充滿狂亂與恐懼。不必認真琢磨小說人物不合常情常理的行為動機，給他們下道德乃至法律判決也無濟於事，因為七等生所要表現的正是禁閉與隔絕境況中的人的非理性黑色戲劇，道德的惡本能以及自相殘害的觸目驚心，就如同薩特的《禁閉》和加繆的《誤會》對人性真相的殘酷試煉。

七等生對筆下人物的試煉是精細的，有時帶著弱者自我撫慰式的深深憐憫，有時又帶著堅韌不拔、綿裡藏針的殘忍，直接進入陰晦黑暗的內心，〈AB 夫婦〉或許是其中頗有代表性的一篇。作品敘述一名男子 A 與其殘疾妻子 B 之間無法溝通的婚姻悲劇，B 至死也不明白 A 是個怎樣的人：

> 坦白一點說，我不明瞭你，不知道你在幹什麼有意義的事，心裡想些什麼……對一個名譽上是夫婦的男人，簡直不能捉摸。
> （《僵局》頁228）

但表現人與人之間的隔絕還不是小說的核心，作者更有意表現這種隔絕的根本原因：即他所認定的人性本能中殘酷陰暗的一面。人性

的惡本能在這篇作品中得到了淋漓盡致的挖掘。卡夫卡對刑罰工具的
精細想像曾經讓人驚悚，七等生也傾注了同樣殘忍的想像力。作品細
緻描摹 A 如何一步步肢解一隻甲殼蟲的場景，他慢慢玩弄和賞鑒這
無恥的戕害，從中得到法西斯般的陰森變態的快感。這篇雙線敘述的
小說的另一條線索是，已死的妻子哀怨瑣屑的嘮叨，幽靈般的絮語似
真似幻。作者以這種敘述方式暗示 AB 夫妻之間病態的關係。作品雖
未曾像薩特的《禁閉》設計地獄中的拷問場面，但人對蟲子百般折磨
的細節描摹，直觀地告訴人們：A 不僅是那隻可憐蟲子的地獄，也曾
經是妻子 B 的活地獄。尤奈斯庫的荒誕派劇作《禿頭歌女》以西方夫
婦關係為觀照點，表現現代人情感的冷漠及人與人之間的隔絕，〈AB
夫婦〉省略了人物的外在特徵甚至姓名，從夫婦關係不僅窺出現代社
會裡人與人的疏離，更無情地挖掘人性的冷酷自私和弱肉強食的遊戲
規則。在這裡，寓言體召喚起二十世紀六○年代臺灣權威體制下的權
力關係想像。慘遭迫害的蟲子隱喻殘疾弱勢的妻子，也隱喻被極權政
治控制下的個體；而虐待狂丈夫形象則隱喻權力與體制的強大和非
人性。

　　呂正惠如此認定七等生在臺灣現代主義文學座標裡的意義：「他
為這些『令人心酸』的下層知識分子的心境，找到了一個現代主義的
表達媒介：卡夫卡式的幻想故事。在這些幻想故事裡，他以一種怪誕
的方式，把這些小人物的自卑與痛苦加以變形，加以呈現。……他的
作品證明了下列一項事實：現代主義文學和臺灣現代化過程裡下層知
識分子的心境也是可以『契合』的。」[19]用精神分析學來剖析七等生
的創作，不失為一種途徑；不過，七等生的寓言體小說所表現的不僅
僅是小人物「自卑的變形」。在這些荒誕可怖的寓言中，讀者不但可
以感覺到一種強烈的情緒宣洩，辨識出作者自身遭遇的化妝表演，也

---

19 呂正惠：《戰後臺灣文學經驗》（臺北市：新地文學出版社，1992年），頁32。

能了解作者掙脫認同危機的努力和建構自我的企圖。

　　直接表現存在主義思想主題的作品《我愛黑眼珠》，是七等生最享盛名的寓言小說。這篇作品充分展示了作者擺脫早期認同危機、吸取存在主義精神資源以建構自我的意圖。小說中人物怪異的言行，源於其內心嚴峻的哲學選擇。主人公李龍弟出門為妻晴子送傘，遇到一場大洪水，為救助一個生病的妓女，而不理睬對岸屋頂上「黑眼珠」妻子的呼喚，聽任她因嫉妒而跳進洪流之中，眼睜睜看著她捲入洪水；洪水過後，他疲憊地回家，決定休息幾天以後再去尋找晴子。這個城市「閒人」怪異的舉止和思想引發了讀者濃厚的爭辯興趣，爭論的焦點一度集中在李龍弟的行為是否道德。但這種聚焦將作品預設的深意完全棄置了。

　　必須承認，這是一篇頗有些生硬的觀念性小說，然而卻具有某種神奇的魅力。人物的對話和思維非常獨異，一個哈姆雷特氣質的荒誕英雄形象令人過目難忘。李龍弟這個卑微卻傲然的主人公的心靈，似乎成了存在主義自我抉擇論的實驗場。

　　　　　天空彷彿決裂的堤奔騰出萬鈞的水量落在這個城市。

一場洗劫城市的大洪水，沖滌著城市的污濁、貧困和罪惡，人們驚慌不安地四處奔逃，這顯然是作者有意創造的極端情境——為了試煉人心，也為了表現人物存在主義式的自我抉擇。這個抉擇像一個機遇，突然降臨，改變了李龍弟的生命。於是，選擇照看一個素不相識的生病的女人——而且是一個底層的卑微的妓女，感受到被依靠的男性榮耀，並承擔起由此帶來的一切後果，就成了人物此在的使命。這個選擇對晴子可能意味著一種災難，但這災難或許正是李龍弟自我選擇後的代價。在薩特式的自我抉擇觀點看來，李龍弟個體的「自由選擇」就是他看似乖張行為的理由：「我必須選擇，在現況中選擇，我必須

負起我做人的條件，我不是掛名來這個世上獲取利益的，我須負起一件使我感到存在榮耀之責任。」[20]

　　然而，七等生運用存在主義意念塑造出來的人物不一定是成功的藝術形象，抉擇與承擔，讓人感到一種緊張的理念操縱，其實這也是七等生許多作品的共同特徵。作者曾經用聖·方濟的故事界說《我愛黑眼珠》的意旨，已明顯透露出後期七等生的宗教趣味了。企圖借存在主義的自由選擇所達到的「自由」境界，多少有些自欺欺人。洪水過後，李龍弟感覺極度疲勞，回到現實世界，他那光榮的幻影即刻顯出其虛弱不堪的本質。如果說在極端處境裡存在主義式的抉擇自有它的合理性，那麼，回到日常性現實生活情境，這種僵硬的自我認同建構方式，就根本力不從心了。

　　必須說明，七等生向來把自己鎖定在孤獨的個人主義者的位置上，這一點，造就了他在臺灣乃至中國二十世紀知識分子中獨特的個性和寫作風格，也必然限制了他的創作視野。作為特定歷史時期特殊地緣政治下小知識分子的精神私史來看，他的作品有著彌足珍貴的價值，他對自我個性的潔癖症式捍衛和小人物扭曲矛盾性格的展示，為我們提供了一個充滿張力的分裂的私人精神世界。經由七等生幾十年的耕作，這個動亂混沌的私密空間呈現出紛繁的樣態。僅從人物看，他的小說中有幾種不斷復現並相互交疊的形象：沒有攻擊性的膽怯敏感的邊緣人，如余索；精神分裂的兩面人，如亞茲別，善良溫和與暴烈瘋狂同樣集於一身，靈魂無法解決二者的衝突，而導致自毀；後期浪漫派氣質的沉思的知識人和悲劇性的理想主義者，如《隱遁者》中的魯道夫和《沙河悲歌》中的民間藝人；存在主義式極端境遇下的艱苦抉擇者，如《我愛黑眼珠》中的李龍弟；浪漫派式的自我追尋者，如《城之迷》中的柯克廉；極端自私的個人主義者，如《AB 夫婦》

---

20 七等生：《我愛黑眼珠》（臺北市：遠景出版公司，1986年），頁197。

中的歹毒的丈夫 B；價值混亂行為盲目的精神迷失者，如〈憧憬船〉中的殺人者。個人主義是這些紛繁複雜的人物形象共有的精神特徵，這些形象記錄了時代的精神亂像，也表明七等生在自我認同建構過程中的困境。

　　七等生筆下的小人物怯懦脆弱，與郁達夫作品裡的零餘者表面上多有相似之處，實際上卻有明顯區別，七等生所關注的焦點是個體意義上的自由意志，他作品裡的彷徨於末路的人物與西方現代派文學裡失去精神根基的異鄉人更為接近，這些面目清秀或模糊的形象，還曲折映現了冷戰時期極權統治下臺灣知識分子內心的恐懼與悽惶。作為一個執意隱退鄉間的現代作家，七等生作品裡那些執著維護自由意志的小人物，也表明了一種鮮明的現代性批判意識；而那些孤癖殘忍人格分裂的人物則寓示著極端個人主義的暴力化和毀滅傾向，顯示出作者難以紓解的精神痛苦和激烈的心理衝突。

三

　　「在晚期現代性的背景下，個人的無意義感，即那種覺得生活沒有提供任何有價值的東西的感受，成為根本性的心理問題。」[21]而這種處境下的自我，「如同自我在其中存在的更為廣泛的制度場景一樣，必定是反思性的產生出來的。」[22]抗拒虛無和無意義的存在，才是這個現代歸隱作家堅持自我個體價值的終極原因，七等生所經歷的精神危機和反思的價值正在於此。那裡面，有隱遁者感受到的由農業文明向現代工業文明轉型時期人的心靈惶惑，也有在鄉村與城市文化

21　〔英〕安東尼・吉登斯撰，趙旭東、方文譯：《現代性與自我認同──現代晚期的自我與社會》（北京市：生活・讀書・新知三聯書店，1998年），頁9。

22　〔英〕安東尼・吉登斯撰，趙旭東、方文譯：《現代性與自我認同──現代晚期的自我與社會》（北京市：生活・讀書・新知三聯書店，1998年），頁3。

夾縫間的尷尬個人體驗，有特殊地緣政治中邊緣小人物的悲苦，也有自由知識分子的敏感犬儒，還有存在主義的虛無與反抗意識的消長……荒誕不經不過是一種痛楚糾結的心靈形式。他以一種固執的姿態不停息地尋求自我認同，尋求存在的意義，抉擇的光榮、荒誕的激情，都顯示了這種擺脫精神危機和建構自我的努力。從作品所顯現的精神世界看，存在主義確實成了七等生六〇年代一些作品裡灰色精神世界的主體，但是，他的生命哲學與西方存在主義哲學仍然存在必然的差別，比如「白馬」這個超驗烏托邦意象所反映的「小國寡民」式道家生存社會理想，完全落實到了中國古老的文化傳統中，那是西方存在主義所缺少的。這一理想化意象的反覆重現，表明七等生一方面是個不可救藥的浪漫主義者，另一面，也暴露出他的中國知識分子本相。

　　小說裡眾多的七等生「變身」表明，身在複雜多變的晚期現代性社會，處於境遇詭異的臺灣，一個將自由意志看成價值核心的小知識分子，是難以獲得健全統一的精神架構的。現代性意義上的生存焦慮深刻地浸透了七等生的存在主義小說：個人的精神世界往往呈現出分裂、不完整狀態；人物總是置身於選擇的困境中，如李龍弟處於晴子與妓女之間，那條滔滔洪流就是自我分裂的象徵；亞茲別的自毀同樣宣告了個人主義式自由意志的末路。七〇年代以來，七等生對宗教的興趣越來越濃，愛情、「白馬」等意象越來越趨向宗教啟示色彩，預示了七等生努力擺脫自我認同危機，通過宗教來尋求建構自我的可能性。而他的《沙河悲歌》、《老婦人》等作品則流露出相當哀感而深沉的土地情懷，這隱約告訴人們：臺灣六〇年代迷惘躁動的那一代知識人經過現代主義以及後鄉土文學論爭的洗禮，已逐漸告別虛無，而開始訴求一種更加沉著堅實的文化和精神皈依。

臺灣文學浪漫性的個案研究
──七等生小說浪漫精神辨析

臺灣文學中的浪漫性迄今尚未得到文學史敘事的充分關注。本文以七等生為個案，辨析他作品中的浪漫精神。七等生接受了浪漫主義文學思想的深厚影響，其創作顯示出後期浪漫派的鮮明特徵，具體表現在人生與自然融為一體的生命觀念、神秘超驗的想像、執著的烏托邦追尋等層面。

一

自盧梭在《懺悔錄》中公開宣稱：「完全按真實面目把自己表現出來」，他那「獨一無二」的自我表現的自傳體，就成為浪漫主義文學的一個顯著特徵。浪漫主義文學強調詩人主觀情感和自由意志的表現，文學成為內心感覺與主觀想像的記錄儀錶，成為探詢情感與個性的指南。對於浪漫主義而言，「一件藝術品本質上是內心世界的外化，是激情支配下的創造，是詩人的感受、思想、情感的共同體現。」[1]華茲華斯指出：「詩歌是強烈情感的自然流溢。」[2]浪漫主義者執著於自我表現，推崇主觀價值和創造性想像，其目的何在呢？韋勒克認為：「浪漫主義者的雄心在於調和藝術與自然、語言與現實的關

1　〔美〕M.H. 艾布拉姆斯撰，酈稚牛、張照進、童慶生譯：《鏡與燈──浪漫主義文論及批評傳統》（北京市：北京大學出版社，1989年），頁25-26。

2　〔美〕M.H. 艾布拉姆斯撰，酈稚牛、張照進、童慶生譯：《鏡與燈──浪漫主義文論及批評傳統》（北京市：北京大學出版社，1989年），頁67。

係。」[3]他引述另一位學者的話來表明浪漫主義自我表現的深層意義：「從意識本身提取消除自我意識的解毒劑。」浪漫主義看似專注於個人內心的狹小世界，實則通過自我意識的反覆追問和想像的轉移，由此通往一個更廣大的世界。內省的生活並不是出世的，相反，浪漫主義的「想像、象徵、神話和有機的自然」所隱含的，是人類「克服主觀與客觀、自我與世界、意識和無意識之間的分裂的巨大努力的一部分。」[4]

臺灣現代派文學發起之初，並不很重視浪漫主義思潮及文藝創作，現代派小說家大多有意識與浪漫主義保持距離。但七等生是其中的例外，他的創作個性與浪漫主義存在密切關聯。可以這麼認為，七等生的文學觀基本上屬於浪漫主義範疇，「我的生活整個投影在這些作品。我完全依照我的習性、感情和理念記錄我在生活中經驗的事。甚至以我為主題，來探求生命哲學。我天生對於美感事物的喜愛和佔有欲，誘發我形成寫作的技法和風格。」他對文學的理解也具有浪漫化特徵，文學「是從內心湧現出來的一種泉流，與個人個性的發揮合成為『風格』」。他的不少作品在形式上也接近於浪漫派的自傳體及變體，他認為「對內在生命世界的闡述，本來就是我寫作一直延展不變的主題，」[5]對自我心靈反覆不懈的辨析、叩尋，成為其創作精神的核心。

在評論家的眼中，七等生及其筆下人物是一些「隱遁的小角色」或「在火獄中自焚的人」，他們往往「把自己封閉起來，然後在自己的思想意識所建造的哲學王國之中自封為王」，是「自卑、自憐與自

3　〔美〕R・韋勒克：《再論浪漫主義》，R・韋勒克，丁泓、余徵譯：《批評的諸種概念》（成都市：四川文藝出版社，1988年），頁211。

4　〔美〕R・韋勒克：《再論浪漫主義》，R・韋勒克，丁泓、余徵譯：《批評的諸種概念》（成都市：四川文藝出版社，1988年），頁212。

5　七等生：《散步去黑橋》（臺北市：遠景出版公司1986年），頁2。

負」的「社會棄子」。[6]這些評語或言及作者及筆下人物的隱逸避世行為，或論其社會地位的卑微及其見棄於世的邊緣境遇，或注重於其心靈矛盾之劇烈，或強調其乖僻複雜的性格個性。呂正惠先生雖然對七等生的創作進行了批評，卻敏銳意識到七等生作品在臺灣社會中具有特殊意義：他以持之以恆的自我表現的文學書寫，顯示出一個臺灣小知識分子充滿矛盾的複雜精神世界。[7]不難判斷：浪漫主義的自我表現說賦予了七等生初期創作以巨大動力，成為他建構自我精神世界的一種支撐，使他可以勇氣十足地宣稱：「我的寫作一步一步地揭開我內心黑暗的世界，將我內在櫃存的污穢一次又一次地加以洗滌清除。」[8]需要辨明的是，他的這種文學自我表現形式與早期浪漫主義狂飆突進的摩羅精神固然存在相通之處，但相對而言其精神氣質要更貼近於冥思內斂的後期浪漫派。

　　七等生的早期精神食糧裡，浪漫主義文學佔有較大比重，「史東的《茵夢湖》，海明威的《老人與海》和惠特曼的《草葉集》，這三本書在我的心靈裡匯成了一種情緒，在我最初的寫作歲月裡，我本身便是這三種人格的總合。」（《離城記》〈後記〉）七等生對蒙田的喜愛也許是終生的，在蒙田那裡，他更加明晰了自己寫作的方向即自我表現。他曾將蒙田的幾段話作為書的題記，頗有引為知音的意思：「我的全部關注都在我的內心，我沒有自己的事業，而僅有自我；我不斷的思考……品嘗我自己。」（《情與思》〈序前引文〉）「人必須退隱，從自己尋求自我，我們必須為我們自己保留一個儲藏庫，揉合我們，在儲藏庫裡，我們可以儲藏並建立起真正的自由。」「世上最偉大的

6　呂正惠：〈自卑、自憐與自負——七等生現象〉，呂正惠：《小說與社會》（臺北市：聯經出版事業公司，1988年），頁91-111。

7　呂正惠：〈自卑、自憐與自負——七等生現象〉，呂正惠：《小說與社會》（臺北市：聯經出版事業公司，1988年），頁91-111。

8　七等生：《散步去黑橋》（臺北市：遠景出版公司，1986年），頁245。

事是知道如何成為他自己。」[9]七等生還很喜愛浪漫派小說家勞倫斯，勞倫斯的憤世嫉俗，他對中產階級的批判，對神秘超驗的興趣，及其自然人性論和原始主義傾向，都可以在七等生作品裡找到相近的表達。七等生常在作品中猛烈抨擊政治的暴虐和文明的病徵，也常表現出對超驗事物的濃厚興趣。與勞倫斯相似，七等生也偏愛賦予愛情理想化的憧憬，嚮往靈肉合一的理想化情愛：一種至美至善之愛，《城之迷》中，這種愛的承載者更是化身為抽象的「完美女性」。在他後期作品裡，愛情退出世俗化情慾關係，成為精神、靈性甚至靈魂的象徵，彷彿登上高峰才能窺見的那輪皓月。從《初見曙光》裡年輕的「土給色」，到《兩種文體》裡年過半百的鄉間畫家，七等生作品中的男性不斷顯現出對非世俗愛情的迷戀和癡望。土給色在電話裡如此表白：「歲月正呼喚你啊，回歸我的身旁；我在呼喚你，把歲月推開；現在，我們不要歲月了。」[10]鄉村中年畫家也同樣癡情：「當我不工作時滿腦子充滿了你，好像創作也是為了你；我無法逃脫我的創作的自戀，假如那源頭來自於你，我的朋友。」[11]這樣的情懷，唯有孤獨、唯美而耽溺於想像的心靈才會煎熬出來。完美女性和柏拉圖式愛情，與七等生文學世界裡的原始自然、超驗的「白馬」等意象甚至有著類似的宗教化功能，都可以產生療治虛無、自我救贖的效果。

二

　　回歸自然是七等生自我表現文學書寫的組成部分，是他浪漫主義精神的重要層面，也是其探觸世界、尋找生命意義的一種路徑。

　　七等生小說如《漫遊者》中的人物常常是田野山谷中的漫遊者，

9　七等生：《白馬》（臺北市：遠景出版公司，1986年），頁18。

10　七等生：《來到小鎮的亞茲別》（臺北市：遠景出版公司，1986年），頁184。

11　七等生：《兩種文體》（臺北市：圓神出版事業機構，1991年），頁110。

而主人公癡迷於英文浪漫派詩歌，與當年郁達夫小說裡留學青年手執《渥茲華斯詩集》漫步田野吟誦的景象何其相似？只是七等生筆下人物與自然的關係要更形複雜些，人物有時甚至莫名地「在那些雜亂的墳塚間轉來轉去」，而他小說中的大自然並不單純，不僅不會恒常如田園詩般美不勝收，反而是時而疲憊滄桑、困頓衰老，時而陰鬱難解、靜寂恐怖，蘊藏著未知的狂暴和危險。《隱遁者》中陡拔的山野則具有震懾心魄的力量。顯然，七等生的文學世界裡，自然不是詩意的點綴和裝飾，而是無所皈依、無處可退的詩人身心棲居之地，無論它是美輪美奐還是普通半凡，是陰森威嚴還是荒涼靜謐。

　　作為一個現代社會的知識分子，七等生拒絕在都市生活，主動選擇遠離城市，長期隱居於故鄉山林。這種生活方式的選擇固然由其個人天性使然，也不無一種將人生藝術化的浪漫性追求，具有反抗人生世俗化和反抗現代文明的價值傾向。在他的一些作品中，自然與城市構成了兩個互相衝突的價值世界（如《城之迷》、《隱遁者》、《重回沙河》等），城市充滿喧囂肉感，卻是異化和墮落的；而自然雖冷清寂寥，卻和諧完整並且具有神奇的力量。在一篇小說的開頭，主人公以一種辯駁的口吻說：「我對工業社會的一切深植著一股憎惡感覺，我不以為隨著科學的進步會帶來較多的幸福。」[12]七等生筆下的人物總是孤零零地晃蕩在小鎮、迷失在城市，而唯有面對寂靜的自然，方才感受到「人與自然圖像奇蹟式的交感，是人類紛濁的生活裡難以啟開服見的自然的原始精神。」[13]但同時，在七等生的視域中，自然也呈現或激發著某種虛無的特性，「可是阿達很難將存在於自然天地的原始精神做永久的保留，它比人世間的幸福更渺茫，因為人世的存在猶能受時間的規劃，但自然精神只能在他的虛無中閃現，因為所謂永恆

12　七等生：《白馬》（臺北市：遠景出版公司，1986年），頁223。
13　七等生：《散步去黑橋》（臺北市：遠景出版公司，1986年），頁62。

是他不能了解的事物」顯然，在七等生看來，自然的意義並非單極的，它意味無窮，只有那些與它融為一體的人才能感知其真味。從繽紛渾濁的現代生活中抽身而出，選擇面對永恆而孤寂的自然，過著僧侶式孤獨內省的生活，並不像常人想像得那麼容易；對於七等生而言，棄絕紅塵隱遁山林意味著自我的超拔，也必然地把自己交付給了單調、漫長而清冷的靈魂苦修。

在《隱遁者》裡，人物面臨這樣一次生活方式的選擇，是居住在城鎮，還是隱居山林？沙河是一道分界，區隔著喧鬧的城鎮與寂靜的森林。沙河像一個深沉的思想者，更是一個忠實的傾聽者，它是主人公魯道夫選擇隱居生活的見證。人物最終選擇了定居於森林，過著唯我自在、簡單純樸的生活。當他回首那些「群魔群鬼聚居的」城鎮，「一切都顯得那麼光怪陸離，他不能了解現在城鎮顯露的現象的意義——行走在街道的人機械式的腳步，以及像玩具一樣到處設置的象徵標誌。……當他最初涉過淺淺的沙河離棄城鎮步入森林之時，他有兩隻羊和一條狗伴著他，他一直往森林深處走去，……往他理想的地方前進。」[14]在這裡，自然是受創心靈的撫慰，也是靈魂可靠的朋友，是抑鬱迷失等城市病的解毒劑，在那裡似乎有主人公空朦而倔強的理想在寂寂生長。實際上，浪漫主義在回歸自然的同時，也引起一種對簡樸生活的嚮往，「它引起了把處於『自然』狀態下的『簡樸』社會和『原始』人普遍理想化的傾向，」[15]這「淡淡的烏托邦」風味，在七等生那裡可能要更東方化一些，它是自然引發的感觸，也是心靈幻象的產物，也與民間神話想像有關。

從七等生隱身並一再描寫的沙河，不禁讓人想起梭羅的瓦爾登湖。在《美國文學的週期》裡，Robert E. Spiller 說「把浪漫主義想像

---

14 七等生：《隱遁者》（臺北市：遠景出版公司，1986年），頁31。

15 〔英〕利里安・弗斯特撰，李今譯：《浪漫主義》（北京市：崑崙出版社，1989年），頁44。

的抽象觀念與十九世紀中葉美國生活的現實統一起來的是拉爾夫・華爾多・愛默生。」[16]在他看來，新英格蘭清教徒清心寡欲的理想主義，與盛行英國的德國理想主義相結合，再加上東方神秘主義的影響，形成了美國浪漫主義思潮。愛默生和梭羅是其間關鍵人物，前者建構了超驗主義的自然觀、直覺體驗能抵達內在真實的信念，以及以夢幻、象徵、想像與表現概念為核心的文學觀念；後者則身體力行以行動踐履愛默生的浪漫理想，瓦爾登湖畔的隱居生活，以及抒寫隱居經驗的散文集《瓦爾登湖》，這是大自然的啟悟和饋贈。他的隱居自然表明了他與世俗社會不相為謀的心意，但這種叛逆看上去是悅人而愜意的。而七等生有著梭羅沒有的悲哀與憤激。與梭羅列出開支表的喜悅細節形成對照的是七等生的〈復職〉，敘述一個畫家為了生存不得不到處奔走謀求復職，卑微、困窘而屈辱。小說將冗長艱難過程中各級行政機關開具的文件證明如實穿插在作品中，〈縣政府來文簡便答覆表〉、小學〈證明書〉、〈縣政府令〉、〈臺灣省國民學校教師證書〉以及〈教職員離職證明書〉，公文使作品的氛圍嚴肅鬱悶得讓人窒息。七等生的隱居鄉野不同於桃花源的田園綺思。在他看來，庸常世俗現實社會的繁瑣規範毫無意義，可它們卻不時向他發出嘲諷和警告，令他憤激並更遠離人群。

　　人們很容易發現七等生在隱遁主題和簡樸生活上與梭羅的一致性，也會發現其中隱含著對現實的抗拒和批判意義。但七等生與愛默生、梭羅所賡續發揚的德國浪漫派超驗主義的關聯卻隱而不彰，而這種關係卻是闡釋七等生浪漫性的關鍵。德國浪漫美學傳統表達三個主題：人生與詩的合一；以人的本真情感為出發點的精神生活，以靈性、直覺和信仰為感受判斷的依據；人與自然之間的神秘契合與交

---

16 〔美〕羅伯特・斯皮勒撰，王長榮譯：《美國文學的週期》（上海市：上海外語教育出版社，1990年），頁38。

感。三個主題隱藏著一個根本主題，即有限的個體生命如何尋找得到
自身生存的價值與意義，如何超越有限無限的對立去把握永恆之美的
瞬間。[17]從康德、席勒開始，到叔本華、尼采，以及狄爾泰、席梅
爾，直至黑塞、海德格爾，都在審美和世俗、超驗與經驗、有限與無
限、靈魂與肉體間劃出了一條巨大鴻溝。現實生活是世俗的、實用理
性的，近代以降，生活更變成原子碎片，變成了算計和沉淪；唯有審
美、藝術和詩化，才能使人重獲心靈的自由，重建經驗與超驗、肉體
與靈魂、有限與無限之間的有機整體關係。七等生在美學上與價值觀
上，與德國浪漫派比較靠近。他總是眷戀那些神秘、超驗、詩化的事
物，他說：「我們不要被世界的無情集體化淹沒了個人的本性；雖然
我能這樣想，我們仍不免陷入世俗生活的泥沼，並且跟隨著越陷越
深，已經感覺到壓迫到胸部，快要封住嘴巴和鼻孔的呼吸。到此地
步，想離開沼澤返身回走恢復矯健的身手已經不可能了。唯一可想
的，只要放棄這肉身，放出心靈去浩瀚無涯的自由之空，在那裡似乎
有著更多的真實讓我們滿足和快樂。」[18]於是，藝術與審美以及人生
的藝術化就具有了救贖自我、超越沉淪和反抗異化的至高意義，七等
生的隱居方式、自然觀和詩化本體論傾向，以及小說裡反覆出現的
「白馬」等超驗意象，都可見出七等生的浪漫心性。七等生以自己獨
特的生存方式和文學表現，再次詮釋了浪漫先哲席勒的格言：「唯有
通過美才能達到自由。」

三

　　迷戀於想像世界的浪漫詩人，一般都難免超驗與神秘傾向，在他

---

17 劉小楓：《詩化哲學》（濟南市：山東文藝出版社，1986年），頁11。
18 七等生：《兩種文體》（臺北市：圓神出版事業機構，1991年），頁13。

們那裡，神奇或怪誕的魔化想像常常奇異突兀地不約而至。七等生也喜歡製造陰鬱壓抑或者恐怖悚然的幻覺氛圍。

《僵局》以鬼魅的囈語輕輕觸碰人性細微顫動的神經，哥德式的黑色想像散發著亦真亦幻的吸引力。在原本應該去郊外掃墓的清明節，主人公鍾受莫名之命來到一個奇怪的華麗居室，但無人理睬他，從前後文可以揣測，始終未露面的女主人曾向他表示過好感，因為：「她是為了讓鍾從這些裝置上確認她是美好和快樂」，從鍾的觀察和判斷，不難看出他其實並不欣賞這位女士／小姐的趣味，他認為「她在色澤和樣式上顯示著她的無知和落伍」。小說阻止讀者探討他們之間曖昧關係的意向。鍾神思恍惚，這次行旅彷彿只是一次夢遊。一個陰森恐怖的回憶細節吸引了我們，鍾想起一個叫「貞」的女子，他發誓這一天要為她掃墓，可他此時卻坐在這個怪異場所無所事事。曾經有一個夜晚，他與已身患肺病的貞一起涉一條小溪，想抵達對面的果園。

> 他們行抵一堵石頭築成的堤防，他先上去，然後俯在石頭上伸手給她。他緊握著她冰冷的手，拖拉著她，但貞沒有上來，她的手愈拉愈長，始終看不到她的身體浮上來。

達利讓鐘錶柔軟變形得如同發酵的麵團，薩特的洛根丁覺得人的手「像一條肥大的白色的蟲……」七等生小說裡的那位病女人手臂也如此超現實地無限伸長。在這裡，我們不難嗅到霍夫曼、愛倫坡及卡夫卡們的相似氣息——《鄉村醫生》的豬圈裡突然奔馳出駿馬，雪天裡一籌莫展的醫生被神速送往病人家；《變形記》更讓一個無法忍受生活壓力的小職員一夜之間變成了甲蟲。這麼看來，七等生只不過進行了一次不大的外科手術而已。那麼這個哥德式怪誕場景在言說什麼？她的死亡或許原本就是「我」的心願：一個患肺病的女友，一個失去活力的病人，不如讓她死去？在這個空洞的清明節，沒有履行誓

言的男人，通過死亡這個冰冷的媒介遭遇了自己心中的殘暴和晦暗。於是，那次意外死亡的陰影，以及背叛死者的自我折磨，使他無法接受交往新的女友這件事實；於是，他百般挑剔眼前這個女子，包括她的審美趣味。這個女子代表著活潑健康的生命，有些俗氣，卻生命力旺盛，正是他潛意識裡渴求的，否則他就不會背誓而來。他來了，卻又無聊尷尬、無法自適，彷彿置身地獄。他焦躁昏亂地調試收音機，不停地旋轉按鈕，直到把它徹底轉壞，暗示了與環境的格格不入，而這怪誕的處境，也隱喻了人性的混亂不堪和不可理喻。說到底，這是一個人對自我產生極大困惑、對死亡與沉淪無比恐懼的故事，荒涼神秘的死亡、隱隱約約的愛慾、道德的自我譴責和不安的逃避，引導出一個古老的關於人的自我認識和自我試煉的故事。製造一個毛骨悚然離奇刺激的故事不是七等生的目的，他只是通過怪誕的場景或細節來拷問靈魂，細察人性深處悸動難辨的鏡象。這是七等生與霍夫曼等哥德式浪漫小說家趣味的分野。

在七等生灰暗神秘的文字裡，幾個有趣、神秘而又相互關聯的意象值得一提：女性、白色花和白馬。陰鬱病態的女人、健壯強悍的女性、柔弱堪憐卻身分卑賤的女子以及「完美女性」意象，共同組成了七等生作品最常見的女性想像。作者在描繪或感觸這些女子時，筆墨總是滲入濃濃的幻象因素。她們與其說是真實的血肉之軀，不如說是一種觀念的象徵。她們與愛情相關，又不僅是愛情。以他的幾個小說意象為例，來看看作者怎樣通過微妙的形式，傳達一種伴隨著幻象的愛情、以及自我意識。《我愛黑眼珠》裡，柔弱生病的妓女令主人公產生強烈的責任，「白色的香花」作為一個與愛相關的子意象，在洪水退後被李龍弟插在妓女的鬢髮間，白花代替男性人物履行了一個莊嚴的儀式，隱喻著悲憫的博愛與自戀式的同情。在另一篇小說裡白花又一次浮現，我被一種神秘力量吸引來到墓地，「我感覺原來寂靜的

山野突然發出激情的響動，」[19]「我」發現，曾經蠱惑過「我」的頭
戴白花的妓女，原是看墳傻仔的妻，「當我伸手把她扶起來時，我嗅
到一股微微的花香圍繞在她的頭部四周。然後我看到陽光在她灰黑的
髮上照出一小片白色，那是一朵結在她右耳上方的白色香花。」白花
在小說裡以神秘的氣息誘惑著人物同時洗濯著慾望，白花是卑微的，
聯繫著從事卑賤職業的弱女子，但正是那樣的女性激發著七等生的主
人公，她們身上混合著泥土氣息的母性魅力親切召喚著他，讓世俗的
原始慾望轉化成憐憫與敬意。

　　與白花隱含著的柔順的潔淨、母性的莊嚴不同，「白馬」這個在
七等生小說裡有著特殊位置的意象卻是飛升的、光芒照人的，也是神
性與救贖的喻像。這些意象都具有神秘奇異的吸引力，並不訴諸理
性，僅僅與人物的直覺相呼應。「白馬」最先出現在短篇小說《白
馬》中。人物在去往鄉間的路途中聽到一個關於白馬的神奇傳說，
「那時在一陣奇異的暴風之後，突然出現在虎頭山頂鳴叫的一匹白
馬。無人知道它從什麼地方來，為何立在山頂上發出宏亮的叫
聲。……我的祖父告訴我的父親，父親告訴了我而我也告訴了我的兒
子，也叫我的兒子告訴他的兒子。」……「於是鎮上傳言這是神的使
者，因那白馬光耀照人，神俊活潑，眼珠發著刺一般的光芒。」白馬
的從天而降改變了一切，白馬帶著九個漢子旋風般飛跑，腳步經過的
土地立即從貧瘠荒涼變得美麗而肥沃異常，九個從前一無所有而受盡
屈辱的流浪漢合力開耕，將這片土地命名為「園中園」，百姓從此生
活富庶美滿。白馬起初是作為底層庶民心目中神的使者來到七等生的
小說裡，這夢幻天真地許諾給現實世界中貧困受辱的無產者甜美的安
慰。不難看出，白馬的特質是超驗的、烏托邦的，也是貧民化的。白
馬從此時隱時現再也不肯遁去，而「幻覺的產生成為我的存活世界的

19　七等生：《散步去黑橋》（臺北市：遠景出版公司，1986年），頁95。

一部分。」[20]它所隱喻的內涵也逐漸豐富。在小說〈期待白馬卻顯現唐倩——唐倩的喜劇之變奏〉裡，七等生借用了一九六七年陳映真小說《唐倩的喜劇》裡的情節與人物。唐倩這個女性顯然也觸動了七等生的心弦：「在白日裡她是一個到處移來移去的陰影，在夜晚像是一顆星。」這篇發表於一九七二年的小說在精簡化約了陳映真的故事之外，七等生賦予它另一種敘述框架以及一種奇特的氛圍，小說瀰漫著近似於等待戈多的情緒，以及亦真亦幻的幻覺偏執。沙河此岸的「我」隔著沙河遙望彼岸，企盼著白馬的降臨，「我只期待著白馬從接連宇宙的大山上奔馳下來，通過沙河來到我這裡，使這裡的土地富饒起來。我這樣確信：當唐倩的時代過去後，白馬會降臨。」雖然「我」期待著白馬，顯現的卻是唐倩，而且這位唐倩充滿女性魅力，她在對岸呼喚並誘惑著「我」，而「我的心在高原」。這清教徒式的靈肉衝突的修煉故事或許並不新鮮，對白馬的執著期待和信心，才使來自唐倩的肉欲召喚遭到瓦解，這裡，白馬這個超現實喻像很堅定地指向靈魂和精神。唐倩的自在、肉感與無邪的邪惡氣質令自命為她的精神導師的男性們迷惑、恐懼又深感無能。白馬則是一種至高的神性存在，神奇、壯美、純潔、為土地帶來豐饒富足。這裡的「土地」可以理解為與幻象對立的現實：一個充斥著貧困思想與孱弱精神之地，一個去勢的頹靡的社會。白馬儼然成為無能主體幻想中獲取精神救贖的希望。

　　七等生的《城之迷》書寫現代人對商業文明薈萃的城市之「迷」：既是迷惑和迷惘，也是癡迷與迷戀。城市成為人性的試煉場，以物欲撒下魅惑的羅網，像個變幻莫測、甜美無比的溫柔鄉，卻又是個陷阱。是個神奇的賭場，又是令人厭倦的垃圾堆。它給予你無窮的刺激與快感，它索取的或許正是都市人的靈魂。如果它是靡非斯

20 七等生：《散步去黑橋》（臺北市：遠景出版公司，1986年），頁251。

特，那麼小說主人公柯克廉就是臺灣現代社會的浮士德，卻失去了勇與魔鬼訂約的魄力與豪情，多年的隱遁修行與自我反思賦予他應對城市浮躁的定力，雖然小說一開篇，這個執意遠離城市的隱遁者就被精明狡猾的城市人耍弄得手足無措。他無法適應城市燈紅酒綠的享樂和商業主義的冷酷現實，像個笨拙的鄉下人；然而與城市中新潮忙碌的朋友相比，有時反倒顯出別樣的智慧與靈性。從這個人物身上我們又一次感受到作者七等生本人的影子：一個執意隱遁於世外的「小角色」，一個有著孱弱的身體和分裂的人格的反思者。他始終保持著清明的反思，是現代都會生活的旁觀者與沉思者，無能也不願介入社會政治，他所持守的能與現實抗衡的就是超驗的玄想，而那執念於一種超越人間的幻想，又導致人物陷於精神衰弱與分裂。小說以七等生慣用的手法營造真幻難辨的意境，[21]塑造了文學史上又一個說夢的癡人形象。乖謬且具有烏托邦色彩的是，作者在這個人物身上寄寓了一種幻想式的救贖力量，小說中所有在都市如魚得水的時髦人物都迷失了自我，惟有「可憐的」柯克廉擁有鎮定、清明的心境，他羸弱清瘦的身體、蒼白憂鬱的臉容以及非常人的分裂人格，竟出人所料地展示了最強韌的救贖性力量。因為正是他曾經直接目睹並直面過「白馬」。

　　《城之迷》的結構與主題並不新奇，它延續了文學史上常見的自我追尋與啟悟母題，從《奧德賽》、《俄狄浦斯王》、《哈姆雷特》、《浮士德》到二十世紀的《尤利西斯》，人類自誕生就具有的認識自我的探求慾望一直生生不息，文學世界裡因而遍佈追尋者不朽的足印。那麼柯克廉追尋的理想又是什麼呢？《城之迷》裡白馬神秘超驗的魅影提供了某種暗示。白馬在柯克廉的精神世界裡詭異出沒，我們知道，

---

21 楊牧曾專門研究過他的作品中的真與幻，認為「幻想與現實同時存在於七等生的小說世界。」在七等生的藝術中，「幻想是直接的，現實反而隱瞞，不可思議。七等生借助幻想（亦即故事中不著邊際，逸出主題的因素）來確定它現實部分的主題面貌。」參見七等生：《銀波翅膀》（臺北市：遠景出版公司，1986年），頁187、188。

白馬是七等生幻覺世界的寶塔頂的那枚鑽石，它閃閃發光，打開人間蒙塵的靈視之眼。但白馬畢竟也是脆弱的，製造它的人有時從幻覺中清醒過來被堅硬的現實撞疼了瘦弱的身體，疼痛讓白馬的光芒成為泡影。身體切切實實地需求更堅實可靠的許諾，但作者無法給出，於是唯有又一次一頭栽進幻想的湖水裡。白馬的重要性卻因此一次次突顯。誠如作者自白：幻覺的產生成為他的存活世界的一部分。也就是說，逃避和追尋或許正是一回事。

愛情與白馬這個意象關係密切，二者有時可以互換。愛情在浪漫派美學那裡具有至高無上的地位，既是個體的感性體驗，也趨向神性，是感性自我與神性自我的相通。它被設定為一種本源性的實體，諾瓦利斯說得明白：「上帝就是愛，愛是最高的實在。」[22]七等生的白馬意象近似於這種宗教意義的愛的化身。與浪漫派一致，白馬所隱喻的愛、烏托邦也具有終極意義，它是七等生浪漫本體論的終極依據。「愛情使我感覺人生的無常，愛情是我的意志的表現，就像人類追尋烏托邦的理想，這種相交混的意識，充滿在我的作品裡。我永不能忘懷在這非理想的世界中愛情支離破碎的情形。我的作品中景象大都徘徊於悲劇的邊緣……因此我企盼『白馬』的再現，它是我心中典型的生活世界的純樸樂園。」[23]

從這個意義看，白馬是有些懦弱也不信任現實的作者的白日夢。在《城之迷》裡，白馬的出現完全是幻覺化的，「突然他瞥見一個急速的掠影出現在樹木背後，……他甚至敏感地聽到一聲嘶鳴和緊密的蹄音，他那本是疲乏和精神渙散的身體赫然地躍起來，快速而粗魯地打開門沖奔出去，一面欣喜若狂地喚著：——白馬！」[24]白馬是魔化的精神產物，隱喻神性之愛，是從作者想像世界裡的靈物，它的俊逸

22 劉小楓：《詩化哲學》（濟南市：山東文藝出版社，1986年），頁56。

23 七等生：《白馬》（臺北市：遠景出版公司，1986年），頁10。

24 七等生：《城之迷》（臺北市：遠景出版公司，1986年），頁181。

神采和大能大美超越了現實的破碎性與有限性，如浪漫派作家黑塞所
言：現實從來不是完美的，魔化是必要的。魔化論就是以人的意志來
利用經驗世界的藝術，在這種審美思維方式支配下，要表達和實現最
高意義上的愛，就必須通過魔化對象的方式。而白馬是超越於經驗之
上的抽象存在，是永恆的理念，像柯克廉說的，「一種是延遞人心，
一種是宇宙的自然意志。」當周圍的美麗女性質詢白馬的非實在性，
否定了柯克廉執念追求的理想女性的存在，柯克廉仍固執己見。於是
有了這些具有隱喻性的對話與爭辯：

> ——你永遠註定要墮落於地獄。
> ——這是我向上攀爬的原因。
> ——像可憐的撒旦萬劫不復。
> ——親愛的女士們，柯克廉歎道，讓美留存在心中吧。[25]

　　七等生的多數作品裡，主觀理念和心象要遠遠高過外在的客觀形
象，心靈生活佔據了不可替代的高度。迷惘困頓中，他一直未放棄不
懈的自我追尋。無論是他主動選擇的隱遁與冥思的生活方式，還是作
品中苦心經營的幻象，都具有以幻想世界抗拒世俗價值的精神傾向。
隱遁、超驗，都專注於建構一種文字的「造境」。然而這種努力的艱
難也同樣表現在他所有的文字中。這讓我想起七等生所喜愛的作家勞
倫斯的話：「人需要某種東西來使情懷更深沉，更真摯。有那麼多說
不清的煩惱阻礙我們達到自己幻景得真實而赤裸的本質部分。……摒
棄一切，用我們的幻想來把握世界難道不是一件艱難的工作嗎？」[26]

---

25 七等生：《城之迷》（臺北市：遠景出版公司，1986年），頁218。
26 〔英〕基斯・薩加：《作為人和藝術家的勞倫斯》，劉憲之等主編：《勞倫斯研究》
　　（臨沂市：山東友誼書社，1991年），頁412。

「絕地求生」與「困獸之鬥」[1]
──從精神史角度看王文興小說的私語奇觀

　　王文興的語言實驗，一向是相關論者難以迴避又困惑難解的現象，儘管我們清楚現代主義文學的一個重要特徵就是語言創新，但面對王文興小說《家變》和《背海的人》奇譎怪異的語言實驗，一般讀者還是有些難以接受。在小說這種虛構性文類裡，王文興的「緩慢美學」為漢語白話文學出示了一種私語奇觀，其極端的語言實驗不僅產生了語言學的意義，還充分體現了作者所要展示的精神世界：一個傳統價值崩潰、斷裂，奇里斯瑪權威解體後的怪異矛盾的精神世界。這種文體形象地暴露了這種困難的心靈景觀，隱喻著生存現實及精神世界的困境。在王文興的苦心經營中，語言的困境就是存在的困境。

　　首先應指出的是，王文興並非不能運用常態的所謂規範的漢語語言，他的散文語言準確而凝鍊，有著文言的簡潔和雅致，又是純正優美的白話文。他的古典詩詞演講評說，僅僅閱讀紙上記錄也足以讓人如沐春風，其感受的細膩、品味的優雅、語詞的準確、形容的貼切，在在體現了漢語文字的魅力。如收在《中外文學》第三十卷第六期中的〈四首詞的討論：東華大學創作與英語文學研究所「華文作家系

1　筆者曾在討論《背海的人》的文章中提到過「爺」的「困獸之鬥」，在林靖傑導演的紀錄片《他們在島嶼寫作：尋找《背海的人》》裡，開篇即是王文興先生的自白：「幾十年下來，我都給自己一個極大的自由，走這條路，這很大的自由並不是標新立異，對我來講，而是絕地求生，是一種困獸之鬥。」筆者以這兩個成語為題，即認為它們恰當地表現了王文興語言實驗的真相。上述紀錄片由臺灣目宿媒體股份公司二○一一年出品，七霞電影公司製作。

列」座談記錄〉，其中王文興對蔣捷〈一剪梅：舟過吳江〉和朱彝尊〈憶王孫：夜泛鑒湖〉二首詞的細論，即可窺見一斑。當這位現代派作家沉浸於音樂、繪畫、書法、詩詞、電影、建築等藝術形式的審美狀態中，他是個純粹而傑出的鑑賞家，言談溫雅謙和也不失敏銳，一個愛美者從容淡泊的心性溢於言表。那些違規逾矩遭人質疑的文字實驗，其實只限於王文興的部分小說，集中體現在《家變》和《背海的人》這兩部長篇小說中。在小說這種虛構性最強的文類裡，王文興找到了最個人化的一種語言藝術表達方式。數十年來，王文興對文字保持錙銖必較的嚴格態度，在艱辛孤獨而又甘之如飴的「語言搏鬥」中，創造出《家變》、《背海的人》的奇異文體。自《家變》始，「獨特、新穎、古怪的文字與句法」成為「最觸目、最容易引起爭辯的特徵」，[2]到歷時二十餘年創作的長篇小說《背海的人》，這種文體追求愈發顯得自由無羈。從《家變》中詰屈扭曲綴滿附加成分的長句，到《背海的人（上）》中不斷重複的虛字（乃至「的個的的的個的的」一類的囉嗦句式），再到《背海的人（下）》裡的碎裂抑挫寫法，文字之間停頓造成的大量空白等等，形成王文興極端個人化的獨異文體風格。

　　王氏小說文體也許是新文學史上最「緩慢」的文體：首先是寫作速度極慢，他堪稱當代罕見的苦吟作家，每天寫作字數基本控制在三十來個字以內，處心積慮地推敲每句話乃至每個字，形成了他長期以來的創作習慣，這與歷史上以苦吟聞名的孟郊堪媲美，（而孟東野也正是王老師極欣賞的古代詩人。）其次，「慢」不僅是對自我創作的要求，也包含對閱讀者的要求，他提倡慢讀，這源於自身的閱讀體驗，「閱讀就是慢讀，快讀等於未讀」，他字斟句酌造成的閱讀效果是

2　歐陽子：論〈《家變》的結構形式與文字句法〉，自歐陽子：《歐陽子選集》（臺北市：黎明文化出版公司，1982年），頁309。

增加了閱讀障礙，阻擾了讀者快速和常速閱讀。有評者認為：「慢與閱讀障礙，已經成為王文興小說風格最突出的印記了，成為他與其他小說家最大的不同。」[3]人們快速或常速閱讀文字訊息，一般只會注意表層意義，文學作品欲提供更深刻豐富的思考，就須強迫讀者放慢速度，品其真味。因此王文興的語言實驗，主要是對自身創作語言和文體的嚴苛要求使然，客觀上也驅使讀者不得不以慢速越過障礙用心揣摩，實際上也造成大量讀者的流失，不過這對於朝聖般面對寫作的他而言似並不足惜。

　　回顧王文興的創作歷程，寫作「十五篇小說」時的王文興處於文學探索起步期，闖勁十足的他不滿於自己的語言現狀：「往一般的流利的白話文這條路上走，就會越寫越對自己不滿意，」他希望找到一條新路，而優秀英文小說特別是海明威和康拉德的文體對他影響極大，他自認為其創作語言的轉變始於《十五篇小說》中的〈母親〉、〈兩婦人〉和〈草原的盛夏〉等幾篇。[4]而根本的變化充分體現並成形於《家變》中，《十五篇小說》流利暢達的文人化語言表達方式並未盡失，精細而洗練的筆法依然存在，但我們看到一種更具個人化特色的言說形式。其具體特徵，歐陽子、顏元叔等人已有細緻描述和分析。歐陽子曾對《家變》進行過新批評式的細緻解讀，總結出小說文體的如下特色：一、大量結尾助詞和感嘆虛字；二、文言單字摻雜進白話句子；三、慣用詞語的倒置（如希望說成望希）；四、採用擬聲用的非常規用詞（如「是不是」說成「是伯是」之類）；五、各類詞語的重複（使句子顯得囉哩囉嗦，模擬言語的真實語氣）；六、冗長、不通順的句子，（有時借此仿效人情急或語塞等境況下的言語方式）。在精細解析後歐陽子表達了矛盾想法：雖然她理解並肯定這一

3　楊照：〈「緩慢有理」的美學偏執〉，《聯合報》副刊，2000年11月1日。

4　參看紀錄片《他們在島嶼寫作：尋找背海的人》中王文興先生關於自己小說語言風格轉變過程的夫子自道。

文體的意義，卻希望這種「連小學生也會得丙」的文體不僅空前而且絕後。[5]

　　人們甚至將這種文體簡稱為「破」漢語：它遠離了優美暢達，既不符合鮮活生動的日常生活口語，也不合乎一般文人書卷氣的表達方式，它大大地違背了一般讀者的閱讀習規和審美期待。不難想像，這種文體引起了強烈的質疑和批評，批評者如彭瑞金在《臺灣文學運動四十年》將之視為無意義的「作怪」，著名學者呂正惠則以其一貫的直率犀利口吻指出王文興的「悲劇」是「生錯了地方，受錯了教育」[6]，有趣的是，批評家本人也是「一個多年來偏愛王文興小說的讀者。」[7]而張漢良認為，《背海的人》表現出一種追尋模擬的語言特徵，其中的自創文體是一種私語式的語碼與次語碼輸入方式，與常規語言系統構成的文體規範間存在著明顯衝突，造成語義的模棱兩可；而從美學角度看，這種做法「恰似天啟」，具有神學含義。[8]從語言學的意義上給予王文興文體以理論支援，肯定了這種反常規的私人語碼行為的語言學價值和美學價值，同時將這種語言追求視同信仰。我想進一步追問：這種文體形式是怎樣與作品的精神世界相契合的？我更關心作者為什麼會孜孜不倦地創造和經營這麼一種特異文體且將它當成一種志業？作為生命狀態和精神世界的曲折表徵，這種語言形式的美學與精神意涵何在？筆者以為，這種自創文體的價值，應該也體現

5　歐陽子：〈論《家變》的結構形式與文字句法〉，歐陽子：《歐陽子選集》（臺北市：黎明文化出版公司，1982年），頁309。

6　呂正惠：〈王文興的悲劇：生錯了地方，還是受錯了教育〉，呂正惠：《小說與社會》（臺北市：聯經出版事業公司，1988年），頁19。

7　呂正惠：〈王文興的悲劇：生錯了地方，還是受錯了教育〉，呂正惠：《小說與社會》（臺北市：聯經出版事業公司，1988年），頁35。

8　張漢良：〈王文興《背海的人》的語言信仰〉，原刊於《文學與宗教——第一屆國際文學與宗教會議論文集》（臺北市：時報文化出版企業公司，1987年）；此處引於康來新、黃恕寧主編：《喧囂與憤怒——《背海的人》專論》（臺北市：臺灣大學出版中心，2013年），頁252-272。

在它與《家變》、《背海的人》所隱喻的人的精神困境頗為吻合。

　　不妨從人物和主題入手。自創作初期始，王文興的小說人物就顯示出一種類似特徵，心理不很健全、不太能與他人和諧相處，專注於自我，固執、敏感，言語行為常跳脫傳統倫理道德規範之外。早期的《十五篇小說》裡，主人公往往是患有自閉症的男孩，自卑又格外自尊，是難以融入群體而自棄於人群的孤獨個體。他們總是苦苦地自我糾結、自我折騰，或是折磨他人。存在的尷尬困窘，在《家變》的范曄身上，表現為六〇年代臺灣小知識分子價值觀念與現實生活之間的巨人反差造成的異化狀態。五〇年代中期開始，臺灣在經濟政治文化多方面不設防接受美援，對這種社會語境裡成長起來的年輕知識分子個體而言，接受和認同美國化的西方現代價值觀似乎是一種必然，成年范曄心目中的親情與倫理已然同那衰頹落後的古老文明一起褪色變質。人們稱道小說對童年范曄與父母之間親情關係的描寫，兒童視角裡，范曄與父母間的細膩關係得到了片斷化卻真實自然的描述，顏元叔經新批評式精細的閱讀，肯定了《家變》語言的「臨即感」（sense of immediacy）。小說的冷峻在於毫無顧忌地展示了這種自然人倫情感無法挽回的毀滅和變異。在接受了西化知識觀念洗禮的成年范曄眼裡，父親越來越矮小、懦弱、愚昧、醜陋。對父親的矮化視覺照映出范曄內心的自我認同焦慮，萎縮窘困的父親理所當然地遭到了厭棄和鄙視。作者不想把范曄處理成一個必須接受道德審判的反面人物，當然也無意表明他是個該受讚賞的反叛人物。作品呈現的只是文化價值混亂時代裡的一個幼稚、內向、自卑、有些狂躁不安的小知識分子形象，與其把他的逐父行為理解成一種向舊倫理的宣戰，不如說他身上折射出特定歷史背景下臺灣部分知識分子分裂的精神處境：現實的卑俗與理想中的西方化生活相距遙遠，自我認同發生嚴重混亂，作品有意讓范曄多次攙扶一位他尊敬的洋派教授，與在家虐父行為相比照，看出人物西化的自我認同對傳統人倫與親情的毀滅。

　　小說中以阿拉伯數字標示的一五七節內容為范曄成長以及虐父過程，以英文字母標示的十五節內容為父親失蹤後范曄的尋父經歷，兩部分形式上的相交錯暗示出人物內心的煎熬和衝突，本能的親情和後天習得的理性判斷之間的較量可謂驚心動魄，隨著逐年成長，曾經高大溫暖可依靠的父母喪失了權威和力量，如今已成為他急欲拋棄和洗卻的恥辱，天倫之愛不知不覺間蛻變成了莫名的憎厭。追根溯源，仇恨的種子甚至在少年時就已悄悄萌生。第一次挨父親的打後，全身受傷的范曄第一次萌生出強烈的仇恨：

> 他是這樣恨他父親，他想殺了他……他也恨他的母親，但尤恨他的父親！他想著以後要怎麼報復去，將<u>驅</u>他出家舍，不照養撫育他。[9]

其間最可觀的是：西化的思想落實在偏執的年輕主人公口中，表現為一種極生硬的「隔」的言語形態，如范曄對父母侵犯他個人空間的那段著名控訴，聽上去令人發笑又耐人尋味。

　　而這正折射出當時臺灣社會的部分真相，年輕人的思想觀念已超出父輩的理解力，他們急於擁抱西方（主要是美國化）生活方式，與本土現實生活全然脫節。高蹈的西化觀念與瑣碎平庸困窘的家庭生活之間構成巨大落差，人物自卑自閉的內心無法承受激烈的撕扯，而訴諸暴力化修辭：虐父，終而逐父。父親的出走不僅暗喻舊倫理的頹敗，也暴露出臺灣年輕一代知識分子精神之根的空無。對父親徹底失去敬意和愛、且施加暴虐逐之後快，這樣的叛逆是敗德背德（違反人倫）還是自我實現？個人主義的價值觀繁衍出一場似乎順理成章卻又令人難以忍受的虐父逐父醜劇，小說的敘述是：驅逐與尋找相間進

9　王文興：《家變》（臺北市：洪範書店，1999年），頁62。

行，逐後有了尋，尋由逐而生，而人物的尋父看上去也不盡然是敷衍，其間也穿插著由衷的痛悔，甚至以彆扭的敘述顯現出范曄未泯的惻隱之心。尋父途中，范曄雖然「眼睛上安著一副橢圓的大顆太陽眼鏡」，卻看到不少窮苦的中年男性為了兒女而賣血的場景：

> 於臺北的某一公立醫院的大門口的前面有一群出售鮮血的黃牛為了什麼事發生了拳毆意外，在這些賣血的黃牛之中可加相信的必然有許多是皆已是個父親的人了。這些人是這個樣的一群靠出賣自己的血液以使供養他們的子女的一些飽經滄患的中年人。[10]

但不喜抒情更摒棄煽情的王文興，並未借此強化范曄懺悔的力度，為人物辯解，而是平平靜靜地讓范曄尋父未果，與母親過起了平安無事甚至其樂融融的日子。是個人主義觀念與傳統倫理間達成了和解麼？臉色逐漸紅潤的母親是完成和解的仲介，而代價則是父親的失蹤，父親的缺失成為一種卑微的獻祭。佛洛伊德戀母情結說顯然不能詮釋眼前這母子和諧相處的圖景，由此卻窺見人間無情的真相，沒有了形同累贅的窩囊父親，沒有了父親負載和象徵著的陳舊無用傳統，范曄所嚮往的自由和幸福也許離自己更近。在此，王文興不動聲色地構築了一個真實可怖的私欲世界，自私冷酷的人際關係在小小的家庭中得到了充分表演。范曄作為小說獨特文體的主要承載者，極少有意喚起讀者任何形式的同情和認同，這一形象似乎只是在真實客觀地呈現一切，自幼年向少年向青年，一步步走向他所不情願承當的逐漸壯大的真實面相：一對自私、平庸、淺薄、下作、寒酸、醜陋的父母，一個無法給他帶來財富和榮耀的家庭。這種青年時期極易形成的認知

---

10 王文興：《家變》（臺北市：洪範書店，1999年），頁220。

上的傾斜與片面，由於喪失自我根基的西化價值觀的偏執滲透，覆水難收地鬆動進而淹沒了人與自身文化傳統之間本應穩固的親和關係，導致倫理上的反動和精神的失衡。古老的中國孝道被徹底顛覆和拋棄。

　　小說絲毫不掩飾人性的冷酷和脆弱，以至於人們這樣評說：「王文興面對人心真相之勇氣，為二十年來臺灣文學之所僅見。」[11]家庭這一中國人最安全的停泊地異變為一枚隨時會引爆的炸彈。成年范曄陷入了尷尬殘酷的自我折磨之中：一面是極端的自我權力慾望的膨脹，一面是日復一日的自慚形穢，為自己來自萎縮父母的容顏表情、為自己貧窮下層的出身而自我憎恨自我厭棄。他的恨父厭己原是一體兩面。父親的消失使他終於不必面對這面照出自我真面目的鏡子。小說中數次出現范曄面鏡自慚自憎的畫面，因此當他確證父親這面映照自我的鏡子已然破碎消失（再也不會歸來），他很快與得過且過的母親一起過起了幸福的日子。

　　但是父親的缺席和失蹤意味著家庭的幸福只是個假象。范曄為此付出了代價。而逐父與尋父相間的平行結構形態，別出心裁的語言，正對應著范曄無法調和的自我矛盾和精神困頓。《家變》那種反暢達的破碎敘述，那些堅硬而精銳的文言、生僻的漢字、顛倒的語詞，以及父子吟誦古詩等圖景，合成了一種奇異的文化姿勢，而那些擬古的艱澀文句與人物理直氣壯的西化觀念，又糾纏成一種痛苦矛盾的表情。模擬、精微而考究的人物對話表明，作者並不意在超越現實生存，他做到的是：精心建設了一種融合古文、方言、英文[12]等元素的語言形式，並字斟句酌地採取了他認為合理的重複、劃線、黑體字、放大或縮小字體、注音字母取代漢字等等方式，以盡可能達到他想要

---

11 劉紹銘：〈十年來的臺灣小說：1965-1975──兼論王文興的《家變》〉，《中外文學》
　　第4卷第12期（1976年5月）。

12 長期細讀精讀英語文學經典，王文興的語言實驗也明顯吸納了英文的表達方式。

的理想效果。而這種極端較真的擬真性、冷峻到冷酷的語氣，用來傳達二十世紀六〇年代臺灣青年知識分子生存和精神的窘困，喪失了文化根基後人物空虛背德的逆子品性，產生了特殊的諷刺和批判效果。日常口語、文言用語和中國各地方言，都是《家變》語體的構成要素，經過作者的一番精心編排，這些尋常的因子卻組合成了絕不同於他人的陌生形態。比如，在寫范曄對鏡自照的部分，有這樣的句子：

> 他對他自己的這張臉漸生憎厭起來。每回他的丑角戲皆變成真實底悲劇。他覺察他的耳蓋太召。他以手壓貼牠們。他復又覺得他的唇咀太小。他，把手拉長了嘴。[13]

可以看出，這些語句的語義並不難理解，特別的是，作者採用了日常現代漢語（普通話／國語）通常較少使用的字和詞彙：「憎厭」、「皆」、「復」、「底」、「壓貼」。「壓貼」一詞在舊中國民間原是一種婚俗用語，男女雙方訂婚，男方先送「上半禮」給女家，女家以物附於庚帖中回禮，謂之「壓帖／貼」。但在此只是由兩個單字組合而成的動詞，形容動作及其效果，強調范曄對自己長相（耳蓋）的厭惡和改變的強烈願望。「憎厭」、「唇咀」與漢語常態表達字序顛倒，而閩南語等方言中，字序顛倒的現象並不少見，如：客人──人客，颱風──風颱，習慣──慣習，熱鬧──鬧熱，命運──運命，公雞──雞公，母牛──牛母，乩童──童乩，尺寸──寸尺，內心──心內，外出──出外，力氣──氣力……在閩南日常口語及閩臺文學、電影、戲曲中都不難見到。最後一句，「他」字後面的逗號是一個有意識的停頓，提醒將要出現的人物反常滑稽的舉動：「把手拉長了嘴」，這個「把」字句並不常見於標準普通話，但在中國江南方言口語中卻相當常見。這種文體經營的陌生化效十分明顯，但並非

---

13 王文興：《家變》（臺北市：洪範書店，1999年），頁63。

不可理喻，其間的文言詞彙習見於閩南語等南方方言中；只是與現代漢語白話文學的語言常態相距較遠，令一般讀者難以適應。《家變》的文體，以其觸目的方式介入了生存現實和文化塑造。文言與古老的中國文化傳統根深蒂固地聯繫在一起，閩方言則正是臺灣地區常見的口語，也是作者故鄉福建的方言，這些形式因子不僅不與傳統和本土脫節，反倒顯示出作者力圖從傳統與本土的語言庫裡挖掘漢語創新形式的可貴。同時，小說中擬古、擬方言的雜燴語言形式，與人物盲目拜倒於西方現代性面前的言行，與臺灣社會價值失衡的傾斜現實，形成了富有批判性和反諷性的對照。

語言的個性形成正是一個作家精神世界的形塑過程，語言與創作主體的精神世界同步成長，同時作品的語言形式和文體構造應該人物、主題內涵相吻合。從《家變》到《背海的人》，文本語言形式都可以理解為主體精神的表徵，也匠心獨具地活現了范曄和單星子「爺」這兩個文學人物形象。在已有的對王文興小說語言專門進行探討的成果中，有顏元叔、歐陽子的苦讀細品，也有張漢良、鄭恆雄從語言符號學乃至音樂角度的精妙解析，還有易鵬從文字學視角所做的讀解……他們的探討敞開了一扇扇有效通向王文興語言藝術真相的視窗。我以為：王文興小說的語言文體不僅具有語言學和文字學意義、以及有趣的音樂性，還充分體現了他所要展示的精神世界：一個傳統價值崩潰、奇里斯瑪權威解體後的斷裂和極度空虛的精神世界。他的語言和文體直觀地呈現了這種斷裂。正如德國語言學家洪堡特所言：「即使在純語法研究的領域裡，我們也決不能把語言和人、人和大地隔絕開來，大地、語言和人，是一個不可分割的整體。」[14]

在費時二十餘載的《背海的人》中，《家變》的異化知識分子視角獲得了廣闊深厚的拓展，孤獨、邊緣、與世界溝通困難、缺少柔

---

14 〔德〕威廉・馮・洪堡特撰，姚小平譯注：《洪堡特語言哲學文集》（長沙市：湖南教育出版社，2001年），頁1。

情，仍是主人公的主要個性特徵，但是「爺」身上匯聚了更複雜的身分角色，他的困獸之鬥也遠離了家庭的狹小格局而得以擴展向廣大的空間（現實與超現實層面），而語言的「出軌」更加激烈，私語跡象也也更顯明。作者將語言的自由度發揮得更加淋漓盡致。語言返回到言語生長的最初語境，並提示語言場：環境、他人、曲折多變的內心活動。這種人為、扭曲、結巴、不暢的言說方式，好比「爺」這個人：骯髒、畸形、殘疾，卻又狡黠、機警、詭異。與人物「爺」的混雜身分、逃亡處境與憤世心態有關，優美凝定的詞彙幾乎徹底從文本中銷聲匿跡，而粗俗不堪的下流語彙倒是一開篇就劈頭蓋臉奔湧而來。破碎的敘述、自我爭辯的言語片段、結結巴巴顛三倒四的表達，將《家變》文體推向一種更為狂放自由的境界。

　　談及《背海的人》的語言策略，或許應該了解王文興創作這篇小說的目的。王文興在談及《背海的人》裡自由無羈的語言實驗時就曾經這麼說：「在語言上或內容上來看，《背海的人》就是一種解放。……我的目標是 liberation……天翻地覆我也不考慮了，大概算我個人的文化大革命吧。所以，語言在這本書裡，可能出現這種特點，就是，大概百無禁忌了。」[15]當然，這種自由必須與小說主人公兼敘述者的身分狀態統一和諧，據他本人所言，《背海的人》完全不同於《家變》，《家變》是內向的，而《背海的人》卻是外向的，它包羅萬象。「我想寫一本自由的小說，一本自由自在的小說。……總之，我要享有自由，這是第一要件。……第一就是要解放他的語言。所以他是個有知識的人，但是他處在另一種狀態，也就是身在酒精的影響之下。因此，他的語言就跟平常人的語言不一樣，這就是他的自由，沒有尺度的自由。」[16]這種所謂「沒有尺度」無法無天的自由言說不同

---

15 林秀玲：〈座談主題：與王文興教授談文學創作〉，《中外文學》第30卷第6期（2001年11月），頁383。

16 林秀玲：〈專訪王文興：談《背海的人》與南方澳〉，《中外文學》第30卷第6期（2001年11月），頁37-38。

於未經思考的隨意，相反，仍然是他幾十年不變的緩慢推敲美學的結果。

　　小說運用了長篇意識流的敘述手段，貼近「爺」混亂、虛弱、恐懼、激憤的內心世界。沒有姓名、沒有親人、隱匿歷史的「爺」，沒落詩人、亡命徒、騙子無賴、醉鬼、嫖客、流浪漢、困獸的「爺」，邪惡、滑稽、可憐、可悲的「爺」，從小說主人公的身分、性格、處境和小說的敘述者設定等角度看，優雅、高貴的敘說肯定不妥當，輕鬆流暢自然的表達也不適合。《背海的人》最終呈現的獨異文體，是窮途末路的醉漢「爺」的自述（胡言亂語），對於「爺」而言，如此粗俗、非理性、無拘無束、胡說八道、囉嗦結巴、滑稽可笑的語言形態才有可能抵達作者心中的人物真實。「的個的個的個的的的的的」是小說中最常出現的句式，它是小說文體的一個縮影。結巴、尷尬、實在意義真空的虛詞重複形態，與作品人物（包括「爺」、「近整處」裡的官僚，深坑澳的漁民和妓女）空洞、萎縮、混亂如螻蟻般的生活形態有著奇異的同構和互涉關係。語言形態對應於「爺」和所有鬼魅人物及夢魘場景，完全脫離了正常理性邏輯的規範。小說所描畫的是一群被遺棄於荒原、地獄中的非常態落魄者，小說所構築的是兼具寫實和象徵的夢魘情境，缺乏實質意義的空洞虛字代表著人物同樣空洞的心靈，也隱喻南方澳和「近整處」的空虛死寂。

　　在談到海明威和卡夫卡的文體時，昆德拉為他們詞彙的有限和不夠優美辯護道：「任何有某種價值的作者都違背『優美風格』，而他的藝術的獨到之處（因而也是他的存在理由）正是在他的這一違背中。」[17]這話未免有些極端，不過假如這裡的「優美風格」指涉一種缺乏新意的陳詞濫調，那麼這斷語還是精闢的。王文興一直心儀海明

---

17 〔捷克〕米蘭·昆德拉撰，孟湄譯：《被背叛的遺囑》（上海市：上海人民出版社，1995年），頁101。

威的行文凝鍊之美，認為在詞彙的限度裡才能凸現高遠境界，而他的
文體實驗企圖通過粗鄙、混搭、不和諧的語言道路抵達一種不同凡響
的美。這是一種挑戰，從某種程度上說近乎極限挑戰。人們往往驚訝
於將王文興與海明威相聯繫，因為從表面看這兩位作者的文體並不相
似，但若仔細辨析，就能發現內在的一致性。《背海的人》徹底違反
了語言優美、詞彙豐富之類的文學語言成規，形式意味的過於突出帶
來一些語言畸變，如用注音符號取代文字或是在文字下面劃線等等做
法也許有其意義，但未免有些偏執。不過在經過拆、拼、扭曲和句式
分解、組合等形式實驗後，小說語言確實呈現出堅硬奇崛的質地、鋒
利分明的節奏，願意閱讀的人由此可以看到漢語敘事的某種可能性。
而且，多年來無論教學還是創作作者都極強調文學作品的聽覺效果，
他的小說在擬造聲音效果方面付出了極大努力。這種模擬做法，也就
是顏元叔所謂的「臨即感」，或在場感，呈現出的夢魘式情境和滑稽
效果驚人。這種敘事，將憤怒與恐懼揉和進喜劇性的巫術氛圍，讓遠
離高貴的粗、醜、澀、硬的語詞破敗不堪地出場，藉以演繹人物貧賤
卑微邊緣的生命境遇。在《背海的人》那裡，與人物激烈反叛社會的
極端疏離孤獨境遇相應，個人語言符碼與公共語言符碼之間的巨大分
野幾乎到了徹底決裂的地步。卡夫卡式枯燥而富有表現力的語言、字
句間的空洞縫隙，都細緻入微、鞭辟入裡地指向「爺」混亂不堪的心
靈和滑稽絕望的荒謬處境，口吃、結巴、詞不達意等語言現象正是邊
緣人溝通交往心理障礙的表徵，加之醉鬼的非理性狀態使然，粗口謾
罵、鄙俗滑稽言談、鬼魅敘說的現身不無諷刺性和黑色幽默意味。

　　王文興的滑稽文體在語言的懸崖開闢了一條藝術險徑，它不大可
能成為漢語文學的主流形態，不過在一個古典光暈消失的電子傳媒時
空，如此持久堅韌而與眾不同的慢讀慢寫起碼包含著一種對漢語言文
字藝術的虔誠。卡夫卡的敘事常被解釋為一種苦行主義，一種對美的
漠然；王文興的語言實踐也可被視為現代漢語藝術的苦修，而他「對

美的漠然」的表象背後是一個真正的藝術家對真和美的熱望。偏離甚
至打破常規語言習規其實是眾多優秀作家的共性，不同的是，王文興
的自創文體走得較遠一些，已超出一般讀者接受的極限。但是，必須
承認它隱含著一種創造的衝動。正是在此意義上，有人感慨：「在他
的小說裡，他是自己的神，而且如其所言，是個對文字『橫徵暴斂』
的神。」[18]另一面，作者之所以走上這條艱苦的路，也是不得不然的
選擇。呂正惠曾以王文興為例討論臺灣作家的「失語」焦慮，分析他
們患上失語症的歷史原因。他認為戰後成長起來的一代臺灣作家，與
五四新文化傳統完全隔絕，書齋生活方式令他們不易吸收日常生活中
鮮活豐富的口語，而臺灣的方言又較難轉化為白話書面語，這些困難
不能不影響語言生態的資源匱乏。「白話文不夠用，」「最極端的如王
文興，在煉字造句上花上許多功夫，」[19]這種情境下，求助於文言、
方言及向外語借鑑都是語言藝術求索者的必然反應。對於一個不甘平
庸的作家而言，失語意味著其失去安身立命之根本。因此，文體創化
的動力部分源於失語的焦慮，而失語症狀同時又和作者所要表現的筆
下人物的生存狀態和經驗感受相通。

　　儘管王文興的語言實驗註定了他的小說（特別是《背海的人》）
很難成為雅俗共賞的文學讀物；但可以肯定的是，這場曠日持久的語
言文體的「困獸之鬥」中，王文興獲得了「絕地重生」：他艱難地找
到了一條適合他個人的小說敘述路徑；而這種個人化的語言也生動微
妙地凸現了作者想要揭示的人物生存狀態和精神困境。從這一點看，
他是成功的。

18　王德威：〈一個人的聖經〉，《聯合報》副刊，2000年10月23。
19　呂正惠：〈臺灣文學的語言問題〉，呂正惠：《戰後臺灣文學經驗》（臺北市：新地文
　　學出版社，1992年），頁115。

臺灣新世代都市小說初論

　　臺灣社會形態的都市化為都市文學提供了生存的土壤，二十世紀八〇年代中期，臺灣城市人口已近百分之八十。這個在歷史上充滿悲情的美麗島如今已變成「都市島」。一方面是鄉村社會的萎縮與封閉單一型價值觀的解體，另一方面便是城市文明的擴張和開放多元觀念的崛起。城市已成為當代人真實切近的生存空間，而城市生態為生活在城市的作家供應文學思考和想像的資源。尤其對那些自小就生長於都市的新世代及新人類而言，都市的光影幾乎籠罩他們生命中每一領域。因此不難理解，當今臺灣文壇都市文學如黃凡、林燿德所言已躍居臺灣文學主流。我想他們所說的主流並非那種單向度的意識形態化主潮，更不是一種排斥他者的新權力中心，而是意味著都市影像乃至都市精神對文學的全面滲透。八〇年代末期出版的《新世代小說大系・都市卷》的前言中指出：「黃凡《都市生活》、張大春《公寓導遊》、東年《模範市民》以及林燿德的《惡地形》，這些充滿都市符咒的小說集在八〇年代的臺灣出版，充分說明了都市小說與當代文學中都市精神的確立。」[1]誠如此，都市文學理應成為臺灣文學研究者關注的一個重點。

一　臺灣作家的都市文學論述

　　都市化乃一急速變化未趨定型的過程，其間問題的錯綜複雜實難

1　林燿德：《臺灣新世代小說大系・都市卷》（臺北市：希代出版公司，1989年）。

想像，而都市文學這一概念本身又具有寬泛不確定特點，應用起來頗具彈性，卻也帶來認知上的難度。這些因素導致臺灣的都市文學研究仍處於起步和探索時期。在臺灣，用心經營並積極倡導都市文學的首推林燿德。他的都市小說和詩歌大多描寫都市生存的異化體驗，現代科技文明既帶給人們震驚的快感，更是令人暈眩的異化力量。林燿德的都市的敏感性使其作品充滿都市符徵和後工業時代資訊文明色彩，正因此，他才將都市文學界定為「凡是描繪了資訊結構、資訊網路控制下生活的都市文學。」[2]從這個定義我們可以看出，在林燿德的文學視域裡，描寫城市的並不就是都市文學，同樣描寫鄉鎮的也並不就是鄉土文學，都市文學的本質在於描繪資訊網路化的生存經驗。此外，林燿德和黃凡都認為都市文學是八〇年代以後臺灣文學思潮的主流，並預言它將在九〇年代持續其充滿宏偉感的文學霸業。這種主流說並非僅僅是好玩的猜測，深層隱藏著新世代超越鄉土文學論戰那種文學意識形態藩籬的企圖。

　　另一位在臺灣文壇有較大影響的作家張大春，則從一個小說本行的視角評說八〇年代以來的都市文學，認為八〇年代之前的文學文本中的都市認知往往源自一種決定論立場，因而常常在城鄉二元對立框架中顯示出都市墮落、醜陋、物欲主義等負面價值指向。實際上，城市—鄉村二元參照的思路應屬鄉村社會城市化轉型期最常見的反省模式，而且城市在文學文本中往往扮演著一個複雜的反面角色。在七〇年代乃至八〇年代初，臺灣社會正處這種急劇轉型時期，因而城鄉對立褒鄉抑城的思維模式仍有其存在的合理性。張大春的敏銳性在於從八〇年代都市小說中窺見越過二元對立界限後的文學新視野。他說：「當代都市小說的發展並未終結於都市的墮落」，緊接的補充或許更

2　瘂弦：〈在城市裡成長——林燿德散文作品印象〉，見林燿德：《一座城市的身世》（臺北市：時報文化出版企業公司，1987年），頁14。

重要：「小說家意識到的都市墮落尚不只乎此。更複雜而繁瑣的敘述形式將在不久的未來出現。」[3]都市的複雜內涵是多元且相互糾葛的，不僅限於對鄉村烏托邦的反動，張大春所期盼的是敘述形式的創新多樣以及與此相關的多向度都市認知。當「與流行舞步一樣加速交替更迭的各種知識以資訊化、消費化的閃逝速度帶來無休無止的刺激時」，都市文學能夠何為？是依然持守農業社會傳統價值身在都市心馳鄉村，還是堅持現代主義自陷於精英文化的象牙塔？是載歌載舞加入後現代狂歡為大眾文化送上媚俗的大餐小點，還是「一半是海水一半是火焰」，一半是喜一半是憂，或者是無可奈何、無所適從、隨波逐流？在繽紛繁雜的現象之流中，臺灣當代作家陷入了迷失的焦灼之中，就像張大春所言：「最值得掌握的現實究竟是什麼？」九〇年代以後，「城市脫離工業化過程轉而成了消費中心，並匯聚起各種壯觀場面、混合的符碼，使高雅文化與低俗文化融為一體，從而導致了一種面向後現代生活方式的轉變。」[4]都市文學作為都市文化的一個敏感區域，自然會有相應反應。在面臨臺灣當代社會存在的權力、資源、財富、性和身分認同諸多問題時，更多的新世代作家主張放棄林燿德那種本質主義的都市文學理念，並懸擱了張大春的提問：「最值得掌握的現實究竟是什麼？」轉而直接去構築現實、經營歷史，甚至顛覆敘述的本質。

二　田園懷舊主義批判

　　在此選擇了《新世代小說大系·都市卷》為觀察對象，其中收錄了王幼華、平路、朱天心、李昂、阿盛等十四位作家的小說作品，這

3　張大春：《文學不安》（臺北市：遠流出版公司，1995年），頁110。

4　〔英〕邁克·費瑟斯通撰，劉精明譯：《消費文化和後現代主義》（上海市：譯林出版社，2000年），頁153。

些文本被編者視為都市小說而歸類集合。因此讀者在感受作品與進行
詮釋時易帶先入為主的偏見，在字裡行間嗅出都市氣息，然而也因同
樣的理由，可能因嗅不出多少都市氣息而對文本的歸類定性產生懷
疑。我在〈都市卷〉裡就找到了這種可疑的對象。

　　收在〈都市卷〉中的吳念真的短篇〈婚禮〉就是篇可疑的都市小
說。故事發生在典型的偏遠鄉村，主人公田清祥邀請朋友參加他的婚
禮，而新娘卻是個黝黑肥胖的寡婦，因前夫失事身亡而變得有些癡
傻。周遭的村民欺她癡呆竟毫無廉恥地稱她為公田，使她有了兩個不
知父親是誰的孩子。小說講述了一個高尚的救贖故事。然而這位義人
在當地村民眼裡卻無異於傻瓜。小說有意識以耶穌背負十字架之典進
行類比，賦予主人公義舉以神聖光環；同時也通過鋪墊主人公的身世
（無父無母的棄兒）等方法讓人物難以理喻的行為有了情感依託，然
而小說的整體氛圍讓人無法輕鬆，為著人物沉重的善和更沉重的善的
代價。至此，都市似乎與這篇作品遙遠得不著邊際。為何將它放進
〈都市卷〉呢？小說中唯一與都市有關聯的只是來自臺北的田的朋友
包舉，從他在臺北接到田的婚柬，到興致勃勃赴約並暗暗羨慕田的好
運，再到情勢急轉令他驚愕，作品還故意安排途中他與田的未婚妻邂
逅，以增強故事的戲劇性，真相的揭開讓他從尷尬與憤怒一下跌落進
深深的痛苦，更令他驚訝的是田如今的選擇居然可以追溯到多年前他
本人曾有過的善舉。這個人物看來不僅僅是田的陪襯者，通過他，作
者似乎隱隱傳達了善之因果的大乘佛義；而全劇最為痛快淋漓之處正
是他以證婚人身分所發表的一通痛斥，那是他對田周圍那些愚昧醜
陋、邪惡人群憤怒的爆發，他用眾人聽不懂的話語咒罵：「上帝詛咒
你們！」「詛咒你們這些男女，你們應該像何小姐的前夫一樣走進地
獄，別忘了，你們這裡到處都是地獄的入口！」小說的主要情節讓人
聯想起左聯作家柔石的名作《二月》，田清祥與《二月》中的肖澗秋
似乎一脈相承，只是肖最終迫於鄉村小鎮的流言蜚語與個人奮鬥式追

求的孤寂柔弱，又悄悄返回之前他厭倦的都市上海。《二月》裡孤軍
奮戰式的人道主義命題在〈婚禮〉中獲得了奇詭的迴響，然而去除了
《二月》裡的浪漫抒情感傷色彩，〈婚禮〉裡只有醜陋猙獰的鄉村世
界與人性良知之間赤裸裸的對峙，只有苦難中的神性與蠻荒世界強大
可怖的魔性之間的恆久對壘。

　　設置包舉這個來自都市的局外人角色，作者意在通過他來見證神
性的存在和困難，他是小說中唯一理解了田清祥的人，他不無嘲謔地
打趣田：「這世界挺差的，」「但是有你這種傻瓜在，別人倒是顯得挺
聰明的！」從這個意義看，田無疑是現代意味的個人主義悲劇英雄，
骨子裡有著超人的基因，他的沉默寡言的外表下深藏著一顆蔑視世俗
平庸的心，當他將身邊的鄉民視為「一池子蛆」時，他已經把自己擺
到了孤絕的懸崖邊。因此結尾處雖然渲染了田與寡婦的孩子之間親密
溫馨的人間溫情，卻終不能給全篇小說（以及田的未來生活）帶來真
正明亮的色彩。

　　包舉這個人物其實倒應該佔據作品的重心位置，如果將看似配角
的他當成主角，不難發現「婚禮」不過是一個浮標性事件，它提供給
人們窺視另一種空間的機緣，通過對那個群氓喧嘩的蒙昧世界的徹底
否定，暗示了文明進化的必要性，與田所置身的地獄般的蠻荒鄉村相
比，都市即便存在著諸多問題，仍然是一種更高的文明尺度。我相信
這篇小說之所以被編入〈都市卷〉，與它所包含的對田園主義的批判
傾向直接相關，在眾多溫情脈脈的田園夢幻曲中，這篇小說中的婚禮
進行曲彷彿一聲刺耳的烏鴉啼叫。不過，〈婚禮〉中的批判反思早在
二〇年代中國鄉土小說中就已先行一步了。它們共在的啟蒙性主題經
由半個多世紀的時光沉浸而顯得更為沉重。

三　複雜曖昧的都市感性

　　越過吳念真這篇可疑的都市小說之後，都市在〈都市卷〉其他十三篇作品裡倒是不再遁形，城市的登場亮相各具形態，城市為一種纏綿緋惻而後解構消弭的單相思營造合理的情境，供應源源不斷的情感及理論資源。在袁瓊瓊〈自己的天空〉中，城市是男女兩性間進行沒有硝煙的戰鬥的遼闊戰場，城市是開發個人潛能的馬達；東年的〈大火〉呈現的都市則是生存和慾望的陷阱，更是難有出頭之日的來自鄉村的求生者的墳墓；黃凡的〈房地產銷售史〉裡都市是個匪夷所思的奇蹟，又是令人厭倦的失落個性的建築群；覃觀的〈陸先生的早晨〉秉承白先勇餘緒，從小說的結構形式到白頭宮女話當年的悲情主題都頗相近，現代都會臺北只是觸痛家國之怨的溫床而已；侯文詠的〈鐵釘人〉裡的都市是間奇怪的病房；羅智成的〈東嶽計畫〉很容易讓人聯想起鋪陳個人英雄主義精神的美國片，都市成為罪惡的淵藪，同時也成了孤獨的都市英雄行俠除惡冷酷秀的舞臺；林宜雲的〈人人愛讀喜劇〉別開生面，化辛酸無奈為喜劇小品，都市在此又成了貓與老鼠鬥法的卡通片，而小說中和著「梅花進行曲」的節奏，歌舞郎「一絲不掛地，從幕後踏著昂揚步伐，像木馬屠城記裡那些詭計得逞的士兵一般，隆隆隆全都衝殺出來」的滑稽場景予人深刻的印象，除卻逗笑，更兼嘲謔諷刺之能事；朱天心據說在〈淡水最後列車〉上有過一段「美麗與哀愁的日子」，此作兼有成長小說、懸疑推理故事雙重特點，過於離奇了些，然而一則都市奇緣確實上演得有聲有色，雖也有漏洞但並不妨礙它的引人人勝；阿盛的〈天星伴天涯〉用意識流與時空交錯的敘說方式表達強烈的現實關懷和悲憫之心，都市在他的筆下好比昏黃燈光籠罩著的歌舞廳，一些人揮霍著金錢、權力和慾望，另一些人則在靡靡之音裡出賣聲色內心悲苦。

　　平路的《玉米田之死》曾獲一九八三年聯合報小說獎，小說被詹

宏志評為有「大將之風」，王德威則挑剔其言談風格落了海外臺灣作
家的俗套。若僅從都市這一主題詞讀之，小說中的玉米田不愧為神來
之筆，它是「都市病」患者的精神漫遊之地，它是遠離現代人的大地
母親的象徵，吸引著離散的人們無怨無悔幸福充盈地走向回歸的「不
歸路」，引用一段小說敘述者的話：

> 我沿著田埂坐下來，這時月亮出來了，照著枝葉頂端包裹著的
> 玉米，像是花苞一樣的豐碩飽滿；而田野上經風起拂的棱線，
> 又像夢境一樣的柔和安詳。

敘述至此，平路已與小說敘述者已然融為一體，沉浸於夢境般的出神
狀態裡了。也許，人物異國他鄉的精神失落感完全有理由讓人們回想
起白先勇的《芝加哥之死》，並將之輕鬆歸類。但不可否認的是，我
確實從那片玉米田裡感受到了更加廣袤深邃的生存之悲涼，那不僅隸
屬於一種地理、親緣及文化意義上的鄉愁，那根本是遠離大地之母的
現代人（尤以都市族群為甚）對喪失精神之根源的殘酷現實的徹悟。
玉米田邊出神的敘述者最終從夢境回到現實，畢竟正視生存才是常人
應有的命運。

四　都市小說中的都市空間：公寓與大東區

公寓作為都市人棲居之所在都市文學中被格外青睞。值得一提的
是，對臺灣文學具有深遠影響的張愛玲早在四〇年代就有過一篇精彩
的〈公寓生活記趣〉。那種精細敏銳的感性和都會市民化趣味以及苦
中作樂的人生況味渾融一體，嘈嘈切切瑣瑣屑屑，寫盡了孤島時期上
海公寓生活的情趣，然而耽溺於物的片刻愉悅背後有著蒼涼的底色，
因為「長的是磨難，短的是人生」。臺灣傑出的都市詩人羅門對公寓

同樣有著濃厚的興趣，其詩中的都市人總是站在公寓的視窗向外凝望，孤獨、脆弱而壓抑。

張愛玲的趣味主義和羅門的現代主義隔絕主題構成前行代作家公寓文學的兩種路向。到新世代小說家筆下，公寓則演變為都市生活的象徵性空間，既非常狹窄又廣大無邊。從物理空間看是狹窄逼仄，而作為展現都市生存內面世界的表演舞臺又是十分廣闊的。被稱為八○年代臺灣第一篇都市小說的〈健康公寓〉就是一篇公寓小說，形式極自由隨意，敘述者冷靜的視線逐戶轉移，疊加並置這些分割的局部空間，似互不相干的人和事產生了彼此不知的聯繫，造成荒誕的趣味。而作品的主旨則是提示都市人普遍形成的冷漠、自私和貪欲，作家在流水帳式羅列中蘊含都市生存批判的寓意。黃凡的《慈悲的滋味》寫的同樣是都市公寓生活中的人性變異，房東老太活著時公寓樓裡充滿慈悲和愛的氣息，她死後則演變為財產的爭奪。黃凡以精細的筆觸刻畫人性的墮落和腐敗。

王幼華的〈麵先生的公寓〉仍將視點集中在公寓這個都市人寄居場所，不同的是，王幼華把公寓作為個體藏匿慾望的私人化空間來表現。都市生活一面是暴露無遺的公共性，另一面是人際的冷漠和陌生，窺秘行為便是都市人無法通過正當交往時產生的變態行為，也是一種心理補償。擺麵攤的麵先生的窺秘是一個無聊的都市小人物業餘生活的一點小小點綴，給他孤寂的單身漢生活增添了一線詭異色彩。這種把公寓作為相對於都市廣場等公共空間的隱匿空間的文學表現是很有意義的，它能把都市生活的陰暗面揭開來。

另一個都市小說家喜歡描寫的都市場域是大東區。東年的〈飆過東區〉、《模範市民》、林燿德的《大東區》、張啟疆的《東區天空下》、張國立的《嘿，你到過忠孝路沒有》都把視角集中在臺北的大東區。東年在早期的海洋文學中營構現代主義的本體象徵，而九○年代的大東區小說則以寫實筆法描摹大東區的飆車族和模範市民的罪與

罰。金錢、權力、政治的慾望紛爭在街頭飆車行為或一件刑事案件發生中得到最充分的表現。東年把這些作品的主旨歸納為飆車族的精神分析，無論是飆車族街道空間的爭奪還是「模範市民」殺死經濟人，都是政治、經濟、文化、性資源配置不均所造成的精神失衡畸變的表現，這些作品完全可視為都市生活的社會研究報告。

　　林燿德的《大東區》則把都市迷宮和電玩遊戲的幻化世界滲透成一體，呈現都市生存的後現代景觀。通過電玩遊戲和塑膠注射筒，都市新人類找到了「懸浮的綠州」和「一個非常幻美的城市」。張啟疆的《東區天空下》同樣提供了一個後現代版本的都市生存景觀，他用一種好萊塢的卡通想像再造出一座科幻小說般的城市。一個超能力少年摧毀了現實的東區然後從廢墟上再造美麗的東區，表面上這是個理想主義的卡通故事，實際上只是新人類懸空飄浮的城市夢幻。張國立的東區小說則用幻情體驗來傳達作者的空間認知，以情愛譬喻都市空間，又用都市空間描寫情慾，張國立的大東區是心理化的，甚至可以說是生理化的。

　　公寓和大東區在新世代小說家眼裡，已成為都市生活的表現舞臺，在這舞臺上都市生存的方方面面都得到了聚焦似的反映。公寓和東區小說因而也就鮮明地呈現出都市小說的都市性徵。

神話的建構與解構：解讀林燿德小說《一九四七·高砂百合》

　　言說一九八〇年代至一九九〇年代中期的臺灣文學，林燿德是不容忽略的新世代代表性人物，在小說、詩歌、散文、評論等不同領域，他都表現出不同凡響的藝術才華，他的創作傳達著「站立於後現代對於現代的鄉愁。」（朱雙一語）九〇年代初期，解嚴後的臺灣，重新解讀臺灣歷史的潮流蔚為大觀，年輕的林燿德出版了長篇史詩性小說《一九四七·高砂百合》，觸及敏感的「二二八」事件，對於臺灣社會幾百年交織著被殖民、反抗以及屈從、困頓的複雜歷史，進行了勇敢而又充滿激情的思辨與詩性探索，被歷史學家尹章義稱為「劃時代之作」。這部作品具有文化史詩的恢宏深厚，也有細緻精微的人性描繪。其間浪漫化的神話思維特質與現代理性思辨的衝突與交感，想像力旺盛的富於魔幻寫實色彩的敘述形式，以及時間處理的獨特張力，在在顯示出作者林燿德在廣闊多元的歷史文化視野之上構築臺灣史詩的宏大企圖和非凡的藝術才能。作品自身的豐富性，為讀者提供了解讀的多重層面和側面，同時又使這多重解讀成為包容著衝突、互補與諧調的內涵繁富的文化現象。在此，筆者意圖對這部史詩性作品的神話建構及其歷史解構意識進行一些初步探討。

一　原住民精神：原始主義神話的解構與建構

　　現代理性社會的誕生宣告了舊的神話世界的轟毀。現代人果真不

需要神話嗎？二十世紀現代主義文學藝術大量的神話化現象給出了否
定的答案。神話的復甦與文學的神話化傾向，在不同地域、不同文化
背景裡，有著不同的美學意義和文化價值，其複雜性和複合性不難辨
明。喬伊絲在比照反諷中揭示統合的玄想特質，湯瑪斯・曼更多屬意
於歐洲人文主義傳統，Ｔ・Ｓ・艾略特表達了失卻根基的現代人的精神
焦慮。他們往往以神話為框架重組現代人破碎的生活，賦予瑣碎的生
存現實一種價值秩序和歷史意義。拉美和亞非地區文學的神話傾向則
往往立足於民族文化傳統的振興和反思，帶有明顯的文化尋根、歷史
批判和美學重建色彩。

　　臺灣文壇並不缺少神鬼靈異類的小說，但卻少見真正瑰麗雄奇元
氣淋漓的神話化作品。我們知道，文化生存的基本形式起源於神話意
識，現代意義上的神話形象其實是人類精神的自主建構，它借寓言和
隱喻抵達對現實的指控和超越。無論是出自歷史溯源衝動，或是離散
破碎的現代社會裡的一種精神統合慾望，都能發現神話在臺灣現代社
會的現實價值和藝術功能。《高砂百合》的神話因素和寓言性，具有
民族精神整合功能，也有藝術結構性意義。

　　小說由以下幾條情節鏈交織而成，一是泰雅族原始文化的沒落，
作者勾勒了泰雅族祭司拿布・瓦濤、瓦濤・拜揚、拜揚・古威和古
威・洛羅根四代人的命運，其筆觸飽含敬意和同情，這是作品的主
線；二是日本近現代改革擴張的殖民史與個體間的可悲關係，作品選
取了一個既平凡又特殊的家族為個案，表現了日本軍人中野滿之助、
中野太郎和中野英經祖孫三代狂熱夢想和淒慘命運間悖謬的關係，借
此批判日本殖民擴張的侵略行徑；三是具有荷蘭血統的西班牙神父安
德肋的信仰之路（亦是信仰破滅之路），以他的視角回溯荷蘭殖民及
被驅逐的一段臺灣歷史；作為臺灣多元文化重要流脈的漢文化，在小
說後半部分也得到了饒有意味的觀察和剖析，中醫廖清水和舊文人吳
有分別指涉古老悠久的漢民間文化和儒家正統文化，作者採用平淡間

或嘲諷的敘述語調，設置滑稽漫畫化的細節場景，嘲謔部分漢文人的奴性與僵化，感慨中醫文化為代表的民間文化在臺灣淪落冷寂的局面。

在以上幾條線索的處理上，作者並未均勻安排各自的分量，原住民文化是作品重心所在，日本的中野家族史構成小說的副線，西洋神父的信仰危機史則穿插其間，相形之下，漢儒文化在作品裡的分量輕一些。如此結構，表明作者追溯始源的徹底和執著，也暗含一種詩人化的浪漫主義取向，如原始文化和信仰似乎對林燿德有著神奇的誘惑力。作品對泰雅強悍陽剛文化的崇敬，和對異化衰朽了的文人弱質文化的失望厭棄譏諷，二者之間形成了引人深思的對照。在筆者看來，作者的個人氣質和情感取向無可厚非，但作為一部立意建構臺灣史詩的作品，僅僅展示儒家文人文化的沒落和去勢而給予嘲諷是遠遠不夠的，漢民族文化作為臺灣社會構成的基礎和一種主導力量，即使在遭遇外來殖民文化的桎梏和摧殘中，仍然不乏自強不息的陽剛進取精神和抗爭性格，作品這一維度上的有意忽略不能不說是個缺憾。

作為處理臺灣錯綜複雜歷史矛盾的一種策略，作品的藝術思維趨於神話化，語言表現近乎詩性。超現實的神話思維，自由穿梭於四維空間，神靈與鬼魂交替出沒，夢境、意識流穿透現實。原住民阿泰雅族的獵頭習俗和獵熊傳奇，西班牙神父靈魂出竅般詭譎的宗教體驗，日本軍人夢魘般的迷思，以及腐儒吳用書房中遊蕩的幽魂，和廖清水中藥鋪裡的嗅覺迷宮，都交織在超驗、魔幻情境中，撲朔迷離。相信深深影響二十世紀下半葉中國大陸文壇的拉美魔幻寫實對臺灣文學也有所啟發，在林燿德身上我們看到了這一點。不同的是，《百年孤獨》裡的俏姑娘被床單帶上了天，而《高砂百合》中美麗純潔的高山少女珞伊卻不幸得多，她淪落為一具供男性玩弄侮辱的無名女體。珞伊的淪落是小說中最打動人心的悲劇。

《高砂百合》的神話性建構突出表現在對泰雅族神話的詩性構築和經營上。正如小說之名所隱喻，對雄麗壯偉的臺灣原住民文化的讚

歎，對其面臨絕滅命運的同情，匯成了該作品的主旋律。在觸及阿泰雅族神話和宗教時，文字被濃郁的浪漫主義詩情所浸透，泛神化的靈悟從人物的意識裡神秘地散發出來。小說以泰雅英雄瓦濤‧拜揚臨終前與神靈的對話開篇，鋪陳了一種人神共在的神話情境，泰雅族充滿血腥氣和神秘氣息的古老儀典拉開了帷幕。敘述者有意識貼近人物的感覺，有時甚至顛覆了文明世界的價值向度，文明人眼中的野蠻與暴力也往往顯出驚心動魄的壯美來。如開篇不久出現的關於獵頭習俗的場面再現，敘述視點切入瓦濤‧拜揚英雄回首的追憶，敘述者大氣磅礴的詩性語言融進人物特有的原始思維，在關乎族群生存和尊嚴的儀典化莊嚴氣氛裡，獵頭行為被賦予了神聖的意義；而人物廉頗老矣的末路感，和族群文化的傷逝感，又令那已成明日黃花的血性神勇籠罩上一片奇異的蒼涼。作品無意於謳歌荒蠻和殺戮，但顯然，原住民文化的雄性美和野性美震撼了作者，令他心神嚮往，那種原始慾望的強力意志強烈地喚起了人的生命激情，自然的神靈化和思維的原始化合力營造出剛性的、混沌的大美。

從整篇小說的精神旨趣看，神話的建構與解構是同時進行的。作者清醒地意識到，蠻荒和原始不可能是多元社會回歸的天堂，因此他理性地揭示了原始文化落後蒙昧乃至瀕臨滅絕的命運。

小說通過瓦濤家族四代的遭際，展示泰雅族群信仰衰落和神話滅絕的厄運。拿布的形象近於神，高大威嚴，力大無窮，他的一生近於神話和傳奇。獵熊場景表現得激盪人心，拿布與熊之間的交戰令眾神激奮、令山川震撼。作者通過贏弱畏怯的鼬鼠驚懼的眼光來見證強者的較量，萬物有靈的感性活動中，生命煥發出驚天動地的偉大能量。瓦濤雖不再如父親般傳奇，仍傳承了神奇的能量，成為族群最後的英雄。古威身上就已經全然找不到英雄的氣息了，他不再擔任自己種族的祭司，而是接替了西班牙修士的位置，當了神甫安德肋的平庸小跟班。古威遠離了祖靈和山神，失落了自我的信仰，他成了隻馴服的羔

羊。和爺爺獵熊神話相映成趣的是他的一次獵獸，應該說作者寫得和獵熊一樣精彩，不過再精彩也已面目全非，大異其趣，因為這似乎是遠離神話的古威對爺爺神話的解構性戲仿，它也就不可能是真的神話，作為這場戲仿的戲劇性謎底，古威獵的不是熊，而是一對可憐的狗夫婦。由獵熊的傳奇到獵狗的戲仿，作品揭示了土著文化衰微的軌跡。與福克納的名篇〈熊〉相似，《高砂百合》對狩獵文明心懷景仰，借這最後的獵熊，祭奠已逝或將逝的文明形態，一種天地人神渾融無間的人類童年的生命形態。

　　神話用意象來訴說一個部落的光榮和悲哀。小說中最具感官刺激性和神秘意義的意象是獵頭袋，它是象徵族群神秘力量和大美的聖器。據祖靈們啟示：「三萬年來綿延不絕的神話，在這只獵頭袋裡，胎藏著我們永生的契機」，[1]到了拜揚的孫子洛羅根這一代，獵頭袋竟成為最後的傳說和神話。與獵頭袋的血性榮耀比較，「百合」這一神話中心意象大美無言，象徵著聖潔和美好。但昔日的神聖如今已光華隕落，沉淪於人間地獄。洛羅根心中的百合珞伊令人聯想起福克納筆下的凱蒂，只不過前者是昭示南方文化毀滅命運的美國南方淑女，後者是失落了家園自我放逐的臺灣高山少女。逐漸衰微的原住民文化所蘊涵的蒼涼美和悲劇性，滲透在血氣旺盛的獵頭袋裡，也書寫在高山百合珞伊飽受踐踏的身體上。

二　多元文化的歷史透視與文化人格分析

　　歷史本身就是廣義的神話。《高砂百合》的神話性立足於歷史意識和文化意識，作品網路狀的情節線索聚焦於一九四七年二月二十七日這一天，以臺灣現代史上敏感而重要的二二八事件發生之序幕為歷

1　林燿德：《1947：高砂百合》（臺北市：聯合文學出版社，1990年），頁241-242。

史聚焦點；由此關注中心輻射延伸向歷史的剖面和縱深巷道，召喚出魅影重重的歷史荒野上一幕幕的詭異演出。此一時間設計含有歷史還原的強烈衝動，也透露了解構正統歷史敘述的消息。「二二八」是臺灣社會的歷史傷痕和威權體制下的敏感禁忌，同時它也為解嚴之後複雜的臺灣政治生態譜系提供了話語交鋒與權力較量的歷史詮釋舞臺。在林燿德所營造的網路狀敘述結構裡，「二二八」顯然不是一個孤立的存在。林燿德的歷史觀辯證而又兩難，既感覺歷史充滿悖謬與偶然，又意識到歷史發展的必然。二二八之前夜成為小說敘述的契機，作者從這裡出發、溯源，走進荒謬錯綜如迷宮的歷史。他將筆觸深入到多元文化間衝突、對話、消長的原生樣態和歷史脈絡，多維的歷史透視又貫穿著一個核心線索，即臺灣的歷史和命運。理性反思和激情想像成為史詩性建構的雙軸。林燿德將神話與詩性熔鑄於悲壯的歷史圖景，把理性懷疑精神帶進恣肆飛揚的詩性，使作品在現代感的敘述中進入歷史的切面和人物的內心。

　　小說追溯歷史始源、辨析歷史面向的慾望落實在敏銳的多元文化探索和人性描摹之中，深沉的歷史和文化關懷並未架空抽象，敘述者對人物的命運構成和心理形態，有著設身處地的準確感受和把握。不論是寫李鴻章、陳儀這類歷史上實有的人物，還是寫吳有、洛羅根這些虛構人物，作者所持的是一種人性的立場，似乎沒有預設價值評判，但又通過獨特的敘事形式和語言風格傳送了強烈的情感資訊：作品細膩入微地刻畫曾經懷著各種隱秘心態親歷歷史、書寫歷史的人物，作者的態度是悲憫、感慨，也有探究與反諷，相比較而言，作品對於臺灣原住民傳奇歷史孕育的古老文化投入了比較明顯的悲憫和認同，這在解嚴後臺灣文學中是一種值得重視的價值取向，在我看來有著鮮明的原始主義意味。

　　《高砂百合》對於歷史事件的描畫刻意擺脫官方正史的敘事框架，而是以開放平行的多元視野切入歷史，在具體歷史情境中還原和

想像渺小個體的生存與精神狀態。作者比較注重發掘細節的表現力，善於使用並置或穿插手法消解正史的虛妄，比如通過同一時間不同空間兩個場景的並比，尤其是私人空間小敘事和宏大場景的並比，達到反諷效果。一九四七年二月二十七日黃昏，臺灣的深山洞窟裡藏匿著兩個殖民侵臺的日本軍人英經和吉田，他們以「天皇絕對不會投降」的烏托邦幻念支撐著奄奄一息的身體；接下來出現的卻是裕仁天皇正在「以菊花臨風般的高雅姿勢」進食鰻魚的場面，這兩個鏡頭的並列構成有意味的對比：顯現出作者對逍遙法外的戰爭罪人日本天皇的憤激諷喻，也暗含著對日本軍國主義奴化卜的小人物個體生命無謂消解的悲劇感慨，他們既是傷害他民族的罪人，同時又是戰爭的犧牲品。在狂熱宗教化的種族主義體制下，中野家族三代喪失了個人自我和幸福生活，滿之助經歷了西鄉隆盛輝煌時代的覆滅，因為理想的失落而來到臺灣，「加入第二波的大屠殺」，且誤殺了阿泰雅老祭司拿布．瓦濤；太郎夢想著當建築師，蓋一棟會走路的屋子是他一生的夢想，然而現實中的他卻只能在密封的艦倉裡不斷炮擊，直到被炮火擊中，成了日俄戰爭的炮灰。在場景銜接上，明治天皇的皇孫咚咚撞擊玩具戰艦的遊戲畫面，穿插在前線戰艦上狂熱宣誓鏡頭與戰火死亡慘狀之間，更有效地突出了戰爭的殘酷和政治將生命視為遊戲玩具的卑劣性質。英經又一次重複了父祖的噩夢人生。作品對國家主義神話的批判和解構，對近代日本文化人格的揭示與日本軍人命運悲劇的體察，由於並置對比等手法而顯得更加有力。在年輕一代的文學作品中，對於影響臺灣現代史甚劇的殖民宗主國日本帝國及其國民性的反思達到如此深度的，尚不多見。

　　作品在表現安德肋神父信仰破滅時，無異於對天主教宗教神話進行了一番解構。在夢境裡，神父接近了最高權力和無上的榮耀，夢醒後的他卻從聖女小德蘭眼神裡讀出了懷疑和邪念。這名半心半意的神父代表著一個陌生而高高在上的神的救贖，面對土著的降服，他「隱

藏起狂笑的欲念，用莊嚴的神情以及他在背面長滿金色絨毛的手拍擊中年土著拜揚・古威的肩膀」，以賞賜者的口吻宣稱：「你是地上的鹽巴，世上的光明」而被馴服的古威臉上流露著「謙卑的和善」對自己被比喻成「鹽巴」困惑不解，[2]這西人的宗教儀式與土著祭祀或復仇儀典比照有趣地暴露出所謂西方「高等文明人」的虛偽，在這有些滑稽可笑的儀式場面裡，我們清晰地看到了「文明」（先進、高高在上、強勢、啟蒙者、權力主導）於「野蠻」（愚昧落後、卑微服從、弱勢、被教導者）兩者之間不平等的關係，同時也不乏對構成西洋社會精神根基的基督信仰神話的戲謔與解構。

　　原住民土著文化的強悍、淳樸、重靈魂和近自然恰為現代社會所匱乏，它理應構成現代文明的文化財富和參照。《高砂百合》以神話的解構和建構作為小說的結構性要素，這種有意為之的形式本身就表明了一種姿態：對殘酷的殖民擴張勢力的批判，對重物欲輕精神的現代文明的省思。作品表現原住民神話衰亡的同時，也含有對帝國殖民主義侵略擴張性的批判。

　　相對於作者賦予原始主義野性美和悲壯詩性特質的原住民文化，作者對長期以來作為臺灣社會主導文化的漢人文化卻並未給予同樣的熱情。相反，從小說對漢文化以及漢人文化人格的描寫看，諷刺與批判的意味要更為充分。回顧臺灣的移民歷史，在漢人勢力擴張的兩百年間，平地原住民逐漸漢化，但深山中的原住民（如泰雅族）仍保留著打獵、出草等部落傳統，直至一八九五日本據臺後，泰雅族在日本勢力鎮壓下受創甚劇，導致獵頭、黥面、小米祭典等傳統習俗受到徹底壓制，曾經引發山地原住民的激烈反抗，以一九三〇年莫那・魯道所領導的霧社暴動為代表。小說中，瓦濤・拜揚一九〇六年的獵頭是最後一次的光榮。日本人的符號系統強力壓制了原住民與漢人的符號

2　林燿德：《1947：高砂百合》（臺北市：聯合文學出版社，1990年），頁29-30。

系統。一九四五臺灣光復回歸中國，漢人的符號系統重新獲得接續和
延伸，但是小說有意展示了漢人文化傳統中的孔夫子、屈原、程伊
川、漢藥等諸如此類的象徵性符指的空洞無根狀態。緊接著一九四七
年「二二八」事件的爆發更使破而未立的漢人符號系統陷入危機。小
說的結尾，作者讓瓦濤‧拜揚在動亂不安的臺北城中找到洛羅根，並
交付給他象徵祖靈傳承的熊皮袋。這是令人深思的。臺灣多元文化最
本原的兩支：漢文化和原住民文化，在這部作品裡進行了戲劇性對
話。洛羅根走出大山來到平地，他默認了族群消亡的命運，離開了他
心中神聖的百合：珞伊，一個他深愛的山地少女，帶著永遠的鄉愁來
到中醫廖清水的藥店，成為寥落的中醫唯一可能的事業繼承人。這
裡，我們看到了漢文化和原住民文化融合的可能性和現實性。在充滿
歷史悖謬的文化碰撞過程中，衝突、矛盾和交融整合是所有封閉性文
化必須面對的現實。在神話解構的盡頭，或許正是現實的理想建構的
開始。

物化都市的感覺主義書寫
──解嚴後朱天文短篇小說的身體敘事與頹廢意識

一

　　二十世紀八〇年代，都市文學躍居臺灣文學主流，筆者曾撰文對八〇年代的臺灣都市文學及其研究理路有過初步的觀察分析。[1]九〇年代以降，臺灣的都市文學有了更為廣泛深入的發展，其主題演繹與形式變化愈發繽紛多元，其間，女作家的創作起了不可忽視的作用。本文聚焦於臺灣當代著名作家朱天文解嚴後的短篇小說創作，集中探討她對物化都市的感覺主義的把握方式。需要說明的是：「感覺主義」作為文學批評用語，較早出現於對中國當代文學產生過重要影響的勃蘭兌斯的著作《十九世紀文學主流》中，書中將濟慈詩歌風格稱之為濃墨重彩的感覺主義：「這種感覺主義乃是一些對外部世界的美的印象特別敏銳的人的感受力（與他們相比，一般人的感受力就顯得非常愚鈍）在文學上的反映。」[2]中國大陸學界八〇年代以來亦有學者偶爾運用之，如許剛一九八七年的〈當代文學中的感覺主義思潮〉，沈明二〇〇一年的〈新感覺主義與新心理主義──穆時英、施蟄存小說創作比較〉等文。[3]儘管缺少嚴格的限定和系統的闡釋，但

1　參見筆者的〈臺灣新世代都市小說初論〉、〈臺灣都市文學研究理路辨析〉二文。

2　〔丹麥〕勃蘭兌斯撰，徐式谷等譯：《十九世紀文學主流‧英國的自然主義》（北京市：人民文學出版社，1984年），頁165。

3　儘管缺少嚴格的限定和系統的闡釋，但並不妨礙學界對「感覺主義」的靈活使用，在具體用法上各有側重，而這種運用並不侷限於文學批評界。如劉成紀發表於二〇

並不妨礙評論者們對「感覺主義」概念的靈活使用；具體用法上各有側重，且這種運用也並不侷限於文學批評界，如劉成紀發表於二〇〇〇年的〈九十年代中國的感覺主義文化備忘錄〉，和楊念群發表於二〇〇七年《讀書》第四期上的文章：〈中國史學需要一種「感覺主義」〉。筆者在此借用這一概念，主要指涉朱天文創作中偏重於個人主觀瑣碎感覺的心理敘事特質，以及解嚴前後其作品所顯現出的都市感官體驗特質與感覺結構形態。

二

　　張誦聖教授認為，八〇年代中期以前，包括朱天文在內的師法張愛玲的這一脈作家群展現了某些臺灣中產階級的顯著特質，具體而言就是「中產階級的自足心態則往往外顯為作品中的爛漫綺想及美學式的逃避主義（aesthetic escapism）。」[4]《炎夏之都》是朱天文從青春浪漫化的抒情遐想朝向冷峻成熟的都市世俗觀照的一個重要轉捩，而參與臺灣新電影運動使朱天文接觸到一個真切熱情而富有活力的本土世界，同時她逐漸有意建立起一種抵抗政治權力話語的個人化歷史敘事意識，這種傾向具體體現於她所執筆、編劇的《戀戀風塵》、《悲情城市》、《戲夢人生》和《好男好女》等一系列作品中。九〇年代初期出版的小說集《世紀末的華麗》，標誌著朱天文小說創作個人化風格的初步形成：從不乏模仿痕跡的張派作家商標之下漸漸脫身，開始顯現出較為鮮明獨特的個人特質。這些小說並不追求張愛玲體貼小市民讀者的完整故事結構和傳統寫實小說所著意經營的戲劇化效果，而是

〇〇年的〈九十年代中國的感覺主義文化備忘錄〉，和楊念群發表於二〇〇七年的文章：〈中國史學需要一種「感覺主義」〉。

4　張誦聖：〈朱天文與臺灣文化及文學的新動向〉，《文學場域的變遷》（北京市：聯合文學出版社，2001年），頁96、97。

刻意以敘事主體的情緒、感覺或思辨作為小說運作的主軸，文本充斥
著與時間焦慮相關的「老去的聲音」，上演著世紀末都市頹廢文學的
主題：都市人際的隔膜和疏離，生命狀態的衰朽、厭倦、畸零與無
奈，身體感官經驗的鮮活、沉陷以及個體主義的飄浮、超然與無根
感。在這些都市成為真正聚焦點的作品中，人物甚至姓名不詳、面目
不清，但都市與人不可分割的膠著關係卻已被著力傳達出來了。人物
徹底置身和裸露於沒有退路的都市現代化之流中。他們所擁有的是閃
爍跳盪紛亂喧擾的、資訊壅塞而變化萬千的全球化的都市空間。田園
不再。靈韻／光暈不再。而這就是都巿人的現實家園。

　　〈恍如昨日〉一篇直指功成名就的中產知識分子內在的空虛和焦
慮：「有了頭銜地位與無法降俗的生活格調，他的心力便要分配一半
去經營。他的後半生不過都花在維持前半生拼下的門戶是這個悲劇
嗎？他看見自己的演講秀有如出草收割人心，好像剛才他又擄獲了一
顆年輕讀者的效死之心。當他努力集中另外一半心力把五馬分屍的精
氣神鬥攏一處想要作些什麼，他才焦慮感到，魔力消散了。一虛百
虛，隨之患上信息虧遺恐懼症。」[5]不甘寂寞、不甘被遺忘地四處演
講座談，但文化名人奇魅式演講的短暫虛榮無法消除內心的空虛匱
乏，身分、地位、掌聲、崇拜，皆難以消融吃老本虛耗生命的空洞與
恐懼：「年輕時候闖出的聲名夠他提用到何時？銀行關門，他可以朽
了。」鬱悶氛圍裡蕩開一筆，插入作家主人公聽聞青年時代戀人死訊
的事件，閃回這位成功人士昔日未果的戀情，主人公緬想起許素吟：
「那個柳絮般白絨絨輕悄如貓走的女子，」當年得知他考上大學後她
隱忍卻堅定地與他分手，「至今他始知女子的直覺透視未來，非他魯
鈍可及。」現在才知悉她其實從未忘懷自己。文本裡被割斷的愛情似
乎隱喻著人物未曾意識和珍惜的人性本真，而那富有洞察力和預見力

5　朱天文：《世紀末的華麗》（成都市：四川文藝出版社，1999年），頁210。

的初戀情人的病逝果然隱喻著主人公再也無以回返懵懂的純真嗎？總之，喪失創造力的作家陷入了中年危機式的自我反省和批判，並由此反觀社會的異化：「汲汲於浩繁新知，資訊異變為慾望黑洞，全部人投入也填不滿，他已經有點食傷了。高素質優裕生活的深暗層，他隱隱恐懼有朝一日會連字紙也不看！」顯然，作者對於這位中年成功知識分子形象的解構隱含著更為廣大的憂慮，那就是面對一個「再複製再模擬非原創的輝煌金燦新世界」的迷惘，隱含著對本雅明所謂機械時代裡靈韻消弭的淡淡傷逝。

《肉身菩薩》敘寫男同性戀者的飄零慾望與虛空心境。人物經歷與故事演進，都是之後長篇《荒人手記》的預演。事實上，據朱天文夫子自道，《肉身菩薩》結局的「光明淺白」也確實是《荒人手記》寫作的一個因由。主人公小佟沉淪欲海多年，正所謂以肉身為道場，「肉身菩薩，夜晚渡眾生。」三十歲的他「臉像有層鹽霜」，「看起來好像跟每一個人都有仇」，儼然「一具被欲海情淵醃漬透了的木乃伊」。他明白：「這個圈子裡，三十已經是很老，很老了。藍得令人起疑的池水，把他泡成一條藍色的魚，眼淚汩汩湧出，從鬢角淌下匯為藍色的水。南海有鮫人之淚成珠，他什麼都不是，任憑生命流光，身體裡面徹底的荒枯了。」時光流逝，情慾的過度開發與消耗，催人過早乾涸衰老。但情慾所激發的美感與激情有時依然難以遏制，更何況，進入荒涼中年的小佟仍保持著對眷村男孩特有風範魅力的懷舊與眷戀。作者不僅借由同性戀題材來抒發天地不仁、時光殘忍之類的陳年嗟歎，更著力書寫狂熱同志情慾所突顯的佛家色空觀，「情慾用百千種變化的臉一再挑起他，到最高最高處，突然揭開臉皮，美人成白骨，將他千萬丈打落塵土，重複復重複。」正對應了《般若波羅蜜多心經》中的那段警語：「色不異空，空不異色，色即是空，空即是色」。小說還直接引用了《金剛經》中的文字：「如夢幻泡影，如露亦如電，」形容二人於三千大千世界中的偶然相逢──小佟遇見鍾霖時

剎那間的身心感覺：「沒有用。如夢幻泡影，如露亦如電，他對體內挑起的一串淒麗的顫音這樣說。但是那雙眼睛，那雙眼睛像十七年前剝奪了他的貞潔的眼睛，浸著醚味，強烈撥動他。斷弦裂帛，他跟他相偕而去，就如花跟蜜蜂遇見，一樣的自然註定。」一方面是情慾的激越、至美與難以阻遏，另一面則是身心俱疲萬念皆灰的倦怠和厭世。《心經》如此曰：「觀自在菩薩，行深般若波羅蜜多時，照見五蘊皆空，度一切苦厄。」也許，這才是《肉身菩薩》所要或所能傳達的某種真意，從中不難看出佛家色空觀和救己利他渡眾生思想與朱天文心性的深刻契合。而這一精神脈絡還將延續至她的重要作品《荒人手記》和《巫言》當中。

　　再看《紅玫瑰呼叫你》，文中的翔哥，不到四十歲卻早已倍感衰老蹉跎，結婚十年，恍惚著不知要給妻子買什麼禮物，在庸常的家居日子裡，悲哀地預見自己的將來：在「老婆與兒子們用他完全不了解的語言交談中不斷猜測，疑懼，自慚，漸漸枯萎而死」。時間的流程裡個人的青春顯得如此倉促渺小，回首往事的蒼茫感不僅籠罩多愁善感的女子，同樣眷顧那些曾經彎強壯碩的男人。除了時間的因素帶來的衰朽意識，人還必須面對個體生命的孤獨感。年輕時的朋友終將星散，家庭生活的俗世庸碌狀態也難免令人心生倦怠。這篇小說裡，敘述者明顯偏向翔哥濃重的頹廢心理甚至與之重合，使得文中的妻子、孩子以及其他人物成為全然的客體和他者，而喪失了性格和心理的獨立性，文本顯得有些沉鬱滯悶。實際上，蒼涼頹廢成為解嚴後朱天文不少小說人物共同的精神形態。

　　《世紀末的華麗》小說集中的〈柴師父〉更是不能忽視的一篇作品，王德威認為：「〈柴師父〉才是全書的高潮。這篇講腐朽老人盼望青春女體的故事，極其肉感也極其傷感。胡蘭成大書特書的江山日月、王道正氣，終於九九還原，盡行流落到張愛玲式的，猥瑣荒涼的

市井慾望中。」[6]這樣的總結固然有趣也有理，但我以為朱天文所傳達的不僅於此。初看小說，令人想起上世紀三〇年代新感覺派作家穆時英的《白金的女體塑像》，六〇年代白先勇的〈月夢〉，以及德國作家湯瑪斯・曼的《死於威尼斯》，這幾篇都描述了醫生與患者或老人與青年的身體接觸和慾望關係。〈柴師父〉裡也有這種人物結構關係：七十歲的外省籍老醫生與一個對骯髒空氣敏感的過敏症女孩，「在推拿觸摸年輕無知女體時，柴師父一次又一次地經驗著自我心靈的點擊。四十年來家國，三千里地山河，一腔血淚早成了一簾幽夢。」[7]其實作品的重心並不在於書寫慾望，所強調的是在普通醫患關係外，女孩給老醫生帶來的複雜難言的生命感受。女孩的出現更像是一種機緣和啟示，讓老者不僅「起了戰心，意欲和陳年老疾鬥法。」在治療女孩過敏症和近視症的過程中，嗓音清甜、乖巧懂事的女孩還喚醒了老人奇異久違的幸福感，以及隨之而來的一輩子輾轉歲月酸甜苦辣的記憶……女孩似乎成為老者終其一生所等待的一個慰藉：「超過他半生還多一點的年月日在這塊沙漠裡竟度過了，是的，等待女孩像等待一塊綠洲。」「等待女孩像等待知悅的鄉音」。甚至，「等待女孩像等待青春復活。」女孩給老者帶來了陽光的明媚：「柴師父，電話中女孩跟他約訂時間總喊他柴師父，敲門進來每每抱歉說師父在睡午覺啊。清泉流淌的聲音呢，深深涓涓從他悍然乾閉的記憶之田、感覺之田流出。年久以來的視而不見，聽而未聞，他才忽然發現他每日黃昏用白色塑膠扁壺裝水到陽臺上澆花草，那盆一年爛開到頭的海棠，紅是紅得這樣蠻，永遠不休息的紅，叫人吃一驚。啊，吃驚都是一件多麼好的事情。」從中，我所感受到的是人際深度互動與相互取暖救贖的蒼涼與溫馨。

6　王德威：〈落地的麥子不死──張愛玲的文學影響力與「張派」作家的超越之路〉，子通、亦清編：《張愛玲評說六十年》（北京市：中國華僑出版社，2001年），頁371。

7　王德威：〈從《狂人日記》到《荒人手記》：朱天文論〉，參見王德威：《當代小說二十家》（北京市：生活・讀書・新知三聯書店，2006年），頁10。

　　然而女孩竟一去不返如驚鴻一瞥的魅影，而柴師父也將在終老之際回到故鄉，「不久之後柴明儀也許能夠到四季如春的昆明定居，他可憐的鄉愁啊，是雨中的八重櫻，和那些老是長在公廁四周戳出堅挺花蕊的野紅扶桑。女孩來呢不來？兒子他們娘黑白放大照片挨掛門側，低低陪侍在祖先們的下壁，死的，活的，神鬼，擁擠佔據著同樣的空間與時間。洗街車迤邐而來，腥風先起，肅殺塵埃而去。」對女孩的呼喚與回憶「兒子他們娘」相片這兩個動作的並置，暗示了兩個女子面貌神情的相似，也對柴師父與女孩曖昧關係的合理性進行了必要交代。因此在我看來，這篇小說中的柴師父與女孩的關係或許並無王德威所說的「猥瑣」之態，仔細辨析，反而有一種催人淚下的蒼涼、深情與溫暖。老者進入了生命的尾聲，女孩的生命才剛開始，治好疾病的女孩倏然離去，她不再屬於老人的世界，而蒼老的柴師父也終將回歸「兒子他們娘」所在的那個永恆世界了。如雨中八重櫻的鄉愁，終將有一天會悄然落幕／墓。

　　解嚴後朱天文小說越來越強化感覺化和片段化的生存體驗，精緻華麗的文字表述總是與碎片化的生命感性密切交融，相對地忽視或放棄了《桃樹人家有事》、《敘前塵》、《炎夏之都》那種對情節故事、人物個性以及戲劇衝突等傳統寫實小說必要元素的經營。因果關係的總體化邏輯建構，情節性敘事的鋪排，人物性格的塑造，似乎都被朱天文有意放逐。她推進作品的方式更多的是片段化的情境演繹，而且越來越仰賴於人物敏銳的身體感覺能力：而這種感覺辨析力又多半反映或折射了作者和敘事人的感知力。《世紀末的華麗》是這方面的代表作，主人公精細的女性感覺能力幾乎被神化或巫化，因此敘事顯得有點偏執誇張：「米亞是一位相信嗅覺，依賴嗅覺記憶活著的人。……米亞也同樣依賴顏色的記憶。……嗅覺因為它的無形不可捉摸，更加銳利和準確。」文中更點出米亞的「巫女」特質：「米亞卻恐怕是個巫女。她養滿屋子乾燥花草。老段往往錯覺他跟一位中世紀僧侶在一

起。」完全有理由把米亞看成《巫言》裡將要隆重出場的巫人的美麗前身。

　　於是，作品成為臺北時裝模特兒米亞數年來嗅覺記憶與顏色記憶的眾多零碎片段的集合。風雲變幻的流行華麗衣裝，意味著年華的不斷老去，雖然才二十五歲卻已心靈蒼老，「不想再玩」年輕人的愛情遊戲，鍾情於有著風霜「浪漫灰」和「太陽光味道」的中年男子，選擇四十多歲的有婦之夫老段同居。米亞的愛情，當然和她與眾不同的超強嗅覺、顏色感知力密切相關聯：「日本語彙裡發現有一種灰色，浪漫灰。五十歲男人仍然蓬軟細貼的黑髮但兩鬢已經飛霜，喚起少女浪漫戀情的風霜之灰，練達之灰。米亞很早已脫離童年，但她也感到被老段浪漫灰所吸引，以及嗅覺，她聞見是只有老段獨有的太陽光味道。」

　　朱天文以唯美筆法頌揚這樣的感覺主義愛情：不在乎天長地久的歸宿，只要緊抓瞬間即逝的美好感覺：「米亞與老段，他們不講話的時刻，便做為印象派畫家一樣，觀察城市天際線日落造成的幻化。將時間停留在畫布上的大師，莫內，時鐘般記錄了一日之中奇瓦尼河上光線的流動，他們亦耽美於每一刻鐘光陰移動在他們四周引起的微細妙變。蝦紅，鮭紅，亞麻黃，耆草黃，天空由粉紅變成黛綠，落幕前突然放一把大火從地平線燒起，轟轟焚城。他們過分耽美，在漫長的賞歡過程中耗盡精力，或被異象震懾得心神俱裂，往往竟無法做情人們該做的愛情事。……米亞願意這樣，選擇了這種生活方式。開始也不是要這樣的，但是到後來就變成唯一的選擇。」「過分耽美」，正是小說文本中作為新新人類的米亞的生存姿態，也凜然折射出作者朱天文的唯美感覺派傾向。[8]而這美感至上的感覺主義愛情其實是在延續

8　朱天文在〈花憶前身‧黃金盟誓字書〉一文中說：「我就警戒自己有耽美的危險。」
　　參見朱天文：《花憶前身》（臺北市：麥田出版公司，1996年），頁54。

著米亞「女王蜂」時期的青春浪漫風雅：「山半腰箭竹林子裡，他們並排倒臥，傳五加皮仰天喝……眼皮漸漸變重闔上時。不再聽見濁沉呼吸，四周轟然抽去聲音無限遠拓蕩開。靜謐太空中，風吹竹葉如鼓風箱自極際彼端噴出霧，凝為沙，捲成浪，乾而細而涼，遠遠遠遠來到跟前拂蓋之後嘩刷褪盡。裸寒真空，突然噪起一天的鳥叫，乳香瀰漫，鳥聲如珠雨落下，覆滿全身。我們跟大自然在做愛，米亞悲哀歎息。」用了「做愛」一詞，來隆重形容爛漫青春融於天地之間那種神秘甜美的「高峰體驗」，愛慾高峰轉瞬即逝因而難免悲欣交集。美之至，快樂之至，以至於唯有「悲哀歎息」。這樣的文字即便有些許造作，也總能令多情有心習性相近的讀者為之一歎吧。

周蕾在討論張愛玲小說《封鎖》時指出，「張愛玲的敘事主體是敏銳、多元感官性的。」[9]從《世紀末的華麗》看，深受張愛玲影響的朱天文在這點上有過之而不及。整篇小說的字裡行間遍佈細密入微的感覺體驗：嗅覺、觸覺、聽覺、視覺，乃至人物之間的接觸交往也都似乎源於特殊的感覺密碼：「職業使然，安渾身骨子裡有一股被磨砂霜浸透的寒氣滲出。說寒氣，是冷香，低冷低冷壓成一薄片鋒刀逼近。那是安。」而小說中的米亞形象更被朱天文施與了靈敏異常的嗅覺魔法：「她的浴室遍植君子蘭，非洲菫，觀賞鳳梨，孔雀椰子，各類叫不出名字的綠蕨。以及毒豔奪目的百十種浴鹽，浴油，香皂，沐浴精，彷若魔液煉製室。所有起因不過是米亞偶然很渴望把荷蘭玫瑰的嬌粉紅和香味永恆留住。不讓盛開，她就從瓶裡取出，紮成一束倒懸在窗楣通風處，為那日日褪暗的顏色感到無奈。」

有趣的是，這篇有意識突出女性感覺主義情結的作品並不甘心停滯於精細華美的感覺描繪，作品那被人們反覆徵引的尾句名言，明確地表達了解構男權社會「理論和制度」的願景，在都市巫女故事的結

9　周蕾：〈技巧、美學時空、女性作家：從張愛玲的《封鎖》談起〉，楊澤編：《閱讀張愛玲》（桂林市：廣西師範大學出版社，2003年），頁99。

尾，朱天文如此意味深長地預言：嗅覺和顏色的記憶能力所代表的女性直覺力，不僅可以是一種存活的能力和方式，也可以是一種具有拯救性質的女性主義烏托邦：「年老色衰，米亞有好手藝足以養活。湖泊幽邃無底洞之藍告訴她，有一天男人用理論與制度建立起的世界會倒塌，她將以嗅覺和顏色的記憶存活，從這裡並予以重建。」因此，在這篇看似後現代解構性的作品中，米亞的女性感覺能力其實被賦予了濃重的理想主義建構功能。這是凝聚於纖美華麗和蒼涼頹廢之中的明朗張揚：柔弱中的淡定強悍，低眉菩薩疊影著的威嚴金剛。不可忽視的是，這樣的思想與胡蘭成的薰陶有著直接的承傳關聯，這一點不少學者都注意到了，朱天文深受胡蘭成影響，甚至讓人感覺這影響超出了張愛玲，《花憶前身》中朱天文多次回憶並認同胡蘭成的女人創造文明觀，如「神話解謎之書」一篇裡：「胡老師認為，史上是女人創造了文明，此文明自然一體，是具象的造型。此後男人將其理論化，學問體系化。女人做的是格物，男人做的是致知，文明得以遞變和拓展。」這些話語佐證了《世紀末的華麗》中女性主義論述的一種淵源。[10]《世紀末的華麗》中密集嫻熟的服裝潮流知識描繪顯示出都市物化主義的繁華燦爛表象，城市小資女性的「衣性戀」[11]速寫直追「祖師奶奶」張愛玲的《更衣記》。作者並未追隨現代主義精神視這種戀物情懷為墮落來予以高屋建瓴的批判，相反，人物在美輪美奐的服裝潮流轉換中產生了明確的自我認同與肯定：「這才是她的鄉土，臺北米蘭巴黎倫敦東京紐約結成的城市邦聯，她生活之中，習其禮俗，遊其藝技，潤其風華，成其大器。」令人眼花撩亂的服裝秀終於被朱天文敷衍成獨具野心的臺北都市鄉土志，也開啟了一幅後現代都會浪漫主義的華麗窗帷。

10　朱天文：《花憶前身》（臺北市：麥田出版公司，1996年），頁71。

11　「衣性戀」之說源於臺灣學者張小虹的著作《絕對衣性戀》，此概念傳神地表達了女人與服裝之間親密無間的關係。

三

　　本雅明曾說：「浪漫主義的核心是救世主義」，米亞的浪漫性在於
以嗅覺和顏色來打撈記憶成全一個耽美的自我，救世只是想像，自救
或許更接近真相。對此，朱天文坦然自嘲：「逐物迷己，我好像活在
一個泛靈的世界裡，連塑膠都有靈，這種人不是畸人，幾近乎精神
病？」[12]近二十年後，朱天文對自己有了更為清晰的認知與定位：站
在左邊的巫人，[13]筆者對巫人含義的基本理解是：一個迷戀細節和事
物肌理的泛神論感覺主義者，一個從清淨無為的「左邊」凝望著滾滾
紅塵大千世界「右邊」的多情觀望者，一個崇拜文字靈性的自甘其苦
樂的手工作業者。

12　舞鶴：〈菩薩必須低眉——和朱天文談《巫言》〉，《書城》2004年第5期。
13　自二〇〇八年七月四日朱天文在香港書展「名作家講座系列」上的講座內容，其講
　　座題為「站在左邊：我寫《巫言》」。這裡的「站在左邊」，意思是自己選擇的位置是
　　與社會化相對應的非社會化的那一端。

詹澈詩歌創作論

> 這是颱風與寒流侵襲的島嶼／請站起來，站起來護衛我們的家
> 園。——詹澈詩作〈春風〉

　　詹澈是當代臺灣重要的左翼詩人，也是一位以腳為犁的革命家和深耕者。詹澈的詩歌創作有著介入現實的批判意識和關懷底層的鮮明立場，其詩作致力於敘寫臺灣原住民、外省籍退伍老兵和本省籍農民等底層庶民的生存境遇和生命狀態，那些散發著濃郁土地氣息的詩作，具有為弱勢群體發聲代言的特殊能量。新世紀以來他的詩作既是對個體生命經驗的深沉反思，也體現出兩岸命運共同體的宏闊視野和歷史意識。

一

　　薩特在《為知識分子辯護》中指出，知識分子的存在意義往往與他們介入社會的言行密切相關，「知識分子就是介入與己無關的事務的人，他們以人和社會的整體觀念……的名義，挑戰一切現有的真理以及受其影響的行為。」[1]儘管薩特的知識分子觀念在今天看來顯得比較激進，也曾受到福柯等人的質疑和修正，但不可否認，介入社會確實體現了部分知識分子的存在意義，也是一些知識分子所崇尚或認同的價值取向。本文所討論的詹澈就是一位有著這種價值取向的臺灣

1　引自樂啟良：〈先知的時代已經過去〉，《讀書》2013年12期，頁13。

左翼知識分子：他是個以筆為旗的詩人，同時也是位以腳為犁的革命家和深耕者。

　　詹澈出生於世代務農之家，求學於屏東農專，青春年少時即與文友創辦文學雜誌並刊發大量寫實性敘事抒情詩作，「分別敘寫了原住民、外省籍退伍老兵、本省籍農民，這三者其實也是詹澈至今仍不改初衷的主要書寫對象。」[2]一九七九年後回到臺東，和父親一起在卑南溪河灘地種植西瓜，與土地相依的農家生活給予他豐富的詩歌素材和深遠的生命洗禮。迄今為止，詹澈出版了詩集《土地，請站起來說話》、《手的歷史》、《海岸燈火》、《西瓜寮詩集》、《小蘭嶼和小藍鯨》、《海浪和河流的隊伍》、《綠島外獄書》、《餘燼再生》、《下棋與下田》、《詹澈詩選》等，還有散文與詩合集《這手拿的那手掉了》和報導文學作品《天黑黑嘜落雨——十二萬農漁民大遊行傳真》等著。其詩作多次獲獎，《西瓜寮詩集》獲第五屆陳秀喜詩獎，〈勇士舞〉一詩入選一九九七年度詩選。詹澈的詩充滿土地氣息，有「農民詩人」之譽；但他的創作並不囿於此，「他寫詩時從現實經驗裡超脫而出，以實際的行動改造詩的小我世界，也試圖改造真實的大我世界。」[3]詩人的人生進程與底層弱勢群體（農民、漁民、原住民、榮民老兵等）、與腳下的土地始終保持著深刻的聯繫，這不僅源於其出身成長背景等客觀因素，也源自知識分子介入現實、改造社會的主觀價值選擇。詹澈曾明確指出：「我是出身於偏遠的農村，看到臺灣美式資本主義的自由經濟體制下，城鄉發展不平衡，貧富差距持續擴大，農業和農民永處弱勢，慾望不斷膨脹，我比較心儀人道的、社會主義非商

2　朱雙一：〈從敘情到感悟：詹澈詩藝的演變〉，《臺灣研究集刊》2006年第2期，頁74。

3　蕭蕭：〈詹澈：用革命的態度對待現實〉，《世界華文文學論壇》2005年第4期，頁12。

品化的價值觀。」[4]他七〇年代末參加創辦的《春風》詩刊就是「臺灣最左翼的詩刊，開宗明義為工農為土地為勞動而歌詠。」（蠹魚頭即傅月庵語）八〇年代以來，在堅持寫詩的同時，他還投身農運及社運，曾任臺灣農民聯盟副主席等職，二〇〇二年發起「與農共生」十二萬農漁民大遊行並擔任現場總指揮，二〇〇四年任族群平等行動聯盟發起人，二〇〇四年是反軍購公投辯論代表，二〇〇六年擔任百萬人民反貪腐運動副總指揮。他曾馳騁想像於西瓜寮，再穿越東海岸，復在蘭嶼島感受人與自然的和諧律動，見證現代化對原始生存狀態的劇烈衝撞，繼而在自我撕扯中努力掙脫「綠島外獄」……詹澈從成長的那片夢土出發，走向廣闊的現實世界，始終緊貼土地和大地上的普通勞動者，如對詹澈創作和人生有重要影響的陳映真先生所言：「詹澈總是有話要說，有思想感情要表達，而不是心中無物卻要以空虛的語文強說的那種詩人。因此他寫長詩，寫敘事詩的作品不少。他以人物刻劃、情境描寫、對話、情節鋪排，寫老兵、寫少數民族，寫不幸的女人，寫自己那極富移民拓荒精神、懷抱宗族家庭之愛、勤勞勇敢的祖父，寫獨守西瓜寮的種瓜勞動的日日夜夜。這樣的詩，臺灣很少人寫，寫小說的我愛看，相信一般人也喜歡看用詩寫的故事。這是一種有發展前途的詩創作方法。」[5]

二

　　詹澈最早的詩作收錄在詩集《土地，請站起來說話》中。這一時期，土地和農民是其詩中最核心的意象。詩人長期生活、勞動在農

4　朱天心：〈《海哭的聲音》推薦序：此時此際讀詹澈〉，「九歌文學網」（http://www.chiuko.com.tw/book.php？book=detail&&bookID=1270）

5　陳映真：〈藍博洲的報告文學和詹澈的詩〉，《世界華文文學論壇》2005年第4期，頁11。

村，鄉村風土人情是他記憶深刻的成長背景，很自然地成為他詩歌創作的重要素材。他擅長於以寫實手法，向讀者呈現出廣闊的農村風貌；他常選取平凡的鄉村風物，描畫出唯美寧靜的田園圖景，而置身其間勞作生活的農民則成為詩人聚焦的對象，勤勞淳樸卻生活艱困的農民形象和如詩如畫的田園景象之間形成了鮮明的對照。〈土地，請站起來說話——記貧農洪梅〉就是這樣的作品，詩歌分為五節，前兩節裡敘述年輕的農事指導員[6]騎車來鄉間尋找農婦洪梅，「他像流雲一樣輕快，／他像烏雲一樣沉重，」鄉村景象在小伙子的眼裡如此輕盈掠過：「碩長的甘蔗、闊葉翠綠的玉米，／和一大片搖曳在陽光下，／穿梭著山羊的野銀合歡」年輕人眼中的鄉野風景色彩繽紛美麗如畫——

> 山下，是一個村落。
> 有畫一般幽靜的小樹林，
> 寂寥的牛車路和田野間，
> 浮泛出赭黃、黝綠的土雞振翅的花紅。
> 在冷靜的山壁和溫柔的溪水邊，
> 反映出廣藍的青天和繾綣的白雲，
> 也灑遍了一線線斜陽。

　　但並不喻示著這是一片美麗祥和的桃花源，美好的田園風景反襯出農民生活的艱辛和命運的不幸。第三節裡，詩歌主人公、年輕人尋覓的「可憐婦人洪梅」終於出現，我們看到了一個辛苦勞作的農婦形象：斗笠下單薄的身軀，彎腰正給鳳梨施肥，背上睡著她的一個孩子。詩人將接下來的篇幅給了窮苦農婦洪梅，面對官方派來的年輕農

6　詹澈本人年輕時曾擔任過農事推廣技術員。有理由認為，詩中的青年人帶有詹澈當年的影子。

事指導員，她忍不住傾訴自己的辛酸境遇：「她蹲下來，在田埂上，／捂著臉哭泣：／——我頭家已經死了，／——丟下五個孩子，／」自己像「瞎眼牛」一樣苦做，忠實的納稅，面對的是「農產跟不上物價」的行情，公家承諾的補助款卻遲遲不來，她和五個孩子度日如年，「——請問指導員，／我要怎樣活下去？！」在詩的第四、五節裡，農婦洪梅的訴說在延續，但悲苦的訴說已超出了她個人的範疇，變成了農民群體性的聲音，儘管「我們像鳳梨一樣不愛說話」，「我們世代是這村落裡，／不愛說話的農民。」這沉默卑微的群體正通過農婦洪梅發出令人揪心的吶喊——

　　　　土地，親愛的土地，
　　　　如果你是農民的母親，
　　　　請告訴我們：如何？！
　　　　我們才能與你相依為命？！
　　　　才不必去外地打工？！

　　　　土地，請站起來告訴我們，
　　　　只有我們農民落魄到這款地步嗎？！
　　　　還是全世界的農民都這樣子？！
　　　　土地，請站起來和樓房比比高低，
　　　　請站起來說話呀！
　　　　請向上天質問，
　　　　農民，是不是大地上，
　　　　最原始，最悲慘的人群？！

這首詩中，土地成為習慣於沉默的農民群體傾訴委屈、心酸和不平的對象。顯然，年輕詩人在情感上完全認同於筆下的農人，深刻的認同

感和悲憫驅使他將農人的呼告、質問和控訴不加修飾地傾瀉而出。直率峻急的樸實話語，正是詩人想農民之所想、急農民之所急的熾熱情感的體現。值得一提的是，這首詩從敘事出發終而走向抒情，如朱雙一、蔣勳等人所觀察，詹澈早期詩作往往借敘事以抒情的「敘情」為基調，這種「敘情」與杜甫詩歌的「敘情」特徵有著詩學淵源關係，正是這種「敘情」特質讓詩歌從瑣碎凡俗的現實描摹獲得了超越和昇華，[7]熱烈飽滿的情愫背後，是一種闊大的歷史視野和深沉的苦難意識。蔣勳認為：「詹澈的詩，充滿了生命的活力，所謂『分行的散文』，所謂『不夠詩意的語言』，正是詹澈的詩敢於跨向生活的證明，沒有火熱積極的生活，絕不會有詹澈的詩」。[8]充分肯定了詹澈詩歌貼近農民生存境遇的現實感和生命力。早期的詹澈詩作寫實、敘事成分較重，語言較為直白，不大重視精緻含蓄的意象經營，熱烈澎湃的主體情緒佔據著重要位置，詩風感性而略顯粗礪；但這些樸實清新、散發著濃郁土地氣息的詩行，明確地為底層弱勢群體發聲代言，擁有特殊的能量和戰鬥力，恰恰是七、八〇年代關切社會現實、體察民生疾苦的臺灣左翼知識人所熱切期許的，也是一些無關民生痛癢的精英化詩歌所無法擁有的。

　　從詩作中可以看出，七、八〇年代臺灣文壇重新發掘出的楊逵精神成為詹澈重要的精神能源，詹澈曾在詩中〈別後已經五年——敬悼楊逵〉向楊逵致敬，並自覺將自己的生命與前輩精神相接續：「您巨人一般的魂魄／始終如樹根抓緊泥土／抓緊我的心／使我安心／如一粒種籽／甘於和泥土相依生存／且要生根」。而「向下探索泥土的民主，／向上追求陽光的平等」（〈懷念友人〉），則是詹澈一以貫之的價

7　朱雙一：〈從敘情到感悟：詹澈詩藝的演變〉，《臺灣研究集刊》2006年第2期，頁75。

8　蔣勳：〈序·詹澈詩集〉，詹澈：《土地請站起來說話》（臺北市：遠流出版公司，1983年），頁8。

值選擇，他之後的詩歌創作，也始終貫穿著關懷民生、爭取民權、介入現實的思想主題。

三

　　詹澈稍後的創作主要收入《西瓜寮詩輯》、《海浪和河流的隊伍》、《小蘭嶼和小藍鯨》等詩集中，與初期的詩創作有了較大變化。澎湃的青春熱血逐漸沉潛，步入中年的詩人對現實人生有了更加從容篤定的觀照和思考。詩評家沈奇細膩敏銳地指出了詹澈三十年詩路歷程的兩個階段：「前期著眼於人與歷史、人與社會的外部關係，國事家事，世道人心，激情燃燒，直言峻急，且帶有明顯的潛傳記特徵；後期逐漸轉向對生命本身的關注，著眼於人與自然、人與文化、人與人自身的關係，視野開闊，詩思沉著，有了更為深沉的律動和較為細緻的肌理。兩個階段的關鍵性過渡，是為兩岸詩界所稱道的《西瓜寮詩輯》的寫作。依然是鄉土題材，依然滿載著時代風雲鐫刻的『裂紋』，也依然處處滲透著深入骨頭的憂鬱和悲憫，但其發出的聲音和言說的旨歸，不再是激越的吶喊與呼號，而復反轉為呵護式的歌吟與理想化的籲請，從而生發出內源性的精神質地和內斂的、思辨的語言機制。詩人由此從青澀走向成熟，惟激情驅動的寫作轉而為有控制的藝術，而作為『普羅』化寫作的出發，也開始步入精英化寫作的走向。」[9]

　　從《西瓜寮詩輯》開始，熱忱濃烈的情感抒發逐漸轉向理性思辨與深度尋索：「我必須繼續／和日出辯證／什麼才是會變的光／什麼才是土地裡不變的意志／和體內不滅的勞動能量」，這裡的「土地」

9　沈奇：〈赤子情懷與裸體的太陽──論詹澈兼評其詩集《詹澈詩選》〉，《詩探索》2009年第1輯理論卷，頁158。

不再作為第二人稱的呼告對象而存在，而成為抒情主體「我」生命能量的本源性象徵，不變的是詩人對鄉土風物和農人的深厚情感。詩歌〈風景畫〉對瓜農們的辛勤勞作發出毫無保留的由衷讚美：「這是一幅，／無價的風景畫。／任憑商人用支票和現金，／也無法買到的風景畫。」詩的開篇即以毋庸置疑的口吻作出明確的價值判斷，不難看出，這種讚美與肯定同時也意味著作者對世俗社會商業化傾向的睥睨和反動。詩篇運用了不少動詞，充分展示瓜農們勞動時的每一個動作細節：「彎腰挪開濃密的瓜葉，／摘取一粒粒碩大的西瓜，／排列在腳下。／／當我們拋上西瓜，／挑瓜的人順勢接住。」「我們擺好竹籃和扁擔，／蹲下去，／挑起一擔擔沉重的西瓜，」[10]這些動詞都樸實無華、毫無矯飾，正與農人們平凡單調而辛苦的勞作本身相稱。日出而作的瓜農終於迎來日落而息的黃昏時分，這白天與黑夜的相交界處，真是一幅令人賞心悅目的鄉村晚景：

　　　　當天邊的一輪夕陽，
　　　　勞動了一日，
　　　　像採收的少女紅撲撲的臉，
　　　　我們走在回家的路上，

巧妙的是，整首詩裡詩人都在描寫瓜農的勞動，此處卻偏偏把勞動的主角說成是「天邊的一輪夕陽」，而將黃昏時分最美的太陽比喻成採收少女「紅撲撲的臉」，將大自然永恆的美與鄉村勞動女性清新健康的美融為一體，美妙動人，使得詩篇在樸素剛健的寫實基調上生發出一線浪漫色彩。是的，我們不難從「有的打赤腳，有的穿布鞋」的裝束、挑西瓜的「越老越堅韌」的肩、以及「因長期勞動而略為彎曲」

---

10 詩中動詞下面的重點號為筆者所加。

的腿等細節繪描中感受到瓜農生存的不易和勞作的繁重，這些普通的
農人早出晚歸辛勤耕作，可貴的是他們仍能自得其樂——

　　當夜色在山峰罩上黑紗，
　　我們成排的走上河堤，
　　哼起調笑的、不知名的歌謠。
　　啊！這是一幅，任憑商人用支票或現金，
　　也無法買到的風景畫。

勞動過後的愉悅與滿足感使詩歌頓時籠上了溫情脈脈的輕鬆氛圍，也
更突顯出勞動者的堅韌頑強。因此，當詩的結語再次點題且重複開篇
的斷言，就顯得水到渠成、擲地有聲。值得留意的是，作者運用了複
數第一人稱「我們」來指稱所有的勞動者，沒有將知識者敘述人（詩
人自己）和其他瓜農進行區隔，而是用「我們」這一稱謂為作品營造
出溫暖、團結的命運共同體感。在詹澈詩裡，這種底層命運共同體式
複數第一人稱敘述不僅意味著一種堅定如一的情感認同，也是勞動者
主體精神的有力宣示。

　　〈苗根與苗頭〉裡，詩人同樣運用了複數第一人稱稱謂，但意趣
又有所不同，「我們是伸長了根的西瓜苗，／在灰黑鬆軟，／乾燥陰
冷的沙地裡，／用細緻巧工的根尖，／探索地殼的空隙。」「我們是
探出頭的西瓜苗，……用向上的意志，／以向上的力量，／終於看見
那千年不變，／堅毅、固執的／被晨曦拉長的農夫的身影」。從西瓜
苗根和苗頭的人格化視角抬頭仰望大地上的農夫，這是作者情感認同
和詩性巧思的結合，巧妙地將農民群體和「西瓜根苗」物象糅合於一
體，鑄造出農民千年不變的「堅毅、固執」形象，這形象無疑高大、
剛毅而又與土地緊密相聯（敘述視角自然達成此效果）。

　　類似的詩章在《西瓜寮詩輯》及詹澈之後的創作中屢見不鮮。帶

著對農民和土地難以割捨的疼惜、眷戀和敬意，詹澈不斷書寫農村的
風土和農人的命運。金醒的石頭「向天空傳遞著大地的密碼」（〈金醒
的石頭〉）；相連的雙生西瓜「交換著它們母親的血液」（〈雙生西
瓜〉）；藤蔓與芽點、溪流與河岸在「用身體彼此牽引」（〈牽
引〉）……這個階段的詩歌中，詹澈對農村自然萬物的觀照更加細膩
也更為詩性，詩中可見「太陽的腳印」、「月亮的腳影」、「搖頭晃腦的
白色蘆葦花」（〈走在秋分向冬至的路上〉）、「蹲在山上的雲朵」和同
樣「蹲著的山」、「夕陽被雲吞進山的口袋」（〈耳唄〉）……童真有趣
的想像、擬人化的修辭，每每賦予尋常的自然物象以靈動鮮活的生命
氣息，意象化思維的強化有效提升了詩質。詩人的筆下，西瓜寮不僅
是臺灣地區鄉村的縮影，也被賦予了更廣闊的生命意義。「西瓜寮」、
「瓜田小道」、「山溪河網」等自然事物，都超越了它們本身的意
義——「靜靜貼聽：／瓜果長大的聲音；／細胞在分裂；／皮網在擴
散；／種子在變色……」（〈聲音〉）西瓜寮裡充滿生命滋長的氣息；
「注視太陽又凝視月亮」、「長成它們意識的形狀」的「西瓜」傳遞著
樸素生命的憂樂之思和生生不息的精神力量；蘊含著祖輩相傳的文化
脈息的西瓜寮是詹澈的「夢土」，是未被現代化機器征服的原鄉所
在，它保有著樸實純潔的風貌，滋養著糧食和生命。

　　同是鄉土題材的農事詩，《西瓜寮詩輯》不同於詩集《土地，請
站起來說話》之處，主要在於它超越了農村題材的侷限，思考空間更
為廣闊深遠。詩人寫的依然大多是土地與農民，視野卻包括政治、經
濟、社會、文化、人性等豐富層面。在詩作〈遊行〉裡，作者不僅將
聚焦點投向遊行的農民和漠視農民利益的權力執掌當局，同時也反身
觀照參加遊行的「我」自身。這是〈遊行〉與前述的〈風景畫〉一詩
的明顯區別。〈風景畫〉裡的「我們」貫穿始終，是一體的；而〈遊
行〉隊伍裡，「我們」的行進行列中，分明有一個與眾不同的知識分
子個體「我」存在：

> 我走在隊伍的最後
> 斗笠壓歪了眼鏡框
> 身上的筆留置在故鄉的田園
> 像鋤頭柄和犁把斜躺在屋角

「眼鏡」和「斗笠」，「筆」與「鋤頭柄和犁把」，顯然是詩人有意識並置的兩對意象，造成兩種身分（知識分子和農民）集於一身、相互交融而又矛盾的戲劇性效果。如此一來，「我們」的群體感和「我」的個體感得到了某種區隔。無疑，「我」生來註定是「我們」中的一員，因為「阿爸走在我的前面有些蹣跚／我還是農民的兒子」；但「我」畢竟又不再是純粹的農人，思想和視野都自然會有所不同，以至於：

> 我踏不準他（父親）前進的腳步
> 我有太多的思想織就的字幕
> 在知識分子的眼鏡片上閃爍

由於詩中雙重身分的自我形象的出現，給詩歌帶來了全新的意識；這一形象的原初樣貌或許就是當年那個聽農婦洪梅訴苦的年輕農事指導員？但當時的那個年輕人尚缺乏明晰的知識分子自我意識，而〈遊行〉裡的「我」則清楚地知道自己是擁有筆（也就擁有純粹的農民所無法擁有的文化話語權）的人，也就是所謂的知識分子。而作為知識分子的「我」對這場遊行進行了如下觀察和分析：

> 在充滿著中產階級的大都市
> 我們只是極少數
> 遊行的隊伍走成一個問號

　　我只是走在隊伍最後的

　　隔著一小段距離的那個小逗點

詩人認為，和佔據著都市的主流群體「中產階級」相比，遊行者只是「極少數」，這是遊行的農民所置身的一種現實處境。「問號」和「小逗點」的連貫性比喻不僅直接召喚出文字符號的視覺化意趣，也生動可感地寫出了農運的困境和困境中堅持鬥爭的勇毅與可貴。對比於城市主體的中產階級群體，「問號」般的遊行隊伍顯得有些孤單弱小；而對比於遊行隊伍中的農漁民們，「我」這個知識分子「小逗點」也顯得有些特別。短短幾行詩句，呈現出饒有趣味的兩組對比關係。不僅於此，詩人還表達了「我」的堅定選擇：「用身體連接著身體／以遊行的隊伍把街市擦亮」，無疑，「小逗點」是「問號」的重要組成部分，「我」是「我們」中人。這是詩人對自我身分定位和價值取向的有力表達。知識分子和農漁民等勞工階層團結一體，為著公平正義的目標聯手前行，終會形成一種強大的社會力量。

　　詩歌的結語，宣示了一種激越的情懷和樂觀的信念——

　　這，不是革命

　　這只是比革命更好的圖騰

　　土地和農民仍是詹澈詩歌的主要立足點，但詩人的關懷面逐漸延伸及更廣大的社會問題。詩作〈支票與神符〉除了實寫農民「在沉重的貸款下喘息著過活」的生活困境外，展現了「支票」所象徵的以金錢利益為核心的現代商品化經濟對以「神符」信仰作為支柱的傳統農業的劇烈衝擊，並且揭示了金錢利益對樸實人性的無情侵蝕，詩的末尾寫道：「我們，不很認識字的西瓜農，／能認識是人，／就該以誠相待的道理，／能看清自私或公平的交易。／懂得神符即使不靈也無

大害，／卻永遠搞不懂；／充滿著欺詐，／可以倒人田園厝宅的／那張遠方捎來的支票」，在商品化經濟的洪流底下，農民遭遇欺詐，生活困窘，也意味著人與人之間淳樸真誠的相處之道，這一廣泛存在於農民群體的人情人性正在飽受摧殘。另一首詩歌〈子彈和稻穗〉裡，描述了孩子們撿拾打靶部隊留下的彈殼以及在收割後的稻田拾稻穗這兩件事，將「稻穗」與「子彈」、貧困與戰爭、童真天地與成人世界相聯繫比較，別具匠心、促人深思。詩中的「我」「思考一種在人性空間裡／難解的方程式／即子彈和糧食／經過小孩純真的雙手／在成人的世界裡／往往變成權欲、戰爭與饑餓」。詩歌不僅以巧思給人啟迪，值得稱道的還有其自然貼切的意象經營和富有想像力的修辭手法：「彈孔重疊彈孔／一排排受傷的眼睛／像下垂的稻穗／用疲倦與悲哀的眼神俯視」。「社會主義現實主義者身上的『熱度』，到了《西瓜寮詩輯》卻轉為『溫度』而已」，[11]視野的廣度和精神的深度讓相對單純的情緒「熱度」有所降溫，但現實關懷意識和社會批判精神則一如既往。

　　讓人印象尤為深刻的是：詹澈中期詩作融入了大量濃得化不開的海洋性元素和原住民文化元素，《海浪和河流的隊伍》和《小蘭嶼和小藍鯨》這兩本詩集[12]，展示了臺灣東海岸豐富生動的山海景觀和充滿神奇啟示的原住民文化，呈現出人與自然和諧互動、原始與現代對話博弈的關係——無論是雅美婦女甩動長髮的迷人舞姿（〈頭髮舞〉）、還是雅美男子雄壯彪悍的身軀（〈勇士舞〉），又無論是原住民「從土地深處，經過樹的心裡，以年輪的形式向上旋轉」的莊嚴禱詞

---

11 蕭蕭：〈詹澈：用革命的態度對待現實〉，《世界華文文學論壇》2005年第4期，頁15。

12 陳映真先生在〈《小蘭嶼和小藍鯨》推薦序・燔祭〉一文中指出：《小蘭嶼和小藍鯨》「是第一本臺灣漢族詩人寫臺灣少數民族的詩集。」充分肯定了詩人對原漢關係的深刻反省。參見九歌文學網（http://www.chiuko.com.tw/book.php/book.php？book=detail&bookID=1271）

（〈祝禱詞〉），還是在海邊「一直坐到夜濃髮白」的長老「彈落的煙
蒂星芒」（〈長老抽煙〉），抑或是「男人覊女人撼」的生命之舞（〈海
浪和河流的隊伍──觀阿美族千人豐年祭舞〉），還是響徹山谷的靈魂
天籟（〈瀑布抽打山的陀螺──聽聞布農族八部音合唱〉）……無不在
飽滿呈現出原住民那具有土地根性的生命形態，無不在感佩原住民蓬
勃豐沛的生命力以及他們對自然神的無限敬畏。詩人由衷地喜愛和欣
賞原住民的生命形態，他也感同身受地體認著這種生命形態遭受威脅
時的痛苦，一些詩歌描述了原住民對部落族群古老生活方式的堅持及
其艱難。在他的筆下，有穿著丁字褲蹲在海邊默默吸煙的達悟族長老
（〈長老抽煙〉），有同樣穿著丁字褲「習慣不用點燈」在月光下吃晚
餐的孤獨老人（〈孤獨的晚餐〉），還有「在原始信仰與解放神學的自
省中／緩緩從環島公路走回部落」的達悟族少年（〈土地祠〉）……不
願改變古老生活方式的原住民，固守自己的生活習慣以「維持著一點
黑暗中的尊嚴」（〈孤獨的晚餐〉）。在蘭嶼島，諸多象徵著現代科技、
自由經濟、現代化的器物，都與原住民生活方式發生著矛盾、摩擦甚
至對抗。比如「中央氣象臺」，儘管「它以很現代的姿勢／站在原始
地標的最高處」象徵著現代科技文明的無上權威，但對於「距離『中
央』文明很遠」的達悟族老人而言，「中央氣象臺」帶來的感受是複
雜的，它是朋友，「也是既愛且恨的敵人」，因為它「要取代他海洋民
族轉化的父權意識」，

> 他最原始的中央氣象臺，在丁字褲裡面
> 他的敏感，他的敏感的氣喘和風濕
> 幾乎被驕傲的中央氣象臺取代
> 他的，人的本能的逐漸喪失（〈中央氣象臺〉）

〈測量〉一詩中，雲水之間的原住民與自然萬物無比親近，而對

現代科技文明則不乏牴觸心理：「當科技偽裝成惡靈／用騙術測量他
們的善良和智慧／當他們說我們和你們／用什麼可以測量彼此的距離
／聽聽海浪和彼此的心跳／不用測量自由的意識／用平等的陽光照見
彼此的眼睛就好」，在他們看來，現代化的到來往往伴隨著暴虐和欺
詐，打破了他們原本寧靜和諧的生活，侵蝕甚至摧毀著他們的傳統和
認同。在現代化強勢入侵下，他們固執而孤獨地堅守，維護著族群的
尊嚴——

> 血液命名筋骨，筋骨命名臉譜
> 他們命名著自己的命運
> 在命名與命令之間
> 他們只服從自己的命名（〈命名〉）

　　在洶湧澎湃的現代化浪潮中，詹澈的詩作致力於呈現原住民真實
的原始生命狀態並追溯其文化本源，為底層民眾發聲，呼籲社會平等
對待原住民及其他弱勢群體，給予他們應有的尊重。此階段詹澈的詩
歌創作靈活自如地運用多元修辭手法，以鮮明的理性駕馭情感，將濃
烈的情感轉化為清晰有力的意象，在語言的錘鍊等方面也取得了明顯
突破。

四

　　解嚴後的臺灣社會邁向民主化和多元化，但九〇年代以來本土化
及臺獨意識逐漸成為島嶼的霸權性話語，扭曲著臺灣民眾的歷史認知
和認同取向，去中國化的所謂「臺灣主體性」喧嘩甚囂塵上。值得讚
佩的是，詹澈「始終持有大中國詩觀及漢語家園意識，企求將此在的
『家』與彼在的『家』整合為一，而摒棄狹隘的族群意識以及愈演愈

烈的所謂『本土化』思潮，其超越時代侷限的遠大胸懷，已成為其詩歌精神的標誌。」[13]他的不少詩作都體現出超越島嶼偏狹意識形態喧囂的兩岸共同體歷史觀，〈坐在共認的版圖上——致沈奇〉一詩中，言說兩岸詩友「坐在共認的，共震的版圖上」，其言外之深意不難體會；〈金光大道——欣見南北韓兩金第一次握手〉則借南北韓領導人會面一事來表達對兩岸關係走向的一種積極期許；而在〈當兩種夢正在成熟——臺灣921震感〉一詩中，批評了島內意識形態激烈紛爭對臺灣命運前途的傷害，同時也表達了作者始終不變的人民意識——

> 在無法預測的未來
> 純樸的大地和人民
> 需要片刻寧靜，思考長久的和平
> 只因這島嶼，稍微扭動
> 稍微調整身姿，稍微拉直腰杆
> 一聲喜樂的吶喊，或悲哀的歡呼
> 一次玩笑，或一次懲罰
> 或對全人類的第一百次警告
> 從震央，這島嶼的歷史和地理
> 再也難於承受驚嚇
> 當兩種夢正在成熟（〈當兩種夢正在成熟——臺灣921震感〉）

新世紀詹澈連續出版了《綠島外獄書》、《綠島外獄書續篇》兩部詩集，與此前的創作風格發生了較大變化。有研究者敏感意識到這一點：「兩冊三八〇首盡是軀殼和靈魂的對壘；詹澈要用這些作品說

---

13 沈奇：〈赤子情懷與裸體的太陽——論詹澈兼評其詩集《詹澈詩選》〉，詹澈：《詹澈詩集》，〈附錄一〉（臺北市：新地文化藝術公司，2010年），頁375。

明：詩人就是詩人，沒有所謂的農民詩人，社運詩人。」[14]這種解釋有其合理的一面，真正的創作者和藝術家大多不願被某個標籤所框定而放棄探索更廣大的世界和更豐富的藝術可能性。如果說作為農民詩人或農運詩人的詹澈在之前的諸多詩作中充分展示了農民（及其他底層弱勢群體）的天然情感和左翼知識者的社會關懷，那麼，詹澈新世紀的兩部詩集似乎是在表明：詩不僅可以為群體的命運而呼告吶喊，也可以充分表徵個體生命經驗的豐富複雜；詩不僅可以直抒胸臆、載道言志，同樣可以委婉曲折地言說自我、書寫心象。在不少指涉性豐富難辨的隱喻性詩歌文本中，有一個非常鮮明易識的形式特徵：「我」與「你」的話語情境以及情詩的形式，又不全然是情詩，詩人往往以被囚禁者的身分出現，「你」則是身分變幻不定的言說對象。出版社宣傳語指出，這兩部詩集「以情詩的形式及語言，以對話或自白以主觀及客觀，以縱深及橫切，敘述綠島從戒嚴至解嚴後，人的情感、靈魂與肉體，自由與道德間的矛盾與平衡。」[15]道出了詩集的核心內容和形式特徵。這些作品語言技巧嫻熟，「我」向「你」款款道白的言說形式帶有隱晦的私語意味，情感濃墨重彩、愛慾描寫大膽率性，一些詩則顯得有些晦澀難解，但言說內容也並不限於私人生活。我們看到，監獄、牢房、牢籠、自由、大海、島、岸、船、岩石、野草與藥、碩鼠與雎鳩、靈魂、肉體、兩性、床、情慾、婚姻、愛、紅與綠、政治、革命、信仰、掙扎、憧憬、沉溺、超脫、追尋、矛盾……無數的意象、細節、片段、狀態、場景、感覺、情緒、情感，當然包含著嚴肅的思想和莊嚴的行動，經由詞語和想像的翅膀，被隱喻性地縫合、編織，呈現出豐富複雜的精神面相，而監牢、牢籠則成為諸多詩篇裡不斷復現的場景和詩人馳騁想像的思維原點。無論是回

---

14 林韻梅：〈讀詹澈的〈綠島外獄書〉〉，詹澈：《詹澈詩集》，〈附錄二〉（臺北市：新地文化藝術公司，2010年），頁388。

15 臺灣「作家生活誌」網站（http://showwe.tw/books/books.aspx？b=584）

溯威權時期囚禁政治犯的綠島，還是置身於當今綠化蔓延越來越綠的臺島／綠島，無論是針對牢房內的鐵窗生涯，還是監獄之外的「外獄」生活，作者顯然都有話要說。

　　一些詩作中留下了詩人鮮明的左翼思想標識，如島嶼語境裡敏感觸目的「紅色」。婚姻情感中的夫妻原本走在「一首詩的路上」，但卻「凝視對方在紅色思想和綠色理念之間，」成了富有島嶼特色的一對不和諧的「紅男綠女」，詩作以紅綠兩色對應婚姻中的兩性，由此管窺島內無處不在的意識形態分歧現狀（〈紅男綠女〉）。〈紅布巾〉一詩裡，作者由牢窗懸掛著的一塊紅布展開聯想——女人的紅裙子、紅色思想、顏色革命、西班牙鬥牛衝向死亡的紅色盲點，在自由聯想中重審自己二十歲的紅色激情歲月。而在〈祖母綠與鴿血紅〉中，「鴿子被玫瑰刺出血／你看見了，你看／那是我慣用的顏色——鴿血紅／我常用我的顏色／向你訴說一種平等互惠的和平」，但是與我慣用的顏色「鴿血紅」相對應的，卻是「你手指上的祖母綠戒指／真的是你祖母送的臺灣玉」。在兩種顏色的對峙衝突中，昂貴的結婚戒指就如同鴿子的腳環，證明「自己能從一個牢籠飛往另一個牢籠」；反諷的是：你和我，以及兩人所屬的不同黨派，都以為自己追尋的才是自由。這首詩不僅寫因不同政治理念而相互傷害的人際關係，還借臺共黨員謝雪紅的如煙往事和生命啟示來勘破今人的紅綠暗戰，謝雪紅是臺灣乃至中國左翼運動史上命途多舛的女性革命者（日據時期曾入獄受酷刑、二二八起義的領導者、共和國的功臣、反右文革時被迫害致死），「曾經是共和國窗口盆栽的一朵紅玫瑰／已被移植五十年／死後葬在八寶山」。而在此詩的情境中，謝雪紅原是「你」曾經崇拜的名字。詩歌似在暗示「你」對歷史人物謝雪紅的誤讀；又似在感慨左翼先行者人生之可歌可歎；而深懷紅色理念的「我」究竟何去何從，詩歌並未給出答案，但足以讓人感覺到低氣壓下臺灣左翼統派人士的糾結痛苦心境。

第二輯
身分認同與離散敘事

漫遊‧時間寓言‧語言烏托邦
──解讀《海東青》的多重方法

　　二十世紀九〇年代的中國漢語文學中，長篇小說《海東青：臺北的一則寓言》是一個形態獨異而表徵豐富的巨型文本，遺憾的是它未曾得到大陸批評界的應有關注。它以一個生於南洋定居臺灣的華人知識分子有意味的都市漫遊，繪製並解構世紀末臺北政治生態和道德亂象，其文字烏托邦的美學構架隱含著濃郁激越的警世和批判意識，也映照出敘事人原鄉追尋的困境和難以解魅的身分迷思。本文試圖對九〇年代臺灣文學的這一重要個案進行多重解讀和辨析。

引言

　　討論九〇年代漢語文學，忽略李永平的長篇巨制《海東青》是令人遺憾的。事實上，這部獨具一格的現代主義小說被普通受眾關注的程度相當有限，儘管在臺灣以及海外已有部分評者對之進行過一些評論分析，[1]而大陸當代文學批評者則甚少給予注意和評論。也許，是《海東青》那濃得化不開且又不合時宜的意識形態色彩使得它在兩岸都難以被主流接受──書的自序即將蔣介石的敗退臺灣比擬為摩西率以色列人渡紅海赴迦南，一九四九年的那場潰逃被改寫成二十世紀的出埃及而賦予了些許神聖悲壯意味；而書中的街巷地理政治和人物的行為政治也再三致意一個漸行漸遠的失意政體，作者還不止一次在小

1　如旅臺馬華作家黃錦樹、海外華人學者王德威等發表過相關評論。

說敘事中以隱喻或直陳的方式表明其國民黨老兵式的政治理念和價值認同。顯然，這一切對作品產生了某種程度的美學傷害。此外，《海東青》那野心宏大的中文烏托邦阻擋了一般讀者的視線，而精細的漢字復古和創化構成了《海東青》最為本質的美學形態。

　　無庸置疑，《海東青》是九〇年代漢語文學中的一個形態獨異而表徵豐富的巨型文本。無論是它那乖違的儒生式的社會承擔意識和歷史憂患感，還是它激越而蒼茫的身分追尋和迷思，不論是它那犀利卻另類的現代性批判與後殖民批評方式，抑或是它憂鬱暈眩的漫遊文體和語言烏托邦建構，以及它感性／性感的趣味及其性的隱喻功能，都在在表明這部長篇小說的不同尋常和不容小覷。儘管作者以為，《海東青》是一個「巨大的失敗」，但他同時認為「因為巨大，失敗也痛快。」這個失敗也許意味著作者對自己那種極端偏頗的語言觀念開始有了反省與調整，而所謂的「巨大」和「痛快」可能並非僅僅意指小說大規模的漢字容量，更好像是一種巨大的情感能量釋放後所產生的解脫和釋然。

　　從臺灣當代文學的脈絡理解，李永平所承續的是白先勇一脈的家國飄零意識和現代主義精神，只是主角從彼岸的「臺北人」變成了遊蕩於臺北街頭的南洋華僑；《海東青》的韻致與七、八〇年代風華嫣然的「三三」創作群也有幾分神似，都是兼家國大敘事和小兒女抒情於一體。從馬華旅臺文學的發展脈絡以及華人身分意識的角度看，《海東青》濃郁強烈而堅貞的「內在中國性」近乎於七、八〇年代「神州」詩社的文化精神，與九〇年代另一位年輕旅臺作家林幸謙的原鄉迷思與邊陲敘事也不乏相通之處。作為二十世紀具有特定歷史意味的華人流散文本之一，《海東青》完成了華人鄉愁的一次祭奠。作品中朱鴒、亞星這些女孩的純貞，就成了李永平心目中沉重的祭品。

　　本文試圖從漫遊與國族想像、身分迷思、失貞主題、時間寓言、語言烏托邦以及後殖民批評等層面解讀《海東青》的多重意味。

一　漫遊、國族想像與身分迷思

　　小說被稱為個人冒險的敘事，這一文類向來鍾愛漫遊這種情節模式。中國文學史有著名的漫遊體神話小說《西遊記》，近代以來也有相當多以遊歷、漫遊作為結構形式的小說，如晚清譴責小說，現代小說《南行記》、《圍城》等；西方文學史則擁有從流浪漢體小說到後期浪漫派漫遊小說的敘事傳統。漫遊為有限視角的敘述個體提供了自由流動開放的活動空間，人物的視聽言行因此具有了某種流動性和開放性，而作品也較易展示作者意圖展現的不同場景。漫遊也因此被賦予特殊的小說形式功能，具有浪漫美學屬性的「漫遊」常常成為一些小說結構的要素，以及小說人物獲得啟悟的重要途徑。小說《海東青》意趣非常複雜，其象徵性、寓言性、語言仿古／創新等顯示出宏大的美學和非美學企圖，作者採用了漫遊敘事這一東西方共有的文學敘事傳統。小說以靳五異國歸來作為開篇，以他的臺北漫遊貫穿整部作品，漫遊所謂的「迌迌」[2]成為這部小說的重要結構方法。

　　中秋之夜的鯤京（臺北）細雨霏霏，留美八載風塵僕僕的靳五博士走出機場，踏上了久別的鯤島（臺灣），貼近了這片對他而言有些意義曖昧的土地。靳五似乎不由自主，開始了書中他的第一次漫無目的的都市夜遊／遊蕩，從此，這種人生形式就一直神不守舍地延續下去，成為他無法擺脫的「魔症」，也成為作者為之目眩神迷的浪漫化小說結構方式。從第一章中秋之夜癡癡呆呆的孤獨浪遊，到最後一章與小朱鴒瘋瘋癲癲的感傷漫遊，一次次冒險或逍遙的遊蕩過程中，人物的至情至性煞是可觀，借著遊蕩中人物的開放視聽，城市街巷千姿百態的風物人情也猶如浮世繪緩緩舒卷開來。

　　仔細品味，李永平的《海東青》，兼都市現代性批判與文化鄉愁

2　迌迌，閩南語，有玩耍、遊玩、遊蕩，無所事事、遊手好閒等意思。

敘寫於一身，融古中國書生和現代知識分子複雜心緒為一體，演繹了一齣可圈可點的鯤京（臺北）都市漫遊奇觀。他筆下的遊子靳五生於南洋、留學美國，卻總被一股神秘的魔力吸引著再三回眸臺北，遊蕩在臺北市遍佈著中國各地地名的街頭巷尾，更有一種曖昧難解的身分鬱結。他不斷地遊走，不斷地經受視聽感官的洗禮，「迤迤」不單是作品敘事的一種方式，更是已然成為靳五的生命形式。靳五之遊，執著於回歸──不是歸返南洋，而是頻顧臺北的敗德的喧囂與騷動的繁華，以及這晦暗城市座落這無數令他觸目驚心的中國符徵（包括政治信仰符號，以及文化地理表徵）。書中的靳五，好似白先勇「臺北人」的精神後裔，又彷彿「三三」、「神州」的蒙難知己。這為作品籠罩上了一層莽莽悲意。

在作者「別有用心」的安排下，靳五這個大學教授「幸運地」成了逍遙遊蕩街頭而得以飽覽街市浮世生態的「遊手好閒者」。作者存心讓這位教授博士疏離枯燥的書齋講壇，他不僅「遊手好閒」（雖然他的腋下也常夾帶著兩三本書，卻少見他認真讀書的身影，有一回他的書還曾莫名其妙流落到「玉女池」那種煙花之地），而且還瀟灑到了「不務正業」的地步，比如一次因漫遊街市而忘記了上課，卻與一位翹課女生在小吃攤邊狹路相逢；另一次則為保護一位女童免受性傷害而自願當了一天的義務保鏢。

異鄉的都市紅塵中，這個行為獨異的南洋華人知識分子為何如此迷戀遊蕩？漫無邊際又侷促逼仄的漫遊為何成為了靳五的生命存在方式？這不禁讓人想起本雅明對波德萊爾筆下的巴黎漫遊者。波德萊爾所謂的漫遊者（flâneur）又被稱為旁觀者（spectator），這些無所事事、四下閒逛的旁觀者，滿足於睜著眼睛，一心增長記憶的儲藏。與這一種漫遊者相反，波德萊爾如此感性地描繪所謂尋找現代性的人：「他就這樣走啊，跑啊，尋找啊。他尋找什麼？肯定，如我所描寫的這個人，這個富有活躍的想像力的孤獨者，有一個比純粹的漫遊者的

目的更高些的目的，有一個與一時的短暫的愉快不同的更普遍的目的。他尋找我們可以稱為現代性的東西，因為再沒有更好的詞來表達我們現在談的這種觀念了。」[3]何為現代性？在波德萊爾看來：「現代性就是過渡、短暫、偶然，就是藝術的一半，另一半是永恆不變。」[4]

這些對現代大都市的墮落與繁華、醜陋與詭異最為敏感的文化人，本雅明稱之謂「遊手好閒者」。那麼，靳五是那一類人呢？可以肯定的是，靳五的每一次遊蕩也都茫無目的，因為他是這座城市的異鄉人，他的母親在南洋，而他的文化和精神之根在烏托邦想像之中；作者試圖讓他做一個冷靜的旁觀者。然而事實上，靳五的遊蕩不乏深意，他似乎只有不斷遊蕩才能緩解內心的焦慮但也許更加重了這種焦慮，顯然，他本質上更近似於波德萊爾說的那種不停尋找的孤獨文化人。他和海東（臺灣）人一樣在漫遊中尋找，海東浪子安樂新常常唱著閩南語的尋母謠，而他則明白自己是在尋找父親：一個能讓靈魂皈依的至高無上的精神之父，而這種慾望在作品中與一種強烈的宗教化政治信仰緊密相聯。他每次見到街頭的孫中山先生銅像必虔誠鞠躬，這類絕不閒散的身體政治語彙，透露出絕非旁觀的國族想像與激越的政治情懷。這種非常人為的行止，直接暴露出作者峻急的歷史焦慮。其實，他所要尋找的不僅是一個具有象徵意義的父親，更是一種生命的根源。可以說，靳五的遊蕩，與其說是一個異鄉人的超脫旁觀，不如說是一個尋鄉者的專注凝視。

靳五幾乎一直在遊蕩中展開行動，所謂的行動也基本限於「看」（自然也包括聽、聞和有限的說）：急速掃視的一瞥，久久的凝眸，以及好奇、疑惑、震驚或是憤怒、傷心、尋索……一切都蘊含在那表

3　〔法〕波德萊爾，郭宏安譯：《波德萊爾美學論文選》（北京市：人民文學出版社，1987年），頁484。

4　〔法〕波德萊爾，郭宏安譯：《波德萊爾美學論文選》（北京市：人民文學出版社，1987年），頁485。

面逍遙自在、無所作為，其實卻精細深沉的「看」之中，而「看」的豐富意味正是在人物的頻繁遊蕩中得以實現的，遊蕩這種形式，妥當地展現了靳五飄搖不定的身分狀態和心理狀態。靳五的看，是儘量保持著一定距離的旁觀，然而「沒有無思想的看」，視看是一種有條件的思想，它通過身體引起思考，既不選擇存在，也不選擇不存在，視看應該在其心中帶著這個重負，這個附庸。[5]因此靳五旁觀者卻難自清，從弱柳扶風的臺北雛妓、縱欲狂歡的日本二戰老兵，意味深遠的回溯伸展到「九一八」和「七七」盧溝橋，從「奉節路」、「巴東街」，一路輾轉到迢遙的長江長城、黃山黃河，……眼前刺目更刺心的感官圖景，腳下似曾相識的路徑，讓原本彷彿自由隨意的看、聽、聞，變得愈發沉重起來，歷史陳跡如血如墨，點點洇染在微縮式的地理座標中，觸目驚心，恍惚游離的看視者只能一次次地，「呆了呆」或者「一冷」。這個身材高大、憨態可掬、童心未泯的都市遊手好閒者，漸漸讓人感覺出他心內的綿密、傷感和世故，以及漸行漸老、蒼涼難言的複雜心結，解不開，理還亂。惟有不斷的遊歷，不斷的視覺充溢，不斷地行走如現代屈子，一路行吟至都市骯髒糜爛的臟腑深處。這個表面的遊手好閒者，自苦於身心的無處安頓、無家可歸；只有借由外在的不斷遊蕩的方式，暫且安頓一顆赤誠、痛楚、動盪、漂泊不止的心靈。

　　小說的題目「海東青」，是一種生活在中國東北地區的猛禽名，這種鳥最早被女真人馴服用來捕獵，天性彪悍，是鷹中之王，具有普通猛禽所沒有的許多本領，如像蜂鳥一樣倒飛，任意懸停於空中不動，在瞬間加速至極限。海東青的意象還令人聯想起莊子〈逍遙遊〉裡的鯤鵬。小說也確有以志向高遠的鴻鵠來批評偏安一隅的燕雀之意圖，寄意深遠。在小說展示的都市浮世繪裡，我們看到了一個鋪張喧

5　〔法〕梅洛・龐蒂撰，劉韻涵譯：《眼與心》（北京市：中國社會科學出版社，1992年），頁134。

鬧的繁華與浪啼悲吟的頹靡並在的市井社會，見證了一種慾望瀰漫騷動不安的世紀末景象。作者讓他心愛的人物：留學歸來的靳五教授、小女生朱鴒和清純少女亞星，如浪跡浮萍，漂遊在鯤京（臺北）的滾滾紅塵之中，切身體驗一個失落了精神之根的社會的恐怖和無望。而小說精美古典獨具一格的語言，更是創造了現代中文小說史的一個浪漫奇蹟：它復活了本土之外的文化浪子深藏在心中的由文字砌成的古典中國，但是這文字卻無力再造一個道德與世風的桃花源。精緻純美古雅細膩的語言文字，壘造起的不是樂園，而是一個敗德的現世人間地獄。而地獄盡頭，閃耀著虛幻的烏托邦落日般荒涼淒美的光芒。

　　小說前言裡，李永平以《聖經》故事隱喻現代中國歷史上民族分裂的悲劇，作者無法容忍國家與民族悲劇的延續，唯有一任自己的文化鄉愁流瀉不止。小說是在臺灣社會一片後現代遊戲浪潮中「不合時宜」地登場的，它的悲涼與傷痛之深切，讓它自外於世俗的淺薄歡樂。撥開臺北都市的霓虹豔影，我們看到一個流離的華人對浮華臺北的苦苦凝視，看到一個當代知識分子是如何觀照人性的邪惡與墮落，同時艱難地尋找。他在尋覓什麼？他能尋找到什麼？

　　　　靳！你到底在尋找什麼？
　　　　孫逸仙博士。[6]

　　這夾雜著政治情結的對話，多少有些生硬。如前所述，流浪的目的在於尋找精神之父（彷彿喬伊絲筆下的斯蒂芬與布盧姆？），而這種父性其象徵延伸物就是作者認同並皈依的一種祖根。尋找父親，也就是尋找自我身分的歸屬。伴隨著強烈的祛除魅影返本還原的衝動，在大陸文化尋根熱銷聲匿跡之後，海外華人靳五卻未曾停息在臺北的

6　李永平：《海東青：臺北的一則寓言》（臺北市：聯合文學出版社，1992年），頁59。

尋根步伐。遊的深層含義顯然指涉靳五的身分困惑：出身南洋而遊學臺灣，而後留學美國，繼而又漂遊回臺。與作者李永平相同，身分的迷失或混雜，因而遊走得更加急切，尋找也顯得更加艱巨，同時這墮落塵世裡的尋找也更加渺茫虛空。必須指出的是，在政治狂熱和文化沉潛之間，李永平的尋找註定有些似是而非，他把所有的朝拜與激動都奉獻給了輝煌而虛空的海市蜃樓，使他的龐大象徵顯得有些不倫不類，而那洶湧於心間的浪漫主義激情（革命、歷史）卻只能是薩特所言的「無用的激情」。

對應於離散華人靳五的尋父，小說特意安排了一個嚼檳榔的閩南青年的角色，這個藝名為安樂新（也是一種迷藥的名字）的青年整日無所事事地遊蕩於城市的臟腑，他猥瑣的形容舉止令人鄙夷，而他常常孤獨哼唱著的「尋母謠」又令人同情。顯然，他的尋母和靳五的尋父形成了小說兩條似乎可以重合事實上卻各說各話的平行線，敘事者努力彌合二者，企圖在二者之間建立起溝通的管道和相互接近的認同。

在閱讀這篇小說的過程中，筆者不止一次聯想起大陸作家賈平凹的長篇《廢都》，二者都是以一座城市作為寓言的寄生之地，不僅世紀末的頹廢情調與文化懷舊感如出一轍，舊小說式市井氣息的傳達亦有些相類，就連語言文字的韻味也遙相致意。這兩部同出於九〇年代初期的長篇小說看上去有著眾多的相似處，然而細心分辨，就會發現兩者的精神指向並不相同，《廢都》的頹廢意識既彌漫著九〇年代初知識分子失敗主義的集體氛圍，也充分暴露出作者士大夫舊文人情結徹底破產的幻滅感，精細古樸的文字中透著悽惶的肉感浮豔，深淵般的無奈與絕望一覽無遺，一種自瀆自虐的文字縱欲傾向欲蓋彌彰；反觀彼岸的《海東青》，仿古又越古的文字承載著儒生式救世與自我救贖的理想，頹廢與耽美的感官情調連結的是現代知識分子的旁觀與批判意識，精緻古雅得有些淒冷的文字裡跳動著一顆熱烈不羈的浪漫靈

魂。表層看起來頹廢，內在精神卻和中國古代文人乃至現代知識分子的憂患意識脈息相通。

　　值得一提的是，靳五講授文學的場面在作品中僅出現過一次，不妨將它看成人物自我表白的儀式。整部小說中處於看視、傾聽和漫遊狀態的靳五，唯有這次的講課借演說文學來表白他清醒理性又激情熱忱的自我，敘述者沉迷和失落的感傷情懷並沒有消蝕人物生存和尋求的內在勇力。敘述者的言說風格在此突然中止，人物告別緘默失語的「呆了呆」的被動狀態，滔滔話語之流呈現出一個健全的人格世界，一掃其遊閱過程中的迷離恍惚、混混沌沌。言說形式的突兀轉變，呈現了人物與敘述者之間的微妙分界，或者說讓有心人得以窺見作者內心的身分離齬與喧嘩：一個目睹祖根文化衰敗的現代知識分子與「正宗」中國儒生間的對話必然是一場自我糾纏自我顛覆的靈魂暴動，一個身處南洋、臺灣和古老中國之間的懷鄉者的內心必然承擔著難以言說的糾結和衝突。

　　《海東青》詭異特殊之處在於主人公身分的困境，這或許同樣是作者切身且難以治癒的精神創痛？人物複雜的身分與存在主義觀物方式一再申述著邊緣化在場，南洋唯一的親人——母親的離世宣告了故鄉的誕生[7]，但靳五奔喪完畢仍然回到臺灣，對於南洋故土而言，他似乎也只能算是個客人；而對於臺灣乃至大陸——對於地理意義和政治意義上的中國，人物既始終籠罩在山河破碎的陰影下，又無法改變自己的文化孺慕，「比中國人更中國人」。地理的分割，政治的分野，令人物的身分陷入亂真而疑真的尷尬。

7　小說中對「故鄉」的定義是「清明節有墓可掃」的地方或者有親人故去的地方。

二　失貞：關於時間的一則寓言

　　《海東青》中，主人公靳五的遊歷過程充滿著對純潔女孩毫無保留的迷戀。作品常用「看得癡了」、「看呆了」之類的表述形容靳五面對女孩可愛行止的感受。那個精靈般的朱鴒源於現實生活中一個真實的女孩，[8]當時李永平在臺大任教，曾經在古亭國小旁邊見過一個小女孩用粉筆在地上寫字，後來她就像謎一樣消失，再也找尋不到。很多年過去了，「作為純潔的象徵，朱鴒永遠長不大，還是七、八歲。」李永平說：「身為小說家，對現實生活感到無奈，因為你無法改變什麼。但你有權力決定筆下人物的命運。若將長大的朱鴒擺在臺北這個環境，她勢必要沉淪的。所以我不讓她長大。讓她在最完美的時候消失。就像曹雪芹寫《紅樓夢》，不讓林黛玉長大一樣。」[9]

　　靳五與《紅樓夢》中的寶玉有著相似的情結，寶玉也害怕女孩變成女人，「女孩是水做的骨肉，一嫁了人，沾上了男人的臭氣，就變得俗不可耐了」。靳五的女孩情結還讓人想到《喧嘩與騷動》中班基和昆丁對凱蒂的愛。

　　據福克納回憶，他創作《喧嘩與騷動》，源於腦海裡的一幅畫面，「畫面上是梨樹枝葉中一個小姑娘的褲子，屁股上盡是泥，小姑娘是爬在樹上，在從窗子裡偷看她奶奶的喪禮，把看到的情形講給樹下的幾個弟弟聽。」[10]凱蒂是小說的核心人物，她未來的墮落和恥辱已經預言般顯現在那條髒褲子上。福克納認為那弄髒的褲子象徵著

8　在《海東青》之後的作品《朱鴒漫遊仙境》和《雨雪霏霏》中，朱鴒仍是其中的主角。

9　參見陳瓊如對李永平的訪談：〈李永平：從一個島到另一個島〉，參見「誠品網路書店」（http://www.eslitebooks.com）

10　李文俊主編：《福克納評論集》〈福克納談創作〉（北京市：中國社會科學出版社，1980年），頁261。

「墮落了的凱蒂」。凱蒂這個南方淑女的失貞給即將崩潰的家庭致命的一擊：昆丁跳河自殺，康普生用酗酒來結束自己的生命，傑生失去銀行的工作而憤恨一生，班基陷入無法解脫的痛苦。尤其是昆丁和班基，他們以各自的方式愛著凱蒂。班基總是說凱蒂的身上有一股樹的香味，當凱蒂十四歲開始打扮的時候，班基因為聞不到樹的香味哭了。班基雖然只有三歲孩子的心智，但他本能地害怕凱蒂從女孩變成女人。面對家族命運的無可挽回和凱蒂的墮落，昆丁像寶玉面對大觀園中女孩們的萎謝凋零一樣無能為力。《海東青》中，朱鴒、亞星以及張彤等若干女孩還沒有長大成人，但主人公靳五一直心懷憂慮，因為她們終究會長大，而長大就意味著喪失童貞。失貞的憂患籠罩著現時的每分每秒。《喧嘩與騷動》是一個寓言：其中南方淑女凱蒂的失貞是一個象徵，它是家族頹敗的象徵，也是南方道德世界崩潰的象徵，同時它還寓示著人類價值的失落。《海東青》則是關於臺北的一則寓言，失去童貞同樣是一個象徵，作者不斷強化失貞的隱喻功能。

　　《海東青》展示了一個成年人普遍墮落的世界，通過靳五特殊的遊歷得以觀察到城市各個角落的淪落氣息。而女性的性狀況是《海東青》十分倚重的道德淪喪的權衡尺度。作品饒有深意地借助漫遊者的敘事視野飽覽城市無處不在的商品化性交易，突出地展現臺灣女性向殖民國出賣性的現象，[11]與之對等而更堂而皇之的是殖民國男性在臺島大肆尋歡的醜態。實際上作者通過性這一視角揭示了整個臺灣社會的墮落。因此，女童的失貞擁有了和《喧嘩與騷動》相似的功能。只是福克納筆下凱蒂的失貞已成事實，而李永平小說中的朱鴒和亞星在靳五的守護下還保持著似乎會隨時喪失的純貞。然而，靳五知道，她們必然會有著不堪的未來。作者特別強調了日本文化中的戀童癖傾向

---

11 如作品中朱鴒母親去日本、邱太太等臺灣成年女性遠赴美國從事色情業，這些成年女性不再擁有李永平所認可的純潔。

以及對朱鴞等女童的潛在威脅，[12]而臺灣社會氾濫的童妓現象以及色欲動物的敗德惡行，處處提示女童現狀和未來的堪憂。失貞主題，指涉臺灣受日本殖民的歷史和被日美經濟殖民乃至文化殖民的現實。

　　《海東青》中的時間意識也讓人想起《喧嘩與騷動》。「只要那些小齒輪在卡塔卡塔地轉，時間便是死的；只有鐘錶停下來時，時間才會活過來。」薩特因此認為：「昆丁毀掉他的手錶是具有象徵意義的；它迫使我們進入了沒有鐘錶的時間。白癡班基的時間也是沒有鐘錶的，因為他不識鐘錶。」[13]錶是昆丁部分出現最多的意象，達六十一次之多。一開頭就是康普生先生關於時間的毀滅性的虛無議論。昆丁的錶既象徵時間的變化又象徵傳統，錶還象徵著死亡。《海東青》中，時間令人迷失和錯亂，而且讓人增加內心的焦慮。第四八六頁有一段描述頗為有代表性：「靳五歎口氣望進虞鄉街，眺眺弘農路浦阪路口國民代表大會門樓上的大鐘。四點零五分。」與他同行的小女生亞星很知情地告知：「他們那只鐘永遠都停在四點五分，好多年嘍！先生。」「國民代表大會門樓上」的這只大鐘的意涵與《圍城》裡那只永遠落後於標準時間的老鐘頗有些相似，它意味著國民黨權力體制的頹敗、僵化和功能終結，這停滯的老鐘，正是小說裡那些年邁的國大代表徒然掙扎受辱情境的反諷。停頓的老鐘同時象徵一種過了氣的信仰的黯淡湮滅。崇仰孫中山三民主義的南洋華人靳五深深知道：現實已經改寫了他原先所仰慕並默默追尋的一切。那原初的大德如童女之貞已然喪失。

　　作品還多次安排靳五窺看他人手錶的乖僻，以示他對時間的敏感和焦慮以及逃避時間的無望。第四七一頁，靳五溜課漫遊路遇學生宮

12　如第五三〇頁有「兩個日本老兒」大年除夕把朱鴞姐姐「帶到高雄市解決了」的敘述。

13　薩特：〈福克納小說中的時間：喧嘩與騷動〉，李文俊編：《福克納評論集》（北京市：中國社會科學出版社，1980年），頁159。

青，他問宮青「現在幾點？」宮青一邊將腕上手錶送到靳五面前一邊反問：「老師從來不帶手錶？」而在八十七、七四六、八〇六、八五七、八六四、八六九、八九五、九〇三、九一四、九三六等頁，分別出現了靳五通過朱鴒和亞星手錶了解時間的細節。這些反覆再現的細節一次次凸現了人物的時間憂患：童女失貞的巨大陰影宣示了社會敗德的底線，敘事人在抵禦時間的自欺（不帶手錶）中無奈地期盼著「朱鴒好好長大」。而性的隱喻功能通過國民代表大會門樓上的大鐘這一意象與臺灣政治生態之間產生了奇異的關聯。[14]

三　語言烏托邦與後殖民批評

> 海東大學敲起了古銅鐘，一聲一蒼涼，搖盪起天際那輪水紅月，……靳五眺望了半天，心中一動，城東，天北，一顆星星獨自個閃爍著，軟紅十里茫茫黑天中皎潔皎潔一星失落的幽光，深澄迢遙。奉節路金光燦爛，波波小轎車輾過熱熔熔的柏油，飆向城心紅霓深處。燥風中冷氣車窗裡儷影朦朧，……[15]

　　馬來西亞華人後裔靳五，遊魂一樣「迤迤」（意為遊蕩、玩耍）在臺北的大街小巷（以及煙花柳巷？）尋尋覓覓冷冷清清淒淒慘慘戚戚。與人物混沌、茫然、漂泊而執著的狀態相對應的，是小說恍恍惚惚又精瑩剔透的語言風格，透著深深的文字戀物癖的偏執與沉迷。在現代化的鯤京都市，人物迷失在滿布著中國各地地名標記的街巷迷宮之中，敘述者放任古典、感性的漢語言，那或許是作者擬想中的漢

---

14 在〈出埃及四十年——《海東青》序〉中，李永平在明示作品的政治寓言性質之後，意味深長地說出了：「朱鴒，願你好好長大」的結語。

15 李永平：《海東青：臺北的一則寓言》（臺北市：聯合文學出版社，1992年），頁57。

語——正宗、純潔、詩化而如夢如幻。

　　走進《海東青》裡的語言世界，不經意間彷彿走進了某部晚清白話小說。那種業已消失了的氤氳著歷史陳煙的語言氛圍，通過李永平的耐心釀造似乎又重新活靈活現地嫁接在現代都市臺北街頭，成為一種漢語的奇觀。整個一部厚厚的《海東青》（上），就是一貫的這樣古雅溫文、飄逸纏綿而又清峻凜冽，還夾帶著股奇異的古色古香，生僻的字詞不時閃入眼簾，以至於被比喻成對中文讀者的「生字測驗」，[16] 作家精心組合搭配的新詞也屢屢可見。當然，為了表現臺北特定歷史時期的氛圍，小說還特意讓中原地區諸種方言小曲以及閩南方言、閩南歌曲民謠穿插於敘事之中。這似乎對作者致力於營造的語言烏托邦而言是一種干擾或損害，這與他在八〇年代出版的《吉陵春秋》中的語言經營似乎有所變化。不過依然不會掩蓋整體的語言純化傾向。

　　李永平為什麼會致力於創造這樣的文體呢？他本人的陳述是：「我不能忍受『惡性西化』的中文」，他把這種傾向斥責為文化及語言上的「買辦」，與此相對應，國文課感受到的「中國語文的簡潔、剛健」給予他「極大的驚喜和震撼」，以至於此後的寫作「斷斷續續，苦心經營，為的是要冶煉出一種清純的中國文體」[17]對臺灣文學語言文字「惡性西化」傾向的拒斥，以及保衛中文的純淨和尊嚴的民族意識，驅使李永平開始了他的文化尋根行程。準確地說，文化尋根或許正是他語言追求的目的。他認為：「中國的方塊字是很特殊的，對我而言，它不單是語言符號，而是圖騰。」[18]對於這樣一個宏大莊嚴的理想，作者曾經做過近乎浪漫的表露：「希望我能在五十歲以前到大

16 黃錦樹：《馬華文學：內在中國、語言與文學史》（吉隆坡市：馬來西亞華社資料研究中心，1996年），頁178。

17 封德屏：〈李永平答編者五問〉，《文訊》第29期（1987年），頁125。

18 陳瓊如：〈李永平：從一個島到另一個島〉，參見「誠品網路書店」（http://www.eslitebooks.com）

陸，在山西附近找個頂點，然後在黃河流域流浪個十年，親眼看，親耳聽，把中國豐富語言吸收個夠，然後寫一本《創世紀》，就是中國的創、世、紀三個字。」[19]《海東青》這部巨著似乎只是李永平文學朝聖行程中的一個驛站，他說：「寫《海東青》是在找中國，可是我真正要寫的是『創世紀』，那就是要找根了，找中國人的根。」[20]

　　《海東青》裡，文字不僅以建構一個語言的桃花源而自足，文字的苦修也是為了建構一個企圖心極大的烏托邦。與其說作者是通過語言的煉金術來逃避現實，不如說他在借助神奇的語言魔鏡洞穿詭異的歷史和錯謬的政治，為中國東南部這塊苦難土地上的人民鳴冤叫屈，也為自己的生命選擇尋找根源。主人公靳五與作者一樣，作為漂流海外不改中國認同的華人華裔，選擇了回歸母土，然而回歸並未因此消除身分焦慮，個體身分焦慮與所在地域的身分焦慮錯綜交織成為個體無法承擔的歷史沉重。

　　作者尋找自我認同的同時，也是在借「再造語言」來再造中國文化的幻象。文字的大觀園裡移步換景美不勝收卻又處處隱含玄機，在紅樓大夢式的演繹鋪陳裡，臺北都會（小說中的「鯤京」）繁華靡麗的現實與古中國幽暗久遠的歷史文化得到了一種真亦假來假亦真的浪漫淒豔解讀。小說的前言以激越而顯得誇張的浪漫語調講述了摩西出埃及的《聖經》故事，也是一則反諷性的中國現代政治寓言。難以言喻的悲涼情懷奠定了全篇的基調，小說進入了一種放逐與回歸共在的出神狀態：痛苦的快感浸透一出世便蒼老的方塊文字。正是小說不同凡響的語言文字，為作者打造了一座藏身並朝聖的通天塔。然而，無論是對中國文化的景仰感懷，還是對基督精神的心有戚戚，作者必也

19　邱妙津：〈李永平：我得把自己五花大綁之後才來寫政治〉，《新新聞週刊》第226期（1992年），頁66。

20　邱妙津：〈李永平：我得把自己五花大綁之後才來寫政治〉，《新新聞週刊》第226期（1992年），頁66。

明白，想像中的烏托邦終歸不能解決臺灣的現實問題，這座語言之塔在築造的同時又在悄然坍塌。但敗德淫靡的臺灣社會現實，土地的流離、文化的流落與個人的離散緊緊糾纏，身分焦慮是不可觸又無法抑制的隱痛，在在驅使作者陷入對中文的極度迷戀之中，遠離中原遠離歷史並不妨礙他聚精會神如癡如醉釀造中文語言，令作者為自己的創造物而沉醉。作者以語言的自我創造來消解文化頹廢意識，但又因文字拜物教式的戀字癖而墮入更本質的頹廢。這一巨著無意間成為臺灣九〇年代世紀末頹廢潮流的先聲。

在九〇年代臺灣語境裡，少見有人如李永平那麼癡心、悲愴地沉浸在政治、文化、歷史與個人生命的多重悲情與迷失裡不可自拔——從吳濁流到白先勇，從三三詩社、天狼詩社到李永平，臺灣這個美麗島似乎習慣了迷失與悲情，李永平帶有尋根意識以及後殖民批判色彩的私語策略讓人有理由認為，「純粹中文」作為一種語言烏托邦，是不可能復活於現實，它卻有聲有色地上演著一出註定寂寞開無主的無喜無悲的多幕劇。借由不可能的語言以及笨拙的政治隱喻，它的烏托邦色彩一往情深地抵達文化鄉愁的深淵。難言的頹廢與渺茫的追尋，只能運用已然封存的古雅語體來訴說，落魄在假定情境裡滿足於鏡花水月的短暫安慰：護衛著女孩朱鴒亞星遊蕩不止，拒絕時間的侵略。作品結尾，一直力圖扮演旁觀者的主人公靳五與七歲的朱鴒告別，這個高大的男人突然間陷入了無能的傷感：

> 靳五心一酸撂下行囊，落了跪，把朱鴒摟進懷裡：「丫頭，不要那麼快長大！」朱鴒放聲大哭。[21]

這是小說的最後一句話。滿紙的荒唐言頓時化作了一把傷心淚。淚水

---

21 李永平：《海東青：臺北的一則寓言》（臺北市：聯合文學出版社，1992年），頁941。

繽紛，從此，小女孩將失去一位保護神，而獨自面對險惡的世道人心。客觀鏡頭式的旁觀者敘述語調徹底破產，人物與他所旁觀的對象已經無法分離，就像作者和他心愛的漢語。語言不再是盲目的絮絮叨叨的獨語，語言從此就是一個自我完成自我祭奠的王國。哪怕這個王國只是荒原上生長出的美的幻象。不僅如此，朱鴒作為靳五心目中的純真天使，和作者竭力營造的純化語言似乎一樣幼嫩脆弱，需要悉心培植呵護，而小說中的七歲女孩卻失去了最基本的保護：她年輕的本省籍母親為換取出國機會和物質利益可以出賣女兒的身體，她蒼老的外省父親終日沈湎於酒精和少棒比賽錄影中混沌度日；小說以兩名日本老兵邪惡淫褻之手的越伸越近寓示著純真喪失的巨大威脅，而日本老兵教朱鴒唱日本國歌就不是寓示而是明示了。後殖民批判的警世意識在《海東青》中頗為令人觸目：日本老兵一字兒排開站在臺北街頭小便的場景的反覆重現，不同名目的日本旅遊團體在臺北四處尋歡的鏡頭，日本老頭帶朱鴒姐姐出去「消遣」的畫面，美國小伙因自己的美國男人身分而得意於「中國處女」必委身於他的炫耀神情……作者一再凸現原殖民國男性對鯤京（臺北）女性大規模性佔有的事實，其意涵自然不止在此一端。

作品中抵抗道德沉淪和外來經濟文化殖民勢力的力量似乎脆弱地維繫在靳五這個內在中華子民的獨行俠義精神中，也維繫於李永平用純化美學理念構建起來的語言烏托邦。一個離散的華人作家用華文向著那墮落荒淫的繁華世界發出無聲而悲痛的警世嘶喊。在李永平那裡，語言成了一面困難的鏡子。它映照出的可能是一個文人曖昧不清的文化夢魘：逕直走向心底的堅持與虛無。同時，語言的唯美性和純化傾向並未遮蔽中華傳統儒生式的使命意識，欲說還休的後殖民批評意識渴求一種文化同質的純潔，[22]從這個角度看，李永平的文字烏托

---

22 參照〔英〕艾勒克‧博埃默著，盛寧、韓敏中譯的《殖民與後殖民文學》一書中的

邦除了含有與敗德渾濁的社會亂象相角力的自覺，同時也以語言本體的形式深深銘刻了解殖意義上的文化身分焦慮和原我文化保衛意識。

結語

　　某種意義上說，人是鄉愁的動物，他為自己一次又一次的被拋而哀愁。個體從自然、子宮、家庭、故鄉以及文化母體中脫離出去，又總是在孤絕中尋找回家的道路。盧卡契在其具有濃厚浪漫詩學色彩的《小說理論》裡宣稱：「小說是一個被上帝拋棄的世界的史詩。」[23]作為一種文類，小說的誕生是近代以降的文化事件，它意味著和諧的總體已經消解。小說是一種「先驗的無所歸屬的表現。」盧卡契的論述實際上承續了浪漫先哲席勒當年素樸的詩與感傷的詩的劃分，古代文化是素樸的和諧的，而近代文化則是分裂的感傷的。盧卡契認為，小說人物是與外部世界疏遠的產物，小說講述內心的冒險，為了尋找自我本質，靈魂尋求冒險但註定無家可歸。所以小說的浪漫性可以通俗地界定為一種感傷的旅行。而「浪漫派美學的根本問題，是要解決人生的皈依問題，人的價值問題。」[24]李永平的《海東青》可以視為這樣的小說，講述了一個因迷失自我在不斷遊蕩、追尋意義的象徵性故事，剝除它過於明顯的寓言指涉，它與浪漫派精神息息相通，從一個層面見證了華人知識分子二十世紀精神漂泊之路的漫長和艱難。

　　說法：後殖民文學「指對於殖民關係作批判性的考察的文學。它是以這樣或那樣的方式抵制殖民主義視角的文字。」〔英〕艾勒克·博埃默著，盛寧、韓敏中譯的《殖民與後殖民文學》（瀋陽市：遼寧教育出版社，1998年），頁3。

23　〔匈牙利〕盧卡契撰，楊恒達譯：《小說理論》（臺北市：唐山出版社，1997年），頁61。

24　劉小楓：《詩化哲學》（濟南市：山東文藝出版社，1986年），頁50。

臺灣旅美文群文學創作中的認同問題淺論

　　在美華文學史上，曾有過早期華人過境處天使島牆上屈辱血淚凝聚的漢語詩篇，也有過近代全五四留美知識分子文化盜火心態驅使卜啟蒙與救亡的文學行動，也曾出現過文化使者意義上「腳踏東西文化」的文學書寫，以及四〇年代的華僑文藝……但真正以文學敘事形式蔚為大觀形成一股耀人眼目的潮流，並分別回饋回中國大陸和臺港澳且擁有廣大讀者群的，首當其衝當數五、六〇年代以來的臺灣文群，他們以傑出的文學成就創造了美華文學史的第二個高潮，直至八〇年代後才退出美華文學主流。[1]

　　二十世紀五、六〇年代，中國大陸與美國分屬兩大對立的意識形態陣營，二者沒有建立正常的外交關係，自然也就杜絕了一方國民留學和移民另一國的可能性。此間臺灣社會則出現了中國近代以來的第二次留學和移民潮，初期的留學生以生於大陸隨父母來臺的第二代青年為主，後則擴大至個人條件許可的臺灣青年。冷戰期間，臺美有著特殊關係，臺灣社會崇美意識盛行，美國政府修改移民律，取消舊的移民配額制度，種種因素導致美國成為臺灣人出國的首選目標，相當長一段時期，留美移居被一般臺灣民眾視為一種世俗的成功尺規。這一時期臺灣的「留學熱」大多以離開臺灣移居國外為目標，其直接結

1　參看黃萬華〈世紀美華文學的歷史輪廓〉一文的相關觀點，他認為美華文學存在三個高潮，第一是四〇年代中後期的華僑文藝，第三是九〇年代以來蔚為大觀的大陸新移民文學，而第二個高潮就是六〇至八〇年代臺灣文群的華文文學寫作。

果就是留學帶來了一大批華人知識分子移民。「在美臺灣移民主要是留學人員及其眷屬。從一九六〇年代中期到一九八〇年代中期,將近十五萬臺灣學生來美國攻讀研究生學位。臺灣大學……理科學生赴美留學者高達百分之七十至八十。」[2]追求富饒自由的生活和個人前途當然是留學和移民熱的普遍心理動因,但相關學者也分析指出,「它一方面反映出臺灣社會普遍崇洋迷外的殖民地意識;另一方面更突出地表現出一代知識分子對臺灣政治前途和經濟前景的不滿與失望;同時,這種『離去』情緒還積鬱著他們流寓臺灣的父輩渴望擺脫困厄孤島窘境的心理要求。」[3]而這一分析在臺灣文群的文學文本中得到了充分的印證。

作為中國留學生和移民,臺灣文群的個人歷史與生存現實都與中國存在著密不可分的聯繫,同時,他們又實實在在跨越了國家的地域和文化疆界,身在異鄉,這就註定他們的人生形態和文學創作擁有基本的雙軸:一是與自己有著深刻歷史聯繫的故土;一是與自己存在現實密切聯繫的新地;前者牽連著離臺前的個人生活和家族歷史,涉及他們的情感記憶,後者則已經切入美國的商業化、多元化和國際化的生存現實。這樣的雙軸特性鮮明地體現在臺灣文群的華文創作之中。六〇至七〇年代,留學生文學盛行並影響深遠,出現了白先勇的《紐約客》系列、於梨華的《又見棕櫚,又見棕櫚》、《傅家的兒女們》、叢甦的《盲獵》、歐陽子的《考驗》等作品。七〇年代後,臺灣作家意識到應越出早期留學生文學的限制,在題材和創作方法上有了進一步的拓展和轉變,「將視野推及上一代的歷史,下一代的未來,身處

2　莊國土:〈從移民到選民:1965年以來美國華人社會的發展變化〉,《世界歷史》2004年第2期,頁71。

3　劉登翰:〈特殊心態的呈示和文學經驗的互補——從當代中國文學的整體格局看臺灣文學〉,《第三屆全國臺港與海外華文文學學術研討會論文選》(福州市:海峽文藝出版社,1988年),頁29。

的這個異國社會的現狀與變化，且更關注地推向彼岸——自己來自的地方：臺灣、香港甚至中國大陸，就深度來說也是由異國飄零的生活感受層面挖掘下去，思考探索了文化差異、認同、民族主義、歷史等等較深刻的問題」。[4]八〇年代初期，白先勇曾經明晰地指出五〇至七〇時代美華臺灣作家群的幾個重要特徵：第一，他們旅居海外，但臺灣和中國大陸的政治潮流和歷史變動，對他們有著及其重要的影響；第二，他們的作品也熱切關注中國民族和文化前途和命運；第三，他們置身海外，對海峽兩岸都能採取獨立批評的態度；第四，他們的創作對臺灣和大陸的文藝思潮都有一定的貢獻和影響。[5]我以為，白先勇的看法基本符合那一時期臺灣作家群的創作主流，至今仍有一定的參考價值。

　　五〇至七〇年代赴美的臺灣作家當中，不少人自身或父輩有著從大陸到臺灣的流亡經驗，從一定程度上看，出國意味著進一步的自我放逐與漂流，他們必然對複雜詭譎歷史背景下臺灣乃至中國的命運保持著一份深切關注。聶華苓、於梨華、白先勇、叢甦、歐陽子等作家將臺灣現代派文學敘事瀰漫的鄉愁理念和荒誕意識延展到了北美新大陸；相當一部分臺灣作家群的旅美文學書寫了一種現代屈子式的放逐精神體驗，他們筆下的海外華人往往身心分離，身軀在新大陸，內心卻剪不斷、理還亂地牽繫著原鄉，難以順利融入美國白人主流社會。他們以感性形式反省和解構臺灣社會的崇洋之風，書寫各自在政治和文化認同上的複雜情懷，傳達海外華人邊緣人之生存困境和心靈漂泊的痛苦，以濃郁的自我放逐與尋根意識，塑造了「流浪的中國人」的藝術群象。七〇年代初期，北美的中國留學生群體發起了一場保衛釣魚臺的愛國主義運動，一些臺灣留學生也投身其中，如郭松棻、劉大

4　李黎：《海外華人作家小說選·前記》（香港：三聯書店，1983年），頁2。

5　白先勇：〈新大陸的流放者之歌──美加中國作家〉，白先勇：《明星咖啡館》（臺北市：皇冠文化出版公司，1985年），頁37。

任等保釣運動骨幹分子為這場運動付出了可貴的激情和巨大的代價。以「第二次五四運動」自況的保釣運動也影響了海外臺灣作家，他們的創作更加注重此前所匱乏的政治和社會關懷視野，為改變臺灣作家群文學精神的孱弱質地提供了一股動力。如在張系國、李黎、李渝、平路等作家的部分作品裡，就充滿中國知識人熱切的民族意識和介入精神，也留下了保釣運動的珍貴歷史記錄。此外，臺灣七〇年代以來的種種政治變化，大陸的文革和改革開放，也都受到臺灣作家群的高度重視並體現於七〇至八〇年代以來的創作中。總體而言，臺灣作家群內在地呼應了近現代中國文學（包括域外寫作）濃郁的家國憂患意識，承續了中國現代文學「啼淚飄零」、悲涼鬱憤的美感傳統，也鑄造了迄今為止臺灣作家群最為顯赫的成就。這些大多接受過英美式西化教育的臺灣知識分子，帶著自己特殊的歷史文化背景來到這個自由、陌生而異己的國度，得以反顧包括五四在內的中國近現代歷史與文化傳統，也在生存與文化的雙重壓力下重新反省和定位自己的歸屬性，在大洋彼岸關注著海峽兩邊同一個中國不同的政治發展與社會變遷，民族憂患和認同焦慮因而濃墨重彩地鋪陳出他們漢語寫作憂鬱激憤的蒼涼底色。如果承認迄今為止美華文學書寫擁有或正在構建某種自己的傳統，那麼不難看到，六〇至七〇年代以來的臺灣作家群在美華文學史上營造了一種有意味的華人美學意識形態，富有鮮明的中華民族意識，揭示了冷戰時期流寓海外放逐自我的華人的精神痛楚，也留下了一批現代意義上技巧嫻熟的漢語文學作品。

　　遷徙異國的人們通常會產生移民休克症等心理癥結，這種因生存與文化適應的障礙而發生的精神困擾是任何民族的移民都同樣會面對的。但臺灣作家群在五〇至七〇年代創作的華文文學給予人們的悲情震撼顯得格外突出，他們以此奠定了特定歷史時期美華文學的美感基調。當人們歷史性地回溯他們當初的複雜生存境遇以及美學經驗，你會發現，那種從白先勇自覺意識到的「流浪的中國人」的漂泊情懷，

到馬森分析的臺灣文學以及綿延至海外文學的「中國結」，以及簡政珍提煉出的「放逐詩學」，乃至今天後殖民批評所言說的「離散美學」，也正可以形容臺灣作家群美華文學寫作的精神內核。闡釋的意義在於保存文化價值並使之適應不同的歷史環境，[6]對於美華臺灣作家群的域外寫作和移民文學而言，解析其華文創作範型所蘊含的歷史的和美學的價值，認識其歷史侷限，分辨其間豐富的文化主題及其變遷軌跡，仍是當今研究者需要深入考察的課題。

　　必須說明的是，跨文化的日常生活、從邊緣人邁向國際人的現實生存已經成為更多華人的真實生命圖景，而文學也隨著時代的變遷、創作主體本身的變化而呈現出不同的面容與內涵。當昔日的留學生已成為留居的移民和美國公民，在美國這個多民族聚居社會安身立命繁衍生息，這些作者也就難以原封不動地保持原先那種文化情感與感覺結構。此外，由於不同年齡、代際，不同個性、視野，不同的發聲語境，不同的藝術風格等因素，留學和移居美國的臺灣作家也呈現出不容忽略的差異。作為美華文學創作主體比較成熟的的一支，臺灣文群越來越廣泛深入地體現出文化傳播、文化接受、文化綜合創化等多重社會角色，其文學作品也日益顯現出移居地本土社會流變、互動、融會、雜化、交易等雜碎和拼盤式多元文化特質。許多饒有意味的文化主題都一定程度得到了包括臺灣文群在內的美華作家的挖掘和表現——海外華人個體與族群的生存經驗和精神狀況；跨越國界和文化藩籬的華人移民流動複雜的生命形態與心靈歷程；祖國文化與移居國文化相互接觸、碰撞、交流、融合等日常生活現實，以及不同的人群對此作出的種種反應；華人的生存狀況、婚姻愛情和代際關係；華人移民美國的歷史以及少數族群的處境與話語權問題；華人性與美國社

6　〔荷蘭〕佛克瑪、蟻布思，俞國強譯：《文學研究與文化參與》（北京市：北京大學出版社，1996年），頁22。

區文化；公共知識分子式的社會批判與人道關懷……人們熟知的一些知名作家也在社會變遷中進行各自的調整：如陳若曦的創作不斷強化其跨文化跨種族的藝術視角，於梨華表現出對底層女性處境以及美國學院儒林生活的多向度關注，白先勇的《孽子》則開闢了臺灣文壇和美華文壇同性戀題材的先河。臺灣作家群中，還擁有非馬、葉維廉、鄭愁予、楊牧、張錯、杜國清、劉紹銘以及劉大任、郭松棻、張系國、陳若曦、李黎、李渝、平路等一批各具風格的優秀華文作家，他們的創作或在超越民族性的國際視域裡表達其現實的人道關懷，或凝思個體生命與歷史風雲的密匝關聯，或流連於愛情的唯美天地，或出沒於科幻與現實的雙重維度，或行走於理論與創作之間，或回歸向原鄉土地與宗教世界，或以東方智慧幽默面對移民世俗人生……不同代際和個性的臺灣作者為美華文學帶來了不同景觀，拓展了華文文學的美學表現空間。如非馬精粹的短詩和雙語寫作，張系國風雲激盪的華人政治小說與奇詭浪漫的科幻小說，劉大任的長篇政治小說和秋陽似酒的精緻短篇，郭松棻和李渝的富於歷史回溯與詩性救贖意味的創作，王鼎鈞和楊牧的散文，杜國清的情詩，李黎的《袋鼠男人》等科幻兼學院政治題材的作品，裴在美表現臺灣女性原鄉記憶與美國都會文化經驗之間衝突的小說，周腓力與吳玲瑤的幽默文學等等，都帶給人們廣闊視野下的文學性想像和多元文化趣味。自八〇年代起美國華文文學的主流變成了大陸新移民文學，九〇年代後期以來，臺灣留美運動趨向衰落，這在一定程度上會影響臺灣旅美文群的創作生態；但是，在後冷戰時期的美華文學版圖上，臺灣作家群的華文寫作將依然擁有其文化融匯與創造的生命力。

　　五、六〇年代以來的臺灣留美學生，一般多以留居美國為成功目標，這與五四前後中國留學生的回歸祖國意識並不相同。他們不再是匆匆過客。這就意味著他們多數人願意或必須接受連根拔起移植異國的事實。作為少數族群置身於競爭性極強的白人主導的美國社會，臺

灣留學生面臨著巨大的生存壓力，必須應對生活和心理的不適。儘管許多中國人憑著勤奮和智慧獲得了穩定的工作收入和不錯的社會地位，逐漸融入美國社會；但不可否認，仍有不少人在美國強勢文化面前產生主體性缺失的焦慮。在《中國人在美國》一書中，華裔學者李玫瑰（Rose Hum Lee）提出「邊緣人」概念，描述的就是中國人在美國的困窘境況。他們夾在兩種文化、兩個世界之間，受到雙重甚至多重的文化衝擊，產生認同的焦慮，成為亦此亦彼又非此非彼的邊緣人。由於筆者要論述的五〇至七〇年代臺灣留美作家中相當一部分擁有大陸和臺灣人生經驗，在異己的文化境遇中未改民族文化認同，即使擁有了美國國籍，其民族情感歸屬與文化歸屬依然是中國。這個群體的創作生命因此總是與臺灣和大陸保持著難以區割的文化和精神聯繫。

　　所謂認同，簡言之就是「我是誰」的問題，斯圖爾特·霍爾在「多重小我」一文中指出：我是誰？「真正的」我是在與多種異己的敘述之關係中形成的。迄今為止存在著兩種文化身分觀，一種我們熟知的本質主義身分觀認為，身分是一個民族的「穩定、不變和連續的指涉和意義框架」，意味著一種集體性的真正自我，人們可以在所屬民族歷史傳統中獲得固定源頭和自我感；另一種後現代身分觀則主張，身分是一種不斷流動、變化和建構的過程，因而它缺乏終極的結論。[7] 這兩種對立觀念之間，還存在著游移、過度、交叉、矛盾、渾融等認同狀態。拔根移植新土的跨文化經驗令移民的身分認同問題更形複雜。對於臺灣留美作家而言，留學和移居過程的種種生活挫折和文化休克症是產生異鄉人感覺的重要因素，個人的受挫感越強，就越是敏感於被排斥、被歧視等消極性經驗，也越是容易從昔日的故鄉回

7　〔英〕斯圖爾特·霍爾：《文化身分與族裔散居》，羅鋼、劉象愚主編：《文化研究讀本》（北京市：中國社會科學出版社，2000年），頁211-215。

憶和歷史脈絡中尋找認同皈依的方向；再者，赴美前的美國想像與親歷的現實美國圖景之間存在著落差，也會導致認同的混亂；當然，家國意識與鄉愁情感是海外華人保持中國認同的內在原因，如德國哲學家赫德所言，移居者（流亡者）的鄉愁是「最高貴的痛苦」，民族的想像與個人無可選擇的事物如出生地、膚色、母語等密不可分，在部分臺灣作家的心目中，「中國」與他們的個體生命有著與生俱來的深刻聯繫，規定了他們本能的鄉愁方向，成為他們想像的共同體以及理想寄託之地。流散海外的境遇並未改變他們的中國人自我認同，異己的環境反而可能強化他們的文化回歸意識。一些旅美作家長時期在主觀上堅持自己的中國作家身分，[8]從中國人的立場看，這種感情自然令人親近；但是，畢竟他們已從地理、國籍、公民身分等方面逐漸脫離中國，與移居國社會的廣泛聯繫成為他們必須正視的生存現實。因此在早期留學生文學中，邊緣人的痛苦和自我認同的困擾是相當普遍的主題。

8　如於梨華女士一九九八年十月在泉州華僑大學接受我的採訪時，她就確定地告訴我：她自認為「一輩子都是中國作家。」

白先勇筆下「紐約客」的認同危機與歷史性視野

　　赴美之初，白先勇就對認同危機感觸深刻：「像許多留學生一樣，受到外來文化的衝擊，產生了所謂認同危機，對本身的價值觀都得重新估計。……我患了文化饑餓症，捧起這些中國歷史文學，便狼吞虎嚥起來。」[1]異域的異質文化刺激以及開放的視野，讓他敏感於認同問題的迫切性，也激發起重認家國歷史的自覺意識。他驀然回首中國的文化傳統，以至「對自己國家的文化鄉愁日深」，開始了「自我的發現與追尋」。他沉浸在中國的歷史與文學包括在臺灣遭禁的五四文學中，「被一種『歷史感』所佔有」。[2]他曾這樣描述自己經歷出國初期文化衝擊之後重新創作的感受：「黃庭堅的詞：『去國十年，老盡十年心。』不必十年，一年已足，尤其在芝加哥那種地方。回到愛我華，我又開始寫作了，第一篇就是《芝加哥之死》。」[3]《芝加哥之死》意味著他創作的轉折：從人性本能的抽象寓言到歷史意識與文化憂患的理性書寫。美國社會的現代化情境讓他更焦慮祖國的弱勢和落後，異域冷漠的都市文明使他更認同祖國優雅細膩的歷史文化。從白先勇六〇至七〇年代創作的小說裡可以看出與郁達夫、魯迅、聞一多那一代中國知識分子類似的域外創傷體驗，吳漢魂、李彤之死，與《沉淪》主人公的蹈海自沉有著內在的一致性和連續性，述說著二十

1　白先勇：《驀然回首》（上海市：文匯出版社，1999年），頁34。
2　夏志清：〈白先勇早期的短篇小說──《寂寞的十七歲》代序〉，見《寂寞的十七歲》（上海市：上海文藝出版社，1999年），頁9。
3　白先勇：《驀然回首》（臺北市：爾雅出版社，1984年），頁77-78。

世紀離散華人難以解構的悲情。《紐約客》與《臺北人》系列裡，生命困境不僅是孤立的個體遭遇，也是民族歷史悲劇的構成元素。歷史無法背棄也無從放逐，因而如余光中所言，「白先勇是現代中國最敏感的傷心人，他的作品最具有歷史感。」[4]筆者在此並不打算繼續涉獵這一眾所周知的論題，而準備探討白先勇「紐約客」系列作品中的華人認同問題。

一　在中國想像與美國想像之間

　　《芝加哥之死》是紐約客的開篇之作。小說中的芝加哥大學留學生吳漢魂與牟天磊相似，只是他的遭遇更為淒苦，精神創傷更加嚴重，結局也更為可悲。吳漢魂多年居住在黑暗潮濕的地下室裡，打工、苦讀，過著苦行僧般的禁欲生活，沒有朋友，孤獨寂寞，失去了臺灣的戀人，母親去世也沒能回去，整天鑽研地下室裡成堆的外國文學書籍，千辛萬苦熬到了拿比較文學博士學位的那一天。這一天，他壓抑多年的苦悶終於像火山一樣爆發，以至於驚人相似地演繹了郁達夫《沉淪》中的一幕：在墮入異國妓女懷抱自瀆自踐、淪為物化的中國符號後，黯然自沉於密歇根湖。不同的是，郁達夫筆下客死日本的主人公仍堅持殉難者的中國身分而呼籲祖國強大，以期民族獲救下的個人靈魂救贖，他自始至終未改自己的中國認同；而吳漢魂卻在夢裡將母親的屍體奮力推進棺材，他拒絕了母親的呼喚，拒絕了回歸。不必祈求於精神分析學和析夢術，也不難從這個夢魘看到其間的隱喻性：不能為母親送終，是尊崇孝道的中國文化傳統所不能容忍的罪過，推走母親屍身的夢像，暗喻他對母親和母國的背棄，「地球表

4　夏祖麗：〈歸來的「臺北人」──白先勇訪問記〉，《第六隻手指》（上海市：文匯出版社，1999年），頁327。

面，他竟難找到寸土之地可以落腳。他不要回臺北，臺北沒有二十層樓的大廈」但他又為此陷入極度的痛苦和歉疚。吳漢魂這個命名就已明確地為人物規定了無根漂流的特性，實際上是他主動選擇了摩天大樓所代表的現代化美國。可悲的是，「可是他更不要回到他克拉克街二十層公寓的地下室去。他不能忍受那股潮濕的黴氣。他不能再回去與書架上那些腐屍幽靈為伍。六年來的求知狂熱，像漏壺中的水，涓涓汩汩，到畢業這一天，流盡最後一滴。」美國高聳的大廈並不屬於他，在那裡他只是個落寞卑微的異鄉人，只能擁有地下室裡墳墓般潮濕黑暗的生活，以及整日與西方「腐屍幽靈為伍」的壓抑。背棄母親，意味著他棄絕了中國的身分淵源；二十層大廈的地下室以及那些陪伴他「腐屍幽靈」，卻又喻示著他與西方文明同樣相互隔絕無法溝通。在中西文化夾縫之間，他成了進退兩難的邊緣人；馬克白的獨白遂成為他死亡的籤語：「生命是癡人編成的故事，充滿了聲音與憤怒，裡面卻是虛無一片。」他的死是失去情感依託和文化母體土壤的生命個體的必然枯萎，也是異鄉人對於荒謬人生的絕望反抗。從《芝加哥之死》，人們可以清晰地看到離散華人的邊緣人特徵，生存的困窘和精神的虛無使他們的人生如一場夢魘。

　　摩天樓是白先勇筆下的一個有關美國想像的重要符號，它既有高度發達的現代都市文明的傲人光環，又閃爍著金屬和玻璃的冰冷色澤。對於追慕美國文明的臺灣留學生，它是一種高等文明範式的誘引與召喚；但臨近它，就會發現它拒人千里之外的冷酷。像吳漢魂，企圖脫離自己族性文化負擔（漢魂）來擁抱摩天樓，卻只能在摩天樓的地下室裡煎熬度日。《上摩天樓去》更是將臺灣人對美國都市文明的急切嚮往開宗明義地顯示在題目中，與題目的明快相比，小說的內涵卻並不輕鬆。葉維廉認為白先勇小說善於營造一種幻象然後打破它，這篇作品裡的幻象包含兩點：主人公玫寶與姐姐見面之前對美國的想像以及對姐妹情感的想像。在想像中兩者都是親切美好的，經過百老

匯街道時，她覺得「不是離家，竟似歸家一般」，因為這條街道「聽來太熟，太親切」，那是她想像中熟悉的美國。想像中她與姐姐的相聚將會無比的興奮和溫馨。但真實打破了她腦海中的幻象。姐姐玫倫對她的突然來訪沒有表現出她期待的驚喜，而是照樣出門參加聚會，扔下玫寶一個人去看皇家大廈。此時幻象破滅，摩天樓不再親切而是顯得咄咄逼人，她眼前的皇家大廈「像個神話中的帝王，君臨萬方，頂上兩筒明亮的探照燈，如同兩隻高抬的巨臂，在天空裡前後左右地發號施令。」如果把這兩筒耀武揚威的探照燈與文中那兩盞精緻的中國宮燈比較一下會如何呢？「兩盞精緻的中國宮燈上，朱紅的絡縷縮著碧綠的珠子，燈玻璃上塑著一對十四五歲梳著雙髻的女童在撲蝴蝶。」比起探照燈的帝王巨臂般的冷酷霸氣，宮燈顯得多麼和平溫煦，兩個意象巧妙烘托了各自背後的兩種文化背景：一種強大、現代、冷酷、富有侵略性；另一種柔弱、精美、和暖、缺乏進攻性。這是玫寶感覺世界反照出的兩種文化的錯位，也反映著白先勇彼時的文化比較意識。站在一○二層的世界最高摩天樓頂，玫寶發現：「紐約隱形起來了，紐約躲在一塊巨大的黑絲絨下，上面灑滿了精光流轉的金剛石。罡風的呼嘯尖銳而強烈。」玫寶面對的原來是完全陌生的紐約，她陷入了恍惚與迷失之中。其實她更無法接受的是她喪失了從前被姐姐寵愛呵護的那種安全感，美國的生活把玫倫變得似乎不再有人情味兒。玫寶再也無法適應紐約的冷，她「憤怒地將欄杆上的積雪掃落到高樓下而去。」玫寶的故事讓人會聯想到白先勇三姐先明的留美生活，也會想起甘迺迪被刺殺後白宮易主時那種在中國人看來冷酷無情的處理方式對白先勇的文化衝擊，[5]相信這些事件與這篇小說有著內在的聯繫。總之，故事裡的玫寶迷失在幻象與真相之間的灰色地

5　參照白先勇：〈知己知彼──論對美文化交流〉，見《明星咖啡館》（臺北市：皇冠文化出版公司，1984年），頁73。

帶，也迷失在中國傳統文化孕育的溫暖親情和美國理性文化的冷漠無情的兩種文化感覺之間；小說結尾也很有意味，在玫寶的想像中，高聳入雲的摩天大樓變成了一棵巨大的聖誕樹，自己則成了樹頂上「孤零零的洋娃娃」。聖誕樹上的洋娃娃，一個渺小到可有可無的卑微存在，正對應著這個中國女孩在強大的異文化面前的柔弱孤獨與無能為力，顯示了作者對人物的深深憐憫。相反，姐姐玫倫是那種已經接受美國文化改造的中國青年，他們正在逐漸美國化；這類人物在白先勇小說中不僅較少得到深入刻劃，而且也受到了隱約的譴責。

　　〈謫仙怨〉同樣書寫中國姑娘的海外遭際，這篇作品採用了書信體與旁觀者敘述兩種敘述方法，製造出真相與假相之相互參照的反諷情境。真實情形是：母親想方設法借債送漂亮女兒黃風儀留學美國，但女兒並未如願學成邁向成功路，而是退學做了陪酒女郎，在異國都市靠出賣色相為生。她的祖國國別變得無足輕重，像個諷刺般的，她常被人當成日本姑娘，在酒廊裡還有著「蒙古公主」的美名，被模糊地界定為「東方神秘女郎」以供消費。女兒給母親的家書報喜不報憂地隱瞞和改寫了真相，她說自己已經愛上了紐約這個「年輕人的天堂」，在那裡她活得如魚得水。有趣的是，小說中再次出現了摩天樓意象，但她對之的感受大大不同於吳漢魂和玫寶：「戴著太陽眼鏡在 Times Square 的人潮中，讓人家推起走的時候，抬起頭看見那些摩天大樓，一排排在往後退，我覺得自己只有一丁點兒那麼大了。湮沒在這個成千上萬人的大城中，我覺得得到了真正的自由：一種獨來獨往，無人理會的自由。……在紐約最大的好處，便是漸漸忘卻了自己的身分。真的我已經覺得自己是個十足的紐約客了。老實告訴你，媽媽，現在全世界無論什麼地方，除了紐約，我都未必住得慣了。」袁良峻先生指斥這個自甘墮落的人物為「摩登型的民族敗類」，[6]有其道

6　袁良駿：《白先勇小說藝術論》（長春市：吉林大學出版社，1991年），頁125。

德的理由，作者的敘述策略其實也已經表達了對她的處境的暗諷，只是作者的暗諷還伴隨著同情。如果換一個角度看，東亞人的國別身分在美國常被混淆，黃鳳儀任其自然地聽任他人模糊地看待她，而在出賣色相的買賣中，她的面容軀體形象直接轉化為一種具有商業交換價值的東方情調。身分的模糊和泛化給人物帶來了放縱的自由，讓她感覺自己是個真正的「紐約客」，她所理解的缺乏自律隨波逐流的自由似乎是對美國這個自由之都的一個嘲諷？對吳漢魂和玫寶二人兼有引誘性和壓迫性、令他們嚮往卻又讓他們恐懼的摩天大樓，黃鳳儀卻不再感到恐懼反而覺得自由。原因是她已經徹底美國化了，就連中國飯她也已放棄。這個小說似乎傳達了一種這樣的信息：放棄中國身分與放縱墮落完全不分彼此；但作者也不忍將責任完全歸於人物，他充分地考慮到人物在異國他鄉生存本身以及寄錢還債的巨大壓力，因此，出賣自己年輕肉體的混世就變成了一件無可奈何的事情。最後，值得譴責的就成了臺灣社會非理性的出國熱。從這一角度看，作品帶有警世意味。

〈謫仙怨〉發表之前，「紐約客」系列裡還有一個姊妹篇〈謫仙記〉，通俗的理解是，女主人公雖有天人之美貌卻不幸遭到貶謫而流浪在外。如果說〈謫仙怨〉是一篇講述美麗女性在異國墮落的警世小品，那麼〈謫仙記〉就稱得上是一齣深刻的離散華人自我放逐的悲劇。它成功塑造了個性鮮明結局悲慘的女性人物李彤，她的個人命運也形象說明了海外中國人的自我放逐與內戰歷史的直接關係。四個中國女孩於二戰後的一九四六年出國赴美，機場上李彤俏皮地將四人命名為「中、美、英、俄」四強，她自己則以中國自居。四個身穿火紅旗袍的中國富家女孩的亮麗形象，以及她們在美國校園那段引人矚目的青春風光，折射了抗戰勝利之初中國的短暫歡慶景象和國際地位的提升。然而國共內戰爆發又一次將中國人推向戰火與離亂，李彤父母乘坐的逃往臺灣的輪船失事，李彤同時失去了父母，陷入痛苦的深

淵，淪為無家可歸的流亡者，高傲的「中國公主」落魄後開始了浪跡天涯的自我放逐，最終投水自殺於威尼斯。男性敘事人陳寅的敘述視角，敏銳地描摹了李彤非同尋常的灼人的美；她父母出事後，小說的敘述強化了她在人際交往過程中的放縱和非理性，但敘事者則以低調的關切揭示出她放縱深處的絕望與高傲倔強背後的痛苦。因此，這個人物不僅以驚人的美麗和個性的光芒讓人難忘，她心靈創傷的深度和年輕生命的自我毀滅更是產生了強烈的震撼力量。同時白先勇將富有歷史含量的中國符碼巧妙地安放在這個美麗的中國女孩身上，她自命為「中國」，而李彤打牌時的對話聽來也別有一番滋味：「我這個『中國』逢打必輸，輸得一塌糊塗。碰見這幾個專和小牌的人，我只有吃敗仗的份。」作者舉重若輕地將近代中國的屈辱歷史帶進人物的身世遭際。被李彤封為「美」、「英」、「俄」的幾個女友，逐漸結婚生子進入中產階級穩定的生活軌道，更反襯了她的形單影隻；事實上，「只有吃敗仗的份」的玩笑話似乎成了一句李彤宿命的隱喻，雖然她表面上從未放下高傲的自尊。她的悲劇，是銘刻在宏大歷史濃重陰影下的一抹傷痕。有關國共內戰的歷史大敘事中，留下姓名的大多是將領、英雄等風雲人物，人們看到的是勝王敗寇的兩岸不同敘述版本；但是悲憫的作家關注的卻是每一條生命在歷史變故中所經受的具體傷痛與悲哀。對於李彤這個曾經鮮活美麗的生命而言，內戰讓她付出了家破人亡的代價。她的海外流亡者（謫仙）身分更加強了她無家可歸、死無葬身之地的慘痛。

二　認同問題與華人移民的代際文化衝突

　　一般說來，中國認同在第一代華人移民身上根深蒂固，是他們與生俱來的歷史縱軸，但是當移民從無根飄零轉而落地生根之後，他們實際上已經基本棄絕了回歸祖國的現實可能性，而立意在新土繁衍生

息。他們必然會經歷不同程度的美國化來適應新土生活，而他們的下一代則成為典型的 ABC（在美國出生的華人）。這樣，他們之間可能會因文化適應的程度差異而引起錯位與矛盾，兩代人在國家認同和文化認同方面就更可能出現較大差異和衝突。白先勇寫於一九六四年的〈安樂鄉的一日〉主要探討了這一普遍存在於華人移民社會的問題。

　　葉維廉曾以王昌齡〈閨怨〉一詩的結構形式來平行閱讀此篇，十分細緻地解析了小說的結構方法和主題意旨，認為小說如同「閨怨」一樣，前半部分開啟了一個幻象，後半部分則在一種突起的驚覺中打破幻象、生出張力。[7]這種論析確有其新穎別致的獨到之處，而且用「閨怨」一詩來論析此小說，暗合小說中女主人公依萍的內在情緒醞釀和發展的流程。不過我略有一點不同意見，葉文認為這小說在前半部分精心經營了一個安逸的幻象，後半部分在突然事件發作時幻象被打破，幻象製造得越是成功，最後幻象破滅時形成的張力也就越大；我以為，就這篇小說而言，小說前半部分對安樂鄉這個美國中產階級華人移民家庭主婦一天的日常生活和社區環境的細緻描摹，以及對這位主婦的家庭關係、人際交往內容的回顧與穿插，並非在有意製造安逸的幻象，而是始終在為後來發生的不愉快事件做足夠的醞釀和鋪墊。白先勇非常注意小說的敘事觀點，也就是敘事視角的設置，這篇作品採用了第三人稱旁觀者的敘述觀點，但敘事者的視角顯然與依萍的視角有諸多相互重疊之處，可以說在第一段純客觀敘事過後，依萍就已經成為潛在的敘事人。開篇是有關安樂鄉這座美國上流居住區的地貌環境以及日常生活場景的長篇鋪陳，安樂鄉表面上顯得安逸寧靜、井然有序，但是從敘事者隱含挑剔和不滿的語氣，不難感受到安樂鄉的安樂顯然已經帶有鮮明的反諷意味和可怖的非人因素，而絕非

7　參照葉維廉：〈激流怎能為倒影造像？——論白先勇的小說〉一文，鄭明娳主編：《當代臺灣文學評論大系‧小說批評卷》（臺北市：正中書局，1993年），頁311-323。

桃花源式的和平安樂。這裡的市容「好像全經過衛生院消毒過，所有的微生物都殺死了一般，給予人一種手術室裡的清潔感。……草坪由於經常過分地修葺，處處刀削斧鑿，一樣高低，一色款式……」再看依萍、偉成住宅所在的白鴿坡，「這是城中的一個死角……這條靜蕩蕩的柏油路，十分寬廣清潔，呈淡灰色，看去像一條快要枯竭的河道，灰茫茫的河水完全滯住了一般。白鴿坡內有它獨特的寂靜。聽不見風聲，聽不見人聲，只有隔半小時或一小時，卻有砰然一下關車門的響聲，像是一枚石頭投進這條死水中，激起片刻的迴響，隨後又是一片無邊無垠的死寂。」社區的住屋「活像幼兒砌成的玩具屋，裡面不像有人居住似的。」依萍家的廚房雖一應俱全卻像一個實驗室。很顯然，在這樣的敘述氛圍裡，安樂鄉並不安樂，作者也並非在經營一種安逸的幻象。小說的主觀敘事語調始終意在交代人物與環境的疏離與格格不入，在她的主觀感覺世界裡，清潔的市容竟然召喚出手術室的恐怖聯想，而現代化的廚房則成了毫無人味的「實驗室」，安靜寬闊的道路如同灰暗凝滯的死水，整齊劃一的住屋則是不像住人的玩具屋。這一切異己的缺少人情味的景觀，滲透了依萍寂寞、無聊、牴觸、壓抑、恐懼等不愉快的主觀心理感覺。不僅如此，小說在敘述母女文化衝突這個風暴般的高潮之前，還補敘了依萍在社區人際交往的不快經驗以及家庭生活的潛在問題。她的不快首先在於她強烈地感到自己是美國人眼中的他者，她不能適應這種異類感，作為社區唯一的中國女性，周圍的美國人對她的過分熱情與好奇態度讓她難受，這也是一種將她區別對待的他者化，讓她敏感到自己的與眾不同；而對於自己屈從美國人的他者化眼光而刻意表演自己的中國特徵她更感到辛苦而彆扭。因此她沒辦法融入美國人的社區，找不到真正的在家的感覺，而是每時每刻被環境提醒著自己身在異鄉為異客的境況。她的痛苦還在於，在中國人最重視的家庭中她也同樣是異類，偉成和寶莉兩人已輕鬆自如地美國化，使得堅持中國身分和生活習慣的她不合時宜

而孤獨鬱悶。這些補敘的內容也絕非意在製造一種和平安樂的幻象，而是必要的情緒鋪墊。從筆者以上的分析看，作品前半部分的鋪敘包括細緻的環境寫實並非意圖經營幻象，而是明確地為後文出現的衝突進行充分的鋪墊和渲染，使得高潮即母女間的劇烈衝突變得水到渠成。這次衝突的導火線是女兒寶莉與小朋友的爭吵，孩子認為小朋友稱呼她為中國人是對她的侮辱，堅稱自己是美國人，母親在向孩子灌輸她是中國人而得不到孩子的認同後產生了極端的情緒反應，在盛怒之下打了孩子。丈夫冷靜地批評她：「說老實話，其實寶莉生在美國，長在美國，大了以後，一切的生活習慣都美國化了。如果她愈能適應環境，她就愈快樂。你怕孩子變成美國人，因為你自己不願變成美國人，這是你自己有心病，把你這種心病傳給孩子是不公平的。」我基本贊成葉維廉對依萍「身分頓然落空，自我瞿然消失」的傷愁的理解，以及對於依萍與偉成不同身分認同的解釋：即自我意識的強與弱影響了個人能否安然接受另一種身分取代原先身分的事實。偉成父女的自我民族意識相對較弱，比較容易歸化為美國人；而依萍的自我民族意識較強，也就難以接受自己和家人不再是中國人、成為美國人這個事實，她是一個維護中國身分的「殉道者」。

　　這個華人家庭的這場矛盾衝突不是孤立的事件，它形象地表明第一代華人移民徹底融入在地社會的困難：包括客觀和主觀兩個方面的困難。小說借此呈現了華人移民的兩種認同觀念：偉成以理性實際的快樂主義為生活準則，比較容易放棄自己過去的身分認同而建構新的認同，認為這樣做物有所值；依萍則以較為本質主義的身分觀念面對移民生活，處理現實問題趨向情感化和保守化，因此她對於喪失和改變自我的中國身分感到焦慮不安，企圖在異己的環境裡仍然保全自己的文化價值，但事實上依萍的掙扎顯得孤單而徒勞。

　　七〇年代白先勇創作了他唯一的一部長篇小說《孽子》，其主要情節場景在臺北。這部小說取材於六〇年代臺北的邊緣弱勢群體即同

性戀社群的生活內容，突破了華文文學題材的一個禁區。「紐約客」的故事不算《孽子》的重點，只是其中的一個枝節；不過作品部分地延續了「紐約客」以及「臺北人」系列作品的主題意趣，那就是帶有家國意識與歷史感的放逐與流亡主題，具體表現了父子兩代人從疏離怨恨到帶有救贖意味的和解的過程。小說中同性戀圈中的青少年幾乎都背負著一段辛酸歷史，都是遭放逐者。他們與父輩的關係尤其耐人尋味。如主人公李青遭到外省老兵的父親的驅逐，其實那也是他的自我放逐：「父親那沉重如山的痛苦，時時有形無形地壓在我的心頭。我要躲避的可能正是他那令人無法承擔的痛苦。」王夔龍，因與野鳳凰阿鳳驚天動地的同性愛情而成為新公園的歷史傳奇人物，後遭到身居國民黨將軍高位的父親的嚴厲驅逐而流亡美國十年，直至父親去世：「我背著他那一道放逐令，像一個流犯，在紐約那些不見天日的摩天大樓下面，到處流竄。」父輩對子輩墮落行為的嚴厲處置裏挾著上輩人退守臺灣而不甘的遺恨，子輩們則不願背負這重擔而逃往自由無拘同時也遍佈危險的黑暗王國。子輩們歷經煉獄磨難終於在心中與父輩和解，李青原諒了父親，王夔龍理解了父親的苦心，阿玉固執地尋找拋棄了他的父親，吳敏給吸毒的父親購買治病的藥……扭曲、髒汙、卑賤的生活中仍有可貴的真情流露，如李青、阿玉、老鼠為救吳敏而毫不猶豫地輸血給他，王夔龍對哥樂士等中外淪落少年的悉心照料，李青對流浪的智障少年小弟的無私呵護……這些是作品特別能打動人的地方，也可窺出白先勇獨特的觀物視角和佛性的慈悲情懷。作者從同性戀者這種特殊的弱勢邊緣人視域，呈現了一個不分國別、難辨善惡、沉淪與掙扎並在、罪惡與救贖俱存的令人目眩的人性世界：王夔龍的美國經歷與李青的臺北遭遇一樣冒險離奇；臺北有「安樂鄉」，紐約也有「快活谷」，這充滿嘉年華色彩的同性戀酒吧，象徵著中外同性戀少年朝不保夕的混亂生活和短暫歡娛；波多黎哥少年哥樂士和臺灣少年阿鳳、李青、吳敏的身世一樣的悲慘可憐。王夔龍異域

流浪十年，有一天他聽著老黑人拉奏的一首黑人民謠：Going Home，心中情不自禁湧起回家的慾望。他的浪遊美國和思鄉歸家構成了情節發展的推動力量，強化了人物在放逐與回歸之間的情感張力，也擴大了作品的社會視域。

三　跨越種族界限的同性之愛與難解的中國情結

新世紀之初，白先勇推出了兩篇新作〈Danny Boy〉和〈Tea for Two〉。在這兩篇小說中，所表現的人物群體不僅鎖定同性戀者，還明顯可以看出作者人物族性身分的微妙變化：他筆下的人物已經不再僅僅是早期關注的失根漂流的中國人，甚至也不再僅僅來自華人世界。兩篇小說中有中外混血兒，也有猶太、愛爾蘭等其他種族的美國人。顯然，隨著定居美國時間的日久，作者對美國社會的文化多元性與混雜性有了更充分的認識。在開放的視野中，白先勇展示了人性交融之中族性隔閡的消隱，而同性戀主題的深入展開則形成了人們族性距離消解的重要因素。這一點在較長篇幅的〈Tea for Two〉中有著更加充分的表現。〈Tea for Two〉裡主要講述了曼哈頓一家名叫 Tea for Two 的「歡樂吧」裡的幾對同性戀「歡樂族」的戀情和友情，而 Tea for Two 因「幽會的情侶，東西配特別多」而成為「東方遇見西方的最佳歡樂地」，這是很有意思的見解，也是白先勇早期作品中雖曾觸及但並未得到深入表現的看法。《孽子》中，王夔龍在美國流浪時就曾與其他種族的男孩發生過親密感情，但是作者由於關注重心在臺北的新公園，因此並未由此闡釋出東方與西方相遇的涵義。而在〈Tea for Two〉裡，白先勇有意識繪描出不同種族背景的人群在美國都會的相知相愛，如猶太人的後代大偉和中國人東尼之間跨越種族的愛情。有趣的是白先勇為人物的愛情賦予了濃郁的中國風味和戲劇性巧合。大偉的祖上雖是猶太人，但是曾在上海開過西餐廳，大偉和東尼

同年同月同日出生於上海的同一家醫院，這對終生不渝的戀人在生命盡頭專程回到上海尋根之後才攜手一起離世，二人跨越種族界限的愛情被賦予了患難與共同死生的中國式兄弟情義。

　　我們不妨將這個故事看成作者此生難解的中國情結的又一次抒發。在近期的這兩篇小說中，雖然人物的種族背景變得多元混雜，符合美國都會多元的人際交往現實，但是白先勇關注的人物大多仍與中國相關。他們中的一些人仍然深受認同的困擾，比如〈Tea for Two〉中的混血兒安弟因他的中國母親遭到他美國父親的拋棄，所以「覺得他身體裡中國那一半總好像一直在漂泊、在尋覓、在找依歸。」[8]這也是兩篇小說中多數人物難以消解的心理癥結。從中看到這樣的矛盾取向：作者試圖以僭越種族界限的人性交流尤其是愛情來撫慰漂泊的心靈，但同時依然難以更改地眷戀著一種族性的根源。兩者之間，就是白先勇以悲憫之心打造的同性愛之天堂：歡樂吧。其實，這樣的格局早已有跡可尋，無論是滲透了時間之傷的同性之愛，還是隱痛式的民族情結和家國情懷，白先勇早先的作品多有深切表現。只是在這兩篇近作中我們看到了更為通透純粹而不乏狂歡化的同性愛場景，那在愛滋的濃重陰影下艱難地堅持的愛情。顯然，作者賦予了這種超越種族甚至超越生死的同性愛以神聖化的色彩。

　　以上的分析表明，白先勇筆下的美國華人大多尚未真正歸化，或者說他更關注那些心靈放逐的漂泊者，悲憫著那些異鄉人的愁苦，因此他的北美華文書寫始終未曾脫離近現代中國的歷史性視野，同時，深深的民間佛教情懷為他的作品籠罩上一層悲憫和宿命的色彩。書寫海外中國人濃稠悲愴的民族情感和認同焦慮，其實這也是那一時期海外臺灣作家的一種主流視野。

8　白先勇：《青春‧念想──白先勇自選集》（桂林市：廣西師範大學出版社，2004年，第1版），頁146。

《桑青與桃紅》中的國族寓言與離散華人女性

　　美華的臺灣文群中，聶華苓是相當令人矚目的一位。這位出生於湖北的女作家在中國大陸的戰亂中度過了輾轉流離的青少年時期，一九四九年赴臺時她已是一名年輕的知識女性，旋即進入初創的《自由中國》雜誌社擔任編輯，她反感於當時臺灣的「反共」八股文學，崇尚自由寫作精神，認同《自由中國》所張揚的自由主義理念。一九六〇年《自由中國》被查封，雷震被捕入獄，聶華苓也失去了自由，家中遭到搜查，一九六四年於困境中離開臺島，赴美定居。聶華苓在國際文化交流活動方面表現出了非凡的熱情和才能，她與丈夫安格爾創建了愛荷華大學「作家工作坊」的「國際寫作計畫」並堅持實施二十餘年，因此曾被世界各國三百多位作家提名為諾貝爾和平獎候選人；她的文學成就也十分突出，幾十年來創作出版了短篇小說集《翡翠貓》、《一朵小白花》、《臺灣軼事》，長篇小說《失去的金鈴子》、《桑青與桃紅》、《千山外，水長流》和自傳《三生三世》等，大多具有較高的藝術水準。二十世紀七〇年代末期以來，聶華苓的作品陸續得以在中國大陸出版，有關的評論也一直未曾間斷，她的故鄉湖北出版了作為中國當代文學研究資料的《聶華苓研究專集》。

　　在上述作品中，赴美後創作的《桑青與桃紅》堪稱聶華苓成熟期的代表作，作品凝聚了作者半生飄零的人生經驗，「一九六四年從臺灣來到愛荷華，好幾年寫不出一個字，只因不知自己的根究竟在哪兒，一枝筆也在中文和英文之間漂蕩，沒有著落。那幾年，我讀書，

我生活，我體驗，我思考，我探索。當我發覺只有用中文寫中國人、中國事，我才如魚得水，自由自在。我才知道，我的母語就是我的根。中國是我的原鄉。愛荷華是我的家。於是，我提筆寫《桑青與桃紅》。」[1]這也是作者最具雄心、亦最富於藝術探索精神的作品，作者自道：「是我這個『安分』的作者所作的第一個『不安分』的嘗試。」[2]一九七〇年在《聯合報》連載時，因第二、三部分觸及政治禁忌而遭停刊，從此在臺灣被禁多年，這本書在中國大陸也曾出過刪節版，節本刪去了涉及性描寫較多的第四部分，強烈的政治隱喻和性議題的率直表現讓這部作品個性潑辣鮮明，敘事和結構的刻意經營也使得作品亮點突出，而中國女子肉體的越界漂泊與精神的跨國流離更讓作品意蘊深幽促人回味。同樣源於上述理由，作品曾經引發大量討論。一九九〇年代，此作在兩岸三地以及國際上都得到了經典化認可，一九九〇年大陸的春風文藝出版社出版了包含第四部分的全本，一九九七年臺灣也出版了完整版。此外，這部作品取得的榮譽還包括名列《亞洲週刊》的「二十世紀中文小說百強」，一九九〇年獲得美國國家書卷獎，成為西方學者研究亞裔離散文學（Diaspora）、少數民族文學、女性文學與比較文學的重要範本。聶華苓的自傳體小說《三生三世》，分為「故園春秋（1925-1949）」、「生・死・哀・樂（1949-1964）」、「紅樓情事（1964-1991）」三部分，敘述了作者在大陸、臺灣和美國的三段既相互分割又難以分離的生命經驗，為《桑青與桃紅》提供了現實的生動注腳。近年來聶華苓和她的作品再次吸引了華文學界的關注，尤其在臺灣學界出現了一些頗有新意的論述：如輔仁大學蔡祝青援引法國學者克莉絲蒂娃（Julia Kristeva）的精神分析觀點闡釋聶作裡人物自殘自賤分裂異化的內在因素；中央大學博士朱嘉

1　聶華苓：《桑青與桃紅》（臺北市：時報文化出版公司，1997年），頁271。
2　聶華苓：《桑青與桃紅》〈新版後記〉（瀋陽市：春風文藝出版社，1990年），頁261。

雯認為聶作顯示出女性在「去國家、去民族、去認同」之後可以以積極的方式追尋自由,「男性流亡學人肩負民族與歷史的沉重包袱終在女作家身上卸下」;這些解讀體現了彼岸學人拓展這部作品詮釋新空間的努力。

　　兩岸及海外的評論者除了分析作品觸目的現代主義敘事方式以外,另一個關注的焦點就是評價和詮釋作品的主題意蘊與人物內涵。有關小說主題意旨的論述,與聶華苓經歷相彷彿的美華作家白先勇的看法頗有分量也具代表性,他認為聶華苓的早期短篇小說多「諷刺及諷喻來臺大陸人士內心的種種不滿,直至《桑青與桃紅》才淋漓盡致的發揮放逐者生涯這個問題。這篇小說以個人的解體,比喻政治方面國家的瓦解,不但異常有力,而且視域廣闊,應該算是臺灣芸芸作品中最具雄心的一部。」[3]「這篇小說不是只宜做心理病臨床個案研究,作者其實以此寓言近代中國的悲慘情況,說明中國政治上的精神分裂正像瘋者混亂的世界。」[4]白先勇的看法得到了作者本人的認可,聶華苓也稱這部作品為「浪子的悲歌」。撇開一些無關緊要的差異,多數論者基本認同:《桑青與桃紅》敘說了二十世紀「流浪的中國人」的故事,作品中個人的流離命運與人格分裂隱喻或表現了民族國家政治的歷史性悲劇,後者也構成了前者的深廣背景。如果把「流浪」、「逃」與「困」[5]作為界定小說人物狀態的關鍵字,不難發現作品有意識呈現人物的無根飄零與民族國家(這裡主要指中國社會現代性問題,但也涉及美國社會少數族裔問題)之間難以分割的聯繫。在

3　白先勇:〈流浪的中國人〉,《第六隻手指》(上海市,文匯出版社,1999年),頁85。

4　白先勇:〈流浪的中國人〉,《第六隻手指》(上海市,文匯出版社,1999年),頁86。

5　參見廖玉蕙:〈逃與困——聶華苓女士訪談錄〉(上、下)中聶華苓的談話:「我就是寫人的一種困境:總是逃,總是困。我說的這個『困』是多方面的,精神的、心理的、政治的或個人的處境。」參見廖玉蕙:〈逃與困——聶華苓女士訪談錄〉(上、下),《自由副刊》,第35版,2003年1月13日、14日。

中國現當代小說中存在著女性生命景觀與國家歷史大敘事相互交織的
作品，如左翼作家魯迅、蕭紅的《祝福》、《生死場》，魯迅把祥林嫂
塑造成中國舊禮教倫常的犧牲品而終生難得救贖，左翼作家蕭紅滿懷
同情地關注中國鄉村大地上受難的底層女性群體，他們通過藝術作品
反思舊制度下毫無話語權的底層女子命運。聶華苓此作與上述作品並
不全然相同，作為一個傾向於自由主義價值觀的知識女性，聶華苓更
多的熱情在於表現人的困境與對自由的追求。不過，自由主義相對超
脫的普世價值追求即便反映了作者希望達成的終極性美學目標，卻難
以掩蓋事實上作品強烈的民族國家意識。有必要將這一共識性觀點再
向前推進一步，借用詹姆遜那個廣為人知的說法，即這個作品還可以
被視為一則第三世界的民族國家寓言。從這個角度看，女性人物
「逃」與「困」的辨證也正對應了民族國家現代性的困境：近現代中
國受困並逃離專制落後的封建社會體制、頻頻受困於外侮與內戰並企
圖掙脫、戰後陷入兩岸對峙與冷戰格局而在不同的理念框架中建構各
自的現代性……此外，作品裡濃烈的女性主體意識以及少數話語的反
抗意識同樣矚目，在《桑青與桃紅》裡，民族國家寓言、性別政治因
素和跨界少數話語被有機而策略地縫合於一體，相互補充，彼此映
照。而這幾種命題此起彼伏的交織綿延，加深了作品對人追求自由的
天性與現實困境的矛盾衝突的表現力。

　　《桑青與桃紅》分為四個部分，每一部分皆由桃紅給美國移民局
的一封信和桑青的一段日記組成，桃紅的信提示主人公當前在美國境
內的流浪行蹤，桑青的四段日記則記載了桑青半生越界跨國無根漂流
的人生經歷。日記裡的故事分別發生在四種不同的時空：抗戰勝利前
夕的瞿塘峽（1954年7月27日至8月10日）、國共內戰結束前夕的北平
（1948年12月至1949年3月）、五〇年代末期白色恐怖籠罩下的臺島閣
樓上（1957年夏至1959年夏），以及六、七〇年代相交時的美國獨樹
鎮（1969年7月至1970年1月）。這種背景環境的時空安排有益於建構

一種跨界的個體化歷史性敘事，利於把個體的飄零的桑青／桃紅的人生際遇加以歷史化處理，使得這個人格分裂的女性形象獲得一個總體的認知框架。在小說敘事中，背景「可以是龐大的決定力量，環境被視為某種物質的或社會的原因，個人對它是很少有控制力量的。」[6]《桑青與桃紅》中，背景和環境對人物命運起著至關重要的作用，多數時候它構成了主人公龐大的對立面，是給人物帶來壓抑、恐懼、絕望的外部強勢力量，也是人物陷入不斷逃亡怪圈的歷史原因。第一部分，十六歲的桑青為反抗兇悍母親的暴力壓迫而逃離家庭，但瞿塘峽船隻的擱淺、日本飛機的轟炸使得人物逃脫家庭困境後面臨著更危險的境遇；第二部分，桑青在南京難以為生只能投奔北平的沉家，北平在桑青眼中曾是神秘威嚴的皇城，但彼時已淪為一座瀰漫著恐懼的圍城，沉家大院也毫無生機，散發著陰謀、腐朽、混亂與滅亡的頹敗氣息。沉老太的病與死，以及她對「九龍壁」倒塌的恐懼與哀歎，折射著陳舊不堪的舊體制與舊倫常無可挽回的土崩瓦解。第三部分，桑青與家剛這對亂世中的夫妻費盡周折逃到臺灣，卻因家剛犯了經濟案而全家躲藏在逼仄陰暗的閣樓，在風聲鶴唳的環境裡自我囚禁。以至於年幼的女兒桑娃在異化的環境裡喪失了直立行走的能力。最後一部分，桑青終於逃離了臺灣來到美國的獨樹鎮，但她並沒有獲得合法身分，因而遭到移民局調查人員的不懈追蹤與質詢。在恐懼、孤獨、焦慮和罪疚感的折磨下發生了人格分裂，裂變為桑青與桃紅兩個性情截然相反的兩個人，毫無目標地四處飄零，在一場離奇的車禍之後桃紅決定生下腹中的孩子，並宣稱「我對全人類是懷著和平而來的。」

　　可以看到，聶華苓筆下的現實中國動盪而分裂，作家以明晰、感性而又有些詭異的敘述技法呈現了主人公經驗中的時代亂象，並以女

6　〔美〕韋勒克、沃倫撰，劉象愚等譯：《文學理論》（北京市：生活・讀書・新知三聯書店，1984年），頁249。

性的身心體驗演繹鬼魅的家國歷史，你可以從年輕的桑青身上感受到中國新一代女性的青春和熱情，也可以從老先生的話語裡反省老中國的悠久歷史不再傲人，你可以從桑青對北平城的一種正統想像裡了解這個國家昔日王權的威嚴，但更可以從沉家幾代人的醜陋生態感受到作品對舊制度及其象徵物的無情諷刺和批判……作品中穿插著眾多有意味的意象，傳遞有關家國政治的思考或者象徵。不過，嚴肅的思考辨證並未因此淹沒作品洋溢著的熱力與生氣，它不似同類主題的作品那麼黯淡、頹靡、無力。聶華苓在敘寫悲劇性的同時表現出人物不甘受困的強烈主觀意志，而且常常為人物和場景營造生動、鮮活、幽默、調侃甚至狂歡的元素，避免陷入純然的悲劇，這在同類題材作品中並不多見；與之相應的，這部經典作品裡有關家國的思想也同樣多維、富有質感和層次感，流露出某種複調性。小說在整體性的民族國家寓言結構裡又種植了數個小型的寓言結構體，使得敘事繁複而又遍佈象徵和暗示性意象。比如險灘擱淺、沉宅夢魘、閣樓幽閉、美國流亡四個部分各自可以構成相對獨立的寓言單元，而桃紅書信一以貫之，將這四個不同層面和時空維度的寓言單位串聯為一個整體。

　　第一部分裡，作者不僅直接敘寫人物親歷的戰爭結束前夕日本飛機轟炸的場景，還以老先生的口吻回憶日本人在南京的大肆姦淫虐殺和在重慶的狂轟濫炸，中國百姓的妻離子散與家破人亡慘狀，現實中國在外族殘酷入侵下已成人間地獄。令人激憤、心痛的噩夢般場景的描繪無疑帶有強烈的反帝性質。為何近代中國會發生如許災難？在這一部分作者已經試圖給出答案。在作者眼中，中國古老的封建人倫制度已經頹敗變質荒誕落後，無法因應世界邁向現代性的大潮，流亡學生的父親和七個老婆的滑稽劇、桑青父親在老婆雌威下失去男人雄風的軟弱無能都被當成了笑料遭到犀利諷刺和嘲謔。在扶箕預測是否能脫離險灘困局時，老先生喚來了杜甫的詩句「功蓋三分國，名成八陣圖」，以及孔明的名句：「鞠躬盡瘁死而後已」，借老先生之口明示當

時中國三分天下的困局：「重慶國民黨，延安共產黨，日本人的傀儡政府。咱們這船人到重慶去，也是因為憂國憂民，要為國家做點事情。現在咱們偏偏困在八陣圖不遠的灘上。」這顯然是作者特意安排以知識分子的眼光分析時局和反思國運歷史的一個重要人物。接下去他的話就更是深深地紮進歷史：「咱們就困在歷史裡呀！白帝城，八陣圖，擂鼓臺，孟良崗，鐵索關！這四面八方全是天下英雄奇才留下來的古跡呀！你們知道鐵鎖關嗎？鐵鎖關有攔江鎖七條，長兩百多丈，歷代帝王流寇就用那些鐵索橫斷江口，鎖住巴蜀。長江流了幾千年了，這些東西還在這兒！咱們這個國家太老太老了！」[7]這是人物在傳遞老一輩知識人對中國傳統的思考與感歎：他們理性上意識到傳統已經構成中國現代性的阻礙，但情感上又充滿對昔日輝煌的留戀，老先生形象也傳達了自古而今中國文人的家國憂患意識。而年輕一代的流亡學生則以青春的本能疏離那古老的傳統並苟求著新生：「現在不是陶醉在我們幾千年歷史的時候呀！我們要從這個灘上逃生呀！」在危機中求生存也是當時整個中國的真實境遇。不過，這部分的敘述不光是一個寓言式的悲劇場景勾勒。小說還以不小的篇幅著意刻劃來自中國民間的生命力：體現於人物鮮活的個性、喜劇性的情境和民間化狂歡的情趣。老先生、桃花女、流亡學生以及老史、桑青，五個人物特色鮮明，他們在船上嬉鬧生動而富有活力，顯示出民間底層中國人卑微卻堅韌、難以泯滅的生命力。其中尤值一提的是懷抱嬰兒尋夫的桃花女這個人物形象。這一點將在討論作品的女性意識時接著提及。到了桑青的北平日記裡，北平這座圍城和其中苟延殘喘的沈家人形塑了又一個寓言式的幽閉結構。中國的古老皇權受到了革命的顛覆與挑戰，時局動盪，恐懼綿延，國共內戰中的國民黨大勢已去，象徵王權的九龍壁在有產階級的沈母彌留之際的恐怖想像中正在崩塌，明

7　聶華苓：《桑青與桃紅》（瀋陽市：春風文藝出版社，1990年），頁49。

清兩代皇帝祭天和祈禱豐年的神廟天壇在家剛的夢裡竟然污穢不堪，
威嚴掃地，階級革命的話語已經難以阻擋地侵入這個曾經安逸而墮落
的富有家庭，病癱的沈母焦慮著如何逃過革命的圍剿終於在恐懼中死
去，桑青則在一場怪異的婚禮之後繼續其又一輪逃亡。這一章裡，作
者靈巧地將廣播裡的解放軍電臺播音、國民黨電臺播音以及民間的戲
曲唱段相互穿插交替，營造出多聲部複調敘述的狂歡情境，這一手法
渲染了真實紛亂的時代氛圍和人物內心的躁動不安，並用複製聽覺的
文字有效調動了讀者立體化的時空想像。而桑青的臺北閣樓日記，人
物不得不置身於極度不自由的狀態裡，以至於出現了一家三口人不同
形式的精神變異，新一代的異化成長方式更暗喻毫無希望的前景。人
物的焦慮感和幽閉感進一步加劇，空間進一步縮小，恐懼感更加強
烈，陰暗狹小的閣樓類似於存在主義作家筆下經常出現的嚴酷情境。
這一部分，作者設置了掌上對話、圖畫配文字、剪報、抄寫《金剛
經》等情節形式來表現特殊情境裡人物的自我表達和慾望發洩管道，
有些則反映了臺灣戰後世俗社會的眾生相。赤束村殭屍吃人的傳言在
聶華苓的筆下尤其顯得驚悚而鬼魅，因此被人當做國民黨入臺後白色
恐怖氛圍的隱喻。作品由此完成了第三個幽閉性寓言結構的精心打
造，成功隱喻了國民黨入臺初期官員貪贓枉法、政治恐怖橫行、小民
恐慌不安的極不穩定的臺灣社會現狀，作者將自己在臺島曾經親歷的
白色恐怖體驗藝術化地融入了作品。小說的第四部分在大陸出版時曾
遭刪節，其理由大約主要在於「性的描寫太多太露，也在一定程度上
降低了作品的格調。」[8]但這樣的理由到了九〇年代就自動失效。事
實上，無論是從建構民族國家寓言的角度，還是從女性敘事的視角
看，這部分都堪稱是作品中十分重要的板塊，缺少了這部分，作品的

8　陸士清、王錦園：〈試論聶華苓創作思想的發展〉，《聶華苓研究專集》（武漢市：湖
　　北教育出版社，1990年），頁349。

國際視野就會全然喪失，更重要的是，一分為二的人物設置也必成子虛烏有，而人物跨國越界的離散漂流及其隱含的多重意味也將消失殆盡，作品的敘事框架和人物塑造勢必都將面目全非。也就是說，從作品顯示出來的精心構思和宏大用心看來，這個似乎不太和諧的第四部分其實是不可或缺的。在我看來，它的不和諧並不在於性的直率書寫，而在於桑青與桃紅的人格分裂作為精神病徵是在美國爆發的，即桑青頻頻受到美國移民局和警察的追蹤審訊之後。這個安排帶來了敘事系列的必然變動。「閣樓敘事」裡桑青的身分與生存危機到美國後並未得到緩解，身分的困擾令她基本的生存與人身自由無法得到保障（持續被移民局戴墨鏡白人男子追蹤、問訊，一直受到遞解出境的威脅）。第三世界公民身分，中國人身分，少數族裔婦女的身分，這多重的邊緣身分足以讓在美國的桑青／桃紅缺乏基本的安全感和尊嚴感，其離散生涯加倍艱難。移民局和警察的問訊無止境地糾纏於桑青的私生活和家庭成員的政治背景等方面，甚至個人的性生活也必須被仔細暴露在美國審訊者面前，而對桑青及其親朋有關國共、左右的身分辨析更是反映了冷戰時期華人移民必須面臨的拷問。如不能通過調查，桑青將被宣佈為不受歡迎的外國人，被遞解出境，令人震驚的是作品告訴我們：每當問及中國人將選擇何處作為遞解出境的目的地時，他們大多會茫然地回答：「不知道。」因此，桑青日記中有這樣沉痛的自語：「中國人是沒有地方遞解的外國人。這是他們調查其他國籍的外國人所沒有遭遇到的困難。」[9] 小說人物宿命式的的漂泊被渲染了一層家國政治悲劇色彩和冷戰時代色彩。

　　無庸諱言，聶華苓的《桑青與桃紅》因為負載了民族國家這樣的大敘事而顯得有些沉重，但是它還包含著同樣應該受到重視的女性解構意識，小說鮮明而強烈的女性敘事特徵令人印象深刻。以一個邊緣

9　聶華苓：《桑青與桃紅》（瀋陽市：春風文藝出版社，1990年），頁228。

弱勢卻不甘心受困的女性文化英雄來反抗和戲弄中外霸權話語，適當
的喜劇元素使作品擺脫了模式化的悲情而富於活力，這些也是此作與
眾多同類華文文學作品相比最為迥異之處。欲理解小說的多重主旨，
讀者無法不正視桑青與桃紅這一分裂的女性人物形象。人物的設計和
塑形是小說的重要元素，作者富有創意地將女性主人公設置為一名人
格分裂的華人女性，構成了小說結構形式和情節發展的基本要件，也
由此引發了一系列看似荒誕的細節和心理流程，增強了戲劇性與敘述
張力，尤其在第四部分。關於桑青、桃紅的命名和意涵，存在一些解
釋。小說裡對「桑青」的解釋是：「桑是很神聖的一種樹，中國人把
它當木主，可以養蠶，蠶可以吐絲，絲可以紡綢子。青就是桑樹的顏
色，是春天的顏色……」[10]作者本人還有如下的解釋：「一個是內向
的、憂鬱的、自怨的、自毀性的，另一個個性是向陽的、向上的、有
希望的，這個是桃紅，前一個叫桑青，這兩個名字我起的時候是用了
一番心思的。」[11]以及：「桑青可以象徵一種傳統的文化，桃紅是鮮豔
的、奔放的，象徵的是迸發的生命力，就是這麼一個對照。」[12]「桑
青追求自由；桃紅卻在沒有社會責任、沒有倫理約束的自由中精神崩
潰了。」[13]在關於人物命名的諸種解釋中，可以看出人物被賦予的豐
富、矛盾、變化的象徵含義，以及作者對於這個女性主人公的理解與
同情。實際上，桑青與桃紅是人物長期被外力壓迫造成自我身分認同
困擾的結局。桑青曾經是明朗的，身上有著鮮活的青春和朝氣，但是
戰亂、婚姻、流亡、幽閉無情地吞噬著她的活力和希望。以至於最終

10　聶華苓：《桑青與桃紅》（瀋陽市：春風文藝出版社，1990年），頁221-222。

11　聶華苓：〈海外文學與臺灣文學現狀〉，《聶華苓研究專集》（武漢市：湖北教育出版
　　社，1990年），頁298。

12　廖玉蕙：〈逃與困：聶華苓女士訪談錄〉（上），《自由副刊》，第35版，2003年1月
　　13日。

13　聶華苓：〈浪子的悲歌〉，《聶華苓研究專集》（武漢市：湖北教育出版社，1990年），
　　頁269頁。

將她在極端異化狀態中變成了桃紅。桑樹和青色的春天隱喻一種中國氣質：在人物身上寄寓了東方女性的素淨、自然、含蓄但又飽含內在活力等積極意味。這種意味充分體現在第一部分裡。從瞿塘峽日記中看，少女桑青清純率真，生氣勃勃，並非西方人刻板印象中的拘謹、羸弱、內向。她的言行足以顯示出叛逆之女的特徵：她不堪母親的暴力而逃離家門，並偷走了傳男不傳女的傳家寶「玉辟邪」，可謂對父權傳統的大膽挑釁。儘管日本人的飛機轟炸以及船隻擱淺造成了極大的生存危機，但她與桃花女、老史、老先生和流亡學生的「狂歡」還是充分暴露出她的自由活潑性情，她與流亡學生的露水性愛行為可以理解為死神壓抑下的本能逃避，卻也不經意間以青春熱情的爆發輕巧地解構了舊式中國女性恪守的婦道。少女桑青的言行方式似乎比五四時期宣稱「我是我自己的」新女性們來得更加自由率性，沒有羈絆。從早期桑青的形象設計看，作者對中國女性有著不同尋常的理解，她的人物並不符合刻板印象中的中國傳統女性：被動、柔弱、缺乏主體性。也能感覺到作者不滿於喪失活力的傳統體制框架和陳腐倫理規則，卻由衷讚賞年輕人的青春朝氣。桑青年輕時的逃亡讓人聯想起巴金筆下的覺慧這類人物，他們逃出家庭的目的在於追尋自由，這一點完全一致。但聶華苓的用心與巴金不同之處在於，後者建構了一個複雜而艱難的家族革命與恢弘激進的時代精神交相輝映的宏大敘事模型，並且以人物衝出家庭牢籠暗示著一個充滿希望的前景，作品因此洋溢著一種縱向的進化論為其底蘊的樂觀主義，所有的朽腐、犧牲與毀滅在這種視野中都獲得了大時代的革命性意義；而聶華苓的小說中，衝出家庭只是人物前途未卜的亡命旅程的開始，「在路上」才是人物恆久的生命狀態。在圍城敘事與閣樓敘事裡，桑青流亡異域後的瘋狂與變異有了豐富的前戲鋪墊。桑青在家庭中尋找穩定與安全的希望完全落空，宿命的自我認識佔據了主導位置。通過巫婆式人物沈母的毒咒，桑青被迷信與陳腐倫理牢牢地釘在了恥辱柱上：她被認為是

天生的剋父母、剋夫、剋兒女的喪門星，就此進入了萬劫不復的深
淵。桑青的生命活力被遏制了，但她一直沒有放棄掙扎和尋找。閣樓
幽閉與外面的殭屍故事並非只是一個象徵，它也是梅尼普體式的地獄
恐怖狂歡敘事，像夢魘卻是真實體驗。桑青的背棄與突圍因而顯得合
理。逃往美國的桑青變異為桃紅，這自然是生存危機、認同混亂、精
神崩潰的表徵，但也是桑青潛在叛逆個性的病態釋放。她住宅牆上雜
亂無章的塗鴉中，刑天揮斧亂砍尋找自己頭顱，神龕內的千手佛向著
欄外奮力伸展，這些意象隱含著桃紅不懈掙扎尋求救贖的資訊；「腰
間繫著黑色蝴蝶結的赤裸女人」和「桑青千古」的卡片，則顯示了桃
紅與昔日桑青決裂、置之死地而後生的悲壯，它似乎也表明：桃紅決
意以一己赤裸之軀對抗外在強大的異己力量……於是，絕望和虛妄中
誕生了一個嬉戲瘋癲的華人女子：桃紅，這或許也是桑青掙脫憂鬱和
恐懼化身為蝶的方式吧！與閣樓敘事中桑青的隱匿逃避策略完全相
反，桃紅自由隨意地遊走於江一波、小鄧、移民局官員和美國警察之
間。在正統眼光看來，桃紅是個徹底違背傳統倫理甚至算得上大逆不
道的開放女人，即便是聶華苓本人在理解和欣賞她之餘也發出了比較
現實的評點：桑青追求自由，而桃紅卻「在沒有社會責任、沒有倫理
約束的自由中精神崩潰了」。不過從女性主義視角看，桃紅的身體政
治在作品中的價值顯然超出了作者的保守估價。「婦女必須通過她們
的身體來寫作，她們必須創造無法攻破的語言，這語言將摧毀隔閡、
等級、花言巧語和清規戒律。……長期以來，婦女們都是用身體來回
答迫害、親姻組織的馴化和一次次閹割她們的企圖的。」[14]以身體的
裸露來戲耍戴墨鏡的移民局男性，以身體語言讓虛偽的江一波陷入尷
尬，其實正是桃紅作為弱勢個體顛覆權力話語的形式。臺灣學者黃俊
傑認為：「所謂『身體政治學』（body politics），是指以人的身體作為

---

14 〔法〕埃萊娜・西蘇：〈美杜莎的笑聲〉，張京媛《當代女性主義文學批評》（北京
　　市：北京大學出版社，1992年），頁201-202。

『隱喻』（metaphor），所展開的針對諸如國家等政治組織之原理及其運作的論述。在這種『身體政治學』的論述中，『身體』常常不僅是政治思想家用來承載意義的隱喻，而且更常是一個抽象的符號。思想家藉以作為『符號』的身體而注入大量的意義與價值。」[15]聶華苓讓人物在尋求自由而不得乃至陷入身體的放縱，身體反而得以跳脫權力話語的規訓。在桃紅狂放的身體表演面前，原本強大無比的移民局官員卻顯得手足無措；在桃紅嬉笑怒罵的身體操縱過程中，江一波作為情感主導者的男性地位受到了挑戰。

　　桃紅主動寄給移民局的信件有意識透露了一些資訊。她在流浪途中遇見無數孤獨的流浪人，有越戰殘疾士兵和猶太後裔，那位參加過越戰的殘疾老兵有著不銹鋼的右手，那名波蘭後裔的猶太人曾被關進納粹集中營，其父母和姐姐都被納粹殺害。這些不同種族的受傷靈魂在流浪漂泊中相互慰藉。桃紅與波蘭猶太人在一座廢棄水塔中共同生活了一段時日，她告訴那位猶太人：「我是從亞洲來的猶太人。」這個來自中國的女人，在美國的放逐體驗到弱勢群體的境遇是相通的。作品的結局被處理得有些超現實，桃紅遭遇了一場奇怪的車禍卻並未受傷，「車禍原因不詳」、「女人姓名身分不詳」，桃紅又從醫院中逃了出來。這不算是悲劇結局，但有點啼笑皆非。可以說，是作者賦予了桑青／桃紅強旺的生命力，讓她堅韌地存活了下來，這結局出示了一種倔強的樂觀意圖。總體上，作者將自己對女性生命本質的自由主義式的理解融入了帶有特殊的文化英雄氣息的桑青／桃紅這女性形象身上。

　　其實女性解構意識在作品的「楔子」與「跋」裡得到了明晰有力的提示，我們很難忽略，小說的「楔子」與「跋」中出現了幾個耐人尋味的中國神話意象：女媧、刑天和帝女雀。如果說刑天這一「以乳

---

15 黃俊傑：〈中國古代思想史中的「身體政治學」：特質與涵義〉，《國際漢學》（第四輯）（鄭州市：大象出版社，1999年），頁200。

為目，以臍為口，操干戚以舞」的男神寄寓了中國人自古以來「猛志
固常在」的不屈和勇毅，作者不乏以此寄寓家國情懷和族性精神想像
的可能性；[16]那麼女媧和帝女雀這兩個女性神話人物的出場就不僅同
樣具有民族精神溯源的意味，還被巧妙地鑲嵌進了女性話語意識和策
略。無疑，中國古代的這兩個女性神話形象及其文化想像在作品中佔
有不容忽視的分量。先看女媧。「始祖─造物主─文化英雄形象」是
神話的基原，女媧與伏羲、羿、皇帝、炎底、鯀、禹等形象構成了中
國的「始祖─文化英雄」群體，如文化人類學者所言：「始祖母和始
祖女媧氏和伏羲氏（既是同胞兄妹，有時夫妻），成就了一系列純屬
文化英雄作為的創世功業」。[17]在「始祖─文化英雄」系列群神中，作
品選擇了女媧，這是很有意思的。《說文》十二云：「女媧，古之神怪
女，化萬物者也。」作為中國神話中最為古老的始祖母神、大母神、
化萬物者，女媧的非凡之舉首推「造人」和「補天」。「補天」神話表
現了女媧為災難中的人類勇敢地肩負起造物主兼保護神的責任，讚頌
這位大母神大愛大能的偉力與慈悲；「摶土造人」的神話更是將女媧
推向了人類創造者這一至尊無上的位置。小說在「楔子」裡交代了桃
紅與女媧之間的血脈聯繫，而在「跋」中則以現代語言重新敘述了帝
女雀填海即「精衛填海」的故事，提示桑青／桃紅與帝女雀的內在關
聯。「精衛填海」是個悲劇神話，講述炎帝之女「女娃」溺於東海、
魂化精衛銜物填海的故事，見於《山海經‧北次三經》，陶淵明〈讀
山海經十三首〉裡有詩句云：「精衛銜微木，將以填滄海；刑天舞干
戚，猛志固常在。」遂將帝女雀與刑天並置，提煉出一種中國人所認
同和敬仰的一種堅韌不屈的文化精神。作者以女媧與精衛這樣的神話

---

16 據相關研究，刑天舞干戚是一種古老的部族巫術儀式，刑天之舞可以顯示部族的神
　秘威力，其精神實質是以巫術行為象徵部落不滅。參看王貴生：〈刑天精神本源新
　探〉，《貴州教育學院學報》2003年第1期，頁37。
17 〔俄〕葉‧莫‧梅葉金斯基著，魏慶微譯：《神話的詩學》（北京市：商務印書館，
　1990年），頁212。

人物，隱喻桑青的弱勢存在現狀和桃紅的自由不羈，其內在邏輯顯示出作品不僅意在書寫華人悲情的流浪境遇，還有意將人物想像為一個富有反抗精神和行動力量的異類的女性文化英雄。在美國移民局男性官員關於桑青身分的不斷追問下，瘋狂女子桃紅的回答是戲謔而率真的：「我是開天闢地在山谷裡生出來的。女媧從山崖上扯了一枝野花向地上一揮，野花落下的地方就跳出了人。我就是那樣子生出來的。你們是從娘胎裡生出來的。我到哪兒都是個外鄉人。……桑青已經死了，黑先生。你可不能把一個死女人的名字硬按在我頭上。」桃紅以桑青之死換取自己的新生，從精神分析角度看雖有自我貶抑、自我毀滅的性質，但若從象徵層面看同時也含有置之死地而後生甚而鳳凰涅槃的意味，桃紅選擇女媧作為再生之母，固然與桑青厭惡自己蠻橫的生母有關，更隱含著人物從大德大能的始祖母那裡獲得強大精神能量的原始神秘意義：「花非花／我即花／霧非霧／我即霧／我即萬物……」因此，桃紅面對移民局官員發出了明確的自我宣言：「桑青是桑青。桃紅是桃紅。完全不同。想法，作風，嗜好，甚至外表都不同。就說些小事吧。桑青不喝酒，我喝酒。桑青怕血，怕動物，怕閃光？那些我全不怕。桑青關在家裡唉聲歎氣；我可要到外面去尋歡作樂。雪呀，雨呀，雷呀，鳥呀，獸呀，我全喜歡：桑青要死要活，臨了還是死了，我是不甘心死的。桑青有幻覺；我沒有幻覺。看不見的人，看不見的東西，對於我而言，全不存在。不管天翻地覆，我是要好好活下去的。」就像我們清楚《狂人日記》裡魯迅借狂人率真地道出了常人不敢說明的歷史真相，桃紅同樣是作者借人物的棄絕理性而盡情表達原始而自由的吶喊，這聲音在桑青那裡被痛苦壓抑了很久，現在需要桃紅親手埋葬舊我重新出發。從這個意義上看，桃紅的設置意義重大，無疑，這隱喻著離散華人在弱勢邊緣處境建構自我認同的艱辛：舊我的死亡，才可能獲得新生。很明顯，女媧和精衛這兩個神話人物為無根的浪人桃紅追溯了一種神秘頑強的族性歸依感和認同

感，同時也隱喻人物形象的豐富內涵。桃紅身上具備以下特徵：現實
層面她處於非理性的瘋癲（譫妄與幻覺）狀態，而在精神層面，她無
視傳統的父權制規約，挑戰中西性別倫理的框限，抗拒強勢國家的政
治規訓，還常常以各種方式戲弄男權與政權；桃紅生命的本質是絕對
自由（通過非理性的管道），是以嬉戲人生放縱自我來放逐生命中的
悲苦與哀愁，是在與權力話語的周旋中堅韌地存活。「不管天翻地
覆，我是要好好活下去的。」她雖然只是強大的權力話語壓迫下渺小
卑微的弱者，過著朝不保夕的流浪生活，但她倔強地決定活下去並生
下孩子，如精衛般堅韌。桃紅身上延續並改寫了刑天、精衛等叛逆者
形象的民族文化精神，融合了自信、疏放、反抗強權的自由意志。就
像孫悟空不甘心被至高的權力操縱，桃紅也無法忍受桑青的隱忍、壓
抑與自我束縛，在瘋癲狀態中她釋放出了驚人的能量，「楔子」中交
代，桑青／桃紅的住宅牆壁上留下了混亂而大膽的留言：「女生鬚／
男生子／天下太平矣……誰怕蔣介石／誰怕毛澤東／Who is afraid of
Virginia Woolf... 桑青殺父殺母殺女……」這似乎混亂譫妄的言語卻
涉及始終困擾人物的國族政治和性別政治，國共兩黨的領袖人物蔣介
石與毛澤東成了小說解構的政治符碼，西方女權主義代表人物、著名
女作家 Virginia Woolf 也成為作者漢語寫作需要挑戰的目標，顛覆意
義的意象傳達了強烈的革命性。而桃紅的瘋癲也令權力話語失措，這
一點在她與美國移民局官員的應對周旋過程中得到了淋漓盡致的體
現，正如福科所言：「在那種陷入瘋癲的作品中的時間裡，世界被迫
意識到自己的罪孽。……瘋癲的策略及其所獲得的新勝利就在於，世
界試圖通過心理學來評估瘋癲和辨明它的合理性，但是它必須首先在
瘋癲面前證明自身的合理性，」[18]正是桃紅的瘋癲言行解構了美國移
民政策的某些不合理之處以及政治偏見和種族偏見，同時桃紅本人也

18　〔法〕米歇爾·福科著，劉北成、楊遠嬰譯：《瘋癲與文明》（北京市：生活·讀書·
　　新知三聯書店，1999年），頁269。

因瘋癲而驅逐了無邊的恐懼和黑暗。而這一豐富的華人女性形象突出地顯現出聶華苓不妥協的主體精神。

民族國家意識與個體生命選擇
——從認同視角看於梨華、叢甦、陳若曦、張系國的小說

　　被視為「留學生文學」代表作的《又見棕櫚又見棕櫚》[1]典型地表現了冷戰時期海外華文文學的認同主題。於梨華在小說中塑造了牟天磊這一邊緣人形象，牟去國留美十年，艱辛地取得了新聞學博士學位，以及許多人嚮往的美國永久居留權，然而他卻感到深深的失落。故事講述了冷戰時期海外臺灣留學生人生狀態的慘澹和青春失落的惆悵，時間的流逝、空間的跨越、坎坷的世事歷練等因素讓這篇作品有些成長小說的意味；十年異域生活，讓一個稜角分明、熱愛生活的青年變成了落落寡歡、猶豫寡斷的邊緣人。可以說，作者對人人羨慕的留美生活進行了深入的解構與反省。小說以牟的返鄉探親為敘事線索，交叉呈現了三個不同的敘述流程與畫面：一是他在美國辛苦打工、寂寞苦讀、失去臺灣戀人、難以融入美國主流社會的生存現狀；一是赴美前記憶中臺北的淳樸、親情的溫暖和愛情的甜蜜；一是現實臺灣社會崇美風氣盛行，美國經濟與文化的滲透無處不在，「唯有在食經方面，中國文化保留得住一座未倒的堡壘，未為美國的文化侵略掩蓋。」[2]小說情緒強烈地表達了留學生在這三者之間的認同困擾和價值困惑。儘管主人公已在美國度過十年時光，而他的親友和整個臺灣社會都崇尚美國，他的留美博士身分不僅成為家人的驕傲，也是獲

1　於梨華：《又見棕櫚又見棕櫚》（北京市：中國友誼出版公司，1984年）。本文所引該
　　小說的內容皆出自此版本。以下引文不再另列注腳，只在引文後用括弧標出頁碼。
2　白先勇：〈流浪的中國人——臺灣小說的放逐主題〉，《第六隻手指》（上海市：文匯
　　出版社，1999年），頁82。

得年輕美麗的意珊愛情的保障，但他的內心卻拒絕認同美國——除了
肯定美國女孩的開朗大方這個優點。留美十年，卑微屈辱的打工磨光
了他的稜角，剝除了他的尊嚴，枯燥艱苦的讀書生涯則耗去了他的青
春，他因此還失去了甜美的愛情……這些個人遭遇令他逆反性地排斥
美國：「一個中國人怎能在美國落戶呢？」（頁44）顯然，他感到留美
對他而言是得不償失的，他的情感和價值認同都固執地朝向留有自己
青春美好記憶的臺灣；他希望將事業和未來安放在臺灣。但他的這一
想法與周圍的環境格格不入，甚至完全對立。過去的十年他一直未能
融入美國社會，現在他悲哀地發現：自己在臺灣也同樣感到陌生疏
離。於是，他陷入了哈姆雷特式的孤獨和矛盾：留下還是不留？由於
邱尚峰這個理想主義氣質的真率知識分子的直接影響，作品收場前把
牟天磊遲滯反覆的猶豫徘徊推進成為一個明確的決定：按自己的心願
留在臺灣，嘗試做一番有意義的事情，同時還要試試能否挽救愛情。
在最後關頭，人物終於從多餘人式頹喪的自我沉溺中破繭而出，這一
結局的安排表明，作者在宣洩了足夠濃烈的失意情緒之後，由衷地需
要唐吉訶德式積極明快的行動主義。

　　作品細膩流暢地刻劃了留美邊緣人的複雜心態，也渲染並批評了
臺灣社會過度崇美的氛圍。當時這世俗的崇美慾望蘊涵著相當強大的
能量，席捲著周遭的人和事物，像一股難以阻擋的洪流；按照作者的
觀點，它被視為物質主義的美國價值認同和世俗中國的虛榮勢利心態
的綜合體而遭到質疑和解構。小說清晰地表示出對美國式的商業化
「惡俗」的鄙視，這從隱含敘事者和主人公對一些人物的描寫與判斷
可明顯窺出，比如那些成功留美學人得意炫耀的舉止言行往往被描寫
得令人生厭，甚至其容貌形體也相應的肥胖醜陋俗不可耐；在牟天磊
眼裡，「太老練，太正常，因此就俗。」（頁189）這種對「俗」的潔
癖式判斷反襯了牟天磊心性的清高孤傲。與這世俗力量相對的，則是
富有土地意識的理想精神和傳統社會蘊含的靈性詩意。如關懷本土的

臺灣知識分子邱尚峰，他真率灑脫的個性和理想主義的持守令人敬佩，而他的熱情對優柔寡斷、喪失活力的牟天磊尤其富有感染力，他因車禍身亡的結局則渲染了一種悲涼和悲壯氣氛；牟天磊孤獨憂鬱的氣質隱含著對詩意和靈性喪失的憂慮和哀感。這裡透露出一種田園化浪漫主義想像與存在主義詩學相夾雜混合的高雅旨趣，只是這旨趣在現實生活中註定曲高和寡。小說主人公自己也並未能免於世俗的崇美潮流，他的反省態度一方面也來自他對美國社會現實黑暗面的感知：「以前在臺灣時看電影，最羨慕美國的，就是它的豪華，它的現代化，每一種用金錢與科學合製的摩登的享樂，美國都有。羨慕紐約的錐子似的高樓和第五街的櫥窗所代表的高級生活，以及賭城五色夜燈下閃爍的高級享受。但是到了美國，去過曼哈頓的黑人區，芝加哥的南面，洛杉磯的瓦茲街，才知道美國的醜惡原來都是藏匿起來的，而一旦發現了之後使人覺得格外的驚愕，因為它所代表的貧窮不亞於地球上任何一個國家的貧民。」（頁210）這段表述從後殖民批評視角看其實挺有趣，它直觀地揭示了一個普遍存在於後殖民語境中強國與弱國之間文化傳播的不對等現象，這是一種由強勢地區主導朝向弱勢區域的單向度文化輸出，也是弱勢地域對強勢地區文化的接受和洗禮，在這種文化傳遞過程中，強者的文化價值得到了有力闡揚，弱者的自我主體則於潛移默化中受到不同程度的動搖和貶抑。美國電影在賺取可觀商業利益的同時充分扮演了文化傳播的意識形態角色，積極塑造一種召喚弱國民眾「現代文明」慾望的世俗化美國想像。於梨華小說中牟天磊對美國貧富結構的觀察和分析，不僅是人物的自我嘲諷和反思，實際上也在解構臺灣民眾美國想像的盲目性和虛幻性。

饒有意味的是，伴隨著受辱者的自傷自憐心態，牟天磊眼裡的美國往往野蠻、自私、冷漠而異己，他甚至認同姑媽的看法把留學看成是「越洋過海地跑到身上長滿了長毛的蠻人的國家裡去」。（頁172）將異族視為蠻夷乃是東西方都普遍存在的一種世界性現象，但具體情

形各有不同。小說中牟天磊認同的民間排外情緒，追根溯源，是古老中華儒雅文明的昔日輝煌業績在國民中沉澱的一種他者化民族意識形態。晚清以來，崇尚仁義禮儀的孱弱中國遭遇野蠻強悍的西方列強侵略，中國人是被侵害的弱者，對於列強又缺乏認識，因而自發產生了本能的排外意識和保守消極的阿 Q 精神。一般而言，這種意識在文化水準不高的底層社會更加明顯。接受過西化教育的留美知識分子牟天磊，卻退回這種封閉心理尋求平衡，這與其被解讀成近代中國人防禦性自發民族意識的延續，不如說更是他在美國的失意生活所引發的情緒宣洩。作為知識分子，牟天磊的思考卻限於對處境的一種消極犬儒的反彈，包括他軟弱地從上一輩的落後觀念中尋找慰藉，說明他缺乏對現代世界的客觀理性認知。不過無論如何，從人物絲絲縷縷的情緒躁動中，讀者不難辨識他明白無誤的民族國家認同。可想而知，民族國家意識與去國離鄉行為在本小說的語境中是相互矛盾的，有時甚至尖銳地對立著；按牟天磊的觀點，留學不僅葬送了他青春時代的甜美愛情和個人幸福感，也不符合他的民族國家認同和知識分子的責任感。小說結尾，邱先生之死堅定了他的民族認同，更促成了他的自我抉擇的行動，他決定留在臺灣。回歸，在此被當做解決人物認同危機的一種選擇。從小說整體情緒和情感層面看，這樣的抉擇是必然的。這也是人物犬儒消極精神狀態的一個突破。

　　牟天磊的臺灣本土身分認同與中國身分認同完全一致，這一點不言自明；但不可否認的是，冷戰時期兩岸對峙的現狀加劇了海外中國人政治認同與文化認同的困境，內戰帶來的兩岸分裂現實讓那些自大陸流亡臺灣以及放逐異國的中國人尤其感到困擾和痛苦，因為作為民族國家共同體的母國，只能存在於他們的個人記憶和縹緲想像中。故土難歸的悲情，構成了臺灣鄉愁文學和海外華文文學中國結的核心情感，直至八〇年代的兩岸交流才使這種積聚數十年的情感得到疏解。當年牟天磊站在金門的瞭望臺遙望廈門，他百感交集：「這就是廈

門。這就是祖國的土地，這就是被多少人想望而不敢回去的地方！在外國的寂寞，『無根』的寂寞中，祖國已不是一個整體的實質，而是一個抽象的、想起來的時候充滿著哀傷又歡喜的一種淩空的夢境。……祖國變成了一個沒有實質而僅有回憶的夢境。」（頁168）這段話可以當做美華文學中「流浪的中國人」形象群以及鄉愁書寫的一個注腳。本尼迪克特・安德森認為，民族國家是現代印刷媒體建構出來的「想像的社群」，但他也認定此共同體並非虛構，「而是一種與歷史文化變遷相關，根植於人類深層意識的心理建構。」[3]牟天磊正是倚賴昔日的記憶來想像中國，而他的個人記憶與中國現代歷史水乳交融。多數「流浪的中國人」像他一樣，其個體生命記憶與民族國家想像緊密相關，異國遭遇以及母國分離的現狀刺激著他們更執著於民族情感訴求——於梨華後來的另一長篇小說《傅家的兒女們》，白先勇小說裡的吳漢魂、李彤、依萍等「紐約客」，聶華苓筆下人格分裂的桑青／桃紅，叢甦作品中的文超鋒、沈夢、劉小荃與「自由人」古言泉，張系國小說裡的「香蕉人」，以及平路《玉米田之死》裡的陳溪山……海外華人形象群反覆訴說著一種「在路上」的感覺，他們是無根的漂族，身體的漂泊與精神的離散形成他們生命的憂鬱基調。直至七〇年代末，叢甦依然強調海外華人的無根感：「離開了母土的流浪人是脆弱，無根的，無著落的……對於一個流浪人，土地和語言是他在流浪生涯裡日夜渴望，不能忘懷的！土地象徵著他和他的祖國的根源的關係，語言象徵著他和他的同胞的聯帶關係。沒有失卻它們的人永遠不會感到它們的可貴（正如我們不會日日讚美陽光和空氣一樣），而一旦失卻了它們，那流浪的人卻像脫殼的遊魂，國際飄蕩，日夜向風來的方向探尋故鄉的信息。」[4]這樣的表述說明，那一時期

3　吳叡人：〈認同的重量：《想像的共同體》導讀〉，〔美〕本尼迪克特・安德森：《想像的共同體》（上海市：上海世紀出版社，2003年），頁18。

4　叢甦：〈《中國人》序〉，《中國人》（臺北市：時報文化出版企業公司，1981年），頁2。

臺灣作家群明確無疑地保持著以共同血緣、膚色、語言、歷史文化傳統等為基石的民族身分認同。特立獨行的理想主義者陳若曦是臺灣作家群中一個特別的個案，她將留美轉化成重回中國大陸的契機，踐履其左翼思想，親炙母國土地。然而這種不計後果的唐吉訶德式的行動主義者畢竟是少數。更多的華人作家大多在異域經營文字中的故國之夢，表達他們哈姆雷特般的憂鬱情懷。他們筆下的「流浪的中國人」常被寂寞、孤獨糾纏，其間極端者，甚至走向瘋狂和死亡之絕路，觸目驚心地詮釋了冷戰時期離散華人的認同困境和精神悲劇。

六〇至七〇年代叢甦的許多作品在挖掘海外華人認同主題方面也相當突出。她的早期作品多收入《秋霧》集中，充斥著青春期敏感迷惘的主觀感覺和存在主義的孤絕氣息，以意象的精細塑造和人物情緒心理的細膩經營見長，顯示出充沛的才情，而存在主義人生哲學則似乎成為叢甦長期以來塑造人物演繹主題時常常運用的思想資源。如被白先勇稱為臺灣作家受西方存在主義影響產生的「第一篇探討人類基本存在困境的小說」《盲獵》，以寓言形式「寫出了現代人的焦慮、惶恐」。[5]顯示出存在主義文學寓言化和抽象化等特徵；《在樂園外》裡的陳姓則更是明顯受到存在主義影響，他在留美的打工、讀書和交友等日常生活中難以適應美國都市社會的動盪不安和激烈競爭，反感美國文化薰陶下隨意開放的兩性關係，孤芳自賞地持守著所謂的「不必須主義」，在艱苦獲得碩士學位後選擇了自殺，並將寫有遺言的紙條夾在他喜歡的《西西弗的神話》一書中，宣稱：「我死是因為『不為什麼。』」該書扉頁上加繆的話似乎就是這位東方青年選擇哲學性死亡的注釋：「在某種程度下，自殺是對荒謬意識的解決之一途。」存在主義生命哲學（特別是加繆的哲學）強烈地影響著作品中人物面對

5　白先勇：〈新大陸流放者之歌——美、加中國作家〉，白先勇：《明星咖啡館》（臺北市：皇冠文化出版公司，1985年），頁34。

生死的基本態度，這種情況一直到七〇年代後期叢甦的創作中也依然存在。值得注意的是，叢甦早期作品中也有一些擺脫了僵硬哲學理念影響的作品如《雨》等，專注於描摹女性細膩的情感心理，這類作品沒有宏大敘述的野心，反倒特別精細出彩，也顯示了作者良好的敘述節奏和情節設計能力。

　　七〇年代以後叢甦的小說主要收入兩個小說集子：〈想飛〉和《中國人》。〈想飛〉收入〈半個微笑〉、〈想飛〉、〈百老匯上〉、〈癲婦筆記〉、〈豔茉麗夫人〉、〈巴黎·巴黎〉、〈芝加哥的一夜〉、〈偶然〉等九篇小說；《中國人》則收入〈虹〉、〈窄街〉、〈自由人〉、〈野宴〉和〈中國人〉等五篇作品。叢甦此階段的作品進一步深化了前期創作的部分主題，也在題材層面有所拓展，對美國社會政治現實和華人處境有了更廣泛深入的思考。相對於小說集《秋霧》對臺灣背景的較多關注，七〇年代後的叢甦已經久居美國，其創作更多涉及美國社會現實，她往往運用華人的敘述視角，敏銳觀察美國社會多元民族的生活百態，六、七〇年代的社會弊病如社會治安問題，女性、老人、同性戀、少數民族等弱勢群體的生存狀態，華人族群的邊緣地位和民族意識問題，都進入了叢甦小說的敘述視野。不過，叢甦的小說題材雖然比起一般留學生文學有了較大拓展，但華人的生存境遇和精神困惑仍是叢甦最為關切的對象。

　　小說〈想飛〉的情節主旨與《在樂園外》和白先勇的〈芝加哥之死〉十分近似，講述一個中國留學生在留美生活中喪失生趣的可悲故事。主人公沈聰與陳甡一樣也是貧窮的留學生，但他比吳漢魂和陳甡更為不堪，因經濟和語言問題他無法完成學業，只能「打工，賺錢，混飯吃，瞞移民局，追女孩子，日久成週，週久成月，月久成年，像是坐在一個失去控制的地下火車，直往前奔，永不見天日，永不達目的……」毫無樂趣和希望的生活讓他感覺自己如西西弗斯一般永無解脫之日，最終從幾十層的摩天大樓上跳樓自殺：體驗了生命裡的最後

一次飛翔／墜落。沈聰與陳甡的身世和思想都帶有存在主義的孤絕氣
息，而他們虛無絕望的存在哲學似乎也是華人知識分子鄉愁的精神產
物。美國文明不能安慰漂泊者的靈魂，沈聰的孤寂與悲愁是安泰離開
了大地母親之後的虛弱無力，「他望著鐵檻外的哈德遜河水和遠處的
自由女神像。河水混沌，在靠岸處有不少汙髒雜物。那灰綠色的女神
在七月的陽光下高持火炬，在她腳下站著的臺柱裡寫著：『給我你疲
乏的，貧窮的……那無家可歸的……』『無家可歸』。沈聰默念著，眼
睛不禁充滿了淚水。」像這篇小說傳遞的美國景觀所喻示的，叢甦的
多數小說所展示的美國想像都是負面的：社會動盪，經濟衰退，治安
混亂，道德失範，弱勢群體自生自滅……以都市符號摩天樓為例，叢
甦筆下的摩天樓並不如人們想像的那麼宏偉氣派，相反倒呈現了一幅
破舊邋遢陰暗的景象。這與白先勇的描寫存在著有趣的區別，白並不
否認摩天樓的現代氣魄，只是反感它盛氣淩人和冷漠異己的壓迫性；
而叢甦的描寫則對這現代都市符號外在面容的現代性也毫不留情地加
以否定，這一方面反映了叢甦眼中六、七〇年代美國社會蕭條衰退的
部分真實，另一面，也是叢甦內心濃烈的懷鄉情感和堅定的族裔主體
意識使然。她小說裡，與中國有關的一切都是親切溫暖的，有時幾句
爽朗的山東鄉音就足以讓祖籍山東的作者心動不已，族裔—語言的民
族情感在家國之外顯得更加珍貴；《中國人》裡的華大姐說得明白：
「在一個過著漂鳥生涯的人來說，有朋友，有親人，有中國人的地方
就是家。」小說集《中國人》清晰集中地表達了作者這種瀰漫著民族
意識的創作理念：「塑造某種典型——這時代裡流浪的中國人」，[6]同
篇序言中，作者以希臘神話中的巨神安泰與大地母親的關係來比擬中
國人與母土的關係，並套用屠格涅夫的話來傳達她的心聲：「中國可
以沒有我們而存在，但是我們不能沒有中國而存在。」《中國人》裡

6　叢甦：〈《中國人》〉序言，《中國人》（臺北市：時報文化出版企業公司，1981年），
　　頁4。

的多數作品，都在傾訴一種強烈的中國認同意識和離開母土後放逐流離的彷徨憂傷。〈自由人〉裡的古言泉在冷漠的個人主義與狂熱的政治行動之間如同困獸，更如同迷失了家園的羊羔；善良的女敘事者在飄蕩五年後也選擇了回歸。〈窄街〉以雙線平行兼意識流的敘述方法，描述了年輕的底層華人劉小荃在美國窄街被黑社會成員槍擊身亡的故事，顯現了美國都市社會的不安定、底層華人缺乏安全保障的生存狀況；與華人知識分子鄉愁的浪漫化、犬儒化傾向相比，底層勞動者的憂愁與歡樂顯得更為平凡質樸，劉小荃父子倆的無辜之死也就更加觸目驚心。〈窄街〉是作者偏愛的作品之一，從中可以看到叢甦掙脫一般知識分子趣味、關注海外底層華人生活的意圖。

　　另一篇作者偏愛的作品〈野宴〉主要講述了中國留學生一次野外聚會的遭遇，他們中的一人被當地居民誣陷為入室強姦搶劫而遭到打罵，原本歡樂祥和的聚會變成了一場民事糾紛，作為外來者的中國留學生在異文化面前明顯處於弱勢，他們老實本分忍讓的言行沒有換來理解和尊重，卻遭到利用和欺侮。雖然留學生們滿心屈辱和不平，但為了不吃眼前虧，還是不得不付錢私了。這一事件傳遞了一種異鄉人的生存憂慮。女主人公沈夢憂鬱地道出小說的思想主旨：「在這個社會裡，我們只不過是夾縫裡的人，是的，夾縫，邊緣人……生活在別人的屋簷下，屋簷雖好，終究是別人的，也好像是生活在岩石的夾縫裡的小草，遮風避雨，但是假如有一天大石頭倒了，我們也不存在了……我們的命運不在自己手裡」。《中國人》裡的文超峰同樣認為：「身為一個移植的異鄉人，他的存在充其量是邊緣的。」

　　二十世紀以來，「民族認同」開始變得混雜而矛盾，「它是一個由各種社會群體與個人講述的故事的集合作，尤其是邊緣人與局外人、外來移民、前殖民地的人、流放者與低層人士所講述的故事集。」[7]

7　〔英〕安東尼‧D‧史密斯撰，龔維斌、良警宇譯：《全球化時代的民族與民族主義》（北京市：中央編譯出版社，2002年），頁20-21。

在美國這樣一個多元民族融合的國家裡，這種情況更是普遍存在。中國人在美國是少數民族，但這並未讓所有中國人都願意放棄自己的民族身分認同。他們擁有自己的神話、傳統、記憶和夢。叢甦就以小說形式表達了被美國主流社會忽略不及的中國人的少數話語，她描敘六、七○年代的中國留學生和移居者在學習、工作、人際交往、社會活動等方面的邊緣弱勢境遇，分析他們中的一些人堅持將民族情感當做他們精神寄託的社會原因，不斷地銘刻富有象徵性和神話性的族性記憶，並希望擺脫華人知識分子柔弱消極的鄉愁夢囈，賦予海外華人的族性更為堅強的力量。《中國人》的結尾提供了這樣的思路，當文超峰離開沈夢所在的城市之前，他遇到了一位曾經打過日本鬼子的山東漢子丁長貴，後者粗放豪爽的話語給了他鼓舞和力量，家和祖國都裝在心裡，「可別小看它呀！」叢甦在這篇名為《中國人》的作品裡熱情地表達了這樣的信念：少數民族的海外中國人仍保有自己的民族自尊和情懷，這熱情是那麼強烈而執著：「中國，中國人！這多麼榮耀又多麼沉重的名詞呀！中國，這閃爍著過去的榮耀和未來允諾的名詞。中國不應該是一個地理名詞，中國不只是一個政治體系，中國是歷史，是傳統，中國是黃帝子孫，孔孟李杜，中國是一種精神，一種默契。」

作者的認同傾向也深深影響了人物的塑造，〈野宴〉和《中國人》中其實也存在持另一種認同觀念的人物，如順利進入中產階層的林堯成博士，他有一套自己的成功者生活觀念，文超峰和沈夢不能丟棄的民族情感，在他眼裡只是阻礙個人發展的情感包袱：「中國人一天到晚自怨自艾，說美國社會不接受。其實自己根本不想被同化，怎能怪別人歧視？……這是一種心理上的障礙，情感上的包袱，要是中國人不先把這個扔掉，一萬年也休想打入美國社會！」但這個人物在小說中被眾人視為一種圓滑俗氣的勢利主義者，遭到沈夢等留學生的鄙視。顯然在華人文學中，為了生存和發展而丟棄民族認同的行為是

不被鼓勵的，而是受到作者或多或少的批評和質疑。這種現象在六、七〇年代臺灣作家群的美華小說中具有一定的代表性。

當初同屬於臺灣現代派小說創作陣營的美華作家中，出生於臺灣的陳若曦其生平經歷頗富傳奇色彩，她的左翼熱情以及始終堅持的底層關懷顯示出與白先勇諸人迥異的價值取向，她的理想主義精神和現實介入意識在女性作家中也顯得特別突出。早年陳若曦是《現代文學》雜誌的發起人之一，曾熱衷於以現代主義創作技巧表現鄉土生活和詭異想像；一九六二年赴美，時逢美國流行「中國熱」，出身社會底層的她接受了民族主義和左翼思想影響，對馬克思主義和社會主義中國產生濃厚興趣；一九六六年陳若曦夫婦繞道歐洲回歸中國大陸，但七年的大陸文革體驗讓這對夫婦的烏托邦追尋告一段落；一九七三年她離開大陸並重新提筆，寫出開啟中國大陸傷痕反思文學先河的《尹縣長》、《耿爾在北京》等重要作品，奠定了她的文學地位。文革夢魘讓陳若曦逃離了她當初投奔的大陸，但這獨有的中國經驗也成全了她與眾不同的創作內容。「陳若曦再回臺灣文壇，全拜『中國』之賜，而『中國』卻是叫她痛苦七年又愛恨交加的地方。」[8]這些文革題材作品充分表達了陳若曦對文革的批判以及對大陸政治體制的反省，冤死的革命者尹縣長和歸國華僑耿爾這些背景完全不同的人物形象，在她筆下都塑造得比較真實豐滿。

一九七九年陳若曦由加拿大遷居美國三藩市，視線更多地轉移到海外華人社會，她說：「從一九八〇年開始，我就不以『文革』為題材從事創作了，因為這個問題很多人比我了解得多，資格比我老得多，我已集中精力多寫一些有關海外華人的東西。」[9]儘管如此，她對兩岸三地的社會動態仍保持密切關注，創作了長篇小說《突圍》、

8　李奭學：〈驚醒的中國夢——讀陳若曦的文革小說〉，《聯合文學》261期（2006年7月），頁46。

9　〈陳若曦談兩岸文學創作〉，香港《文匯報》，1984年2月22日。

《遠見》、《二胡》、《紙婚》，短篇小說集《城裡城外》、《王左的悲
哀》、《貴州女人》等，這階段小說中常出現不同政治文化背景的華人
之間的思想交鋒及日常生活交往，描寫海外華人生存狀態以及他們與
兩岸政治的複雜關聯，而華人女性的情感、婚姻往往成為重要切入
點。此外，《文革雜憶》、《生活隨筆》、《草原行》、《西藏行》、《柏克
萊書簡》等散文集，也直率表達了作者對兩岸政治、歷史和現實問題
的思想和感受。一九九五年，返臺定居的陳若曦對佛教和女性生命境
遇興趣日益濃厚，出版《慧心蓮》和《重返桃花源》等有關臺灣佛教
修行與女性境遇題材的作品。陳若曦曲折的人生經歷在海外女作家中
相當罕見，她為踐履人生理想而付出的不凡努力尤具傳奇色彩。就創
作而言，豐富的社會人生經驗開闊了她的創作視野，隨著生活世界的
變化，她的創作也不斷展現出新的視域。值得一提的是，陳若曦小說
少見一般女性文學的軟性特質，乏風花雪月和陰柔纏綿，多現實針砭
和社會批評，對於兩岸政治和認同問題，大多立足於民主的人道主義
和民族國家意識，這使她的作品帶有一種熱情而硬朗的質地。

　　回溯陳若曦的人生旅程和思想歷程，可以發現，融民族國家情結
與自由主義元素為一體的政治意識、樸素的女性關懷與人道傾向的宗
教追尋，構成其思想和創作最有價值的內涵。首先，與眾不同的是，
她對政治的關注度和表現慾望之強烈超出一般女性作家，陳若曦自認
為有著「政治動物」的天性，[10]而她的作品也正是首先以政治內容的
敏感而聞名於世的。那麼，陳若曦筆下的政治主要指涉什麼呢？大陸
學者湯淑敏女士（也是陳若曦的知交）認為，陳若曦所熱衷的政治主
要包括三個層面，第一是對文革的抨擊和批判；第二是「呼籲政治民
主和藝術民主，對海峽兩岸發生的重大政治事件發表意見」；第三是
呼籲兩岸的和平統一。[11]這是知人論世之論。確實，陳若曦創作中的

10　陳若曦：《遠見》，〈自序〉（香港：博益出版公司，1984年）。
11　湯淑敏：《陳若曦：自願背十字架的人》（北京市：作家出版社，2006年），頁140。

政治關懷有其值得欽佩和嘉許的一面，她在作品中建構了大陸、臺灣、美國這交錯的三角關係，顯然，她抓住了兩岸問題的一個癥結。在這些作品中，可以感受到陳若曦熾熱的民族情感和期盼祖國強盛的願望，以及面對兩岸問題時的焦慮。在陳若曦的海外華文創作裡，作者努力以一種超越性的客觀眼光來分析和評價兩岸中國的政治、文化和人群，以及兩岸對峙局面、兩岸政治與社會事件對海外華人的深刻影響。如被收入多本作品集的小說《向著太平洋彼岸》，主人公林以貞及其家族成員與鄰居朋友所組成的人物關係網，就是一個複雜的小社會，華人不同的政治觀念相互糾纏衝突，滲透於華人的親朋交往和日常生活，而不同的倫理意識和文化認同之間也存在錯綜的矛盾與對話。儘管小說展示的種種問題仍然困擾著小說內外的人們——不同政治認同的華人之間如何冰釋誤解和敵視？老一代華人的純種民族意識和土生華人的雜化意識如何改變對立狀態？海外中國人為何不能像猶太人那樣團結和堅持自我？但小說的結尾卻顯示出一種和平美好的期許和信念：喬先生準備接受邀請回國教授國際法，一直猶豫徘徊的林以貞也對自己既要回大陸也要回臺灣「信心十足」起來。這部八〇年代初期的作品已經平復了傷痕文學夢魘般的震驚與痛楚，也不同於六、七〇年代留學生文學的悲觀沉悶，可以看出，有著臺灣、大陸和海外三重經驗的陳若曦試圖超越左右與統獨等不同的政見立場，回歸到民族團結和解的溫暖熱情想像裡。

　　但是她也並非總是可以將政治議題轉化為深厚的藝術表現，她的部分小說中，政治議題只是浮泛地出沒於人們的對話中，或者在敘事人的先驗敘述中，而難以支撐人物形象的豐滿建設。臺灣學者呂正惠也曾對此提出批評，認為陳若曦《歸》以後的作品存在概念化等缺點，他還認為陳若曦小說有時將海外華人問題和大陸、臺灣各自的問

題混為一體，其原因在於作者未能恪守自己的美華身分。[12]而今，曾
經是美華作家身分的陳若曦再次選擇了回歸——回歸臺灣，為此她甚
至付出了婚姻解體的代價。這起碼說明陳若曦對中國（兩岸）的熱切
關注是真摯而持恆的，她即便身在美國也不願自外於中國人（臺灣
人）之外，她屬於堅持中國人身分、關注中國超過關注移居國的那類
中國遊子。呂正惠的另一個發現比較確切也有趣，他認為陳若曦作品
人物關聯式結構的一個特色，就是以婚姻愛情關係來影射兩岸關係。
陳若曦將人物的倫理和情感關係用來隱喻或襯托其他議題，亦不限於
表現兩岸關係的思考框架，諸如種族、國家間的複雜微妙關係有時也
會出現在作家的思考當中。

　　出版於一九八七年的《紙婚》是一部日記體的長篇小說，其內容
比較羅曼蒂克，顯示出人性善的認知基礎上的一種善良美好的跨界想
像。這裡的跨界指的是跨越種族和國界的人性交流。上海姑娘尤怡平
自費留學美國，因違規到餐館打工被勒令離境；美國青年項・墨非用
假婚的計策，使她化險為夷。當她獲得綠卡時，同性戀者的項卻已經
身患愛滋病，陷入孤獨的絕境，這對逢場作戲的異國男女之間，在真
誠相處過程中建立了深摯感人的友情，尤怡平決定陪伴他度過生命的
最後時光。對於尤怡平來說，項的死給她留下了終生的感情創痛；二
人不到一年的「紙婚」，彷彿一場人性的洗禮，令人感知善良這種人
性的特質是可以繁衍循環的。這樣一個比較煽情的故事，除卻一種善
良的人性謳歌之外，裡面自然也寄託了一個華人作者有關族性和諧交
融的美麗想像。似乎這樣的故事架構和情感想像在華文創作中擁有相
當大的市場。我們在聶華苓的《千山外，水長流》中看到了異曲同工
的異國戀情，只是那個故事的時間跨度更加漫長，涉及的歷史因素更

---

12 呂正惠：〈徘徊回歸線——陳若曦小說中的政治三角關係〉，《小說與社會》（臺北
　　市：聯經出版事業公司，1988年），頁130。

加幽深，情節也更為曲折傳奇。而在大陸新移民作家嚴歌苓的小說
《少女小漁》中，中國少女小漁和義大利老人之間的感人故事亦延續
了這類敘述構架。這類以中國女性與異國男子的異域情感故事為題材
的作品給讀者留下了異國情調的想像空間，折射了華人作家對一種超
越種族屬性的人性交流的理想化期望。但也有一些作品在觸及異國戀
情或異國婚姻題材時，更多地考慮到現實層面而富於諷刺性，如《桑
青與桃紅》中江一波與其美國妻子貝蒂的婚姻就被視為「居美華人與
美國社會的交易」。[13]

　　六〇、七〇年代之交，國際政治的變幻逐漸激發了臺灣知識分子
民族意識的高漲，現代主義落潮的同時也就意味著關懷現實的鄉土主
義的興起。在美國，釣魚島事件直接激發了中國留學生的民族國家意
識。一九七〇年日本宣稱釣魚臺為日本領土，美日聯合公報決定於一
九七二年五月十五日將歷來屬於中國臺灣的釣魚島「歸還」日本，一
九七〇年底出現沖繩警察局拔下並撕毀釣魚島的青天白日旗、驅逐臺
灣漁船的事件……美國政府將中國領土釣魚島「歸還」日本的無理做
法和日本政府企圖併吞中國領土、侵犯中國主權的行徑，引起海內外
中國人的極大義憤，以美國的臺灣留學生為主的保衛釣魚島運動在七
〇年代初期興起。聲勢浩大的「保釣」運動顯示了海外華人的愛國激
情和民族意識，「打破了留學界不過問政治的沉悶局面，參加這運動
的積極分子對於社會和政治的認識也因此提高了。」[14]許多華人知識
分子投身其間，留下可歌可泣的篇章，張系國、劉大任、郭松棻、鄭
愁予等人就曾以極大熱情投入「保釣」，其中一些人還參加了此後的
統運。在那一時期，民族國家這一神聖的共同體想像無疑激發了華人

---

13 黃秀玲：〈美華作家小說中的婚姻主題〉，《臺灣香港與海外華文文學論文選》（福州
　　市：海峽文藝出版社，1988年），頁321。
14 麥禮謙：《從華僑到華人：二十世紀美國華人社會發展史》（香港：三聯書店，1992
　　年），頁483-484。

的深刻認同。誠如吳叡人所言：民族總會在人們心中激發強烈的依戀之情，因為民族的想像「能在人們心中召喚出一種強烈的歷史宿命感。從一開始，『民族』的想像就和種種個人無可選擇的事物，如出生地、膚色等密不可分。……無可選擇、生來如此的『宿命』，使得人們在民族的想像中感受到一種真正無私的大我與群體生命的存在。『民族』在人們心中所誘發的感情，主要是一種無私而尊貴的自我犧牲。」[15]由於冷戰時期複雜的國際政治和兩岸對峙的可悲歷史格局，海外華人的保釣運動雖轟轟烈烈地形成過熱潮，卻無法取得實質性成果，成為一場不乏悲劇性的華人政治運動；但是保釣運動深具歷史意義和價值，它對於投身其中的人們以及持續至今的華人民間保釣運動而言，都可謂影響深遠。

　　在美華臺灣文群的文學作品中，我們亦可見證保釣運動的歷史風雲，張系國的長篇小說《昨日之怒》就是這方面很具分量的代表作。祖籍江西南昌的張系國一九四四年生於重慶，成長於臺灣，畢業於臺大電機系，留美獲伯克萊加州大學電腦科學博士學位。在從事科學研究之餘，他撰寫了大量科幻小說，如短篇《星雲組曲》及《夜曲》，長篇《城》三部曲：《五玉碟》、《龍城飛將》、《一羽毛》，被視為臺灣最重要的科幻小說家。而七〇年代末他的長篇《昨日之怒》則記錄了作者親歷的一段難忘激情歲月，直接以居美華人保釣運動為背景，意在「盡可能忠實的記載下我所看到的海外釣運的演變。」作者自認為「《昨日之怒》只能算是個人對中國青年政治運動的一個詮釋……唯一的意義，乃是對自己及當日共事過，現在流散到非洲、美洲、臺北、武漢、北平……世界各地的朋友，有個交代，尤其是對大風社舊友。歷史會證明，我們是無辜的。我們已經盡了最大的努力。」[16]這

---

15 吳叡人：〈認同的重量：《想像的共同體》導讀〉，本尼迪克特‧安德森：《想像的共同體》（上海市：上海世紀出版社，2003年），頁13。

16 張系國：《昨日之怒》，〈後記〉（臺北市：洪範書店，1986年，第25版），頁299-300。

種寫作的初衷和自覺的歷史敘事意識使《昨日之怒》的歷史敘事價值可能超出了純粹的文學意義。在這部作品中，我們可以真切地感知七〇年代海外中國青年純正而有些悲情的愛國情感，以及在兩岸之間、左右之間吶喊彷徨終而迷失無依的家國迷思，對於那些熱忱純正的青年，對原鄉的熱愛和民族認同成為了深深的歷史痛楚。而運動中各種力量的角逐博弈過程以及一些人的政治投機行為，又令人不能不陷入理性反思。小說塑造了一批七〇年代海外中國人尤其是臺灣知識分子形象，其中有葛日新、王亞男等滿懷國族熱情和理想主義精神的知識青年，也有吳寒山、王教授等棲身美國學院的華人學者，有無法甘心做「美華」而猶豫彷徨、最終回歸臺灣鄉土發願做「守望者」的施平，也有悲觀失望但依然不願妥協的胡偉康，有頭腦冷靜精明現實的女強人丘慧美，也有陳澤雄這樣謹慎而善良的臺灣青年……這形態各異的知識分子群像集中體現了海外中國人夢醒之後各自的不同選擇和理想主義失落的悲哀。熱血青年發動的釣運彷彿是一場民族主義的悲涼大夢，在國家未統一的狀況下，最終只能歸於荒謬與虛無。小說傳達了深切的關懷土地愛國保疆的社會政治意識，也書寫了海外中國人自我定位的困境與認同的焦慮，同時也試圖對「釣運」進行理性的反省。在釣運中，葛日新等激進的愛國青年認為，「人只有在獻身這樣的政治運動時，活著才有意義，人生才有目標。」他留戀著釣運中「海外中國人為了一個崇高的理想，放棄個人小我動人的一幕。」[17]他的心目中，釣運堪與五四運動相提並論。這個青年堅守其烏托邦情結，堅持不與現實妥協，身在美國而不願向資本主義低頭。他以此贏得了奇女子王亞男的愛情，但令人感歎的是現實生活中他連妻小也難以養活，只能靠賣包子艱難度日，而作者將他的結局設計為車禍而死，也暗示了這種華人烏托邦式政治追尋的英雄末路。施平在葛日新

---

17 張系國：《昨日之怒》（臺北市：洪範書店，1986年，第25版），頁171。

的悲劇刺激下終於決心留在臺灣，做老家的「留守者」，顯示了回歸家園、回歸土地、回歸自我的強烈意念。小說在這一點上仍延續了六〇年代於梨華、白先勇、叢甦等作家的基本思路。對於那一時期猶豫彷徨的海外青年知識人而言，回歸鄉土似乎成了解決精神危機的唯一選擇。作品饒有意味地出現了機場上美國男子與中國青年口角之爭的一幕：美國人以輕慢的語氣嘲諷中國人是永遠的難民。這句話或許也是令作者心痛的一根芒刺。

霍米・芭芭（Bhabha）曾說：「處於民族邊緣的那些人（比如混雜體）在使民族得到持續的重新構建中，起到了特殊的作用，因為他們有自己的抗衡主流的話語。」[18]處於本民族邊緣的旅美臺灣作家群在中國的民族國家建構中起了怎樣的作用？他們用以「抗衡主流的話語」是什麼？從一定角度看，陳若曦、白先勇、於梨華、聶華苓等臺灣作家的文學創作，正因為身處民族邊緣而得以傳遞一些不能取代的訊息。張系國的《昨日之怒》也是其中的個案。這部政治性很強的小說以銘刻個體記憶、素描集體群像的方式為「保釣」歷史寫真，以文學書寫形式記錄下發生於家國以外卻與家國密切關聯的重大歷史事件。作者在〈後記〉中這樣說：「從海外保釣運動的演變裡，一些左右中國政治運動的基本問題，同樣清楚呈現出來。這些問題一日不解決，中國的現代化就一日不會完成。」這種沉重的家國憂患意識不僅在五四時期的作家筆下力透紙背，同樣屬於張系國那個時代的臺灣知識分子。

---

18 伊瓦・戴維斯：〈性別和民族的理論〉，參見陳順馨、戴錦華選編：《婦女、民族與女性主義》（北京市：中央編譯出版社，2004年），頁29。

憂鬱的心靈鏡像與詩性的美學救贖
——郭松棻、李渝的文學世界初探

一

　　翻看大陸的華文文學相關論著，人們可能對白先勇、於梨華、聶華苓這批來自臺灣暨海外的著名作家瞭若指掌；但對另一些同樣傑出的作家，我們可能就所知甚少了。比如，這裡提到的兩位作家郭松棻和李渝，近年來在臺灣和海外已有不少學者對他們的創作進行了高度評價和分析研討，而大陸評論界對他們的關注和研究依然不夠充分。其實，談及臺灣文學及美華文學，我們都沒有理由忘懷郭松棻、劉大任和李渝這批人生經歷曲折坎坷的華文作家和他們的美學回歸之路。這些作家在他們的青春歲月曾積極投入海外保釣愛國運動，表現出強烈的左傾思想傾向和對紅色中國的熱切嚮往，為其左翼理想付出了巨大代價。郭松棻和劉大任當年因參加釣運和統運以及思想左傾而被列入國民黨當局的「黑名單」，成了有家難回、有國難歸的「郭匪」和「劉匪」；七〇年代中旬他們受邀來中國大陸訪問，親見文革亂象，烏托邦理想邃然幻滅。與眾不同的人生經歷深深影響著他們此後的思想和美學傾向。這裡專談郭松棻和李渝夫婦，他們分別沉潛於馬列典籍的翻譯省思和藝術史的研修；而八〇年代以來，又同時以精緻深邃的小說創作回歸文學世界。二人的創作在家國想像、記憶政治、陰性書寫、母親意象、離散境遇與身分認同、疾病隱喻、身體敘事、心理治療、知識分子精神史等層面都有耐人尋味的表現。他們的作品量少

質優，多具較高的藝術水準，抒情詩化傾向明顯，美學路徑大致傾向於現代主義一脈，二人創作有同質性但也存在差異，如性別、身分背景等因素就給各自作品帶來了不同風貌。

　　郭松棻一九五八年畢業於臺大外文系，年輕時熱衷於探討存在主義哲學，擅長哲學思辨，對薩特哲學尤有興趣。一九六六年赴美留學，在柏克萊校園的反戰運動與毛澤東熱的影響下，對紅色中國產生濃厚興趣和熱切嚮往，隨後與劉大任等人一起創辦「大風社」，一九七〇年提出「學習新中國」的口號，左翼傾向越發明顯；一九七一年參加了保釣運動，他在北加州「一二九示威遊行」的演說辭中批評「臺灣來的中國人」「政治冷感」，認為「需要立即以行動繼承五四的愛國精神」，[1]自覺將海外保釣運動與五四愛國運動相承接。在釣運後期，他轉向中國民族主義與左翼路線的「統運」，其左翼社會主義思想和第三世界理論已經運用得相當成熟。一九七四年來到中國大陸，之後轉而梳理自由主義和馬克思主義相關論述。一九八三年後以小說復出於臺灣，小說〈月印〉、〈奔跑的母親〉、〈今夜星光燦爛〉在臺灣結集出版並引起關注。郭松棻的文學成就也主要體現在小說創作方面，代表作有〈月印〉、〈雪盲〉、〈論寫作〉、〈今夜星光燦爛〉等篇，多寫作於一九八〇至一九九〇年代，收入《郭松棻集》、《雙月記》和〈奔跑的母親〉等小說集中。二〇〇一年《雙月記》獲「巫永福文學創作獎」。李渝在赴美求學期間曾與丈夫郭松棻共同參與保釣運動。她的文學創作始於二十世紀六〇年代，停滯多年之後，八〇年代重歸文學寫作。其小說代表作有〈江行初雪〉、〈朵雲〉、〈夜琴〉、〈無岸之河〉等篇，中短篇小說收入《溫州街的故事》、《應答的鄉岸》、《夏日踟躇》和《賢明時代》等作品集，此外還有長篇小說《金絲猿的故

1　郭松棻：〈「五四」運動的意義〉，林國炯等編：《春雷聲聲——保釣運動三十週年文獻選輯》（臺北市：人間出版社，2001年），頁314-317。

事》及美術評論集《族群意識和卓越風格》等。〈江行初雪〉獲一九
八三年「中國時報小說首獎」。

郭松棻的人生經歷易於讓人產生這樣的美學期待：他的創作應與
其左翼思想和民族國家關懷有所呼應，他的作品也印證這種想像有一
定的合理性。不過，他從未像陳若曦那樣在文學敘事中直接明朗地敘
寫兩岸政治議題，也未曾如張系國那樣以文學寫作為保釣或其他政治
運動寫史，似乎難以與他參加保釣運動時的先鋒形象相匹配。王德威
如此評說：「當保釣激情散盡，文革痛史逐步公開，失落的不應只是
政治寄託，而更是一種美與紀律的憧憬……歷經政治的大顛撲後，他
們反璞歸真，以文學為救贖。昔時釣運種種，其實不常成為敘事重
點，然而字裡行間，畢竟有許多感時知命的線索，竄藏其間。」[2]他
書寫的恆是憂鬱苦澀的心靈影像，遙遠的記憶如夢如影，形成超現實
的晦暗景觀。似踽踽獨語，卻又寄意無限。他的小說時空背景往往盤
桓在日據殖民到光復初、「二二八」、戒嚴初期白色恐怖這一歷史時段
的臺北大稻埕，那也正是作者童少記憶糾結之地。晦暗複雜的歷史記
憶透過綿密繁複的文字，觸碰的盡是臺灣的憂愁和中國的傷痛，以及
自我放逐的艱辛困頓。他筆下的人物大致包括那一時期迷惘的兩岸青
年、左翼戰士、勞碌的母親、賢良的妻子、苦悶的知識人，背負罪孽
卻心懷哀矜的爭議人士，以及日後遠離臺島卻畢生難以走出歷史夢魘
的異鄉客。這憧憧人影又彷彿是歷史塵煙中打撈的靈魂碎片所凝聚成
的自我鏡像。可以想像其內在的激越與焦灼，那終其一生都難以擺脫
的「左翼的憂鬱」。[3]

2　王德威：〈無岸之河的渡引者：李渝的小說美學〉，李渝：《夏日踟躕》（臺北市：麥
　　田出版公司，2002年），頁10。

3　此處借用了本雅明的一個概念：「左翼的憂鬱」（left melancholy），但筆者並非完全從
　　原有的批評角度採納此一概念，而是借此體現郭松棻筆下左翼人物乃至作者自身那
　　難以言傳的無力感和苦痛精神狀況。

一九八四年發表的〈月印〉是郭松棻復出後的重要小說，也是解嚴前後臺灣文壇湧現出的眾多有關「二二八」及白色恐怖題材的作品之一，但不同於當時一般意義上的政治文學或傷痕小說。它「用深情關照人世間的無明」[4]，以溫柔天真的女主角文惠為主要敘述視角，展現了日據後期戰爭陰影和戰後亂局中的一個愛情悲劇，著意刻畫臺灣年輕女子對愛情幸福的深切期待及美好願望破滅的過程與悲哀。經歷了戰時的生死考驗，文惠她悉心護理著愛人鐵敏的病體，把能與愛人朝夕相處視為生命中最可珍視的幸福，而鐵敏痊癒後卻被更遠大的理想所召喚，全心投入左翼運動，以致疏遠了妻子；為了把他拉回自己身邊，文惠向警方告發鐵敏私藏紅書，不料這出於愛和妒忌的舉動竟導致鐵敏和其他熱血青年悉遭槍殺，驚詫悲痛麻木的女孩卻得到當局所謂「大義滅親」的表彰。真是痛徹人心的反諷！賢淑良家女子對平安家庭、愛情幸福的祈望及其破滅的悲哀也貫穿於〈奔跑的母親〉、〈今夜星光燦爛〉、〈論寫作〉等作品中，尋常卑微的女性倫理價值觀一再成為男性人物歷史回溯和自我反省的憂鬱鏡像。而深沉的憂鬱有如頑疾，根植於郭松棻的幾乎所有文字中。一九八五年發表的〈雪盲〉，深刻剖析了海外華人流亡知識分子的苦澀心靈。歷經戰爭威脅、恐怖噩夢、喪父陰影的主人公幸鑾，遠離故鄉臺北，在異域沙漠的警察學校為外國學生講授中國現代文學。畢生沉溺於魯迅的經典文句，彷彿借此安撫內心隱秘的創痛。無以超脫出創傷記憶的迫壓，唯有將自己流放於荒涼的異國他鄉，「在風沙中沉落……沉到底」，像孔乙己，也像當初庇護並啟蒙過他的老校長：「終其一生都將是一個喑啞的人格。」

郭松棻的作品具有鮮明的個人風格：詩性、內省、細密、凝鍊、沉重、壓抑、蒼涼，意象繁複，飽含苦澀，也蘊藏著暴烈，呈現出幽

4　王德威：〈冷酷異境裡的火種〉，郭松棻：《奔跑的母親》（臺北市：麥田出版公司，2002年），頁7。

回晦暗、陰鬱繁複的現代主義樣態，被稱為「是少數中文作家中，如此生動體驗現代主義『骨感』美學的能手。」[5]

相形之下，李渝的小說同樣精美細膩，但相對寧和靜謐。對李渝而言，昔日的烏托邦破滅，凝神回首，悠遠的童年往事席捲著二十世紀家國歷史的風塵，亦真亦幻的歷史敘事，細密編織於寧靜致遠的文字裡。在李渝的小說中，臺北的溫州街頻頻現身，令作者魂牽夢縈，已成為其藝術靈感的重要源頭；阿玉則是李渝小說裡常常出現的人物，從中可以辨識出作者的昔日蹤影。重溫並梳理遙遠的生活記憶，重訪並重建自我的身分認同；在記憶之鏡中辨析歷史經過個體生命的方式與留下的印跡；在非理性的歷史湍流與知識分子的無常命運之間游移低徊，回復日常生活的感性與溫暖，找尋精神超越的詩性可能與美學救贖的途徑……這些，似乎構成了八○年代以來李渝創作的重要動力。李渝小說也因之擁有了一種激越沉澱後的寧和靜美，寧靜中仍能聽到歷史暗流的喧嘩騷動。與郭松棻筆下的大稻埕相對應，李渝小說中的個人地標空間是臺北的溫州街。曾在此度過中學到大學的青春歲月，溫州街對作者的意義非比尋常：「少年時把它看作是失意官僚、過氣文人、打敗了的將軍、半調子新女性的窩聚地，痛恨著，一心想離開它。許多年以後才了解到，這些失敗了的生命卻以它們巨大的身影照耀著引導著我往前走在生活的路上。」[6]在「溫州街系列」裡，筆觸不僅上溯至光復乃至內戰結束後的戒嚴年代，也通過臺北溫州街日常生活記憶蠡測管窺久遠的中國往事：親朋故舊的隻言片語，平淡無奇的日常起居，卻也多少裹挾著父輩們難以釋懷的中國現代歷史的晦暗雲煙。〈朵雲〉以少女小玉為視點，敘說外省第二代女孩的

5　王德威：〈冷酷異境裡的火種〉，郭松棻：《奔跑的母親》（臺北市：麥田出版公司，2002年），頁5。

6　李渝：〈臺靜農先生‧父親‧和溫州街〉，李渝：《溫州街的故事》（臺北市：洪範書店，1991年），頁233。

成長，也表現戰後來臺的大陸知識分子的際遇。小說著墨較多的夏教授曾參加抗日而被捕受酷刑，落下嚴重病根，別妻離子隻身來臺，在孤寂、落寞和病痛中隱忍，卻仍保持著細意善良的稟性。〈夜琴〉也觸及「二二八」及「戒嚴」，小說敘述來自中國北方的無名女子隨丈夫來臺後的遭遇，丈夫突然失蹤如同往日大陸戰亂中父親的離去。母女祈求平安卻都不得不經受離亂與死別，不禁發出悲歎：「戰爭，戰爭，中國為什麼有那麼多的戰爭。」不過，即便表現歷史的悲情與個體的悲劇，李渝也總會形塑一種生命的韌性、人間的溫情和詩化的救贖意念，以藝術之美或宗教信仰來超越人世的苦難。

她的「溫州街系列」提供了一種纏綿於童年記憶的女性書寫，她所執著雕刻的時光也是光復前後那家國動亂的年代。

李渝的作品是冷靜的歷史敘事，亦是詩化的美文。行文舒緩、典雅、凝鍊、含蓄，有山水畫的留白藝術之妙：著墨處舉重若輕，空白處餘味堪品。

二

以下將以溫州街系列小說中的一篇〈朵雲〉為個案，對李渝小說的美學意蘊進行解讀。故事發生在二十世紀六〇年代的臺北溫州街，人物有十六歲的阿玉，阿玉的父母；鄰居夏教授，夏家的下女及她的丈夫，兩個串門的大學老師。人物並不多，關係也簡單明晰，唯一的曖昧之處也是小說裡最有戲劇性的事件，就是夏教授與下女的親密關係。夏教授是小說中分量最重、悲劇色彩最為濃厚的人物，但是作者並未將敘述的任務交給他，而是選取了少女阿玉為主要的觀察視角。李渝在〈無岸之河〉裡認為，「視角能決定文字的口吻和氣質，這方面拿穩了，經營對了，就容易生出新穎的景象。」她提出了小說創作中的「多重渡引觀點」，即「頻頻更換敘述者，綿延視距」的手法。

在〈朵雲〉中，這種渡引法雖不似〈無岸之河〉那麼明顯，但視角的轉移運用顯示出隱蔽、自然、自如、不黏滯的特點。全篇運用了第三人稱有限視點，限制敘述者對「我」字的使用而逃避語法人稱範疇，意在拉開敘述者與人物之間的距離，以保持客觀、節制的敘述狀態，常以畫面的呈現來代替邏輯的敘述。在小說的多個人物中，敘述者更多地進入了阿玉的內心，展露阿玉天真未鑿的心態，回首和品味她在十六歲的夏秋之交這段時日的經歷，解讀她少年的迷惑與成長的了悟，讀來清新與親切。小說常常將鏡頭跟隨阿玉的視線來移步換景，也按照她的聽覺來聆聽周遭，串連起散漫的生活細節和場景。因此，小說裡的個人事件和歷史蹤跡時而顯得藏頭露尾時而隱約懵懂；但是聰明世故的讀者卻在文本的閃爍其辭之間，早已探明事情的真相。

> 阿玉曾經十六歲。那時候，天比較藍，太陽比較亮，風比較暖和。

小說開篇，以一種回憶的敘述姿態，奠定了澄澈、淡定而宣敘的懷舊基調；溫暖抒情的語氣，簡短明朗的句式，喻示著優美寧和的氛圍。敘述者從容不迫地將視線投向幾十年前──似乎將要溫習十六歲阿玉的一段難以忘懷的時光。一般而言，女性作家帶有懷舊意緒的文字容易陷於感傷，李渝的〈朵雲〉沒有落俗，相反，它的感性豐盛潤澤而意象繁茂端麗，並未墮入感傷一途。這也得益於敘述人始終保持著的清明節制的態度。

阿玉眼中的周遭風物人事其實多半只是些尋常瑣碎的生活細節，有的是一個畫面，一個場景，一個感覺印象，一個對話的斷片。她的十六歲那年，父親收到了教授聘書，買了新煙絲慶賀，開心地帶回洋紅色的玫瑰花，他還開始種植起絲瓜，後來又喜愛上了盆栽；阿玉上街買綠格子布，為父親縫製書房木窗的窗簾，父親歡喜，「有點知識

分子味呢」；母親則成日忙碌著煎魚、養雞等家務；父母有一搭沒一搭的閒聊讓她知道一點夏教授的往事和現在的故事；父親的同事有時來家裡壘長城，留給阿玉的印象是燈光下四張「蒼黃而又疲衰的臉」；阿玉隔著籬笆瞧見「小老頭」夏教授餵鳥，跟小鳥說話；她幾次與夏教授路遇，有一次他站在路上發呆，有一次下雨天他為她舉起了雨傘，還有一次他介紹她看泰戈爾詩集；阿玉常常聽見夏教授的咳嗽聲，夏從前的妻子那個梳瀏海的少婦在鏡框裡朝她淺淺地笑，一次偶然，她看見夏教授與婦人依偎一起，安靜地睡著了像個瘦弱的孩子；在夏教授家裡阿玉第一次看到魯迅作品；那年秋天夏教授離世。此外，女孩記憶裡還充滿那些與人事相渾融交織的景象與感覺，像一幅幅畫：父親那些茂盛生長的絲瓜藤蔓；窄廊上米黃的桂花；夏教授院裡的海棠；籠中兩隻警覺的斑文鳥；被面上盛開的牡丹；黃昏穿過屋樑的鏤花落在婦人豐腴的背上形成一幅鬱金山水；暗夜，婦人漸行漸遠，衣袖上的白鶴在閃光；一朵雲無著無落地飄過⋯⋯。

　　敘述者渺渺無痕地將這一切錯落有致地連綴起來，編織成一匹色彩絢麗繽紛的記憶之雲錦。這個敘述人，有時我們不禁把她想像成多年以後的成年阿玉。那年輕女孩的背後難道不曾隱藏著一個歷經世事的知識女性（中年作者）敏銳細膩而深沉的心緒嗎？洗盡鉛華，反璞歸真，驀然回首，那人卻在燈火闌珊處，幽暗朦朧的往事撥雲見月，一切景語皆是情語。正是她的無形無跡卻無處不在，讓作品充滿往昔自我與今日自我之間隱蔽著的對話與辨證的趣味。或許，作者正是在這樣個人化歷史的回溯過程中，更能覺悟宏大歷史與渺小個體命運之間的密切幽微的關聯，也借此發現自我和重構自我。

　　少女阿玉雖是小說的主要視點，但作品裡也偶爾會運用他人的視角。比方仔細觀察婦人梳篦長髮的那種審美眼光，就似乎發自夏教授；（當然也可能只是全知的第三人稱敘述。）有意味的是，在細緻入微地描摹婦人梳理流泉般的長髮盤起烏溜溜的髮髻戴上新月型的茉

莉花這一過程後，視點迅速轉移到了婦人這裡：「只是先生的髮，無論在一天的什麼時候，都蕭瑟得像秋日的乾草。」這一視點的轉移讓讀者感受到婦人心性的善良美好，和她對教授那近乎母性的關懷。這樣的筆觸，有助於讀者接受、理解並同情夏教授與婦人的關係。

　　小說若隱若現的事件線索，色彩分明構圖雅致的風物，靜態的人物造型和動態的人物言行，支離破碎的對話，欲揚反抑的情懷，乃至於行文，神韻，……一律是那樣的清簡、靜逸，端凝、素雅，知性而淡泊，卻又瀰漫著生活原生態的濃郁況味，字裡行間，氤蘊著雲煙的往事和歷史的陳跡。讀〈朵雲〉，你會被細膩感性的描摹所牽引，真切感受幾十年前臺北黃昏時分溫州街宅院內外那泥金粲然又詭秘曖昧的陽光，以及入夜的一絲不知不覺間拂過的寒意；你甚至會嗅到小說裡生命呼吸的氣息：芙蓉在結子，絲瓜在瘋長，茉莉戴上了婦人的頭髮，米黃色的桂花香氣襲人，籠中的鳥在啁啾，院落裡雞們在嬉戲和生蛋，廚房裡傳來煎魚聲，燈火閃爍不定，而溫州街的上空，幾顆水亮的星子在沉思。

　　〈朵雲〉就是這樣，把精微、內斂、含蓄而優美的韻致，潤物細無聲地一一顯現在了我們面前，讓我們體悟生命的本真與詩意。哪怕在一種壓抑的窒悶的時代，生命總是要奮力找尋存活的泥土，人更是要堅韌地尋找生存的價值，而世間的善意和詩意可能是心靈獲得拯救的天使。我以為，這種生命的頑強韌性和不屈不息才是〈朵雲〉詩性的真諦。值得注意的是，小說那富於質感的典雅詩意，形塑了現當代漢語小說中少見的文字與句式的寧靜之美。你從中可以窺見作者敏銳的藝術洞察力和別具一格的語言表現力，也會體察到作者在歲月沉澱後那悲憫清朗的心性。如果對這詩意進一步追根求源，可以追溯到李渝心儀的沈從文作品乃至唐人詩詞的意境，以及李渝長期浸潤其間的古典繪畫藝術那裡。

　　正如亨利‧詹姆斯所言，小說不能脫離與歷史、與生活之間的那

種廣闊和精微的呼應。〈朵雲〉是詩意的，卻絲毫不意味著它僅關風物與風月；實際上，王德威對李渝曾有知人論世之語：「當保釣激情散盡，文革痛史逐步公開，失落的不應只是政治寄託，而更是一種美與紀律的憧憬……歷經政治的大顛撲後，他們反璞歸真，以文學為救贖。昔時釣運種種，其實不常成為敘事重點，然而字裡行間，畢竟有許多感時知命的線索，竄藏其間。」這有助於我們對李渝的「溫州街系列」包括〈朵雲〉的解讀。可以認為，〈朵雲〉是作者與生活、與記憶、與自我、與歷史的多重對話辨證的一個審美文本，從中我們看到作者從歷史乖謬與個人創痛解不開理還亂的糾纏之中，企圖尋求一條精神超越與美學救贖之路。

在臺灣不少涉及非理性的歷史亂像與知識分子命運遭際關係題材的小說中，〈朵雲〉有它獨到的精神特質和書寫方式。〈朵雲〉既不似陳映真的《小路》那麼杜鵑啼血般悲壯愴然，充滿對歷史殘暴的憤激和政治正義的呼籲；也不像白先勇的《冬夜》充滿了失敗、失意的頹敗蒼涼和涕淚飄零的痛苦。它看起來要平和、平淡許多。曾有評者將李渝的溫州街系列與白先勇的《臺北人》系列相提並論，因二者都涉及國共分裂兩岸對峙背景下由大陸來臺的「臺北人」的命運遭際，同樣體現出五四以來中國知識分子濃烈的愛國熱情與憂患意識。但是，李渝小說似乎更願意以低調的暗示等表達形式，含蓄傳達一種詩性的美學救贖意念。

〈朵雲〉和〈冬夜〉二篇，都講述了在當年在大陸指點江山激揚文字的知識分子來臺後的命運轉折。但兩篇作品的神韻卻有所不同。〈冬夜〉，兩位五四青年幾十年後的對話，正面宣洩了歷史大潮席捲之下知識分子的命途多舛和壯志難酬的悲歡，瀰漫著今不如昔的歷史憑弔之感以及頹敗、遲暮的死亡氣息。〈朵雲〉裡面，固然也有知識分子的憂鬱與落寞，失落與惆悵，悲慘與不幸；但同時也有生命原始

力量的光輝，有日常生活的平淡和韌性，有美的發現與感悟。生命沒有停滯，生活仍在繼續。

〈朵雲〉裡，少女阿玉的迷茫與成長佔據了正面位置，但它內在的深層線索卻關乎現代知識分子命運的歷史反思。幾個知識分子人物，理學院的張老和助教小王只是客串的龍套角色，只在打麻將時露面，他們和父母一起以聚會閒聊打發時光；父親與夏教授在小說裡有其分量不輕的戲分，他們有著內戰後從大陸來臺從此不能返回故鄉的相似背景，在大陸時曾經一樣投入愛國、左翼運動，夏教授的命運尤為慘烈，抗日期間曾被日本人逮捕並被施以灌辣椒水的酷刑，落下終生不治的病根；他們境遇最大的不同處在於父親還擁有一個完整的家，夏教授當年則是別妻離子隻身來臺。小說中最具悲劇色彩也最為感人的知識人的形象就是夏教授，他昔日的抗日和學運事蹟，二十幾歲出版書的英雄往事，當下境遇的不堪和默默的掙扎，孤寂、落寞的形象，和氣、善良的稟性，以及孤獨中與婦人的相好，主要是通過白描、阿玉的眼光、人們的對話等途徑得到深入刻劃的。

> 阿玉放學，從夏教授的身旁騎過，看見他合上眼，進入了恍惚。黃昏的天色反映在它兩小片圓鏡片裡；有一朵雲，無著無落地飄過。
> 鐘聲迴蕩著迴蕩著遠去，從一排排篦梳般的青瓦間。
>
> 先生叫我歐巴桑，婦人淺淺地笑著說。
>
> 下來吧，小妹。
> 阿玉煞住了車。
> 夏教授把書夾到腋下，把傘換過一隻手，移過來傘面。
> 書包背這邊，別弄濕了，夏教授說。

　　　　知道老夏的事麼，父親說。

　　　　嘩啦的水聲裡，阿玉聽不見母親說什麼。

　　　　一個人住，倒也是寂寞。

這樣的段落零零散散，似乎毫不經意。

　　但凡涉及國家民族歷史與個人命運遭際糾纏不清的關係時，作者用筆總是極其儉省含蓄，深味留白之要義。主觀情感和情緒彷彿地下河水，沉澱，暗湧，卻極少浮出歷史的地表；但細心的讀者不難體察，那些一閃而過的憤激，還是電光火石般，在瑣碎日常生活的間際裡固執地冒出頭來，尖銳地擊打著貌似平安的生活表象。歷史果真可以像一個噩夢那樣被遺忘被抹除麼？

　　　　當年的才子，學運的領袖呢，父親說。點上了煙。

　　　　白煙嫋嫋穿過瓜葉，升去近夜的天。

　　　　可是——，那時候，誰又不是左派，誰又不是革命志士哩。

　　　　可知道，父親的聲音。中國第一本歐洲文藝復興史，誰寫
　　　　的——

　　　　——

　　　　老夏呢。二十幾歲呢。

　　　　——

　　　　誰不二十幾？張教授說。

　　　　一車給拉走的，連麻袋都來不及蓋的，也都二十幾呢。

　　　　不都給清了。二十幾。

　　一部滿布槍林彈雨與生離死別的現當代中國歷史中，兩岸的中國知識分子裏挾其間，無論置身於風口浪尖還是跌入穀底深淵，他們的

命運可歌可泣，又可歎可悲。〈朵雲〉，一篇不長的美文小說，在精緻的詩意裡，讓人仍無法忘卻歷史的血雨腥風和暴戾無常，以及知識分子個體的苦難與堅持。

讓我們還是回到阿玉與夏教授的忘年之交中。阿玉年輕善感，正需要美的啟蒙。那一次，他帶她到書攤看泰戈爾的詩集，小說這樣寫道：

> 青色的底面，畫了幾條水紋，標題下面飛著一隻白色的鳥。
> 阿玉打開書。黃昏從她肩後悄悄過來，溫暖地落在書頁上。

那白色的鳥是否是婦人衣料上白螢粉的白鶴？那黃昏是否是一個聰慧可愛善解人意的美的精靈？剎那之間，世界變得無比單純和溫柔。在這樣雋永美好的細節裡，小說讓讀者感受到了知識傳承的內在力量，以及美的洗禮對於無常人生的超越功能，就像李渝本人一直執念的白鳥（白鶴）所具有的超越意涵那樣。也因此，小說中夏教授對阿玉的文學知識傳授，可以被視為一種美的傳承的儀式或象徵。

同時，這無邪的老少忘年交，亦包含著「中國性」的代際承傳意味。也許，李渝再也不會像寫〈關河蕭索〉那樣，在作品裡直接為海外華人保釣運動而激情吶喊，但是「中國」對於李渝這一代華人作家具有特殊的意義，參加過保釣運動的李渝又怎麼可能在所謂純粹的美學救贖裡放逐「中國」？「中國」這巨大的政治符碼和歷史天平讓幾代中國知識分子載浮載沉、輾轉漂泊，有人奮爭，有人犧牲，有人離散，有人沉淪，有人麻木，有人偷安……然而，對於其中的一些人而言，那親緣的中國、美學的中國以及文化的中國仍然是自己的人文根系所在，是此生無法離棄的精神原鄉所在。也因此，有了〈朵雲〉的高潮段落。

　　　　其實，夏教授慢慢地說：「中國的東西更好，可惜這裡看不
　　　到。」

這句話，簡短，可是分量很重，其言外之音、弦外之響令人深思，讓
人聯想到當時臺灣政治語境的險惡，而夏教授的心靈痛楚亦流露無
遺。對他而言，不能看到的不僅是中國書，中國文學，還有留在大陸
的他的父母、妻子、女兒，以及他被腰斬了的前半生。

　　然而，阿玉屬於新生的一代。當夏教授從一大排《史記》的後面
找出那本薄薄的小冊子──沒有封面的魯迅作品，拿給阿玉看時，他
出示的其實無異於一個現代中國的人文符碼和精神路標。

　　　　沒有封面，四邊起黃的書頁；阿玉拿在手裡，翻開第一頁。
　　　　人睡到不知道什麼時候的時候，就會有影子來告別，說出那些
　　　話──
　　　　多奇怪的句子，阿玉停住了手，心裡想。
　　　　中國人，是不能不看的。
　　　　夏教授在身旁說。
　　　　阿玉把沒有封面的書帶回來房間。當黃昏溫暖地爬上自己的雙
　　　肩，她再翻開書，看到了一段句子：
　　　　……然而我又不願意他們因為要一氣，都如我們辛苦輾轉而生
　　　活，也不願意他們都如閏土的辛苦麻木而生活，也不願意都如
　　　別人的辛苦恣睢而生活。他們應該有新的生活，為我們所未經
　　　生活過的。

　　有意味的人物關係是小說成功的重要元素，它不僅可以推動故事
的進展，加強小說的張力，還可以拓展和深化主題意蘊。在這個高潮
場景的勾描中，夏教授與阿玉的精神傳承關係又一次得到有力確認。

同時，作者選擇了她本人深深喜愛的魯迅作品作為這兩個心愛主人公的精神接力火炬，別有一番寓意。魯迅作品在臺灣被禁幾十年，作為中國左翼文學的代表者和獨立批判精神的思想者，魯迅在相當長的歷史時期內是臺灣社會的一個禁忌。夏教授特意將魯迅介紹給阿玉，這是這個知識人傳承精神的特有方式，暗示他與現代中國的血脈聯繫將在阿玉這一代得到延續，魯迅文字裡的深意未始不是夏教授的心思，「他們應該有新的生活，為我們所未經生活過的。」這也是夏教授對阿玉的期許與祝福。

　　阿玉的接受魯迅顯示出另一番可圈可點的景觀：她首先對〈影的告別〉的句式產生了驚訝和震動：「多奇怪的句子」，不管她是否能聽懂夏教授的話中深意：「中國人，是不能不看的。」但從這裡開始，對中國文學的探詢與美的尋索畢竟已經進入她的視野。小說中數次出現的那富有靈性的黃昏意象，彷彿美與愛的使者。這意象和意境，全然不同於〈冬夜〉那冷雨飄零沒有希望的寒冷蕭瑟。

　　最後，回頭來看看〈朵雲〉裡的那個下女即婦人形象，以及她與夏教授深有意味的關係。他們的親密關係如何產生我們不得而知。我們可以清楚感知到的是，敘述者對這種關係的同情和善意。甚至，這種相互需要、相互依偎的親密關係，在作品裡還富有某種美善合一的救贖意味。

　　那婦人是小說裡唯一的臺灣本地人形象。小說的敘述者包括阿玉對她全無隔閡，而是始終懷有好感，她的勤勞、能幹，她美的外形，她樸實的語言，善良的心性，以及對落難知識人的尊敬和憐惜……在她身上，充溢著中國傳統婦女的美德。而小說對她和她丈夫的那段描寫，讓人聯想起沈從文小說中的某些清新有趣的片段。

　　可以確證的是，作者在婦人和夏教授這種不合倫理常軌的人物關係中，體味到相互溫暖的人性的淳真與優美，以及一種母性的救贖：

瘦小又白皙的臉，像個沉睡的孩子，身上幾朵牡丹開得盛，掩
蓋了覆在底下的身子，倒讓一雙嶙嶙的光腳，落在了棉被的
外頭。

棉被的外頭，蜷腿背著阿玉，坐著一個婦人，上半身的衣服搭
疊在腰際，坦露出滑潤的雙肩和背脊，在朦朧的光線裡。

黃昏穿過隨樑的鏤花，在這平廣豐腴的脊背上，映出一排鬱金
色的山水。

這是阿玉偶然窺見的一幕。顯然，在已然孤獨老去的夏教授和健壯年
輕的本地婦人的這組人物關係裡，作者給我們呈現出性愛的撫慰與救
贖功能。這婦人，脫身於沈從文小說裡那些生命力旺盛的敢愛敢恨的
女子，也有著張愛玲推崇的那種大地一樣健美包容的母性美。當然，
如果願意將這種關係通俗化和歷史化，我們可以追溯到中國古典文學
乃至當代文學中綿綿不絕的落難書生遭遇有情女的情節模式；如果進
一步微言大義，我們也有理由從中揣摩出外省人與本地人關係模式的
一種人性的溫暖建構。而拋除這些，在李渝的小說語境裡，它確實給
了我們美與善的感動，以及女性（母性）救贖的象徵。

漫遊敘事與都市人的精神突圍
——品讀馬森長篇小說《夜遊》中自由的滋味

　　二十世紀的漢語文學中，以域外為背景的漫遊敘事相當豐富。其間，臺灣旅外作家的華文異城漫遊書寫別具個性和魅力，從這一視角看，馬森相關題材的小說值得注意，他的長篇小說《夜遊》就屬於典型的域外漫遊寫作，小說塑造了一個華人女性漫遊者的藝術形象，主人公在異國都市漫遊過程中經歷靈與肉的冒險旅程，從中認知社會與自我，追尋人格解放和精神自由。小說還著意在膚色種族混雜的亞文化邊緣群體中體現多元文化的衝突和融合，進行社會學意義的考察和思辨，傳達出存在主義的生命哲學。

一

　　浪跡天涯、漂泊離散往往會喚起思鄉之情或放逐的悲哀，但同時，流散江湖或雲遊四方也常常成為開闊心胸、增長見識的有益體驗，觀物游心、遊目騁思更是人間常見的浪漫情懷。漫遊書寫因此盛行於古今中外。

　　西方的漫遊敘事歷史悠久，荷馬史詩《奧德修斯》奠定了一種古老的敘事原型：遠遊與還鄉的循環模式，主人公「歷經海上風險而艱苦還鄉，是一場復興意義、重整秩序和反抗偶然的運動。意蘊的生成在此採取了一種循環模式——從分離到團圓、從戰爭到和平、從受難到拯救，而奧德修斯這個神話形象將人類文化與苦難的關係銘刻在想

像之上，使之成為生存智慧不可缺少的要素。」[1]文藝復興時期的現實主義史詩性小說《唐吉訶德》兼嚴肅和滑稽、悲劇性和喜劇性於一體，塑造了一個心懷理想主義精神卻又滑稽誇張的遊俠形象。唐吉訶德和桑丘主僕的漫遊經歷是作品重要的情節構成。而在歌德的教育小說《威廉·邁斯特的學習時代》和《威廉·邁斯特的漫遊年代》中，對於出生於富商家庭的主人公威廉而言，「逃避庸俗，擺脫自己商人家庭的無聊市民生活」是善良正直的威廉「長期在外浪蕩飄泊的初衷」，[2]離開家庭、漫遊於社會各階層，是威廉完成自我成長的必經之路。到了浪漫詩哲的筆下，遊歷意味著靈魂不懈的探詢和追問，如德國浪漫派作家黑塞就有多篇這類自我追尋的漫遊體小說，他的《納爾其斯和哥爾德蒙》就繼承了浮士德式的靈魂之旅。這些心懷浪漫之思的精神漫遊者，總是「勇敢地探詢走出歷史迷宮的路徑的人，成為呼喚這個世界上應該有而又沒有的東西的人。」[3]

　　封建體制下安土重遷的農耕文明並未孕育出發達的遊歷與冒險傳統，尤乏遠遊和航海遊。相對應的，古代中國以遠遊冒險為內容的敘事文學也就不是特別興盛。不過旅行、遊歷對於中國人而言也非常具有吸引力，尤其是近遊和內陸遊。「在宋明甚至唐以前，中國人喜歡徒步到處旅行，從一個都市到另一個都市，從一個廟宇到另一個廟宇。」[4]無論帝王將相為官者，還是文人雅士，或是經商人士，以至普通百姓，都有離家出遊的客觀需要或主觀喜好，求仙問道，曲江遊宴、郊遊踏青、重陽登高……遂成為古代中國人多元的旅遊形式。遊歷作為一種內涵豐富的人文行為也因此蘊育了大量文字著述，衍生了

1　胡繼華：〈布魯門貝格的「神話終結」論〉，「哲學中國網」（http://www.philosophy.
　　org.cn/Subject_info.aspx？n=20100712144540987030）

2　楊武能：〈《威廉·邁斯特的學習時代》——逃避庸俗〉，《外國文學研究》1999年第
　　2期，頁128。

3　劉小楓：《詩化哲學》（濟南市：山東文藝出版社，1986年），頁195。

4　杜維明：《現代精神與儒家傳統》（北京市：生活·讀書·新知三聯書店，1997年），
　　頁389。

形態各異的遊記文學，我們不妨稱之為漫遊敘事。司馬遷二十歲即外出漫遊：「二十而南游江、淮，上會稽，探禹穴，窺九疑，浮於沅、湘，北涉汶、泗，講業齊魯之都，觀孔子之遺風」[5]；唐詩人李白亦酷愛山川遊歷：「五嶽尋仙不辭遠，一生好入名山遊」；宋理學家朱熹也主張觀覽形勝、考察風物，從天下萬物這「無字書」中認識自然反觀人生；明徐弘祖一生中有三十餘年游離在外，足跡遍及當時十四個省區，傾畢生精力撰寫出名著《徐霞客遊記》。清學者顧炎武大半生漂流北方，遊學往來秦、晉、冀、豫、齊、魯之間，遂有《昌平山水記》等作。除了那些遊記小品之外，清代小說中不乏遊歷的敘事元素和情節線索，如李汝珍的《鏡花緣》，劉鶚的《老殘遊記》。與西方冒險遊歷文學中常透露的征服自然旨趣不同，我們所熟知的中國文人的遊歷似乎更多地寄情於山水風物，更側重於傳達人與自然之間親密無間的對話與交融，豐富的自然和人文歷史景觀所召喚起的更多是一種天人合一的生命意識，以及傳統的延續性和儒生的歷史責任感。

　　以上的簡要勾勒表明，漫遊敘事的傳統由來已久，其敘事魅力在於：人物的豐富經歷彌補了平淡現實生活中拘於時地的有限性空間經驗，脫離了社會性羈絆的傳奇與歷險展示了人生豐富的可能性和人類嚮往自由的天性，漫遊敘事往往能較好地表達人類尋求精神超越的慾望。漫遊敘事的故事情節往往曲折生動，有益於想像的舒展，激發讀者的好奇心。

二

　　「按題材的分類概括，我們自然地發現，『五四』運動到第二次國內革命戰爭之前的第一個十年中，打頭的是海內外的旅行記和遊

5　〔漢〕司馬遷：《史記》（北京市：中華書局，1959年），頁393。

記。」[6]二十世紀的中國人遊學域外者甚眾，體現在現代漢語文學中，以域外為背景的漫遊敘事也愈發豐富。二十世紀初期的東洋留學生涯更敏感直接地觸動了中國男子身為弱國子民的無力與悲哀（如郁達夫的《沉淪》）；遊學英倫的域外經驗孕育了中西文化比較視野下的國民性思考（如老舍的《二馬》）；地理上不穩定的漂流生活也許更能體現人物迷惘不安，沒有歸屬感的內心世界（比如錢鍾書的《圍城》）；同時遊歷性作品也適合表達一種超越現實的形上精神追求（比如高行健的《靈山》）……。

　　臺灣留學生及旅外華文文學在一定程度上續寫了中國新文學的異域書寫歷史，臺灣作家馬森的《夜遊》就是一部直接以「遊」為題的異域漫遊體經典小說文本。一九三二年生於山東的馬森擁有周遊列國的人生經驗，四〇年代末流寓臺灣，一九六〇年代以來，馬森在歐美的許多國家留學、工作，先後執教於法國、墨西哥、加拿大、英國倫敦大學、香港等地大學，足跡遍佈全世界四十多個國家。一九八〇年代返回臺灣，先後在臺灣師範大學、國立藝術學院、成功大學、南華大學等校任教，一度兼任《聯合文學》總編輯，晚近居臺南二十年。在新近出版的短篇小說集《府城的故事》一書中，馬森說：「我一生在世界各地流徙不止，輾轉於亞、歐、美三大洲之間，持續經受著異文化的衝擊和挑戰，養成了對付外在環境的耐力，同時也使我有機會領略到異國風俗與語言的不同韻味，在深感不虛此生之餘，對我的寫作自然會增添一些顏色。」馬森以話劇創作聞名，戲劇與電影修養深厚，但他的小說創作同樣值得關注。這位早年留學法國學習導演的作家出版過《生活在瓶中》、《孤絕》、《海鷗》等現代主義小說集，而他的長篇名作《夜遊》是其中的一篇帶有浪漫唯美色彩的都市漫遊體小說。

6　俞元桂：《中國現代散文史》（濟南市：山東文藝出版社，1988年），頁10。

　　「自從都市漫遊者走出了波德萊爾的《現代生活的畫師》，這一形象和概念已經成為文學記憶的一個『遊魂』，被各個時代的文學文本不斷召喚，並在這些疊加的文本中被還原、挪用、翻新和補述。時至今日，都市漫遊者已經被建構成為一個跨文本、跨文類、跨領域、根深葉茂、盤枝錯節的血緣譜系。」[7]這一日趨廣大的血緣譜系中，《夜遊》為之提供了一個華人女性都市漫遊者的藝術形象。遊動不居、自由無羈，是敘述者所認同的生命形式；漂游不定尋求追索，是敘述人真實的心理狀態。在異域都市里四處遊蕩，在漫無邊際的遊蕩中體驗、覺悟、成長，是小說《夜遊》給人的最初印象。但它的主要目的還不是傳達遊歷與成長中的經驗與挫折。小說前面所引用的古詩也許可以透露小說的主旨與情調：「生年不滿百，常懷千歲憂。晝短苦夜長，何不秉燭遊？」出自漢代「古詩十九首」中的著名詩句顯然深深觸動了作者馬森的心弦，詩章歎亂世人生之朝不保夕、不如縱酒放歌，感慨深遂，言說人生苦短這人類不可逃避之痛。原詩中的秉燭遊「猶言長夜之游」，「極言行樂之當及時」，[8]馬森取其意為小說命名，千古之悲風撲面而來，小說講述的雖是現代華人身處異域的都市漫遊故事，但秉燭夜遊的意境卻與漢末文人如出一轍。不過，作為二十世紀的現代漫遊敘事，儘管想要表達的內涵有與古人相似的恐懼和傷懷，卻不只是重複古人的悲歡，且其言說方式也完全不同。作為一部現代敘事文學作品，馬森將古詩蒼涼的意境變成了一則密密匝匝、曲曲折折的社會心理故事：一段帶有唯美和浪漫氣息的遊歷漂泊的心靈旅程。作為有著社會學專業訓練的作者，馬森在作品裡也提供了對於不同膚色人種和不同文化背景的人們（特別是移民、亞文化群體等

7　王卓：〈都市漫遊敘事視角下的美國猶太詩性書寫〉，《英美文學研究論叢》2009第2期，頁195。

8　馬茂元：〈古詩十九首探索〉，《朱自清、馬茂元說古詩十九首》（上海市：上海古籍出版社，1999年），頁134。

邊緣人）的生活狀態及其相互交往情況的細緻觀察，而這也是華文文學中相對欠缺的內容。

　　《夜遊》成稿於民國六十七年，在復刊後的《現代文學》上連載了一年多，民國七十二年出版，白先勇為之寫序。這是一篇企圖心很大的散發著知識分子氣息的作品，起碼在思想的廣度上給人這個印象。一個女性的情感命運是其情節線索，而這根單薄的線條上串起的東西卻相當豐富，涉及到東西文化間的對話與衝突、文明的危機和前途、人性的悲劇、性別的政治、弱勢群體的境遇等多種議題。作品表現這些思想議題的方式仍然是訴諸感性的，將比較抽象的思考融進了情節和人物中。小說塑造了一個不安於室、追求浪漫愛情的臺灣旅外知識女性形象，其實與其說她在尋找愛情，不如說是在尋找失落了的自我。這個叫汪佩琳的年輕女子在平淡冷漠的婚姻裡感覺壓抑，而所謂的事業也無法吸引她持之以恆。她不願再忍受她的英國紳士派頭的白人丈夫詹的蔑視與嘲弄，更無法忍受這種缺少動力的盲目而庸俗的生活方式，於是她決然地叛逆了穩定的中產階級家庭，離家出走，加入文學史上現代流浪漢一族，成為娜拉、子君、安娜、包法利夫人以及查特萊夫人的精神後裔，她說：「我是我自己的，不是任何人的附屬品。」這似曾相識的話語彷彿是子君當年那著名的新女性宣言的再版。[9] 小說以此為起點（似乎也是終點），書寫了一個東方女性的異國漫遊史。這個人物的自我迷失還讓人聯想起聶華苓筆下的桑青／桃紅，負荷著家國之痛和東西方男權壓迫的中國女性桑青患了精神分裂症，異化為桃紅；而馬森並未過多地執著於國族身分的議題，而是更多地專注於現代都市人普遍的心靈空虛，流露出一種超越國籍與民族身分的「世界人」的眼光。作者投入了極大的同情去理解汪佩琳這樣一個所謂無根的現代人，一個不安分、而又深感自我缺失的現代人，

9　馬森：《夜遊》（臺北市：爾雅出版社，1984年），頁7。

用她自己的話是「一個在生活中摸摸索索想弄清楚自己到底需要的是什麼的一個糊塗人」。(《夜遊》頁3)

正如人們在評論勞倫斯時說:「他代他筆下的人物所要求的是自我完成,而這卻是一個痛苦的過程。」[10]馬森以汪佩琳(瓊)為敘述視角,表現一個東方知識女性在異國他鄉的自我追尋,以及她所感受到的文化、性別、社會的症候。一種要認識自我尋找真愛的衝動驅使她開始了個人歷險與傳奇,對於一個自感糊塗的女人,要分辨什麼是衝動什麼是深思熟慮不是件容易的事;但她逐漸清楚地明白:她所要求的正是通過反叛與蛻變的痛苦過程而求得自我的完成,在此過程中,她經受著從未遭遇過的多重挑戰。首先是文化的制約與道德的藩籬。她曾經是個被動、保守、壓抑的人,異域文化的衝擊使她開始覺悟,打開眼界的她意識到自己不能再做中國傳統文化塑造出的馴服綿羊,她要做一個自由的人,「我只是要做我自己的主人!我只是要做一個自由人!」(《夜遊》頁155)她模糊的憧憬終於化作一個具體的行動:離開家庭,獨立生活。於是她首先要拋棄的是一套陳舊的儒家思想觀念,與舊觀念的受害者兼代言人母親之間無法避免一場衝突。代際衝突在這裡不僅具有象徵意義,它是在異國生長並融入新土所必須付出的代價;也現實地表明,在突出個性的現代生活方式與追求體面虛榮的正統生活模式之間,相隔著一條難以逾越的鴻溝。但是,無論是小說人物還是作者本人,都清晰地意識到這種價值轉換與全盤拋棄中國文化傳統是兩碼事。實際上,《夜遊》對文化的探討延續更拓展了六〇年代海外華人文學的視域,我們仍能感受到鄉愁命題的變體存在,只是馬森小說裡的華人基本上已經將這個命題看成一種歷史的現實,漂泊無根在他們眼中是命中註定的生存現實,像瓊的哥哥所說

---

10 〔英〕基斯‧薩迦:〈勞倫斯的玄學思想〉,《勞倫斯評論集》(上海市:上海文藝出版社,1995年),頁412。

的：「我們這一代是註定了像斷了線的風箏，拉也拉不回去了。……
我們中國從鴉片戰爭叫西方人打開了門戶以後，這種雙方的對流是無
法避免的了。就好像兩股相對衝擊的海潮，相擊的水珠總有一部分叫
對方吸引了過去。西方的潮大，我們的潮小，叫西方捲過去的水珠自
然就多了。我們就是被西方的海潮捲過來的一部分水珠，這就是我們
的命運，被歷史註定了的，非人力所能更改。」（《夜遊》頁28）人們
想像中的那種鄉愁已經不能完整地詮釋他們的處境和存在的真相。小
說中的華人，無論是瓊、瑛哥，還是朱娣，他們就不僅僅表現出白先
勇與於梨華等人作品裡那種劇烈的身分焦慮和精神流浪心態。也許他
們仍然不能不頻頻反顧，但民族文化的屬性危機意識至少已被理性地
懸擱，他們企圖不再把自己侷限在某種皮膚、某種民族、某種文化或
某種性別，從宏大的民族敘事圈中脫身而出，他們成了一些自由而孤
絕的懸浮體。不管是《夜遊》，還是《海鷗》、《孤絕》，馬森小說一直
探索著個人的自由這個超越自我的主題，他認為人類的兩大根性就是
「自由與恐懼」；[11]另外，或許與作者生活閱歷以及社會學研究工作有
關，他的小說人物不囿于華人圈，筆觸常跨越文化和種族的侷限，深
入到不同民族國籍的現代人的存在狀態裡，在他的眼中，人的孤絕感
是不分國籍不分男女普遍存在的，現代文明現代社會中人的精神狀態
是他最關注的對象。這形成了馬森海外創作的一個獨異特色。對自由
命題的不懈追究、對人的孤絕處境的深刻挖掘，每每令馬森不由自主
地靠近存在主義生命哲學。

　　《夜遊》中，生活在西方的華人青年的文化觀念受到西方文化的
強烈影響，有了西方現代性理論資源的支持和現實的參照，他們無法
再忍受中國儒家文化中壓抑人性、虛偽、不平等的劣質，無論站在性
別的立場還是人性的角度，他們做出的批判與嘲諷都顯得很堅定，尤

---

11 參見馬森：〈海鷗的遐想〉，馬森：《海鷗》（臺北市：爾雅出版社，1984年），頁2。

其是三綱五常一類腐朽觀念更是受到他們毫不留情的抨擊。但這也不意味著華人青年對西方文化不加選擇的擁抱。作為華人知識分子的朱娣，她與西方的中產階級主流社會就格格不入，她是個西方現代文明的質疑者，她有著強烈的原始主義傾向和女權思想，使她看上去自主大膽而有些男人氣。受到她的影響，瓊（即汪佩琳）更傾心於西方文化中宣揚感性解放個性自由的浪漫主義一脈，事實上，瓊最終選擇的，是否棄了現代西方社會所遵從的商業化和理性化的一種真率感性的自由生活。對於西方主流社會趨之若鶩的中產階級價值觀，瓊視如敝屣，她的丈夫詹是個為追求成功和虛榮而忽視人倫親情的工作狂，正是這種白人中產階級的代表。而她棄絕得最為徹底的也正是這一點。她要開始做一個全新的自己，因此要掙脫東方陳舊封建觀念和西方現代性主流思想的雙重束縛。「首先她反叛的是詹所代表的西方的理性主義以及文化上的優越感，更進一步她也反抗以她的父母家庭為代表的中國儒家傳統的拘束壓抑。放棄了丈夫父母的依恃憑藉，汪佩琳成為了一個孤絕的人。」[12]這個孤絕者如同德國後期浪漫派作家黑塞筆下的荒原狼，迷失在自我探詢的路上，永難回歸。

　　瓊沉淪在那些都市邊緣人所聚集的黑暗混沌世界裡（如「熱帶花園」和「金字塔夜總會」），結識了一些被人稱為社會渣滓的流浪漢（失業者、無產者、妓女、同性戀、雙性戀者等等），她拋棄上等人的生活，開始與這些朝不保夕的城市漂游者建立起一種自由無羈的關係，經歷了身心的全新體驗。在咖啡館舞廳、酒吧、裸浴沙灘，以及他們亂糟糟的寓所，這些城市的浪人建構了一種屬於夜晚的亞文化，社會的棄兒們相互溫暖，瓊越來越深地陷進這個佈滿誘惑卻難見天日的圈子，學會在接納與包容中開放自己，無所顧忌、自由任性，體味

---

12 白先勇：〈秉燭夜遊──簡介《夜遊》〉，參見馬森：《夜遊》（臺北市：爾雅出版社，1984年），頁4。

一種黑暗中的狂歡。這對於汪佩琳這樣一個在封建性家庭中生長的東方女性而言，也許其間包含著令人興奮的新生的性質，但這樣的選擇無疑是一場並不理性的賭博和冒險。

與文化價值的選擇相比，個性的解放與愛情的革命對於瓊而言就顯得具體得多。小說人物從令人窒息的中產家庭中逃奔出來，她的全身都呼喊著解放、自由。幽暗、迷惘、動搖不定的內心需要一種蠻強的力量，對愛情的認真追尋、對自由的不懈叩問，令她越出了主流社會認可的警戒線之外。這讓人想起了勞倫斯，在文學世界裡勞倫斯式的性與愛像虹一樣輝煌。不過馬森無意重塑東方的查特萊夫人。汪佩琳身上背負著的東方文化總是隱蔽地制約著她，阻止她跌進放縱的深淵。勞倫斯燃燒的原欲激情到了馬森筆下，演化成一則抵禦與解放同行的個人生活試驗，但試驗的心態很快轉變，她明白投入一種生活不同於一次可以重新再來的實驗。而自由的滋味有時竟那麼沉重，需要她捨棄所有的依傍來獨自承當。自由的選擇意味著個體擔當責任，意味著「訂約與信諾」（法國存在主義作家馬塞爾語），也許在這個意義上《夜遊》更接近於一部存在主義小說。不知不覺間，她捲入了一場痛苦的愛慾煎熬之中。魁北克流浪青年麥克是個漂亮而任性的男孩，他無家無業無責任心，縱酒吸毒同性戀，最讓瓊感到震撼的還是他的無可救藥的頹廢。麥克的腦子裡有一種偏執：他畏懼因而拒絕衰老和醜陋，在他眼中，過了二十歲就已經太老，他不能容忍二十歲的到來。而正是這個拒絕長大的那西索斯式的美少年令瓊著迷，她像母親一樣遷就他、縱容他。為了這場她無法分辨性質的愛，她從一個令人羨慕的白領變成了人所不齒的嬉皮，被房東驅逐，甚至失去了工作；儘管小說常常以質感的文字鋪陳男性美，對年輕、健康、勻稱的軀體充滿讚美欣賞之意，但身體的美在這部作品裡更多的不是作為性元素來處理，而是導向遏制不住的唯美的絕望之淵。正是身體的青春與美，喚起人對永恆的渴望和註定的悲感，在沉重的恐懼面前，慾望消

解了。對汪佩琳而言，性並不是最重要的，她需要的是人與人之間依偎的溫情，一種不需要附加條件的愛。事實上這種不可能的愛卻通向了絕望。因此，與作者對現代文明的批判反思傾向相契合，馬森筆下的青年亞文化群體不是自我放縱的行屍走肉，而是一群與主流社會體面階層相抗衡的「夜鶯」，他們無法佔有白天，他們永遠只能在狂歡、旋暈、黯淡的夜晚沒有明天地夢構虛幻的王國。

　　然而，推崇感性與自由，厭棄理性與規則，都無可避免地帶有反社會、反文明的個人至上傾向，脫離了社會主體的個人主義小船又能漂向何方呢？汪佩琳以及朱娣、麥克等人的自我追尋最終會通向哪裡呢？浪漫主義那種對總體化的堅定自信他們身上已經不多見了，施萊格爾曾經底氣十足地說：「只有人的個性才使人的根本和不朽的因素。對這種個性的形成和發展的崇拜，就是一種神聖的自我主義。」[13]而《夜遊》中不同種族的都市邊緣人只是浪漫主義頹敗弱質的精神後裔罷了。雖然作者對這群執著於浪漫自由和個性解放的青年表達了足夠的同情，他們每一個人的反抗性格似乎都有著童年創傷的心理原因，而他們放浪形骸的言談舉止也總是顯得純真如孩童；麥克、道格的相繼失蹤，也許暗示了反社會的自由至上與個人主義註定只能是沒有生命之根的孤絕的漂浮物。不過，馬森是個對存在主義哲學深懷敬意的作家，《夜遊》中有如下的表述：「存在主義的真義一度曾遭誤解，存在主義不是悲觀哲學，更不鼓勵頹廢，存在主義是探討現代人失去宗教信仰傳統價值後，如何勇敢面對赤裸孤獨的自我，在一個荒謬的世界中，對自己所做的抉擇，應負的責任。存在主義文學中的人物，往往亦有其悲劇的尊嚴。」這段話可以視為《夜遊》探討現代人自由命題的一個價值基礎。從這個意義上看，《夜遊》中的漫遊者們已經實現或正在實現一種精神的突圍。

---

13 〔英〕史蒂文・盧克斯著，閻克文譯：《個人主義》（南京市：江蘇人民出版社，2001年），頁63-64。

邊緣人生與歷史癥結：簡論嚴歌苓的《海那邊》和《人寰》

一　邊緣族群的生存與認同問題：《海那邊》開放的人性視域

　　一九八七年，嚴歌苓出版了小說《一個女兵的悄悄話》。小說講述的是「荒唐年代的荒唐事」，但荒唐和莊嚴正是作品中人物青春的組成部分。小說中個性殊異的小說人物令人過目難忘：靈慧的陶小童、美麗的孫煤、古板又自卑的團支書、才情不凡卻命運多舛的徐北方……作者描述了「文革」時期一群年輕文藝兵的生活和心靈軌跡，訴說了一代人的信仰和追求、迷途與失落。在藝術上，小說採取了不同的敘述視角相交織的手法，第一人稱和第三人稱的敘述觀點相互交替，人物塑造方面尤其注重對個性的把握，語言生動活躍，顯示出作者出色的藝術感覺和表達才能。

　　八年以後，嚴歌苓的短篇小說集《海那邊》作為海外中國女作家叢書之一出版，此時作者的身分有所改變，閱歷更加豐富，作品所表現的內容和旨趣與以前大為不同。她已經徹底脫掉了一個年輕女兵的稚嫩，轉而成為深刻剖析人性的美華作家。看她的《海那邊》，心中自然會出現參照文本，如六○、七○年代於梨華、聶華苓、白先勇等臺灣作家的海外華文文學作品。與這類作品相比，《海那邊》淡化了臺灣留學生文學那種濃得化不開的文化鄉愁，更多凸現的是異質文化交融碰撞過程中的離齬尷尬的生存狀態。同時我也聯想到九○年代初

風行一時的《北京人在紐約》以及《曼哈頓的中國女人》，與這類渲染異國奮鬥發跡的浪漫傳奇故事相比，《海那邊》著力嘗試從文化和人性的雙重角度透視海外邊緣人生。《海那邊》收入短篇小說二十一篇，大部分是以趕上八〇年代中國大陸出國潮的留學出國人員為主人公，描畫他們在海外艱難生存的境況自然責無旁貸，表現他們置身異域的孤獨迷惘也順理成章，而這些內容正是海外華文文學中最為常見的。嚴歌苓究竟有無獨特的發現、領悟和表達呢？我以為嚴歌苓的小說至少有以下幾個特色值得關注：一是人物並不囿於華族華人，而是包容了美國不同種族的成員，嘗試突破美華文學本土化的困境；二是在小說中常常有意安排不同種族、不同文化背景的人們共同生活的機遇，而這些人大多是掙扎在美國社會底層的邊緣人，嚴歌苓通過對邊緣人生的細膩刻劃來突顯少數族群或弱勢群體在身分認同困擾與建構認同的尷尬和艱難；三是表現異質文化碰撞中的人性衝突及難以溝通的心靈自囿；四是堅持以鮮活的、動感的人性柔弱而堅韌地抗拒現代社會冷酷無情的一面，也抗拒著現代人內心世界的虛無寂寞。

　　嚴歌苓小說中出現較多的人物大多屬於美國社會的邊緣族群與弱勢人群，包括來自中國大陸的窮困無依的留學生或其他國家、族群的新移民和準移民，他們是美國社會的邊緣人，在經濟地位、政治權力分配、種族矛盾乃至文化光譜中處於多重的弱勢邊緣性；除此還有雜色人種的精神病患者（《搶劫犯查理和我》中的查理），有同性戀者（《渾雪》中那位古怪的老師帕切克），有拉丁種的孤獨老嫗（《茉莉的最後一日》中八十歲的老茉莉），有與中國女孩搞假結婚糊弄移民局而賺錢謀生的義大利老頭（《少女小漁》），也有身患絕症的白種女人（《女房東》裡那位有著精緻誘人的睡裙但也有著可怕絕症的女房東）……個人的華人身分以及在美國的多年生活經驗令嚴歌苓特別關注美國華人的境遇，而在東西文化及社會隔閡日趨消融的九〇年代，海外留學生和華人移民不再如早先留學生文學所描述的那樣封閉自

圍，而且鄉愁的表現方式與內涵也有了某種微妙的變異。《海那邊》集中，嚴歌苓讓不同種族、不同民族的邊緣人相互遭遇，因不同的文化背景和生活觀念而相衝突，也因此生出戲劇性和趣味性。巧妙的是，嚴歌苓同時以豐滿感性的筆觸細摩人性的豐富微妙和不可理喻，似是故意令人性的火焰去衝擊文化的藩籬，去燃燒種族的隔膜。

　　《少女小漁》是篇題材俗套而落筆不俗的作品。講述了眾所周知的為獲取綠卡而假結婚的老故事，當事人的動機純粹是功利的，毫無美善可言。但讀著讀著，你就會被小漁的個性以及義大利老頭的轉變所吸引、感動。在並不美好（甚至醜陋）的事件中生發出美好的情愫和感受，這多少有些出乎意料。而美的生成則源自人性的溝通、人格的純正以及人情的交流。在這個故事裡，小漁顯然體現著一種東方美德：她文靜美麗、善良溫柔，默默地散發出愛的光熱自己卻渾然不覺，最打動人的是她做人的準則：「她希望任何東西經過她的手能變得好些」，義大利老頭在她面前逐漸變得莊重認真，變得安泰慈祥，結局是西方老人經東方少女的精神沐浴而煥然一新。這個故事或許有著虛假的一面，但卻顯示了嚴歌苓對文化交融人性溝通的一廂情願而又真誠動人的期許。另一方面，兩位主人公之間真摯友善關係的建立也由於二人同是天涯淪落人，邊緣人的共同處境使他們更容易相互理解、相互同情。這篇小說與前輩作家陳若曦的《紙婚》有著異曲同工的思路，儘管二人的寫作風格迥然不同。

　　少女小漁身上的美和善寄寓作者潛意識中依然古典的道德人性理想，然而理想的光輝所燭照的正是現實生存的晦暗。嚴歌苓渴望在理想的夢境裡飛翔，但她的理性和直覺卻又在嘲弄著那樣的虛幻夢境。她筆下的中國人是九〇年代的，他們憧憬著自由、平等、富有的生活，可是「海那邊」等待他們的果真是一個神奇的童話嗎？嚴歌苓是極關注現實的作家，與其說她關注的是夢想，不如說她更關注使夢想變質變味的現實。她的小說更多的是展示在多元文化多元價值觀念中

的存在狀態。她以近乎平淡又略帶譏諷的女性筆觸去感覺描摹生存的粗礪和情感的精細，而粗礪的生存表象和精緻的心靈感覺之間構成了一種令人痛楚的張力，這張力逐漸加強著力度，最終指向了終極的虛空：文化交融的破產、文明的危機和人性的縹緲。因此，我們看到，有著希臘人外型的混血青年查理為了印證生命的運動而進行精神慰藉式的搶劫；一個中國女人在異國漫長的失眠之夜尋覓著另一個失眠者孤獨的燈光；小漁安慰了異國老人卻受到自己同胞的譏諷；空茫的孤獨孕育著遠非甜美的鄉愁，鄉愁並不是月光下一束裝飾性的塑膠假花。在嚴歌苓的小說《方月餅》中，異國的方月餅耗去了人物幾個月的薪水，卻並未帶來預定的中秋聚會；夜深人寂，抬頭看那枚又圓又大的美國月亮是如此陌生怪異，「像一枚阿斯匹靈大藥片」，一個憂鬱苦澀的比喻，可謂二十世紀末海外華人鄉愁的新表徵。

二　淪陷、流離與逃遁：長篇小說《人寰》的歷史癥結

　　嚴歌苓談創作動因時說：「到了一塊新國土，每天接觸的東西都是新鮮的，都是刺激的。即便是遙想當年，因為有了地理、時間，以及文化語言的距離，許多往事也顯得新鮮奇異，有了一種發人省思的意義。僥倖我有這樣遠離故土的機會，像一個生命的移……因此我自然是驚人地敏感。傷痛也好、慰藉也好，都在這種敏感中誇張了，都在誇張中形成強烈的形象和故事。」時間和文化語言的距離錯置和刺激，催生出嚴歌苓的新移民文學作品。《海那邊》中有傷痛也有慰藉，都顯現出作家的敏感的才情，其筆下的異域體驗十分精緻細膩奇異。嚴歌苓小說更為成功的地方在於，她把人物的往事（生活史、心靈史或者說是歷史記憶）作為人物在新境遇中行動的隱秘心理動因與晦暗的背景來加以描寫，從而使作品獲得更豐富複雜的意蘊。其近作《人寰》就突出地體現了作家的此種追求。

　　這部長篇小說敘述一個華人女性的三段歷史，但它沒有演變為一部成長小說，因為這三段歷史存在某種不清不楚的重複性，無法展開就像一個纏繞著的結。我斷斷續續地讀著嚴歌苓零零碎碎的敘述，心中感到一陣曖昧與痛楚的纏繞。這種感受絕非我個人獨有，評論家陳思和的評語或許有著某種代表性：「我不會冷漠地傾聽這一切來自幾十年風雨交加的國家的人所經受的心理扭曲與精神折磨的痛史，這時候的傾聽也是經受──自經其歷而且有所感受。」[1]

　　《人寰》的敘述方式很有特色，這也許得益於作者的美華身分，這種身分令她遊走於漢語與英語兩種語言之間，同時也置身在兩種完全不同的社會和文化背景之間。此外，小說的敘事人也是美華身分，並且還是個需要向心理醫生「talk out」的中國女移民。小說即以病理報告的形式展開敘述人零零碎碎的記憶，似乎是在依靠精神分析學說的臨床傾訴來挖掘出潛意識中曖昧而痛楚的癥結。

　　雖然作者表明她的興趣全在小說敘說的故事之外，但是閱讀者首先關注的必然還是故事。《人寰》裡的故事是交叉、斷續且時序錯綜地展開的，而且敘事人「我」訴說時運用的還是「不知輕重」的英語，故事因此倒擁有了一種曖昧而不乏歧義的吸引力。其實小說中的三個故事挺清楚，第一個故事寫「我」父親與賀一騎幾十年糾纏不清的恩怨。反右時期賀「劫了我爸爸的政治法場」，父親為報恩替賀創作了百萬字鉅著。「文革」期間賀受到衝擊時，父親上臺當眾打了賀一記耳光卻陷入深深的懺悔；「文革」結束後賀與「父親」又重歸於好，「我父親」又主動為賀隱身創作。這個故事也許真的表現了「兩個男人間的偉大友誼」，但敘述人與人之間的友誼卻絕非《人寰》的主要動機。事實上，小說所表現的賀與我父親的關係一直是曖昧難言的。表面上看他們之間比任何人都親密，相互依存相互需要，有著滴

1　陳思和：〈《人寰》：人性透視下的東方倫理〉，《臺港文學選刊》1998年第8期。

水之恩湧泉相報式的動人和救人一命勝造七級浮屠式的高尚。但是另一面我們也看到他們之間的關係從來都不是平等的。對於我父親而言，這種親密友誼的最初建立與其說是出於情感倒不如說是為了保全身家性命。為了卑微的生存，他別無選擇又無可奈何地接受了命運的殘酷戲弄卻只能忍氣吞聲。父親一生中唯一痛快的一記耳光雖打在賀的臉上，但瞬間的痛快卻又成為永遠揮之不去的對自己人格的鞭笞，它只能證明父親是個弱者，而且是個卑瑣可鄙的弱者。小說淋漓盡致地展示了動亂年代裡苟且偷生的知識分子如何經歷和遭受心靈的煉獄和煎熬。而作品選擇女兒作為敘事人傳達了在反右及「文革」的陰影中成長的一代人強烈的審父意識。失去人格尊嚴的父親在女兒心目中既可憐又可鄙，雖然她無法擺脫血緣上的父女關係，但是小說不止一次地強調父親的卑弱帶給女兒的屈辱感，實際上父親形象早已在她心上頹然坍塌了。

　　第二個故事是「我」個人幾十年來的情感秘史，你可以把它讀作洛麗塔式的異類慾情，一種越出倫常之軌的危險火焰。在此，可看到一個女孩對異性慾望的最初萌動，它隱秘而詭異，交織著越軌的快感和罪感。在小說氤氳著一片佛洛伊德精神分析的氣氛裡，心理醫生所能挖掘的除了「戀父情結」又能是什麼？但與通常的「戀父」不同的是，這裡的父親被置換了，被替代了。與始終處於弱勢的卑屈痛苦的父親不同，賀一騎在「我」的眼裡似乎永遠是個強者，於是他成了父親的替代者。他擁有了父親無法具有的一切：權力及權力帶來的征服者的風度、高大結實的身體和從容不迫的舉止、粗獷中鑄就的儒雅與強者的溫情。他帶著工農軍人的堅實步伐走進了「我」曖昧不明的「初戀」。作品特意詮釋賀是當時少女所崇拜的那類男性。除了少女的崇拜可以解釋這種戀情，「我」在潛意識裡將賀置換成父親似乎更有可能。但是故事並非如此簡單，「我」對賀幾十年的情感中既有崇拜、依戀、尊敬和兩性間的愛慾，也含有毀滅的激情和敘事人自道的

「淡淡的無恥」。令人驚異的是，這段越軌的戀情最初竟肇始於一個
十一歲女孩對殘酷命運的反抗與報復。這個早熟早慧因而過早地明晰
一切的女孩深深地痛恨賀與她的家庭之間的關係，「那份恩寵和主
宰，她的犧牲可能會改變一切。他毀她，她就把他毀了。她懼怕被
毀，更懼怕她毀滅的嚮往。」她對賀的愛是從恨和報復開始的，為了
改變那種被恩寵被主宰的屈辱境遇，十一歲的少女在性意識最初萌生
的同時卻夾雜了悲壯的反抗性和自毀意識。這使得第二個故事不可能
再僅僅是一個有關性的隱秘訴說。它已成為政治如何主宰和扭曲性意
識的可怖注釋。

　　再看小說中的第三個故事，「我」已是移居美國的女博士生，一
個離過婚的中年女子。一個沉淪在迥異於常人的心靈秘史裡不能自拔
的人是難以經營正常婚姻的，因此第一次婚姻的失敗似乎是命中註
定。「我」顯然是想通過出國來努力切斷歷史，她甚至想擺脫那個說
中文的自我，而讓自己生活在英語不知輕重的表達的掩蔽所裡。但是
她最終明白：「無法停止做『我』，無法破除我爸爸我祖父的給予。那
奴性，那廉價的感恩之心，一文不值的永久懺悔。」當她與年長自己
三十歲的舒茨教授發生戀情時，她甚至很悲哀地發覺她與舒茨的關係
同她父親與賀一騎的關係竟有著驚人的相似：一方是恩典庇護卻又含
有訛詐和奴役，另一方卻是廉價的感恩兼付出過重的人格代價。至此
我似乎才恍然大悟：這第三個故事是以另一種形態重新演繹了第一個
故事，更重要的是它揭示出女主人公心中最深重的創痛：「我們的整
個存在就是那無所不在的傷。」這創痛便是由時代和政治災難帶給她
的所有，令人無法輕輕鬆鬆做一個正常人，一個「除去父親播種在我
身心中的一切：易感、良知、奴性」的人。她的努力有點令人費解，
如果說父親身上那根深蒂固的中國知識分子特有的軟弱與奴性確實應
該摒棄，那麼「易感、良知」又何罪之有？它們甚至還被視為美德

呢，陳思和先生便是這麼認為的。[2]我以為作品的敘事人並不排斥泛泛而論的易感、良知等品性，她痛恨的只是這些特質具體落實到她父親身上是如何覆水難收地加重加強了他本已不堪的負荷，這些本屬美德的品質在一個政治極端異化的時代恰恰與奴役、訛詐之類的惡行達成完美而可怖的同謀，導致他成為一個失身的匿名者，作品有意抹去了他的姓名，而他用自己的名換取最卑微的生存。小說敘述的是經歷了多年充滿屈辱和「淡淡的無恥」的劫難之後「我」的逃亡的故事，從歷史和父親的陰影中遠遁新大陸。然而，她已在劫難逃。此生此世她無可救藥地稟承了父親的一切：「易感、良知、奴性」，甚至那種給人印象深刻的痛苦站姿，因為「我非常愛我的父親。他的基因，是我內心所有的敏感、激情和危險。」

　　解讀《人寰》無異於一次心靈的歷險與探秘。隨著敘述者「我」那些「用詞不當」的英文訴說，小說一點一點剝除人物超然冷漠或神經質的外殼，裸裎出一顆欲從歷史重創中掙脫逃離卻又逃不去歷史陰霾的複雜心靈。《人寰》的結尾「我」最終在一個瀟瀟的雨天卒然逃離了舒茨，離開了那個虛擬的不可能的父親、情人兼心理醫生的美國教授，「我」的不知所終既意味再次逃亡，也含有失名匿名的意思。《人寰》是部意蘊豐富複雜的作品，與大多數新移民小說不同之處在於，它不僅僅展現留學生及新移民當下的生活體驗，而是更加關注這些異鄉人剪不斷理還亂的歷史癥結。《人寰》與九〇年代被稱為私人體驗小說的一些作品也有所區別，它不僅表現一部純粹個人化的女性成長史，更將家族乃至民族的歷史經驗和沉重創痛融入個人的體驗中。敘事人的移民身分以及「talk out」的敘述策略也令作品生發出種種微妙的歧義、偶合和碰撞，別具魅力。《人寰》應是世紀末華文文學中很有分量的一部作品，閃耀著難以磨滅的曖昧與痛楚之光澤。

2　陳思和〈《人寰》：人性透視下的東方倫理〉，《臺港文學選刊》1998年第8期。

追憶逝水年華

──解析裴在美小說〈阿幸與阿變〉

　　「漢字這個符號對我的意義，便是故鄉。……寫小說，便是借著回到故鄉重整後的安頓，所釋放出的能量吧。」臺灣女作家裴在美如是說。借由漢字符號的編織，借由小說的書寫，打開記憶與想像的幽徊路徑，摸索並重回心靈的故園，這是裴在美小說給我留下的印象。習慣了一些流行的臺灣女作家偏於言情、唯美的作派，不免難以適應裴在美的冷峻、寫實風格，她的可貴和特異處正在此。以富於節制的冷靜與同情去描摹臺灣底層社會的「穢質人生」，追溯文明變遷社會轉型過程中晦暗斑駁的人性潛流，承繼並掘進臺灣鄉土文學關懷現實人生的創作傳統，將繽紛複雜的臺灣生活經驗和異域生活體驗熔鑄成質感的文字，這便是裴在美的小說集《小河紀事》[1]。劉大任稱其小說：「彷彿有個堅硬的內核，卡在你心裡，讓你震驚。」

　　〈阿幸與阿變〉是《小河紀事》中頗為成功的一篇，敘述了作者耿耿於心間的小河及小河兒女的故事，像她不少作品一樣，那條溫軟抒情的小河和它流經的舊臺北構成了故事昏黃的背景，也是人物成長和追憶的源泉。很多年前，小河陪伴過作者的童年和少年；多年以後，小河及河邊的土地濕潤著作者的回憶。這讓人想到蕭紅筆下那條「淒惋的歌謠」般的呼蘭河，想起沈從文的那條沅水和那動人的湘西世界，沈從文說：「我老不安定，因為我常常要記起那些過去事情……，有些過去的事情永遠咬著我的心。我說出來時，你們卻以為

1　裴在美：《小河紀事》（臺北市：皇冠文化出版公司，1996年）。

是個故事」。[2]而裴在美《小河紀事》的封底上有一段這樣的自白：
「不光要寫出一個城市已經過去、永不回頭的面貌；雖然那確實迷
人，而且牽動我心。但其實我最擅長、也最無法叛離的，還是呈現我
以為每個人心底都藏匿著的，那個永遠長不大的孩童。」也許，每個
人的心中都曾有過那麼一條河，它孕育著我們的童年，伴隨著我們成
長，流淌著如煙的往事，見證著造化所經營並改變的一切。原鄉，一
方面自然指涉地理空間上的故鄉，另一面，它也必然涵蘊著個體生命
最原初性的難忘的童年時光。一本《小河紀事》，基本貫穿著遙敘和
追憶的原鄉敘述。

　　〈阿幸與阿變〉屬〈小河兒女二三事〉中的一篇，顯然，作者關
注的重心已有所轉變，不再全神貫注於小河所凝定的原鄉時空，其中
的人物：阿幸與阿變這兩位臺北女性，早已遠離故鄉千山萬水，遠離
了童年時曾見證過她們之間純真友情的小河，置身於現代文明的示範
性都市紐約，她們也難免要「經過大都會的一番吞吐洗禮，千萬人口
每日如砂粒般的攪和、撞碰與摩擦」。自身亦會發生一些始料未及的
蛻變。故事中人物活動的主要場景多在美國紐約、曼哈頓下城的蘇活
區（SOHO），一個與中國城相毗鄰的華人雲集的街區。小說伊始就
以冷峻而超然的敘述語氣描繪了紐約這座大都會容量豐富、價值多
元、張力無窮等特徵，簡約道出它對「出身格局狹小，但心大志大或
滿腦子想望的人」所具有的無可替代的魅力兼吞食力。簡潔的開篇文
字，圓熟地交代了人物所處的環境，佈局上頗有傳統現實主義敘事遺
風；同時為小說設定了一種懷舊氛圍，輕捷地進入作者預設的敘述軌
道。敘述者在客觀、超然的姿態下又分明難以掩飾其主觀情感，以至
於不由自主地唱歎：「再沒法兒像以往，簡樸的年月，人就只那幾條
心思。憑一個最初的印象、感覺，甚或片面的談話，就可以斷定一個

2　參見沈從文：〈三個男子和一個女人〉，《沈從文文集》（廣州市：花城出版社，1982
　　年），卷4，頁49。

人的大概性情、實落與否或來龍去脈來了。」雖是短短幾句感慨，卻
足以表明作品所蘊含的揮之不去的原鄉情結了。今天的美國紐約與往
昔的臺北小河，構成了作品中完全迴異的生存時空和相悖的價值取
向，呈現了兩種相距甚遠的人生模式和文化規範。人物在曼哈頓的某
街區上演著一幕幕或熱鬧或寂寞的生活劇，原鄉的小河及河邊花朵般
綻放的童年卻真正成為故事幽深的遠景。

　　眾多帶有原鄉敘述意味的作品，其敘述的過程及鄉愁的形成，都
隱含著時間介入的要素，「今昔的對比，傳統與現代的衝突，往事
『不堪』回首的悽愴，在在體現了時間消磨力量。」[3]〈阿幸與阿
變〉亦處處明示或暗示出時間的冷酷無情，時間的流逝賦予「回憶」
特別的意義；空間的大跨度移位亦可催生和強化人的原鄉癥結，更何
況在記憶與現實相交錯碰撞間，對比和反差是如此強烈，乃至令人惶
惑不安。時空的距離既可以使「人和事物變得遙遠」，也可以「使事
物的形象更完整清晰」，關於這一點，裴在美的看法非常明確，她認
為「物理上的距離非但可能不會造成隔閡，相反地，就是由於人處於
一個全然無法投入的異地環境，種種強大、無所不在的隔閡，反而有
助於他去更加投入自己曾經熟悉的遠方。」[4]我相信這段陳述的真實
性，因為它在作者筆下的人物阿變身上，得到了生動的驗證。

　　小說塑造了兩位女性主人公，敘述口吻似乎不偏不倚，題目中還
將阿幸的名字放在前面，不過一旦進入作品的內在情緒，不難發覺小
說敘述的重心在阿變這個人物。冷靜、超然的客觀敘述與含有濃郁抒
情意味的來自阿變的限制敘事在作品中並行交錯，前者令作品保持清
醒而現實的思路，後者又使作品在冷峻凜冽的外表下蘊藏一脈深幽的

3　王德威：《想像中國的方法》（北京市：生活‧讀書‧新知三聯書店，1998年），頁
　　226。

4　裴在美：〈距離記憶與文化呈現〉，一九九八年十月在泉州華僑大學召開的「北美華
　　文文學研討會」上她的大會發言。

柔情，只不過作者不願落入「脈脈此情向誰訴」般的傾訴性抒情窠臼
中。阿幸和阿變，這對昔日的青春摯友，時空的距離無聲地粉碎了她
們間帶有童貞氣息的友誼，往昔的美好時光一去不再。問題在於，阿
幸對此毫無所感，近於麻木不仁。她沉溺於現實而又狂熱的「美國
夢」，為了追名逐利而絞盡腦汁標新立異，為了有朝一日能在美國畫
壇一舉成名而追逐時尚，甚至想出先回臺北以便達到從邊緣突進中心
的「妙計」；美國式的物質主義和功利主義已滲透入她的人生哲學、
內化為她的價值準則。因此，她絲毫不會為利用朋友的勞動而內疚，
她也可以很坦然地與好友計較房費；而傳統的東方倫理道德價值觀在
她身上消泯得如此了無蹤跡，甚至在東方女性最為珍視的情愛領域，
她也完全西化了，兩性關係在她看來不過是相互需要的滿足而已，既
簡單又輕鬆……小說的敘述者（有時是通過阿變的敘述）在提及阿幸
時帶著明顯的矛盾心態，一方面，將阿幸的今昔比照著看，不免感到
造化弄人的嘲諷，一個是舊臺北市郊小河田野長養著、文藝作品薰陶
著的善感任性的少女，另一個則是紐約街區雜色文化衝擊中不倫不類
的褐色頭髮的怪異女畫家，作者有意切斷兩者之間的發展過程，孤立
地呈現兩種相互映照相互嘲弄的生存狀態，對今日阿幸的作派持一定
的諷刺和批評態度，正像小說描寫阿變來到紐約初見阿幸時的驚詫與
失望：「她不知到底是什麼曾經降臨阿幸，使得從前那樣一個相對於
她而言聰穎、早熟、急於爭取成長主動權的女孩，變得如此無可救
藥、該死的……自私與唯物。」另一方面，敘述者（以及阿變）又不
由自主地諒解阿幸的變化，甚而羨慕她那種隨機應變、靈活頑強的適
應力和生存能力。阿幸身上具有難以彌合的雙重性，她那令人親近的
熟悉而溫暖的從前與她這令人困惑拒斥的陌生而冷漠的現在，正喻指
兩個全然不同的世界，一個是遙遠記憶中散發泥土氣息的原鄉世界，
另一個則是現實中騷動而異己的西方文明世界。原鄉早已失落，無法
回歸；現實則只能孤獨面對，你別無選擇。

　　兩位臺北女子的另一位是小說的核心人物：阿變。雖然作品運用了貌似客觀的第三人稱敘述視角，但在敘述過程中卻自然地轉換了視角，讓人時刻感受到阿變的觀察、回憶和思考。阿幸是純粹的小說人物，阿變則不時與敘述者相重疊，難分彼此。有時，讀者彷彿能從阿變美麗而略有些傷感的眼神裡讀到敘述者的矛盾與困惑，或許這裡面也帶有作者的生命印記和切身體驗。作者曾言：「自己的書寫並不是由於需要記憶，而是出於需要遺忘；並不是由於需要永遠攜帶著些什麼，而是出於希望能夠徹底的將它們擺脫。而唯有以母語書寫故土，由書寫釐清與清理記憶，以再造的現實來對抗當下的現實，這個願望才得以實現。」[5]在記憶與遺忘之間應是新一代海外華人難以規避的尷尬境遇，裴在美並無沈從文式的重塑桃花源的宏願和浪漫（實際上沈從文也有其十分清醒和現實的另一面），但他們的境遇也有相似之處：置身於都市現代文明和鄉村傳統文化之間，既無法融入現實又不可能回歸從前，瞻前顧後，憂從中來。沈從文的原鄉敘述表達了文明嬗變過程中人類心靈深處的詩性懷舊心理，裴在美卻企圖拋棄溫情戴上遺忘的冰冷面具。若看〈阿幸與阿變〉這篇小說，我分明看到作者理性與情感、遺忘與記憶間的痛苦交戰，如果說阿幸的行為對應於一種建立在遺忘基礎上的現實人生態度的話，那麼阿變的形象則真實反映出一種在記憶與現實間的迷失心態。相對於阿幸的明快、直率、果決與實際，阿變就顯得柔弱、憂鬱、傍徨且耽於幻想。小說中有關阿幸的部分多為外部言行描寫，少於內心活動刻劃，而有關阿變的部分則常常是無聲勝有聲的心理表現，從阿變的視角看小說，無疑，這是一篇不乏感傷色彩的成長小說，是一個在陌生異域迷失的東方人對親切遙遠的逝水年華的苦苦追憶，這深刻的記憶又加劇了她對現實的陌生感和拒斥。小說的第二章以宣敘的語調將讀者帶進阿變的回憶中：

5　裴在美：〈距離記憶與文化呈現〉，一九九八年十月在泉州華僑大學召開的「北美華文文學研討會」上她的大會發言。

「曾經，阿幸和阿變同住一條小河邊上。那是一條早年貫穿她們鄉里農田野地，清清亮亮，與黃泥小道一同蜿蜒曲折過許多人家的小河溝渠。」一股清新濃郁的田園鄉土氣息迎面而來，在這質樸深厚的農耕文化邊緣的市郊，既孕育並成全一種務實勤勞發家的夢想（如阿幸的父親），也滋生了時代變遷過程中底層社會的種種「穢質」（如阿變父親的偷竊與無賴行徑），作者的客觀敘事令這段回憶並未全然墮入「似近實遠，既親且疏的浪漫想像」[6]反而顯示了作者做為女性作家難得的冷峻個性。她以寫真的筆致追憶兒時的小河風貌、河邊人家生活圖景，而她記憶中最閃光的就是阿變阿幸二人少女時期的友誼。這段歷史在日後阿幸身上似乎沒有留下特殊印跡，是否正因為她對歷史（包括個人成長史及家族民族史）的忘卻或懸置態度，才導致她輕裝上陣迅速融入新時代新環境？可是遺忘對於阿變來說要艱難得多，可以說是一個痛苦蛻變、洗心革面的過程。在那蒙昧而幸福的年代，阿幸以她的早熟和主動引領著阿變邁向青春的覺醒、體驗少女時期誇張神秘的快樂，共同渡過人生路上最富詩意也最難忘懷的一段時光。攜帶這美麗悠遠如同夢幻的記憶，阿變面對紐約、面對陌生的阿幸，她只能做一個孤獨沉默的異鄉人。與其說她因阿幸的變化而不解而痛心，不如說她更為自己的不合時宜而不安，她甚至發現，因為她趨於保守化的觀念，以至於她的美麗也是無用的。對歷史的記憶曾經促進了她的成長，但如今那記憶卻成為她進入新生活的屏障，意識到這一點也許是殘酷的，卻又無可奈何。阿幸的巨變又一次讓阿變從「恍如隔世」、「呆若木雞」的狀態中覺醒，她終於明白「緣分也是和際遇一般變化無常」，童年與童年時純淨如水的友誼一去不復返了，而原鄉亦只能在記憶中塵封或者在悄然中被遺忘了。

6　王德威：《想像中國的方法》（北京市：生活・讀書・新知三聯書店，1998年），頁226。

　　追憶逝水年華，重塑夢中原鄉，為的卻是遺忘；而遺忘，意味著斬斷根系和牽絆，做一個更加自在輕鬆的自由人。但畢竟，遺忘是一種永遠的創痛，是一種艱難的背棄，而人的心靈之原鄉又怎能徹底叛離？！

　　小說中有這樣一個細節，當阿變婚後已成為一個豐腴的婦人，她面對著丈夫（一個來自大陸西北地方的畫家）的一幅畫作，畫面呈現了「一片渾沌空無深不見底的背景上，獨獨畫一枝枯萎的花，一隻死去的蟬，一片起皺飄搖透明的紗」，她追問著那朵凋謝的玫瑰有何象徵意義，丈夫戲言：「那就是你啊！」這個小小的細節以輕鬆戲謔的方式傳達了一種青春永別、往事隨風的深沉感傷，作者並不去蓄意渲染人物內心之痛，淡簡輕巧的筆觸使得這痛楚格外驚心。

　　不過，作者終究未能冷面到底，一張發黃紙片上的詩句洩露出超乎人物故事之外的廣漠而悠久的「鄉愁」：「江南好，風景舊曾諳。／日出江花紅勝火，春來江水綠如藍，／能不憶江南？」這是阿變整理舊物時發現的多年以前阿幸抄錄給她的詩句，直讓人生出「此情可待成追憶」的惘然之感。小說結尾處更是意味深長，直抒胸中塊壘：「可以確定的是，這兒的江南，必定是她們過去的故里，那江水，自然是她們所熟悉的小河了。」

　　臺灣著名作家王幼華曾稱譽〈阿幸與阿變〉這篇作品「委婉得宜，編織巧妙」，有「返回故土，重塑來時路的意圖」，[7] 確實，此作在結構、敘述上章法嚴謹，時空交錯，情節穿插處理得當，情感的表達含蓄有節制，人物塑造頗具深度，女性生活描述及心理刻劃也細膩動人，語言文字精到老練；而小說的內涵層面也並不單薄，可從女性小說、成長敘事及原鄉主題等多方面進行解讀。裴在美和嚴歌苓、張翎等一批風格各異的華人女作家正在以她們卓有成效的創作成為北美華文文學創作的中堅力量。

7　王幼華：〈觸質人生的真實顯影〉，《中國日報》，開卷版，1996年5月16日。

置身於苦難與陽光之間
——非馬詩歌的意象世界

一

　　詩人常常是寓言家，但絕不僅僅是那種傳統意義上道德故事的製作者。詩人往往憑靈光閃爍的感覺驅策充滿感性的語言，最終水到渠成地顯現生命的抽象意義。美籍華人作家非馬在一首題為〈今天的陽光很好〉的詩作中，借畫家特有的視角洞察生存現實的表象及實質，以畫面的自然發展巧妙地完成了一則寓言的抽象。詩歌首先以從容不迫的筆調徐徐展開一幅令人心悅神怡的畫卷，「藍天」、「白雲」、「小鳥」、「綠樹」以及「蹦跳的松鼠」和「金色的陽光」，一系列光明亮麗生機勃勃的意象喻示了人類淳樸動人的理想；然而畫家對此卻陷入了疑惑，現實生活的複雜豐富給予了他巫師般的敏銳與直感：「但我總覺得它缺少了點什麼／這明亮快活的世界／需要一種深沉而不和諧的東西／來襯出它的天真無邪。」這種預感即刻得到了證實：「就在我忙著調配最苦難的灰色的時候／一個孤獨的老人踽踽走進畫面／輕易地為我完成了傑作。」詩的前後兩部分形成了對照，明亮快活的世界被沉重灰暗的世界所滲透，天真無邪的幻想在孤獨老人所象徵的人世苦難面前，既顯現出人類希望的光亮也被襯托得單純柔弱而顯出理想的某種虛幻性。詩人並未因此而沮喪，相反，他以深諳生活辯證法的理性態度觀照理想與現實的悲劇衝突，詩篇告訴人們：人類註定置身於苦難與陽光之間，置身於現實與理想的衝突之中，唯有在這種既

定的悲劇處境中直面現實人生，才能完成人類生命的「傑作」。敏感
的讀者還可以感覺到詩人對自然淳樸的和諧和理想境界的深摯溫存的
愛心和執著明確的眷戀，故作沉著平淡的語氣並不能掩蓋住「孤獨的
老人」所帶來的凝滯沉重的陰影，其間隱隱透露出詩人對人類命運的
宿命般的認定和憂患，同時也因其正視命運的積極姿態表明詩人對人
間黑暗面不妥協的挑戰傾向。

　　從上文對非馬的一首詩所作的具體解讀中可以看出，非馬是以有
意味的意象營造詩義並傳達主體精神。

　　意象是一個十分重要的詩學概念。中國古典文論中的「意象」出
自《周易》：「子曰：聖人立象以盡意」王弼注曰：「夫象者，出意者
也。」王昌齡在《詩格》中發展了這一理論，他提出：「搜求與象，
心人於境，神會於物，因心而得。」更強調詩人的心靈與客觀物象相
感應交融的神妙意蘊。西方美學家也十分重視「意象」的概念，康德
以為，「意象是想像力重新建造出來的感性形象。」[1]本世紀初英美詩
人龐德對意象下了個定義：「意象之為物，乃是瞬間內呈現理智與情
感二者的複合體。」「意象派的意象是代數中的 a、b、x，其含意是
變化的。作家用意象，不是要用它來支持什麼信條，或經濟的、倫理
的體系，而是因為他是通過這個意象思考和感覺的。」[2]意象在這裡
早已超出了一般的比喻意義。意象是詩人情感理智在剎那間的綜合
物，在詩義的詮釋和理解方面具有多重可能性，比如龐德那首著名的
短詩〈地鐵站上〉：「這些面龐從人群中湧現／濕漉漉的黑樹幹上花瓣
朵朵。」這裡的「面龐」與「花瓣」帶給讀者的就是多重角度的暗示
寓意，而不是浪漫主義式的比喻。而本世紀前半葉英美最重要的文學
批評流派「新批評」派更是視意象為詩歌框架中不可缺少的要素，艾

1　蔣孔陽：《德國古典美學》（北京市：人民文學出版社，1980年），頁115。
2　鄭敏：《英美詩歌戲劇研究》（北京市：北京師範大學出版社，1983年），頁3。

略特倡導一種尋找「客觀對應物」的理論，他主張文學作品應具有深邃的歷史感，強調一種理智與情感相合作的「統一的感受性」，他創作的詩歌往往是大意象中密佈小意象群的象徵性結構，比如長詩〈荒原〉、組詩〈四個四重奏〉等。因此，趙毅衡在《新批評》一書中將意象這一概念普泛化簡潔地命之如「表示抽象意義的象」[3]，後一個「象」並不標明是「具象」，顯現出現代詩論中「意象」內涵的微妙變化。

　　綜上所述，意象堪稱為詩歌的基本要素，它與一般所說的「形象」和差異就在於，意象是主客觀相交融的產物，它常常寄寓著主體的情感和意圖，具有一定的抽象意義，在多數情況下，它總是體現為感性形象。如莊周的「鵬鳥」與「蝶」，屈原詩中的香草美人，李白吟詠的月亮，蘇東坡詞中淘盡千古風流人物的江水；又如葉慈詩裡的「拜占庭」，艾略特詩中的「水」、「火」、「岩石」和「棕黃色的霧」……這些意象都蘊藏了詩人深刻的思想認知和豐富的情感內涵，超出了原來的詞義，變得容量濃厚富於象徵或暗示意味。

　　非馬的詩十分重視意象世界的經營，臺灣詩評家陳千武和李魁賢明確地稱非馬為意象派詩人，李魁賢在〈論非馬的詩〉一文中指出非馬的詩「具有非常典型性的意象主義詩的特色和魅力。」並具體說明了非馬的詩兼具意象派詩歌的四大特徵和六大信條，即「語言精練。意義透明，象徵飽滿，張力強韌」以及「語言明確，創造新節奏，選擇新題材，塑造意象，明朗，凝鍊」等要義。以上論斷證明了非馬詩歌中意象的突出位置，如果說臺灣詩論家著重是從美感特徵和藝術技巧的角度來論述非馬詩歌的意象主義風格，本文則要通過對非馬詩歌中的意象世界的綜合考察，觀照詩歌呈現的思想意向以及詩人的生存處境和價值選擇。

3　趙毅衡：《新批評》（北京市：中國社會科學出版社，1986年），頁133。

　　臺灣詩人羅門在《時空的回聲》中指出：「當現代詩人從古代詩人偏向一元性自然觀的直悟境界，進入到現代偏向二元性的生存世界；從寧靜和諧單純的田園性生活形態，進入動亂緊張複雜焦慮的都市型狀況，接受西方現代科技文明的衝擊，以及物質繁榮的生活景觀的襲擊。所引發人類官能情緒心態與精神意識的活動，都是以大幅度大容量與多向性在進行。」作為現代詩人，在個體與社會、靈魂與肉體、物質與精神等方面必然面臨比古代詩人更為複雜也更為艱難的選擇。象徵主義鼻祖波德萊爾拋棄了後期資本主義文明都市巴黎這座人間「地獄」的種種罪惡，留下了一束以社會之惡和人性之惡為揭示對象的驚世駭俗的「惡之花」，但詩人是孤獨的，「在被這些最後的同盟者出賣之後，波德萊爾向大眾開火了——帶著那種人同風雨搏鬥時的徒然的遷怒。這便是體驗的本質；如此，波德萊爾付出了他全部的經驗。」[4]現代詩歌大師艾略特堅持認為：「詩歌的目的是在於用語言重新表現現代文明的複雜性。」他極為沉痛地批判「歐洲文明的混亂和庸俗」，在〈荒原〉、〈空心人〉等詩中，艾略特將現代西方人對現實的恐懼、震驚、幻滅以及企圖尋求拯救的心態揭示得淋漓盡致。最終他本人選擇了一條宗教救贖的道路，疲憊迷惘的心靈停泊於歐洲文化傳統的深淵。非馬童年時期在中國大陸度過，青少年時代成長於臺灣，成年之後又趕上二十世紀六〇年代的留學熱潮，以後定居於美國芝加哥，複雜的文化背景必然給他帶來複雜的文化感受和多元的文化認知；另一方面，非馬不僅是詩人和藝術家，他還是高科技文明社會的一名科學工作者，社會角色的複雜性也為他觀照世界帶來了別樣的眼光。非馬溫和達觀的個性，使得他的詩歌不似波德萊爾那種極端的撒旦式的詛咒，但非馬同樣具備一個現代知識者強烈的批判鋒芒，在

4　〔德〕瓦爾特・本雅明著，張旭東譯：《發達資本主義時代的抒情詩人》（北京市：生活・讀書・新知三聯書店，1989年），頁8。

對於現代文明和社會現實的批判意識上與波德萊爾同樣尖銳。非馬的詩，雖然不具備艾略特詩中的厚重歷史感和濃郁的宗教意味，但在對於現代機械文明社會的諷刺態度和懷疑傾向上卻表現出某種同質性。正如本文開篇所分析的那首非馬詩作那樣，非馬的詩明顯呈示出生存世界的二元性，詩人正是置身於理想的「陽光」與現實的「苦難」之間，企圖在對現實的揭示批判的基礎上實現精神的超越。

二

　　非馬的詩歌創作自五○年代以來已有三十餘年的歷程，形成了一種「比寫實更寫實，比現代更現代」的藝術風格。常有論者將非馬的這兩句自我評斷分而視之，認為前句指的是思想內容，後一句指涉藝術形式。其實不然，讀過非馬的數百首詩之後，我感到他的「寫實」與「現代」是交融為一體的，他的貼近現實人生、關注四時民事的詩思始終是與現代詩人的自我意識和犀利目光相關聯的。非馬曾經在〈中國現代詩的動向〉[5]一文中談及他的詩觀，他認為既要肯定「藝術至上」的重要性，「更重要的是，我認為一個有良知的現代詩人，必須積極參與生活，勇敢地正視社會現實，才有可能對他所處的社會與時代作忠實的批判與記錄」。從中我們可以看出中國文人自屈原至杜甫白居易至曹雪芹乃至魯迅這一脈批判現實主義傳統的強大影響力，也顯示出西方近代以降知識分子以社會良知自居的精神傳統對非馬的某種濡染力。正像詩人在〈烏鴉〉一詩中所隱含的自我指涉：「只一心想做良心詩人／成天哇哇／招來石頭與咒罵」。另一首同名詩中，作者又一次對烏鴉「自命良心詩人／哇哇／煞黃鶯兒的風景」的不媚俗行為進行了貌似嘲弄的肯定，在這個變幻莫測，缺少信念的

5　非馬：〈中國現代詩的動向〉，《文季》第2卷第2期（1984年7月）。

社會，「風靡耳朵的／是鄧麗君的錄音帶／一按即唱」，烏鴉因叫聲的難聽違背了社會流俗而顯得孤獨，卻仍然堅持不懈。由於非馬在「烏鴉」這一意象裡寄寓了一個有良知的現代知識分子的自我認知，詩中的「自嘲」和「嘲世」之間才構成了強韌的張力關係。從「烏鴉」這個有著自喻色彩的意象可以了解非馬清醒冷峻的自我意識，以及詩人對社會現實的批判意識。

從題材看，非馬的詩筆觸所及甚廣，從變幻不定的國際風雲，到平淡無奇的四時更替；從觸目驚心的新聞事件，到樸素平易的日常生活，都可以納入詩人的觀照視野。因此，非馬詩中的意象豐富而繁雜，如萬花筒，但詩人並未迷失於意象的迷宮中。他詩中的意象雖豐富卻並不淩亂，色彩紛呈卻並不撲朔迷離，其原因在於他的詩歌意象經過了詩人的梳理和錘鍊大多獲得了較為沉著堅實的寓意，是詩人情感、理智與客觀世界相撞擊的產物。從整體考察，非馬詩中的詩歌意象世界是由兩組具有張力關係的意象而構成，即充滿罪惡與苦難的現實世界和寄託幻想陽光明麗的理想世界二者相輔相成。詩人在陽光與苦難之間對現實的批判和對理想的憧憬構成了詩意形成的仲介。

現實世界遍佈罪惡與苦難，臺灣詩人洛夫曾發出詩人的宣言：「攬鏡自照，我們所見到的不是現代人的影像，而是現代人殘酷的命運，寫詩即是對付這殘酷命運的一種報復手段。」[6]非馬的詩雖然不像這樣極端，但其詩中的挑戰殘酷現實的精神是十分明顯的。他在詩中展現了雙重意義價值體系，一重是正義的、人道主義的、自然的，另一重則是非正義的、反人道的、異化的。詩人通過一系列意象有意味的比照與衝突來體現雙重意義價值體系的對立關係，如戰爭意象與和平意象，城市意象與鄉村意象，成人意象與孩童形象等等。

6　洛夫：《詩魔之歌》（廣州市：花城出版社，1990年），頁122。

（一）戰爭 VS 和平：冷峻的追問

　　戰爭是一種人為的災難，現代戰爭更是如此。兩次大戰在現代人心靈中造成的巨大陰影直接反映在文學藝術領域，如五〇年代起源於法國的荒誕派戲劇和六〇年代流行於美國的「黑色幽默」等現代文學流派。「大戰中瘋狂殘酷的史實給西方人留下難以泯滅的印象，尤其是不少『黑色』作家曾經身歷其境，劫後餘生」。[7]「黑色幽默」的代表作《第二十二條軍規》等作品即以戰爭為背景揭示出生存現狀的悖謬性；而荒誕派代表作家尤耐斯庫面對二戰的殘酷浩劫與人類的虛弱迷惘，發出了以下的感慨：「在這樣一個看起來是幻覺和虛假的世界裡，存在的事實使我們驚訝，那裡，一切人類的行為都表明絕對無用，一切現實和一切語言都似乎失去彼此之間的聯繫，解體了，崩潰了；既然一切事物都變得無關緊要，那麼，除了使人付之一笑外，還能剩下什麼可能出現的反應呢？」[8]六〇年代初即移居美國的非馬不能不受到這樣的思想觀念及人文環境的影響，他生長於戰火紛飛的三〇年代的中國，對戰爭的災難必然有著特殊的敏感和警惕，因此，呼籲和平、控訴戰爭的警世主題成為非馬詩中的一組重要旋律。

　　他的一些戰爭題材的詩篇往往並不鋪排宏大悲壯的戰爭場面，而是選取一個很不引人注目的角度，描繪一個小小畫面，來達到強烈的藝術效果。如〈越戰紀念碑〉並不曾聲色俱厲地指控戰爭的罪惡，而是通過「萬人塚中，一個踽踽獨行的老嫗」來尋找愛子「致命的傷口」的無聲畫面來呈現戰爭給廣大人民帶來的創痛；另一首題為〈戰爭的數字〉的短詩運用了反諷筆法，以一句冷冰冰的「只有那些不再開口的／心裡有數」，來回答所謂的「戰爭的數字」問題，讓生者的

7　楊國華：《現代派文學概說》（北京市：中國社會科學出版社，1982年），頁248。

8　中國社會科學院外國文學研究所、外國文學研究資料叢刊編輯委員會編：《外國現代劇作家論劇作》（北京市：中國社科出版社，1982年），頁169。

心靈受到那些永遠沉默的亡靈的撞擊，以無聲的死亡包容生命的吶喊。詩人在「紀念碑」、「老嫗」、「戰爭的數字」等意象的選取上是別具匠心的，他用無聲的畫面發出了震撼人心的呼喊，表達了作者對那種反人道的戰爭的深深憎恨。

另一面，批判意識越是強烈，詩人內心的愛和人道精神也就越是鮮明。正因為詩人憧憬著人類的相愛與互助，嚮往著世界的和平，深摯地同情著那些不幸的戰爭受害者，他對戰爭的憤怒和痛恨才會如此的不可遏制。在戰火硝煙不斷毀壞著和平生活的現實面前，非馬不禁產生了「黑色幽默」式的表達方式，他甚至以抒情的筆調如此描繪：「最後一批 B-52 撒完種走了／冰封的希望開始萌芽。」而「和平」則正被人們「沿街叫賣」，這嘲謔的表述中深藏著詩人的憤怒與絕望，此詩的題目與詩的內容形成了強烈的反諷效果：〈春天的消息〉。「春天」這一意象所傳達的資訊與傳統意義上的語義資訊和隱喻涵義之間產生了極大的反差，在這種反差之間，詩句暗示讀者去追蹤其深層原因即社會原因和人為因素。而在另一些涉及戰爭的詩作中，詩人將暗示變成了公開的指控，那些陰險罪惡的戰爭策劃者和侵蝕和平的人在非馬筆下化身為「他們」這個代詞形式。「他們」在淋漓的鮮血中進行著鉤心鬥角的政治交易，並且美其名曰「巴黎和談」（〈圓桌武士〉）；為了射殺一個逃亡的同胞，「他們用鐵絲網／在地上／圍建樂園」（〈天上人間〉）；「他們」在南非燒殺搶掠無惡不作之後卻要搗毀那些拍下「他們」罪行的照相機（〈南非，不准照相〉）……。

這樣的詩歌不是用來歌唱的，而是一種理性的批判，是警世的鐘聲。在一首名為〈珍珠港〉的詩作中，詩人舉重若輕的筆觸下其實是沉重的擔憂：「聽說腰纏萬貫的日本人／已陸續買下／這島上最豪華的觀光旅館／／說不定有一天／這批鞠躬如也的生意人／會笑嘻嘻買下／這一段血跡斑斑的歷史／名正言順地／整修粉飾」半個多世紀前的殘酷戰爭已成為歷史陳跡，可是有關歷史的書寫和解讀卻如同沒有

硝煙的戰場。日本軍國主義曾經對人類造成巨大傷害，當今日本右翼分子極力無恥地篡改歷史，這些都是應當引起世人關注的嚴峻事實。

可以說，非馬戰爭題材的詩歌足以喚起尚存良知的人們的深深共鳴。詩人在表現戰爭與和平這類題材的詩作中，在理智層面發出了追問和深思；詩中那些冷峻精練的語言與意象，像一把把投槍與匕首，具有震撼性力量。

（二）城市 VS 鄉土：何處是現代人的精神家園？

隨著現代工業文明的突飛猛進，人們日復一日遠離了田園牧歌式的古典理想生活，隨著人群如織建築林立的城市的日益發展，天真古樸的鄉村漸漸成為遙遠的夢幻。城市與鄉村代表著兩種完全不同的生活方式、文化景觀和價值取向，因此城市與鄉村的矛盾成為許多現代文人所關注的問題。非馬的詩也表達了這樣的主題：鄉村世界與城市世界的對立，〈芝加哥〉這首詩就是一個典型例證。一個東方少年帶著好奇與幻夢奔赴城市之高塔，然而「在見錢眼開的望遠鏡裡／他只看到／畢卡索的女人／在不廣的廣場上／鐵青著半邊臉／她的肋骨／在兩條街外／一座未灌水泥的樓基上／根根暴露。」在城市意象群中，包括人工的塔、「見錢眼開的望遠鏡」、「鐵青著半邊臉」的城市雕塑、「未灌水泥的樓基」等，從中我們所見到的城市景觀是冷漠無情毫無情調的，代表著鄉村世界的東方少年同樣感到了一種被欺騙被拒絕的頹喪：「這鋼的事實／他悲哀地想／無論如何／塞不進／他小小的行囊」。這裡通過鄉村人格被城市所排擠的寓言清晰表明鄉村和城市兩個世界的疏離與敵視關係。

詩人還在作品裡喻示了現代社會中東西文化的碰撞和衝突。非馬長期居住在芝加哥，對於西方都市文明有著深刻的體驗，而「東方少年」以及他的「小小的行囊」則來自另外一種文明圈：一個經濟發展相對緩慢、田園氣息較少受到侵蝕的鄉村化社會，那裡也是詩人曾經

生活過的國度。對於非馬而言，雙重的文化背景和生活體驗意味著視
野的拓展和胸襟的開闊，但同時也可以敏感到不同文化形態之間的衝
突與矛盾。詩中的「東方少年」式的遭遇就頗為傳神地表達了這種感
覺。東方少年的悲哀令人想起哈代面對資本主義文明吞噬瓦解農村宗
法的天然關係時的那種痛楚，也讓人想起沈從文對湘西山水風俗民情
的執著迷戀背後的隱秘的傷感；但是非馬也不同於哈代和沈從文，哈
代固執而無奈地滯留在農村宗法風俗的田園中孤獨地吟唱動人的輓
歌，沈從文始終以一個「鄉下人」自居，他的精神與侵入鄉村世界的
現代商業文明格格不入。而非馬早已失落了哈代的原野和沈從文的那
片山水，作為一名科學工作者，他早已深深介入現代文明社會，他只
能在都市文明的籠罩下找尋生命的衝動和生存的價值。非馬選擇了一
條詩歌和藝術的道路，以張揚生命的靈性，同時也以此履行一個知識
分子的批判和反省職能，因此，有時候，他看起來就成了波德萊爾那
樣的都市旁觀者和批判者。

　　敏感的詩人同樣擁有波德萊爾那種令人暈眩的「被人群推搡」的
經驗。波德萊爾在題為〈失去光環〉的散文中生動地描繪了這種經
驗：「迷失在這個卑鄙的世界裡，被人群推搡著，我像個筋疲力盡的
人。我的眼睛朝後看，在耳朵的深處，只看見幻滅和苦難，而前面只
有一場騷動。沒有任何新東西，既無啟示，也無痛苦」。[9]非馬對這種
經驗的描述往往建立在「恐懼」與「噁心」的感覺基礎上，他十分厭
倦於城市生活的標誌：摩天樓、喧囂的人流、擁擠的街道、變幻的霓
虹燈和川流不息的車群。這一切意象在非馬筆下都鮮明地烙上了詩人
的否定性情感印跡，詩人甚至毫不忌諱地使用了令人噁心的比喻，將
阻塞的道路比作一段小腸：「在一陣排泄之後／無限舒暢起來」，
（〈路〉）讓人們避之不及地聯想到自己在城市生活中的類似經驗。

9　本雅明：《發達資本主義時代的抒情詩人》（北京市：生活・讀書・新知三聯書店，
　　1989年），頁167。

　　但非馬並不僅僅傳達上述「噁心」的情緒，他還致力於揭示城市醜陋表象背後的問題。如〈宵夜〉就是其中一例。詩分為兩段，前一節以擬人手法來描摹酒醉飯飽令人噁心的城市之夜：「霓虹的手／在黑夜的天空／珠光寶氣地撫著／越脹越便便／的大腹」；詩的後一段則明確使用了一個城市貧民的敘述視角：「走在／打著飽嗝的／臺北街頭／我卻經常／饑腸／轆轆」。珠光寶氣的臺北街頭霓虹燈閃爍，但榮華富貴是上流社會成員的特權，沒有一介平民的份，「我」只是被城市欺侮、鄙視、拋棄的邊緣人中的一個：渺小而卑微。詩歌以簡潔的意象對照顯示出批判的張力，以美的解構的手法，有力地質詢了現代性都市社會的不公不義，同時自然地把真切關懷的目光投向弱勢群體。從中可窺出非馬詩歌特有的力量。

　　「汽車」原本是都市文明不可或缺的角色，在非馬眼裡，它們有時是「目射凶光的／獸群」，「摩天樓」這現代社會的典型符號，在非馬看來其實是積蓄醞釀都市動物「貪婪無底的慾望」的倉庫（〈都市即景〉）。在繁華城市車水馬龍的「十字街頭」，「四面八方／群獸咆哮而至／驚動一雙悠遊的腳／加入逃竄的行列／／塵沙過處／一隻斑馬／痛苦地掙扎／終於無聲倒下」（〈十字街頭〉）。這無疑是一個有關城市的寓言。十字街頭靜態的斑馬線，被巧妙地想像成遭到成千上萬車輪和腳輾壓的斑馬，這樣的聯想賦予了斑馬線自然的意涵和生命的質地，因此凸現了城市反自然非人性的一面，流露出強烈的質詢意味和悲憫之心。

　　德國批評家本雅明曾經如此描繪都市給人的感覺：「在這來往的車輛行人中穿行，把個體捲進了一系列驚恐與碰撞。在危險的穿行中，神經緊張的刺激疾速地、接二連三地通過體內，就像電池裡的能量。波德萊爾說一個人紮進大眾中就像紮進電池裡一樣。」[10]本雅明

---

10 本雅明：《發達資本主義時代的抒情詩人》（北京市：生活‧讀書‧新知三聯書店，1989年），頁19。

和波德萊爾對於個體淹沒在都市人群和機器中的異化感可謂感觸甚深。這一點非馬的感受顯然有異曲同工之處。

從上述詩歌意象的營造可以看到，非馬對城市文明乃至現代社會負面性的批判是敏銳的，也貫穿了一種尊重生命和自然的人文情懷。批判和諷刺的背面其實是一種憂慮和關懷。非馬的詩中因此常常可以見到對城市人生存景觀和精神困境的描摹。〈日光島的故事〉冷靜呈現了城市人的精神空虛，他們「白天／擠在摩天樓的陰影裡／乘涼／夜晚／卻爭著在霓虹燈下／曝曬蒼白的靈魂」。這樣的城市眾生相原也是當今社會司空見慣的景象，詩人卻在白天與黑夜的對比和對話裡，有意味地傳達了自己冷峻的思考。非馬是城市中人，然而他在表現城市時有意識地採取了與城市以及人群疏離的旁觀者觀察視角，獲得客觀的審視。〈在公寓視窗〉一詩中，就很好地運用了這一種敘述視角。敘述主體站在視窗，視察窗外的世界，從這個視角看出去，街上行人好比從網眼看一尾尾濕漉漉蹦跳的魚兒，他們正在白霧瀰漫的街道上魚兒一樣「自由自在／游著」，詩人好比在描繪一幅水墨的遊魚圖畫，平淡從容，但我們可以從詩人旁觀之冷眼裡透視出淡淡的反諷意涵。顯然，詩人是在質疑這魚網中的「自由」的性質。

與西方城市文明的異化性相比，漸行漸遠的故土和鄉村世界其實提供了另一種價值尺度和文明景觀。對於非馬而言，當然還有著一份割捨不去的懷鄉念舊之情。〈中秋夜〉中，詩人表達了遠在異鄉的華人特有的心緒，品嚐著從唐人街買回的月餅，卻感到有些「不對勁」；這讓我想起嚴歌苓小說中異鄉中秋夜的那枚阿斯匹靈般的苦澀月亮。〈父親〉裡，「嚼幸運餅的父親終於嚼到了孤寂／在唐人街曬了一天太陽的長凳上」。如果說前文所提的「東方少年」的故事透顯出一股身處異國都市的茫然無措和悲涼無助，那麼詩人在異域度中秋吃月餅的那種彆扭，以及「父親」在唐人街深味的寂寞，則表露出了某種疏離的失落與惆悵。很多時候，鄉愁不是裝飾，不是文人的理念，

而是生活中實實在在的真實情感。〈返鄉〉一詩就非常準確地通過意象的力量傳達了鄉愁的內涵。詩人欲揚先抑，描寫返鄉者過海關時留下了載不動的鄉愁，在回家的計程車上，他甚至還為終於「擺脫」了鄉愁而感到「輕鬆」，但是結尾筆鋒一轉：「卻看到鄉愁同它的新夥伴／等在家門口／如一對石獅」。門口石獅子的意象，是那麼故土化，又那麼深刻鮮明，也許是超現實的視覺衝擊，也是真實的情感衝擊。它沉默無語，卻無聲勝有聲。它是遊子心中凝縮了的故土情懷的象徵，意味著生命中的鄉愁剪不斷理還亂，深深烙印在遊子漂泊的生命中。同為海外華文作家的張系國先生曾經深有感觸地指出：「那種遙遠的、可望不可及的故鄉之愛，畢竟是刺激海外華人作家繼續寫下去的原動力。」[11]非馬詩歌創作中自然也有這樣的原動力的影響。他能深味遊子思鄉之痛切真實，同時也避免把鄉愁主題濫情化；從那些漂流者身上，他看到了現代人無根的可悲。遊子們感慨：「什麼時候／我們竟然成了／無根的遊牧民族」。為什麼呢？在詩人看來，部分原因在於他們本身非理性的「見異思遷」，於是，「在自己肥沃的土地上／凝望著遠方的海市蜃樓／思鄉」（〈遊牧民族〉）。在這裡，一向關注社會問題的詩人對六〇年代以來的臺灣出國熱和八〇年代以來大陸的出國大潮有感而發，提出了理性的反思。

　　非馬在處理城市與鄉土、西方現代文明與中國文化的關係的命題時，也將對發源於西方發達國家的現代性的反省帶入了詩性書寫之中。雖然他顯示了對鄉土世界的某種同情和關心，但是他冷峻地看到鄉村文明價值的淪落和城市世俗價值的普遍化狀況，並表達了詩人敏感的人文關注。我們可以看到，非馬對城市文明的批判，其依據並非沈從文式的美好動人的鄉村文明，更多地源於作者持守的現代知識分子的責任和良知。非馬以他凝鍊、簡約而富有張力的意象群，構築了

11　張系國：〈愛島的人〉，《四海》1986年第5期。

一個充滿噁心和恐懼感覺的城市世界，以及一個正在漸行漸遠的鄉土世界。實際上，這樣的詩歌命意裡隱含著一種疑惑：現代人是否已經失落了心靈的原鄉？何處才是人類的精神家園？

(三) 異化 VS 自然：質疑現代性的一種方式

人們常常會注意到非馬詩歌的諷刺特色，他的諷喻不僅是針對腐敗的政治現象和嚴重的政治問題，更重要的是對人性遭到扭曲的可悲事實表示焦慮和關注。人道意識始終貫穿在非馬的詩歌精神中。值得一提的是，他的人道思想並非那種狹隘的人類中心主義，而是將由衷的愛與關切滲透在自然萬物之中，從中體驗生命之間的相互溝通與鑲嵌。詩人這樣表露自己深沉細膩的生命柔情：「每個我記得或淡忘了的城鎮／每個同我擦肩而過或結伴而行的人／路邊一朵小花的眼淚／或天上一隻小鳥的歡笑／都深深刻入／我生命的指紋」。〈生命的指紋〉）。

也許正因為這一種敏感與愛意，詩人的內心也就特別不能容忍現實世界中那些非自然和反自然的現象。在他看來，大自然在人為的力量面前正在失去原有的生存空間與和諧關係。在人類現代文明高度發達的當代社會，自然界中那些生機勃勃的樹木，自由自在展翅翱翔的飛鳥，卻日漸失去其生存空間。非馬對於自然的異化深感疑慮，因此他能體會被擠出焦距的樹的困窘：「愣愣地站在那裡／看又一批／齜牙咧嘴的遊客／在它面前／霸佔風景」（〈被擠出風景的樹〉）；當他看見歌聲嘹亮的鳥兒被關進鳥籠，心中的憤激難以掩飾地湧入筆端：「為了使森林沉默／他們把聲音最響亮的鳥／關進鳥籠／從小到老到病到死／也不管什麼鳥權」，非馬忍不住對那些一味追逐財富而破壞自然的人們發出警告：「直到有一天／鳥籠成了森林／但決不沉默／只歌聲／變成啼聲」（〈鳥籠與森林〉）。樹木和鳥的狀況代表著自然界的面貌和聲音，自然生態遭到損害，人類能得到什麼呢？城市失去了鳥兒的蹤

跡，孩子們只能從電視機裡聽到「布穀布穀」的鳥鳴（〈布穀〉）；樓窗被釘上了防盜的鐵條，「怪不得天空／一天比一天／消瘦」（〈風景〉）。其間巧妙的修辭，給予人充分感性的視覺衝擊力和思想力。

　　自然界在人類的規訓之下呈現出迷失本性的異化形態，對此非馬深有所感。非馬的詩中，盆景中的植物和籠中的巨獸，往往隱喻著非自然狀態事物的異化。顯然，作者對現代文明中的異化現象充滿質疑和嘲弄。非馬詩中的「獅子」「虎」等獸中之王的形象，讓人聯想起里爾克的名作〈豹〉，里爾克以柵欄內不甘馴服的豹那「力的舞蹈」塑形一種「偉大的意志」；而非馬筆下的獅子、老虎早已失去了野性的雄風，「瞇著眼／貓一般溫馴／蹲伏在柵欄裡」的老虎讓詩人疑惑「武松那廝／當年打的／就是這玩意兒？！」（〈虎〉）獅子「再也呼不出／橫掃原野的千軍萬馬／除了喉間／咯咯的幾聲／悶雷」，只能在「一排排森嚴的鐵欄」中做著「遙遠的綠夢」（〈獅〉）。

　　飛鳥的天空變成了鳥籠，獸物的家園成了柵欄，自然也就失去了生命力。那麼，自詡文明的現代人呢？不難看到，非馬相當關注現代人的生存境況和精神處境，對於這發達的單向度的現代文明，他持有一種謹慎卻堅定的質疑態度。有時這種質疑是通過對細枝末節的犀利解讀來表達的，比如西裝領帶，原是現代文明社會社交場合的必備衣飾，但是非馬卻別出心裁地見微知著，並發出嘲謔的嬉笑：「在鏡前／精心為自己／打一個／牢牢的圈套／／乖乖／讓文明多毛的手／牽著脖子走」。詩人的構思聰慧輕盈，風趣詼諧，讓讀者一笑之間得以反省現代文明的累贅與矯飾。

　　馬克思在其早期著作中指出：「物的世界的增值，同人的世界的貶值成正比」，「馬克思把這種資產階級的倫理叫作人的真實本性的倒置，它把人貶作一個物品而且把人從他的根本人性中異化出去。」[12]

---

12 〔美〕賓客萊著，馬元德、王太慶等譯：《理想的衝突》（北京市：商務印書館，1986年），頁69。

作為一個富有人道思想和批判意識的當代作家，非馬的詩作致力於揭示現代社會的弊病和危機，剖析現代人的精神困境，抨擊異化現象。而對於人的異化問題的反思，在非馬的「鳥」、「籠」等幾個意象關係中得到了饒有意味的體現。

「鳥」是非馬十分鍾情的一個意象，在其詩中有著特別的意義。鳥在人們心中往往喚起是自由的聯想，而非馬詩中，鳥兒不再是自由的象徵，相反，牠常常成為生命不自由的隱喻。在〈籠鳥〉一詩中，鳥被「好心的他們」關進牢籠，荒誕的是，禁錮牠的人卻企圖聽到牠「唱出自由之歌／嘹亮／而／動聽」。從某種程度上說，鳥遭受禁錮的境遇正是現代人異化扭曲狀況的折射。席勒曾經這樣描繪文明給近代人造成的處境：「人永遠被束縛在整體的一個孤零零的小碎片上，人自己也只好把自己造就成一個碎片。⋯⋯他不是把人性印在他的天性上，而是僅僅變成他的職業和他的專門知識的標誌。」[13] 這樣的現代人類與關進鳥籠歌唱的鳥其實沒有什麼兩樣。

鳥所具備的強烈的隱喻性，讓非馬對此意象產生了持久的關注。他曾寫過兩首同名為〈鳥籠〉的詩作。早先的一首是這樣寫的：「打開／鳥籠的門／讓鳥飛走／把自由／還給／鳥／籠」。數年之後，詩人舊題重做，稍有小小改變：「打開／鳥籠的門／讓鳥飛走／把自由／還給／天空」。這當然不是空泛的文字遊戲，我們可以從中辨析詩人對自由命題的思考軌跡。真正的藝術家和人文思想者總是會由衷地關注著自由這一命題，非馬亦然。前一首詩，其實已經有其別致之處，那就是結尾的「鳥」與「籠」的分行處理。我們常規的思維模式裡，鳥的飛翔代表著自由，那麼「讓鳥飛走」也就意味著把自由還給鳥，這自然是有道理的，但詩人並未停滯於此，而是將「籠」這個囚禁鳥的負面意象也賦予了悲劇色彩，這就有些出人意料。這首詩對於

---

13 〔德〕席勒著，馮至、范大燦譯：《審美教育書簡》（北京市：北京大學出版社，1985年），頁26。

鳥和籠的關係的思考就產生了新意。修改版的〈鳥籠〉僅僅改了兩個字，但感覺已有很大不同，意涵也有所提升。天空被視為鳥兒自由飛翔的空間，然而，天空本身的自由難道就是自明的嗎？非馬的詩句顯然否定了這種自明性。污染的大氣充斥的天空，也並非鳥的天堂。鳥、鳥籠和天空，三者的關係荒誕而曖昧，三者都是非自由的和異化的。自由是什麼？我想起北島的一句詩：「自由，就是槍口和獵物之間的距離。」

原鄉迷思與邊陲敘述
——從散文看馬華新生代作家的文化身分意識

> 緬懷從來就不只是一種內省或回顧的行為，它是個痛苦的重歸所屬（re-memory），拼湊被支解割裂的過去，了解當前創傷的行為。——霍米·巴巴

> 我是誰——真正的我——乃是與多種異己的敘述（othernarratives）互動下形成的……屬性原本就是一種發明……屬性是在不可說的主體性故事與歷史、文化的敘述之不穩定會形成的。——斯圖爾特·霍爾

> 將關懷放在作家身上，因為他們的關懷、思考和實踐，就是馬華文學的命運；他們身為歷史主體的命運，決定了歷史有沒有向前開展的可能。被遺忘和被操縱都是妥協，作為異質性空間的文學只有失去生存的條件。文學一旦失去對話和認識的價值，我們便永遠被放逐在歷史之外。——林建國

一

　　首先，來看看文化屬性概念的衍變過程。按斯圖特·霍爾的描述，屬性概念的發展經過了三個階段，一是啟蒙運動的主體，此乃個人主義且男性化的屬性概念；二為社會學的主體，認為屬性是在主體與有意義的他者（significant others）之互動關係下形成的；三則是後

現代主體，缺乏固定本質即永久屬性，屬性遂成為所謂「活動的饗宴」。對文化屬性的思考也有著兩種迥然不同的方式，一種強調屬性的恆定性、單一性、靜態性及持續性，「主要訴諸文學和文化研究中的民族本質特徵和帶有民族印記的文化本質特徵」，[1]這種思考明顯帶有本質主義色彩；另一種方式則萌生於全球化及後殖民語境中，認為應以情境而非本質來界定屬性，強調屬性的流動性、差異性、斷裂性、習得性等，如〈多重小我〉一文裡霍爾就明白指出：「所有的屬性都是經由差異建構的。」因而屬性不再被視為一種存在與思考的固定點以及行為的依據，它不再是一種保證，「擔保世界不至於像它有時候看起來那樣迅速地崩潰。」[2]屬性受制於歷史、文化與權力的運作或操縱，因此不是固有的本質，而是形成的，它具有雙軸性，一軸是類同與延續，另一軸為差異與斷裂。本文作者基本認同霍爾的屬性觀念，尤其是關於雙軸性的辯證認識。在質疑本質主義屬性觀的前提下，本文將對處境尷尬的馬華文學之文化屬性問題做一些探析。

對於主流或強勢主體而言，並沒有什麼屬性問題；存在身分危機或認同焦慮的，總是那些邊緣或弱勢群體。我們生活的這個世界上，移民、弱勢族群、文化差異已是全球性現象，屬性／身分認同的複雜多變及其由認同危機帶來的社會問題也越來越突出，亨廷頓指出，後冷戰時期，世界上「最普遍重要的和危險的衝突並不會發生在社會階級之間、貧窮之間，或者其他以經濟來劃分的集團之間，而是屬於不同文化實體的人民之間的衝突，」[3]亨廷頓的說法自然有其片面之處，但是，對於那些過分樂觀於全球化帶來的文化融合前景的人們而

1　王寧：〈文學研究中的文化身分問題〉，《外國文學》1999年第4期，頁49。

2　何文敬：〈延續與斷裂：朱路易〈吃一碗茶〉裡的文化屬性〉，參見單德興、何文敬主編：《文化屬性與華裔美國文學》（臺北市：中央研究院歐美研究所，1999年），頁93。

3　王寧、薛曉源主編：《全球化與後殖民批評》（北京市：中央編譯出版社，1998年），頁27。

言，提示出文化衝突存在的現實性與嚴重性也許不無必要。喬納森・卡勒甚至認為，「因此，對於不穩定的文化和文化屬性的研究便尤為重要，這主要指那些少數族群、移民群體、婦女群體等。他們在與較大的文化群體認同時可能會有困難，而他們又置身於這個動盪不定的意識形態的建構。」[4]

　　具體落實到馬華文學這個命題，從有關論述看來，在馬來西亞國家文學話語裡，馬華文學處境堪憂。按張錦忠的說法，「幾十年來，馬華文學在國家文學主流之外自生自滅」;[5]而在華文文學／漢語文學的視野中，即便不再如溫里安那樣堅持主張它是中國文學的主流，亦難免將其放在「海外」的帽子下另眼相看。這雙重邊緣性的壓力下，馬華作家又能何為？新銳作家黃錦樹在九○年代初就曾撰文質疑國家文學與以華文文學為主體的「馬華文學」概念，林建國在〈為什麼馬華文學〉這篇被稱為「企圖為新時代的馬華文學研究奠定理論基礎」的論文中，提出了一系列發人深思的問題：馬華文學為何存在？為什麼我們要問「什麼是馬華文學？」馬華作家為何書寫？書寫是準備被遺忘還是被操縱？「我們」是誰？林文從海外華人知識分子的立場思考馬華文學合法化和自主性的途徑及困難，檢討了「中國本位」論述與大馬「國家文學」論述中血緣觀念的本質主義，著力解構／顛覆馬華文學屬性與血緣的「虛構關係」。[6]與以往論者有所不同的是，新生代將對身分屬性的反思集中體現在對主體意識的強調和語言修辭的自覺上，重視作品本身的素質，且堅定地呈現經典意識，使得屬性危機

4　〔美〕喬納森・卡勒撰，李平譯：《文學理論》（瀋陽市：遼寧教育出版社，1998年），頁49。

5　張錦忠：〈馬華文學：離心與隱匿的書寫人〉，《中外文學》第19卷12期（總228期，1991年5月），頁34-46。

6　林建國：〈為什麼馬華文學〉，《中外文學》第21卷第10期（總247期，1993年3月），頁89-126。

論在黯淡霧靄中展露出一片光亮。從創作維面看，九○年代馬華新生代的小說、詩歌和散文作品，都表現出對身分危機和屬性焦慮意識的積極回應。

　　難以迴避的是，文學身分的背後存在著複雜曖昧的社會、文化、政治、教育、種族諸種問題，我所要做的並非釐清上述因素與馬華文學間的複雜糾葛，這在張錦忠等人的論述中已得到較為充分的揭示。言說一種文學，首先必須面對具體的文本，在此筆者選取九○年代散文創作為切入點，觀察馬華新生代作家的文化屬性意識及其表達方式。原因在於，我所閱讀的這些散文大多是優秀的漢語文學，與當代大陸與臺港作品相比，它們並不遜色而別具特色，以一九九六年推出的《馬華當代散文選》來說，「表現出截然不同於傳統典律構建的眼光」[7]，編選的標準傾向於散文的美學質素和文化意蘊，作者都屬六字輩和七字輩，十位年輕作者的四十九篇散文更新了馬華文學視野，編者充滿自信和對話意願的聲明頗有意味：「我們不需要任何批評的優惠，馬華散文必須在公正嚴苛的、與中國大陸和臺灣地區相等的標準下，接受研究與批評」[8]，顯示出馬華新生代從邊緣向中心突進的強烈慾望和期待。除了在語言文字、敘述手法、修辭技巧等層面上的自覺與提升，這些散文大多表現了馬華文學的獨特感性形態與文化內涵，揭示了「差異文化與個別經驗交揉出的多重性」[9]，它們豐富了審視馬華文學「獨特性」的維度。所謂的獨特性或馬華經驗，不僅指涉地方色彩和南洋特色，也不單是抒寫傳統意義上的鄉愁，而是傾向於進行多向度的文化探尋，致力於個體與族群複雜纏繞命運的沉潛書寫。這其間，文化屬性意識得到了涵義豐富、方式多樣的表達。必須

7　黃萬華：《新馬百年華文小說史》（濟南市：山東文藝出版社，1999年），頁339。

8　鍾怡雯：《馬華當代散文選》，〈序〉（臺北市：文史哲出版社，1996年）。

9　黃錦樹：《馬華文學：內在中國、語言與文學史》（馬來西亞：馬來西亞華社資料研究中心，1996年），頁9。

指出的是，這群活躍於當代馬華文壇的作者中，較多部分人屬旅臺群體，一些人則有留日、旅歐等人生經驗，即便一直在大馬本土成長的作者亦接受過良好教育，這使得他們對身分屬性（個體與族群、文學與文化、民族與國家）的思考有較高的起點和多維的視點；此外，他們一般都已是第三代華裔，心目中的故鄉等概念與父祖輩不再完全相同，實際上東南亞華人研究專家王庚武早就指出：「現代的東南亞華人，與當今的大多數人民一樣，並不僅有單一的認同，而是傾向於多重認同。」[10]國家認同已不成為問題，故鄉自然也就指涉生於茲的這片熱土，但在一個多種族多元文化構成的國家，屬性問題不大可能徹底解決，它會隨著國家政策的變化及民族利益的得失而時隱時現。對於早先移民的華人而言，民族認同是其生存的情感源泉和精神支柱；至於後代華裔，雖可以在多重認同中自行選擇，但他們會更多地意識到，國家才是人在這危機四伏世界上的生存保障和現實家園。因此立足於現實生存，就不一定要保持中華文化認同。這裡涉及的第三代華裔作者，且不論他們的種族文化認同，他們選擇漢語作為文學書寫媒介，而文學是一種文化形態和精神活動，漢語寫作本身就可以視為一種文化姿態。漢語是他們自由書寫的憑藉，如若他們在本土寫作，由於國家語言及教育政策的限制，勢必面臨失去與大量讀者共同分享集體信仰框架的根本困境，寫作如何可能？如果他們回歸漢語的母國，如李永平，卻又意味著另一重意義上的自我放逐，正如他在《海東青》中塑造的靳五這個人物形象所承載的身分迷惘。黃錦樹認為：大馬華人書寫的前瞻性景觀必然是華裔馬來語及華人英文寫作；而另一方面，林幸謙、鍾怡雯、陳大為等人仍在漢語世界裡角力。顯然，起碼對於這代大馬華人來說，漢語文學並未終結。

　　以上論述也算是呼應林建國文中的思路：「將關懷放到作家身

10　王庚武：《中國與海外華人》（香港：商務印書館，1994年），頁235。

上，因為他們的關懷、思考和實踐，就是馬華／大馬文學的命運；他們身為歷史主體的命運，決定了歷史有沒有向前發展的可能。」[11]而對馬華作家文化屬性意識的辯析討論便也顯得十分必要了。

二

一九九五年夏秋之際，馬來西亞的《南洋文藝》發表了黃錦樹與林幸謙有關文化屬性的爭論性文章。黃文批評了林幸謙「過度的文化鄉愁」，[12]林幸謙則認為有關「身分認同、文化衝突／差異、中國屬性，尤其是邊陲課題（periphery／marginality）等問題，對於海外中國人而言，是可以讓幾代人加以書寫闡發」[13]。黃錦樹的回應強調海外華人寫作應以海外全新的歷史經驗為主體，而不能以中國性為主體，否則就易沿著「天狼」[14]的美學意識和情感趨向淪為文化遺民。黃錦樹與林幸謙皆為旅臺馬華新生代作家，二人的論爭耐人尋味。從中可以看出，文化屬性問題早已浮出馬華文學的歷史地表，如何書寫，如何建構馬華屬性，已經成為新生代馬華作家具有歷史性抉擇價值的命題。黃錦樹的憂慮和警覺不無依據，他的陳述實為強烈的生存策略與自主意識之驅動，更多地屬於現實的理性話語；林幸謙的文學創作和文化反省則飽含個體情感化的生命體驗，放逐自我、在國家之外的書寫可視為「個人的文化文體。」[15]尋求身分定位是黃錦樹、林幸謙都須面對的問題，前者急於走出中國文化捆縛的衝動與後者充滿

11　林建國：〈為什麼馬華文學〉，《中外文學》第21卷第10期（1993年）。

12　黃錦樹：〈兩窗之間〉，《南洋文藝》，1995年6月9日。

13　林幸謙：〈窗外的他者〉，《南洋文藝》，1995年7月25日。

14　「天狼」，這裡指的是二十世紀七〇年代馬華年輕詩人溫里安和方娥真所創辦的「天狼星詩社」。

15　林幸謙：〈寫在國家以外〉，《星洲日報》，1998年7月6日。

文化纏繞感的反覆行吟並無根本對立。相對而言，林幸謙有意與華文文學文化傳統保持更為親密的關係，且認為這種聯繫的淡化與疏離必然是種創傷性體驗，並不是毅然決然轉身而去就可以完成得了的。他的出國留學（返回文化母體，離開肉身故土），文學研究（論白先勇張愛玲的創作），以及散文和詩的寫作（散文集《狂歡與破碎》、詩集《詩體的儀式》等），始終貫穿著邊陲與中心、支流與母體的悖謬性思考。他的人生形式充滿著對命運不懈的叩訪與探尋，他的作品總是訴說著個體與民族國家間解不開理還亂的荒誕情結。他對於自身生命位置和意義的悖謬性有著某種悲劇性的自我認同，把寫作「定位在抵抗失語和集體記憶的建構之間……避免把自己囹圄在某一固定位置上，」[16]與此相關，他的華文敘事如同滔滔不絕的悲情話語洪流，有一發不可收拾的無羈之感，原鄉的迷思成為他無從掙脫的命運之網，身分的錯綜與懸浮總是為其文本帶來濃郁的漂泊離散性質。

　　長篇散文〈狂歡與破碎：原鄉神話、我及其他〉可視為這方面的代表作。這篇融論述、思辨、抒情為一體的大賦「植根於原鄉神話中」，「話語中佈滿壓抑的墨水」蒼涼的基調華麗淒絕，密集的意象炫目憂傷，悲愴的美感中騷動著緊張不安的氣息，這便是林幸謙敘事造成的美學效果。這既是自我折磨又是自我慰藉的言說是否果真陷入黃文所言的「爛調」？我以為不然。林幸謙文學敘事中的悖謬其實對應了海外華人個體和華族群體生存的部分真相。黃錦樹的不耐煩或許在於他讀出了林幸謙思考模式的怪圈，其實也與他注重一種現實理性的生存建構策略相關。他急急欲出離那徒增煩惱糾纏不休的怪圈，將視線投向大馬華人寫作的未來，因渴望一個多元文化交融的圓滿未來而不滿於花果仍自飄零不息的破碎現實。他急切呼喚自成中心的前景，儘管這前景似乎不太可靠。他一面引述周策縱的「多元文學中心」說

---

16 林幸謙：〈寫在國家以外〉，《星洲日報》，1998年7月6日。

以支持其理論勇氣，[17]一面也深知馬華文學若脫離中國文學自成「中心」的話，還會面對著馬來西亞國家文學這個中心，「沒有國家做後盾而想得到國際認可，恐怕也會有點困難（即永遠無法代表馬來西亞，至多代表本身的族群）」，因而馬華文學進退兩難。華文作者的屬性認同表面上看當然是多重的，不只周策縱所言的「雙重」（中國的和本土的）；但事實上，「雙重」或多重之間存在著「內在的緊張」。黃錦樹清晰地分析了這種緊張性，認為華文文學對「本土傳統」缺乏深度關注，而對「中國傳統」的接續吸取又會導致思想文化上的中國化，甚至情感、行動的回流，如部分旅臺作家已作出的選擇。他提出了一些具有參考價值的建議，如用馬來文創作，將中國文學傳統本土化，以便與馬來人在「國家文學」的園地裡爭一席之地。到那時，「馬華」便成了「華馬」——華裔馬來文學。但是不難想像，即便如此，馬來西亞國家文學內部仍勢必存在強勢話語與弱勢話語之差異、主流與邊緣之摩擦衝突，屬性問題依然會存在。參照一下華裔美國文學，正因為眾多的華裔英文書寫仍走在邊緣，才有湯婷婷、譚恩美的打入主流令華人文化圈激動不已，而有關文化屬性與華美文學的論題在華人學術圈裡也漸成學術熱點。在解構主義與後殖民文化語境中，黃錦樹對馬華文學的思考雖然相對於他置身的國家現實而言顯得有些另類，也會對習慣於守持中國文化傳統的前行代海外華人帶來情感上的衝擊，卻未始不是在探討著大馬華族文學走出困境的某種方向。只是，對於包括他本人在內的目前用華文寫作的馬華作家而言，這樣的主張顯然還難以帶來真正的突破。

---

17 周策縱先生在第二屆「華文大同世界國際會議」總結辭中提出了「雙重傳統」及「多元文化中心」兩個觀念，前者指海外華文文學的兩重傳統，一是「中國文學傳統」，一是「本土文學傳統」；後者指可以在中國本國文學中心之外，同時存在海外各國的華文文學中心。這些理念現今常被海外華文文學所引用，具體詳細內容參見黃錦樹：《馬華文學：內在中國、語言與文學史》（馬來西亞：馬來西亞華社資料研究中心，1996年），頁21、24。

　　回過頭來再看林幸謙的散文，「近乎鬱抑危悚、狂態略露」的文字裡，鄉愁的慾望確實如霧如瀑。寫於八〇年代末的〈溯河魚的傳統〉深情描述了鮭魚溯河洄游找尋出生地的生命現象，借喻自我及海外華族「對中華文化母體一往情深的孺慕和回歸」，同時認識到新一代正處於政治分化及種族與文化裂縫的臨界點上，現實的壓抑與嘲弄強化了找尋原鄉的潛在情結，而旅臺留學正是一條富有美學和文化意味的溯河魚之洄游。九〇年代以後林幸謙的鄉愁書寫愈加斑駁詭異意象紛紜了。認真讀其文，覺得並非作者故作深沉或天性濫情，而是作者對鄉愁的多元性及其隱喻有了更深邃複雜的理解。在其筆下，充滿可意會卻不便明言的痛楚。因為政治、社會、國家、種族、文化與歷史之錯綜交雜遠非個體所能承擔，而他決意以個體的生命軌跡和文字書寫介入上述沉重複雜的大敘事：「在內涵思想上，主要圍繞在（小我）個人身分的文化追尋與認同危機，而擴展到（大我）整體文化身分的追尋與認同危機：由個體命運朝向整體命運的探索。因此，我的作品並不只是意圖書寫個人經驗，同時也意圖書寫更為廣大的集體意識」。其次，「在文化身分的思索中連帶也推動我對於文本觀念的省思」[18]，其結果便導致散文文體的轉變與拓展。自《狂歡與破碎》至《馬華當代散文集》中收入的作品，林氏散文表現出與傳統散文觀念形式迥然不同的追求，結構呈現出複調狂歡特色，敘述則容納了詩的隱喻與意象表達及小說化的虛構意境，且打破了敘事、議論與抒情的界限，為漢語文學提供了具有實驗性價值的雜化散文文本。複調、對位或多聲部性一般指涉小說這一文體，在此我借用這一概念突現林氏散文的雜化特徵，主要指林文處處可見的內心對話，衝突與辯論，以及隱蔽著的強烈的與世界與命運與他者的對話意圖。林氏散文將主體激烈奔突痛苦掙扎的內心世界對應於獨特的複調狂歡式表達，作者並

---

18 林幸謙：〈寫在國家以外〉，《星洲日報》，1998年7月6日。

不提供清晰可辨的線性思路，而側重於在歷時性背景下展現共時性思緒的喧嘩，由於內在及外在的對話無休無止，了無終局，以至於其結構文風往往給人山重水複的循環感，至今我尚未看出柳暗花明的跡象。十年離鄉令林幸謙獲得了廣闊多元的話語空間，然而終難擺脫那如同毒咒般的邊緣感和懸浮感，歸鄉或漂泊都將是困難的旅程，或許是一生的兩難。因為，「有一點是可以肯定的：自我的消解的歷程會越來越複雜，甚至自相矛盾。」[19]張系國曾在〈愛島的人〉一文中談到海外華人用漢語寫作的境遇，他的困難在於弄不清哪一個世界對他更真實，他的幸運則在於他有同時活在兩個世界裡，「不能擁有任何一個世界，是他可詛咒的命運，也是他的幸福」[20]。然而在林幸謙的敘事裡，痛楚顯然遠遠大於幸福，我幾乎看不到同時活在兩個（或更多個）世界裡的幸福的蹤跡。從早先的尋尋覓覓到後來的解構鄉愁，從故國夢中出發到走出民族主義論述，都脫不出追尋、幻滅、反思、再追尋的回轉往復。他的鄉愁書寫其核心問題也就是馬華新生代所面臨的心理困擾之一，即「如何在多元文化中保持自身的文化身分。」

追問下去，林幸謙的鄉愁書寫雖更多地落在實處，關於祖先失落的原鄉或關於自身離開的故土，以及母體文化的誘感與吸引。但在對自我及民族命運的不斷質問過程中，生命深處生發出一種本體論／存在論意義上的鄉愁。海德格爾認為現代人的存在境遇即「無家可歸，」思想不在家、精神不在家、情緒不在家，個體存在不在家，總之：語言不在家。語言並不言說自己，這便是本體存在性的流亡。林幸謙如是說：「一般流亡的話語形式是個體本身，而非個體言說總體……這種流亡本是一種逃避——避難，而本體論的流亡則是無處逃避，」[21]他的鄉愁論述每每沉陷於無處可逃的弔詭之中，且對此命運

19　林幸謙：〈寫在國家以外〉，《星洲日報》，1998年7月6日。

20　張系國：〈愛島的人〉，《四海》1994年第5期。

21　林幸謙：《生命情結的反思》（臺北市：麥田出版公司，1994年），頁220。

有著宿命式的認知和西西弗斯式的悲劇體驗，肉身漂泊對應於精神漂泊。漂泊於他，既是一個地域性或政治性概念，更是一種精神性概念。楊煉說過，漂泊提供了這麼一個清晰得讓人無法迴避的現實：你除了靠自己在這條路上行走，別無所依；林幸謙也認為，夢幻，是生命的鄉愁，是生命最真實的原始風格。漂泊離散的鄉愁書寫逐漸從文化種族政治範疇上升為存在本體論的認知。

三

　　本文開頭即描述了兩種文化身分觀，一種是視身分為天生自然的本質主義論述，另一種則將身分視為社會化的結果，前者以排他和自閉的社群意識為特徵，後者則側重於現實生存策略。在實踐中，這兩者並非只有對立而沒有交合重疊的可能，廖咸浩就認為：「身分其實是由文化情感與現實策略所交織而成。文化情感之中帶著一種無以名之恍若天生的固執，而現實策略則壓低包括情感在內偏向本質的因素，強調以福祉或利害為依歸。因此，身分的形成，便是建立在這兩種態度的辯證發展上。」[22]在討論身分或屬性問題時，我們既須保持解構的警覺防止陷入本質論陷阱，同時也不可忽視在「想像社群」建構過程中的情感基實與族性根源。對於馬華新生代而言，同樣須面對如何處理現實生存利益與文化情感的關係問題，實利與情感二因素則處於不斷互動與糾結的狀態之中。黃錦樹的現實理性與林幸謙的情意綿綿頗能反映出新生代屬性意識的複雜性。更多的新生代作家似乎在兩者之間保持了一種慎重的平衡，傾向於樸素而實在地表現自我及族群的歷史與現實生存境況，在富於歷史感的悉心追溯和細緻描摹中含蓄深沉地寄託情思。

---

22 廖咸浩：〈在解構與解體之間徘徊：臺灣現代小說中「中國身份」的轉變〉，《中外文學》第21卷第7期（1992年），頁193-206。

　　閱讀馬華新生代散文，你會感覺他們的青春似乎是不純粹的，雖然其中也並非絕無明亮的篇章及片斷。熱帶的陽光和原始森林之間，青春在幽深曲折的記憶書寫裡染上了滄桑。苦澀和凝重，是我感受到的敘述基調。歷史意識斑駁卻堅執地滲透在諸多文本內，喚醒族群與個體沉默或被遮蔽的記憶。

　　霍爾認為，「過去不僅是我們發言的位置，也是我們賴以說話的不可缺失的憑藉。」並強調就弱勢族群而言，「建構歷史的第一步就是取得發言位置，取得歷史的詮釋權」[23]，這樣的一種屬性建構意識也已在新生代文學創作中顯露端倪。從鍾怡雯等人的歷史敘事中我們看到：對緘默的往事、被消音的民間邊緣化記憶得到了新生代的普遍關注，不少篇章可以感受到作者對華人的歷史位置，以及對文化母體——中國（唐山）的思考與辯證。大馬華族作為事實上的少數族裔，必須「重新發現過去……倘若要使現在饒富意義，過去不應只是沉思默想的對象而已。」「作為具體的歷史事實，過去應被視為揭露整體事實的過程中一個不可或缺的部分」[24]。召喚個體及種族壓抑沉默行將湮滅卻殘存於人民記憶中的「過去」，對於族群的屬性建構自有不容忽略的意義。華美作家趙健秀的作品《唐老亞》中父親告訴兒子：「你必須自己保留歷史，不然就會永遠失去它。這就是天命。」這也是所有少數族裔／弱勢族群的天命。或許就是這種對失聲乃至失身的命運的內在恐懼與焦慮，才有了年輕的馬華新生代沉重蒼涼的歷史敘事。

　　於是有了寒黎帶著「奇異的昏眩」的家世想像（〈也是遊園〉），有了鍾怡雯心目中不同於爺爺的神州（〈我的神州〉），有了古老會館

23　李有成：〈唐老亞中的記憶政治〉，單德興、何文敬合編：《文化屬性與華裔美國文學》（臺北市：中央研究院歐美研究所，1994年），頁121。

24　李有成：〈唐老亞中的記憶政治〉，單德興、何文敬合編：《文化屬性與華裔美國文學》（臺北市：中央研究院歐美研究所，1994年），頁115。

前辛金順的惘然歎息（〈歷史窗前〉）……〈可能的地圖〉裡，鍾怡雯
冒險般的追溯始源行程幾乎擁有了寓言的性質，按照祖父口述的地圖
越過千山萬水去尋找一塊也許已從地圖上消失的地理，那便是祖父當
初從唐山南渡最初落腳的小山芭——是馬來西亞的土地，卻也並非不
再懷念更早的故鄉。作者非常擅長從瑣屑的生活細節摩挲和還原出她
心中再造的歷史。爺爺那輩人「貧乏的辭彙無法表達複雜的情結，也
羞拙洩露感性的情緒」，一路所見的老者幾乎同一種「本分得近乎木
訥的表情」，是一群似乎沒有了個性的「產品」，是「一種安靜的存
在」。在作者筆下，正因為這些見證歷史的老者已然瘖默失語，新一
代的華人才特別應該回溯、書寫和重構，讓歷史縫隙及斷裂處的真相
得以浮現。作者細緻入微地描摹祖父嗜吃鹹茶的故事，連鹹茶的製作
過程及食用方法，她也作了津津有味的介紹；而那條磨茶用的沉甸甸
的油亮茶杵，祖父保存了一輩子，在「我」心目中，它標誌著時代命
定的流離，它也聯繫著這裡的故鄉和遙遠的原鄉。文中另一個值得注
意的意象是水井，井水閃現著早先華人移居的最初生活場景，有溫暖
的、和平的，也有鮮血與死亡。作者深知她追蹤的是遺漏的地理，她
挖掘的是「嵌在正史縫隙的野史」。〈我的神州〉正好回應了〈可能的
地圖〉裡新一代的疑問：為何祖父隻字不再提起更早的故鄉？是因為
他的神州已成為不可企及的夢。爺爺奶奶的對話雖簡單樸實，卻也真
實地反映了華族移民的文化心理，爺爺的歎息是沉重而無奈的，「老
家啊……」，面對這令人無限惆悵的懷鄉，奶奶用女性的實際和達觀
阻擋著鄉愁的襲擊：「都在這裡過了大半輩子了，還老家？」兩位老
人一輩子的爭執也正隱喻著海外華人心中永恆的衝突吧！對新土的認
同與對故土的懷念同樣真實，而後裔們則隨著族群在居住國的長期適
應與融入，漸漸消淡了先輩們已成創傷的原鄉情結。他們的痛苦或矛
盾更體現在族性記憶的失落和邊緣話語的尷尬。寒黎的追憶與回溯如
同一組昏黃的老相片，母親情不自禁地把自己浸泡在回憶的福馬林

裡，她的沉迷自囿感傷的敘述姿態如同塞壬的歌聲構成了一個象徵：
母親是生命的來源，她的憂傷既是個人身世的詮釋又何嘗不是失根之
痛的集體意識的流露？而母親那拒絕現實固守記憶的柔韌堅持和由此
造成的蒼白虛弱淒迷恍惚，也正是族性記憶沒落的徵相。下一代的聆
聽與迷惑宣告了又一輪溯源慾望的開始，但本質已發生了變異，他們
所尋覓的是自我形成之根源，因而沿著上輩朦朧的口述歷史向深處攀
行，在家譜之內外梳理家族衍變漂移之脈絡，亦是為自我於譜系內尋
找一合適位置。然而譜系內之家之族、譜系外之國之現實生存仍是這
一代人還不可能完全擺脫的兩難境遇，尤其在城市化工商化文明席捲
全球的今天，一個現代人若失落了族性記憶和文化傳統，更難免須承
受生命中難以承受之輕。在我看來，寒黎所寫的新生代華人的心理就
不能僅僅看成一般意義上的好奇與探秘，而帶有不乏責任心或使命感
的歷史尋根意味。

　　與黃錦樹的理論思辨及林幸謙的本體論或文化歷史敘事不同，鍾
怡雯等人的書寫並不著意渲染困境體驗中的內心衝突，也避免簡單地
撇下族性情感追求雜化，她（他）總是儘量讓自已（及敘述者）處於
相對平靜客觀的情感狀態和多維靈活的思維狀態，這使得她（他）們
的敘述有著顯現而非表現的特點，不致被悲情的情感話語淹沒。細節
化個人家族歷史，想像摹擬族性記憶，不能不說也構成了馬華新生代
言說文化屬性意識的一種重要方式。值得一提的是，女性作者的這種
特色更為鮮明，如鍾怡雯，固然她也在文本中形塑一種深沉的尋根者
形象，但尋根意念並沒有成為她感性表達的屏障。她長於對富有質感
的日常生活情態的把握捕捉，宏大敘事隱隱如線，串起的卻是一則則
情意飽滿的小敘事，細察民間化和原生態的場景或細節，撿拾一些散
落於歷史隙縫間被忘卻了的斷片殘簡，暗示邊緣族群邊緣化的境遇
（無名、無聲、無個性）。意常在言外。另一女作者林春美寫有〈我
的檳城情意結〉等至情文字，柔韌而細膩的戀土情懷顯出孩子戀母般

的純真，蘊藏著最原始純樸的忠誠，如辛金順〈江山有待〉中所言：
「這片土地我祖先踏過的，我如何走得開呢？」她（他）們的書寫更
為切近日常生活和世俗人性的常態，應當也更易於為一般華人及非華
人讀者所接受。

　　辛金順、林金城等作者的歷史敘事包含了對華族身分可能性的多
元化思考，辛金順的文字有時與林幸謙相似，湧動著中國古典詩詞孕
育出的文化情感，卻又克制了前行代常有的漂萍之感（文化情感和精
神皈依），於是也同樣少不了內心的痛苦交戰，但理性上卻已經認同
於非本質主義的身分觀念。〈會館老了〉一文就不只是為華族傳統的
式微所唱的輓歌，更多的卻是對歷史必然性的一種體認；〈歷史的盲
點〉更明確地把歷史關注點投放在族群的本土發展上面，對於先祖在
本土拓荒之歷史的空白深表痛心。林金城的屬性認知接近於雜化主體
論，峇峇主張應強調雜種文化透過其生產創造方式顛覆種族純淨性與
文化優先權，[25]他所說的「雜種化」落到實踐層面大概主要是指異族
通婚與混血。林金城的〈三代成峇〉正好應合了霍米巴巴的理論構
想，「三代成峇」是一閩南民間用語，在此指大馬的土生華人。十九
世紀末葉以前，移居馬來西亞的華人多為男性，他們多與巴塔克和巴
里女奴、後又漸與馬來女人通婚，形成峇峇和娘惹文化群，他們創造
了峇峇馬來語[26]。林金城文中透露出擺脫中國中心的慣性思維構架的
願望，直陳欲做一個現代峇峇的雜化理想。如果說當今海外華人存在
著「向心派」和「離心派」兩大傾向的話，他應當屬於後者。有學者
認為，華人「採取新的價值的同時拋棄或調整華人的傳統價值是在所

25　有關霍米・峇峇的雜化主體論，參見張小虹：〈雜種猴子：解／構族裔本源與文化承
　　傳〉，單德興編：《文化屬性與華裔美國文學》（臺北市：中央研究院歐美研究所，
　　1994年），頁42、43。
26　有關「峇峇」及「峇峇馬來語」形成的相關知識，參見王介南：《中國與東南亞文化
　　交流史》（上海市：上海人民出版社，1998年），頁150、259。

難免的」[27]，在國家論述的範疇裡，這種雜化或同化的思路之出現也不妨看作一種積極文化適應之途徑。但完全同化勢必喪失自我，大馬巴巴文化的沒落便是明證，林金城、黃錦樹、林建國諸人的雜化主體──現代巴巴如何既能保持自我又能雜融於他族，以及它本身是否帶有霍米巴巴所謂的顛覆性意圖及實踐之可能性，俱可拭目以待。

四

　　對海外華人的文化屬性／身分認同問題的關注和討論能加深對海外華人文化的理解和認識，「華僑華人文化是一種世界性的現象，是華僑華人維持其民族性的主要表徵」。僑民文化已基本退到歷史幕後，而「一種日漸擺脫以中國為中心的文化，一種紮根當地的少數民族文化，一種以中華傳統文化為主體並融合當地文化或西方文化而形成的文化，在逐步形成。」[28]在此文化語境中探討海外華人身分認同之複雜性，其意義不言而喻。本文從馬華新生代成績突出的散文創作中考察作者的文化屬性意識及其表現樣態，力圖走近馬華當代知識分子，傾聽他們心底的聲音。對於身在大陸的華文文學（文化）批評者而言，我想，這樣的努力是必要的。

---

27 〔日〕荒井茂夫：〈馬來亞華文文學馬華化的心路歷程〉，《華文文學》1999年第2期。

28 引自譚天星、沈立新《海外華僑華人文化志》一書的「內容提要」部分。譚天星、沈立新：〈內容提要〉，《海外華僑華人文化志》（上海市：上海人民出版社，1998年）。

馬華新生代作家的歷史書寫及屬性意識

　　美國社會學家愛德華·希爾斯在《論傳統》一書中指出：「個人關於自身的形象由其記憶的沉澱所構成，在這個記憶中，既有與之相關的他人行為，也包含著他本人過去的想像。」[1]據他的研究，大多數人都渴望不懈尋求並建立他們出生前的歷史，而人們的感受意識是一種感受過去的心理機能，它不滿足於構造一種生物世系來填補歷史。它涉及更為廣泛縱深的往昔事物及現在事物。因此，對於個人而言，「他的家庭的歷史，居住地區的歷史，他所在城市的歷史，他所屬宗教團體的歷史，他的各族集團的歷史，他的民族歷史，他的國家歷史，以及已將他同化更大文化的歷史，都提供了他對自己過去的瞭解」。[2]帶著這樣一種歷史意識及人性認識去看海外華族的漢語文本，不難體會華人族群及個體存在著更為敏感強烈的溯源慾望，正像查理斯·泰勒所說的：「為了保持自我感，我們必須擁有我們來自何處，又去往哪裡的觀念」。[3]也就是說，海外華族移民為了緩解文化身分的焦慮感，建構起一種良好可行的自我認同，有必要回溯過去，重讀歷史，在幽深曲折甚至被遮蔽的記憶裡不斷尋求、反思。

1　〔美〕愛德華·希爾斯撰，傅鏗、呂樂譯：《論傳統》（上海市：上海人民出版社，1996年），頁67。

2　〔美〕愛德華·希爾斯撰，傅鏗、呂樂譯：《論傳統》（上海市：上海人民出版社，1996年），頁68。

3　〔英〕安東尼·吉登斯：《現代性與自我認同》（上海市：上海三聯書店，1998年），頁60。

　　馬華新生代的眾多論述中就已呈現出形態各異的有意味的歷史性書寫。雖然期待中的鴻篇巨著尚未出現，但歷史意識的覺醒，從對歷史的解讀與懷疑中形塑自我的衝動卻流露無遺。閱讀馬華新生代的漢語文本，歷史性的書寫不可忽略。尤其在探討文化屬性意識／身分建構問題時，歷史書寫更顯得意味深長。

　　霍爾認為：「過去不僅是我們發言的位置，也是我們賴以說話的不可缺失的憑藉」。他強調就弱勢族群而言，「建構歷史的第一步就是取得發言的位置，取得歷史的闡釋權」。[4]從林幸謙、鍾怡雯、陳大為、黃錦樹等人的歷史敘事中可以看出：緘默的往事、沉睡的記憶、以及破碎的邊緣化的民間歷史得到馬華新生代的普遍關注。無論是對個體生命微型歷史體驗的溫習，還是對家世源流的本能性歷史溯源，或是對族群漂移而落地生根的歷史事實的辨析，又或是對先祖文化及在地文化的複雜情懷的品味，年輕的馬華作者們正試圖承擔起與他們年齡並不吻合的歷史滄桑，且將這種自覺的歷史意識融匯進文化屬性意識的思考與辨證中。

　　華美作家趙健秀的作品《唐老亞》裡，華人父親告訴孩子：「你必須自己保留歷史，不然就會失去它。這就是天命。」這也悲劇性地道出所有少數族群及弱勢族群的天命。在東南亞華文文學研究領域，學者一般認為華文文化處於強勢，不像歐美的華文文化是一種弱勢文化，劉小新對此提出了質疑，他認為東南亞華文文化強勢論是一廂情願的誤解，「把文化從政治、經濟、教育等具體生存情境中抽象出來，而成為一種非現實的幻像」。[5]筆者認同這一觀點，儘管身分焦慮在不同地域、不同情境裡的程度有所不同，但屬性及身分焦慮普遍存在於移民族群和弱勢族群當中，卻是不爭的事實。在馬華，曾出現過

4　李有成：〈唐老亞中的記憶政治〉，單德興編：《文化屬性與華裔美國文學》（臺北市：中央研究院歐美研究所，1994年），頁121。

5　劉小新：〈文化屬性意識與東南亞華文文學研究〉，《華僑大學學報》2000年第2期。

張錦忠為代表的「失聲導致失身」論，從一個側面反映了大馬華族身分焦慮的嚴重程度。正是出於對失聲／失身的內在憂懼，才有了馬華新生代不乏屬性建構企圖的歷史敘事。

　　筆者曾在〈原鄉迷思與邊陲敘述〉一文中探討過林幸謙的文化屬性論述。在眾多新生代的作者中，林幸謙或許是最執著於南洋華族屬性這一糾纏不清又無法迴避的主題的一位。「他的人生形式充滿著對生命不懈地叩訪與探尋，他的作品總是訴說著民族國家間的剪不斷理還亂的荒誕情結」。多年以來，他有意識將寫作「定位在抵抗失語和集體記憶的建構之間」。[6]創作出一篇篇縟麗深沉的悲情大賦，雖因偏執於某一主題的開掘也帶來了些微弊病（如重複），但總的來說仍可稱是「文雖新而有質，色雖糅而有本」（劉勰：《文心雕龍》〈詮賦〉）。他的歷史書寫將個體生命體驗與家族的歷史變遷以及種族命運完全揉為一體，陰鬱哀愁的熱帶雨林是其黯淡的背景，如血如幻的夕陽無言傾訴著悲涼，遙遠深邃的記憶像古屋似蛛網，將鮮活的青春、明媚的愛情吸入深淵，唯剩哀傷壘壘成山，轟然坍塌成鄉愁的歎息。《隔世靈魂》敘說外祖父不幸又傳奇的命運以及帶給「我」生命中難以抹去的迷思，在此，歷史並非「我」所親歷，而是與「我」血脈相連的親人所經受，所口傳。並不存在什麼正史，只有沉寂於民間的口述野史：「我聽著母親追訴一件因思念而困倦的往事」。這一景象平凡又有普遍性，在寒黎、鍾怡雯等人的筆下亦重複出現，構成一幅「訴說—傾訴」、世代承傳的家史圖景。

　　阿德勒在《自卑與超越》中分析說：「在所有心靈現象中最能顯示其中秘密的，是個人的記憶。他的記憶是他隨身攜帶，而能使他想起自己本身的各種限度和環境的意義之物。記憶絕不會出於偶然：個人從他接受到的多得無可勝數的印象中，選出來的記憶的，只有那些

他覺得對他的處境有重要性之物。」[7]在林幸謙的文字裡，所有記憶都是「失樂園」的神話中生長出來的枝枒花果。外祖父當年的暴斃「迴旋在母親如花如霧的記憶中」，「我卻始終未能淡記外祖父之死留給家族的苦澀命運」。而「祖父選擇了馬來半島作為餘生的歸宿，註定了我童年的命運，和命運中所有的夢想」，而「我」的記憶是憂鬱的深林，也是藍色的潮汐，回溯到深處，看到了「先祖漂泊的身影，背負著反清復明的沉重心事，懷抱著海外孤臣孽子的秋憤，在此處烙下漂泊南洋的第一道灼痕」，足下這片結實的馬來半島的土地，是從異鄉飄零之地逐漸變成凝聚歷史情懷的新的原鄉，華族之血淚與憂戚、苦難與悲傷、愛與死亡、幸福與歡樂，已深深滲透這片土地的一草一木。林幸謙帶著聖徒式的堅韌，卻不是向歷史朝聖，而是悉心追懷、執著反思：

> 在窗外閃著星光的晚上，我攤開地圖，細心尋找我家族在南方
> 尋找樂土的遷徙線，仔細推想祖父從北方大陸飄向南方群島的
> 身影及其心情；同時搜尋父親在半島四方尋夢的路線圖。

在漫長的尋根之路上，他從祖父的漂泊中讀出了「靈魂飛耀的史詩。」從沉潛於歲月河流的往事裡形塑海外華族的歷史巨像，而歷史的顯形則成為建構自我身分屬性的基礎。林幸謙的歷史敘事充滿邊緣感和解構意識。他說：「政治家所謂的歷史，往往是一盤任人擺佈的棋局。」他的歷史線索絕對不在朝雲暮雨的政治家的視野裡，而是隱蔽於祖父九十餘歲的花白年華中，痛楚與榮耀糾結於老輩的記憶，留給後輩的則是「紛紜記憶所引發的悲愴感」。雖然麻六甲的夜晚——收藏起「種族沙文主義和種族歧視的黃昏」，但是「火樹的靈魂愈加

7　〔奧地利〕阿德勒：《自卑與超越》（北京市：作家出版社，1986年）。

不知所措」，在這裡，作者將萬般無奈、困惑失措的歷史情思寄託於隱喻的曲折表達，「火樹的靈魂」映射著華族動盪失據的歷史，也反映他不安的境遇和內心世界。

　　沉浸在林幸謙蒼涼深切、華麗淒豔的歷史書寫裡，你的心不由自主地陷落、沉潛、低徊，然而同時又被一種飽滿昂揚的悲壯詩情所激盪。林幸謙的尋根意識不僅佈滿壓抑的墨水，也孕育著解構鄉愁的理性反思；其歷史觀念既不乏認同父祖的傳統思路，卻更洋溢著實證探索的勇氣和背叛中心話語的新歷史意識。當然，由於個人氣質及敘述文風等因素，其文本中隱含著的複雜深刻的歷史反思有時反被淹沒於過於密集的隱喻符號裡了，但無論如何，在馬華新生代作家的歷史敘事及身分論述中，林幸謙那執著癡迷的歷史探尋、屈原式的悲情書寫都已成為令人難以忘懷的篇章。

　　將濃稠的土地情結（本土情結）與本能的歷史溯源衝動揉和於一體，構成馬華新生代集體性的記憶特徵。「某種題材的重現率，便構成某種集體的、時代的『記憶』。而表現這一輩記憶的方式，便構成集體的時代的風格。」[8]馬華新生代作家有著共同的族群家世背景，他們大多是生長於馬來西亞的第三代華裔，在國家認同方面已不存在什麼問題。他們熱愛自己的國家，這種情感滲透在每個人的成長記憶中，是自然養成的土地情結。陳強華的詩表達了這種與生俱來的始源性情懷，「吃飯長大的／在綠蔭下盛飯／碗內的蒸氣上升／和米飯，和往事／一樣沒有聲響」。作者行走在童年的阡陌上，在歲月與記憶之間凝神傾聽：

　　　　這陽光的聲音，這雨水的聲音
　　　　這稻穗成熟的聲音

8　黎湘萍：《臺灣的憂鬱》（上海市：上海三聯書店，1994年），頁152。

　　這木槿綻放的聲音
　　這晨禱誦經的聲音

　　林春美對出生地的原鄉之戀樸素動人，散文〈葬〉中，年輕的女作者浪漫深情地設想死後葬身之地。她設想將骨灰悄悄地埋於五個不同的地方，作「浪漫守望」，千萬種想像都牽繫著這片國土。「死後葉落歸根，回到我立身安命之所在」。〈我的檳城情結〉更具體地表現了作者對家鄉檳城的依戀之情，純真的情愫流溢在自小成長的每一個角落：「風車路上」、「報攤」、「垃圾堆旁的人家」、「聚寶樓」，沒有藻飾的文字真實反映出檳城文化景觀以及檳城華族的文化心態。林文以女性的溫柔與包容看待多元文化共存的現象，從瑣細的生活觀察文化的民間移植和生長性，抒發平和淡定的文化包容理念：

　　　　總覺得有一個相容並蓄的胸襟和條件，並且長久在此繁衍的族
　　　　群，不應侷促在一個部落展覽自己的人種與文化。文化是舉手
　　　　投足的事，刻意不來，也無須刻意。

　　而將土地情結與歷史意識的糾葛表達的最為鮮明直率的或許算是辛金順的創作了，詩作〈最後的家園〉可為代表：

　　　　我以骨骼宣誓
　　　　忠於栽種我童年的泥土
　　　　歷史排列成冊
　　　　在每棵樹的年輪上
　　　　我的乳名和一部農耕的書
　　　　在土裡生息
　　　　擁抱成血肉不分的身世。

　　新生代作家群也許在文化價值取向上各有所執，但都共同維護其一致的國家忠誠，我將之稱為一種土地情結或本土情懷，這一點是中國大陸研究者討論海外華文文學的歷史意識及屬性意識時需要面對的事實。

　　當然，一種良好的主觀願望與客觀現實之間常存在距離，即使如林春美這樣平和淡定的言說者也並非沒有種族屬性的憂慮。當她一面說不妨無為，卻又說「但著實不忍想像有一天，外國遊客得按照地圖上的指示，尋訪 Chinese settlement 觀賞華人以及他們的文化」。在馬來西亞，馬來族（又名巫族）一直佔據居民的多數。與新加坡相比，馬來西亞的伊斯蘭文化有著更深更廣的基礎與影響；馬哈蒂爾於一九七〇年在《馬來人的困境》一書中認為，在馬來西亞「從未有過真正的民族和諧」[9]，作為少數族群的華族必然存在著文化失傳、傳統失落的憂患。辛金順在其系列小品《歷史窗前》中表達了這種憂心忡忡的思緒：許多華人「成了史盲，回顧不到過去，開展不了未來，只有孤零零的現在。孤零零的一個漂泊和無根的世界」。同文中，他引用了一位專門研究馬來西亞華人史的美國學者柯學潤的話來說明問題的嚴重性：「華人只關注經濟的發展，往往忽略了歷史的建設，不熟悉自己祖輩在本土拓荒歷史的人，不知道將如何去走出一條自己族人的前景？」辛文很尖銳地批評華人漠視歷史的短視特徵，這種只重經濟的短視性已經造成了不良後果：「華族的許多史事就這樣在無人整理和撰寫中流失掉了」。以一支文學的感性之筆，熱切地籲求同族人歷史意識的覺醒，這也許是馬華新生代作家歷史書寫最直接的動因。實際上，不少這類的文學作品本身就具有歷史性價值，如林金城的散文以報告文學的精簡筆觸、以敏銳前瞻的視角，集中抒寫對本土文化和傳統建築文物的關懷；林春美對檳城文化的還原式回憶，辛金順對華

9　〔馬來西亞〕馬哈蒂爾撰，葉鍾鈴譯：《馬來人的困境》（吉隆坡：皇冠出版公司，1981年），頁4。

族會館歷史的憑弔,既有文學的審美價值,在研究馬華歷史的學者眼裡也將會產生一種歷史價值。

雖然鍾怡雯強調編選《馬華當代散文選》及《馬華當代詩選》時不以題材為據,而立足於作品的審美價值。但我們看到,不少篇章「可以感受作者對華人的歷史位置、以及對文化母體——中國(唐山)的思考與辨證」。[10]作為選擇漢語為媒介的文學書寫者,馬華新生代的創作帶有濃厚的反思意味,藉文學書寫理清個體與種族的歷史言說存在境遇和身分的焦慮,就成為一種集體傾向。這個群體與父祖輩有著鮮明的差異,他們大多數接受過完整的現代教育,不僅具有良好的華文基礎,而且受到西方思潮的影響。他們對祖輩的拓荒歷史既渴望了解又保持了一定的距離。他們留戀並忠誠於印有自己成長足跡的國土。他們對華族生活習俗及文化傳統有著程度不同的認同感,但在一個多元種族多元文化並存的國度,他們能夠清醒面對現實,大多抱持理性寬容態度,不希望封閉自囿。同時對華族少數族群處境存在或深或淺的憂慮。他們中間不少人有留學遊歷經驗,視野不再狹小。如果將知識視為一種權力,那麼他們為沉默的族群和衰落的民族傳統文化而發言,也就意味著族群意識的新覺醒。這個新字指的是他們不再狹隘偏執,也不再僅僅沉浸在邊緣情緒中無為歎息,而是以新生代知識分子的身分關注國家、族群,重新定位自我。這種以理性反思的胸懷涵容情緒化的內蘊的模式越來越多地出現在新生代的歷史性書寫中。

以鍾怡雯的重要作品〈可能的地圖〉為例,其內容是「我」按照祖父口述的地圖越過千山萬水尋找或許已從地圖上消失的地理,即祖父當年從唐山最初落腳的小山芭。值得回味的是,這塊土地是馬來西亞的國土並不是祖父的原鄉,這當然不是指祖父已忘懷原鄉,而是揭示這次冒險般的追溯始源行程的完成者的身分。「我」已是土生土長

---

10 鍾怡雯:《馬華當代散文選》〈序〉(臺北市:文史哲出版社,1996年),頁4。

的馬來西亞人了，儘管是華裔。作者善於從瑣屑平凡的生活細節想像還原出她心中再造的歷史，令「我」內心震動的是沿途所見的華人老者幾乎同一種「本份的近乎木訥的表情」。在「我」看來似乎是一群沒有個性的「產品」，是「一種安靜的存在」。這裡的「靜」突顯了歷史沉甸甸的難以言說的內容，此處無聲勝有聲。靜寂、沉默，是因為爺爺那輩人「貧乏的詞彙無法表達複雜的情緒，也羞拙於洩露感性的情緒」，因為本性的淳良安分使他們羞於表達。值得注意的是，年輕的尋根者「我」反省到他們口與心之間的巨大反差。辭彙之貧乏成為他們言說的障礙，他們失落了一份言說自我和建構自我的能力。正是「我」的知識分子的心態使然，敏感覺察到祖輩們的巨大缺失，而在一個知識話語意味著權力的社會，消音、沉默就是邊緣人的命運，「我」的言說對應於先輩的拙於言辭就有了不同尋常的意義。當這些見證歷史者啞然失語，作者深知她所追蹤的是遺漏的地理，她挖掘的是「嵌在正史縫隙的野史」。新一代的回溯、書寫與重構，才可能讓歷史縫隙及斷裂處的真相浮現於地表。出自這種清醒的理性認知，作者耐心細緻的描摹祖父嗜吃鹹茶的故事，對鹹茶製作過程及食用方法，都作了面面俱到的介紹，彷彿著意通過文字還原一種生活形貌。

　　林金城的歷史敘事則包含了雜化主體的反思視野。他的〈三代成峇〉一文正是通過回顧早期華人與當地馬來人雜化的歷史來構想華族可能的前景。早期遷移至馬來西亞的華人男性居多，有些人與馬來婦女主要是馬來族婦女通婚，漸漸形成了一種融合了中國文化與馬來文化特徵的家庭模式。這種家庭往往接受父親的中國倫理道德觀念及宗教信仰，而日常生活受母親方面的馬來習俗影響，語言則以馬來語為主，夾雜中國南方方言語彙。這種家庭模式的文化被稱為「峇峇文化」。[11]在林文的歷史認知中帶有現實的一面，他顯然受到霍米·峇峇

---

11 賀聖達：《東南亞文化發展史》（昆明市：雲南人民出版社，1996年），頁4。

關於「雜化主體」的理論構想之影響。峇峇主張雜化文化通過其生產創造方式顛覆種族純淨性與文化的優先權，林文應和了這種構想，陳述了欲做一個現代峇峇的雜化理想。在屬性認識的範疇內，這種雜化思路不妨可看作一種積極文化適應的途徑。不過，雜化主體——現代峇峇如何既能和諧的融人他族又能保持一定的自我屬性，而不致被完全同化、融化亦有待進一步探討。

由此，我們不難看出，新生代作家對歷史的興趣與探究並非要走向歷史的本身，而是「希冀用對歷史的描寫來闡明他目前的難題或者更進一步來預示未來歷史的發展軌跡」。[12]海頓‧懷特在〈歷史主義，歷史與修辭想像〉一文中還指出，任何歷史表述，無論它多麼注意細節與敘述，多麼「只為自身」而「一味關注」主題，也仍然無法擺脫「歷史主義」成分。這裡的「歷史主義」指涉歷史表述過程中表達方式及語言已經令敘述對象發生了變形。列維‧斯特勞斯也認為，歷史總是有目的的，因為它總是以某個意識形態目標為參照係數寫成的，且歷史總是為某個特定社會集團或社會公眾而寫。可以這麼認為，任何一種歷史意識都具有意識形態基礎。馬華新生代的歷史反思萌生於「政治、種族、宗教、教育等敏感問題」依然是禁忌的特定時空，又源起於馬華身分焦慮的心態，因此在歷史話語的表達上難免疑竇叢生，充滿想像或質疑性質。

一方面，是前文也曾提及過的家世想像，如林幸謙對自我身世的感傷追溯，鍾怡雯對祖輩拓荒之地的不懈叩求以及寒黎筆下令人眩目的家世想像。在想像中撫慰一種傷痛，紓解一種鄉愁，也以想像的形式表達對歷史真實的疑惑。真實的歷史一經失落，又如何能將其還原修復？家世的想像導向具體實在的俗常生活樣態，而文化歷史的想像則頻頻出現在新生代文本之中，借由想像、典故，為這些文本帶去瑰

---

12 張京媛：《新歷史主義與文學批評》（北京市：北京大學出版社，1993年），頁180。

麗悠遠而又有些蒼涼的意境。不過與前行代如溫里安和旅臺作家李永平等人比較起來，新生代對歷史的追溯與想像終究還是落回到現實生存的層面上了。歷史不再是靈魂棲息的避難所，而是了解今天存在位置及明天出路的有效途徑。

　　另一方面，質疑和解構歷史的傾向也不乏個案。

　　以新銳作家黃錦樹來說，他在詩、散文、評論諸方面皆有建樹。其專著《馬華文學：內在中國、語言與文學史》就明確帶有為馬華文學重寫文學史的企圖，按他的詮釋，海外華文文學史是文化屬性的尋找和建構的歷史。他還引用文化屬性概念重新評價華文文學的文化鄉愁主題，他對自「綠洲詩社」至「天狼詩社」再到「神州詩社」的神州想像進行了解構和批評。他認為過於沉湎自溺的神州想像既暴露出政治冷感及乏力感，也將東南亞華族的整體苦難化約為文化失根，以致模糊了本土現實處境。應當說，他意識到了文化情懷與現實情懷存在的緊張關係；然而，徹底斬斷文化記憶與歷史根系亦不可能，且對華族建構自我不一定有利，對此黃錦樹有所忽略或有意淡化。從他本人的歷史性敘事可以看到，他更注重對華人在海外歷史的梳理與記憶，正像他的小說《大卷宗》裡祖父所覺悟到的：

　　　　歷史的整理工作也許更迫切，因為有太多的華人在這塊土地上
　　　　定居下來。而人們是擅於遺忘的。

　　但作者未止於保存歷史復原記憶這一常規模式，小說進一步挖掘華裔青年知識分子「我」在歷史溯源過程中的另一種覺悟，即「在思索東南亞命運的同時……我將在時空中不著痕跡的消失，消失在歷史敘述的邊緣」。一種對歷史之曖昧複雜性的畏懼與敏感脆弱的自我意識同時產生了。「我」頓悟到「我今生的三十五年光陰不過是祖父生命中無關緊要的延續」。於是產生了「不斷的稀釋，無，的感覺。」

黃萬華對此的詮釋是切中肯綮的，他認為「我尋訪祖父居處的歷程，不是一般意義上的精神還鄉，而是生命的不確定感的日益強烈的過程」。[13] 黃錦樹又一次陷入對歷史情懷與現實情境間緊張衝突關係的無奈認知之中。他面對的似乎是一個怪圈：若想建構屬性，其起點必在歷史溯源；而歷史又成為淹沒自我的深淵和難以走出的迷宮。這種接近於後現代意識的歷史觀念使他在小說《魚骸》中對華族歷史身分進行了解構與質疑。歷史中的人物和事件在紛紜迷離如霧團的敘述中越來越模糊抽象，以至於成為「含義豐富且不明確的符號」，流露出懷疑主義和歷史虛無傾向。

　　陳大為的解構歷史衝動則伸向了更為遙遠、原始的神話傳說和歷史演義之中，他的詩作〈治洪前書〉、〈河渠〉、〈曹操五首〉對已是成規的歷史敘述進行質疑，獲「第十五屆時報文學獎評審獎」的作品《治洪前書》意在解構大禹治水的神話敘事成規。將聚光燈從偶像「禹」轉移到默默無聞的「鯀」身上，顯現神話歷史「多苔的內殼……多疤的面龐」，也批評了神話歷史接受者「被動的閱讀習慣」；獲得「第十三屆全國學生文學獎」首獎的組詩〈曹操五首〉從五個角度揭示歷史成規的荒謬，詩作以反諷語氣敘述：

> 史官甲和史官乙的聽力與視力難免有異
> 正史甲和正史乙所交集的部分
> 只有大陣仗可以深信
> 恰能用大陣仗可以深信
> 只能用大陣仗來說明將軍的生平

　　詩中還運用括弧、旁白、同音詞等方法充分表達其反諷意圖，如寫史官書寫歷史場景：

---

13 黃萬華：《新馬百年華文小說史》（濟南市：山東文藝出版社，1999年），頁336。

　　偶爾近距離（在現場旁聽？）

　　把他的辭令謄下來再剪裁

　　將口語濃縮成精練的文言，

　　「歷史必須簡潔」

　　（是的，歷史必須剪接）

詩作還將曹操如何在歷史與文學、史筆與舞臺上被「蓋棺定論」的過程進行模擬，嘲弄所謂歷史真實這一概念的虛妄可笑。陳大為與中國古老神話與歷史演義之間的對話拓展了馬華歷史敘事的空間，在歷史視域的複雜化過程中啟動了歷史的生機。

　　無論是召喚歷史意識的覺醒，抑或是言說歷史敘事成規的虛妄，無論是文化鄉愁的書寫還是解構鄉愁，馬華新生代的歷史書寫和溯源想像都已成為建構自我的起點。當馬華新生代處於本質主義屬性觀與反本質主義屬性建構觀之間陷入兩難抉擇時，中國大陸學者劉小新試圖提出第三種選擇，不妨作為某種參照：「在屬性持有、認識和發展上從兩個向度上展開，在歷史之維度維護族群自始源而來的文化情感，而在現實之維度上使始源情感更具彈性而不僵化，承認屬性受現實、經濟、文化情景的制約，進而確立以始源為起點的創造性重塑的屬性建構理念。」誠如他所言：「文學書寫藉始源想像和歷史記憶和生存寫實參與了族群屬性創造性重塑的工作，其意義對身處邊緣的族群而言就不僅僅在於藝術的某種獨創性了。」[14]

---

14 劉小新：〈文化屬性意識與東南亞華文文學研究〉，《華僑大學學報》2000年第2期。

第三輯
現象、思潮與論爭

從存在主義思潮的引進看五、六〇年代臺灣文化場域

　　存在主義構成當代臺灣文化思潮的重要部分。二十世紀五〇至六〇年代臺灣知識界對存在主義的引進和研究存在三種取向：情感化認同、學理化辨析和意識形態化的改造。在六〇年代臺灣文化場域中，存在主義進入臺灣後與本土青年的「世紀末」情緒相結合，形成了影響深遠的亞文化思潮，與主流思想構成疏離甚至對峙的關係。存在主義與臺灣現代派的生命體驗和境遇認識相契合，為六〇年代臺灣青年提供了一種理解歷史境遇、建構自我認同的書寫方式。

一

　　臺灣引進存在主義思潮始自五〇年代，六〇年代，「存在主義（又稱實存主義）曾在臺灣學術文化界掀起一番熱潮」[1]。從哲學研究領域看，對存在主義的引進和研究大致存在兩種路徑，一是比較熱情的介紹和認同，一是比較冷靜的批評和反省。細緻一點看，前者往往由對臺灣主流文化政治的不滿而生發出對存在主義的認同，頗能窺出時代風雲的蹤影，而這類情緒性認同隨著研究的深化逐漸轉為比較理性的認知，其中一些人則走向將存在主義與中國傳統哲學思想相融

1　傅偉勳：〈沙特的存在主義思想論評〉，《從西方哲學到禪佛教》（北京市：生活・讀書・新知三聯書店，1989年）。原刊載於臺灣《中國論壇》第198-199期（1983-1984年）。

合的道路；後者則多為針對臺灣存在主義流行現象的誤區所做的學理批評，但其中也有一些批評帶有為官方儒學思想張目的色彩。

五〇年代中期就讀於臺大哲學系的傅偉勳是較早研究存在主義的學者之一，一九五七年他的大學畢業論文以雅斯貝斯《哲學的世界定位》為論題，之後又寫了碩士論文《雅斯貝斯的哲學研究》，六〇年底赴夏威夷大學哲學系留學，研讀薩特和海德格爾的著作。一九六四年，回臺的傅偉勳先生在臺大哲學系開設「實存主義與現代歐洲文學」、「現象學的存在論」等課程，「『實存主義與現代歐洲文學』在第一堂就吸引了一百多位學生，多半來自外文系、歷史系及其其他科系。」[2]杜斯妥也夫斯基的《卡拉馬佐夫兄弟們》等歐洲文學名著被當做教學參考書。以此可見五〇年代人們對存在主義的學術熱情，也可看出時人已經意識到存在主義哲學與文學間的密切關係。而「現象的存在論」則是一門哲學分量較重的課程，以海德格爾的存在主義哲學名著《存在與時間》為主要教材。值得注意的是，傅偉勳的存在主義旨趣逐漸驅使他回歸中國的禪佛傳統。這樣的軌跡似乎在現代派作家白先勇身上也有所體現。

與傅偉勳的研究進路異曲同工的，是臺大陳鼓應的存在主義研究。他的研究路線，從尼采到存在主義然後進入莊子世界。從陳鼓應的思想歷程，人們可以清楚地看到臺灣接受和流行存在主義思潮的時代背景：「我從中學開始，在臺灣就經歷著五十年代的『白色恐怖』：殘餘的權勢集團在島內展開地毯式的捕殺活動；在文化上，獨尊儒術——孔儒的忠君觀念及其上下隸屬關係的『奴性道德』，為官方刻意宣揚者，袁世凱的祭孔儀式在臺北孔廟裡重演著。另方面，三〇年代以來的文學作品幾乎全在嚴禁之列，五四以來的新文化傳統被攔腰切斷，保守主義的空氣達到令人窒息的地步。因而，尼采宣稱『上帝

2　傅偉勳：《從西方哲學到禪佛教》（北京市：生活・讀書・新知三聯書店，1989年），頁21。

之死』及其『一切價值轉換』的呼聲，深深地激蕩著我的思緒。」[3]
可見，選擇尼采與存在主義為研究對象，對陳鼓應這樣的學者而言，
既是思想學術的一個命題，也是紓解時代苦悶、反抗思想專制的一種
手段。「在經歷傳統哲學唯理的獨斷觀念重壓之後，尼采的精神不只
是一種醒覺的訊號，尤其是在集體主義猖獗，生存意識糾結的今天，
對於尼采的思想，我們有重新認識的必要。」[4]尼采思想能給予了他
「以艱苦卓越的精神，來開拓生命之路」的信念，以及「在飽嘗人世
苦痛之中，積健為雄，且持雄奇悲壯的氣概，馳騁人世」的意志。他
和孟祥森、劉崎翻譯的考夫曼的《存在主義》一書於一九七二年出
版，這並非系統論述存在主義哲學的嚴謹專著，而是一本存在主義作
品和論述彙編，它集合了從杜斯妥也夫斯基到薩特等九位作家和哲學
家的文學作品和哲學論述，以杜氏《地下室手記》作為序曲、包括節
選的齊克果的《最終的非科學性的隨筆》（*Concluding Unscientific
Postscript*）和《那個個人》（*That Indivdual*）、尼采的《扎拉圖斯特拉
如是說》、《沖創意志》、《愉快的智慧》、里爾克的《馬爾特札記》、卡
夫卡的三個寓言、雅斯培的《關於我的哲學》、海德格的論文《何為
形上學？》，以及薩特的小說《牆》、《存在與虛無》中的《自欺》部
分、《反猶太者的畫像》的節譯和《存在主義是一種人文主義》的全
文，以及加繆的《薛西弗斯的神話》。[5]陳鼓應等人對存在主義思潮的
推介主觀上有意乖離和反抗體制，客觀上則推動了存在主義在青年群
體中的迅速傳播與流行。

　　與陳鼓應等人對存在主義的熱情引介相對應，另一些臺灣學者對

3　陳鼓應：《悲劇哲學家尼采》（北京市：生活・讀書・新知三聯書店，1987年），頁5。

4　陳鼓應：《悲劇哲學家尼采》，〈寫在前面〉（臺北市：臺灣商務印書館，1967年），
　　頁2。

5　這本書八〇年代登陸此岸，是大陸新時期存在主義熱潮中的熱門讀物。陳鼓應於八
　　〇年代在北大講授「尼采哲學與老莊哲學」。

存在主義則採取了批判反省性的辨析。在研究存在主義哲學的重鎮臺大哲學系，鄔昆如寫了大量意在澄清存在主義真相的文章，其中最有影響力的文章即題為《存在主義真象》。他的《存在主義真象》[6]、《存在主義論文集》[7]等專著也先後出版。鄔昆如的著述比較關注存在主義自丹麥到德國再到法國以及美日臺灣的流變過程，顯示出知識辨析的專業特徵，以他為代表的論述和批評也表現出對臺灣存在主義流行現象的不滿和校正企圖，以及還原存在主義真相的努力。他們認為流行的存在主義是淺薄、片面和扭曲的混亂情緒，充滿誤讀誤解，並不符合原生的西方存在主義，吸取的僅僅是存在主義陰鬱悲觀的消極因素。但他們對薩特的抨擊卻多少暴露出另一種主觀，薩特後期正是努力將行動哲學付諸行動，這種轉向在這些批評者眼中卻又成了最不可諒解的罪惡。此外，批評者還認為存在主義是西方產物，不適合臺灣現實。如胡秋原在〈實存哲學與今日中國青年〉一文中就指出，存在主義只是西方社會危機的產物，我們「以實存哲學為哲學，可謂東施捧心。……何至於我們哭也要學西洋人的哭相和哭聲呢？」[8]這種帶有中華文化本位色彩的樸素質詢具有一定代表性。

　　因此，對存在主義進行廢棄處理或以我為本的改造，也就是一種理所當然的選擇了。如〈論存在主義及其與中國哲學中人生觀之比較〉一文[9]，就認定存在主義是「非理性主義」（The existentialism is an irrationalism），是反對黑格爾極端理性主義的激烈思想，其形態為個人主義，行動上強調個人自由，生活觀為憂苦不安，趨向於虛無主

6　鄔昆如：《存在主義真象》（臺北市：幼獅文化事業公司，1975年）。

7　鄔昆如：《存在主義論文集》（臺北市：黎明文化有限公司，1981年）。

8　原刊於《中華雜誌》1969年9、10月，參見胡秋原文集：《西方文化危機與二十世紀思潮》（臺北市：學術出版社，1981年），頁539。

9　吳康：〈論存在主義及其與中國哲學中人生觀之比較〉，中國哲學會主編：《哲學論文集第二輯》（臺北市：臺灣商務印書館，1968年）；《中國哲學會哲學年刊》第5期（1968年）。

義，是一種危機的哲學。文章意圖將存在主義與中國哲學之儒家人生觀進行對比，認為這是兩種差異極大的思想，前者是一種「時代病」之產物，雖有益於促進個人思想之自由，卻於社會組織法則無補；而後者哀而不怨、樂而不淫，中正和平積極進取，「為天地立心，為生民立命，為往聖繼絕學，為萬世開太平」的正統儒家哲學才是臺灣青年應該選擇的人生哲學。從正統立場看，這種論述有一定的合理性；但當時的情境下臺灣官方出於特定的意識形態需要而獨尊儒術，強調儒家思想並以此立場批評存在主義，難免會遮蔽存在主義思潮的反主流性質和社會批判涵義。

在文學批評領域，也有相似的否定觀點，如尹雪曼的《現代文學與新存在主義》一書提出了「新存在主義」概念，作者認為這是一種不同於現代主義，也不同於存在主義的新的文學道路。「新存在主義不重視個人存在的『無奈』、『痛苦』、『荒謬』和更多的『空無』！新存在主義是一種以群體存在為主的思想」。[10]它的核心就是具有東方文化特點的人文主義和中庸主義，它對所謂狂放極端、虛無幻滅的思想抱著強烈敵意，它自標是一種「力的蘊蓄」的文化，一種中正平和、「泛愛眾，而親仁」的哲學。這本書對存在主義的理解基本借助於趙雅博等哲學界學者的觀點，顯然，哲學界將存在主義儒家化的傾向直接影響了尹雪曼，在這種視域裡，存在主義是一種已經對臺灣思想文化發生較大影響的思潮，完全排斥不是智舉，必須做的是分辨這種外來思潮並將它改造融入本土文化。此外，當時臺灣主流文化圈無法容忍後期薩特的左翼傾向，對薩特「變節」的批判格外賣力，尹雪曼也以文藝家身分參與了這種性質的聲討，並提出用心良苦卻有些粗疏空洞的「新存在主義」。

---

10 尹雪曼：《現代文學與新存在主義》（臺北市：正中書局，1983年），頁109。

二

　　事實上，五、六〇年代風行於臺灣知識界的存在主義並不算是系統全面的哲學引進，如薩特的《存在與虛無》、海德格爾的《存在與時間》這樣一些存在哲學的代表作均無完整翻譯。

　　相對而言，文學界與出版界的翻譯傳播更偏重於感性接受，這種情況近似於大陸四〇年代文學界對存在主義表現出的「敏感與熱忱」[11]。薩特、加繆、卡夫卡、海明威、里爾克、杜斯妥也夫斯基等滲透存在主義哲學思想的文學作品受到當時臺灣文學界相當的重視，存在主義的荒謬英雄以及反英雄以種種面目出現在臺灣現代派小說中。對於臺灣大多數風靡者而言，哲學體系對他們缺少誘惑，存在主義是透過文學氣氛被接受的，而最能反映出存在主義進入臺灣經驗的動態的，是臺大外文系的白先勇、王文興等人創辦的《現代文學》雜誌。《現代文學》代表了存在主義真正進入臺灣人心靈，新生代的作家們在文學內容與表達手法上吸取了大量存在主義的要素。[12]實際上，更早些的《文學雜誌》就已經零星介紹與存在主義思想有關的西方文學藝術，如《文學雜誌》第一卷第二期和第四期（民國四十五年十月、十二月）分別刊登了存在主義色彩濃厚的里爾克詩作多首、第六卷第三期（民國四十八年五月）上刊載了 William Barrett 著朱南度譯的〈現代藝術與存在主義〉一文，第四卷第三期則登載了 Norman Podhoretz 著朱乃長譯的〈評卡繆的一部短篇小說集〉一文，第八卷第二期（民國四十九年四月）上又做了一個加繆專輯，收編了高格的〈卡繆的荒謬論〉、Chales Rolo 的〈卡繆論〉、Germaine Brée 的〈論

---

11 解志熙：《生的執著——存在主義與中國現代文學》（北京市：人民出版社，1999年），頁57。

12 蔣年豐：〈戰後臺灣的存在主義思潮：以薩特為中心〉，宋光宇編：《臺灣經驗二：社會文化篇》（臺北市：東大圖書公司，1994年）。

卡繆的小說〉等論文，刊載了由南度翻譯的加繆小說《叛教者》和由朱乃長翻譯的《薛西弗斯的神話》（節譯）。這一年，四十七歲的加繆因車禍而亡，「卡繆專輯」表達了臺灣學院菁英對存在主義「異鄉人」的一種悼念和敬意，也暗示了臺灣知識分子在五○、六○年代文藝體制下的思想與書寫困境。《文學雜誌》對存在主義的介紹還屬於零碎引進介紹，管道基本限於美國，比如唯一一篇標明「存在主義」的文章作者巴雷特是美國最早研究存在主義的學者，「卡繆專輯」的諸篇論文也多是美國學者所作，從文章看，當時美國學者對加繆的關注主要集中在小說《異鄉人》上，哲學著作《西西弗斯的神話》、小說《鼠疫》、《叛教者》也受到一定重視。經由美國轉手，當時臺灣文化人對存在主義這種新生事物的理解帶上了美國式明快簡易與通俗化色彩。

　　《現代文學》對存在主義文學的介紹和翻譯更加頻繁豐富，第一期就刊出在臺灣文學史論述中影響頗大的「卡夫卡專輯」，收入 Philip Rahf 的《論卡夫卡及其短篇小說》、Idarry Slochower 的《卡夫卡和湯姆斯曼的運動神話》等論文，刊載了由張先緒翻譯的《判決》、歐陽子譯的《鄉村醫生》、石明譯的《絕食的藝術家》三篇卡夫卡小說，緊隨其後發表了叢甦的小說《盲獵》。白先勇認為「叢甦的《盲獵》，無疑的，是臺灣中國作家受西方存在主義影響，產生的第一篇探討人類基本困境的小說。」[13]第九期刊出〈沙特專輯〉，登載了鄭恒雄翻譯的薩特論文《存在主義是人文主義》，以及薩特的劇本《無路可通》，並刊出郭松棻的長篇評文《沙特存在主義的自我毀滅》。今天看來，郭文對薩特存在主義思想的辯證認識仍堪稱精當到位。文中清醒指出：「沙特的存在主義和尼采的超人哲學一樣，是上帝死後，人類的

---

13 白先勇：〈《現代文學》的回顧與前瞻〉，見歐陽子編：《現代文學小說選集》第一冊（臺北市：爾雅出版社，1979年），頁15。

悲鳴。」宣稱「存在主義不是哲學，而是二十世紀的浪漫運動，……
挾其『主觀之真理』之確信正面向歷史挑激，這便是存在主義的原始
意義，其賦個體以無上的自由與珍寶，與十九世紀初葉英國文學上的
浪漫運動無異，」這一看法建立在對存在主義的一種歷史認知基礎
上。作者認為薩特的「嘔」（即噁心，Nausea）是一種發現，是言
「上帝不仁以萬物為芻狗的現象」讓人陷入「噁心」；作者理解薩特
的自由是一種「處境裡的自由」，是一種反抗行為，「在反抗裡體認個
人的價值」，按薩特的話說就是「上帝不存在，人自己抉擇自己，塑
造自己，負責自己，人註定是自由的」。不過他不贊成薩特「以偏蓋
全」，視「極端處境」（Extreme Situation 耶士培語）為人的普遍處
境，認為薩特所謂「完全孤獨裡的完全責任」的「自由」必須置放在
特定語境中（如納粹當道時期）來理解才有效，而不能普遍化。作者
認為「文學創作是沙特藉以行動的主要形式與處所……以瘋狂的行動
來強治他虛無的絕症，這是沙特唯一的生路」，這實際上就是說文學
創作既是一種行動或「介入」的方式，也是存在主義者以語言來療治
虛無的自我救贖之路。[14]因此，不難理解薩特的存在主義文學和哲學
常給人悲觀虛無的印象，甚至有「自我毀滅」的傾向。這篇文章最有
價值之處還在於，作者較早意識到薩特「自我毀滅思想」的部分真實
性，他設身處地進入薩特置身的極端處境，理解薩特哲學的矛盾性與
矛盾中凸現出現代人精神掙扎的真實性。文章這樣總結：薩特的「掙
扎的傷痕亦即是我們普遍的傷痕」。[15]這表明當時尚在臺大外文系讀書
的作者已敏感意識到：存在主義訴說的正是現代人心靈的普遍焦慮和
困境。這裡的「我們」當特別包含當時的臺灣青年。它不僅提示我們

14　薩特自傳名為《文字生涯》或《詞語》，海德格爾從格奧爾格、荷爾德林等詩人的詩
　　歌中傾聽人與神的對話。無論是有神論者，還是無神論者，存在哲學的確蘊含著從
　　語言、詩性中尋求救贖的意念。

15　郭松棻：〈沙特存在主義的自我毀滅〉，《現代文學》第9期（1961年7月），頁27。

必須注意到臺灣接受薩特及其存在主義影響的歷史語境，也告訴今人不能想當然地判斷存在主義這種外來思潮的異己性。存在主義雖不是通常意義上的樂觀的哲學，但它的悲觀和矛盾卻很體己貼身地抒發了臺灣一代人放逐離散的痛苦情感，它力圖從個體角度反抗荒謬存在的精神特徵，也真實傳達出戰後臺灣知識分子的生存經驗和心理狀態。在王文興對存在主義的理解裡，在王尚義廣為流傳的《從異鄉人到失落的一代》中，在白先勇對「流浪的中國人」的描述裡，在叢甦、馬森、七等生、張系國等人的小說裡，在瘂弦、洛夫、羅門等詩人的詩作裡，人們都會反覆感受到這一點。對於追逐時尚的一般青年而言，存在主義只是外來的知識舶來品，部分不成熟的文學作品也有模仿及食洋不化的弊端，但在嚴肅思考和創作的現代派小說家那裡，存在主義思想與他們的生命體驗和對存在境遇的認識大多能相契合，而存在主義文學也為他們提供了一種表現自我的思想與書寫方式。

　　存在主義的風行有形無形地凝聚起了青年人虛無與叛逆並在的時代情緒，悲觀迷惘的頹廢心態，禁閉於小島、震懾於專制的恐懼和孤獨找到了某種共鳴，而反抗荒謬的激情多少給予了他們某種安慰和力量，暗合了他們苦悶與反叛的慾望。以延續了北大自由主義風氣的臺大為核心，尋找精神出路的年輕人在存在主義那裡感受到了一種青春的叛逆力量，「那時，文學院裡正瀰漫著一股『存在主義』的焦慮，西方『存在主義』哲學的來龍去脈我們當初未必搞得清楚，但『存在主義』一些文學作品中對既有建制現行道德全盤否定的叛逆精神，以及作品中滲出來絲絲縷縷的虛無情緒卻正對了我們的胃口。加繆的《局外人》是我們必讀的課本，裡面那個『反英雄』麥索，正是我們的荒謬英雄。⋯⋯我們不談政治，但心裡是不滿的。虛無其實也是一種抗議的姿態，就象魏晉亂世竹林七賢的詩酒佯狂一般。」[16]從某種

16 白先勇：〈不信青春喚不回〉，《第六隻手指》（上海市：文匯出版社，1999年），頁190-191。

程度上說，存在主義已經構成一種戰後臺灣青年亞文化思潮，它成為青年人宣洩對體制不滿和抗拒情緒的載體。在這股蔓延流行於青年知識群落的思潮中，我想有必要重點談談王尚義的相關著作。

　　王尚義是個不幸因病早逝的醫科學生，同時也是非常熱愛哲學思考的年輕人，對存在主義思潮的流行傳播發揮過重要作用，他的影響力不侷限於校園，而廣泛體現在善感而有些迷惘的青少年亞文化群體中。王尚義生前對文學藝術投入了很大熱情，死後由李敖等人在文星出版了他的作品，大林出版社、水牛出版社也出版過他的作品，深受青年讀者的歡迎。以《從異鄉人到失落的一代》為例，一九六三年初版，五年內發行了六版。在一九六九年大林版前言裡，大林書店編輯部這樣評斷：「尚義的出現正反映了這個時代的動亂和不幸。……他從不游離現實，他努力要表現的，仍是它所處的這個社會的不平和不幸。」這本六〇年代流行的著作，每篇文章的標題都是那個時代青年的常用語，可見王著實際上起到了配合或引領六〇年代臺灣青年流行文化思潮的作用。書中所收的文章充滿理想主義熱情和浪漫主義色彩，他的論述涉及達達主義、海明威「迷惘的一代」、斯坦貝克的《令人失望的冬天》、杜斯妥也夫斯基、加繆和薩特……論題大多有關現代文學與現代人的精神狀況，顯而易見的是，存在主義是他有力的思想資源。在王尚義看來，存在主義就是二十世紀的浪漫主義，只是「表現得更極端、更猛烈、更富於現代的氣息」，[17]他對存在主義充滿一種理解的同情，談到薩特時他指出：「沙特的思想是集體價值破碎後的雜亂、分歧、無所依從的思想像徵，因此充滿了掙扎、矛盾、苦痛；他因壓迫而感到自由，因孤獨而感到責任，因死亡而感到抉擇，沙特所代表的人生，是一種反抗、一種病痛、一種理性的麻痹和

---

17 王尚義：《從「異鄉人」到「失落的一代」——卡繆、海明威與我們》（臺北市：大林出版社，1969年），頁93。

感覺的逃避。」[18]而對加繆他更是理解之餘欣賞不已：「卡繆的作品不像沙特那樣充滿著放縱、雕琢，他從不用浮誇的字句，他沉默、委婉、文辭優美而富於象徵的氣息，他以平淡的聲音說出人生的荒謬，卻能滲透穿刺我們的內心。」[19]王尚義敏銳地察覺到薩特思想是一種集體價值破碎後的產物，而集體價值即整合視界的喪失豈不也是五、六〇年代臺灣的精神症候？他對加繆的理解近乎一種自我認同焦慮而產生的鏡像意識。在這類文字裡，我們充分感知到存在主義思想和當時部分臺灣知識分子之間有著密切的經驗關聯。

　　自我認同包括性別認同、社會認同、文化認同與價值認同多種層面，認同的焦慮不可避免，而像王尚義這樣生在大陸長在戰爭陰影下流落到臺灣的青年，遠離故土，生活在一個失敗政權專制統治下，內心充滿被父輩罪孽所傷害的冤屈和不平，認同危機格外劇烈。在〈《現代文學》創立的時代背景及其精神風貌〉一文中，白先勇從歷史際遇層面分析過戰後外省青年的認同危機：「外省子弟的困境在於：大陸上的歷史功過，我們不負任何責任，因為我們都尚在童年，而大陸失敗後的後果，我們卻必須與我們的父兄輩共同擔當。事實上我們父兄輩在大陸建立的那個舊世界早已瓦解崩潰了，我們跟那個早已消失只存在記憶與傳說中的舊世界已經無法認同，我們一方面在父兄的庇蔭下得以成長，但另一面我們又必得掙脫父兄加在我們身上的那一套舊世界帶過來的價值觀以求人格與思想的獨立。艾力克（Erik Erickson）所謂的『認同危機』（identity crisis）我們那時是相當嚴重的。」不過，認同危機並非外省青年獨有，而是戰後臺灣社會歷史轉折關頭所有在臺生活者都必然遭遇到的。「本省同學亦有相同的問題，他們父兄的那個日據時代也早已一去不返，他們所受的中文教育

---

18 王尚義：《從「異鄉人」到「失落的一代」——卡繆、海明威與我們》（臺北市：大林出版社，1969年），頁95。

19 王尚義：《從「異鄉人」到「失落的一代」——卡繆、海明威與我們》（臺北市：大林出版社，1969年），頁96。

與他們父兄所受的日式教育截然不同，他們也在掙扎著建立一個政治與文化的新認同。」[20]

　　白先勇對西方存在主義興起的背景與臺灣戰後歷史情境的相似相通性有著深切認識，正是這種理性認知使他對這種西方的學說產生興趣。他說，「存在主義興起於第二次大戰後，傳統瓦解的歐洲，而顧福生這一代的中國人，所經歷的戰亂災禍，傳統社會的徹底崩潰，比起歐洲人，有過之而無不及。六○年代，臺灣一些敏感前衛的中國藝術家，對人的存在價值，及社會習俗，開始反省懷疑，也是最自然不過的現象了。」白先勇接受並認同存在主義不是出於理論興趣，他肯定的是存在主義文學中的「對既有建制道德全盤否定的叛逆精神」，和很對他胃口的「絲絲縷縷的虛無情緒」，認為加繆的莫爾索式的荒謬英雄具有很強的顛覆性。而他與身邊的一群同道雖不談政治，但是他們也借存在主義的「虛無」宣洩不滿。認為虛無其實也是一種抗議的姿態，就像魏晉亂世的詩酒佯狂一般。所以，存在主義在白先勇的理解下，虛無荒謬的內裡具有可貴的反抗性；[21]因此，白先勇堅持肯定存在主義是一種有積極性意義的哲學，是勇敢的人生哲學：「其實存在主義的最後信息，是肯定人在傳統價值及宗教信仰破滅後，仍能勇敢孤獨地活下去，自然有其積極意義。」[22]而在關於馬森小說《夜遊》的評論中，他同樣明確認為：「存在主義不是悲觀哲學，更不鼓勵頹廢，存在主義是探討現代人失去宗教信仰傳統價值後，如何勇敢面對赤裸孤獨的自我，在一個荒謬的世界中，對自己所做的抉擇，應負的責任。」[23]白先勇還認為存在主義能直面人的生存現實並揭示人

---

20 白先勇：《第六隻手指》（上海市：文匯出版社，1999年），頁176-177。

21 白先勇：《第六隻手指》（上海市：文匯出版社，1999年），頁190-191。

22 白先勇：〈人的變奏：談顧福生的畫〉，《驀然回首》（上海市：文匯出版社，1999年），頁46。

23 白先勇：〈秉燭夜遊〉，《第六隻手指》（上海市：文匯出版社，1999年），頁120。

的存在困境，立足於人的悲劇境遇，存在主義文學中的人物是孤絕的人，有著悲劇的尊嚴。這顯示出他對存在主義悲劇觀的認同，他自己的小說在悲劇美學與人物塑造上也有類似傾向。白先勇思想中有很強的宿命觀成分，但他不認為這是悲觀，因為「我覺得人最後的掙扎是差不多的，其實人一生下來就開始漂泊，到宇宙來就開始飄蕩了，在娘胎裡大概是最安全的，我從小就滿能感受到這東西，所以我的小說裡沒有很容易樂觀的東西。」[24]這種拒絕樂觀擁抱悲劇的精神，與存在主義於被拋中求超越、在死亡中認識牛、身處絕境卻體悟絕對自由的生命哲學，可謂心有靈犀。此外，白先勇與存在主義的默契或相通還表現在歷史意識上，薩特認為存在主義者是從納粹的極端恐怖統治下發現自己的歷史性，[25]而白先勇也深感戰後臺灣白色恐怖壓抑氣氛，而尋求精神突圍，在離散與放逐境遇裡，覺悟自己的歷史位置和使命。

　　可以說，從生命認知與人生態度上，存在主義為白先勇提供了反抗荒謬存在、反抗虛無的信念，增強了從個體命運出發揭示存在焦慮和存在境遇的勇氣。無論他筆下的世界多麼頹敗、悲涼、腐朽、不堪，多麼特殊、另類，但是將它們血淋淋、赤裸裸地展現出來，正是一種存在的勇氣。這勇氣使他不拘囿於世俗道德，敢於正視人性的複雜性和命運的悲劇性。從白先勇作品看，存在主義的此在體驗美學和境遇中的自由抉擇觀都影響了他的道德眼光，他的作品從來沒有忽視過個人的存在體驗，而他的選材大膽率性前衛，展現另類情慾，叛逆傳統道德，蔑視世俗約束；不過得補充一句，他的這種自由觀念並未變成筆下人物的思想，在作品裡通常體現為對人物自欺性沉淪的徹底揭櫫。存在主義孤絕的悲劇人生觀與他悲憫善感的性情並無衝突，他

24　白先勇：〈白先勇談創作與生活〉，《中外文學》第30卷第2期（2001年），頁191。

25　〔法〕薩特撰，施康強選譯：《薩特文論選》（北京市：人民文學出版社，1991年），頁10。

始終以悲劇的眼光看待世人眼中的越界另類分子，賦予失敗者、落魄者以及孤絕者悲劇的尊嚴，這與存在主義悲劇觀念頗為一致。雅斯貝爾斯相信通過失敗人們才能獲得存在，[26]而且認為「悲劇能夠驚人地透視所有實際存在和發生的人情事物；在他沉默的頂點，悲劇暗示了人類的最高可能性。」[27]與之相關，存在主義的境遇倫理也與白先勇小說精神世界頗為契合，白先勇關注那些被時代與社會拋離正常軌道的落魄者，以及那些不被傳統道德價值和社會規範所認可的邊緣人，過海遷臺的貴婦軍官、僕從老兵，置身異鄉的知識分子，流浪在夜晚的青春鳥，燈紅酒綠中的賣笑舞女，白先勇的小說人物其出身與階層縱有差別，但都是迷失的放逐者，是心靈痛楚而無法表達的人。這些位處社會邊緣與夾縫的畸零人往往有著特殊的命運遭際。

在六〇至七〇年代，從儒釋道出發接納、理解與闡釋存在主義，是臺灣知識界比較常見的方式，顯示出臺灣知識分子會通融合中西思想文化的企圖。而在白先勇那裡，來自本土的儒佛道情懷，與外來的存在主義之間原本就不對立，相反存在內在關聯。存在主義促動了他那種東方式直觀樸素的人生感悟，使其得到哲學提升。

白先勇的創作和王尚義的青春躁動與嘶喊，無疑都記錄下真實的心靈歷史。他們的聲音讓人有理由相信：存在主義曾經深刻地切入臺灣這片土地。

三

從以上梳理可看出，存在主義在臺灣最早萌生於傅偉勳陳鼓應等學院知識分子的哲學研究興趣，但他們的興趣也帶有強烈的主觀認同

---

26 〔法〕讓‧華爾撰，翁紹軍譯：《存在哲學》（北京市：生活‧讀書‧新知三聯書店，1987年），頁115。

27 〔德〕雅斯貝爾斯：《悲劇的超越》（北京市：工人出版社，1986年），頁6。

意味和感性接受成分。存在主義獲得較為廣泛傳播起始於文學界，尤其是《現代文學》對存在主義作家的專輯性介紹，以及王尚義風靡一時的《從異鄉人到失落的一代》的評論，在臺灣知識界產生了廣泛影響。現代派小說對存在主義的熱誠並非糾纏於哲學思想的來龍去脈，而更多以存在主義文學為一面鏡子，反觀自我，藉以找尋精神出路。人們對存在主義的興趣和體認是基於理解自身際遇的需要，「異鄉人」「失落的一代」成為六〇年代的流行話語，也有說服力地表明了這一點。藉存在主義境遇哲學的思想提升，現實而具體的時間之傷痕與空間之哀愁上升為一種普遍的形而上的命運。人本質上有著「植根」的心理需求，失根必然產生精神焦慮或神經症人格。在五〇至六〇年代的臺灣文學中，「放逐」與「懷鄉」是一體的兩面，它是政治變局導致的空間隔絕事實的必然心理反映。對這種悲劇性歷史際遇，存在主義給出了完全不同於傳統鄉愁文學所能昭示的意義，具有重建自我根源的作用。卡夫卡、薩特、加繆書寫的存在異化、焦慮與勇氣也正是臺灣青年知識分子所欲表達的情懷，所以，存在主義作品的翻譯和評論本身即成為自我意識的表達方式，其意趣迥異於哲學界的清理。實際上，哲學界也存在兩種涇渭分明的趨向，一是陳鼓應、傅偉勳等為代表，他們從對存在主義產生自發的興趣到熱情的求索，轉入中國哲學傳統尤其是佛學與莊禪哲學，逐漸追求存在主義與中國傳統文化的對話互涉；而另一些學者則從理性秩序角度批判存在主義的虛無悲觀傾向，把它看作一種西方社會的時代病，並以儒學改造或廢棄存在主義。其中一些學者如鄔昆如、尹雪曼則表現出官方意識形態。對於存在主義的理解與判斷，官方哲學界的看法與現代派亞文化圈的感受認識大相逕庭。明顯的一點是對薩特的認識，文學界和青年文化對於薩特哲學持一種理解的同情與辨證態度，而哲學主流觀點則毫不掩飾對薩特的厭惡。兩者的這一分別，從一側面顯示出六〇年代現代派文學一翼與主導意識形態之間的離齬。官方哲學指控薩特晚年向左轉的革

命性傾向，主要是維護官方意識形態的需要，並非針對臺灣文學界的存在主義熱，因為從臺灣文學對存在主義的興趣點看，加繆、卡夫卡、杜斯妥也夫斯基、海明威、勞倫斯等具有存在主義色彩的作家受到人們的喜愛，薩特所謂境遇中的自由選擇的理論雖也得到一定程度的同情，但是現代派並不認同薩特後期行動哲學的付諸行動。和西方現代派多數藝術家相似，臺灣現代派小說家也基本服膺於純藝術論，不贊成文學對社會和政治的「介入」。現代派作家在藝術形式上的激進前衛與表現主題的邊緣頹廢，實際上構成了對當時體制的冷漠抵拒。在晚近極端化的本土論述裡，現代派被劃入「外來政權」體制陣營被橫加指責。因此，今天這一分辨有著特別的意義。而撇開非學術因素，哲學領域的參與無疑有利於認識存在主義的淵源和歷史，並理性思考外來文化與本土現實之間的錯綜關係。無論身處體制內外，哲學界的努力都蘊含著共同的旨歸，即日趨理性地取捨並將存在主義合理地融攝進本土與傳統之中。因此，部分學者推崇雅斯貝爾斯的「超越」（transcendence）與「交流意志」（the will to communication），並有意於用儒家傳統融攝存在主義，不能不說是一種積極取向；另一些學者從莊禪佛學裡找到了與存在主義相通之處，他們的文化解讀與哲學建構顯示出開放而靈活的觀照視域。

在六〇年代臺灣文化場域中，存在主義這種戰後歐美流行性哲學文化思潮，進入臺灣後與本土青年的世紀末情緒相結合，形成了一股蔓延甚廣的亞文化思潮，與主流思想形成某種疏離甚至對恃關係。現代派文學大量吸取了存在主義的某些思想理念，受到存在主義文學的薰陶。現代派文學創作本身也介入了臺灣存在主義亞文化思潮的構成。叢甦發表在《現代文學》創刊號上的小說《盲獵》直接源於閱讀卡夫卡小說的共鳴與衝動，在〈後記〉中作者寫道：「讀完 Kafka 的一些故事後，我很感到一陣子不平靜，一種我不知道是什麼的焦急和困惑，於是在夜晚，Kafka 常走進我的夢裡，伴著我的焦急和困惑。

於是，在今天晚上，以一個坐姿的時間，我匆匆忙忙地寫完了這個故事。」[28]這樣感性至非理性的創作動機自陳，形象地演示了臺灣現代派與存在主義文學最初相逢的激動情境，一種遭遇知音的感受。正是這種發生在個人身上的不平常的相逢，預言了文化融合的一種巨大可能性。這種可能性被此後的歷史所進一步證實。

---

28 叢甦：〈盲獵・後記〉，《現代文學》創刊號（1960年），頁47。

浪漫主義與六〇年代臺灣文學思潮

　　在已有的各種臺灣文學史敘述中，浪漫主義的缺席引起一些敏感的學者的思考，或分析其原因或搜索其蹤跡。本文認為從《文學雜誌》到《現代文學》，臺灣學院派文學對浪漫主義的看法有明顯的改變從驅逐浪漫到浪漫的回歸。在六〇年代臺灣文學場域裡，《現代文學》雜誌所代表的現代主義具有青年次文化運動的特徵，必然表現出一種青年知識群體特有的浪漫心性，一種衝破時代壓抑的生命激情。因此，臺灣現代主義思潮隱含著浪漫主義的精神維度。

　　臺灣文學究竟是否存在浪漫精神，浪漫主義在臺灣文學裡是否闕如，或者說臺灣文學史敘事中緣何缺少相關論述這個問題近年來引起了國內臺灣文學研究界部分學者的關注。就我了解的情況看，黎湘萍的〈沒有浪漫時代的臺灣文學史〉[1]和朱雙一的〈當代臺灣的浪漫文學〉[2]兩篇論文不約而同都討論了這個命題，但二文的側重點有所不同。黎湘萍在早些時候就意識到「浪漫時代」的「走失」實為臺灣文學史敘事裡的一大盲點，認為自日據時期到後現代主義盛行的世紀末，「浪漫作為一種情懷……一直沒有從文學裡消失過」，然而作為一種確實存在過的文學精神，浪漫性受到了文學史敘事讓人困惑的壓抑。這個概念的走失或被塗抹，有其學術氛圍上的原因。五、六〇年代影響新世代創作的學院派學者引介較多的是當時流行英美的「新批評」方法與現代派理論，當時學院派自由文人所認同的美學原則與浪

1　黎湘萍：〈沒有浪漫時代的臺灣文學史〉，《評論與研究》1995年第3期。

2　朱雙一：〈當代臺灣的浪漫文學〉，《臺灣研究集刊》2001年第1期。

漫主義相距甚遠。從某種程度上看，文學批評界對浪漫主義的批判反省與拋棄正是臺灣現代主義的成長起點。朱雙一的文章似乎有意對此作出呼應，他在指出由於文藝政策和體制的打壓，浪漫主義無人標榜、浪漫思潮遭到漠視的現象後，迅速轉入對臺灣浪漫主義文學三大脈絡的具體討論從戰鬥文藝中游離而出的充滿奇幻想像的靈異鄉野傳奇；以三毛、瓊瑤為代表的浪漫愛情故事；七〇年代鄉土文學中瀰漫著些許田園鄉愁的溫情或濃烈的訴說。在他的論述框架中，浪漫主義在戰後曾受到文藝政策與體制的壓抑而被邊緣化，但是「三民主義文藝」本身就包含「浪漫因素」；就實際創作看，浪漫文學不僅存在而且形態豐富。

應該說對這個命題的關注確實表現出對臺灣文學史敘述的一種敏感。這種敏感基於對臺灣文學史中一個被壓抑或忽略的流脈與概念的重新認識。如上述二位學者所言，雖然在顯得有些沉重悲情的臺灣文學史中浪漫主義不可能成為一種主導藝術形態，但事實上浪漫精神與浪漫意識仍頑強保有它的位置。臺灣文學並不缺失浪漫精神，缺少的是相關的梳理與論述。

反省文學史敘事有意遺忘或無意疏漏的原因是必要的，人們已經意識到，浪漫主義在戰後臺灣的尷尬遭遇，既有臺灣官方意識形態干預的因素，也與戰後臺灣主流批評界務實、低調、回歸藝術本體的古典現代派美學追求在在相關。因此，對臺灣文學中的浪漫性進行更廣闊深入的考察也就成了一件有意義的事。全面梳理臺灣文學裡的浪漫性是一項複雜的工作，朱雙一已經對當代臺灣通俗一脈的浪漫文學作了一些有益的考察，為人們提供了一個有意思的視角。從這個視角梳理臺灣的浪漫文學，其豐富的形態不會輸於大陸。因為臺灣的通俗文學相對比較發達。由於關注點的關係，文章較少涉及嚴肅文學或純文學。對純文學中是否存在浪漫精神及其形態如何的研討也就成為這個命題的合理補充。

　　本文的命題是臺灣現代主義思潮的浪漫性維度，探討戰後臺灣嚴肅文學之重要一翼的現代派小說與浪漫主義的關係。認為即使在官方文藝政策排斥、批評界擯棄的五、六〇年代特定歷史氛圍裡，浪漫精神依然不可遏制地存在著，而且還出現在以批評、超越浪漫為藝術起點的現代派小說中。這個論題客觀上可視為對學界關於臺灣浪漫文學論述的一個呼應。不過，本文的意圖不僅在此。或者說出發點並不在此，而更在於對現代派小說以及六〇年代現代主義現象呈現出的豐富性與矛盾性的認知興趣。在閱讀臺灣現代派小說文本的過程中，發現一個矛盾的現象，現代派作家一般都從理論上自覺抵禦和拒絕主觀抒情誇張的浪漫傾向，典型如白先勇、王文興、七等生就曾表示對感傷與浪漫的厭棄。但在文本裡我們卻感受到難以抹去的浪漫情懷，部分被稱為現代派作家的作品實際上帶有明顯的浪漫性，尤其是後期浪漫派的精神氣質。如七等生、白先勇、王尚義、馬森、李永平、水晶等現代派作家的小說裡，可以看到或多或少的浪漫因素執著於主觀表現、強烈的個人性與反世俗性，超驗性內省，神秘的想像，「不能與美的價值相分離」的自然觀，以及「企圖給這個世界一個總體的神話式的解釋的意圖」[3]等等。浪漫性與臺灣現代派的錯綜複雜關係讓人迷惑，又生發出一種誘惑，對此的辨析應有益於更深入細膩地理解現代派小說的精神脈絡，更貼切地感受現代派小說的社會歷史語境與作家創作心態的微妙。

　　或許，李歐梵的相關論述可以提供啟迪，他的論述視野裡，浪漫這個概念在中國現代文學史上佔有重要位置，這個語詞一直貫穿在他的從五四文學到五、六〇年代戰後臺灣文學的論述中。上述兩位學者的發問與探尋或多或少也帶有這種歷史眼光。回到中國現代文學史的

3　〔美〕R・韋勒克：《批評的諸種概念》（成都市：四川文藝出版社，1988年），頁175、182。

框架中，我們看到問題有了一種歷史縱深辨析的可能，有了更廣大的歷史空間。與臺灣文學史敘事裡浪漫主義蹤跡難尋的情形相比，中國現代文學史論述中的浪漫主義可絕不是個新鮮的話題。五四前後浪漫之風的興盛乃至以創造社為開端的浪漫主義發展成為中國新文學史敘事的關鍵字之一。

尤其值得注意的是，李歐梵的研究從未有意將中國語境中的浪漫主義與現代主義作嚴格的區分界定，他在論說臺灣文學時就曾寫過題為〈臺灣文學中的浪漫主義與現代主義〉的論文，而他在考察中國現代文學發展脈絡時所關注的命題有「浪漫個人主義」、「自我形象」、「情感的歷程」以及現代派小說的先驅等，他似乎有意將浪漫主義與現代風作為相互涵容承續的同一家族成員，或者至少也算得上是有血緣關係的近親。[4]當然，如此混論現代主義和浪漫主義也並非出自李歐梵的閉門杜撰，而是基於對中國現代文學包括臺灣戰後文學複雜歷史情狀的認知所作出的論述策略。

李歐梵把現代主義和浪漫主義合論乃至混論，至少表明嚴格區分現代主義和浪漫主義的困難，或者說兩者間存在某種分辨不清的曖昧關係。這種不做區分的混論在五四時期的中國文論最初引入這兩種思潮時就已經存在，周作人的《歐洲文學史》和茅盾的《文學上的古典主義、浪漫主義和寫實主義》等都把現代主義稱之為「新傳奇主義」或「新浪漫主義」，[5]這一命名意味著五四時期的作家學者是在浪漫主義精神脈絡裡理解與安頓十九世紀末二十世紀早期的現代主義新潮。對此，不能僅僅解釋為時人對剛剛興盛起來的文學新思潮的誤讀。因為從西方文學史自身發展脈絡看，現代派與浪漫派之間本身確實具有

4　參看李歐梵：《現代性的追求》一書中的相關論文。李歐梵：《現代性的追求》（北京市：生活・讀書・新知三聯書店，2000年）。

5　鄭伯奇等：《中國新文學大系導論選集》（上海市：上海文藝出版社，1978年），頁94。

精神血緣關聯，一種觀點甚至認為現代主義是浪漫主義在二十世紀的延續和變奏。從反抗異化、張揚感性、藝術自律等方面，現代派與浪漫派在世界範圍內都有普遍的一致性。這就是五四文化先哲以及後來李歐梵等學人合現代與浪漫為一體的根本原因。然而如果認為現代主義完全等同於浪漫主義的話，李歐梵在討論五四文學和臺灣文學時就沒有必要並列使用兩個名詞，而我們也就沒有必要追問臺灣文學史敘述中浪漫主義為何缺席，因為臺灣文學史已經有了描述現代主義的重重一筆。兩者並列混論表明學人既感到劃清界線的困難又認識到它們之間存在不可忽視的差異。經過歷史的沉澱，人們早已明白現代主義與浪漫主義思潮是不同歷史時期的產物，浪漫主義在反抗理性至上的古典主義陳規的過程中凸現其歷史與美學價值，現代主義則是十九世紀現實主義催生出的逆子；浪漫主義是資本主義上升時期的意識形態，而產生於帝國主義殖民時期的現代主義則是資本主義危機時期的精神形態，二者在不同的情境裡各有不同的使命，有著本質的差別。與此同時，人們也感到這兩個概念不容忽視的親和性，它們之間的格格不入似乎無法掩蓋兩者間具有精神上的血緣關係，現代主義對現代文明異化傾向的批判可以說是浪漫主義的後續。化約地看，現代主義者對待浪漫主義的態度大致有兩類，一類是在藝術上反浪漫主義，另一類則與浪漫主義一脈相承並將之向前推進。美國學者傅孝先就曾如此把現代派詩歌分為古典的與浪漫的兩種前者是以艾略特、葉慈、龐德等為代表的古典現代派，稱作現代古典主義，後者是以惠特曼、金斯伯格、勞倫斯等為代表，稱為現代浪漫派。傅孝先把前者稱為艾派，後者稱為惠派。艾派受新古典派影響，反對浪漫和抒情，強調古典主義凝鍊、準確、嚴峻的美學，側重機智、反諷，反對浪漫主義鋪張熱烈的情感宣洩；而惠派則與浪漫主義有著千絲萬縷的關聯，「儘管我們發現它與十九世紀浪漫派所用的手法不同，但觀照人生和宇宙

的態度卻相近似。」[6]在小說領域，我們同樣可以看到與此類似的古典現代派和浪漫現代派兩種傾向的分野。前者的典型是亨利・詹姆斯、喬伊絲、博爾赫斯等，後者的代表有黑塞、勞倫斯、馬爾克斯、塞林格等。當然，分類只是為了方便論述，從作家實際創作看，情況不會如此機械簡單。

　　臺灣現代派小說也存在相似的情況，雖然個性、境遇、文化接受、時代感悟等差異都造成每個作家具體創作傾向上的複雜性。但我還是感覺到現代派小說家裡的兩種走向偏向古典與寫實精神的有白先勇、王文興、歐陽子（在他們那裡，現代意味著高度的凝鍊的內在的寫實，王文興最為極端。而敘述結構上他們都非常嚴謹）；偏於浪漫的有七等生、水晶、馬森等。浪漫主義在一部分現代派作家那裡是沒有地位的，如在紀弦現代派《六大信條》中就能看到這麼一條，「本派亦強調『知性』它是現代主義主要特點之一，即『反浪漫主義的』。」[7]在追求知性的現代派詩人眼裡，浪漫主義顯然成了「知性」的對立面（不過具體創作卻不一定都能與理論信條相統一）。與之相似，現代派小說的作者與批評者們也同樣表示了對浪漫主義的反感和鄙棄，尤其是那種不講究藝術形式的情感宣洩式浪漫。如傾向於新古典主義的王文興、歐陽子就在作品裡將浪漫抒情打掃得乾乾淨淨，在〈給歐陽子的信〉裡，王文興說「我認為經驗有兩種，一種是現實的經驗，一種是浪漫的經驗；如果說我是經驗的信徒，我只是現實經驗的信徒，而絕非浪漫經驗的信徒。」[8]精煉、準確趨於極端的文字擬真，嚴謹的結構，外科醫生式的冷靜或者殉道式的語言實驗，皆與浪漫主義表現形式相距千里，天性慈悲難免流露感傷情緒的白先勇也表示他反感浪漫主義式的濫情，最具有浪漫氣質的隱士七等生也表示與

6　〔美〕傅孝先：《西洋文學散論》（北京市：中國友誼出版公司，1986年），頁130。

7　楊牧：〈關於紀弦的現代詩與現代派〉，《現代文學》第46期（1972年）。

8　歐陽子：《現代文學小說選集》（臺北市：爾雅出版社，1977年），頁21。

浪漫主義無涉。與浪漫主義劃清界限，這在當時似乎成了某種共識。

　　從表面看這種局面的造成與當局的過制也可能不乏聯繫，上文所言詩壇的「反浪漫主義」標榜就可能含有應付官方的意識，國民黨文藝政策明確反對浪漫主義，早在四〇年代張道藩在《文化先鋒》創刊號上就曾刊載〈我們所需要的文藝政策〉一文，明確表示：「浪漫主義的形式不宜於我們的新文藝」，「不表現浪漫的情調」是其「六不政策」之一。[9]不過更為重要的因素顯然在於學院批評界與創作界文學本體意識的自覺。今天人們日益認識到當時這種文學本體論及相關的現代派創作蘊含著抵抗體制意味，如劉登翰、葉石濤、張誦聖、施淑、林燿德等人的論述。《文學雜誌》以夏濟安為代表倡導一種嚴謹有序的現代的寫實精神，推崇敘事的節制、均衡、反諷，欣賞福樓拜和亨利·詹姆斯這樣「樸素的、清醒的、理智的作風」，[10]審美趣味高雅、精緻。夏濟安的新批評論文〈評彭歌的《落月》兼論現代小說〉以小見大值得精讀，文章對西方近現代小說思潮的走向有著明晰的認知，認為「二十世紀的小說是有意模仿詩的技巧的」。表現在小說藝術上有兩大進步：一是亨利·詹姆斯的敘述觀點理論和小說技法，二是意識流心理小說的崛起。夏濟安博學儒雅的文學賞鑒修養在這篇論文中得到了充分體現，對於從《文學雜誌》開始創作生涯的年輕人應是十分有益的啟蒙。白先勇、王文興等人在臺大時期都曾受業於他，收穫甚大。我注意到，這篇長文中提及現代小說有模仿詩的傾向時特別強調了一點，作者明確地表達了一種推崇象徵主義的審美趣味，而聽任情感流溢不事節制的浪漫敘事卻被視為創作中需要戒除的一種弊端，被毫不客氣地視為「末流」：「我所謂『詩』，主要的是指象徵主義的詩。因為我們所習見的浪漫主義的詩，大多直寫詩人心胸，往往

9　參看朱雙一：〈當代臺灣的浪漫文學〉，《臺灣研究集刊》2001年第1期，頁78。

10　〈致讀者〉，《文學雜誌》第4卷第5期（1958年7月）。

熱力有餘，而含蓄不足，小說家不能從那裡學到多少東西。浪漫主義
的好詩當然很多，……但是浪漫主義的末流，把情感過度發揮，因而
忽略了藝術形式。小說家假如再去模仿這種末流浪漫詩，他的小說一
定叫有藝術修養的人難以卒讀。」[11]由此不難窺出《文學雜誌》及它
所代表的學院學者嚴謹克制、冷靜客觀的文學趣味和研究導向，也能
感受到一點當時的文學精英對浪漫主義的取捨態度。

　　在數年後《現代文學》為悼念夏濟安先生所作的《夏濟安先生紀
念專輯》的前言裡，編者特別指出夏先生對中國文學最關切的問題，
即「近代中國小說發展及其隱憂」，他認為中國小說的前途障礙頗
多，「在內容方面，他指出了逃避主義（escapism）即時下流行之
『新鴛鴦蝴蝶』派，在月光下噴泉旁吟詩彈琴的假浪漫（pseudo-
romantic）假詩意（pseudo-poetic）的戀愛小說，或是滿紙呻吟，自
憐自艾、失戀失意的感傷主義（Sentimentalism）的小說。」[12]可以這
麼認為，浪漫一詞的貶值與當時氾濫文壇的「假浪漫」作品有直接關
係，也就是說偽劣的「浪漫」產品損害了真正優秀的浪漫文學的信譽
和形象。以至於關心中國小說前途的有心人士將這類「浪漫」視為小
說發展的障礙。這種抨擊具有很強的針對性，影響深遠。

　　人們看到，《文學雜誌》與之後的《現代文學》上，所引介的西
方作品與思潮大多屬於二十世紀現代文學，由詹姆斯發軔的藝術精湛
的心理小說一直備受關注，而《現代文學》上立意要震動臺灣文壇的
外國作家專輯基本上都屬現代派範疇，卡夫卡、加繆、喬伊絲、湯瑪
斯・曼、弗吉尼亞・沃爾夫等現代派作家受到了隆重推介，而亨利・
詹姆斯的《小說的藝術》、盧伯克的《論現代小說》以及夏濟安等師
輩的論述為學院文學青年的創作提供了理論規範與指導。王文興、白

11　夏濟安：〈評彭歌的《落月》兼論現代小說〉，《文學雜誌》第1卷第2期（1956年）。
12　〈「夏濟安先生紀念專輯」前言〉，《現代文學》第25期（1965年）。

先勇、叢甦、歐陽子、陳若曦等年輕一代的翹楚正是在這種氛圍中起步，這種氣氛有利於使他們的創作從一開始就避免了抒情感傷的路子，而與經由現代派革新的西方現代敘述更為靠近。因而，在他們那裡，末流的浪漫主義等同於一種過時的、不重視敘述的、濫情的書寫方式，必須拋棄。反感傷、反浪漫最徹底的也許要算是王文興了，在他最近推出的現代派長篇《背海的人》下卷中，人們發現，「浪漫愛情」被嘲諷、被解構得啼笑皆非。

但是儘管如此，也並不意味著現代派文學裡就不再容浪漫精神和浪漫情懷存身。末流的浪漫固然需要避免，但作為一種文學傳統的浪漫主義是複雜的，而臺灣現代派小說家所吸取的西方資源也是廣泛的，在實際創作中並不排除浪漫精神的攝入。《文學雜誌》和《現代文學》中，實際上浪漫主義的一翼哥德式怪誕敘事的代表人物霍夫曼、愛倫坡、霍桑都曾得到過介紹，而被許多人視為現代浪漫作家的勞倫斯則得到了《現代文學》專輯推介的禮遇。前文也談過，現代派力圖拋棄的只是跟著感情走而不顧敘述章法的誇飾而造作的浪漫，而浪漫主義的社會批判向度、個體心靈的精神體驗、追求激情與力量、推崇想像以及主觀觀照角度等卻從未曾從現代派那裡消解，相反，從某種意義上看浪漫主義倒正是現代派出發的起點。這與那種將拋棄浪漫作為現代派起點的說法看似矛盾，實則表現了現代派小說在孕育成長過程中自我修正自我調整的能力。特別是學生輩創辦的《現代文學》，它不僅承續了《文學雜誌》的志業，而且很自然地表現出年輕人所特有的激情活力、開拓進取的雄心，而不侷限於師輩們含蓄、穩重、冷靜、古典的美學視野。應該說正是這樣一種年少癡狂把他們迅速從老成持重的師輩們那裡區割開來，他們賦予臺灣現代文學初生牛犢般的勇力和新生的希望。因此，在《現代文學》創刊一週年後，他們對於浪漫主義表現出的反省與高度熱情似乎也就不是偶然的了。署名「雜誌社」的帶有編後總結性質的〈現代文學一年〉一文是篇很有

衝勁的文字，其主張承續了一年前的〈發刊詞〉的基本導向，堅定、富於責任感與使命感、頗有天將降大任於斯人也的豪情，情緒熾熱而有些稚嫩。有意思的是其中對於浪漫主義突然燃放出的熱忱與迫切的再認識：「現代的世界，依我們的看法，最缺乏的是浪漫主義的精神。幾乎每一個現代人，都懂得輕視感傷主義（Senti-mentalism），男人們尤其以此為恥。但是不知不覺間，浪漫主義亦因此遭及毒手。浪漫主義和感傷主義，除了皆以感情為主外，是兩種不同的態度。他們像同出於一個母親的兩個兒子，性格相反哥哥，是感情熾烈的英雄，弟弟多愁善感，屬於賈寶玉沈漫之流。現代人以冷酷、老於世故的眼光，把兩兄弟無分軒輊地冷待，無怪這世界不再存留某些古老的價值，如勇氣、熱情、恨。浪漫主義崇尚力量，包括體力和心智兩方面。浪漫主義不重視現實的後果和效率，後果和效率是抹煞人性的機械主義所推崇的。浪漫主義，推崇的是人的本質和尊嚴。我們，就是從浪漫的起點出發，創辦現代文學。」[13]從這段文字看來，對整個浪漫主義的摒棄似乎確實形成過一時之風氣，否則就不會有「遭及毒手」之說。必須指出，並不能因此責怪夏濟安，他的文章中說明了浪漫主義有優劣之分，必須捨棄的只是末流。《現代文學》的年輕編輯如今不乏悔意地意識到必須趕快把浪漫主義從感傷主義那裡拯救出來。

　　行文至此，模糊乏味的概念之辨析似乎變得清晰起來。這不僅表示，現代主義作為浪漫主義精神的某種變奏演繹這一說法在臺灣文學中同樣得到了一定程度上的印證，從現代派的文學導師夏濟安批評末流的浪漫到《現代文學》對浪漫主義的平反昭雪，也不難看出，臺灣現代派對浪漫主義的態度是有一個認識上的過程的。那麼他們所努力呼喚的浪漫精神具體到作品中，情況又如何呢？一般說來，人們通常理解的浪漫屬於年輕人。但是出生於二戰前後的一代中國人卻過早失

---

13 現代文學雜誌社：〈現代文學一年〉，《現代文學》第7期（1961年3月）。

去了浪漫，戰爭、苦難、骨肉分離、山河破碎帶給他們的只有「恐怖、絕望、瘋狂和死亡」。[14]戰後流落或處身於大陸邊緣小島，命運變得詭異不可預測。六〇年代登上文壇的現代派作家幾乎都屬於這一代人，在他們風華正茂的青春歲月，他們的周圍卻瀰漫著頹廢或放縱、幻滅與虛無的氣氛，他們發現自己原是失落的一代、迷惘的一代。官方體制下的文壇佈滿刺耳的政治謊言和悽惶病態的亢奮，其中散發的偽浪漫熱情讓他們厭倦；掩飾不住傷感失意的懷鄉文學充斥著上一代流亡者的記憶與夢。他們的年輕與浪漫被深深壓抑甚至閹割。難以紓解的苦悶驅使他們尋找出路，如溺水者尋找救生圈。在二十世紀西方現代文學裡他們找到了安慰與共鳴。海明威對戰爭、死亡的認識更能貼近他們的感受，加繆筆下的異鄉人與西西弗斯更能打動他們的心，卡夫卡、齊克果的恐懼與顫慄像一面冰涼的鏡子照出他們自己的處境。浪漫似乎命中註定與他們無緣。然而年輕的生命需要奔放和飛揚，浪漫情懷終於還是難以遏制。

　　對浪漫精神的渴望，才使得他們為浪漫的缺失而格外遺憾：「二十世紀的文學作品中再也找不出隱藏在《約翰克利斯朵夫》背後的自由、平等、博愛的偉大理想，再也找不出喬治桑所一再迷戀的美麗的『烏托邦』……取而代之的是病苦的呻吟，幻覺的遨遊，分裂與絕望的瘋癲的歌頌。」[15]也正是在這個意義上，《現代文學》才急切地呼籲浪漫主義的回歸。

14　王尚義：《從異鄉人到失落的一代》（臺北市：水牛出版社，1989年），頁3。
15　王尚義：《從異鄉人到失落的一代》（臺北市：水牛出版社，1989年），頁1。

臺灣都市小說研究的理路辨析

一

雷蒙德・威廉斯（Reymond Williams）的 *The Country and the City* 一書將英國十九、二十世紀的文學史當做一種城鄉研究，詮釋鄉村田園文學模式如何轉變為都市文學模式，這一研究理路對於中國（包括臺灣）現當代文學研究具有啟示性。當然，由於中西社會形態的巨大差異，現代化（含都市化）進程的時態差距，西方自寫實主義以降，至現代主義以及後現代，其文學視界與想像範圍基本上以城市為主，城市文學比較發達。而二十世紀中國文學則明顯是以鄉土中國作為中心，城市文學比較貧弱。三〇年代的十里洋場上海曾經蘊育過富有都市感性的新感覺派小說，李歐梵所期許的真正意義上的都市文學，即那種把城市寫成迷宮以呈現文化複雜性的都市文學，在八〇年代以前的大陸和臺灣皆很少見。「三〇年代的新感覺派有一點，穆時英的迷宮是舞場。」[1]此後雖有張愛玲這等都市感極強的作家出現，亦只是流星閃爍而已，城市文學未曾有過形成主流的機遇。陳思和也認為在中國新文學傳統中，「都市文明的審美心理一直缺乏建設。」[2]直到九〇年代末才有研究者將城市文學表達為一種在特定社會背景下「崛起」的文化現象。[3]而海峽彼岸的臺灣在六〇年代以降，隨著社

1　李歐梵：《徘徊在現代和後現代之間》（臺北市：正中書局，1996年），頁152。

2　陳思和：〈但開風氣不為師：談臺灣新世代小說在文學史上的意義〉，選自林燿德、孟樊主編：《世紀末偏航》（臺北市：時報文化出版企業公司，1990年），頁348。

3　李潔非：〈城市文學之崛起：社會和文學背景〉，《當代作家評論》1998年第3期，頁36-48。

會形態的轉型，城市的興起與成長，出現了具有現代意義的城市文化意識的活躍，和臺灣的都市消費性格。在創作上則出現了白先勇、陳映真、王禎和等作家以各種視角和形式表達他們對城市敏感關注的作品；但是這一些城市關懷往往被掩蓋在更為宏大的敘事（如家國興亡之歎或後殖民批判）的背後，在現代主義以及鄉土文學等巨大概念的論述裡喪失了其存在的座標。用蔡詩萍的話說：「都市在臺灣文學作品中的位置，一直都是相當隱晦的。」[4]到八〇年代中期，臺灣城市人口已達百分之八十。臺灣這個歷史上充滿悲情的島如今已成為後工業化的「都市島」。都市是當代最真實切近的生存空間和慾望的活動場域（無論它是天堂或地獄），城市生態已構成作為城市元素的作家們文學想像的強大資源，李歐梵曾在一篇有關「城市與鄉土」主題的訪談中援引陳映真的觀點說明臺灣社會城市化的普遍性以及相對應的鄉土鄉村之隱匿性與虛幻性：「連陳映真在他近期的小說裡都認為，鄉村已經變成廣告了，已經沒有這回事了。」[5]遑論那些自小生長於城市的新世代新人類了。因此到八〇年代末期有了「都市文學躍居臺灣文學主流」之說，隱晦的都市終於浮出歷史地表並佔據了文學想像世界的主導空間。[6]此岸的「崛起」與彼岸稍早些的蔚為「主流」無疑宣告了中國城市／都市文學的全面興起的新時代的來臨。

　　本文主要側重於辨析八〇年代至九〇年代初臺灣都市文學論述的理路，在諸家言說的同與異、交匯或離析處徘徊、置疑，梳理頭緒，引發對存在問題的深入思考，以便於將來對此一專題做進一步的研究。

4　蔡詩萍：〈小說族與都市浪漫小說〉，選自孟樊、林燿德：《流行天下：當代臺灣通俗文學論》（臺北市：時報文化出版企業公司，1992年），頁165。

5　李歐梵：《徘徊在現代和後現代之間》（臺北市：正中書局，1996年），頁152。

6　「都市文學躍居臺灣文學主流」的提法具體見於《新世代小說大系・都市卷》的前言部分，前言為黃凡、林燿德所撰。這一觀念得到了部分學者的認可，如大陸學者朱雙一在《近二十年臺灣文學流脈》等著述中沿用並闡釋了此一說法。

二

　　首先要辨析的是「都市文學」概念。在眾多論述中，對都市文學這一概念的理解與處理方式大致分為三類：

　　（一）採用較為傳統的研究模式，首先界定概念內涵，然後以明晰清楚的思路展開分析。如大陸學者趙朕的相關研究便是如此，文章一開頭就開宗明義，明確概念內涵。認為都市文學屬於按題材分類的文學類型，「它是一種在特定的現代意識的觀照下，反映都市的社會生活，表現都市人的喜怒哀樂，並洋溢著都市風情意味的作品。」[7]

　　（二）與第一類完全相反，將概念內涵界定工作棄之不顧，懸置一旁。臺灣學人裴元領的〈都市小說的社會閱讀〉一文即是代表。此文專論臺灣都市小說，然自始至終未見對研究客體的概念認定，直至文章後記部分才輕描淡寫地明示：「本文並不定義什麼叫『都市小說』，只從消極面來說，沒有『都市』、『大廈』等詞並不一定就非都市小說；滿篇這類用詞者不一定就是都市小說。關於定義且留待有興趣的人去費心吧。」[8]閱讀過全文與現代都市相關的臺灣當代小說論述後，再讀這段文字，倒也不至於感覺突兀。

　　（三）第三類可稱為游擊戰術。「這是一種用概念來框定住對象，卻又以某種理智的雜技在瞬間使概念化的同一性滑動起來的哲學風格。」[9]如臺灣倡導都市文學理論最用力者、都市文學創作最用心者林燿德的有關論述，雖然其中不乏定義性話語：「凡是描繪資訊結構、資訊網路控制下生活的文學，都是都市文學」，「新都市文學要表

7　趙朕：《臺灣與大陸小說比較論》（福州市：海峽文藝出版社，1994年），頁79。

8　裴元領：〈都市小說的社會閱讀〉，《當代臺灣文學評論大系・小說批評卷》（臺北市：正中書局，1993年），頁197。

9　〔英〕特雷・伊格爾頓撰，王傑等譯：《美學意識形態》（桂林市：廣西師範大學出版社，1997年），頁345。

現人類在『廣義的都市』下的生活情態，表現現代人文明化、都市化以後的思考方式、行為模式，它的多元性、複雜性以及多變性。」[10]

　　這些定義尚未真正逸出傳統的都市文學認知模式，但已顯露出力圖掙脫的跡象和對都市文學新質的敏感。顯然，他認為以表象符徵（如題材、城市意象）來界定都市文學是一種無所作為的表現，將可能「淪為一種無關宏旨的主題學遊戲。」因為在他看來，「不一定寫摩天大樓、地下道、股票中心、大工廠才是都市文學。」那麼，什麼才是都市文學呢？回到林燿德的定義，就會發現，在他的視野中，都市文學意味著後工業社會的一種全新生活和文學範式，意味著一個新時代的來臨。而這個資訊網路無遠弗屆的廣義都市的複雜多元性及多變性自然也規定了所謂新都市文學的廣泛多元性及其不確定性，因此都市文學概念在與舊有的界說劃清界限後便自由生長並膨脹起來，乃至於衍生出八〇年代末的「主流」之說。此後，在九〇年代初林燿德更是將都市文學看作是「在舊價值體系崩潰下所形成的解構潮流」，此概念早已逸出「題材為特定地域所隔絕的次文類」範疇，延展至「世界觀和文體」的局面。[11]

　　以上探討單就都市文學概念在不同論者筆下的不同演繹方式入手，借此考察臺灣都市文學論述的不同理路。概念本是認識把握和抵達現象世界的憑藉和工具，對概念的理解程度及不同方式必然影響對客體的認知。從上文可知，評論界對都市文學概念的認識存在令人深思的差異，最根本的區別在於是否將它看作一種次文類。如果將之定位在與鄉野文學、小鎮文學等相對應的題材類型，那麼這種研究大多脫不了相應的格局，一般說來走的仍是傳統的研究路數，概念與對象

10　瘂弦：〈在城市裡成長──林燿德散文作品印象〉，參見林燿德：《一座城市的身世》（臺北市：時報文化出版企業公司，1987年），頁14。

11　林燿德：〈80年代的都市文學〉，參見孟樊、林燿德編：《世紀末偏航》（臺北市：時報文化出版企業公司，1990年），頁376。

間保持絕對的一致性，立論平穩順暢但易顯呆板。以近期《文藝研究》刊發的一篇論述九〇年代城市小說的論文來說，雖也認識到都市文化語境的重要性，但具體行文依然是一種描述形態的平行分類，此格局實為作者對城市小說未脫舊識的概念認知之結果。像「世情生態」、「市情商態」、「問題寫實」這類分類，只要改動個別字詞（將「市」改為「鄉」），完全可以照樣挪至鄉土文學研究框架中。城市並不僅僅意味著與鄉村對立的地理場域，然而城市文學究竟還意味著什麼，卻是目下城市文學研究尚沒有圓滿回答的。原因是我們的農業社會歷史悠久而都市化比較晚，而在西方已很發達的城市諸學科（如城市社會學、城市地理學、城市心理學）在中國才起步不久，城市文學亦剛「崛起」，要求城市文學研究在缺乏現實資源和理論資源的情況下有深度建構，是不切實際的；另一方面，將都市文學當做一種題材上的次文類，在批評操作上似乎也簡單易行，且易被人們所接受。

　　裴文採取的懸置概念不予釋義的做法，並不能說明作者可以違反通過概念認知對象的規律，只能提示人們，對象並非一種喪失任何主體性和自由度的被動客體，而等待著概念去把握它。實際上概念與對象間也存在著雙向的互動關係，對象（事物的感性生命）應該是比概念更自由的東西。裴文的不定義是由於作者意識到對圖把握對象的特質。只是作者意識到「都市小說的正文、作者與讀者都是都市的產物，任何想跳脫出來去高高在上的旁觀者都只有天真的幻覺。」在他的筆下，「都市小說正是一種奇異的壓縮，在壓縮中我們展開不停的遊蕩。」通過這種遊蕩，才可能了解和接近對象。裴文的社會學閱讀的重點在於透視都市文學的誕生背景：「剝削的渴求、慾望的渴求貫穿了都市生活的每個角落」，「資本」與「慾望」就成了甄別都市文學的兩個基本概念。而王幼華、黃凡等新世代作家則提供了足夠的都市文學文本，讓閱讀者遊蕩其間，感知資本主義化的都市生活本質，即「金錢、權力、性欲成了人與人之間最直接的媒介，而文化只不過是

訓練我們如何更適應這三種媒介使用規則的過程罷了。」在這種以社
會批判為旨趣的論述裡，都市小說文學概念本身的重要性已在閱讀過
程中被悄悄消解。當然，這種論述模式早已超越了將都市文學視為次
文類的觀念。

　　以林燿德為代表的臺灣新世代在都市文學論述裡還包含著更大的
企圖。這一點將在下文的「主流說」辨析中進一步展開。

三

　　張漢良在論述臺灣都市詩時指出：「在多元系統中，總有主導的
文類與漩渦邊緣的支系統，彼此形成緊張的動態關係，界說這種關係
的則是讀者的預期視域。近十年來，文學獎的頒贈可以大略顯示都市
詩已為主導文類。」[12]

　　鄭明娳在綜論八〇年代散文現象時雖未直陳都市散文為主導文類
（相反，她倒是直言都市散文實為少數人的寫作，亦未形成具體的文
學運動。），不過她卻極力稱譽都市散文在中國散文史上具有革命性
意義，認為「現代小說、現代詩都有革命性的變革，經歷了明顯的現
代化的履歷。散文則一直墨守成規，直到都市散文才產生精神和文體
上的重大變革。」[13]

　　招數迭出的新世代小說家張大春以一個小說本行的視角來評說八
〇年代都市文學。他認為此前的臺灣文學文本中的都市意涵基本源自
一種決定論式的立論，即都市在城鄉二元對立格局中呈現物欲、墮落
等負面價值取向；而八〇年代都市文學則讓人感受到都市體驗有敘述
形式的自由多元趨勢，「當代都市小說的發展並未終結於都市的墮

12　張漢良：〈都市詩言談——臺灣的例子〉，《當代》第32期（1998年）。
13　鄭明娳：〈80年代臺灣散文現象〉，自孟樊、林燿德編：《世紀末偏航》（臺北市：時
　　報文化出版企業公司，1990年），頁70-71。

落，……小說家意識到的都市墮落尚不只乎此。更複雜而繁瑣的敘述形式將在不久的將來出現。」[14]現實世界與主體意識與敘述形式三者之間互相投射、互為正文，當「與流行舞步一樣快速交替更迭的各種知識以資訊化、消費化的閃逝速度帶來無休無止的刺激，」都市人必然在繽紛複雜的廣告化現象流和密集的資訊流衝擊下，有意無意被吸入消費時代無深度的狂歡，同時體驗著內在的分裂與精神迷失。正如張大春文中所追問的：最值得掌握的現實究竟是什麼？在張大春的視野裡，都市化實際上與資訊網路化、後工業文明、後現代化等相關概念之間有著水乳相融甚至相互疊合的血緣關係，而都市文學似乎與後工業時代的文學幾乎就是一回事了。

　　上述對臺灣都市詩、散文、小說等文體的論述，已足以表明都市文學的出場對世紀末臺灣文學造成的衝擊不容忽視。早在八〇年代末，黃凡、林燿德二人在帶有為新世代修史意圖的《新世代小說大系》中，就已宣稱：「都市文學已躍居臺灣文學主流」，而且信心十足地預言都市文學「將在九〇年代持續其充滿宏偉感的霸業」。既言主流，就不能不提起一篇正好以此為題的論文〈80年代臺灣小說的主流〉，作者是呂正惠。呂文所持觀點顯然有所不同，他所謂的「主流」包含了三個部分：其一是政治社會小說，其二為女性文學，其三則是後設或解構一類的實驗性小說。「都市文學」在他的語境裡被悄無聲息地匿名收編，化整為零地成為失名的零星雜碎。此二種主流之說或許因作者知識背景及觀念的差異而各說各話，但呂文與林燿德的〈80年代的都市文學〉同收入《世紀末偏航》，而林氏恰是此論文集的編選者，讀者在閱讀此書的過程中，自然能感受到二者之間因觀念之乖離而造成的潛在對話關係。如果說呂、林二者論述間存在著潛對

---

14 張大春：〈80年代的都市文學〉，張大春：《文學不安：張大春的文學意見》（臺北市：
　聯合文學出版社，1995年），頁115。

話關係，那麼呂正惠與張大春、蔡源煌之間的對話則是公開的了。因為呂文批評了臺灣文壇的後現代精神，並且指出「在文學上把這種理論發揮至極的是蔡源煌、張大春。」「他們以都市的生活經驗為題材，摒棄過去老式的語言或文法，大量使用都市化或歐化的語句。」[15] 而且這類創作以及後現代敘述在林、張等人的視野裡往往被納入都市文學的範疇，這一點在林、張相關論文中表現得十分明顯，如林燿德的〈80年代的都市文學〉一文完全揚棄或超越了傳統的（現今在西方仍存在）都市文學研究的模式，其論述空間不再自限於城鄉參照的詮釋格局，而是自由穿梭於批評視野、變遷社會的文學言談、作家處理正文時空的不同思索方式以及資訊社會及正文交錯領域等幾個論題之間，且明確指出都市文學是「舊價值體系崩潰下所形成的解構潮流。」因此，都市文學從一個普通的次文類概念上升為一種新的精神理念及文本範式的指代。而充滿可能性和刺激性的都市新質不僅正在降臨、發生，而且也涵括了都市主體的介入與創造，人與都市互為正文、相互塑造，如此，「都市文學」便在狂歡實踐中完成了與後現代精神的契合同一。林文對於「質疑國家神話、質疑媒體所仲介的資訊內容、質疑因襲苟且的文類模式……甚至意圖顛覆語言本身」都充滿熱情與期待。而黃凡的《如何測量水溝的寬度》，張大春的《大說謊家》等作品對語言、真實的質疑與諧謔自也成為後現代都市之人文景觀。關於後工業社會、後現代精神與都市、都市文學之關聯，下文還將另做辯證，此前，我想借呂正惠與林、張等的潛隱或顯在之對話關係來說明都市文學論述的文學史意義。

　　林燿德在文中強調：都市文學和田園模式下所謄寫的現代主義或鄉土派寫實派之間，所存在的區別並非由素材、主題、情節所設定的

15　呂正惠：〈80年代臺灣小說的主流〉，自孟樊、林燿德編：《世紀末偏航》（臺北市：時報文化出版企業公司，1990年），頁289。

不同地點、背景間的對立，而是世界觀和文體的差異。張大春、蔡源煌表達了相近的觀點，他們將八〇年代文學定位為：如何超越鄉土文學以後的泛政治化傾向，而尋求另一種全新的敘述模式，把「敘述境界的提高」視為小說發展的關鍵。[16]從這些論述中不難體會到一種對八〇年代之前臺灣文學過濃的意識形態的厭倦與叛逆意識。鄉土文學論戰硝煙沉寂後的新世代急欲在新時代裡找到自己的歷史位置，這種夾雜著創造欲的渴求和蘊涵著反叛欲的興奮幾乎不言而喻。從張大春興致勃勃地「構築現實，經營歷史，甚至顛覆小說敘述的本質」到林燿德對「舊價值體系崩潰」的認定，從張、林以及張漢良等人對文本敘述形式的充沛熱情到黃凡那種有意模糊具體指涉的所謂的「曖昧的戰鬥」，以及眾多的後設性、遊戲性、消費性文本的風行……這一切似乎都預示著：一種淡化意識形態的多元化文學書寫正在突破舊有的狹隘的政治格局，創造出自由開放多元共生的文學空間。都市文學主流論述並不僅僅指稱都市題材數量上的普泛化，而是借此論述為八〇年代以來的文學新質定位。在臺灣當代文學史的框架中，為以都市文學為代表的新文學範式尋找存在的意義。陳施明在評說林燿德的都市文學論述時所說的話值得參考，他認為林燿德的論述實質乃在承認一個缺乏文化深度的文化時代的同時，不願接受無意義的現實，而極力在「已被粉碎的過去文學世界中尋求新的意義，並試圖把它們提高到一個新的境界。」[17]都市文學作為舊價值體系崩潰下的解構潮流，其存在的意義或許還在於由解構和質疑帶來的精神上的解放和敘述形式的自由。

　　然而對於文學遠離政治化的敘述狂歡，呂正惠有些不以為然。在他看來，沉湎於敘述遊戲的後現代理論不過是一種「拒絕任何反對立

16　蔡源煌、張大春：〈80年代臺灣小說的發展〉，《國文天地》第4卷第5期（1988年）。

17　陳施明：〈一個都市人的後設評論〉，孟樊、林燿德編：《世紀末偏航》（臺北市：時報文化出版企業公司，1990年），頁408。

場的高明策略。」文學想與意識形態脫離干係實為自欺欺人,後現代精神將任何偏執要求某種政治立場或主張的敘事判定為落伍,事實上卻是為現存體制張目。「因為你既已批評試圖改變現存社會秩序的人都是『一元的』、『獨斷的』、『專制的』,你勢必只有在現行體制下玩那種『多元』的消費遊戲了。」而在評論家蔡詩萍的筆下,「八〇年代的新世代作家有著高度的『享受城市』的遊戲性格,也使得嚴肅作家與通俗作家的區分顯得困難且無必要了。」[18]確實,嚴肅文學或純文學被商業化流行文本逐至市場的邊緣,已是資本主義世界的普遍事實。理想、愛情、戰爭、慾望……一切曾經神聖亦或邪惡的主題最終都被操作成「一場遊戲一場夢。」文學的功能迅速衰退萎縮,在市場操縱下文學淪為供讀者娛樂、遊戲、消遣的消費品。在此語境裡,呂正惠所批判的多元「消費遊戲」或許不過是「玩家」們的玩笑罷了。

應該指出的是,與那些都市及後現代文學批評話語的窄化傾向相反,林燿德諸人的都市文學論述,在賦予都市文學深度的同時,又走向了泛化。對「世界觀與文體」革新的衝動、對臺灣文學範式轉換的自覺,都驅使新世代的代言人急於為新時代的文學潮動命名,都市文學在一種缺少話語中心的背景裡暫時擎起了旗幟,表現出一種由現代性向後現代性過渡的複雜個性,以及充滿矛盾和張力的都市烏托邦情懷;「書寫『都市文學』成為一種消除物質性的過程,一種從空間性轉移到本文性到批評性的活動,結果造成『都市的消失』,『都市的神話化』」。[19]黃德偉將都市文學書寫的意義理解為都市人的精神自救／自療,通過寫作都市文學來尋找、試驗各種與都市對話及反都市壓制人性人欲的途徑。羅門的都市詩／論,黃凡、王幼華等的都市小說、

---

18 蔡詩萍:〈小說族與都市浪漫小說〉,孟樊、林燿德:《流行天下:當代臺灣通俗文學論》(臺北市:時報文化出版企業公司,1992年),頁174。

19 黃德偉:〈林燿德論文的講評〉,孟樊、林燿德編:《世紀末偏航》(臺北市:時報文化出版企業公司,1990年),頁407。

羅青的「錄影詩」、林燿德的都市散文、張大春的魔幻解構，這些臺
灣都市作品既提供敘述形式上的創意，也不乏敏銳的社會洞察力，即
使是一些表面上看來遊戲化的作品，實質上也並未喪失價值關懷。我
以為，都市文學主流說中，指涉的都市文學與完全失卻價值尺度的遊
戲式消遣品間應該有一條有形無形的界限，同時，為了在文學史中突
顯自己的新質，都市文學論述往往更多地強調自我「一種更為充分地
體現創作自由的精神品質。」[20]這樣的自我定位為都市文學論述造成
了一定的困難（如當你想釐清什麼樣的作品才是都市文學時），但從
一種理想範式的建構角度看卻自有其合理性。「主流」並不排斥多
元，更不可能是遮蔽其他文學存在方式的權力中心。主流說的提出以
文學史的眼光看，無疑是突破舊的文學體制建構新的文學範式時所習
見的策略，但其癥結也體現在此。以都市文學命名八〇年代以後新的
文學範式並負載文學史轉折使命，畢竟承載過重。不管怎樣強調它超
越於次文類的廣大內涵，它仍然難以完全擺脫次文類範疇。正因此，
在帶有為新世代文學築史意味的《新世代小說大系》的十二冊十一個
門類中，「都市」與「政治」、「工商」、「心理」、「科幻」等仍為同一
級別的類型。同時，卻又在「都市卷」中提出主流說，從編者這些相
互矛盾的陳述可以看出，他們既積極肯定新世代創作的文學史價值，
卻並未因此將文學史發展簡單化約為代際更嬗。在他們的論域體系
內，「都市文學」常常可與新世代文學相互置換，此外，與後工業社
會（信息時代、後現代）文學之類的概念也可能相疊合。[21]

　　但這一稱謂的運用顯然消失了濃烈的代際色彩，其整合性功能更

---

20 陳思和：〈但開風氣不為師──談臺灣新世代小說在文學史上的意義〉，孟樊、林燿
　德編：《世紀末偏航》（臺北市：時報文化出版企業公司，1990年），頁352。
21 林燿德：《一座城市的身世》中有關都市文學的論述：「凡是描繪資訊結構、資訊網
　路控制下生活的文學，都是都市文學；這種定義其實與『信息時代的文學』、『後現
　代文學』等稱謂已經幾乎意涵重疊。」

偏向「世界觀和文體」的向度。同時，在敏感到一個喪失深度缺乏意義時代來臨之際，這種都市文學論述又不無艱難地履行其理想建構功能，如果說在與政治負載過重的鄉土寫實論述揮手作別尚有一種瀟灑的話，那麼站在後現代主義潮流之中仍堅持尋求意義與深度的現代精神，[22]則必然是困難的分裂的。林燿德的小說《惡地形》就體現了這樣的困難與分裂，「惡地形」是典型的現代主義視野裡的荒原象徵，而蠕動的蠶則始終不停地貪婪蠶食，蠶噬地圖上的河山，在女人軀體上噁心地翻滾。這貫穿首尾的蠶意明顯然意指缺少精神意義的世界上橫流的慾望。當慾望成為表徵世界的唯一語言，仍對精神世界懷著現代主義鄉愁的主人公必然陷入孤獨與痛苦的深淵。他深深地感受到感官物質生活的虛無（就像女人 G），而與靈魂相通的知音卻又只能囚在一張古老的明信片上（如女人 B）。在作品大量的意識流描寫與時空錯綜變幻的文境裡，真實與虛幻莫辨、肉欲與心靈分離，焦慮與迷失的沉重感力透紙背。而《惡地形》式的現代鄉愁一旦滲入都市文學論述，固然為後者帶來了一種精神的深度，也可能導致後者精神超載。

四

在都市文學論述中，城市與人的關係一直是關注的重點之一。城市給予人怎樣的生存空間，人們又賦予都市怎樣的價值評判？城市與人如何相互塑造、互文互動，是都市文學創作及其論述難以迴避的命題。

有必要以最簡約的形式回溯一下城市文學的歷史。城市文學的存

---

22 林燿德身上的現代主義氣質使得他對於完全消解意義與價值的這類後現代精神保持了警惕性距離。他的散文〈一個城市的身世〉，詩歌〈都市之薨〉、〈你瞭解我的哀愁是怎麼一回事〉，小說《惡地形》等都有著堅韌的現代主義質地。朱雙一對林燿德創作精神的概括值得參考，他將林的創作定位為「站立於後現代對於現代的鄉愁。」

在依託是城市的興起。西方城市發展史大致可劃分為前現代與現代之後兩大階段，前現代文明階段的城市也就是城邦制下的政治、經濟、文化中心地區，以現在的標準看那時的城市規模很小，城市生活的節奏緩慢，城市居民與鄉村居民遵循相同的傳統。而城市化程度的加劇以至於普遍化，應始於資本主義的興起及工業文明的飛速發展。吉登斯曾指出：「自一七八〇年以來的兩百年之間，人類在社會生活上的改變遠比在此以前的漫長人類歷史中的改變更為明顯且更具深遠的影響。……而在這一切的改變之中，以當代都市狀態的性質及其影響最能證明此一事實。」[23]真正意義上的城市文學應是與現代工業相伴而生的，到十九世紀掀起的城市文學的浪潮中，以巴爾扎克為代表的作家對現代都市的關注焦點乃是金錢物慾的巨大魔力以及由此翻演的人間喜劇。對商品拜物教、金錢至上主義、道德淪喪等城市社會問題的揭示和批判使得十九世紀城市文學的現實主義魅力至今猶存。到了二十世紀，現代主義逐漸演變成城市文學的主導力量，卡夫卡、喬伊絲、薩特等現代主義作家「對物化力量及其形式的理解，超過了直接的經濟關係的表現，深入到人的存在意識、心理、感覺等隱秘世界，」[24]對物化和異化的批判更加內在化和哲學化。隨著丹尼爾·貝爾所說的後工業社會的來臨，都市—後現代空間超越了單個個體找到自己的位置的能力。[25]詹姆遜認為在這種後現代都市空間裡，身體與環境間的分離要遠遠超過現代主義時期。而英國學者費瑟斯通在《消費文化與後現代主義》一書中對後現代城市的描述是：影像的城市、

---

23 〔英〕安東尼·吉登斯撰，廖仁義譯：《批判的社會學導論》（臺北市：唐山出版社，1995年），頁89。

24 李潔非：〈城市文學之崛起：社會和文學背景〉，《當代作家評論》1998年第3期，頁47。

25 〔美〕弗雷德里克·詹姆遜撰，王逢振等譯：《快感：文化與政治》（北京市：中國社會科學出版社，1998年），頁200。

文化上具有自我意識的城市，傳統意義上的文化情境在此遭消解了（decontextualized），文化失序與風格雜燴是其空間特徵，其中浮動著折衷混雜化的符碼。後現代都市人的生活方式便是消費、娛樂、體驗，大眾不時聚合成一個個暫時性情感共同體，一起體驗狂歡、移情及情感沉浸。美國藝術家理查‧博爾頓的表述也許更加美國化和情感化，在他看來，資訊社會、都市、後現代主義等名詞完全可以相互通用。它們都意味主體的喪失、傳播交流帶來的不可忽視性，資訊、資本、個人被符號、外表和空間的費解之洪流所淹沒，他用一個字來形容這一切：「醉」。而後現代主義和資本主義形成了一個醉倒的意識形態。不需引述或參照更多的論述，足以說明當今西方社會中城市已不僅如波德萊爾所說乃現代歷史之主體。城市／都市，幾乎已是後現代社會的同義語即全部了。而這種新都市意識也正在滲透臺灣新世代以及大陸新生代都市文學創作和論述中去，尤值得我們格外關注。臺灣的都市化比大陸更早、程度更高，都市文本也更早感應西方文化潮流而呈現後現代色彩（在此應說明的是，後現代主義和現代主義一樣都包涵極其複雜甚至充滿矛盾的內容，而不能僅將它們理解為一個不痛不癢的標籤）。因此上述後現代都市文化現象也可以從八○、九○年代臺灣都市文學中得到反映。

　　不過，畢竟中西城市發展不僅歷史時差甚大，而且形態與實質亦有許多不同之處。中國古代城市大多具有農業社會的市鎮特點，而古代的城市文學只能稱之為市井文學。甚至連今天的北京在李歐梵的眼裡仍然是一個「大的中國式的有文化的鄉村」[26]。近現代以來都市的出現又是伴隨著屈辱的殖民產物（這一點兩岸相同）。長期的鄉村農業社會歷史和近現代都市的被動畸形產生，都造成了中國城市文學中的城市往往呈現其負面價值。這在兩岸都市文學論述中都有所反映。

---

26 李歐梵：《徘徊在現代和後現代之間》（臺北縣：正中出版社，1999年），頁147。

陳思和就認為自五四時期至新時期的大陸作家，在鄉村與城市之間總是將情感的天平傾向鄉村。而城市則是罪惡之淵藪。南帆在考察新時期文學時就曾關注過這個問題，他發覺城市雖是現代文明的見證，然而在九〇年代以前的當代文學視野中，城市從來未能取代過鄉村那種心靈故園的地位。他認為城市人的懷鄉夢雖只是一種精神烏托邦，卻也多少起到過濾淨化的作用。因而在某種程度上抑制了城市的墮落傾向。[27]到了九〇年代城市文學中湧現出與城市共感共謀的城市化作品，在楊經建的論述裡，城市化品格往往通過市情商態的文本內容得以表現；最能體現都市生活方式及價值理念的無疑是那些追逐時尚得風氣之先的年輕都市人。對他們而言，「存在的價值不在抽象的理想中，而在於徹底的現實化過程中」（新都市小說家邱華棟語）利益與快感成為生產的兩個基本原則。面對這種被劉心武稱之為「慾望寫實主義」的都市文本，我們已經很難再尋到以鄉村為心靈家園的田園主義的蹤跡。甚至鄉村也失去了參照和淨化都市的潛在功能。

在臺灣的都市文學論述中，論者幾乎都注意到，在當代臺灣文學裡，城市所扮演的負面角色。在現代主義作家筆下，城市或者只是灰暗的世俗背景（如王文興的《家變》）；或者是一個與昔日繁華榮耀構成慘澹對照的傷心地（如白先勇的《臺北人》）。蔡詩萍進一步指出：如果說現代主義作家們是用疏離的感覺擁抱城市，那麼寫實主義作家們所揭示的，倒是較強的批判精神，鄉村的對比成為他們反抗城市的心靈堡壘。黃春明、王禎和、陳映真等具有強烈現實關懷的作家儘管創作風格各異，但城市在他們的作品中基本上是罪惡與墮落之所在。而張大春、陳思和、林燿德諸家無不注意到，八〇年代之後城市與人之間的疏離或對立的關係有了較大的改變；朱雙一和趙朕等人的論述側重探究現代都市人的新型都市文化意識的複雜多元性，他們敏感地

27　南帆：《衝突的文學》（上海市：上海社會科學院出版社，1992年），頁31-35。

意識到都市意涵的重大變化。文學對城市不再一味拒斥、批判，而是
「有憎恨也有歌頌，有拒斥也有擁抱」，城市的雙面性決定了情感價
值的兩面性。實際上，當「城鄉差距已經失去任何意義」，都市空間
（urbanspace）不僅是一種物理現象而且更是一種社會現象，[28]人與城
市必然互為正文，相互塑造，蔡詩萍從八〇年代新世代作品裡解讀出
「享受城市」的遊戲性格，而且他們的作品使得嚴肅文學與通欲文學
的區隔日漸模糊；陳思和則認為在現代社會轉型中成長的臺灣新世代
作家已完全與都市精神融為一體，他們深知都市的罪惡也就是他們自
身的罪惡，他們不再自外於都市自稱「固執的鄉下人」，而浪漫化田
園牧歌式的鄉村懷想更被他們摒棄。《新時代小說大系・都市卷》的
前言對田園主義的批判不遺餘力，此卷的編選也顯露出這方面的用
心，如吳念真的〈婚禮〉，是一篇自始至終未見都市蹤跡的小說，為
何視為都市小說，有些令人費解，細思則不難感受到文本展示的愚昧
醜陋如地獄的鄉村反諷了田園主義的荒誕，隱含著一種更高的文明尺
度（小說以自臺北輾轉而來的都市人「我」的身分作為暗示）。新世
代們欲顛覆的是那種已成呆板模式的道德和審美化的城市一鄉村二元
對立框架，舊的價值體系崩潰的同時，新的多元化的空間化敘事開始
了，都市文學展開了前所未有的繁複多彩的新景觀，它的都市性達到
了迄今為止的高峰。古希臘時期在裴洛尼亞安（peloponnesian）半島
上有一群政治哲學家，他們最早提出巨型都會（megalopolis）這個詞
語。象徵著他們夢想中的新城市，也象徵著一切人類文明的發展歸

---

28 社會學家蘇金（S・Zukin）認為從都市社會學的應用角度看，應把後現代主義看作
　是都市空間的生產與消費表現，將後現代主義與都市形式（urbanform）結合起來研
　究，對理解都市文化狀貌及其發展動力很有助益。他所提出的「都市空間」是後現
　代主義的一個重要課題。詹姆遜也認為「後現代主義是關於空間的」。如果說現代主
　義文學擅長通過時間的維度來測繪心靈世界的豐富與敏感；那麼後現代主義的文學
　則傾向於從空間的維度去複製、模擬和表現一個多元的現實世界。

屬。如今，當都會和城市遍及世界，都市成為越來越多的人們別無選擇的家園，我們能否說希臘哲人的夢想已然化為現實了呢？所能預言不過是：當城市覆蓋了地球上的每一片土地每一個人，人們才會覺悟所謂天堂也許正是我們永遠失去的那個世界。當然，現在討論的都市文學也就失去獨立探討的必要，就像西方社會學家指出都市社會學的不再必要一樣，因為單向度的世界必然失去意義生長的原動力。這已經遠遠僭越了本課題的許可權。

　　回到臺灣都市文學論述，對田園主義及其決定論式的思維進行批判和清理顯然是符合時代潮流的，然而問題在於，城市—鄉村二元參照模式果真完全喪失了它存在的依據了嗎？我以為至少在中國尚未失效。東方農業文明所孕育的文化傳統、生活範式、人格特徵、心理積澱不可能在城市化過程中便徹底消匿，而是以各種方式融合、轉化進入城市文明。如果說田園主義的桃花源不現實也不可能，那麼城市主義的烏托邦也無異於一個神話。因此，都市文學及其論述既有權利享受城市遊戲的快感，也決不應喪失反省批判的功能。實際上，兩岸已有部分作家正在進行這樣的探索，而過去或正將成為過去的鄉村文明在接受必然沒落的命運的同時，為人類的今天和未來留下了永恆的記憶和懷戀。它所提供的尺度是都市文明得以健康發展的重要批評尺度之一。

殖民體制下的「臺灣民族主義」？

——從藤井省三的《臺灣文學這一百年》及相關論爭談起

　　本文試圖以圍繞藤井省三《臺灣文學這一百年》的相關論爭為契機，初步探討近些年來在日本和臺灣地區的日據臺灣文學研究領域出現的「臺灣民族主義」話語，對日據臺灣出現了「以皇民文學為核心的臺灣民族主義」這一荒謬論點進行了辨析和質疑，認為對於日據臺灣文學研究而言，學術化轉型有其合理性，但不能以犧牲殖民批判作為代價。

一　圍繞藤井省三著述的相關論爭

　　藤井省三是日本東京大學中國語文學系教授，是當代日本富有影響力的中國文學研究者。世紀之交，藤井先後在日本和臺灣出版專著《臺灣文學這一百年》，該書中的主要論點受到海峽兩岸、日本、海外研究界相當程度的關注並引發論爭。圍繞著藤井著述的論爭雖規模不大，介入者卻跨中國大陸與臺灣、日本及海外多地，藤井著作及論爭中突顯出的一些問題也相當值得關注，其間的「臺灣民族主義」話語尤為醒目，是近些年來臺灣文史研究中深受重視的前沿命題。

　　藤井著述最引人關注之處在於對日據時期臺灣皇民文學的評價以及對戰時臺灣民族主義的論斷。在〈「大東亞戰爭時期」的臺灣皇民文學〉、〈諸外來政權之文化政策與臺灣意識的形成〉等文中，他反覆宣揚其核心觀點：日本的殖民統治給臺灣帶來了真正的現代國語即日

語，而隨著皇民化時期日語的普及和讀書市場的形成，臺灣在日據下形成了以皇民化文學為代表的認同宗主國日本的民族主義。此外，與臺灣本土派學者一樣，藤井也將臺灣晚清、日殖、國民黨政權的歷史一律稱為「外來政權」，並在此基礎上論述百年臺灣文學。對此陳映真撰文嚴正批評，其文〈警戒第二輪臺灣「皇民文學」運動的圖謀：讀藤井省三《臺灣文學這一百年：批判的筆記》指出：藤井立論建立在日據時期統治民族與階級即日帝意識形態和價值判斷之基礎上。藤井省三迅即在日本和臺港相關雜誌發表〈駁陳映真：以其對於拙著《臺灣文學這一百年》的誹謗中傷為中心〉一文，對陳映真的批評深表不滿，指責陳文帶有誹謗性，從收入臺版書中的〈回應陳映真對拙著《臺灣文學這一百年》之誹謗中傷〉一文看，藤井的反應比較強烈。陳映真再次撰文〈避重就輕的遁詞──對於藤井省三〈駁陳映真：以其對於拙著「臺灣文學這一百年」的誹謗中傷為中心〉的駁論（上下）〉，連載於二〇〇五年初的《香港文學》，從八個方面對藤井觀點及相關敘述進行深入細緻的解構和批判。對於藤井引用哈貝瑪斯公共領域等概念存在偏差的反撥，對當今「臺灣文學論」與二戰期間日帝「滿洲建國文學」論的聯繫和對應解讀，對日據時期殖民宗主國語言殖民性的分析和批判，等等，都顯示出陳映真堅定的民族立場和一貫的殖民批判意識。與陳映真觀點相近的日本學者松永正義也參與了論爭。當然，臺灣也存在一些理解與支持藤井觀點的聲音，如書評人傅月庵撰文「臺灣文學入門之書」向兩岸讀者推介藤井著作，認為藤井著作「探討時代文化與作家之間有意識與無意識的可能關係，從而顯現臺灣文學研究的另一種可能。」活躍於兩岸三地的評論家王德威則為臺灣版藤井著作撰寫「後記」，認為陳映真將藤井著述視為「皇民文學」的代表甚至臺灣民族主義的同路人則有些言重，「實有商榷的必要」。在王德威看來，藤井的立場「與其說代表了右翼皇民文學的遺緒，不如說實顯現學界廣義的後殖民主義趨向。更反諷的

是，藤井教授在日本其實一向是被目為左翼自由派分子。」[1]有為藤井辯護的意思。不難看出，在臺灣和日本，藤井的論述引起了完全不同的反應。究其因，則與日據臺灣史的複雜性、當今臺灣變幻的文化政治、以及評者的身分位置價值立場等等相關。

　　大陸知識界也關注到這場論爭。長期致力於臺灣文學思潮研究的朱雙一在〈30年來臺灣文壇「統獨之爭」述評〉一文中將圍繞藤井著作的相關論爭視為臺灣文壇幾十年「統獨之爭」的一部分；童伊的〈藤井省三為「皇民文學」招魂意在鼓吹「文學台獨」〉、粟多貴的〈論臺灣抗日文學的發展及與「皇民文學」鬥爭的重大意義〉、鍾兆雲的〈日據時期臺灣「皇民化運動」的遺患和破除〉等文亦視藤井觀點為「皇民化運動」之遺患，尤其童伊一文專門針對藤井著作發難猛擊，最具代表性。這些文字顯示了嚴正鮮明的批判立場，但其思考深度與廣度大多未出陳映真的框架與思路。在後續討論中，值得一提的是中國社科院趙京華的文章〈殖民歷史的敘述與文化政治〉，通過學術史的清理，理性辨析論爭所引發的歷史敘事方法和學術背後的文化政治問題，分析當代日本研究界的方法論轉型及其原因，質疑藤井著述所倚重的西方理論資源如本尼迪克特・安德森的民族主義論述，並提醒人們不能拋開對多種文化政治因素的考慮來孤立地臧否其觀點。

二　皇民化體制下的「臺灣民族主義」話語？

　　二十世紀九〇年代以來，「皇民化」、「皇民文學」現象以及殖民地臺灣的認同問題，殖民體制下所謂的臺灣「主體性」或「民族主義」，日人旅臺文學、臺人日語文學等等，逐漸成為臺灣地區和日本

1　王德威：〈後記〉，藤井省三：《臺灣文學這一百年》（臺北市：麥田出版公司，2004年），頁308。

的日據臺灣文學研究領域頗為關注的熱點課題。臺灣地區日據臺灣文
學研究的歷史大致分三階段：第一階段為從一九七三年到鄉土文學論
戰截止期前後的「出土時期」；第二階段是本土詮釋的確立期，從一
九七八年到一九八〇年代末期；第三階段是八〇年代末期之後的學術
化時期，日據末期的皇民文學逐漸受到注意。[2]日本的臺灣文學研究
則分兩個階段，九〇年代前以若林正丈和松永正義為代表的研究者對
日帝殖民體制持質疑、反省和批判態度，將臺灣近代史和文學納入中
國近代化和五四新文學框架中考量，關注殖民壓迫與抵抗殖民的歷
史；九〇年代以來日本研究界的方法論構架與學術政治立場發生了較
大變化，「殖民主義批判和對被壓迫民族壓迫之反抗鬥爭的關注讓位
於更為『學術』的制度、文化、媒體、市場研究。同時，臺灣作為獨
立於大陸中國的地域空間其獨自的民族主義意識形成過程，成為討論
的重要課題。」[3]

　　藤井對皇民文學的重新闡釋正發生於上述學術轉型背景下，日本
九〇年代臺灣文學研究界的重要一員，他有意在尾崎秀樹等前行輩的
研究基礎上有所突破：「曾經給予日、台研究者很大影響的殖民地時
期臺灣文學研究的名著，尾崎秀樹的《決戰下的臺灣》（1961）一
書，不但坦率的正視日本的殖民地統治帶給臺灣人民的傷痕，另一方
面，始終從壓迫—抵抗、壓迫—屈服的兩項對立主軸來看待殖民地時
期的臺灣文學。對此，我另外從戰時下臺灣日語文學所形成的臺灣人
主體性這一個視點來重新評價。」[4]藤井有意繞開常見的殖民地抵抗
論述：「本來所謂皇民文學，就是以協助戰爭為主旨。若硬要從對日

2　呂正惠：〈日據時代臺灣新文學研究的回顧〉，呂正惠：《殖民地的傷痕：臺灣文學問
　　題》（臺北市：人間出版社，2002年），頁217。

3　趙京華：〈殖民歷史的敘述與文化政治〉，《讀書》2007年第8期，頁28。

4　〔日〕藤井省三撰，張季琳譯：《臺灣文學這一百年》（臺北市：麥田出版公司，2004
　　年），頁299-300。

本的抵抗或投降的觀點來分類，不能不說是難有結論的爭辯。而筆者注目的是，從皇民文學中出現的臺灣皇民文學，以及臺灣人逐漸意識其主體性的過程。」[5]他斷言：「戰爭時期的臺灣公民，已經形成以臺灣皇民文學為核心的民族主義，或是已經達到即將形成民族主義的邊緣。」[6]顯然，從對皇民文學的觀察中「重新評價」日據臺灣「主體性」並發現「臺灣民族主義」，就是藤井自以為最具新意的亮點，而這也正是引起陳映真等人非議和批判的焦點。在批評者看來，藤井的看法不僅不是一種進步與超越，反而是認識上的倒退和反動——從對殖民體制的批判反省無原則地後退到對殖民性的欣賞和維護：「藤井的《臺灣文學這一百年》彰然明甚的目的，在於妄圖全面顛覆尾崎先生對於日帝蹂躪其『舊殖民地』的文學與心靈之批判和反省的學術體系，從而為日帝在其『舊殖民地』肆意摧殘被其壓迫的諸民族的語文、文學和心靈的沉重罪責免罪和翻案。」[7]陳映真等人還從諸多具體層面指出了藤井著述中存在的謬誤，認為藤井對於殖民體制的支配性缺乏反省。不過在臺灣和海外，也有人把他的研究視為一種可能拓展臺灣日據文學批評空間的後殖民話語，說明藤井的論述還是擁有一定的市場。那麼，藤井對「臺灣民族主義」的「發現」和論證究竟是否具有說服力？論爭分歧的背後又隱藏了怎樣不同的意識形態運作？

　　按照藤井的論證邏輯，他所發現的「臺灣民族主義」或曰「主體性」是以臺灣人創作的「皇民文學」為其核心，那麼這種「主體性」究竟是誰的主體性，這種「臺灣民族主義」又會是以誰為主體的民族主義呢？這是讀者面對這樣出人意表的結論時必然想要追問的。在

5　〔日〕藤井省三撰，張季琳譯：《臺灣文學這一百年》（臺北市：麥田出版公司，2004年），頁79。

6　〔日〕藤井省三撰，張季琳譯：《臺灣文學這一百年》（臺北市：麥田出版公司，2004年），頁80。

7　陳映真：〈避重就輕的遁詞〉，《香港文學》第242期（2005年），頁52。

〈回應陳映真對拙著《臺灣文學這一百年》之誹謗中傷〉一文裡，藤井強調：「臺灣島民透過全島規模的言語同化而日本人化。在此同時，全島共通的『國語』超越了由各種方言和血緣、地緣所構成的各種小型的共同體意識，形成了臺灣等同大的共同體意識。這是臺灣民族主義的萌芽，這是我論文的主要論旨。」[8]明白指出藤井所謂「臺灣民族主義」實際上指的就是「日本人化」──一個原本應當突出殖民地主體性的概念在這裡竟指涉被殖民者放棄民族尊嚴與自我認同而歸化於殖民者，果真如此，這一論述邏輯也著實荒誕滑稽得有趣。那又何必稱之為「臺灣民族主義」，不如稱其為「日本民族主義」來得更直接。在這樣的命名與「發現」中，難以感受到對日據情境下臺灣人被迫屈辱放棄原我意識而歸附支配者的異化過程和精神創傷的體察和同情，更難看到對殖民者剝奪臺灣人民族意識之罪孽的反省。不過客觀地說，藤井並非缺乏反省能力，如論及皇民化乃至志願兵制度時他也有清晰認知：「這是在尚未消除存在於內台之間，所有政治、經濟、文化上的歧視待遇之前，就要求臺灣人和內地人持有同樣的國民意識，要求臺灣人履行國民義務。甚至還要求臺灣人把槍口對準同一民族的中國大陸人民。」[9]流露出對志願兵制度非人性特徵的批評意識，這一分析甚至在語氣上都有些接近持批判觀點的尾崎秀樹：「皇民化、或成為日本臣民而生、成為聖戰的尖兵，這些不都是把槍口對準作為同胞的中國民眾，並背叛亞洲民眾的行為嗎？」[10]遺憾的是，在藤井那裡，這種清明的反省與批判似乎被急切的學術創新焦慮所抑制或遮蔽，而且他的論述中不乏曖昧、歧義、矛盾甚至混亂。比如在

8　〔日〕藤井省三撰，張季琳譯：《臺灣文學這一百年》（臺北市：麥田出版公司，2004年），頁299。

9　〔日〕藤井省三撰，張季琳譯：《臺灣文學這一百年》（臺北市：麥田出版公司，2004年），頁77。

10　〔日〕尾崎秀樹：《舊殖民地文學的研究》（臺北市：人間出版社，2004年），頁188。

不同情境下藤井對「臺灣民族主義」概念內涵的描述就顯得自相矛盾。在分析佐藤春夫旅臺小說《女誡扇綺譚》時，藤井認為小說描寫了日據時期臺灣下女不願嫁給內地人（日本）而自殺的故事，其主題即「臺灣民族主義」的誕生：「散落在『荒廢』之地的悲戀，就是『更有力、生氣蓬勃的東西』——反語式的宣告了臺灣民族主義的誕生。」[11]並借此批評日本式的東方主義：將佐藤春夫小說視為一種異國情調。這裡作者敏銳意識到的「臺灣民族主義」與藤井反覆強調的那種以皇民文學為核心的「臺灣民族主義」看起來完全是兩碼事。對於看來如此矛盾的「臺灣民族主義」現象，藤井並未給予必要解釋，堅持認為戰時臺灣出現了基於「國語」普及、讀書市場成形基礎下的「共同體」想像，萌生了以皇民文學為核心的「臺灣民族主義」和「主體性」。將大正時期臺灣民間牴觸殖民者的中華民族意識與皇民文學中臺灣人的皇民意識不加區分地統稱為「臺灣民族主義」，顯然是矛盾而荒謬的。那麼，藤井所發現的「臺灣民族主義」究竟內涵如何？他確實是把皇民文學中臺灣人異化狀態下的皇民意識或日本人意識命名為「臺灣民族主義」麼？如果要論證戰時「臺灣民族主義」的萌芽或可能性，為何要將「皇民文學」作為其主要事實論據？這一論述對於當今複雜混亂的臺灣闡釋又意味著什麼？值得進一步追究。我以為首先涉及到對皇民文學的理解和闡釋，而這也是九〇年代以來臺灣文學研究的一個聚訟紛紜的聚焦點。

　　對於「皇民化」和「皇民文學」的探討應回到歷史的脈絡中。從歷史來看，日本近代軍國主義霸權崛起，以武力和戰爭強權欺凌東亞和南洋，給被殖民被佔領國家和地區特別是中國（包括臺灣）帶來深重災難和屈辱創傷。《馬關條約》使晚清被迫割讓臺灣給日本，這一

---

11 〔日〕藤井省三撰，張季琳譯：《臺灣文學這一百年》（臺北市：麥田出版公司，2004年），頁111。

條約是晚清政府甲午戰敗後受日本武力脅迫不得不簽訂的屈辱條約，屬中國近代史上被迫與列強簽訂的系列「不平等條約」之一。[12]從根源上看，日本的據臺源自武力與強權的脅迫，具有非正義性質。日據期間，從武力治臺到綏靖同化，從嚴苛的警察制度到民族差別待遇，從政經到文教，殖民體制造成了不平等的權力結構關係。到了所謂「大東亞戰爭」時期，好戰黷武的日本在遠東和太平洋戰場發動全面戰爭，企圖建立以日本為中心的「大東亞共榮圈」，[13]而臺灣則成為日本軍國主義的「南進」基地。「皇民化運動」，即日本殖民者因戰爭需要對殖民地臺灣人民實行全方位的強制性殖民規訓，包括強制實施國語（日語）普及、參拜神社、家庭奉祀「神宮大麻」、廢漢姓改日本姓名、禁止學校教學漢語、廢除私塾教育、廢止報紙漢文欄目、禁止臺灣傳統音樂戲劇、寺廟整理等內容，企圖消解和去除臺灣人的祖國意識和民族尊嚴，徹底拔除臺灣人的中華文化血脈根系，使其效命日本。一九三九年小林躋造發表「皇民化與工業化、南進基地化」的治臺三原則，一九四一年「皇民奉公會」成立，要求臺灣人「臣道實踐」，在臺實行陸、海軍的特殊志願兵制度。[14]對此尾崎秀樹不無諷刺地指出：「日本統治者對於『皇民化』的期待實際上不是臺灣人要『作為日本人而活著』，而是『要作為日本人而死』。在『皇民化』的美名下，隱藏著特別志願兵制度、徵兵制等一系列包藏著使臺灣成為

---

12 「有兩個要素構成不平等約這個概念的主要特徵：一個是不平等條約含有不平等和非互惠性質的內容；另一個是不平等條約是使用武力或武力威脅所強加的」。鄧正來編：《王鐵崖文選》（北京市：中國政法大學出版社，1993年），頁393。

13 對於「大東亞共榮圈」，當今的大多數東亞學者都已清醒認識其欺騙性和野蠻性，如游勝冠所言：「東亞共榮圈的意識形態結構，就是將殖民問題集中在西方帝國主義對東方的壓迫之上，對於日本之於其他東亞國家的侵略行為，則美化為日本領導東亞各國對抗西方的一種善舉。」參見柳書琴主編：《後殖民的東亞在地化思考：臺灣文學場域》（臺南市：臺灣文學館，2006年），頁413。

14 參見林礽乾等總編輯：《臺灣文化事典》（臺北市：臺灣師範大學人文教育研究中心，2004年），頁562；另見藤井省三：《臺灣文學這一百年》，頁61上介紹。

軍事要塞的實戰動員計畫。」[15]揭示了戰時「皇民化運動」的真實動
機和欺騙性。

　　因此，「同化」和「皇民化」完全是帝國殖民意識形態和文化戰
略的一部分；這些支配性的殖民論述是刻意建構的意識形態，日本人
建構「日本人」和「皇民」這些範疇，是為了掩飾帝國中非日本人的
公民權這個基本問題：「目的在於模糊並轉移被殖民者在成為日本人
以及帝國子民的整個文化過程中，相關的法律以及經濟權利等議題。
『同化』以及『皇民化』政策，藉由鼓勵被殖民者成為『日本人』，
進而掩蓋了『天生的』日本人以及『歸化的』日本人之間的不平等關
係。」[16]「皇民化」話語的本質即支配性和欺罔性，殖民者與被殖民
者之間始終是頭等公民和次等公民以及「非國民」的不平等關係，給
殖民地人的現實生存和精神世界造成了難以估量的傷害。法農曾深入
分析過殖民地黑人可悲的病態心理：長期的殖民統治和奴化教育，使
黑人喪失了自己的種族意識，形成自輕自賤的自卑情結，並把這種情
結內化為自己的本質屬性，同時他們還急於變成白人，獲得白人的本
質屬性。同樣的悲劇也出現在殖民地臺灣。長期的殖民統治和戰時皇
民化運動加強並內化了臺灣人的自卑情結，「成為日本人」遂成為部
分臺灣人試圖改變自身地位和命運的唯一途經。

　　而「皇民文學」是所謂「決戰」階段的四〇年代前期，日本殖民
當局為配合其「皇民化」運動的推行，在臺灣文學界鼓吹的文學創作
活動，[17]顯然具有戰時皇民化體制下的文宣政治功能，創作者既有追
隨軍國主義的日本文人，也有部分臺灣「本島」作家。藤井對「皇民

15　〔日〕尾崎秀樹：《舊殖民地文學的研究》（臺北市：人間出版社，2004年），頁182。

16　荊子馨：《成為日本人：殖民地臺灣與認同政治》（臺北市：麥田出版公司，2006
　　年），頁22。

17　朱雙一：〈1998年臺灣文壇關於「皇民文學」的論爭〉，《臺灣研究集刊》1999年第1
　　期，頁93。

文學」的定義是：「筆者將臺灣人作家，為臺灣人讀者所描寫臺灣人的皇民化的文學，稱為臺灣皇民文學。」（頁77）狹義的皇民文學往往帶有大東亞戰爭參與者的狂熱，表達一種為了成為真正的日本人而赴湯蹈火的病態激情。[18]因此，演繹皇民化政策並表白精神異化下的奴性效忠意識不可避免地構成皇民文學的重要內涵。如皇民文學之代表作周金波的〈志願兵〉和陳火泉的〈道〉就熱切表現了「皇民練成」的主題，〈道〉的主人公參加了志願兵，行前留下詩句曰：「身為日本之民唯血不同悲莫大焉，願為天皇之盾雖死猶榮喜莫如此。」眾所周知，戰爭後期東亞南洋戰場上的殖民地志願兵成為了帝國加害他國人民的協同施暴者即兇殘的殖民幫兇。楊逵寫於皇民化時期的作品〈泥娃娃〉對此就有冷峻的批判和悲愴的感慨：「再沒有比亡國的孩子去亡人之國更殘忍的事了……」因此，戰後多數人對於精神荒廢喪失民族意識的皇民文學持批判反省態度是必然的、正義的，也是進步的，這樣的批判意識迄今仍值得存續光大。當然，源於不同的身分立場與學術觀念，對「皇民文學」的闡釋目前存在諸多分歧，批判、正視、理解、同情者皆有之，九〇年代以來，臺灣和日本學界出現了同情乃至美化「皇民文學」的傾向。「皇民文學」有其先天的精神弱質，但作為一種殖民歷史的產物，它暴露了殖民強權下殖民地人精神世界的異化和荒廢，展示了殖民地的精神創傷之深重，需要我們理性正視與細緻剖析。包括皇民文學在內的不少戰時臺灣文學作品或深或淺涉及殖民強權與愚民教化下殖民地人的認同焦慮問題，反映或折射了殖民統治的非人性和差別待遇下臺灣人的精神異化與人格分裂：如

18 典型的皇民作家其實只有周金波等少數堅持日本認同者，當時更多臺灣作家的作品也許不宜簡單以「皇民文學」之標籤定位，陳建忠建議以「戰爭文學」、「戰時文學」之名以取代「皇民文學」，有一定的合理性。關於皇民文學的命名和主要內涵，參見陳建忠的相關敘述，陳建忠：《臺灣小說史論》（臺北市：麥田出版公司，2007年），頁60-61。

自卑自賤的「血緣原罪」感與羞辱感，迫切期望「成為日本人」的斯德哥爾摩情結[19]，等等。如王昶雄的《奔流》和龍瑛宗的《植有木瓜樹的小鎮》等小說就細膩表現了殖民體制乃至皇民化運動下臺灣人痛苦困窘的認同掙扎，這些作品揭示了日本殖民給臺灣人帶來的歷史悲劇和坎坷命運，有其值得重視的歷史價值。

　　皇民化體制下，殖民地人的主體性遭受嚴重摧殘，但是同化和皇民化並不能徹底消除臺灣人的民族文化基礎（中華文化中的閩南文化、客家文化、中原文化以及原住民文化等），誠如尾崎秀樹的分析：「如果日本統治能如其所願地實現日台同化的話，就沒有必要在七七事變以後又如此大張旗鼓地鼓吹『皇民化』了。現實的狀況恐怕離『皇民化』還實在太遠了。」[20]而末代臺灣總督安藤利吉也曾無奈感歎：「如果統治真正掌握了民心，即使敵人登陸，全島化為戰場，臺灣同胞也會協助我皇軍，挺身粉碎登陸部隊。真正的皇民化必須如此。但是，相反的，臺灣同胞萬一和敵人的登陸部隊內應外通，從背後偷襲我皇軍，情形不就極為嚴重？而且，據本人所見，對臺灣同胞並無絕對加以信賴的勇氣和自信。」[21]可見統治者對於完全同化和皇民化也沒有信心。皇民文學雖盛行一時，但同時代並非只有皇民作家，低氣壓下仍存在另一些更值得尊敬的臺灣作家：「一九三七年，日本發動全面侵華戰爭禁止白話文後，臺灣作家或以封筆拒絕用日語寫作（如賴和、陳虛谷、朱點人等）或遠離家鄉奔赴大陸（如王詩琅），高度自覺地表達了他們深沉的抵抗；在日本軍國殖民體制的高壓下以日文寫作的臺灣作家們，雖然在皇民化運動的風暴中，仍然延續

19　斯德哥爾摩情結大量存在於任何絕對強權與絕對弱勢所構成的極端權力結構關係之中。日據給殖民地臺灣造成諸多精神創傷，包括殖民地人的人質情結，一種內化的奴隸意識和喪失主體性的依賴意識。

20　〔日〕尾崎秀樹：《舊殖民地文學的研究》（臺北市：人間出版社，2004年），頁182。

21　王育德：《苦悶的臺灣》（東京都：弘文堂，1964年），頁136。

著臺灣文學的可貴傳統，繼續以現實主義的文學精神從事創作；」[22]
這同樣是歷史事實。皇民化時期奔赴大陸的還有吳濁流，他冒著生命
危險創作含有明顯抗日思想的長篇小說《胡太明》；針對一九四三年西
川滿、濱田隼雄等人抨擊臺灣現實主義文學為鄙陋粗俗的「狗屎現實
主義」文學，楊逵發文為臺灣人的鄉土現實主義文學辯誣，他在戰時
創作的〈模範村〉、〈鵝媽媽出嫁〉、〈泥娃娃〉、〈萌芽〉、〈無醫村〉等
作品都蘊涵著強烈的殖民抗爭意識和中華民族精神。抵抗精神仍頑強
存在於黎明前的黑暗中，顯示出臺灣人中華民族意識堅韌的一面。皇
民文學之外殖民地的沉默與抗爭是藤井論述有意卻不該忽略的盲區。

　　按法農的觀點，只有打碎白人殖民主義者和種族主義者強加給黑
人的政治、經濟和社會結構，建立獨立自主的民族國家，黑人才能找
回失去的本質特徵，建立其主體性。如此看來，要找尋和建構「臺灣
民族主義」和「主體性」，藤井完全找錯了方向和目標。日本對臺灣
的殖民統治和差別待遇，激發了臺灣民族想像與建構的可能，體現於
臺灣人不斷的武裝抗日和文化抗爭之中；而「皇民文學」中充斥著民
族主體性的自我棄絕和尾崎秀樹所言的「精神的荒廢」，怎樣新解誤
讀，也難以推論出戰時出現了以皇民文學為核心的「臺灣民族主義」
和「主體性」的結論。藤井所要論證的「臺灣民族主義」究竟為何
物？諸多論調表明，他處處將殖民地臺灣的主體性與日本帝國緊密連
接，如《臺灣文學這一百年》七十七頁上宣稱：「由於工業化和那南
進政二大策，導致『在臺日本人的民族主義』的出現，臺灣文壇的成
立，則可以說是在臺日本人與臺灣人的團結合作，形成文化上的臺灣
民族主義。」另一方面，他又從周金波〈志願兵〉中看到人物在「自
我皇民化」過程中意識到自己「永無止境地絕不是日本人」的悲劇，
被殖民者在與殖民他者對峙過程中所產生的「我」的情感結構，是一

---

22 曾健民：〈評介「狗屎現實主義」爭論——關於日據末期的一場文學鬥爭〉，《「人間」
　　思想與創作叢刊》1999年秋季號，頁109。

種不同於殖民者的自我感，這是一個敏銳的發現，但問題時藤井未能進一步追究這種「我」的意識之源其實是與日本人相比而將自我他者化和低賤化的自卑感，而決非一種強健自信的民族自我意識，因此他的推論就難免粗糙而簡單：「隨著戰爭的進行，而誕生的公眾，卻主體的擔負起所謂臺灣皇民文學的『文化』建設，形成臺灣民族主義。」小說中孤立的細節並不能支持和誇大出皇民文學整體的民族主體意識的頹靡虛無，臺灣民族主義是皇民文學難以承載之重。「臺灣人的戰爭體驗，在臺灣讀書市場上，被作品化的皇民文學，且隨同讀者—批評—新作—讀書……而高速重複地生產、消費、再生產的循環，且其邏輯論理和感情被臺灣公眾所共有，並朝向共同體的想像開展。」藤井充滿想像力的邏輯序列很像是哈貝瑪斯公共領域理論和安德森想像的共同體理論之僵硬機械的搬演。如果說日本皇民化的「臺灣民族主義」只是個虛妄的笑話，那麼從皇民文學中的「我」來推演出「臺灣民族主義」則是自欺欺人的烏托邦設想。

　　言及理論資源徵引，藤井賴以為重要理論依據的有安德森著作《想像的共同體》和哈貝瑪斯的公共領域理論。關於公共領域問題，除了陳映真的相關批評，必須質疑的還應包括：殖民體制之下是否存在哈貝瑪斯所言的平等自由的「公共空間」？藤井還搬用了近些年來臺灣研究界頗為倚重的安德森的民族主義理論，安德森的理論固然是現代派民族主義論述中頗有創意的一種，但並不意味著它已完美無暇，更不意味著對它的套用適於任何場合。趙京華文就指出：安德森的民族主義論述從個案分析出發，最終走向對所有地區發生的民族主義的批判，這種「普世理論」的追求很容易抹除本地歷史的複雜性，從而遮蔽深層的壓迫與抵抗的權力關係。「結果，用心良苦的民族主義批判卻導致了對殖民主義的反思的忽視。」[23]鄭鴻生也認為安德森理論用於中國就「捉襟見肘」。

---

23 趙京華：〈殖民歷史的敍述與文化政治〉，《讀書》2007年第8期，頁32-33。

三　日據時期臺灣文學論述的「第三空間」

　　日據臺灣歷史和文學研究迄今出現了多種話語，其中有兩種觀點最為鮮明而具對立性：一者站在日本殖民政權或親近殖民主義的立場，傾向於宣揚和強化日本殖民帶來的現代性成果，對殖民體制進行辯護和美化，淡化或無視歷史正義，漠視殖民地及其人民遭受的屈辱和傷害，對殖民強制和教化下出現的「皇民意識」則懷有欣喜與好感，大多帶有日本帝國沙文主義和去中國化的臺獨意識，其中極端者如日本右翼分子小林善紀的《臺灣論》、日籍臺人黃文雄《締造臺灣的日本人》等。而相反的觀點則堅定地站在殖民地人民的立場，傾向於將臺灣問題放在中國近現代歷史和國際政治關係視野中來看，關注殖民地社會遭受的屈辱與傷害，對殖民體制的非正義性及其造成的後果進行反省、清算與批判，認同和肯定殖民地臺灣人的抗爭精神，而對於歸順、屈從乃至攀附殖民體制的皇民意識則多持批評態度，如尾崎秀樹、陳映真、呂正惠、曾健民、童伊等人。上述兩種論述立場構成了一些論者很難繞過的非此即彼的基本價值傾向。如對日據時期臺灣所謂「國語」問題的理解，在殖民體制維護者看來，「日語」在殖民地的「國語」普及是理所當然的，沒有反思的必要。而在批判者看來，殖民者剝奪殖民地人的「母語」權利而強迫其使用宗主國異族語言並言之「國語」，無視殖民地人的文化脈絡和民族尊嚴，無疑是一種殖民暴虐和野蠻。在陳映真眼裡，藤井的論述顯然屬於前者。

　　值得注意的是，九〇年代以來的日據文學研究出現了學術轉型，道德主義的價值評判逐漸被淡化放逐，人們開始更重視文學生產過程的研究。越來越多的論者有意避開或懸置某種意識形態主導性，企圖通過多元細緻的史料發掘探微、或更具包容力的理論闡釋架構來整合日據時期的臺灣歷史，以取代殖民支配與抗爭／屈從二元關係的分析框架，著力辨析殖民現代性的複雜結構關係與特徵，並借此尋找建構

主體的可能性。在臺灣，黃美娥、柳書琴、陳建忠等學者的相關成果
構成了目前日據臺灣文學闡釋話語的第三空間。他們的研究往往與福
科的知識考古式譜系探詢、霍米巴巴的「雜化」理論、新歷史主義話
語等等關係密切。黃美娥結合霍米巴巴的雜化理論，描述和分析現代
性在殖民地臺灣所呈現的「傳統／現代、本土／世界、同化／反殖」
的重層糾葛鏡像；陳建忠亦很注重日據臺灣「差異的文學現代性經
驗」，從殖民性、現代性和本土性三者的複雜交錯關係入手描摹日據
臺灣小說圖像。他們的共同點在於都很注重對日據時期多重現代性的
梳理、感知和辨證，而「殖民現代性」等多重現代性的複雜辨證則成
為近期日據臺灣文學研究最重要的學術交鋒命題。

　　九〇年代以來的學術轉型以及第三空間的出現意味著日據臺灣研
究的細化和深化，但學術轉型不以殖民批判的犧牲為代價，也並不意
味著轉型後的研究必然能超克論述背後的意識形態操縱，更不能保證
這樣的研究就必然意味著學術的進步。像藤井將「皇民文學」轉換或
收編為「臺灣民族主義」，不僅與其臺獨理念就有著難以分割的關
聯，實際上也放逐或削弱了殖民批判，而其學術創新意圖亦因論述邏
輯的混亂反而走向了學術的倒退。根本上看，藤井的「臺灣民族主
義」論只是「皇民化運動」和「皇民文學」的一種美學修辭，而且這
一論述與島內九〇年代以來極端本土論者的臺灣民族虛構意識形態之
間客觀上也形成了一種密切的呼應關係。

對「魯迅與臺灣文學關係」相關論述的質疑
——以陳芳明〈魯迅在臺灣〉一文為主要辨析對象

一　素描魯迅與臺灣文學的關係

　　魯迅與臺灣文學的關係，是一個令海內外部分相關人士頗為關注的論題。張我軍、賴和、楊雲萍、黃得時、楊逵、龍瑛宗、鍾理和、陳映真、李敖、楊渡等臺灣作家曾經自覺接受魯迅思想或藝術的影響。陳漱渝、陳子善、古遠清、朱雙一、黎湘萍、林瑞明、黃英哲、陳芳明、中島利郎、澤井律之、下村作次郎等中外學者，都曾涉獵研究過魯迅與臺灣文學關係這個課題。魯迅作為傑出的中國現代作家，也作為五四新文化精神乃至民族精神的一種輻射源，對臺灣文學產生過不容否認的影響。不難理解，已有的相關論述多是關於魯迅對臺灣作家和臺灣文學影響的研究。

　　日據時期，在臺灣新文學運動中起過重要作用的《臺灣民報》曾經刊載推介魯迅的多篇小說、雜感和譯作。「在日本統治期間，魯迅的文學和其他的新文學一起由大陸直接傳入，同時也轉載於臺灣的雜誌，為當時的青年所愛讀並給予很大的影響。」[1]這一階段，部分臺灣作家如被譽為「臺灣的魯迅」賴和、「壓不扁的玫瑰花」楊逵、「臺

1　〔日〕中島利郎：〈日據時期的臺灣新文學與魯迅〉，〔日〕中島利郎編：《臺灣新文學與魯迅》（臺北市：前衛出版社，2000年），頁45。

灣新文學運動的旗手」[2]張我軍等，都曾自覺接受魯迅思想和文學的影響。尤其是張我軍，二〇年代曾在北平求學，並於一九二六年八月十一日拜訪魯迅，並贈送魯迅四本《臺灣文藝》雜誌。這次會面在《魯迅日記》中留下了記載，也令不少研究者深感興趣。

　　光復後短短幾年裡，以南來文化人許壽裳等為代表，掀起了紀念和介紹魯迅的一個熱潮，臺灣本省籍作家楊雲萍、龍瑛宗、藍明谷等也對魯迅精神表現出強烈的認同。黃英哲在〈戰後魯迅思想在臺灣的傳播〉一文中指出：「無庸置疑的，戰後初期，魯迅思想的傳播與閱讀確實在臺灣相當流行，是當時思想潮流之一，而且與文化重建有關係。」[3]

　　戒嚴時代，魯迅著作遭禁，一般讀者不容易接觸到他的作品；不過一些學者和文學愛好者仍可通過「地下海盜版」等管道閱讀和收藏魯迅著作。如陳映真就是在魯迅精神的影響下成長為一個有著鮮明民族意識的作家和鬥士的。此階段的魯迅研究以右翼文人為主導，大致分為批判式和回憶清理式兩種（或二者兼有），多帶有特定歷史時空的意識形態烙印，不乏政治偏見或認識誤差；有些論述還帶有當年與魯迅論爭的意氣餘緒，自然難有公斷。即使在那個階段，也仍有不少臺灣讀者對魯迅其人其文很感興趣，甚至相關人士將之稱為「魯迅情結」。[4]對此，魯迅當年的論敵、戰後遷臺的梁實秋在〈關於魯迅〉一文中分析道：「近來有許多青年朋友們要我寫一點關於魯迅的文字。為什麼他們要我寫呢？我揣想他們的動機不外幾點：一、現在在臺

2　林瑞民：〈張我軍的文學理論與小說創作〉，《臺灣文學的歷史考察》（臺北市：允晨文化公司，1996年），頁228。

3　黃英哲：〈戰後魯迅思想在臺灣的傳播〉，〔日〕中島利郎編：《臺灣新文學與魯迅》（臺北市：前衛出版社，2000年），頁171。

4　〔日〕下村作次郎撰，邱振瑞譯：〈戰後初期臺灣文壇與魯迅〉，〔日〕中島利郎編：《臺灣新文學與魯迅》（臺北市：前衛出版社，2000年），頁124。

灣，魯迅的作品是被列為禁書，一般人看不到，越看不到越好奇，於是想知道一點這個人的事情。二、一大部分青年們在大陸時聽說過魯迅這個人的名字，或讀過他的一些作品，無意中不免多多少少受到共產黨及其同路人關於他的宣傳，因此對於這個人多少也許懷有一點幻想。三、我從前曾和魯迅發生過一陣筆戰，於是有人願意我以當事人的身份再出來說幾句話。」[5]他的分析至少向人們提供了這樣一個資訊：當時的部分臺灣青年對魯迅其人其文懷有進一步了解的興趣。

　　一九八七年解嚴之後，魯迅作品隨之解禁，《魯迅全集》在臺灣先後出了幾種版本，[6]臺灣讀者可以更加方便和深入地了解魯迅，閱讀魯迅。

二　質疑陳芳明長文〈魯迅在臺灣〉

　　世紀之初臺灣出版了日本學者中島利郎編輯的《臺灣新文學與魯迅》一書，收有臺灣文學史家葉石濤的〈臺灣新文學與魯迅〉、陳芳明的〈魯迅在臺灣〉、中島利郎的〈日治時期的臺灣新文學與魯迅──其接受的概觀〉、林瑞明的〈魯迅與賴和〉、澤井律之的〈兩個《故鄉》──關於魯迅對鍾理和的影響〉、下村作次郎的〈戰後初期臺灣文壇與魯迅〉、黃英哲的〈戰後魯迅思想在臺灣的傳播〉等文章，比較系統全面地觸及自新文學運動時期迄至光復初期魯迅與臺灣文學的關係。書中一些細緻的資料收集和考證有益於人們深入了解魯迅與不同階段臺灣新文學的關係，也可以幫助人們感受臺灣新文學發

5　梁實秋：〈關於魯迅〉，《梁實秋自選集》（臺北市：黎明文化事業公司，1981年），頁327。

6　據推出「魯迅在臺灣」特輯的第七十六期《國文天地》的編輯部〈《魯迅全集》業者有話說〉所示，解嚴後臺灣先後有「谷風」出版社、「唐山」出版社、「風雲」出版社爭先出版各自版本的《魯迅全集》。

生、發展的歷史語境。中島利郎等日本學者深入細密挖掘資料的實證風格，林瑞明、黃英哲等臺灣學者尊重歷史事實的治學態度和持之有據、言之成理的嚴謹文風，以及書中收錄的考據成果〈臺灣的魯迅研究論文目錄〉和〈臺灣新文學與魯迅關係年表〉，都讓人感到這是一本具有一定參考價值的著作。

　　然而書中的開篇之作即陳芳明的長篇論文〈魯迅在臺灣〉，讀來卻別有一番滋味。文章開頭即自陳：「本文目的，不在貶抑魯迅的文學成就，也不在分析魯迅與臺灣作家的從屬關係，而只是從幾項歷史事實來觀察臺灣新文學運動史上魯迅的真貌。」[7]作者言之鑿鑿要觀察歷史「真貌」，似乎非常注重客觀史實；然而，文章援引和取捨資料之主觀隨意，傳遞資訊之歪引誤導，下結論之片面偏激，都在在令人感到此文實遠離「真貌」。下面從幾個方面提出筆者的質疑。

（一）魯迅「對日本殖民地的臺灣人的心情是相當隔閡的」？

　　在徵引魯迅一九三五年二月六日致日本作家增田涉的信時，陳芳明去除了魯迅說話的語境和具體針對性，掐頭去尾，僅引用「《臺灣文藝》我覺得乏味」這句話，在渲染《臺灣文藝》如何重要之後，得出以下結論：

> 對於這樣重要的文學刊物，魯迅都覺得乏味的話，那麼可以想像的，魯迅對當時對臺灣文學的評價不高。他會有如此的評語，可能是對臺灣社會與臺灣文學並不熟悉；而更重要的，他對日本殖民地的臺灣人的心情是相當隔閡的。[8]

7　陳芳明：〈魯迅在臺灣〉，〔日〕中島利郎編：《臺灣新文學與魯迅》（臺北市：前衛出版社，2000年），頁5。

8　陳芳明：〈魯迅在臺灣〉，〔日〕中島利郎編：《臺灣新文學與魯迅》（臺北市：前衛出版社，2000年），頁10。

　　魯迅信中的那句話果真可以被掐頭去尾來做如此理解和發揮麼？魯迅在一九三五年二月六日致增田涉的信中，確有陳文單獨引述的那句話，但要想了解魯迅此話的來由和所指，不需經過困難的考證，只需將被陳芳明掐去的內容還原即可，奇怪的是陳似乎視若無睹。魯迅信中這樣說：「《臺灣文藝》我覺得乏味。郭君要說些什麼罷？這位先生是盡力保衛自己光榮的舊旗的豪傑。」這裡的郭君指的是郭沫若。事情的原委是：郭沫若針對增田涉在《臺灣文藝》上連載的《魯迅傳》涉及創造社扣留羅曼‧羅蘭致魯迅信一事，於一九三五年一月《臺灣文藝》第二卷第二號上發表了〈《魯迅傳》中的誤謬〉一文，予以批評和澄清。增田涉特意寄來這期刊物，魯迅看後回信寫了上面那番話。再聯繫魯迅與郭沫若之間曾經有過的文字公案，[9] 不難看出，魯迅先生信中所言的「乏味」並非針對《臺灣文藝》這份雜誌本身，而是特指這期雜誌所刊載的郭氏的文章以及郭氏為人。陳文剝除魯迅說話的具體語境，截取隻言片語，推導出他所需要的卻完全不符合事實真相的結論。

　　陳芳明的結論是，魯迅「對日本殖民地的臺灣人的心情是相當隔閡的。」而事實則相反，魯迅先生對臺灣人民的痛苦處境感同身受，在他為臺灣進步青年張秀哲譯著《勞動問題》的序文中可以清楚看到這一點：

> 還記得去年夏天住在北京的時候，遇見張我權君，聽到他說過這樣意思的話：「中國人似乎都忘記了臺灣了，誰也不大提起。」他是一個臺灣的青年。
> 我當時就像受了重創似的，有點苦楚；但口上卻道：「不。那倒不至於的。只因為本國太破爛，內憂外患，非常之多，自顧

9　如郭沫若曾化名杜荃撰寫〈文藝戰線上的封建餘孽〉一文，刊於一九二八年八月《創造月刊》第二卷第一期，文中稱魯迅為「封建餘孽」、「棒喝主義者」等。

不暇了，所以只能將臺灣這些事情暫且放下。……但正在困苦
中的臺灣的青年，卻並不將中國的事情暫且放下。他們常希望
中國革命的成功，贊助中國的改革，總想盡些力，於中國的現
在和將來有所裨益，即使是自己還在做學生。[10]

陳芳明文中也提到了這篇序文，但是魯迅對臺灣問題毫不「隔閡」的
痛苦情感卻被陳芳明毫不奇怪地迴避繞過了。

（二）大陸研究者有意「膨脹魯迅在臺灣文學發展過程中的歷史形象」？

　　陳芳明還對大陸的魯迅研究和臺灣文學研究作出了如下的主觀想
像和推斷：「可以想像的，魯迅既然被中國供奉為新文學運動的導
師，那麼探討他與臺灣文學之間的關係，就成為當前中國研究臺灣文
學的一個重要課題。基本上，中國的研究者有意膨脹魯迅在臺灣文學
發展過程中的歷史形象。為了確立魯迅在臺灣文學史上的地位，研究
者通常把魯迅視為一個中心主體，而臺灣作家則被當做受到魯迅影響
的客體。通過這種主客體結構的建立，論者可以很容易獲得一個結
論，也就是說，既然臺灣作家受到魯迅的影響，那麼臺灣新文學運動
的成長，應該可以當做中國文學的一個附庸。」[11]陳文前言中的論斷
奠定了其敘述基調。

　　在這種敘述基調的規約下，作者有了以下的「發現」：「凡是臺灣
作家、知識分子與魯迅有任何的接觸經驗，或者有隻字片語提到魯迅
的地方，中國的研究者都可以發揮想像力，以便在中國文學與臺灣文

10　魯迅：〈寫在〈勞動問題〉之前〉，《魯迅全集》（北京市：人民文學出版社，1988
　　年），卷3，頁425。

11　陳芳明：〈魯迅在臺灣〉，〔日〕中島利郎編：《臺灣新文學與魯迅》（臺北市：前衛出
　　版社，2000年），頁3-4。

學之間建立傳承的關係」，因而大陸研究者「基本上有意膨脹魯迅在臺灣文學發展過程中的歷史形象」[12]。然而從陳文的論據看來，他的所謂「發現」和「推論」卻相當缺乏說服力。文章徵引的大陸八〇年代以來臺灣文學研究者涉及魯迅與臺灣文學關係命題的論述共有四處：王景山的〈魯迅與臺灣新文學〉一文，何標的〈魯迅先生與臺灣青年張我軍〉一文，陳子善的〈楊逵的〈魯迅先生〉〉一文，朱雙一的〈劉心皇〈魯迅這個人〉評介〉一文。其中轉引陳子善文是因為陳芳明自己「未及閱讀楊逵譯的《阿Q正傳》」[13]，引述朱雙一文的目的則在於抨擊劉心皇和一九四九年以後「國民黨魯迅研究」的弊端，都與他批評大陸研究者膨脹魯迅歷史形象沒有關聯。也就是說，他徵引為大陸研究者代表的僅有何標和王景山的兩篇舊文。陳文批評的是整個「中國的研究者」，舉證卻如此之單薄、陳舊，讓人感覺非常缺乏嚴謹性和可信度。

陳文引用並批評的一片文章為老臺胞何標所寫，發表於非學術性刊物，文章因抒發了兩岸親情而被陳文指摘其為「北京對臺政策搖旗吶喊」。將非學術性刊物上的非學術性文章當成目標來鄭重其事地批判，自然缺乏說服力。

再看他的另一個舉證，批評王景山的文字，涉及日據時期臺灣青年作家與魯迅接觸的史實和今人對這段史實的感觸認識。陳文引用了王景山的這樣一段話：「但這次會面，是不是張我軍全未提及自己在臺灣的文學活動經歷呢？好像不可能。魯迅文中卻全未涉及的。否則我們當可看到魯迅對臺灣新文學的評論。」由此生發出對「中國的研究者」的又一主觀推測：「像這樣在臺灣新文學運動史上扮演重要角

---

12 陳芳明：〈魯迅在臺灣〉，〔日〕中島利郎編：《臺灣新文學與魯迅》（臺北市：前衛出版社，2000年），頁4。

13 陳芳明：〈魯迅在臺灣〉注釋三十六，，〔日〕中島利郎編：《臺灣新文學與魯迅》（臺北市：前衛出版社，2000年），頁35。

色的作家，如果能夠與魯迅銜接關係，則中國新文學運動對臺灣作家產生影響，就無可懷疑了。」關注魯迅與臺灣文學關係的人士都知道，日據時期臺灣青年張我軍、張秀哲分別在北京和廣州拜見過魯迅先生。魯迅於一九二六年八月十一日的日記中記有：「寄張我軍信。……張我軍來並贈《臺灣民報》四本。」[14]在一九二九年六月一日的日記裡又提到張我軍來一事。[15]而張秀哲也出現在一九二七年魯迅的多篇日記中，從中可以窺見一九二七年三月魯迅與張秀哲的交往是比較頻繁的，魯迅甚至還記下收到張秀哲送的烏龍茶一事。[16]在一九二六年魯迅與張我軍的會面中，張我軍贈送給魯迅四本《臺灣民報》。魯迅的日記向來言簡意賅，他與張我軍會面的具體談話內容並沒有詳細記載，但魯迅將張我軍贈送《臺灣民報》一事寫進了日記。王景山文中對魯迅與張我軍會面事件沒有得到更加細緻的記錄所表現的遺憾和猜測應當說也是一種合理的反應，而陳文的批評告訴人們，大陸論者若想論證中國大陸新文學運動對臺灣作家的影響，就必須讓臺灣作家和魯迅銜接上關係，這種關係如果得不到證明，那麼中國大陸新文學運動與臺灣作家臺灣新文學之間的聯繫也就是可疑的了。事實上，陳芳明本人也並非不知道兩岸新文學運動客觀存在的密切關聯，但他為了表現魯迅對張我軍並無影響，而刻意抬出胡適、陳獨秀，認為張我軍二〇年代的一系列文字「如果說受到中國五四運動影響的話，那應該是來自胡適和陳獨秀。」這段論述暴露出的邏輯矛盾一覽無遺，是否胡適、陳獨秀對臺灣文學的影響就不是中國大陸新文學運動對臺灣文學影響的重要組成部分？胡適等人對張我軍的影響難道可以「解構」掉魯迅對張我軍的影響嗎？

14　魯迅：《日記》，《魯迅全集》（北京市：人民文學出版社，1988年），卷14，頁611-612。

15　魯迅：《日記》，《魯迅全集》（北京市：人民文學出版社，1988年），卷14，頁766。

16　一九二七年三月三日、三月七日、三月十九日和三月二十八日的日記裡，魯迅提到了給張秀哲寄信以及張秀哲來訪等交往。

（三）張我軍與魯迅之間在文學傳承和思想上沒有「任何的聯繫」？

　　陳芳明文中還有一個從荒誕的邏輯出發得出的結論：「張我軍與魯迅之間，並沒有存在任何文學傳承的關係，更談不上政治思想上有任何的聯繫。」[17]而同一本書中日本學者的實證性材料最好地駁斥了陳芳明的妄論。根據中島利郎的考據：張我軍回臺後在《臺灣民報》上刊載了不少魯迅作品和譯作，有〈鴨的喜劇〉、〈故鄉〉、〈犧牲謨〉、〈狂人日記〉、〈魚的悲哀〉、〈狹的籠〉、〈阿 Q 正傳〉、〈雜感〉和〈高老夫子〉諸篇。[18]此外《臺灣民報》還刊出愛羅先科的〈我的學校生活的斷片〉，並刊出「一郎」即張我軍發表的「識語」曰：「我讀了他的文，非常受了感動，愛尤其愛他的文字之優美，立意之深刻。譯筆又非常之老練，實在可為語體文的模範。我此後想多轉載幾篇，以補救漠漠的我文學界。」從張我軍所選擇刊出的魯迅著譯篇目看，他非常喜愛和尊重魯迅的文學，包括喜愛魯迅優美老練的譯筆。以《臺灣民報》刊載的愛羅先珂童話看，〈狹的籠〉和〈魚的悲哀〉兩篇都是魯迅翻譯的，〈狹的籠〉一篇更是魯迅力主要翻譯的。[19]〈狹的籠〉這篇童話講述了一個寓意深長的故事：動物園的老虎痛恨牢籠，希望打

---

17 陳芳明：〈魯迅在臺灣〉，〔日〕中島利郎編：《臺灣新文學與魯迅》（臺北市：前衛出版社，2000年），頁7。

18 〈鴨的喜劇〉發表於《臺灣民報》一九二五年一月一日，〈故鄉〉發表於《臺灣民報》一九二五年四月一日至四月十一日，〈犧牲謨〉發表於《臺灣民報》一九二五年五月一日，〈狂人日記〉發表於《臺灣民報》一九二五年五月三十一日，〈魚的悲哀〉發表於《臺灣民報》一九二五年六月一日，〈狹的籠〉發表於《臺灣民報》一九二五年九月六日至十月四日，〈阿Q正傳〉發表於《臺灣民報》一九二五年十一月九日至十二月二十七日、一九二六年一月十日、十七日、二月七日，〈雜感〉發表於《臺灣民報》一九二九年十二月二十二日，〈高老夫子〉發表於《臺灣民報》一九三〇年四月五日至四月十九日。

19 魯迅：〈《愛羅先珂童話集》序〉，《魯迅全集》（北京市：人民文學出版社，1988年），卷10，頁197。

破羊的柵欄和金絲雀的鳥籠，讓大家獲得自由，但是習慣於牢籠的動物們卻懼怕外面的自由，老虎斥責它們是「人的奴隸」，他發現那些可見的柵欄和牢籠變成了無法打破的看不見的牢籠。這個故事讓人不由自主想起魯迅那個著名的鐵屋子的寓言。中島利郎認為，這是一篇有著明顯隱喻的作品，很能體現日據時期臺灣人民的心聲，是「被壓迫的臺灣人之心情的呼喊」。[20]從這些史實看，張我軍不僅與魯迅之間存在著文學的和思想的聯繫，而且這種聯繫還相當值得關注。

（四）臺灣作家只把魯迅當做世界性作家而非中國作家看？

陳芳明的文章結尾得出兩個結論。一個結論是：即臺灣作家只把魯迅當做世界性作家而非中國作家看。第二個結論則是：「一九四九年以降，……魯迅以負面形象出現於臺灣，自然就不可能對臺灣文學產生正面影響。」[21]整篇文章立論和論據都成問題，結論自然也很不可靠。

陳文的第二個結論認定：國民黨統治時期魯迅「不可能對臺灣文學產生正面影響。」在斬釘截鐵地下完這個結論後，卻又不得不心虛地提及「臺灣作家暗中閱讀魯迅」的歷史事實，他自己其實也知道這個推斷是不合實際的。以近年來不斷與他論戰的臺灣著名作家陳映真為例，他就是深受魯迅精神影響的一個典型個案。關於這一點，黎湘萍的專著《臺灣的憂鬱》曾做過詳細論述。難道陳映真所接受的魯迅影響是反面影響不成？

再看陳文的第一個結論，即臺灣作家只把魯迅當做世界性作家而非中國作家看。他的原文用了這樣一種曖昧的表述：「從日據時代到

---

20 〔日〕中島利郎：〈日據時期的臺灣新文學與魯迅〉，〔日〕中島利郎編：《臺灣新文學與魯迅》（臺北市：前衛出版社，2000年），頁54。

21 陳芳明：〈魯迅在臺灣〉，〔日〕中島利郎編：《臺灣新文學與魯迅》（臺北市：前衛出版社，2000年），頁29-31。

戰後，⋯⋯臺灣知識分子對魯迅的評價，並不只是把他當做中國作家而已，而毋寧把他視為世界性的文學家。」[22]對現代漢語有過基本訓練的人都會明白，這是個用語彆扭的句子。通常的搭配應是「不只是⋯⋯同時還是」或「與其⋯⋯毋寧（不如）」，可以說得既簡單又清楚，前一種表述強調魯迅在臺灣作家心中身分的雙重性，後一種表達則更突出臺灣作家眼裡魯迅的世界性。陳文偏偏語焉不詳、模稜兩可。作者如此處心積慮地含糊其詞，想要表達的內容無非是，臺灣作家之「接觸」魯迅，主要是把魯迅當做和高爾基、托爾斯泰一樣的世界性文學家，而不是視為一個中國作家來接受。含糊其詞之間別有意味地貶抑了臺灣作家眼中魯迅作為中華民族作家的民族和文化的屬性。其實他的這一錯誤論點在整篇文章中反覆有所體現，如他在評述光復時期臺灣作家楊雲萍紀念魯迅的文章時，也如此偏執地認定：「對於魯迅的評價，楊雲萍也與日據時代的臺灣作家一樣，是站在世界文學的立場之上。」陳芳明不敢明確地否定魯迅在臺灣作家心目中的中國作家形象，但從其忽而含含糊糊、忽而斬釘截鐵的論述已經足以看出，他總是盡力洗去和抹煞臺灣作家心中的魯迅的「中國性」身分，扭曲理解魯迅的世界性，片面引用材料、玩弄語義修辭以混淆視聽。對此，臺灣學者呂正惠先生已作出質疑和批駁，實際上楊雲萍的文章毫無強調魯迅的世界性貶低其中國性的意圖，文中明白表示：「魯迅逝世後的這十年的歲月，在人類的歷史上，在我中華民族的歷史上是最值得記憶、最值得注意的。⋯⋯魯迅所嫉惡的『正人君子』還得意登場，魯迅所痛恨的『英雄豪傑』，還霍霍磨刀，準備著第幾次的大屠殺。而魯迅最關懷的我中國民眾，還在過著流離顛沛的慘無天日的生活。」[23]陳芳明竟然會從這篇中國認同極為鮮明的紀念

---

22 陳芳明：〈魯迅在臺灣〉，〔日〕中島利郎編：《臺灣新文學與魯迅》（臺北市：前衛出版社，2000年），頁29-31。

23 楊雲萍：〈紀念魯迅〉，引自呂正惠：〈陳芳明「再殖民論」質疑〉，《聯合文學》第

文章裡看出楊雲萍對魯迅的評價只是站在世界文學的立場上，這不僅顯示出陳芳明在材料徵引和得出結論等方面不夠嚴謹周詳，也不能不質疑其意識形態的偏見過多地滲透進了學術研究領域。

尤為反諷的是，就在收錄陳文的同一本論文集裡，日本學者中島利郎的文章〈日據時期的臺灣新文學與魯迅〉，就以史料證明了日據時期臺灣作家對魯迅的認同清楚地包含著對中國屬性的認同，比如他徵引的鍾理和未公開的日記裡有這樣的內容：「今天是我們民族的戰士魯迅先生逝世九週年的紀念」；[24]在考證張我軍介紹刊登魯迅作品和蔡孝乾最早評論魯迅的情況之後，中島利郎得出的結論是：「他們都認為臺灣新文學是中國文學的一個支流，企圖把中國現代文學介紹和移植至臺灣，而預定魯迅文學要擔當做為中國聯繫臺灣新文學勃興的角色」。比照一下日本學者的實證材料以及相對公允的觀點，不難發現，陳芳明這篇研究魯迅和臺灣文學關係的文章，在意識形態偏見影響下喪失學術客觀性的問題確實顯得相當突出。

206期（2001年12月），頁149。

24　〔日〕中島利郎：〈日據時期的臺灣新文學與魯迅〉，〔日〕中島利郎編：《臺灣新文學與魯迅》（臺北市：前衛出版社，2000年），頁45。

近二十年來臺灣多元文化主義思潮初探

　　多元文化主義（Multiculturalism）是八〇年代興起、九〇年代迄今盛行不衰並產生廣泛影響和爭議的一種世界性文化思潮，它是多元主義的一個特殊形態，主要應對多元種族國家的族群問題和全球化語境下的國際移民問題，處理族裔文化多樣性和少數群體的權利保護等文化和現實問題。基於民主、平等、自由、寬容等價值理念和文化立場，多元文化主義致力於「探究在一個社會中存在數個歧異甚大的群體（例如族群、語言、宗教信仰乃至社會習俗）時，如何建立群體間對等關係的論述。」[1]其首要內涵便是：「破除他者的迷思，讓弱勢群體的文化不再擅用為主流文化的他者，並進一步肯認各差異文化各自的價值。」[2]多元文化主義與一個社會中不同群體的多種權益直接相關，不僅是停留於抽象思考層面的文化觀和歷史觀，還具體落實於教育實踐乃至公共政策的制定和施行上，因此必然帶有不容忽視的文化政治（cultural politics）色彩。

　　九〇年代以來，「多元文化主義」這個概念也在中國臺灣地區的學術研究、文化教育、文化政策以及文學批評乃至政治家的說辭中頻繁出現，「多元文化主義」已逐漸成為當代臺灣社會主流的文化思潮，甚至演變為一個政治正確的文化口號，如趙剛所言：「多元文

1　蕭高彥：〈多元文化與承認政治論〉，參見蕭高彥、蘇文流編：《多元主義》（臺北市：中央研究院人文社會科學研究所，1998年），頁488。

2　洪泉湖等著：《臺灣的多元文化》（臺北市：五南圖書出版公司，2005年），頁9。

化」這一語詞已經站上了霸權地位。[3]那麼,「多元文化主義」對臺灣
社會文化有些什麼影響?為何臺灣知識界會對它產生如此濃厚的興
趣?「多元文化主義」徵引了哪些思想文化資源,它在臺灣的傳播和
演繹存在哪些問題?「多元文化主義」的意義與侷限在臺灣文學領域
又是如何體現的?從現實的角度看,作為一種意識形態,「多元文化
主義」真正有助於臺灣建構寬容多元的社會文化形態嗎?抑或走向與
其初衷相背離的其他面向甚至反面,反而對真正的寬容、民主和多元
的文化構成某種傷害?這些問題都值得我們重視和深入探究,本文將
從以下幾個層面做一些初步的梳理和厘析。

一　「多元文化主義」在臺灣的源起和形構

有關「多元文化主義」在臺灣地區的發生和興起,張茂桂和莊勝
義等學者都進行了始源追溯和一些具體闡釋。在〈多元主義、多元文
化論述在臺灣的形成與難題〉和〈多元文化論述在臺灣〉等文中,張
茂桂將「多元主義」的發生上溯到七、八〇年代的「多元化」論述和
現代化論述。他認為,最早提出「多元化」或類似理念的是一九七〇
年代的《大學雜誌》這個刊物,擔任《大學雜誌》主編的楊國樞等人
是「多元化」理念最早的鼓吹者。連載於《大學雜誌》一九七一年七
至九月的張俊宏、許信良、張紹文、包奕信四個年輕知識分子聯合撰
寫的長文〈臺灣社會力的分析〉,可視為臺灣地區「多元論」的真正
先鋒。[4]該文從階級視野分析了當時臺灣社會的六個社會群體——舊
式地主、農民及其子弟、智識青年、財閥、企業幹部及中小企業者、
勞工以及公務人員等的處境、思想意識及政治態度。

3　趙剛:〈「多元文化」的修辭、政治和理論〉,《社會學研究》2006年第3期,頁83。
4　張茂桂:〈多元主義、多元文化論述在臺灣的形成與難題〉,薛天棟編:《臺灣的未來》
　(臺北市:華泰文化事業公司,2002年),頁227。

　　但此一時期的「多元化」概念有其特別的意義，它是自由主義知識分子因應臺灣經濟發展和社會分化而提出的現代化論述，其目標在於重建一種集體「共善」的基礎，具有知識精英和中產階級的「中間反對論述」之功能，而且早期的這種「多元化」論述更多是作為知識分子的思想理念存在，並不盡同於之後風靡社會並體現於公共政策與文化實踐中的「多元文化主義」。「『多元化』進入八〇年代，因為社會經濟發展的結構性分化，取得現實生活中的『本來』應有位置，但是，也因此已逐漸喪失了它作為政治改造的力量。反而到了八〇年代後期，開始跟多元文化、臺灣的族群運動（包括原住民運動、臺灣民主運動、婦女抗爭、女權興起），這些有的包括在黨外活動中，各種新興的權力鬥爭的上演，使得新的關於多元文化的政治論述與力量，而不是多元化，成為新興的反抗論述。」[5]這一新興的反抗論述經過臺灣「四大族群」的分類與建構、「原住民運動」、九〇年代的「社區總體營造」、「教育改革」以及文化與政治民主化運動的改造，並且接合美國、加拿大和澳洲的文化經驗，形構出九〇年代以來臺灣的多元文化主義思潮。莊勝義則把影響多元文化主義思潮出現的原因概括為四個方面：第一是「政治解嚴與本土化運動」；再者是「歐美多元文化教育風潮之影響」；第三是「國際原住民（族）運動」的啟發；第四則是臺灣社會對「族群和諧的期待」[6]。的確，多元文化主義在臺灣的興起有其必然性，它曾經是反抗威權統治的一種力量，也是威權體制解體後臺灣社會多元化發展的在文化思潮上的直接體現。

5　李雪菱：〈多元文化論述在臺灣——專訪中央研究院社會學研究所張茂桂副所長〉，《教育研究月刊》第117期（2004年1月），頁101-106。

6　莊勝義：〈多元文化與臺灣社會〉，（http://www.wfc.edu.tw/~cge/new_page_73_images/07.doc），2005年6月30日。

二　臺灣人文知識界對「多元文化主義」涵義的理解

中央大學學者王俐容在〈當代多元文化主義的發展〉和〈多元文化主義在臺灣：衝突與挑戰〉等文中，將「多元文化主義」涵義區分為四種：（一）多元文化主義作為一種社會現象；（二）多元文化主義作為一種政治的意識型態；（三）多元文化主義作為公共政策；（四）朝向多元文化公民權（Multicultural Citizenship），並且提出了「多元文化權力」的概念，這是一個很有建設性意義的提法。在她看來，「多元文化權力」包括「文化認同權」、「文化生活參與權」、「文化發展權」和「文化再現權」。[7]而暨南國際大學人類學研究所學者潘英海則把「多元文化」概念放在縱向的歷史脈絡中予以考察，認為「多元文化論」經歷了三次變遷：「現代」脈絡下的多元文化；「後現代」脈絡下的多元文化和「全球化」脈絡下的多元文化。在不同脈絡下，其涵義是有所不同的，「現代」的脈絡下所重視的是「進步」，「後現代」脈絡下重視的是「批判」，而「全球化」脈絡重視的則是「過程」。（參見潘英海：《多元文化：問題開發與課程設計經驗》）相對於王俐容對「多元文化公民權」的強調和潘英海對全球化語境下個人可以擁有多元文化經驗的分析，更多的學者傾向於從族群的角度理解「多元文化主義」，如洪泉湖在《臺灣的多元文化》一書中就認為，多元文化主義的分析焦點是「擁有特定文化的群體，而較不是其中的個人」。多元文化主義的內涵在於「理解各群體之不同的社會身分與主體位置，並且探討因此不同位置而產生的權力運作關係，進而希望透過行動得以改變此權力運作產生的壓迫結構，讓各文化的各種主體性得以真正的共存。」這樣，多元文化主義的具體內涵就由三大方面構成：（一）破除「他者」的迷思，呈現多元的文化樣貌；（二）追求

7　王俐容：〈多元文化主義在臺灣：衝突與挑戰〉，「臺灣社會學年會暨走過臺灣：世代、歷史與社會」研討會論文（新竹市：清華大學，2004年12月11-12日）。

積極的差異性對待，而非一視同仁的消極式平等；（三）強調行動的積極展開。[8]從現有的研究成果看，臺灣人文學界更重視在文化政策的層面和實施多元文化教育的具體行動中來理解「多元文化主義」的涵義。

三　建構「多元文化論述」的多元思想資源

臺灣知識界的「多元文化論述」所引入的資源也頗為多元，至少包括自由主義、社群主義、多元文化主義以及後現代主義等歐美理論。

（一）自由主義的多元價值理論

臺灣學界對自由主義多元價值理論的引入包括約翰・羅爾斯（John Bordley Rawls）的「合理多元主義的事實」（the fact of reasonable pluralism）概念，羅奈爾得・德沃金（Ronald Dworkin）對自由主義寬容特質的理想政治社群的認可，約翰・葛雷（John Gray）等人的價值多元主義（value pluralism），邁可爾・沃爾澤（Michael Walzer）的多元主義的政治認同理論，威爾・秦力克（Will Kymlicka）的自由主義多元文化論等等。承認多元價值的自由主義為多元文化主義提供了重要思想資源，尤其對如何在民主體制和憲政框架中處理多元文化主義問題多有啟發，如羅爾斯在現代自由主義的框架中討論「出於政治的目的合乎理性然而又互不相容的完備性信念之多元性。」承認這種多元性乃是「立憲民主政體之自由制度框架在理性實踐下的正常結果。」而秦力克則在「自由主義個人自由理念與差異文化（尤其是非自由主義少數族群）平等存續權利之間尋求最大的可能平衡空間。」[9]

8　洪泉湖等著：《臺灣的多元文化》（臺北市：五南圖書出版公司，2005年），頁7-11。

9　張培倫：《族群差異權利之道德證成——秦力克自由主義多元文化論之可能性》（臺北市：臺灣大學哲學研究所博士論文，2004年），頁193。

（二）社群主義和多元文化主義理論資源

如查理斯・泰勒和邁克・桑德爾（Michael J. Sandel）等人的社群主義思想，以及秦力克的多元主義思想和艾利斯・馬瑞恩・揚（Iris Marion Young）的差異政治論述都進入了臺灣多元文化主義的知識視野。如張茂桂就承認自己從艾利斯・馬瑞恩・揚的《正義與差異政治》（*Justice and the Politics of Difference*）那裡獲益良多，「她提出『壓迫的五個面向』作為違反正義的社會事實，（1）經濟成果被剝削（如勞工），（2）社會生活被邊緣化（如貧窮與少數）；（3）個人應享有的權威、地位、尊嚴的被剝奪（威權壓迫與歧視）；（4）被主流『刻板印象化』（如婦女、外籍人士）；（5）受到暴力侵犯威脅等（如侵略、仇恨犯罪等）。」[10]

（三）批判理論的影響

如批判理論在當代美國的代表性人物南茜・弗雷澤（Nancy Fraser）女士的思想，臺灣學者魏玫娟就聲稱其對臺灣多元文化主義的批判性認識深受南茜・弗雷澤「承認」、「正義」、「平等」等概念的影響。[11]

（四）後現代主義的接合

臺灣的多元文化主義接合了後現代主義和後殖民主義對本質主義的批判，質疑一種同質化的「文化差異」概念，並且以「混雜的文化」概念來豐富和批判「多元文化主義」，從而形成非本質化的真正多元的「多元文化主義」。

---

10 張茂桂：〈多元主義、多元文化論述在臺灣的形成與難題〉，薛天棟編：《臺灣的未來》（臺北市：華泰文化事業公司，2002年），頁266。

11 魏玫娟：〈多元文化主義在臺灣：其論述起源、內容演變和對臺灣民主政治影響的初探〉，《臺灣社會研究季刊》第75期（2009年9月），頁288。

四　對「多元文化主義」的反省與批判

在歐美社會，多元文化主義興盛的同時也就伴隨著相應的批評和質疑，批評主要集中在四個方面：（一）認為「多元文化主義」是新種族主義，如美國學者伯林納和赫爾在〈多樣性和多元文化：新種族主義〉一文指出「多元文化政策」將民族隔閡固定化、合法化，無異於在不同種族間構築起不可跨越的鴻溝；（二）批評多元文化主義將錯綜複雜的社會問題簡單地化約為╱文化問題，進而幻想通過╱文化展示（而且僅僅限於外在文化景觀的展示）消除根源於生存競爭的族群矛盾，其結果只能是烏托邦；（三）認為多元文化主義否認文化有先進性和落後性之分，為一切反科學、偽科學披上了合法外衣；（四）指出多元文化主義反映的是一種靜止、僵死、本質主義的文化觀。[12]

臺灣地區隨著「多元文化主義」逐漸成為社會主流價值，人文知識界也產生了諸多反思和批判，主要有四種觀點：

其一，認為「多元文化主義」是「統治階層的治術」，實際上並沒有產生實質性的結果，變成了政治的修辭和裝飾，「說穿了，只不過是一種新形態的『螢幕論述』，聲光效應取代了實質內涵。」「臺灣原住民族在社會經濟上所受到的不平等待遇，恐怕不會因族群不同而有所差別。至少在現階段，原住民族所要共同面對的是突破被壓迫、被漠視的的困境，而不是在『多元』文化的煙幕之下，一再地細分你我，一再地劃清界限。」[13]的確，「多元文化主義」在對抗政治經濟的實質不平等上是無能為力的，多元文化的界限區隔甚至還可能對被壓迫者的團結構成負面的影響。正如奚密所言：「到目前為止，多元文化主義暴露了自身的許多侷限與不足。它和跨國公司利益及狹隘的族

12　李明歡：〈多元主義述評〉，《文藝報》，第3版，2000年6月20日。

13　林深靖：〈多元文化主義架構下的權力關係——再談失竊的一代〉，《立報》，2000年11月7日（http://www.lihpao.com/？action-viewnews-itemid-52947）。

群或民族主義的掛鉤，使其容易被用作掩飾它們的煙幕或流於空洞的形式與口號（如「政治正確」）。但是這並不表示我們應該放棄這個理想，而是應該致力於化解其中的矛盾，超越它的侷限。[14]

其二，「多元文化主義」以多元文化為正義目標，卻缺乏普遍的社會正義作為基礎；而作為一種拉雜形構出來的優勢意識形態，體制化了的多元文化論成為刻板論述，「缺乏正義論述、流於高文化的表徵化『codification』，霸權正隱隱成形，」「一般說謂的『多元文化』、『多元尊重』，並不見得有充分的社會正義的認知跟討論，因而許多問題往往討論到後來變成只是身分差異的問題。倘若能將這些問題放到一個包含更廣的脈絡，來面對社會不平等的抗爭性，才可以有更多行動的可能。」[15]沒有普遍的社會正義論述作基礎的「多元文化主義」顯然是有問題的，而把實質的社會不平等問題僅僅歸結為身分問題，這樣的多元文化的承認政治有可能遮蔽了社會問題的複雜性。

其三，臺灣的多元文化論述要建立一個以臺灣人為主體的民族想像，但這裡的「臺灣人」大多指的是閩南人或福佬人，即那些早先移民臺灣的閩南語系漢人。這些人被賦予不需證明的臺灣人的主體或本尊位置。而國共內戰後移民來的「外省人」以及之後的外來移民則被迫需要用「愛臺灣」來驗明正身。因此，所謂的多元文化論述並不平等，被建構的不同族群天然地存在著不應有的高低位階，「並沒有一個平等的相指涉的意思」。這種所謂的多元文化論述，實際上是在假多元文化之修辭、處理外省人問題的反多元文化，是赤裸裸的政治運作。[16]

其四，臺灣的多元文化論述大多關涉族群權益和社區文化，缺乏

---

14 奚密：〈多元文化主義的悖論〉，《讀書》1998年第2期，頁97。

15 李雪菱：〈多元文化論述在臺灣——專訪中央研究院社會學研究所張茂桂副所長〉，《教育研究月刊》第117期（2004年1月），頁101-106。

16 趙剛：〈「多元文化」的修辭、政治和理論〉，《社會學研究》2006年第3期，頁74。

階級分析的觀點或政治經濟學批判視域，忽視甚至遮蔽了階級和性別壓迫問題，「壓制階級分析與社會平等的話語」（趙剛語）。缺乏階級分析緯度和政治經濟學視域的「多元文化主義」常常被統治意識形態所收編，轉變成為「省籍路徑民主化」的合法化理論之一。這是「多元文化主義」為什麼沒有對臺灣形成真正寬容多元的社會文化形態產生實質性的作用，反而走向與其初衷相悖的反面，對真正的寬容、民主和多元有所傷害的原因之所在。

其五，「多元文化主義」還常常被資本主義的文化工業和消費主義意識形態所收編，變成具有各種文化風味和異族／異國情調的文化商品，蛻變為一種不具批判性和反思功能的文化消費品。對於「多元文化主義」的訴求而言，這樣的結果的確十分弔詭，如同臺灣學者趙剛所言：「在大家高呼多元文化時，多元文化消失了。多元文化運動經常恰恰好就是在謀殺多元文化。」[17]

五　「多元文化主義」對臺灣文藝思潮的影響

應該說，「多元文化主義」對臺灣文學思潮存在廣泛深入的影響。

第一，「多元文化主義」極大地促進了少數和弱勢族群文學的發展，尤其對原住民文學的復興和發展有所助益。一方面，在「多元文化主義」勃興和國際原住民運動的影響下，以及在後殖民論述的推波助瀾之下，原住民的文化自覺與權利爭取合流，成為臺灣原住民文學發展的動力；另一方面，在「多元文化主義」的思潮下，原住民文化逐漸被納入公眾討論，許多院校開設多元文化研究所和原住民文學相關課程，這有助於臺灣社會改變對原住民文化的歧視或漠視態度，促進人們對原住民文化的理解，這使得原住民的文學與文化再現權力獲

---

17 趙剛：〈「多元文化」的修辭、政治和理論〉，《社會學研究》2006年第3期，頁92-93。

得了一定的空間。

　　第二，「多元文化主義」促進了臺灣文學史研究的開放性和多元化發展。臺灣文學史研究開始理解和接受多元語言主義和多元文化主義，打破了傳統的文學典律體系和一體化的文學史典範。「多元典範」和文學史的「複系統」觀念有可能使臺灣文學史研究變得更寬容多元了，為原住民文學、客家文學、閩南語文學、馬華旅臺文學和「同志文學」以及其他各種弱勢群體的文學表述等等打開了空間。以原住民文學為例，人們已經認識到：「文學史是一套權力／文學知識所構成的體制，當前原住民文學史應被視為建構中，有待增補的，而非已確定完成的，並且，文學史的建構總有某些作品被『遺漏』（left over）。」開放寬容的臺灣文學史必須重新反省一九八〇年代原住民族文學研究（含議題）如何被建構。「透過對典範論述的拆解，重新理解是誰、在何時、以何種品味觀點，來檢討編者及後繼評論者判斷原住民文學價值所持的美感意識型態」[18]，重構原住民族文學在臺灣文學史中的位置。的確，文學史典範的形成往往是一個嚴密而又隱蔽的排除過程，只有打撈出被傳統典範所壓抑和排除的異質性元素，建構「多元經典系統」和歷史演變的「複系統」觀念，才能真正走向開放、多元和寬容的文學史。

　　第三，從理論上看，「多元文化主義」也有助於臺灣文學批評的寬容與對話關係的形成。在八〇年代，這種寬容與對話關係對促進臺灣文學多元化發展曾經起到了積極的作用。從文學研究突破鄉土文學與現代主義在美學上的二元衝突，瓦解純文學與流行文化之間不能相容的觀念藩籬以及對弱勢社群文學的重視與接納等等方面，都可以看出批評的「寬容與對話」所產生的積極影響。

18　黃國超：〈「典範」的省思：論1980年代臺灣原住民文學史的建構〉，「臺灣文學館第一屆全國臺灣文學研究生學術論文研討會」論文（臺南市：臺灣文學館，2004年）。

　　第四,「多元文化主義」促進了人們對文藝政策的認識和反省。從多元文化觀點考察文化藝術之政府補助政策,如洪淳琦的《從多元文化觀點論文化藝術之補助》和林于湘的《文藝政策的制定與辯證:試析一九八一年至一九九八年臺灣文化論述的建構與轉型》等等,提出:「借著補助文化藝術之活動,便是增加人民多元的選擇機會及文化表現機會,並積極地承認每個人文化的獨特性,維持個人自主。」[19]對多元文化主義與文藝政策之關係的研究頗有參考價值。另外,「多元文化主義」也有助於多元文化觀點的文學教學理念的形成。

　　第五,「多元文化主義」還被視為一種「去殖民良方」。有論者認為李有成著作《文學的多元化軌跡》[20]的論述進路之所以在臺灣具有參考價值,「在於他繼承查理斯‧泰勒(Charles Taylor)對平權和差異的折衷。在民粹政治論述當道的臺灣,平權論述高舉的『平等』標準,容易隱藏著主流勢力的霸權;至於差異論述和主流社會之間的對話基礎又不見得健全。」因此,在平權之路仍然遙遠、差異政治亦屬奢談的臺灣,「折衷平權和差異的認同政治策略,其必要性不言而喻。」[21]

　　第六,「多元文化主義」與臺灣的文藝教育。「多元文化主義」思潮在臺灣教育理論與實踐中產生了十分明顯的影響,這種影響從一系列的成果中可以看出:如陳美如的《多元文化課程的理念與實踐》、陳枝烈的《多元文化教育》、黃政傑的《多元文化教育的設計途徑》和《多元社會課程取向》、楊瑩的《多元文化教育的發展過程與回應典範》,張建成主編《多元文化教育:我們的課題與別人的經驗》等等。多元文化主義思潮也逐漸滲透到文學藝術教育領域,郭禎祥的

19　洪淳琦:《從多元文化觀點論文化藝術之補助》(臺北市:臺灣大學法律學研究所碩士論文,2005年)。

20　李有成:《文學的多元文化軌跡》(臺北市:書林出版公司,2005年)。

21　大圍仔:〈去殖民良方:多元文化主義〉,《破報》第374期(2005年8月)。

《多元文化觀與藝術教育》、龔玉萍的《多元文化藝術教育之研究／以臺灣排灣族藝術為例》以及游君如的《多元文化與藝術教育——以藝術品中的文化多元議題為例》等論著都對此有較為深入的研究。「藝術在教育中的主要價值在於它那獨一無二的貢獻：使人的經驗含帶著對世界的了解。……藝術本身就是尊重多元化的，藝術史的發展也不是單一軌道，加上一個特性，如托爾斯泰相信藝術是人與人之間或團體對團體情感的交流。多元文化觀藝術教育也就成為課程設計中，以最親和的形式，包含各種不同文化內涵與特質，幫助學生學習、了解和欣賞本身的、家庭的、社會的與世界上的藝術，和受其文化影響下的表現特徵，也在過程中建立尊重他人與認同自己的態度，達到培養健全人格的目的。」[22]許多成果表明，這一認知已經成為臺灣藝術教育研究者的一項共識，一方面，多元文化主義形塑了文藝教育的多元文化觀念，另一方面，由於文藝作品本身含有「多元文化表現」的豐富內涵，文藝教育也是培養「關懷接納他人，分享對生命共同體」的多元文化觀念的一種良好途徑。

　　但是必須指出的是，九〇年代至新世紀初的臺灣，由於「多元文化主義」的高度意識形態化和族群議題的政治操作化，導致了臺灣版的「多元文化主義」的異化和畸形：對話變成了對抗，寬容變成了排外，「承認的政治」異化成為敵我劃分的「仇恨的政治」。在文學和文化領域，「本土主義」話語已經取得了唯一政治正確的文化霸權，另外一些聲音則被壓抑或排除。所謂的「多元文化主義」的「多元」也就消失了，只剩下唯一「政治正確」的本土認同。「多元文化主義」變成了一種殘酷政治鬥爭的美學裝飾或意識形態修辭，這樣，「多元文化主義」必然走向了其反面，即走向了文學領域的一元主義和文化

22　游君如：《多元文化與藝術教育——以藝術品中的文化多元議題為例》（彰化市：彰化師範大學藝術教育研究所碩士論文，2001年）。

的不寬容。正如黃錦樹在其著作《文與魂與體——論現代中國性》的緒論中所言：「在認同問題幾乎成為唯一的這個年代，臺灣的現代文學研究也已經成為是非之地。曲學阿世，或自以為佔據最高的道德立場檢證異己是否認同臺灣，無非皆重演了政治轉型期中『識時務者』的『應帝王』與敗德。」[23]近些年來，對構建臺灣文學「本土論」貢獻十分突出的陳芳明也認識到「文學本土論」的極端化發展已經演變為封閉、本質化、排除異己的政治教條，開始反省並重新闡釋本土論的內涵，提出了「開放的本土主義」論述：「進步的本土精神，寬容的多元文化」。在二○○七年發表的一篇關於談論黃春明給予自己深刻影響的文章中，陳芳明再次談到了「寬容」的重要性：「在愛的情感之上，應該還有更高情操的寬容。這是他給我的最深刻的文學教育，因為這樣的啟悟，也刷新了我對黃春明小說的解讀。為什麼甘庚伯心甘情願照顧一位長年精神失常的孩子，為什麼白梅能夠以更開闊的胸懷重新面對過去看海的日子。只是簡單以土地之愛或母性之愛的解釋，並不足以探測小說的藝術深度與高度。情愛是平面，情操才是立體。愛是有所選擇，寬容才是涵納一切。」

　　「我終於必須承認，寬容比愛強悍。」[24]陳芳明如是而言。

　　在一個被撕裂的社會，在一個貌似追求多元實則二元對立的時代，文學和文學批評必須承擔起重建社會核心價值和「寬容的多元文化」的使命，因而迫切需要黃春明小說世界所體現出的那種深刻開闊的寬容精神，需要陳芳明對「寬容」真諦的重新領悟和闡發。正如啟蒙主義哲學家伏爾泰所言：「傾軋不和係人類之大惡，而寬容則是唯一的治療之道。」

---

23 黃錦樹：《文與魂與體——論現代中國性》（臺北市：麥田出版公司，2006年），頁10。

24 陳芳明：〈寬容比愛強悍〉，《INK 印刻文學生活志》第3卷第7期（2007年3月），頁107。

意識形態與文化研究的偏執
——解讀周蕾的《寫在家國以外》[1]

一

　　生長於香港、現任教於美國學院的周蕾，主要從事中國現代文學、電影、女性主義和後殖民批評等研究，她的《婦女與中國現代性》、《寫在家國以外》等論著對兩岸三地的文化研究產生了矚目的影響，其論述觀點和分析視角常被人們徵引參照。周蕾還被視為「在西方學院最為人熟悉的『香港』批評家」以及「香港文化在北美學院的代言人。」[2]這裡將要討論的就是周蕾論述香港文化的一本代表性著作：《寫在家國以外》（以下簡稱《家國》）。該書試圖從後殖民視角解析當代香港文化，從香港電影、流行音樂和文學創作中抽取具體個案，召喚一種顛覆主導文化的崛起文化，來想像、自創[3]一個邊緣另類的「第三空間」。本書鋒芒畢露的問題意識和理論銳氣確實耀人眼目，文本解讀也常常大膽而富有想像力，尤其書中的香港夾縫想像論述和對殖民者與被殖民者關係的闡釋，在香港文化研究領域引起了較大反響。

1　周蕾（Rey Chow）：《寫在家國以外》（香港：牛津大學出版社，1995年），本文所引用的該書中的文字皆出自該版本，為節省篇幅，下文會在文內將該書簡稱為《家國》並標明頁碼，但不再另加注腳。

2　參看朱耀偉的〈闡釋中國性：九十年代，兩岸三地的後殖民研究〉一文，該文　為「九十年代兩岸三地文學現象國際學術研討會」（2000年6月1-2日）大會論文。朱耀偉：〈闡釋中國性：九十年代，兩岸三地的後殖民研究〉，「九十年代兩岸三地文學現象國際學術研討會」論文（香港：香港大學亞洲研究中心，2000年6月1-2日）。

3　「自創」，是周蕾原英文著述中一個詞語的漢譯，英文是self-writing。

　　但遺憾的是，周蕾的《家國》並非一部闡釋當代香港文化的上佳
讀本。相反，它雖有著先鋒時尚的理論表象和尖銳強硬的批判姿態，
提供的卻多是片面偏激的觀點和陳舊過時的思路，滑動枝蔓的敘述策
略不能掩蓋其先入為主的主觀偏見。該書的問題還在於：其香港文化
想像侷限於線形現代化迷思，忽略了對香港文化內部複雜結構的把
握，對中華性的分析批判缺乏學理性，主觀情緒時而妨礙理性思考。
因此，本文旨在針對書中存在的主要問題提出商榷。

二

　　《家國》一書收入五篇論文：〈寫在家國以外〉、〈愛情信物〉、
〈另類聆聽‧迷你音樂——關於革命的另一種問題〉、〈殖民者與殖民
者之間——九十年代香港的後殖民自創〉和〈香港及香港作家梁秉
鈞〉。五篇文章涉及的知識領域和理論背景複雜，大致有精神分析
學、女性主義、後殖民理論、西方漢學等，取樣的香港文化個案卻並
不多，主要是一部影片、一名歌手和一位作家。書中比較關鍵而具衝
擊性的觀點大致如下：一、香港文化自創的主要癥結在於「中國性」
與「香港性」的矛盾對立，前者對後者構成了「殖民」壓迫，必須解
構「中國性」以及民族主義，才能建構自主的香港身分認同；二、香
港文化身分的「自創」存在於中英夾縫之中的「第三空間」，而這一
身分建構必須依靠香港文化工作者創造出對主導文化具有顛覆批判功
能的文化產品。問題也主要集中於此。
　　具體討論問題之前，有必要先了解周蕾本人身分認同的有關資
訊，以及作者的敘述動機和目的，利於對書中存在的問題進行更準確
的辨析。

（一）「不懂中文」和周蕾的身分認同

從序言說起。冠名為「不懂中文」的序文讀來饒有意味，可以看成周蕾本人身分認同變遷的自述。殖民地社會總會在曖昧之中改寫著人們的身分認同。作者認為，父祖對祖國「不忘本」的認同，「到了我這一代，文化身分問題會變得如此複雜甚至殘酷，再不是靠認同某一種文化價值可以穩定下去。」（序）周蕾對自己身分認同的描述猶疑滑動也不乏矛盾，她自稱「始終是中國人」卻又自嘲「有點阿 Q 精神」（序），因為「活在『祖國』與『大英帝國』的政治矛盾之間，一直猶豫在『回歸』及『西化』的尷尬身分之中。」（序）對身分的民族根源產生了質疑和搖擺：「對於香港人來說，語言，特別是『中文』，包含著意味深長的文化身分意義和價值意義。但是對於在香港生長的人，『本』究竟是什麼？是大不列顛的帝國主義文化嗎？是黃土高坡的中原文化嗎？」（代序）可見，殖民地社會的文化身分改寫已經使周蕾對民族之根不再有明確的認同。而今，僑居美國的周蕾更有理由拒絕當「如假包換的中國人」而自認為「文化雜種」（頁38）。西化已成為她真正的身分歸屬，但她同時並不願放棄香港身分，而是以僑居者的身分焦慮地關心著香港文化的自我建構。

執著於香港身分的周蕾對語言非常敏感，這並不奇怪。但有趣的是，她的敏感是有選擇性和針對性的。比如面對殖民地現實生存秩序造成中文劣勢的命題，她就不太敏感，根本無意深究更缺乏深入反省，只是一筆帶過。對於同樣的語言命題，海外華人學者葉維廉的後殖民批評倒是顯示了比周蕾敏感的批判態度：「英語所代表的強勢，除了實際上給予使用者一種社會上生存的優勢之外，也造成了原住民對本源文化和語言的自卑，而知識分子在這種強勢的感染下無意中與殖民者的文化認同，亦即是在求存中把殖民思想內在化，用康士坦丁

奴（Renato Constahtino）的話來說，便是『文化原質的失真』。」[4]與
對香港中文的弱勢狀態的無動於衷相比，周蕾對語言問題的敏感似乎
更集中地體現在不愉快的個人經驗中，本書不止一次提及她被大陸學
者批評為「不懂中文」而深受刺激的經歷，對「她是香港人」這句話
她似乎表現出了異乎尋常的敏感和憤怒，推斷被批評的主要原因就是
自己來自香港的西化女性的身分，因而猛烈批評對方是「固執而惡性
的中心主義」，是「文化暴力」（參見代序「不懂中文」，以及第三十
七至三十八頁相關內容），並順帶指責那種將香港文化歸為「殖民地
遺產」的「定型意識」是一種「歧視和藐視」。其實她也承認自己論
文的漢譯英版本確實出現了一個錯誤，這自然不是什麼大事，但來自
大陸學者的指責顯然損害了她的自尊心，同時又刺激了她對於中原意
識的聯想和反感。從她堪稱憤怒的反應看，可以感受到一個游走於中
英文之間的雙語精英內心脆弱游移的一面。對於至今仍存在於某些人
身上的「中原意識」，批判和解構肯定是必要的，但中原意識在當今
社會並沒有周蕾想像的那麼強大，在西方現代性和全球化進程中，第
三世界的邊緣性和弱勢一目了然，在這種世界格局中把所謂中原意識
想像得過於強大顯然不夠真實。由於周蕾序言裡的個人情緒也不時出
現在其他章節，讓人不得不意識到這種夾雜著怨艾和憤懑的情緒對於
本書寫作的特殊意義。周蕾是否將私人事件普泛化了，升級為一種過
敏而且戲劇化的霸權反抗？或者說周蕾所宣稱的「公道」的香港論述
是否會因此而打些折扣？而周蕾面對與香港身分意識有關的兩種語言
現象／事件截然不同的反映，是否也提示人們，閱讀周蕾不能不考量
她本人的身分認同意識和發言位置？

4 　葉維廉：〈殖民主義‧文化工業與消費慾望〉，張京媛主編：《後殖民理論與文化批
　　評》（北京市：北京大學出版社，1999年），頁365。

（二）周蕾對中國性或中華性認識的偏執

　　周蕾認為香港是後殖民的反常體，「處於英國與中國之間，香港的後殖民境況具有雙重的不可能性——香港將不可能屈服於中國民族主義／本土主義的再度君臨，正如它過去不可能屈服於英國殖民主義一樣。」（《家國》頁94）她引用 Chakrabarty 在拆解歐洲的同時也應質疑印度這個概念的看法，說明香港「於拆解『英國』的同時，也要質詢『中國』這個觀念。儘管香港與印度同是面對英國統治的困局，但香港卻不能光透過中國民族／中國本土文化去維護本身的自主性，而不損害或放棄香港特有的歷史。同時，香港文化一直以來被中國大陸貶為過分西化，以至不是真正的中國文化。香港要自我建構身分，要書寫本身的歷史，除了必須要擺脫英國外，也要擺脫中國歷史觀的成規，超越『本土人士對抗外國殖民者』這個過分簡化的對立典範。」（《家國》頁98）書中多處論述表明，周蕾在後殖民解構過程中將英國與中國看成同樣的殖民者，這顯然是後殖民的濫用誤讀，香港的所謂特殊性並不能用來掩蓋它的後殖民普遍性境況，解構宗主國殖民性的問題與中國內部的地區自治問題性質不同，二者不能同日而語；周蕾在引用查格帕蒂的說法闡釋香港處境時還出現了不對稱的挪用比較，按照後者的思路，正確的推理應該是：拆解英國的同時也要質詢「香港」這個概念，而非中國。事實上，周蕾雖然提及拆解英國，但書中並未真正討論這個後殖民解構最應該正視的命題，令人困惑她如何能讓自己的香港論述做到「公道」。

　　周蕾堅持認為，「中華性」是後殖民香港論述最迫切需要解構的對象，她將中國性或中華性看成香港文化建構必須反抗的他者。這就牽涉到對「中國性」或「中華性」（chineseness）的理解。「中華性」的內涵相當豐富，是一個以傳統為根基、以現代性為指歸，中華多民族文化融合的大文化概念。它既是漫長歷史的文化積澱，也是朝向未

來的不斷變化發展的精神建構。因此，它並非一個本質主義的單一固化概念，而是包含多重文化要素的歷史的概念，兼有本土性（或德里克所說的地域性）和開放性。在全球化語境中，中華性為西方現代性的反思提供了另類思想空間。而周蕾對中華性概念的複雜性顯然缺乏認識，一意偏執地將中華性化約處理成一個面目可憎的他者。

> 不論香港人怎樣犧牲一切去熱愛『祖國』，在必要時，他們仍然可以被批為「不愛國」，不是「十足」的「中國人」。……「中華性」的泉源，正是一種根深蒂固的「血盟」（bonding）情感造成的暴力。這是一種即使冒著被社會疏離的風險，漂泊離散的知識分子仍必須集體抵制的暴力。因而，《寫在家國以外》其中的目的，就是放棄（unlearn）那種作為終極所指的，對諸如「中華性」這種種族性的絕對服從。（《家國》頁36）

在此，周蕾顯然不是在批評中原意識，而是對中華性進行了全盤否定，中國性／中華性在周蕾的論述中完全被同質化、化約化、汙名化了，民族認同意識一律被視為「血盟」。這種本質主義的思維路線出自一向操控後殖民話語自如的周蕾筆下著實讓人疑惑，她實際上是把中華性視為一種僵化頑固卻具有霸權性的可怕他者，而且這個他者永遠不具有變化和流動的可能性，她的視野中，中國／西方、香港／西方殖民者這樣的問題域完全成為了靜默的盲區。在把中華性敘述成傲慢霸權的「他者」和「暴力」的同時，作者又刻意把香港扮成弱小的受害者，癡情重義卻屢遭嫌棄，以反襯中華性的可憎。書中另外章節更用「雜種」和「孤兒」來強化香港的弱者描述，好像完全忘記了這雜化邊緣其實也具有眾多優勢。她偏激地斷定：

> 香港的現代史從一開始，就被寫成為一部對中國身分追尋的不

可能的歷史。尤其因為香港本身不可抹掉的殖民地污點，這種
追尋註定胎死腹中。香港對中國的追尋，只會是徒勞的；香港
愈努力去嘗試，就愈顯出本身「中國特性」的缺乏，亦愈偏離
中國民族的常規。這段歷史緊隨著香港，像一道揮之不去的咒
語，令香港無法擺脫「自卑感」。(《家國》頁109)

「一部對中國身分追尋的不可能的歷史。」這與其說是尊重事實
的客觀描述，不如說是一種動機可疑的宿命論。而她言之鑿鑿的所謂
「不可能」在九七之後其實已經變成現實，證明了其論述的破產。即
使僅僅作為歷史描述，這判斷也與事實相距甚遠。周蕾的論述常常出
現斬釘截鐵的論斷，充斥著「註定」、「只會是」、「咒語」之類沒有商
量和解釋餘地的判定，其實這種敘述倒是有點像是聳人聽聞的警告和
「咒語」。她對中華性的不公平抨擊，讓人質疑她的言說方式是否更
帶有她本人表示深惡痛絕的話語暴力傾向？

關於香港的「自卑」，我們還可以參照周蕾的另一個斷言：

作為一個殖民地，香港不就是中國的未來都市生活的範例
嗎？……香港在過去一百五十年間，其實已經走在「中國」意
識裡的「中國」現代化最前線了。……香港一直扮演著後殖民
意識醒覺及其曖昧性的模範。(《家國》頁102)

周蕾筆下的香港，轉眼由一個邊緣的「自卑者」變成了傲視大陸
的自傲者。這表明，周蕾並非不懂香港的邊緣其實也是優勢；得意於
香港現代化優勢，是為了強調香港「獨立社會觀念」的重要性。而她
時而把香港刻意描寫成可憐的被棄孤兒，只能反映她本人強烈意識形
態操縱下的抵抗中華性的主觀意願，卻並不能看成關於香港後殖民境
況的學理性論述。

　　此外，對於香港而言，與民族國家認同相關的種種情感十分複雜，周蕾的理解至少簡單化了。那種根深蒂固的民族國家認同和情感果真都來源於強權的壓迫？周蕾一面說自己不會為香港人代言，但她又怎能一概將港人的民族意識理解為霸權下對「血盟」的盲目服從？如果說中原意識有貶抑香港的因素應該解構，那麼周蕾的看法豈不是對香港更大的貶抑。因為她自己完全缺乏民族意識，就貶損港人的民族意識。才會感慨：香港的「『中華性』的力量卻令人不可置信的強大。」（《家國》頁35）這感慨充分說明周蕾並不理解香港，又談何公道地敘述香港文化？

　　對香港性與中國性二者的關係，周蕾借用斯皮瓦克的一句話：要想尋根還不如種樹。我們可以反問周蕾：種樹是否需要土壤？周蕾試圖為香港文化發聲無可厚非，但如此執念於否定中華性，卻令人遺憾。細究之，一方面反映了作者個人缺乏民族認同、對歷史理解片面，另一面也可看出周蕾對於香港話語權急切焦慮的爭奪意識。

　　　　香港所呈現的其實是一個非常要緊的問題，這就是在一個所謂「本土」文化之中出現的主導與次主導之間的鬥爭。……在香港問題上，於拆解「英國」的同時，也要質詢「中國」這個觀念。……香港文化一直以來被中國大陸貶為過分西化，以至不是真正的中國文化。香港要自我建構身分，要書寫本身的歷史除了必須擺脫中國歷史觀的成規，超越「本土人士對抗外國殖民者」這個過分簡化的對立典範。香港第一要從「本土文化」內部對抗的，是絕對全面化的中國民族主義觀點。（《家國》頁99）

　　　　從香港的觀點來看，中國的自創卻肯定不是香港的自創；中國重獲擁有香港的權利，並不等於香港重獲本身的文化自主權。（《家國》頁97）

　　事實上，殖民地社會並不一定會完全消解民族根源意識，殖民者為了更好地統治，允許殖民地人保存一定的民族文化意識，這已是後殖民研究的共識。香港地區同樣如此。殖民歷史即將結束之時，周蕾這個殖民地雙語精英比殖民者更強烈地要拒斥祖國的文化根源，讓人不能不提出質疑：周蕾也許正是一個殖民性內化的「模範」？而對自身的殖民意識缺乏反省的主體又怎能寫出「公道」的香港形象？

　　以周蕾的學識，她不會不知道，民族國家仍是當今世界最為普遍有效的共同體形式，民族意識在任何國家都不可或缺，如安東尼・吉登斯所言：「現代『社會』是立存於民族—國家體系之中的民族—國家（nation-states）」，今天的社會「是與民族—國家相伴隨的獨特社會整合形式的產物。」[5]而她關於香港身分建構須先解構中華性的觀點卻違背了現代社會學關於民族國家的基本常識。可以想像，周蕾提供的民族本土意識虛無化主張帶給香港文化的絕不可能是什麼福音。

　　從《家國》的多處相關論述和整個批判思路看，周蕾把解決香港文化身分問題的主要癥結歸為「中國性」與「香港性」的殖民與被殖民的關係，急切呼籲建構香港身分必須首先否定「中國性」。因此，周蕾的香港後殖民論述從頭開始就陷入了消極、僵硬的香港性與中國性的本質主義二元論。原本可以更多維度更靈活有力的後殖民反省，受激烈的主觀情緒和偏頗單一的針對性影響而喪失了建設性的思考空間。無法否定香港與中國之間的政治關係，卻執意建構去除中華性的香港本土性，這是作為後殖民症候的周蕾所難以解決的邏輯悖論。

（三）質疑周蕾的香港本土主義及其第三空間敘事

　　後殖民「混雜說」（hybridity）認為文化是雜質的累積，文化發展史本身就是一部雜質吸納史。香港在一百五十年的殖民歷史中逐漸

5　〔英〕安東尼・吉登斯撰，胡宗澤等譯：《民族—國家—暴力》（北京市：生活・讀書・新知三聯書店，1998年），頁2。

成為一個國際型現代都市，同時也塑造出中西混雜的香港意識。關於
香港的身分認同問題，香港作家也斯（梁秉鈞）曾有一段常被引用的
表述：「香港的身分比其他地方的身分都要複雜。……香港人相對於
外國人當然是中國人，但相對於來自內地或臺灣的中國人，又好像帶
一點外國的影響。」[6]葉維廉也曾這樣分析：「香港經驗是中國文化的
一部分嗎？是又不是。是，因為是中國人的城市；不是，因為文化的
方式不盡是，香港人的歷史意識、歷史參與感不盡是。」[7]其實，引
發爭議之處並不在於意識到香港文化的雜化特徵，而在於如何闡釋這
種特性。

　　周蕾這樣闡釋：

> 香港最獨特的，正是一種處於夾縫的特性，以及對不純粹的根
> 源或對根源本身不純粹性的一種自覺。……這個後殖民城市知
> 道自己是個雜種和孤兒。（《家國》頁101）

　　這種「夾縫想像論」將香港定位成「雜種和孤兒」，強調香港受
兩個「殖民者」擠壓的尷尬境況，認為唯有拆解英帝國殖民性的同時
也要質詢中國性，周蕾在具體敘述中更是提示要根除民族意識，才可
能建構出香港自我的邊緣另類空間，即「第三空間」。從上文分析可
知，周蕾的論述暗示或明示了兩個時而重疊時而矛盾甚至對立的範
疇：香港地域本土和中國國家本土，她執著維護的本土是香港本土，
與中國民族國家敘事中的本土則區隔分明甚至相互牴觸；同時，周蕾
的敘述還常把中國和英國作為同等的殖民者看待，顯示了和意識形態

6　梁秉鈞：〈都市文化與香港文學〉，張京媛編：《後殖民理論與文化認同》（臺北市：
　　麥田出版公司，1995年），頁157。

7　葉維廉：〈殖民主義‧文化工業與消費慾望〉，張京媛主編：《後殖民理論與文化批
　　評》（北京市：北京大學出版社，1999年），頁362。

主導下的後殖民誤讀偏見。對香港歷史獨特性的狹隘理解，成為周蕾建構「獨特的」香港後殖民論述的基本理由。而這種「夾縫想像論」忽略了真正的殖民歷史而去虛構或誇張中國性他者。夾縫想像論把香港文化本土性看成身處擠壓中的弱者，對西方殖民者和中華性都表示拒絕，香港的獨特性被抽空內涵而成為蒼白虛幻的構想。周蕾過於執著於香港本土性，排拒文化交融過程對身分的影響，也忽略了身分是流動的建構這一後殖民批評常識，斯徒亞特·霍爾在《文化身分與族裔散居》中指出，文化身分「決不是永恆地固定在某一本質化的過去，而是屈從於歷史、文化和權力的不斷『嬉戲』。」[8]周蕾盲視香港在中西文化之間左右逢源的優越性，將香港本土性本質主義化，香港文化在她這裡似乎被想像成了一塊能夠抵禦雙面侵襲的非英非中的文化飛地。這就難免將香港本土文化這個本可以兼「混雜性」、「邊緣性」（marginality）和「中間性」（in-betweeness）為一體的豐富內涵本質化抽空化了，反倒失去了騰挪翻轉的發揮空間。

　　葉蔭聰的研究表明，「在五、六十年代之際，民族主義及殖民主義的轉變，刺激起有關香港身分及社群的論述，除此以外，社群想像亦要從民族主義、殖民主義中借取敘事技巧、措詞技巧來炮製。本土意識並沒有完全被中國民族主義貶抑，或受到殖民主義的壓制，相反，本土意識在民族及殖民論述本身及相關的框架中運作，形成一個文化的混雜化過程（cultural hybridization）。」[9]香港性作為「想像的社群」，本身也是歷史的建構和諸種力量辨證的場域，這種本土意識並非獨立生成，更不可能是既摒除民族文化和又拒絕外來文化的文化飛地。隨著香港回歸祖國成為現實，香港性與中國性的關係只會越來

8　羅鋼、劉象愚主編：《文化研究讀本》（北京市：中國社會科學出版社，2000年），頁211。

9　葉蔭聰：〈「本地人」從哪裡來？〉，羅永生編：《誰的城市：戰後香港的公民文化與政治論述》（香港：牛津大學出版社，1997年），頁14。

越緊密相聯，周蕾香港本土想像即所謂另類香港本土性的虛幻也愈加明顯。

　　周蕾提供的為數不多的個案，也難以支撐起她的第三空間構想。「愛情信物」一文以電影《胭脂扣》為個案，討論了香港八、九〇年代的懷舊潮。周蕾認為如花的癡情構造了一種社會「民俗」，成為稀世的文物。電影將這種「民俗」細節化具體化，「在構築另一個時代的過程中，這些細節成了本土文化的有力佐證，令今日的觀眾目為之眩，也令他們深信這種本土民俗文化的存在。」（《家國》頁51）周蕾還從港片集體性的懷舊，解讀出其意義在於「提供了一種另類時間，來虛構幻想一個『新社會』，以解決今日香港的身分危機。」（《家國》頁41）這些分析有其合理性一面，但同時《胭脂扣》裡的懷舊也是一種普遍性的後現代情緒，而如花的重情重義也是中國文化傳統中最受推崇的品質，妓女從良以及與恩客的愛情故事本是中國古代文學中的常見素材。而李碧華的通俗小說最擅長於從中國文化傳統中擷取資源，只是她並不泥古而時見翻新，讓古舊文物在香港都市文化中別開生面。這一個案顯然與內在中國性關係深遠。周蕾對這部言情影片的過度闡釋，在於企圖讓它承擔構想某種團體和社會的使命。其實作者也意識到：「假如在後殖民時代的無數破碎中，懷舊可以被視為另一種構想『團體』與『社會』的方法，那麼這個被構想的團體與社會也是神話式的。」（《家國》頁60）影片確乎傳達了特定歷史時期港人的矛盾觀望心態，但這懷舊的意涵卻並不至於導引出顛覆未來的社會力量。

　　霍米・芭芭曾有「第三空間」之說，[10]周蕾的「第三空間」究竟指涉什麼？從本書看主要指香港文化工作者對香港獨特經驗的自創，

10　〔美〕阿里夫・德里克：〈後殖民還是後革命？——後殖民批評中歷史的回顧〉，
　　〔美〕阿里夫・德里克撰，王寧等譯：《後革命氛圍》（北京市：中國社會科學出版
　　社，1999年），頁92。

但又非一般意義的表現。她呼籲的香港後殖民本土自創應「建基在文化工作與社會責任之上，而不是一味依靠血脈、種族、土地這些強權政治的逼壓。」（《家國》頁115）其實主要是倡導一種抵抗民族精神和主導文化的香港自我敘述。「我以香港作為討論後殖民城市的目的，是要說明在殖民者與主導的民族文化之間，存在著一個第三空間。儘管對抗殖民者仍然是當務之急，這個空間也不會淪為純粹民族主義的基地。」（《家國》頁102）帶著這種單向度的批判動機，她所詮釋的羅大佑音樂和理念也僅突出其激進反叛的一面，對於羅大佑在兩岸三地華人社會的整體音樂形象並未做辨證分析，因而在有色眼鏡的觀照下，周蕾把「東方之珠」這首具有明確中華性認同的歌曲解釋成了她的香港另類敘事標本，在「請別忘記我永遠不變的黃色的臉」的深情表述裡解讀出了民族意識虛無的所謂香港另類空間特徵，這不僅是誤讀，而且還很荒誕。

　　本書的另一個案是也斯的文學創作。周蕾一再強調也斯詩歌中的物質性、都市性，並將這些當做香港的一種另類建構。其實後現代都市的自我敘述具有相通的特性，物質主義和都市性正是現代乃至後現代過程中必然發生的共同現象，並不能證明香港身分的排他性。周蕾最感興趣的或許是也斯的一些說法。也斯曾說，「很諷刺地，作為一個殖民地，香港給予了中國人和中國文化一個存在的另類空間，一個讓人反思『純正』和『原本』狀態的問題的混合體。」（《家國》頁144）這裡涉及到對殖民性和殖民現代性問題的理解。也斯肯定香港對於中國大陸的現代性優越位置和參照價值，但他並非對殖民性和香港身分沒有反省，他提醒，「我們不應該把自己視為受害者，顧影自憐，而應該留意受害者成為暴君的可能，就像某些香港人對待越南船民、菲律賓女傭、或是大陸新移民的態度。」（《家國》頁146）周蕾在香港問題上卻沒有反省地認同殖民性，「殖民性並不是世界上強勢對弱勢所作的歷史性暴力，它亦是一個基本的經濟狀況，一個對很多

人而言是唯一的價值狀況，唯一的生活、思想、尋求變更的空間。」
（《家國》頁144）這對於一個後殖民批評家而言有點反諷。身分是流
動與開放的建構過程，自我封閉或執念於往昔的殖民性境遇並不是香
港的出路。香港無論是與西方文化、與非西方的其他文化，還是與中
國大陸各地區文化之間，需要的都是開放、對話、互動與博弈，而非
簡單拒斥。也斯的另一種論述就顯示了這種流動的觀照方式：「從島
眺望大陸，又從大陸眺望島。換了一個角度，至少會看到站在原地看
不到的東西，會想到去體會別人為什麼那樣看事情。……當我們不斷
移換觀察的角度，我們就會發覺：其實是有許多許多的島，也有許多
許多的大陸，大陸裡面有島的屬性，島裡面也有大陸的屬性，也許正
是那些複雜變幻的屬性，令我們想從不同的角度去了解人，令我們繼
續想通過寫小說去了解人的。」[11]也斯的都市言說與對香港身分的矛
盾反省顯然不同於周蕾缺乏溝通意願的封閉的香港身分觀。

三

　　周蕾開篇自陳寫作《家國》一書的目的是「希望為香港文化作出
一些較公道的分析，」（《家國》序言）從上文分析看來，她並沒有做
到這一點。

　　筆者以為，周蕾香港後殖民敘事的誤區首先在於對霸權的目標定
位偏頗，如朱耀偉所言，「以後殖民的反霸權向度而言，香港的身分
一直顯得相當尷尬。香港一方面享受全球（西方）資本主義所帶來的
經濟利益，另一方面又抗拒西方殖民，所以一方面急切認同自己的中
國人身分，另一方面又擔心九七之後失去自主。職是之故，香港的後

11　也斯：〈古怪的大榕樹──《島與大陸》代序〉，也斯：《尋找空間》（北京市：中國
　　人民大學出版社，1994年），頁300。

殖民反霸權矛頭一直無法認清目標。[12]周蕾的論述就有代表性地反映
了這種香港後殖民批評的盲目性，對霸權的誤認和冷戰式恐左想像。
不可否認，後殖民時期民族國家內部權力結構的反省也相當有必要，
但對於香港後殖民批判而言，畢竟對帝國殖民歷史中的不公義性、權
力秩序構成運作等問題的揭示才更應是題中應有之義，也更為迫切。
我們沒有看到周蕾對殖民時期香港社會體制運作的任何反思。這與海
外華人學者葉維廉對香港殖民主義、文化工業和消費慾望以及香港文
化情結的深刻剖析形成了鮮明對比。殖民主義對殖民地民族意識的消
解、殖民者如何讓殖民文化內化於殖民地、殖民和後殖民時期社會結
構中的不平等、香港底層民眾的境遇和聲音等等，都被周蕾忽略不
計。即便是在香港性／中國性、香港本土／中國民族主義二元關係的
思辨中，她也只注意到中國性的「侵佔壓逼」（《家國》頁102），而完
全漠視了香港與大陸之間的複雜互動。八〇年代以來香港經濟文化對
大陸的衝擊和影響巨大，以文化而言，從金庸到周星馳，從成龍電影
到 Beyond 樂隊、達明一派（TatMing Pair），從亦舒、梁鳳儀到李碧
華……香港流行文化對大陸年輕受眾的影響力之大人所共知。在北進
想像小組成員眼裡，香港經濟文化的北進殖民性已構成一種事實，[13]
而這也完全不在周蕾的視野中。再者，對民族文化的反省不能取代和
轉移對香港社會內部複雜權力結構關係的觀察。九〇年代以來香港的
不少文化研究者從階級、弱勢人群等層面揭示香港社會結構和文化結
構的複雜性，並解構殘留的殖民性；與周蕾的理論想像相比，他們的
香港文化勘探更貼近香港本土，也更關注香港文化的歷史形構過程。

---

12 參見朱耀偉：〈闡釋「中國性」：九十年代兩岸三地的後殖民研究〉，「九十年代兩岸
　　三地文學現象國際學術研討會」論文（香港：香港大學亞洲研究中心，2000年6月1-
　　2日）。

13 葉蔭聰：〈邊緣與混雜的幽靈──談文化評論中的香港身分〉，《香港文化研究》第3
　　期（1995年8月），頁16-26。

　　周蕾的論調還暴露了殖民文化內化的自內殖民性，即一種高高在上自以為是的優越感。作者表現出對香港社會殖民現代性缺乏反省和批判的自傲，以及對大陸被鄉土和民族壓抑的刻板印象，無視一九八〇年代以來中國的發展與變化（參見《家國》頁102）。其實，無論是民族國家理論還是殖民現代性問題，都遠比周蕾的描述要複雜。一種建設性的香港後殖民敘事更應注重民族意識與現代精神的統一和協調，警醒和批判一切殖民霸權話語（包括自身），在對中國本土文化和外來文化多元靈活吸納的基礎上，才可能形成開放而包容的地方性身分建構。

視覺現代性與第五代電影的民族誌闡釋

──以周蕾的《原初的激情》[1]為中心

　　曾經輝煌的第五代電影早已淡出視線，近些年來不少第五代導演紛紛改弦易轍，熱衷於好萊塢式商業大片的生產行銷。如何面對二十世紀八○至九○年代蔚為大觀的第五代電影這一有意味的文化現象？與國內眾多論者相比，海外華人學者周蕾的《原初的激情──視覺、性慾、民族誌與中國當代電影》（*Primitive Passions: Visualizing Sexuality Columbia University*，下文簡稱為《原初的激情》）提供了較為廣闊的理論視野和另類的闡釋途徑，其論述中有關視覺現代性和民族誌影像書寫的角度相當富於啟發性，當然，作者的發言位置、身分意識以及主觀理論趣味也每每造成其洞見同時的偏見，近年來引發了華人學界和海外漢學界廣泛的關注和不斷爭議，值得國內電影研究者借鑑與探討。本文擬以之為對象進行辨析。

　　《原初的激情》是一部由出生於香港的美國華人學者周蕾撰述的有關中國當代電影的學術論著，一九九五年由加利福尼亞大學出版印行，作者因此書獲全美現代語文學會（Modern Language Association）的「James Russel Lowell」獎。二○○一年臺灣的遠流出版公司出版了該書中文版本。周蕾畢業於香港大學，後獲史丹佛大學博士學位，

1　周蕾：《原初的激情──視覺、性慾、民族誌與中國當代電影》（臺北市：遠流出版公司，2001年），下文引用該書皆出自這個版本，除注明頁碼外，不再另注詳細出處。

現任布朗大學教授，被認為是美國華人文化研究界的代表性人物之一，其著述在臺港和海內外華人文化研究界頗具影響力，她擅長以精神分析、後殖民批評以及女性主義等理論方法，從事女性主義批評、文學與現代性反思、香港流行文化分析、中國電影闡釋等跨界文化研究，中文著作包括《婦女與中國現代性》、《寫在家國以外》等。

　　周蕾著作一向擁有著強悍的風格和敏銳的感悟，其理論話語的跨界挪用、敘述姿態的高屋建瓴，以及立論的別出心裁和觀點的尖銳犀利，往往給人以強烈的思辨衝擊；《原初的激情》亦然。遠流版的介紹可以視為行文艱澀的《原初的激情》一書精華內涵的濃縮和導讀：在《原初的激情》中，作者以視覺性為切入點，重新解讀了二十世紀中國的一些重要事件；而當代中國導演們的作品組成了周蕾所稱的「新民族誌」，填補了本土與大都會市場之間的溝壑；周蕾還將中國當代電影視為後殖民世界文化翻譯這一普遍議題中的某一事件。作者將電影、文學、後殖民史、文化研究、女性研究以及民族誌中的問題紛然雜陳於一體，超越單一學科的界限，跨學科的視野讓人眼前一亮。因此「本書不僅吸引對當代電影的理論問題感興趣的人，而且能引起任何試圖理解中國文化之複雜性的人的興趣。」[2]臺灣遠流版著作封底則如此宣稱：「本書除了提供給讀者以從未嘗試過的對當代中國影片的分析之外，還對當代某些最緊迫爭論有積極的回應，這些爭論包括跨文化研究、性別關係、民族性、身分認同、真確性以及商品拜物主義等。理論性地徜徉在文學與視覺呈述之間、菁英與大眾文化之間以及『第一』和『第三』世界之間，作者勾劃、批判了目前文化政治中各種流行的闡釋類型根深蒂固的偏見和歧視，以及它們的實際用途。」此外，在一些書評和視覺文化評論中，亦可見到不少推崇或欣賞性的看法，如朱耀偉稱周蕾對中國電影的解讀「是一種成功的

2　參見《原初的激情》一書的封底介紹。

『轉化式閱讀』。」而中文譯者孫紹誼認為《原初的激情》一書「理論色彩濃厚、行文艱澀但卻睿智四射」。同時，本書也引發了針鋒相對的爭論，如韓國全炯俊在兩篇論文中專門針對此書的理論、方法和觀點進行了尖銳批評與商榷；[3]而李歐梵、張君勱等學者也對周蕾的視覺性論題發表過不同看法。客觀地說，周蕾的著作在富有啟發性的論析過程中也存在不少難以說服人的立論和牽強附會的論證。《原初的激情》與周蕾此前的兩本中文著作存在著延續性和一致性，如後殖民批評路徑，女性主義、精神分析、消費社會流行文化分析等理論方法的自由運用，對中國性、中國中心主義（民族主義）的高度敏感與關注，等等。

　　該著主要考察了二十世紀八〇年代後期以來屢獲國際盛譽的當代中國電影，其主要論析對象是以吳天明和以張藝謀、陳凱歌等為代表的第五代導演及其代表作品；以中國電影為論述契機和觀察焦點，卻涉及相當廣闊的理論領域，而且對於當代中國知識分子文化心理和中國現代性等問題不乏尖銳的解剖，可以將之為理論旅行中的症候式分析。

　　這本書的第一部分：「視覺性、現代性以及原初的激情」，從視覺性的角度追溯中國現代文學起源以及技術視覺的出現對於前者的重大意義，企圖心甚大，朱耀偉稱其試圖「以視象性為重寫現代中國文化史的軸心」。[4]一開篇，周蕾就對眾所周知的魯迅「幻燈片」事件作出了與眾不同的解釋，認為魯迅對幻燈片的激烈反應，更重要的原因是對視覺性與權力關係感到震驚。正是視覺媒體將暴力行刑場景強加給看者，才得以達到「猛擊」的效果，並構成威脅，而「這一威脅將促

3　參看全炯俊：〈文字文化和視覺文化：文化研究的魯迅觀一考察〉，《魯迅研究月刊》2005年第4期；全炯俊：〈文化間一小考〉，《中外文學》第34卷第4期（2006年）。

4　朱耀偉：〈原始情慾：視象、性、人種志與當代中國電影〉，《人文中國學報》1996年第3期。

成魯迅寫作生涯的『開始』」[5]。在此，周蕾從現代主義的「震驚」角度重述幻燈片寓言，企圖揭示出後殖民第三世界裡「自我意識」的誕生不僅在於國族意識的覺醒，更在於視覺刺激帶來的文字保衛意識和書寫自覺，論述角度看上去頗有新意，用心良苦，得出以下結論：「只有通過對電影的召喚，魯迅才得以討論其文學寫作的『起源』，因此，文學寫作的自足性和有效性被現代性中初現的姿態所否決——這正是魯迅故事的基本矛盾。……魯迅故事的另一種轉變是重新歸依傳統，重新確認文化是以書寫和閱讀為中心的文學文化，而非包括電影及醫學的技術。」[6]在周蕾眼裡，魯迅等現代作家的文學成了「躲避視覺震驚的一種方式」，現代文學成為「精英階級在技術化視知覺出現時試圖回到文學文化作為拯救方式的一種運動」，而代表現代化的技術視覺性則被壓制了，卻重新浮現並從內部改變關於寫作和閱讀的觀念。周蕾試圖以視覺性為脈絡書寫中國現代文化人類學，刻意強調視覺性視野對於解讀現代中國歷史與文化的重要性和優越性，為此她指責中國現代文學以精英主義貶抑技術性視覺（包括電影）。不免有視覺優越論和過渡闡釋的嫌疑，在張揚視覺性的同時對於現代文學並不公平。公平地說，技術視覺作為一種傳播媒介在現代文學發生之初尚未表現出如此巨大的挑戰性，而經過清末民初乃至五四新文化運動，小說等文字書寫方從街談巷議之流得以上升至承載新民新國的現代民族國家建構功能，電影等視覺文化形式對文字書寫產生了越來越不可低估的影響是事實，但五四時期的寫作不一定意味著視覺性出現之際的退守文學。此外，文學寫作並不一定意味著精英主義，電影文化也不絕對地體現為大眾化，兩種載體同樣可以用於對原初的探索以

5　周蕾：《原初的激情——視覺、性慾、民族誌與中國當代電影》（臺北市：遠流出版公司，2001年），頁27。

6　周蕾：《原初的激情——視覺、性慾、民族誌與中國當代電影》（臺北市：遠流出版公司，2001年），頁30、33。

及現代性的追尋。韓國學者全炯俊就曾撰文指出周蕾對「幻燈片事件」以及視覺衝擊的解讀有些「言過其實」，認為對於魯迅而言，「視覺科技的衝擊是如何融入其文學內部的而又如何表現的等問題，要比周蕾所立足的視覺文化優越論並在此基礎上非難魯迅文學選擇問題更具建設性。」[7]

　　對魯迅典故涵義的另類解讀是全書以視覺性為中心的跨界論述得以展開的引子。隨之，周蕾提出本書的核心概念「原初激情」，這是此書關鍵字之一，值得關注。實際上，原始主義是浪漫主義和現代主義思潮中早已出現過的思想和感覺方式，體現於文學、繪畫、音樂等先鋒藝術領域。而周蕾認為自己的概念與之有別，她關注的是電影這種視覺性大眾文化中的原初性；再者，早先的原始主義大多是第一世界將第三世界視為原初性的想像場所，而在周蕾那裡，原初性則主要指非西方人對自身文化根源的想像。所謂的原初激情，意味著在文化危機狀況下傳統文化面臨失落時的一種有關起源的幻想，它經常與動物、野性、鄉村、本土、女性等相對原始或弱勢的意象相關，在本書中具體指涉中國知識分子對於自身文化根基的一種想像、迷戀和確信。周蕾同時認為：視中國為受害者同時又是帝國的原初主義悖論正是中國知識分子迷戀中國的原因。通過這一「感覺結構」，作者將二十世紀三○年代無聲電影《神女》、六○年代瘋狂激進的領袖崇拜場景和八○、九○年代之交的中國電影有些粗陋但意味深長地串聯為一體，並主張將中國電影視為非西方國家自我呈述的民族誌。周蕾質疑了反東方主義批評將「看」視為權力形式、「被看」視為無力的看法，認為這種二元論簡化了原來複雜的問題，應將非西方人同時視為「看者」與「被看者」，而作為西方人的「我們」，需要考察非西方文

7　全炯俊：〈文字文化和視覺文化：文化研究的魯迅觀一考察〉，《魯迅研究月刊》2005年第4期，頁53。

化如何運作視覺性，以因應非西方人同樣是注視者、窺視者以及觀看者。[8]這裡自然流露出一個西方學者自覺的身分意識和學術立場。縱觀全書則不難看出，通過對視覺文化（在此主要指電影也兼指涉某些現實視覺圖景）的考察將現代中國文化史讀解為一種自我呈述的民族誌或文化人類學，闡釋並解構全球流動性商業化語境下這種非西方民族誌自我「呈述」的形態和奧秘，以利於西方人進行因應非西方人跨界文化運作的理論探索，正是本書的重要目的。

在第二部分「幾部當代中國電影」，周蕾自如穿行在佛洛伊德、詹明信、齊澤克、斯皮瓦克、丘靜美、阿達利、本雅明、凱普蘭、海德格爾、李浩昌、王躍進、波德里亞等不同族裔、不同類型學者們的論述之間，在一種開放的論述空間裡對陳凱歌、張藝謀等人的代表性電影文本展開了充滿張力的美學與意識形態解讀。周蕾認為在八〇至九〇年代的中國電影中，中國知識分子在抗拒西方的同時更凸現其對原初中國的迷戀，形成自戀性文化生產結構，這種自戀性價值—寫作結構通過國際電影機制和跨文化闡釋機制被（誤）譯成了「中國作為抗爭西方的變體」的範型。實際上中國電影試圖回到原初「中國」的意願正是民族主義敘述的「內傾化」，暴露出「中國」乃是「非自身」（other than itself），其抗爭性導向「中國」、「中國遺產」、「中國傳統」等等或它們的變體。在自戀主義的景觀中，中國電影進行著原初的再建、「力比多經濟」的縮減以及想像的再投入，這是「第三世界」文化在「第一」和「第三」世界之間所進行的一種「勞動」。[9]在這裡，周蕾將中國電影中的原初激情視為一種文化危機之後民族價值的焦慮和自我意識的追尋，而「原初」意味著自我中心的內在需要但

8　周蕾：《原初的激情——視覺、性慾、民族誌與中國當代電影》（臺北市：遠流出版公司，2001年），頁32。

9　周蕾：《原初的激情——視覺、性慾、民族誌與中國當代電影》（臺北市：遠流出版公司，2001年），頁110。

同時又具有虛幻性。這正是中國這個「第三世界」面向「第一世界」時文化生產的基本特徵。

周蕾這一症候式解讀有其精神分析以及後殖民批評的理論依據，但她的表述存在一些模稜兩可或晦澀玄奧之處。從周蕾論述可以延伸出這樣的思考：中國電影裡的「原初自我」亦真亦幻，它發自文革結束後文化空洞中的內在根源渴求，是民族復興的真實精神需要。但「原初的激情」兼具烏托邦和反烏托邦的曖昧特徵，既寄託了中國知識分子有關民族力量與自尊的理想主義溯源意識，同時是民族國家現代性過程需要超克的愚昧落後的歷史暗影。在這一意義上，周蕾的觀點與二十世紀八、九〇年代不少中國學者對文化尋根思潮的反思有些相近。實際上，《老井》、《紅高粱》、《黃土地》、《菊豆》等影片及其小說原作本身就屬於八〇年代文化尋根思潮的重要組成部分。作者認為，第五代影片裡的「原初激情」即「中國性」顯然存在著負面性，具體體現在《老井》中社群幸福與個體愛情的衝突裡，「除非我們了解最大規模上的集體幻想的巨大性——文化大革命——以及它的崩潰」[10]，才能理解《老井》這部「歌頌和獎勵社群、集體努力的影片具有如此強烈的吸引力」，提示了一種中國當代政治文化史反省意義上的潛文本解讀方式，也一定程度上道出西方社會對文革後中國電影的某種解讀視野。

在《黃土地》裡，「原初激情」的曖昧性，還表現在現實批判的意圖與民族情感維護的矛盾之中。靜默空寂的高原所隱喻的「道家」美學，老漢與求雨村民的愚昧奇觀，翠巧哀婉無助的優美歌聲……都是原初激情的構成。虛假和諧而盲目無知的社群戕害了翠巧幸福的可能，社群既是受害者也扮演施害者角色。周蕾認為《黃土地》裡翠巧

---

10 周蕾：《原初的激情——視覺、性慾、民族誌與中國當代電影》（臺北市：遠流出版公司，2001年），頁124。

難以琢磨的歌聲值得回味，表明鄉村女性不可能融入新國家的幸福敘
述中，在蠻荒寂寥的黃土高坡，「公家人」顧青是遠水解不了近渴的
啟蒙者，沒能拯救鄉村姑娘翠巧的命運，腰鼓隊和求雨隊伍震撼視聽
的狂歡和拜天儀式既是有意味的對照也是一種諷刺，因而《黃土地》
對於「黨的起源」神話是一種勇敢的挑戰。在我看來這一解讀固然犀
利但顯得有些闡釋過度。

　　周蕾另一個有意思的發現是：當代中國電影普遍擁有沉重的主
題，即那些「壓迫、污染、鄉村落後以及封建價值的頑固」等，另一
方面則有著富於誘惑力的視覺形式。第五代導演們總是能夠將沉重的
主題與華麗宜人的視覺感性巧妙地結合，這種內涵與形式的組合正是
這些中國電影的引人入勝之處。[11]她對那些指責中國電影以流行技藝
包裝關於壓迫的故事的說法不以為然，認為最可憎的故事也需要被最
精美地攝製，這正是全球化社會第三世界文化生產必要的內在部分。
像《菊豆》這樣的影片轉化了「我們」關於「第三世界」文化生產的
觀念，劉恆小說中沒有的染坊背景得到了濃墨重彩的渲染，就是眾所
周知的個案。一些人將《菊豆》中濃烈的視覺性（圖畫性）視為民族
傳統的回歸和民族身分認同的一部分，即通過畫面建立「第三世界差
異」。而周蕾不願意重複這種國族寓言或異國情調式的他者化解讀，
在她看來，《菊豆》、《黃土地》、《紅高粱》等影片的圖畫層面顯示了
第三世界文化生產真實的歷史條件，而人們熱衷於談論的張藝謀影片
中的「民族性」、「中國性」，其實已經成為跨文化商品拜物主義的符
號。這樣的討論看上去與一般東方主義式批判似乎並無本質差異，同
樣顯示了一個西方學者觀照中國文化的人類學眼光；只是她更側重強
調了後現代社會裡跨界文化生產與市場行銷的問題層面。銀幕上是有

11　周蕾：《原初的激情──視覺、性慾、民族誌與中國當代電影》（臺北市：遠流出版
　　公司，2001年），頁102。

關「中國」的故事，背後則是這些故事尋找西方市場的現實。在這一情勢下中國電影扮演了「第三世界」文化生產的「異化」角色，所謂「異化」的第一症候表現在對民族本質如「中國本質」的情感堅持，它意味著一種自覺的跨國勞動，在文化勞動中生產出美學的和經濟的價值。九〇年代前後張藝謀影片曾遭受「本土主義者」的種種質疑和批評，這些批評主要指責張藝謀影片製造出虛假醜陋的中國習俗以及表層化的形式主義來取悅於「洋鬼子的眼睛」，言重者更指斥其是一種奴化行徑。周蕾則猛烈批駁了「本土主義」話語，認為張藝謀電影精明地以女性特質為「新土著性」的關注中心，其影片構成了一種新的民族誌，是一種壯觀且可接近的想像性寫作。[12]

　　第三部分「作為民族誌的電影，或，後殖民世界中的文化互譯」，採用本雅明等人的翻譯理論，提出可從文化翻譯的層面看待中國電影。這部分在一些評者看來頗富新意，由於「翻譯」這一語彙內涵的被泛化和被抽象化，讓我覺得除卻時尚理論概念的遊戲玩弄意味以外，並無太多實質性意義，儘管其間也有作者值得尊重的力圖跨界而不辭辛苦的文化「勞作」。

　　綜合考察，不難看出，周蕾致力於探討西方人應該如何看視非西方文化自我呈述的運作策略、商業效果及其對原初性迷戀的本質。書中佈滿艱澀駁雜的前沿理論話語以及濃厚的文化政治色彩。在豐富得令人眼花撩亂的理論觀點和晦澀纏繞的字裡行間，呈述了她對上個世紀八〇至九〇年代初享譽國際影壇的中國大陸當代電影的文化人類學或民族誌式的宏觀解讀。實際上，這不僅是一本有關電影的純理論和專業批評著作，在對當代中國電影文化發表種種富於想像力的洞察和批判性意見的同時，作者力圖傳達的思想已超越了電影論述本身。雖

12　周蕾：《原初的激情──視覺、性慾、民族誌與中國當代電影》（臺北市：遠流出版公司，2001年），頁216。

然作者的觀點和論證決非無可非議，實際上也不乏爭議；如全炯俊針對周蕾書中第三部分涉及文化翻譯的有關論述，逐個指出其中存在的概念誤用、濫用以及隱含著變形的西方主義等問題。對於一些願意更多維看問題的讀者而言，將全炯俊等人的商榷文章與周蕾著述一起閱讀也許會有更有趣且有益的收穫。

附錄

一個純粹的漢語文學家

——王文興先生訪談錄

●朱立立　◆王文興

訪談時間：二〇一四年七月二十八日下午二時三十分至五時二十分
地點：臺灣大學明達館一樓

●王老師您好，我從福州來，您的祖籍也是福建福州，出生於福州，小時候在廈門居住過，那麼先請您談一談童年時對福建這兩個城市的印象？

◆我是出生在福州。好像父母跟我講過，有兩個地方我應該聽得很多，比較熟，一個是福州的塔巷，寶塔的塔，再來一個，叫做郎官巷；不知道這兩個地方現在還有沒有？我不清楚究竟是出生在塔巷還是郎官巷？這兩個地方應該有一個。自出生以後，很小就跟著家裡頭到廈門去了。所以我要有記憶的話，是從廈門開始，然後我們又到臺灣來，來臺灣之前先回福州住了幾個月，我對福州的印象應該就是在這幾個月裡的印象。那回去以後我們住什麼地方呢？就住我父親的老家，那又是在另外一個地方，在仙塔街，現在是不是還叫這個名字我也不清楚。我們家那地方的對面當時有一所中學，也不曉得這個學校現在還有沒有？然後就從那個地方離開的。我回福州印象最深的就是，從碼頭進城的時候，要坐馬車，當時沒有什麼汽車，汽車很少，這個馬車還挺考究的，就跟那個歐洲電影裡的馬車是一模一樣，十九世紀的大的馬車，那個馬車呢都有玻璃窗的，很考究，有汽車那麼

大，這個是對福州印象很深的。再來就是，我們家住的那個地方附近大概都是念書人家裡，所以我小時候每天下午都會聽見隔壁左右住家的年輕人朗讀的聲音，讀的不一定是詩詞了，但是必然是中國的經典。他們大聲地朗誦，此起彼落。

●是用方言讀嗎？

◆我相信是用方言，因為他們讀書的聲音跟我父親讀書聲音是一樣的，人數很多。這個現象很奇怪，因為老早就已經沒有科舉制度，可是顯然每一家的小孩子都還有這個功課。這是當時我記得的福州印象。我在福州只有那幾個月，所以沒有上學；恰好，那幾個月裡我們家遭遇了一點事情，我父親忽然生病、病倒了，居然說是感染了當時的鼠疫，很嚴重，黑死病，不單是他一個人，而是整個城都有這個問題，都有感染。那時我們家都很緊張，我們是住在仙塔街，這個地方當時是我姑媽（七姑媽）她住在那裡，所以她們也很緊張，我想最大的問題是：應不應該讓我父親、讓我們家搬出去，免得感染。結果也很神奇，後來我父親這個病居然康復了，一個禮拜後度過了難關，這個也很神奇，按理說這個病是不容易好的。我福州印象，記得的大概就是這些。

●剛在路上交談時您說起過，您和家人當年從福州坐船到臺灣，海上經過了一天一夜的航程，具體情況是怎樣的，您還記得些什麼？

◆哦這我倒還記得。所謂一天一夜，就是白天上船，白天從福州到馬尾，福州唯一的港，坐船去的。我記得一整個晚上都在船上，過臺灣海峽，記得那是九月，一年裡風浪最大的時候，整個船上的客人沒有不暈船的，船艙底下大的小的都暈得很厲害，可以說都吐得很厲害，然後一晚上沒睡，大家都在暈船。然後，第二天早上，我還記得，白天，甲板上就有人看到陸地了，有可能所謂看到的陸地也只是看到澎

湖而已，我也不大清楚。最後我們的船是到了基隆，到基隆時大概是白天。這個我算算應該有一天一夜的時間。

●關於您的家世，我們知道王壽昌先生是您祖父，當年他和林紓先生合譯了《茶花女》，想問一下家學淵源對您的文學創作有什麼影響？

◆當然我們很早知道就我祖父是誰，他做過些什麼事，不過有一點呢，我一直跟很多學生都講：我完全沒有受到我們家裡前輩教育的影響，百分之百沒有。他們會的舊學、舊詩詞都沒有傳給我、都沒教我。什麼原因呢？這我也不曉得，也許像我父親他們那一代人都是一些失意的人，他們覺得舊學一點用都沒有，絕不願意下一代再學他們學錯了的這一行，可以這麼說。所以我父親自己會詩詞，該會的都會，可一個字都沒教我。所以我接受的教育主要是從學校裡得來的。至於說我的祖父在文學上做的這些事情，我也是後來在別的地方找到的書裡了解了一部分。我看過我祖父寫的詩，也看過他寫的文言文，我必須說：他的文言文非常好，非常的好，他的詩呢，大概比不上他的文言文，他的文言文好到，比嚴復更好，必須這麼說，嚴復在我看來已經很好了，然後，好像也應該比林琴南更好，原因就是林琴南有很多文章留下來，我可以比對，結果我也就比對了一下林琴南的《茶花女》，比對下來的第一個印象是，這個文筆怎麼完全不像林琴南其他文章的文筆，反而和我祖父的文筆很接近，所以我心裡就存有一個疑問：這怎麼回事？後來我又從別的地方看到，不知我有沒有記錯，好像是林拾遺寫的，《茶花女》是王壽昌先生已經翻譯好了的，不是口譯，而是他自己就已經翻譯好了的，因為林琴南先生當年中年喪偶，他太太去世，心情很不好，所以王壽昌先生就把他自己翻譯的《茶花女》不時地念念給他聽，給他解悶，經過是這個樣子。假如經過是這樣的話，那就跟一般所說的：一個口譯、一個筆譯，就完全不一樣。後來商務出版社出版時是把兩個名字排在一起，那也無法說明究竟翻譯經過是如何。

●您父母親是怎樣的人呢？請談談他們對您的成長及創作的影響。

◆哦，我的父親，我剛才已經講過，因為他對舊學完全失望，所以他就完全沒教給我任何舊學方面的。我只是間接地、偶然聽到他自己一個人時候唱一兩首詩，那麼，斷斷續續幾句詩，這是我從他那兒聽來的而已；我母親呢，在我們家裡，她是我父親的續弦，因為我兩個哥哥的母親早年去世，所以父親是續娶我母親，我的母親是福建福州林家的，我哥哥的母親家是鄭家，鄭家是很大的一個家族。我記得那時候母親還帶著我去看望林家，之後再去看望鄭家。我母親她的教育程度，必須說是當年普通人家裡的，並不高，她沒有上很好的學校，我還記得她跟我講過，她跟她的父母到廣州去，她的外祖父到廣州去工作，小時候跟他們去廣州，她在廣州上了幾年小學，其他都是家裡教她的，所以她認得字。其實我從我母親那兒學來的詩比從我父親那裡學的還多，因為她把她小時候會的詩呢，有時候唱出來教給我，當歌一樣，所以我反而從她那裡學的詩比較多。

●從黃恕寧老師的一次訪談得知，您小時候不怎麼快樂，是一個比較孤獨的孩子？

◆對，是因為我小時候，在廈門的時候，我們是外地人，當年我們家人也不大會講廈門話，所以跟左鄰右舍，跟左右鄰居來往不多，那在我上學前把我放到外面和小朋友們玩的話，言語也不通，所以我就記得我上學之前，我母親要到外面菜市場買菜的話，家裡就剩我一個人，就把所有門窗關起來，把我丟在裡頭，那就跟坐牢一個樣，門窗打開了怕我會翻出去了這些危險，要到她回來再把門窗打開。所以長時間裡這種情形，家裡就我一個，我母親不在，父親上班去了。那我只能在一個走廊像陽臺一樣的地方看出去，看到什麼？只有看到天空上的雲，其他什麼都看不到，所以唯一看到的變化就是天上的雲的變化。那麼後來開始上小學，比較好一點，但是，可能也因為語言的關

係，小時候我沒有學過閩南話，當年說不太好，跟小朋友不太能講，一直到臺灣以後，還接著上小學，結果，臺灣還講閩南話，那我就沒有辦法，當然我也大了一點，七、八歲了，那我學起來就比較容易一些，反而是我的閩南話是在臺灣學得比較多。

●我最近看到您的一篇散文〈懷仲園〉，內容是回憶您小時候的一個鄰居大哥哥，寫得非常好，很感人，我也是第一次看，才知道他對您影響那麼大。

◆應該是，對我來說是的。跟他有關係的就是現在臺北的紀州庵這個地方，因為紀州庵現在所留下來的，沒有給火燒掉的地方只有一小塊一小部分，現在復建中；而這個復建的部分，恰好是我寫的〈懷仲園〉裡這個大哥哥他們家在的地方。所以整個紀州庵來講，只剩他們當年住的那部分留下來的，其他的都燒掉了。

●那您住的地方呢？

◆我住的地方在後面，都燒了，沒復建，還沒復建到。這部分復建的我看了就很高興，我小時候常到他們家玩，所以就覺得又像回到了當年一樣。

●他搬家離開紀州庵後您和他還有來往嗎？

◆沒有。完全像文章裡寫的那樣，寫文章的時候已經多年沒有往來。但是也很不幸，我的文章他也許沒看到，因為我沒有用他的本名。那麼再過幾年我就聽說他已經去世了，我也很驚訝，因為那時候他年紀也不大，是政大有人跟我講他去世了。他實在是一個好人，政治大學他的同事告訴我：他呀，大孝子，非常孝順。為什麼會這麼早去世？就是太辛苦。平常家裡操勞、工作之外，晚上還要回去伺候父母，生病的父母。他父親喜歡吃什麼菜，他要自己親自下廚燒菜給父親吃，結果太辛苦，就去世了。

●王老師好像對父母也是很孝順的，我在那些訪談材料裡看過。

◆我想我比閔宗述真有天差地遠。他這樣的人，臺灣也沒幾個。現在工業社會這麼忙碌的時候，他把所有時間都奉獻給父母，這真是不容易！好在現在他們政大也正在準備為他出一本紀念文集，很快就可以出版。哦可能有件小事情，不知珊慧有沒有跟你講過？政治大學在整理材料出版閔宗述文集時，就把他們家所有的閔宗述遺稿，沒有整理的一整箱都交給政大，結果事情就落在洪珊慧手裡了，他們請她幫忙，請她來負責整理工作，在所有他的舊稿，詩詞、文稿裡頭，發現兩封信，她有沒有跟你講？

●沒有。

◆是誰寫給他的？是我寫的。一封是我十五歲時候寫的，一封是我十八歲時寫的，他都留下來了，我真的是很驚訝、也很感慨。那他們就把兩封信給我看，時間隔了這麼久，六十年都有了。別人要是說這是我寫的我不相信，因為我不認識我以前的字了，我自己當年小孩子的時候寫的字，我都不認識是我自己的字，整個信件內容我也忘了，讀了我才記起來。十八歲一封，十五歲一封。知道這件事，都說這簡直是不可相信的事情，他竟然把兩封信留下來了，而且留了這麼多年。那這兩封信早晚會被收到他的文集裡，將來應該有機會讀得到。

●這是很珍貴的材料。

◆對，那個信紙很舊，都快爛了。

●當初創辦《現代文學》時，你們都還是臺大的大學生，一群意氣風發的年輕人，在做這件事情的時候有沒有具體的分工安排？

◆我記得我們分工就是一期一期，由一個人、專人負責，所謂專人負責，比如說這一期輪到誰了，他就負責所有的雜務，當然他要決定這一期用什麼稿子，編排，他來決定，尤其印刷廠的聯絡、校對等等一

概由他來決定，別人就休息、休假；不過呢，關於選稿，說起來這一期是某一個人負責，他也只是管收稿，其他的人也可以供應他稿子，那當然是因為同學關係，也沒有說誰負責誰就有這麼一個權力可以拒收或者什麼，都沒有這個規定，也沒有這個現象，要是其他的編輯提供、或者推薦稿子，只要他認為合適的，或者篇幅還可以容得下的，也都可以刊用。當然也有時候有些彈性，就算他覺得不太適用，那他就會留給下一期，讓下一位來決定是否刊用。

●我記得《現代文學》出了一些很先鋒、很有特色的專輯，有關西方現代作家與文藝思潮的專輯，印象中，好像您是其中一些專輯比如卡夫卡專號的策劃者對嗎？

◆沒有，這個事我也不敢說，我當時是希望有這麼一個專輯，大家也都同意。如果說我是策劃我也不敢掠美。我應該提到另外一個人，是一位老師輩的人，何欣先生，他給了很多指導，幫了很多忙，比如說就算是我們要辦卡夫卡專號的話，也會跟何先生商量，何先生會提供很多的尤其是研究的資料，卡夫卡雖然我們自己也還讀，也還算熟悉，但是很多最新的研究資料，這些何老師幫了不少的忙，給了很多很好的意見，就提供給我們原稿，他讓我們自己找人翻譯。

●每一期都要去專門找人翻譯嗎？那工作量很大呀。

◆這個很重要。國外的稿件收好了之後，誰願意翻譯這個，誰願意幫忙，我還記得有一期是關於存在主義的，薩特啊這些，我想我們大概找到了郭松棻，他對存在主義很有興趣，我還和他聯絡過，他好像也寫過關於存在主義的論文。為什麼想到他？一來他對存在主義有興趣以外，也因為他原先是在哲學系，他後來轉到外文系來，所以關於哲學方面，當然他比我們知道多一些。

●剛好我也正想問一下有關郭松棻的問題，他當時和您同過學吧，好像高您一級？

◆沒有，跟我們同年級，本來哲學系，後來二年級轉到外文系來，就和我們同學。

●記得當年他曾經寫過一篇很長的論文〈沙特（薩特）存在主義的自我毀滅〉，存在主義不光是反映西方社會，其實也很能反映臺灣社會境遇和青年人的心態的，文章結尾他說：薩特「掙扎的傷痕亦即是我們普遍的傷痕」。您認可他的看法嗎？

◆這應該是有。嚴格講，看薩特的存在主義的話，非常強調焦慮感覺，人的焦慮感，人生的體會其結果就剩下一個焦慮感，這樣講就和很多政治有關係，所以薩特本人和當年法國的一些朋友一樣，都會從當年佔領區生活裡去找到很多存在主義的問題，佔領區的生活是一種沒有自由的、沒有出路的環境，所以如果說存在主義反映當時臺灣的政治環境，也有一點類似，這種焦慮感和苦悶應該是相同的。

●當時有一個作家陳映真，他早年也受現代主義影響，後來思想有所改變，他寫過一篇小說叫〈唐倩的喜劇〉，裡面有點諷刺存在主義在臺灣一些知識分子那裡成了一種流行時尚的風潮，您怎麼看六〇年代臺灣流行的那種存在主義？

◆我想，存在主義在臺灣從來沒有成為一個風潮過，只是有人提起，乃至於有幾個人真正閱讀過西方的存在主義哲學，都是一個大問題，了不起有人讀過存在主義的文學，真正嚴肅的哲學的這些論文著作，讀到的人極少極少，沒有人有能力開這個課，所以大學裡也沒有這個課程，所以要說存在主義在臺灣已經醞釀成風潮，這個話完全是不切實際的，是誤解的結果，是因為完全不懂所以他才會釀成這麼個印象。所以我可以肯定，存在主義在臺灣等於沒有存在過。只是有人提

到過，有人嚮往，有人閱讀、有限的閱讀，至於說它成為文學上的一個潮流，這個是不太可能。

●白先勇曾經引用黃庭堅的詩句「去國十年，老盡少年心，」來表達出國後的心態，「不必十年，一年足矣，尤其在芝加哥那種地方。」他出國後，和很多留學生一樣，產生了所謂的認同危機（crisis of identity），「對本身的價值觀都得重新估計。」黃恕寧老師對您的訪談裡您也談到過出國的經驗，您有沒有產生過類似的體驗和感受？

◆是這樣子的，出國對我來講關係不是特別大。但是如果從另一個方面來看，可以了解中國近代史的這方面來看，也許在國外多一個視窗可以看得到，比在臺灣了解得要多，這是有的，因為在國外的圖書館裡接觸到的書本比臺灣多很多。除此以外呢，出國對我來講沒有什麼影響，沒有這件事也無所謂。因為人無論在什麼地方，你只要能閱讀、你能讀書的話，那你想要知道遙遠的想要知道的東西，都可以讀得到，讀得到就遠比親身看到的更要緊、更重要。因為你親身看到的，頂多是一個旅客所觀察到的看到的，很有限，一個旅遊者環游世界所得也有限，那不過是表面的一些新奇的現象。乃至於說享受到重要的，重要的部分可以從閱讀裡得到，從別人的出版物裡，思考過研究過的成果裡，收穫更大更多。我常常回頭想，假如我沒出國經驗的話，大概也沒什麼影響，我也不會缺少什麼。

●我們都知道，您是一個純粹的藝術家，一個現代主義作家，一向重視文學藝術的本體性，包括語言風格的刻意經營，不過您也曾經表現出另外一面，比如在鄉土文學論爭中，您就寫過〈鄉土文學的功與過〉，還引發了不少爭議。您是怎麼看待一個文學寫作者與社會現實或者政治之間的關係，怎麼看待一個知識分子的社會責任？

◆對當年引起爭論的那些問題，我的想法和以前一模一樣，沒什麼改

變。簡單地說，先講文學的部分，我還是認為文學和藝術應該有絕對
的自由。任何給他扣上一個帽子限制他寫什麼，畢竟是一種傷害，這
是我當年關於鄉土文學爭論的看法，現在幾十年以後我也還一樣這麼
看。鄉土文學可以寫得非常好，這沒錯，不過沒有理由要求所有人都
寫鄉土文學。

關於政治方面，我的看法是這樣，跟當年我的看法也沒有兩樣。我認
為經濟問題很重要，民生問題是第一要緊的。如果任何政府為了它的
政治利益，為了掌權的原因，妨礙了限制的人民的經濟發展的話，我
們都應該站在經濟的這一邊抗爭，畢竟經濟是重要的。但是，我也不
能說資本主義、社會主義怎麼樣，哪一個更好。講到這個問題，我必
須說社會主義也有從經濟觀點出發，其目的也就是想改善經濟環境，
只是它站在另外一個立場，和資本主義站在相反的立場。這樣看來，
兩方面都是重視民生問題、經濟問題，那是最理想不過的。這個世
界目前已經走在這個階段，確實兩方面都在實驗各自的民生主義，看
看行不行，其結果也常常是走一條中間路線，互相參考對方、修正自
己，可見也都是想到：第一個要緊的是改善人民生活，民生主義最
要緊。

●您的第一篇小說到底是哪一篇？黃恕寧教授的訪談錄《現代交響
樂》裡好像說是您大一時寫的〈結束〉，但也看到珊慧的訪談裡說是
〈守夜〉這篇？

◆這兩篇，我也記不得哪一篇在前了，可能〈守夜〉在前吧。

●您早期的十五篇小說非常關注命運主題，特別強調個體對宿命的反
抗，印象中不少作品裡都有那麼一個敏感、孤獨、倔強的少年形象，
請問這個不斷復現的少年形象身上有您本人的影子在？

◆少不了應該有。不單是我個人，我想任何寫作的人，應該是一半一
半的，有一半另外再加上修改、想像，尤其是誇大的想像。

●您早期作品對死亡主題的表現讓人印象深刻。〈命運的際線〉一篇很典型，小說描寫小主人公因恐懼死亡而用小刀將自己掌紋的命運線劃破拉長。對宿命、命運和死亡的思考和關注，與您後來走向宗教信仰之路應該有著必然的聯繫吧？

◆這也是難免的。因為宗教要談的也就是生死問題、命運問題，而且宗教跟死亡絕對脫離不了關係。早先，小的時候我對宗教已經在摸索。但是因為家裡的關係，我父親沒什麼宗教信仰，和當年那些留學生一樣走上這個潮流，我的母親是傳統的，當然是有她的佛道的信仰。我自己的選擇是從閱讀上來的，因為我對神學的研究非常感興趣，中外的都一樣，從神學的閱讀走上信仰的道路。但是幾十年下來我會覺得，反而神學的閱讀可有可無、沒有關係，而信仰不需要靠閱讀；信仰，簡單地說，只要迷信就好。我是很反對別人瞧不起宗教是迷信，我反而要反過來認為宗教非迷信不可，而且迷信足夠了，光是靠迷信就絕對夠用，不需要靠閱讀，這是我幾十年下來所得。覺得宗教，歸零就好，不需要增加任何其他的知識在裡面。哪怕是不認識字的人、完全無知的人，你一樣可以信教，可以有很強的信仰，而這才是正確的信仰。無論是什麼樣的宗教，在我看來，任何宗教本質都是相同的。

●可是對於知識分子而言，「迷信」也是不容易的事呀。

◆對，那必須要反知識，因為宗教簡單地說就是一種反知識的現象，要反理智、反知識。對知識分子來講，這種回頭是不容易；但是他應該想想，這樣的回頭才是真正的進步。不要以為什麼你都可以靠理性來解決，靠知識、智慧能解決，那樣的話你就把宇宙的神秘看得太小、太有限了，宇宙的神秘絕不是人類這一點點智慧就可以了解的。

●我們還是回到文學創作層面。您寫《家變》是寫完了以後才想到書名的？

◆是啊，大概每一本長篇小說都是起先難以決定書名叫什麼，寫完才定的書名。《家變》和《背海的人》都是這樣。

●據我了解，您一般創作都是先有佈局謀篇胸有成竹再寫，那麼為什麼這兩篇會在事後才決定篇名呢？

◆是，這個佈局謀篇你說的對，要先決定；但是篇名呢，我短篇小說很多也是最後才決定篇名，乃至於有沒有篇名，在我看來反而是次要的事情。就像畫畫的人，你畫一張好畫，有沒有名字都無所謂。

●《家變》寫作之初首先觸動您的關鍵點是什麼？是范曄這個人物，還是這個故事和逐父主題？

◆首先最重要的是要反映出家庭關係來，這個最要緊；而且必須是一個道德上的反省、道德上的檢驗，一個檢查。

●范曄這個人名有沒有什麼特別含義？

◆這個名字我必須說中間有很多的誤解，後來也就將錯就錯，我開始寫作一直乃至於寫到最後一個字，我都讀范ㄏㄨㄚˊ（hua），沒有讀成一ㄝˋ（ye）字，才發現字典上都念一ㄝˋ（ye），但是幾年以後我又讀韓愈的詩，讀杜甫的詩，發現唐朝是念華的音，他們詩裡的曄字都押在ㄏㄨㄚˊ（hua）的韻腳上，假如這樣的話，我也願意讀的時候還是將錯就錯照我原先認為的讀華ㄏㄨㄚˊ（hua）字比較順口，比較能符合這個音調上的需求。

●這個作品的主角范曄這個人物可以說是個反英雄，作品發表之初引發了很多爭議，您怎麼理解這個人物的所作所為所思所想？您認可把他看成反英雄麼？

◆可以這樣看。當然，他的行為從道德的眼光來看是大有可以批評、可以討論的地方，但是很要緊的就是說，他的行為多半還是在思想方

面，很少是出現在眼睛可以看到的行為上；換句話說，要拿到法庭去的話，他的罪名恐怕很難成立。這本書的道德上的問題、倫理的問題，都必須放在心理學這方面來看，而非放在法律的觀點來看。

●《家變》的寫作過程中有沒有受到加繆《局外人》（臺灣翻譯成《異鄉人》）的影響？
◆恐怕沒有。因為那本書是對國家社會而言，而這本《家變》的範圍是縮小到只限於家庭倫理，這個範圍小很多。

●是，與後來的《背海的人》較寬廣的社會輻射及群像展示相比，《家變》的關注點主要聚焦於家庭，特別是家庭中的父子關係。這部小說曾被比喻為一場地震。我十幾年前初讀《家變》也深受震動。小說對童年范曄成長過程包括他對父母的依戀描繪得細膩真實，我記得很深的是范曄小時候對父親還是有崇敬的，慢慢的在他長大過程中發現父親身體矮小、相貌醜陋、言行舉止也很不雅，這個成長變化的過程寫得非常好。我記得有個場景是：范曄有天夜裡正陶醉於西洋交響樂，卻突然傳來父親起夜小解聲，讓他特別惱怒和嫌惡；還有，作品裡有個有趣的細節給我很深的印象，小說一邊描寫長大後的范曄鄙視父親，另一面卻對一位氣質高雅、修養很好的鄰居老者無比尊敬，甚至暗地裡希望把他當成自己的父親。
◆你提到這一點確實我聽了很高興，因為從來還沒有任何一個讀者或者批評的人把這一部分挑出來討論。這是我很重視的書裡頭的一個部分。我非常重視的這一部分，就是：范曄的這個行為其實才是整本書裡邊最嚴重的罪行，就算他任何粗暴的地方，他的叛逆，都趕不上這個罪行的嚴重；但是這個罪行，你說是不是罪行呢？反而很普遍，在很多年輕人身上都可以看得到。比如說很多年輕人尤其大學生，在他眼中，他所崇拜的教授的地位比他家裡長輩地位要高。你剛才提到這點，我非常高興也很感謝，因為你把這個重點找到了。

●在這個家庭關係中寫得很感人的是范曄的童年經驗，當然後來這個家庭關係發生了很大變化。小說的結局也很耐人尋味，范曄沒有找回父親，尋父的過程他也有些許的難過與自責，但是最後他和母親還是祥和地相對而坐，飯桌上的母親甚至還面色紅潤，似乎一切都很圓滿。也許有人會把這個情節簡單地解釋成戀母情結，顯然這並不是很確切，您覺得呢？

◆這一段和戀母情結的關係呢，我想這是比較表面化的解讀，可以採用，但是應該考慮到重點還在另外的方面。重點是在講人道德上的一種懶惰，這才是道德上的一個最大的罪惡。范曄起初還有苦痛、後悔在他的內心，還有種種該有的倫理上要求的苦痛，但是經不起時間的沖淡，到後來畢竟還是惰性戰勝了他的後悔、他的苦痛，懶惰占了上風，讓他把整件事情都忘了，讓他接受目前容易接受的現狀。道德上懶惰的這個罪惡，不但他有，應該說他的母親也有，他們都有，反而是最後他犯了一個自己都不知道的大罪。也許這樣讀，要比那個戀母情結會讀得更多一點。

●您現在對這個作品的解釋跟當初創作時所想的一樣嗎？

◆是一模一樣的。應該說不只是這些大的主題沒有改變，乃至於每一句話，假如我現在拿來解釋的話，我也都是跟當年寫的時候所要求的目標是符合的。

●當年顏元叔先生評論這個作品做得很好一點是「臨即感」，您自己也談到過「真」的重要性，想知道：您是怎麼認識，又是怎麼達到這樣的「臨即感」或「真實感」呢？

◆顏老師顏教授用的這個詞非常好，「臨即感」就是英文裡的immediacy，它的同義詞就是剛才說的真實感就對了。怎麼達到這個真實感呢？每一個作家都希望做到的，準確感，的確是寫作時最想達

到也是最費力的，因為準確感從很多方面都有這個要求。整句的準確感之外，也還再要求每一個字都要有準確感，這是更進一步的要求。要兼顧到這些，確實是很多詩人、散文家、小說家所追求的。古時候詩人常說寫一個字都難之又難，像賈島這樣的情形，無非也就是追求準確感的時候要經過非常艱苦的一條路。

●是個蠻辛苦的過程？
◆應該是。

●熟悉您寫作習慣的讀者都知道，您的小說寫作速度非常慢，規定自己一天寫三十個字，最多不超過五十字，這些字往往是通過敲擊桌子等方式艱辛地琢磨出來的。我好奇的是，您寫作過程時會不會遇到文思泉湧的時候，嘩嘩嘩就出來了，那三十個字根本擋不住啊！
◆在我年輕的時候都是那樣寫，在我寫信的時候也可以。

●「十五篇小說」都是那樣寫的嗎？
◆差不多都是的。《龍天樓》比較接近後面的，已經有一點困難了。散文可以那樣寫，比如你剛提的〈懷仲園〉就是那樣寫，只寫了兩天。但是後來發現，寫小說不行。

●您對自己的寫作設定的標準很高。
◆到現在我也不知道這是一種進步還是退步，這很難說。反正至少有一點我可以放心的就是，不至於寫完以後後悔說我希望我沒寫過。臺灣的第一個詩人沈斯庵，他有一句詩說：「著述方成悔欲焚」，我寫的東西下來一寫完就巴不得把它燒掉、我根本不想看它。我自己的情況不知道是進步還是退步，萬一是退步的話，大概也可以自己認為：畢竟我這麼寫了我還不再否定它了，我也不會再否定它了。實際上我也

試過，我曾經把以前寫的《家變》也好、《背海的人》也好，偶然翻到一句，會覺得不滿意，覺得這樣寫合適嗎？我就決定再改寫一遍，也許就二、三十個字，我也常常花兩個小時、三個小時、一個晚上的時間來改寫一遍，其結果得來的跟以前寫的一模一樣。這到底是進步還是退步呢？說不定也是退步，並不好。但是可以做到的就是：還不至於到了「著述方成悔欲焚」，就可以避開沈斯庵講的這句話。

●談談《背海的人》吧，小說塑造了一個非常奇特的人物「爺」，文體上您說已達到自如的境界，文體問題已有許多探討時間有限就暫且不多說了。在這兒我想問一個簡單的小問題，就是主人公的名字並沒有在整部作品中出現，但是在此前的訪談中您說主人公「爺」名字叫齊必忠。您為什麼給他取了這樣一個名字卻又不讓他在作品中出現呢？

◆這件事情還是個懸案。我原先是想讓他的名字出現一次，那麼這個想法寫書之初給他取了名字。就算名字不出現，我還是要給他一個名字。為什麼要給呢？因為有了個名字，這個人物在我印象裡就會比較生動一點，我就看得見他人是什麼樣子，不會是一個空洞的人物。我給他一個齊必忠的名字，他每次喊自己「爺」的時候，我就知道他的外形、外貌如何，就很清楚。出於這個理由，所以我很早就給了他一個名字。我本來也想讓他的名字在小說中出現一次，幾十年下來我也忘了，我是不是讓它在書中出現過，我跟誰談這個問題時我還犯過一個錯，我說好像讓他的名字在書裡出現過一次，你去好好找一下，可是他們用電腦找也沒找到，那是肯定沒有。可能後來我還是沒有把我那個想法放進去，因為我原來想是在一個極奇特不可能的講話的裡邊出現這三個字，代表他稱呼他自己，大概我這個安排後來覺得有困難就沒有放進去。

●詩人管管果真的是「爺」的一個原型嗎？

◆有一點，所以管管看見我也常開玩笑。多多少少有他的那個類型。管管的詩很特殊，優點也在於詩裡頭講話的口氣。要說跟他有什麼關係，肯定可以說是借用了他的詩的口氣，他的語調的口氣。

●和《家變》相比較而言，《背海的人》很大的變化就是它的喜劇性，它的嘲弄性和荒誕風格，這和《家變》不大一樣，也與臺灣很多其他現代主義作品的旨趣和風格不同。為什麼會發生這麼大的變化？從六〇年代比較嚴肅的現代主義追求走向八、九〇年代，創作過程中有沒有多多少少感受到臺灣社會現實和包括後現代等思潮的影響。

◆這個諷刺文學也不光是現代才有，我一直也都很重視歷代以來嘲諷的文學，尤其是到這個黑色幽默的年代呢，難免我也會受到很多的感染。而且我也認為文學裡有一半應該是喜劇，我把它寫成黑色喜劇的話也只是喜劇的一部分而已。喜劇還有其他的部分。也許我偏向於黑色喜劇，是跟這個時代有一點關係。一來是世界性的文學走向有這個趨向嘛，大家都想嘗試這條路；二來呢，臺灣的現狀也適合於用黑色喜劇來表達。所以，我在《家變》寫完寫《背海的人》，無非也就是想讓我個人對文學的認識有一個更完整的表達，有個兩面都具備的表達。這兩本書不但有喜劇和悲劇的差別，還有另外一個差別：《家變》是主觀性的、向內看的、內視的，《背海的人》是外放的，應該有內外的這個分別。

●《背海的人》視野更開闊。

◆有這個意思在裡頭。

●您八〇年代時寫過一個荒誕劇，我覺得蠻精彩的。

◆你是第二個還是第三個提到也比較肯定這個劇本的人。那天你到紀

州庵的時候，你旁邊的那位丁琮玲讀過這個劇本，她也是電視界的人，平時和電視劇比較有關係。比較認同這個劇本的人極少，可能還是陌生感，覺得這不像一般的劇本，這樣的一個觀念。

●您當時（大概是一九八七年）應該是在寫作《背海的人》，為什麼會突然又寫了這麼一個獨幕劇呢？
◆當時啊，我想一下為什麼？有一次我得了重感冒，感冒了很長時間，沒法寫我的長篇小說，所以那個時間我就拿來構想一個跟長篇無關的東西，在那段時間裡頭我就想了這個劇本，後來覺得可以把它寫下來，所以這是在寫《背海的人》中間穿插進去的一個干擾，拿出將近兩個月的時間寫了這個劇本。

●挺有趣的，這個劇本有點存在主義的味道。
◆也許就是，反正在臺灣叫荒謬劇。我的意思是，這種形式值得用東方的材料來寫。所以把它這樣寫出來了。到現在，恐怕就像我剛才講的，我聽到的，能肯定它的不到五個人。

●會嗎？我看到有一篇評論，吳達芸教授寫的，是很肯定的。
◆是的，吳達芸各方面都比較能講出正確的意見。哦，有兩個小劇團有演過。我說的五、六個人裡不包括兩個小劇團的主辦人。很小的兩個小劇團。

●回去我要推薦給我們的學生去演。
◆是吧，它不需要很多人。不過有一次劇團演的時候有個大膽的修改，我也不說可否，他把男主角改成一個同性戀。當然他也有他的理由，覺得這樣的一個變化在演出上表達得更多，會更有戲劇效果。

●您的劇本是《M 和 W》，大陸八〇年代也有過一個差不多同名的話劇：《WM》（意思是我們），挺有影響的一個劇。

◆是嗎？一樣嗎？

●內容倒是不同，是反映知青生活的，可能表現了不太光明的一面吧，好像還被禁了。

◆早晚會解禁的，早晚會。

●您晚近寫的小說《明月夜》很有意思，應該算是筆記體志怪小說，故事的背景在福州。這篇小說是應法國國家科學研究中心（CNRS）之邀而作，他們要求寫一篇與「數字」相關的小說？

◆是，還要求和法國詩人雅各・胡博（Jacques Boubaut）同題寫作，再相互討論比較；對我的第一個要求是要寫東方、寫中國傳統方面，那我就要往這方面走，志異的鬼怪小說，至少跟西方不一樣；再一個要求，要和數學有關，這也很難，我數學最不好，只好寫和數字相關的。這幾個大前提下來，等於命題作文一樣。想了半天就寫了這個。寫了一個月，幾千字。他們也有字數限制，我說這可苦了，連課堂上的中學作文都沒有限制得這麼嚴。在法國他們沒什麼反應，外國人不懂中國曆法，但對我的作品有陌生感。

●王老師您現在正在創作新的長篇小說？大概什麼時候能寫完？是與宗教有關嗎？

◆是，我爭取年底寫完。是明明白白的一本宗教小說。內容可以說是宗教和校園生活的結合，這樣一本書。

●值得期待。

◆不過，我並不看好，我想大概會是最冷門的小說。

●語言文字風格上還是和《背海的人》一個路數嗎？
◆不然，和《背海的人》完全不一樣。語言上，我是回到一個無色無香的地步。所以很多人會覺得有陌生感，沒有什麼趣味。

●寫作速度會不會快一點？
◆還是一樣慢。還是很難寫。

●中國現當代文學裡您有沒有留意或者喜歡哪些作家？
◆幾十年前我們臺灣的環境原因，閱讀有限，只能有機會讀到五四時代的，而且還要偷偷地讀，到舊書攤偷偷買來讀。有些我也喜歡，比如魯迅兄弟的就很好。我特別要推崇一個人，這個人在中國好像一直還沒有被放在第一線，就是豐子愷，五四時代寫一手新的白話文，我是要把他推為第一人；再來，很奇怪，翻譯的人裡頭也有很好的翻譯的文筆，能形成一種新的文體，歐化的文體，這裡也有我非常喜歡的一個人，他是我的老師：黎烈文。他的翻譯把中國現代語言帶到一個新的境界上，生吞活剝地把西方文字帶到中文裡，成為一種新的組合，變成一種很有特色的文體。所以這兩個人我特別要推崇。往後更新的我也會儘量注意。

●大陸當代文學部分，您好像寫過一篇劉索拉的評論？
◆那是報館寄給我，等於是被指定寫的文章。也不是看很多作品專挑她的來讀，而是恰好看到她的。

●對中國古代文學您也有特別的看法，比如您認為古代小說排在第一的應該是《聊齋》，第二則是《水滸》，（這個我有點驚訝）；第三是《史記》，第四才是《紅樓夢》，您對《紅樓夢》的評價遠遠不及《聊齋》那麼高。

◆《水滸》的文筆好，後來又看到別的資料說，《水滸》已經不是原來的《水滸》，施耐庵是改寫原來的《水滸》，原來那版我也看了，那比不上施耐庵的文筆。《紅樓夢》是不錯的小說，不過，文筆有一點散漫、隨便，不夠精簡，力量不夠，而且原創性不夠，或者簡單地講，境界不高。

●您這裡的原創性不夠指的是文體嗎？
◆是，文體而言，連帶的其他的原創性也不是第一的。別的不講，拿《聊齋》來比，《聊齋》的多樣性、多彩多姿，《紅樓》是比不上的。太多的小說，有的不知名的，比方最近看到一篇清代小說叫《亦復如是》，作者是個湖南人，名字叫宋永嶽，大概是這三個字，他這篇小說就有《聊齋》這麼好，創造性可能還要更高些。所以，不知名的好小說還不知有多少，都被遺忘了。

●王老師您以前也很喜歡看電影？
◆對，至少從前是。我要說：正是太喜歡了，所以要把它割掉，因為有了癮頭。自從有了碟片、錄影帶啊什麼的，我就開始割捨了。

●您也寫過不少影評，從那些影評看，您蠻喜歡歐洲的藝術電影導演，比如楚浮、費里尼、伯格曼等等，
◆那時候我很迷那些新潮電影，但是已經二、三十年都沒看過電影了。自己不看電影了，不過我還是建議年輕朋友們要看看電影。

●您在臺大任教幾十年，很多現在很優秀的學者像張誦聖、康來新等老師都曾經是您的學生，而且她們都喜歡您細讀、慢讀、字字句句細嚼慢嚥式的課堂教學，幾十年後提起來還是很懷念。很有幸這次來臺灣有機會到紀州庵聽您細細解讀《背海的人》，以前一直心嚮往之，

特別想體會一下聽您講課的感覺，總算如願。您風格獨特的教學風格
應該說影響了很多臺大中文、外文系的年輕學子吧？

◆也不會吧。你剛提到的那幾個人研究做得都很好。還有那天在你
在紀州庵聽課時起來發言的那位女士，她叫丁琮玲，[1]在臺灣一家電
視臺工作，平常跟電視劇有關係，已經退休了，她以前也是我學生，
很好的一個學生，她看《背海的人》看得很細所以當時會提那樣的問
題，她說看到《背海的人》中林安邦的眼睛像雞蛋那段時忍不住會大
笑。我在臺大教書教了四十年左右，有時有大班，每年總有十來個人
特別出色。我上課當然不會講自己寫的東西，外文系的課多，中文系
也好，外文系也好，必然是小說課。每年必然有十來個學生非常傑
出，可是呢，很遺憾，在檯面上能回大學教書的極少，十之八九我都
不知道他（她）們現在在哪裡，在臺灣的，大概工作也不大理想或者
不再和文學相關。他們的名字很多我都還記得。

●大學生聽您那種細讀風格的講課一定很有益。
◆無非也就是想要讀出原來的意思。我個人也不同意講文學課的時候
把文學史拉進來講，拉拉雜雜的講，作者的生平啊，歷史背景啊，沒
什麼道理，還不如就以原文原典來講。

●也就是文本細讀，所謂新批評的方法，
◆對，我也常跟他們說：新批評根本就是舊批評。我們中國人從古到
今就是這個辦法。你看讀詩的時候，在一本書上拿紅筆不是打圈就是
打點，這就是新批評，每一個字都要讀到，再進一步注解、解釋，經
學也是這麼做的。不是說你美國人外國人有了我們就學你的，我們根

1　筆者回福州後根據錄音和錄影材料整理文稿時難以確定丁女士的名字具體是哪兩個
　　字，曾寫信問詢王文興老師，王老師回信告知她叫丁琮玲，並特別告訴我：「從前
　　她是班上最高分，後入電視界，升為主管，今已退休。」

本老早就有了的。所以我說新批評就是舊批評，我們從來沒有改過。所以年輕人如果很早就走這條路的話，他們自己就會很有收穫，文學就可以做下去。我們每天讀別人的作品，這樣讀唐朝宋朝的作品，都高興得不得了。

●我們都知道您寫作時有用筆敲擊桌子的寫作習慣，紀錄片《他們在島嶼寫作：尋找背海的人》也直觀呈現了您這個獨特的習慣，請問您這樣做對創作能起到什麼作用？
◆中國古代有一種說法，要讓氣流通，好像中國武術裡講的元氣，第一要保留，第二要流通。我個人這樣做就是因為，下一個字老是通不了，因為沒有找到一個字通得了。所以這樣做無非是一種催生的方式，希望這個字能夠出現，能夠把這個氣貫通下去。

●您的寫作應該都是先有框架再進行創作的吧？
◆我跟很多人一樣，寫一篇作品，框架結構、草圖大綱先都有了，我要寫什麼需要有個初稿，初稿裡每句話都有了。初稿中的一句話要變成定稿的話，就是在影片中你們看到的那個情形。初稿的一句話要翻譯成定稿，很難翻譯。

●一九八七年大陸開放臺灣民眾大陸行後，您回過大陸好多次，您大陸行的最大感觸是什麼？
◆二十多年前我有過連續三年的回大陸的旅遊，那個時候還很少人回大陸。那時社會主義保留的那個原樣，趁那個原樣還可以看見。我寫過一些遊記。最大感觸是看出社會主義的優點；第二個感想，共產主義這幾十年來天翻地覆的做法對中國是有幫助的，可以說大有幫助，要不然沒有今天。沒有這個大的整頓的話，不可能看到今天的復活。我是保守的看法，也可能是人在外面才會這樣看。

●您怎麼看待兩岸的文化交流？

◆兩岸的文化交流是必要的、該做的，而且一定會有好的結果。沒有理由兩岸跟別的國家都有文化交流，反而自己兩岸之間不交流。交流對彼此尤其對臺灣來說，多看多讀多交流很有好處。兩岸遠景別的不說，文化交流的遠景我是很肯定的。我也會勸這邊的人儘管放心，你政治上的顧慮可以放遠一點，文化上肯定不怕交流、不必擔憂。拿英語文化來說，多少國家地區都可以用英語交流，那兩岸之間更可以交流。

●非常感謝王老師接受採訪，期待著您的新作早日問世！

後記

　　本書彙集了筆者二十多年參與臺灣及海外華文文學討論的部分文章，集中文字多發表於報刊雜誌或學術會議論文集；依據內容，大體將文稿分為三輯，第一輯：精神私史，主要收入臺灣作家作品論，旨在通過對作品的解讀來探索作家的精神世界；第二輯：身分認同與離散敘事，包括對臺灣旅美文群、美華文學、旅臺馬華文學的部分解析文字，關注較多的有華文文學中的身分認同問題；第三輯：現象、思潮與論爭，主要收入本人對臺港暨海外華文文學現象、思潮和論爭的一些感受和回應性文字。附錄收入一篇王文興先生訪談錄，王老師認真嚴謹又平易近人，非常感謝他。須說明的是：〈庶民認同、民族敘事與知識分子形象〉、〈神話的建構與解構〉兩篇是我與劉登翰教授合作完成的，〈詹澈詩歌創作論〉由我和楊婷婷同學合作完成。這些年曾得到不少學術前輩的指點，也受到一些兩岸同行的鼓勵和批評，在此謹向這些前輩和同行致以誠摯的謝意。特別感謝福建師範大學文學院，沒有文學院的支持，就沒有這本小書。

　　本書所收文字寫作時間跨度較大，不當與疏漏之處，敬請讀者批評指正。

作者簡介

朱立立

　　安徽安慶人，福建師範大學文學院教授，中國世界華文文學學會理事，廈門大學「兩岸關係和平發展協同創新中心」及福建師範大學「海峽兩岸文化發展協同中心」研究員。主要從事臺港澳暨海外華文文學研究，出版專著《知識人的精神私史》、《身分認同與華文文學研究》、《臺灣現代派小說研究》、《閱讀華文離散敘事》，合著《寬容話語與承認的政治》和《近20年臺灣文藝創作及思潮研究》等。

本書簡介

　　本書匯集了作者二十多年從事臺灣及海外華文文學研究的部分文章，分為三輯，第一輯：精神私史，主要收入臺灣作家作品論，旨在通過對作品的解讀來探索作家的精神世界；第二輯：身分認同與離散敘事，包括對臺灣旅美文群、美華文學、旅臺馬華文學的部分解析文字，關注較多的有華文文學中的身分認同問題；第三輯：現象、思潮與論爭，主要收入本人對臺港暨海外華文文學現象、思潮和論爭的一些感受和回應性文字。

福建師範大學文學院百年學術論叢·第三輯 1702C01

臺灣及海外華文文學散論

作　　者	朱立立
總 策 畫	鄭家建　李建華

發 行 人	陳滿銘
總 經 理	梁錦興
總 編 輯	陳滿銘
副總編輯	張晏瑞
編 輯 所	萬卷樓圖書股份有限公司
排 　 版	林曉敏
印 　 刷	百通科技股份有限公司

發　　行　萬卷樓圖書股份有限公司

　　臺北市羅斯福路二段 41 號 6 樓之 3

　　電話 (02)23216565

　　傳真 (02)23218698

　　電郵 SERVICE@WANJUAN.COM.TW

香港經銷　香港聯合書刊物流有限公司

　　電話 (852)21502100

　　傳真 (852)23560735

ISBN 978-986-478-175-1

2018 年 9 月再版

2016 年 12 月初版

定價：新臺幣 660 元

如何購買本書：

1. 劃撥購書，請透過以下郵政劃撥帳號：

　　帳號：15624015

　　戶名：萬卷樓圖書股份有限公司

2. 轉帳購書，請透過以下帳戶

　　合作金庫銀行　古亭分行

　　戶名：萬卷樓圖書股份有限公司

　　帳號：0877717092596

3. 網路購書，請透過萬卷樓網站

　　網址　WWW.WANJUAN.COM.TW

大量購書，請直接聯繫我們，將有專人為您服務。客服：(02)23216565 分機 10

如有缺頁、破損或裝訂錯誤，請寄回更換

國家圖書館出版品預行編目資料

臺灣及海外華文文學散論 /朱立立著.

-- 再版. -- 臺北市：萬卷樓, 2018.09

面；公分. -- （福建師範大學文學院百年學術論叢·第三輯·第 1 冊）

ISBN 978-986-478-175-1（平裝）

1.臺灣文學　2.海外華文文學　3.文學評論

820.8　　　　　　　　　　107014171